COLLECTION FOLIO

Hélène Gestern

Cézembre

Gallimard

© Éditions Grasset et Fasquelle, 2024.

Hélène Gestern vit et travaille à Nancy. Elle est l'autrice de plusieurs livres dont *Eux sur la photo* (2011), *L'odeur de la forêt* (2016), *Un vertige* (2017), *L'eau qui dort* (2018) et *555* (2022, prix RTL - *Lire Magazine littéraire* 2022 et prix Relay des voyageurs lecteurs 2022), parus aux Éditions Arléa, et *Cézembre* (2024), paru aux Éditions Grasset.

*À la mémoire d'Anne-Marie Garat,
l'écrivaine, l'amie,
la source et le chemin*

Car c'est du temps de leur vivant
Qu'il faut aimer ceux que l'on aime.

BARBARA

MORTES-EAUX

1

La mer se retire, après avoir secoué la nuit de son ressac. Pendant des heures, elle a lancé une vague après l'autre contre la digue, fait mousser ses bouillons et trembler la pierre. Elle a déposé en partant ses algues, ses coquillages, ses fragments de plastique, ses bouts de bois. Elle a raconté son éternelle histoire aux éternels insomniaques, pendant que les dormeurs se laissaient bercer par sa cadence familière, quand bien même les sifflements du vent et la puissance des masses d'eau qui ravinaient le sable ébranlaient le Sillon sur toute son étendue. La mer a joué à l'archéologue et à l'explorateur, elle a absous la plage des stigmates de ceux qui l'avaient foulée, effacé leurs traces – chaussures de sport, pieds d'enfant, pattes de chien – pour en inventer d'autres, plus fondamentales : nappes lisses, vallons de gravier fin, cartographie mystérieuse de ruisseaux, d'ondes et de plis que l'œil s'épuise à parcourir. Elle a par endroits mêlé les algues, les galets, à la douceur élastique du sable ; elle a redessiné les flaques et fabriqué des miroirs d'eau, pour reconfigurer un paysage à jamais semblable et toujours différent.

Et maintenant, au creux du jour naissant, vous la voyez reculer, comme si son remuement et sa fureur nocturnes n'avaient jamais eu lieu. Seul, assis sur la digue dont la pierre froide traverse le tissu de votre jean, vous contemplez les œuvres descendantes de la marée. L'air est frais, vif, il dépose du sel dans vos cheveux et des embruns sur votre peau, il pénètre dans vos poumons, vous enveloppe de son odeur d'algue, d'iode et de ferment aqueux. Il vous nettoie, vous rugine, dissout vos scories, innerve vos cellules, les saturant d'oxygène et de sel.

Et vous, pendant ce temps, vous observez le spectacle, fasciné. Inoffensive, la crête des vagues qui recule, luisant dans les bandes de lumière pâle de l'aube. Émouvante, la ligne d'horizon nimbée de brume, de vapeur, qui hésite entre l'azur, le gris et l'opaline et ne se décide pour aucun, comme si la mer était tout simplement en train de fondre dans le ciel, ou l'inverse.

Le calme recul du jusant, sous le soleil qui naît gorgé d'embruns, est empreint de la même résolution que l'était la montée des eaux. Comme je suis venue, je m'en vais, semble-t-elle dire ; vous ne parviendrez pas plus à me retenir que vous n'êtes en mesure de m'arrêter. Ce n'est pas un repli, pas une défaite : la simple halte d'une armée qui se sait déjà victorieuse et prend le temps de reconstituer ses forces.

La mer reviendra, sans haine et sans colère. Elle reviendra avec de nouveaux mystères, de nouveaux morceaux de bois flotté, de nouveaux élans pour remanier les plis scintillants de la plage, de nouvelles histoires à dire au sable, au ciel, à la pierre.

Oui, elle reviendra.

2

Cela fera deux ans dans quelques jours que mon père est mort. Dissection aortique. Un lundi, à l'heure où je donnais mon cours d'histoire romaine, sa femme de ménage l'a trouvé étendu dans son salon à Rennes, encore conscient ; j'ai su ensuite que lorsqu'on l'avait emmené en salle de réanimation, tout était déjà terminé. Mais quand j'ai vu le message de Madame Moreau, puis l'appel du CHU, j'ai abandonné mon amphi, pris le premier TGV à la gare Montparnasse et foncé en taxi jusqu'à l'hôpital, priant pour arriver à temps.

Une infirmière m'a conduit jusqu'à lui. Charles était étendu sur un brancard à roulettes, dans le silence des appareils qu'on venait d'éteindre. Cette statue de cire jaunâtre aux joues creusées, défigurée par son intubation, n'était déjà plus mon père. C'est peut-être mieux ainsi, monsieur, m'a dit avec une brusquerie involontaire l'interne qui m'avait rejoint dans la chambre. L'hémorragie était inopérable ; l'état dans lequel mon père se serait réveillé, s'il avait réussi à le faire, aurait été insupportable à cet homme habitué à régenter son entreprise, son existence et, partant, la nôtre.

Nous n'étions pas proches. Vraiment pas. Mais, depuis sa mort, je pense à lui bien plus souvent que je ne le faisais de son vivant. Il est parti après mon frère, emporté à trente-six ans par un accident de moto, et ma mère, qui n'a survécu que cinq années à Guillaume[1].

Je suis le dernier de notre noyau familial.

Mon père voulait être inhumé à Saint-Malo. Il avait émis le souhait de reposer aux côtés de son fils, de son épouse et de ses parents. Le jour de l'enterrement, au cimetière de Rocabey, j'ai contemplé sans la lire la liste des Kérambrun couchés sous la dalle, qu'allongerait désormais le prénom de Charles. J'ai calculé la place qui restait dans le caveau, pensé que la prochaine inscription, si l'ordre des choses suivait son cours, serait pour moi.

Malgré la présence de mon fils à mes côtés, je me suis senti affreusement seul. Fragile, nu, vulnérable, comme si mon corps, en dépit de l'épais duffle-coat, n'offrait aucune résistance au vent glacial mêlé de pluie qui tombait ce matin-là ; comme si, moi aussi, j'étais sur le point de m'engloutir dans ce dernier carré de terre, si près de la mer.

Après la cérémonie, Paul et moi sommes rentrés à Paris. Dès le lendemain, il rejoignait son école de Maisons-Alfort et moi la Sorbonne où m'attendaient mes étudiants.

Et la vie a continué, comme avant.

Du moins ai-je voulu le croire.

---

1. Voir arbre généalogique, p. 646.

3

Il a fallu près d'une année pour liquider la succession. Je m'étais tellement désintéressé des affaires familiales que je n'avais pas la moindre idée de ce que représentait, en termes de surface financière, la société Kérambrun & Fils. Mon frère, lui, l'aurait su ; élevé dans la certitude qu'il serait l'héritier de la compagnie, Guillaume s'était coulé sans peine dans son rôle de dauphin. Il avait gravi les échelons un par un. L'année de sa mort, il était sur le point de passer directeur général des exportations.

Un jeune conducteur ivre qui rentrait de boîte de nuit au petit matin en avait décidé autrement.

Après le décès de mon père, l'entreprise n'a pas été démantelée. Charles avait pris de longue date ses dispositions, vendu des parts à ma cousine Cécile, dont il avait fait son bras droit après la mort de Guillaume, et fait entrer des actionnaires au capital. Ma cousine devenait présidente-directrice générale et je recevais un cinquième des actions, ce qui m'assurerait des dividendes non négligeables. C'était, je suppose, l'ultime tentative de mon père pour m'attacher à Kérambrun, ou plus exactement pour rattacher Kérambrun au dernier fils qui lui restait. De mon côté, je n'avais aucune intention de faire ingérence dans la gestion de Cécile – qui, pour ce que j'en savais, était irréprochable. Je n'excluais d'ailleurs pas de lui revendre mes parts sitôt qu'elle serait en mesure de me les racheter. Je n'allais pas, à presque cinquante ans, me découvrir une passion pour les pales, les hélices et l'injection de carburant.

Ma cousine m'avait invité à déjeuner à plusieurs reprises. C'est une femme solide, un peu autoritaire, mais gentille, sous ses airs de cheftaine. Elle m'avait donné de longues explications que j'avais écoutées avec politesse, en insistant sur le passé glorieux de la compagnie qui faisait voguer passagers et marchandises sur les eaux de la Manche depuis plus de cent ans – en tout cas, c'est ce qui était fièrement inscrit sur son site Internet.

En termes moins fleuris, Kérambrun & Fils fabriquait des moteurs pour des bateaux de pêche et de plaisance, un marché dont il était le leader en France.

Le foncier ayant été liquidé, Servane, ma belle-sœur, a hérité du trois-pièces de la rue de Presbourg. Quant à moi, je n'ai conservé que la maison de Saint-Malo, les Couërons, propriété familiale depuis 1911. Charles y avait passé pas mal de temps ces dernières années. Servane et ses deux fils y viennent durant l'été ; Catherine, ma tante maternelle, aime à y séjourner pour les petites vacances. Moi aussi, il m'arrivait d'y descendre, du vivant de ma mère, pour de courtes visites. L'été, je déposais Paul et restais quelques jours. Ma femme, elle, ne nous accompagnait pas. Elle détestait la Bretagne et me l'avait fait comprendre dès la première année de notre mariage.

Mon fils adorait sa grand-mère. Moi aussi, je chérissais les moments que je passais avec elle, même si, après la mort de Guillaume, la tristesse avait bouleversé nos rapports. Ils étaient désormais plus douloureux, plus exclusifs ; comme si chacun tentait, en vain, de consoler l'autre. Ma mère était une femme pudique et tendre. Avant que la maladie lui en retire la force, je partageais avec elle les promenades interminables le long de la côte qui étaient devenues sa raison d'être.

Lorsque je rencontrais ma cousine Cécile, je lisais dans ses yeux l'étonnement que je ne prenne pas les choses plus à cœur. Elle me comparait certainement à Guillaume, tellement investi dans les affaires familiales. Et pourtant, ce n'était pas faute que mon père eût essayé de m'intéresser au fonctionnement de la firme. En pure perte : déjà, au sortir de mon bac, j'avais refusé tout net de faire ne serait-ce qu'un stage chez Kérambrun. Lorsque Guillaume est mort, je venais d'être nommé maître de conférences à Lille et je faisais la navette chaque semaine pour rejoindre ma femme et mon petit garçon à Paris.

Ma vie n'était plus en Bretagne depuis longtemps.

Après l'accident, Charles était revenu à la charge. L'entreprise *devait* rester dans le giron familial. Mais moi, je me fichais pas mal de ses ambitions dynastiques. Je n'avais pas passé des années à m'épuiser, rédigeant ma thèse la nuit, alors que mon fils venait de naître et que j'étais en poste en lycée, pour aller vendre des moteurs de bateau. Je regardais le nom de mon père s'afficher sur mon téléphone tous les jours. Je ne décrochais pas. Tu ne veux qu'un autre esclave, pensais-je, amer. Quelqu'un qui n'osera pas te dire non, dont tu écriras la destinée, comme tu as si bien su le faire avec mon frère. Et que tu briseras de la même manière.

Il y avait eu une dispute, sévère. Nous nous étions dit des choses que je regrettais.

Ma mère avait pris mon parti. Elle venait de perdre un fils. Même si elle n'a jamais formulé un reproche, je devinais qu'elle en voulait à mon père, qui avait accablé Guillaume de travail jusqu'au point de rupture. Furieux et déçu, Charles avait dû s'incliner. Cela n'était pas dans ses habitudes. Mais le chagrin de sa femme, qui lui tenait tête ouvertement pour la première fois depuis leur mariage, était tellement abyssal qu'il lui faisait peur.

Je sais maintenant que mon refus, et surtout les motifs que j'ai jetés à la face de mon père, ont dû le blesser au-delà du dicible. Mais c'est l'ensemble de ce qu'il incarnait que j'avais rejeté : son exigence, sa rigidité morale, son dévouement sacrificiel, presque fanatique, à Kérambrun & Fils, dont il représentait la troisième génération.

Avec le temps, je lui en ai voulu de plus en plus, au point de le haïr, parfois. Il avait volé à mon frère ses plus belles années. Il avait rendu ma mère si peu heureuse. Après l'accident, au lieu de se battre à ses côtés, il l'avait laissée se consumer de douleur, puis de colère, devant le verdict trop clément dont avait bénéficié le jeune chauffard ; préférant se retrancher dans une forteresse de travail et passer l'essentiel de ses week-ends dans ses bureaux parisiens ou ses succursales anglaises.

À ma mère, il n'était resté que ses yeux et le cabinet de son avocate pour pleurer.

J'ai mis du temps à le formuler, mais quand on lui a diagnostiqué une leucémie, c'est encore à mon père que j'en ai voulu. Sa vie de femme avait été en partie gâchée par un mari irascible, sa vie de mère lui avait réservé la pire des douleurs. Elle n'avait plus la force de lutter.

Elle s'est éteinte à Paris, dans l'appartement de la rue de Presbourg. Ma belle-sœur et moi lui rendions des visites, avec les enfants. Ses « petits rayons de soleil », comme elle les appelait.

Moi, j'aurais voulu qu'elle s'accroche encore un peu, pour eux, pour moi aussi. J'avais tant besoin d'elle. Mais ses forces s'étaient taries avec la même inéluctabilité que la mer se retire.

Malgré la peine que j'en ai conçue, je comprends qu'elle ait fait le choix de s'en aller.

Quand il a enterré sa femme, mon père n'a pas prononcé un mot, pas versé une larme. C'est moi qui ai lu le discours d'hommage à la défunte. Lui se tenait au bord de la tombe, silhouette livide et crispée. Il avait pris vingt ans en une semaine. L'espace d'un instant, je me suis dit que je m'étais trompé sur son compte, que je ne connaîtrais jamais l'étendue exacte de son chagrin. Puis cette pensée s'est engloutie avec les autres.

4

Au moment de vider l'appartement de mon père, j'ai appelé mon fils à la rescousse. Malgré le travail qui l'accablait dans son école, Paul est venu me prêter main-forte le temps d'un week-end. Je crois que la perspective d'affronter seul ces murs désormais déserts, mais imprégnés jusqu'au dernier par le fantôme de Charles, m'impressionnait.

Dans les faits, le déménagement s'est révélé cruellement simple. J'ai eu la certitude que l'occupant de ces lieux savait qu'il allait mourir, qu'il s'était délibérément séparé, de son vivant, d'une partie de ce qui lui appartenait. Les robes de ma mère, ses manteaux et ses escarpins étaient en revanche alignés dans la penderie, intacts. De même, dans l'ancienne chambre de Guillaume, des boîtes étiquetées avec le prénom de mon frère contenaient ses affaires d'adolescent. Et c'était à peu près tout.

Dans le bureau, une odeur tenace de havane émanait du cuir du siège. Sur le sous-main, une figurine Playmobil en uniforme marin, d'un bleu passé, était posée à côté d'une éphéméride dont les pages resteraient désormais vierges. Mon frère et moi avions coutume de jouer avec ces bonshommes en plastique quand nous étions enfants. Alors que je manipulais le petit personnage, le chagrin m'a empoigné sans prévenir, comme il parvient toujours à le faire à tant d'années de distance chaque fois que je pense à Guillaume.

Lui et moi étions jumeaux. Malgré nos neuf mois de compagnonnage *in utero*, nos caractères s'étaient révélés l'exact opposé. « La lune et le soleil », résumait joliment ma mère. Mon frère, qui n'aimait pas l'école en dépit de ses capacités, était un casse-cou, brillait en sport et se faisait où qu'on aille des copains en moins de temps qu'il n'en fallait pour le dire. Lui ne craignait pas de tenir tête à mon père. Moi, j'étais un timide, un solitaire, qui se réfugiait dans ses livres à la première occasion.

À Saint-Malo, l'été, pendant que Guillaume allait faire du kayak ou du volley avec sa bande de copains, je préférais bouquiner dans ma chambre. Ou je restais assis au bord de la plage, à les observer et à regarder les vagues. Mais j'adorais les moments que je passais seul avec mon frère.

Ce contraste entre nos tempéraments aurait pu faire naître une jalousie terrible, de ces haines recuites qui encombrent les offices notariaux et les feuilletons télévisés. Il n'en a rien été. Guillaume était exubérant, bavard et fatigant, mais sa gentillesse et son humour interdisaient qu'on lui en veuille plus de dix minutes. Et je savais qu'il se serait fait hacher menu pour moi. Bien que nous n'eussions qu'un quart d'heure de différence, il s'est toujours comporté en aîné, dans le meilleur sens du terme, servant au passage plus souvent qu'à son tour de bouclier aux colères de mon père.

La seule chose que nous avons partagée à égalité, c'est la mer. Nous y avons passé tellement de temps que Soizic, ma mère, affirmait que la Manche avait fait la moitié de notre éducation.

Une fois adultes, nos chemins ont divergé. Pendant que Guillaume intégrait une prépa HEC à Nantes, après s'être enfin mis au travail, je m'inscrivais en fac d'histoire à la Sorbonne. Des mois de pourparlers houleux avaient été nécessaires pour extorquer son autorisation à mon père, Charles ne voyant dans ma décision au mieux qu'un caprice de velléitaire, au pire qu'un projet stérile. Tout au plus aurait-il accepté une hypokhâgne à Rennes, avant que je passe les concours d'école de commerce.

Mais je m'étais entêté. Je voulais partir. Quitter la Bretagne, m'affranchir de cette tutelle insupportable. Mon père avait fini par le comprendre. Il s'était résigné. « Yann préfère la vie de bohème », disait-il ensuite d'un ton sarcastique, comme si la perspective de bûcher pendant cinq ans dans une chambre étouffante pour décrocher l'agrégation d'histoire était une promenade de santé.

J'étais alors un jeune homme anxieux, mal dans sa peau, mélancolique. Guillaume, lui, s'était fait une pléthore d'amis : le conquérir était le rêve de toutes les filles de sa promo. Il a réussi *in extremis* son concours d'entrée, et ses années d'HEC nous ont permis de nous retrouver à Paris aussi souvent que nous le pouvions. On buvait des bières dans ma chambre, on écoutait de la musique, il me parlait des filles dont il était amoureux. Il me disait que j'avais eu raison de tenir tête à Papa, que je ferais une grande carrière de chercheur, comme notre oncle. Et moi, j'admirais l'aisance avec laquelle il s'était fondu dans la vie parisienne, les fêtes, les soirées, même si je n'enviais pas ce qui l'attendait après ses études.

Car sitôt son cursus achevé, mon frère a bien été obligé de retourner à Rennes pour intégrer Kérambrun. Au bas de l'échelle, bien sûr : notre père ne faisait de cadeau à personne, surtout pas à ses fils.

Guillaume en a bavé plus que n'importe qui d'autre dans cette boîte. Mais il était doué pour le commerce et n'a pas tardé à brûler les étapes. Je me suis souvent inquiété de voir à quel point il était accablé de travail, surmené, empilant des journées de fou. Il en riait, surtout au moment où je rédigeais ma thèse : « Et c'est toi qui me dis ça, le rat de bibliothèque ? »

Le jour où mon frère est mort, mon père a affronté seul l'épreuve de l'identification. Le personnel de l'institut médico-légal avait déconseillé à ma mère de voir le corps. « Trop abîmé », avait dit la médecin-chef. J'avais voulu pénétrer dans la pièce malgré tout, mais Charles m'avait intimé un : « Reste avec ta mère » qui m'avait cloué sur place. Je pensais à mon frère, ses yeux brillants, ses cheveux bouclés, qu'il faisait couper court pour se donner l'air sérieux ; je pensais à sa longue silhouette, son bras autour de mon cou et sa chaude étreinte, quand on se retrouvait après plusieurs semaines sans s'être vus. On s'était tellement aimés.

Je pensais à Servane, ma belle-sœur, enceinte de huit mois, qu'on avait dû hospitaliser en urgence après l'annonce de la nouvelle.

Le bras sur les épaules de ma mère, qui tremblait de tout son corps, je pensais enfin à nous, nous qui allions maintenant devoir faire sans lui.

Mon père est sorti de la salle de l'IML anéanti. À nous deux qui l'attendions dans le couloir, il n'a rien dit. Ses yeux étaient vides, son visage ravagé. Au moment où la porte s'est refermée, ma mère s'est doucement affaissée au sol, sans un mot. Tout en elle réclamait de passer ce seuil pour voir son fils une dernière fois.

Mais nous n'avons pu qu'imaginer et, pour Soizic, ce fut sans doute le pire. Ça l'a rongée. J'en veux encore à mon père de nous avoir privés de cet adieu, quel qu'en ait été le prix.

Je me suis souvent demandé à quel point ce qu'il avait vu ce jour-là l'avait hanté. Combien l'absence de Guillaume, dont il ne prononçait jamais le nom, l'avait fait souffrir. Le fait qu'il ait gardé ce Playmobil sous les yeux pendant quinze ans était un début de réponse. J'ai soudain regretté d'avoir été si dur avec lui. De l'avoir condamné avant de tenter de lui pardonner.

5

La première fois que j'ai remis les pieds à Saint-Malo, l'hiver commençait à peine. Le crachin qui descendait du ciel voilé piquetait mon visage de ses aiguilles froides. Ici, la pluie fait partie du quotidien ; elle s'agrège sans bruit à l'air et au temps. La mer était encore invisible, mais on devinait sa proximité à la façon dont le ciel buvait la réverbération de la lumière, plus dense, plus lourde. J'ai emprunté l'avenue de Moka et poursuivi mon chemin jusqu'à la rue Mi-Grève. Comme d'habitude, son bitume disparaissait sous le sable charrié par le vent.

Au moment où j'ai débouché sur la digue, le panorama m'a happé : le bleu profond strié de gris, l'étendue grondante, l'horizon interminable, le vent puissant qui emportait le souffle sur les lèvres. Et, au large, l'île de Cézembre, territoire longtemps défendu, qui semblait veiller sur le littoral dans sa solitude minérale. Ce moment des retrouvailles avec la mer est toujours comme un miracle : intime, précieux, infiniment renouvelé.

Il ne restait que quelques centaines de mètres à parcourir pour atteindre les Couërons. De loin, je pouvais voir ses bow-windows et la saillie du balcon, ses volets fermés, leur peinture écaillée. Une fois devant la bâtisse, j'ai libéré le loquet du portail de fer, emprunté l'allée latérale et monté l'escalier qui menait à l'entrée de service. Le panneton de la clé a d'abord refusé de pénétrer dans la serrure : il suffit de quelques semaines d'absence, ici, pour que le sable et le sel reprennent leurs droits.

Pour ma part, il y avait plus de trois ans que je n'avais pas remis les pieds dans cette maison.

L'odeur de l'enfance m'a sauté aux narines, mélange de vieux bois et d'encaustique, de poussière et de ferment iodé. Malgré la température extérieure, j'ai ouvert en grand les volets et les fenêtres du rez-de-chaussée. L'air venteux de janvier s'est engouffré dans la pièce pendant que le bruit du ressac l'envahissait. J'avais l'impression d'être dans un film dont on venait de rétablir le son. La marée montait, grise et impavide, dans la houle d'hiver. J'avais beau en connaître par cœur les ruses et les détours, une fois de plus, elle me retenait prisonnier de son mouvement sans fin.

Au fond du couloir du rez-de-chaussée, les cartons ficelés à Rennes étaient entassés – nous nous étions arrangés pour faire coïncider leur livraison avec un séjour de ma tante Catherine.

Elle non plus, je ne l'avais pas revue depuis longtemps. Pourtant, nous avions passé ensemble un moment qui nous avait, l'un comme l'autre je crois, transfigurés.

J'ai poursuivi mon tour du propriétaire : au sens littéral, désormais, même si j'avais encore du mal à m'habituer à cette idée. Je redécouvrais ce lieu si familier qui, en dépit des aménagements opérés par les générations successives, ne devait guère avoir changé depuis sa construction. La maison avait été bâtie un peu avant la Grande Guerre par Octave de Kérambrun, mon arrière-grand-père, dont la légende illustre (et illustrée) figurait sur les murs de nos locaux rennais. Octave était le fils d'une famille d'industriels de Rennes ; le premier de la dynastie à avoir fait des études aussi poussées, à « Pipo », l'École polytechnique de Paris – celle que mon père avait à son tour intégrée deux générations plus tard.

Ce jeune ingénieur, passionné de mécanique automobile, n'avait pas tardé à regagner la Côte d'Émeraude. À vingt ans, il avait déjà mis au point un prototype de moteur à vapeur, qu'il avait monté sur un bateau léger ; à vingt-trois, il avait déposé plusieurs brevets, dont l'un lui avait rapporté une somme suffisante pour constituer le début d'un capital. Je savais par la biographie affichée sur le site web de la firme que Octave avait servi comme ingénieur naval dans l'armée française durant la Première Guerre mondiale, et qu'il avait refusé de collaborer avec l'occupant en 1940, ordonnant à ses propres ouvriers de saborder l'usine de La Brède et celle de Saint-Servan, tout en refusant de fournir la liste de ses employés juifs. Cela lui avait valu un an d'incarcération à Fresnes, dans des conditions sanitaires abominables. Il avait purgé sa peine jusqu'au bout, sans rien tenter pour se faire libérer. Son fils Juste avait quant à lui rejoint le maquis lyonnais : au sortir de la guerre, il avait été fait compagnon de la Libération tandis que son père, décédé dans l'année qui avait suivi sa sortie de prison, recevait la Légion d'honneur à titre posthume.

Mais, bien avant la Seconde Guerre mondiale, et même la Première, mon aïeul s'était lancé dans le négoce maritime ; ou, plus exactement, il avait armé une flotte avec les bénéfices de ses inventions. Il se faisait fort d'acheminer voyageurs et marchandises sur la Manche par n'importe quel temps. J'ignore laquelle des deux activités, le fret ou les moteurs, avait fait sa fortune, mais elles lui avaient offert les moyens d'ériger cette demeure cossue sur le front de mer, dont la façade donnait directement sur la plage du Sillon.

J'ai continué mon inspection et gravi l'escalier. Hormis la rouille sur les charnières et la peinture écaillée des volets, la maison était en assez bon état. Mon père payait un couple de retraités qui en assurait l'entretien et le ménage en son absence. Il faudrait que je retrouve leurs coordonnées.

Depuis le deuxième étage, la vue était à couper le souffle. On pouvait voir la marée qui continuait sa course à mesure que la pluie forcissait. Le long de la plage, la mer tremblait sous le vent et jetait maintenant des paquets d'eau contre la digue, qui rejaillissaient en longues éclaboussures laiteuses. De loin en loin, un promeneur imprudent qui venait d'essuyer une giclée glacée poussait un cri.

Je me suis rappelé nos jeux d'enfants, avec Guillaume, courir le long de la chaussée à marée haute sans être touché une seule fois par les vagues qui sautaient. J'arrivais systématiquement trempé, alors que mon frère sortait de l'épreuve impeccable, le cheveu sec et la mine triomphante. Une chanson m'est revenue en tête. Elle disait qu'il ne fallait jamais « revenir au temps béni des souvenirs, le temps béni de notre enfance ».

Béni, vraiment ?

J'avais eu quarante-neuf ans quelques jours plus tôt. Mais l'espace de quelques secondes, j'étais redevenu le petit garçon gauche qui court derrière son frère, celui qui perd chaque fois au jeu des vagues mais continue d'espérer que son père l'aimera un jour.

6

Je me suis installé pour de bon à Saint-Malo au début de l'automne. Je mûrissais le projet depuis des mois. Mais c'est une banale altercation avec ma responsable de diplôme, au printemps dernier, qui avait emporté ma décision. Excédée par le monceau de tâches administratives qui l'accablaient, ma collègue m'avait hurlé dessus pour une histoire de notes perdues – qui bien sûr, perdues, ne l'étaient pas, mais bloquées par un logiciel sempiternellement en panne qu'un informaticien maussade venait réparer en maugréant.

J'en avais eu assez, tout à coup : de Paris, de l'agressivité, de la marée noire des mails, des commentaires comminatoires des relecteurs d'articles, des dossiers à remplir. La folie néolibérale avait gagné l'université comme une gangrène et la vie professionnelle était devenue un steeple-chase, une suite d'obstacles à franchir à toute vitesse, avant que s'en lèvent de nouveaux, toujours plus hauts, toujours plus redoutables. De temps à autre, l'un de nous tombait au front : burn-out, dépression, cancer. C'est ce qui était arrivé à la directrice de mon département, Mélanie, qui par miracle s'en était sortie.

Moi, j'avais porté ma part du fardeau : les cours dont personne ne voulait, quatre livres et cent cinquante articles, dont je préférais ne pas me demander combien de gens les avaient lus. J'avais surtout dû abattre tellement de travail administratif que le seul projet qui me tenait à cœur, une somme sur le commerce maritime et la piraterie en Méditerranée au premier siècle avant Jésus-Christ, était en panne. J'étais parvenu à rédiger en tout et pour tout deux chapitres en quatre ans, un rythme tellement dérisoire que j'étais au bord de renoncer.

Au vrai, depuis mon divorce et le départ de mon fils pour l'Allemagne, la totalité de ma vie était comme mon livre : dans l'impasse.

Aussi, quand les premiers transferts de fonds issus de la liquidation ont été opérés, j'ai été stupéfait de découvrir que je possédais désormais de quoi vivre sans travailler. Une idée qui, naguère, m'aurait indigné : je n'ai pas l'âme d'un rentier. J'ai financé mes études avec de petits boulots, et ma femme et moi avons acheté notre appartement en faisant un emprunt à la banque, comme tout le monde.

Mais il a suffi de quelques années pour que la totalité de mes repères vacille.

Mon frère, ma mère et mon père dorment aujourd'hui sous la même dalle de marbre à Rocabey. Ma femme roucoule avec son associé espagnol quelque part du côté de la rue du Bac. Quant à mon fils, il a choisi de vivre à mille kilomètres de moi.

Le soir de janvier où j'étais rentré de la fac,

ébranlé par ma dispute avec ma collègue, j'avais regardé mon appartement. Depuis le départ de Marie-Laurence, il ne ressemblait plus à rien : noyé sous les dossiers, vide des meubles et des tableaux que ma femme avait choisis. J'aurais pu, et certainement dû, déménager : ce lieu que j'avais tant aimé, je le détestais, je le maudissais même, depuis un certain soir où j'avais été témoin d'une scène dont les images n'avaient pas quitté ma mémoire, quelque effort que j'aie fait pour les en effacer. Mais je m'étais obstiné à le garder pour faire obstacle à la vente et ralentir le divorce.

À ce moment précis, je m'étais pourtant demandé si cet entêtement rimait encore à quelque chose.

Dans un éclair de lucidité, j'avais entrevu avec horreur ce qui restait de mon avenir : vingt ou trente années enfermé dans une prison de papier, les yeux rivés sur un écran. Et surtout le vide, ce vide qui me rongeait depuis le départ de mon fils, faisant vaciller jour après jour le désir de vivre. Même si je répugnais à me l'avouer, une part de moi savait que, désormais, le danger guettait, et que si je ne retrouvais pas d'urgence une solide raison de continuer, je risquais un jour de basculer sans même m'en rendre compte.

J'avais été saisi par un irrépressible désir de mer, de vent, d'espace.

Par l'envie, aussi, de me rapprocher des miens. Et tant pis s'il était trop tard.

Trois semaines après, je postais ma demande de congé sans solde, excipant de « raisons familiales ». Nos effectifs étaient en baisse et de jeunes collègues fraîchement nommés convoitaient mes cours de master. Excepté Mélanie, qui m'a écrit pour me dire combien j'allais lui manquer, on m'a laissé partir sans faire d'histoires : certes avec un peu d'étonnement, mais sans regret.

Je ne suis de toute façon pas le genre d'homme dont on remarque longtemps l'absence.

Je jette un coup d'œil au-dehors. Ce matin, la mer oscille entre le vert émeraude et le gris perle. Les masses noires des rochers, ceux dont le ressac, malgré ses assauts millénaires, n'a pas réussi à entamer le tranchant, affleurent à la surface de l'eau. Au loin, j'entrevois la silhouette de Cézembre, éternelle vigie, qui tend sa plage de sable blond en direction du sud. Après soixante-dix ans de purgatoire, ce lieu à la sombre légende, condamné depuis que la guerre en avait truffé le sol de mines, est de nouveau ouvert au public. Je me suis promis de m'y rendre dès que j'en aurais l'occasion.

7

Cela fait quatre mois, maintenant, que je suis ici. L'automne s'est écoulé avec une douceur quiète. Les premières semaines, j'avais redouté l'ennui, l'isolement, mais j'ai découvert que je n'en souffrais pas – en tout cas pas encore.

J'ai retrouvé par hasard plusieurs visages familiers en marchant dans les rues. Logique : nous sommes une famille connue dans la région. De vieux amis de mon père, qui m'avaient vu gamin pendant les vacances, leurs enfants, des commerçants qui se réjouissaient de mon « passage ». Je ne dis pas forcément que je suis aux Couërons pour autre chose qu'un bref séjour. J'ai aussi croisé au supermarché un ancien condisciple d'internat, Xavier Draouen, dont la famille habitait Rothéneuf. Il m'a immédiatement reconnu. « Tiens donc, Yann de Kérambrun ! Qu'est-ce que tu deviens ? » Lui est militaire et travaille à la gendarmerie maritime de Saint-Malo. Il y commande une section de recherches.

En souvenir des quatre cents coups qu'on avait faits ensemble, Draouen m'a invité à dîner. Il m'a présenté sa femme, Géraldine, qui travaille aux douanes. Occasion de constater que le temps avait passé pour lui aussi ; leur fille cadette fait des études de droit à Nantes, l'aînée entame sa première année de professorat des écoles à Quimperlé. Mon copain n'a pas paru surpris d'apprendre que j'étais professeur à la Sorbonne. « Yann était le polard de la troupe », a-t-il expliqué à Géraldine.

Son choix de carrière à lui m'étonnait davantage. Dans mon souvenir, Xavier était un ado déluré, un grand échalas qui aimait provoquer les profs et prendre des cuites à la bière dans les anciens bunkers de la pointe de la Varde. Quand j'avais atteint l'âge de la rébellion, je l'avais d'ailleurs accompagné deux ou trois fois dans ces entreprises au cours des vacances d'été. Mais sa vraie passion, c'était la plongée. Il avait bien tenté, m'a-t-il dit, une carrière sportive dans ce milieu, mais y avait fait de mauvaises rencontres et « quelques conneries ». D'où une inscription d'office, décrétée par son père, gendarme lui aussi, à l'école des plongeurs de la Marine de Toulon. De façon surprenante, il avait pris goût à cette vie de discipline et gagné ses galons entre Bordeaux et la Polynésie, avant de revenir en métropole et de se faire muter dans sa ville natale.

Pour moi qui vis ici dans une solitude à peu près totale, ce dîner a constitué un mini-événement. Bien sûr, il arrive que mon isolement me pèse ; mais pas autant qu'à Paris, dans cet appartement maudit. Et pas de la même façon. Le divorce qui nous déchire depuis trois ans, Marie-Laurence et moi, m'a de toute manière ôté nombre des regrets que j'aurais pu conserver par rapport à la vie conjugale.

À Saint-Malo, je me couche tôt, je me lève plus tôt encore. Quand j'ouvre les yeux, il fait nuit au-dehors. J'allume la chaudière, une vieille bête asthmatique, je prépare une Thermos de thé, j'attrape une pomme dans la cuisine et j'emporte ce petit déjeuner frugal dans ma chambre, où trône un énorme radiateur en fonte. En attendant qu'il chauffe, je me réfugie sous les couvertures pour lire. J'ai recommencé à parcourir des articles scientifiques et à prendre des notes, bien décidé, cette fois, à m'atteler à la rédaction de ma grande histoire de la piraterie.

C'est la rumeur de la mer, sa basse continue, plus intense lorsqu'elle est pleine, assourdie quand elle recule, qui me renseigne sur l'heure qu'il est. Comme chez tout le monde ici, le calendrier des marées rythme ma journée.

Une fois le jour levé, s'il ne pleut pas, je pars me promener, mon reflex numérique dans mon sac. Je résiste rarement à la tentation de prendre des photos, bien que ce paysage n'ait pas changé d'un iota depuis ma naissance – du moins en ai-je l'impression. Il arrive, quand le passage de la plage du Pont est libéré des eaux, que je pousse jusqu'à la pointe de la Varde. Au retour, je me réfugie au bar de l'Hôtel des Thermes. La vue sur l'étendue interminable du Sillon y est presque aussi belle que celle que m'offrent les bow-windows de mon bureau.

J'emporte toujours un cahier de notes et un livre. Mais il n'est pas rare que je ne fasse rien ; ou, plus exactement, rien d'autre que contempler l'horizon. Me perdre dans le spectacle de la mer et de son ressac était une de mes activités préférées lorsque j'étais enfant : assis sur la digue ou le balcon du premier étage, immobile, les jambes pendant dans le vide. Mille fois je me suis fait rabrouer par mon père (« Encore en train de fainéanter, toi ! »), tandis que ma mère passait une main dans mes cheveux, en signe de muette complicité. Je crois qu'elle aimait que ses fils soient, chacun à leur façon, amoureux de la mer qui l'avait vue grandir.

Ce matin, je succombe à mon péché d'enfance. Depuis mon promontoire, j'observe la marée montante, la ligne de la plage quasiment déserte. Elle est traversée par la silhouette d'une femme qui court le long du rivage, vêtue d'un fuseau noir et d'un K-way fluo à la capuche rabattue. J'observe l'inscription de ses pas dans le sable : leur trajectoire paraît tirée au cordeau. Un peu plus loin, trois inconscients, empaquetés dans des combinaisons de néoprène, marchent en direction de la mer. L'eau doit être à 8 degrés.

Je bois une gorgée de thé. Ce matin ressemble à tous les autres. Et pourtant, alors que j'ai passé les trente dernières années de ma vie à Paris, j'ai l'impression, inattendue et bouleversante, d'être rentré chez moi.

8

Commander des travaux dans la maison a été le premier signe tangible de mon désir de rester. L'idée s'enracinait, lente, têtue, dans l'hiver malouin. J'avais fait troquer la vieille baignoire contre une douche à l'italienne et remplacer la chaudière, qui devait dater de ma naissance. Restait maintenant à m'occuper du réaménagement du bureau de mon père, qui avait été celui de son père et de son grand-père avant lui. C'est là que je voulais m'installer pour écrire mon histoire de la piraterie. Auparavant, il me faudrait faire de la place dans cette pièce tapissée d'étagères du sol au plafond ; à moins que mon désir de rangement ne soit qu'une manœuvre dilatoire, comme celle des étudiants prêts à tout pour différer le moment de se mettre au travail.

En vérité, c'est la mer qui me retient dans ce bureau, bien plus que le livre à écrire. Elle agit sur moi comme un aimant. Je ne sais qui a imaginé la disposition du lieu, mais il a fait preuve d'une belle audace architecturale. Situé au deuxième étage de la villa, le bureau occupe les deux tiers de la façade avant. La lumière y entre par deux oriels dans lesquels l'horizon s'encadre à l'infini. Depuis ce promontoire, le regard a toute latitude pour balayer le rivage depuis la flèche de la cathédrale Saint-Vincent jusqu'à la pointe de la Varde.

Et, droit devant, Cézembre.

La belle, l'énigmatique Cézembre, celle où il a été interdit de poser le pied pendant soixante-treize ans.

Avec ses deux mamelons pierreux et la tache claire de sa plage, l'île est le dernier obstacle que la roche oppose à l'eau ; ensuite, c'est le grand abouchement de la mer avec l'immensité. J'ai toujours nourri pour ce caillou une fascination d'enfance, au point de l'observer, parfois, à la jumelle. Sa silhouette aride et mystérieuse me fait penser aux romans de Jules Verne. L'attrait que le lieu exerce sur moi, aujourd'hui encore, tient en partie au danger bien réel qui entoure sa légende noire.

Lorsque nous venions en vacances aux Couërons, chez ma grand-mère Léone, mon père avait coutume de se retrancher dans ce bureau, au grand dam de ma mère. Il avait toujours, y compris en plein août, des « affaires à régler ». Guillaume et moi avions interdiction formelle de le déranger, et même de pénétrer dans cette pièce en son absence ; mon père avait au reste pris l'habitude de s'enfermer de l'intérieur quand il y travaillait – la méthode la plus sûre pour éviter les intrusions enfantines.

Quand Guillaume et moi avons grandi, l'ukase est tombé. Mais, pour autant, il ne me serait pas venu à l'idée de pousser la porte, même lorsque mon père se trouvait à Rennes ou à Paris. Durant les rares occasions où j'avais dû le faire, un sentiment de gêne m'avait paralysé. Aujourd'hui encore, je ne peux empêcher l'appréhension de m'étreindre chaque fois que je franchis ce seuil.

Mêlé à l'odeur de la mer, un relent de cuir, de tabac et de vieux papiers flotte encore dans l'air. À se demander si quoi que ce soit a été déplacé ici depuis cent ans. À main droite, une bibliothèque court sur toute la largeur du mur, avec ses centaines de volumes reliés. D'autres volumes, plus nombreux encore, tapissent le salon du premier et la pièce de l'arrière où ma grand-mère avait installé sa machine à coudre. Rousseau, Proudhon, Taine… Les pages avaient été coupées et certains tomes étaient même annotés au crayon. J'ignorais qu'on eût à ce point le goût de la philosophie dans la famille.

Sur le mur de gauche et celui du fond, des dossiers, des registres, des boîtes cartonnées, avec leurs étiquettes aux fines calligraphies. Alignés par centaines, ils occupaient l'espace du sol au plafond. J'ai pioché au hasard : factures émises par la « Société de propulsion nautique malouine », correspondances commerciales, inventaires, listes de fournisseurs, cahiers de commandes… Certains de ces documents dataient des années 1920. J'ai été frappé par le soin avec lequel ils avaient été classés, parfois cousus et serrés dans des reliures aux plats de basane ou de cuir brûlé ; mais il fallait au moins cela pour mettre le papier à l'abri de l'air salé et de sa redoutable humidité.

Je ne m'étais jamais demandé jusqu'à aujourd'hui ce qu'il y avait dans ces boîtes, même si je m'en doutais un peu. C'est donc ici que dormait l'ensemble de la mémoire administrative et commerciale de Kérambrun & Fils. Mon père l'avait conservée sans la déplacer, dans le giron de la maison familiale qui avait vu croître l'entreprise.

Une pièce étroite, percée d'un œil-de-bœuf, jouxtait le grand bureau ; tout en longueur, elle faisait la jonction entre le bâtiment et la tourelle qui flanquait son aile droite. Je n'avais aucun souvenir de la destination originelle de cet endroit, à l'époque où Léone habitait la maison. Avait-il toujours abrité ces étagères bourrées à craquer de papiers et de dossiers poussiéreux ?

J'ai éternué trois ou quatre fois et ouvert l'œil-de-bœuf, dans l'espoir, vite abandonné, de dissiper l'odeur acide du vieux papier. Le cri des mouettes a envahi la pièce. La présence de ces mètres cubes de documents était oppressante. Qu'allais-je en faire ? L'espace d'un instant, je me suis imaginé opérer un grand ménage parmi ces vieilleries, placer boîtes et cartons sans les ouvrir dans le coffre de la 4L et les expédier à la benne. J'ai le goût de l'archive, mais le souvenir de mon illustre lignée est un poids dont j'aimerais parfois m'alléger.

Sans doute, aussi, étais-je mû par un reste de ressentiment envers mon père. Lui, et cette maudite compagnie qui avait dévoré son existence et avalé la moitié de la courte vie de Guillaume.

Mes scrupules d'historien m'ont rattrapé dans la seconde. Comment pouvais-je m'arroger le droit de détruire la trace de trois générations de labeur, celui-là même que je n'avais pas eu le courage de poursuivre ? La sagesse, au contraire, aurait exigé que je procède au préalable à un tri dans cette masse documentaire et que j'en parle à ma cousine Cécile. Après tout, Kérambrun & Fils est l'une des plus vieilles entreprises de la région, une véritable institution : si Cécile ne voulait rien faire de ces papiers, il se trouverait bien quelque conservateur des archives départementales pour s'y intéresser... Et qui sait, durant les rangements, si je n'allais pas tomber sur un ou deux documents susceptibles d'intéresser Paul ?

Mon fils n'a pas les mêmes raisons que moi d'en vouloir à son grand-père. Et le contenu de ces boîtes de carton huilé est aussi son héritage. Peut-être qu'il manifestera le désir, un jour, de savoir de quel entrecroisement de destinées il est issu. Peut-être aura-t-il envie de faire ce à quoi je me suis toujours refusé : connaître l'histoire des siens.

9

La mer prépare son offensive depuis la fin de l'après-midi. Pendant des heures, elle s'est amassée, concentrée, repliée. Elle a rassemblé ses flots gris fer qui roulent maintenant à petits bouillons. Elle s'est assuré l'appui de son vieux complice le vent, le grand vent d'ouest venu du large, qui est déjà en train de former ses bataillons à l'arrière du ciel. On annonce un coefficient à trois chiffres et les habitants de la digue ont surveillé le jusant, son retrait progressif, cauteleux, qui s'accomplissait comme à regret ; ils savent que la plage ne perd rien pour attendre. Des cantonniers passés tôt le matin ont déposé des sacs de sable attachés les uns aux autres par des chaînes, de sorte à obstruer les ruelles perpendiculaires à la digue, de part et d'autre de la Brasserie du Sillon ; les volets des façades sont clos et le restaurant a arrimé des contrevents de bois sur ses baies vitrées.

Dans la seconde qui suit l'étale, la masse liquide amorce sa renverse, depuis l'arrière des rochers où elle s'était repliée. Elle avance comme si elle n'avait plus un instant à perdre, inexorable et impatiente, la crête de ses vagues ourlée d'un panache d'écume, tendue comme une mâchoire de belette affamée pour mieux happer le sable qu'elle dévore sans état d'âme. Peu à peu, celui-ci disparaît sous l'eau d'abord noire, puis grise, puis mousseuse, comme dans un film en accéléré. L'obstacle de la digue, sa pierre sombre et luisante, semble un instant déconcerter le flux ; mais la mer, revoyant sur-le-champ sa tactique, se déploie à la verticale et se met à cogner à coups sourds. L'eau claquée à chaque vague rejaillit en pluie de l'autre côté du muret, chargée de sable, d'algues, de microdétritus. Elle balaye le trottoir, bientôt noyé sous les flaques. Le Sillon a été avalé, de ses brise-lames ne dépasse que la tête noueuse, noircie, tordue, des fûts de chêne, comme s'ils étaient sur le point de sombrer.

Cette fois, le panorama est complet : sur la pleine mer, par-dessus les vagues, la houle fait danser des friselis qui s'enroulent comme du beurre tendre sous le couteau. Et au milieu de ces fioritures dentellières tissées d'air et d'écume, la main invisible d'un géant creuse ses vallées et repousse l'eau en paquets toujours plus impérieux. Les vagues se brisent désormais dans un bruit de tonnerre et aspergent de sel et d'embruns les façades qui bordent la digue.

Deux touristes qui voulaient se photographier avec leur téléphone, pressés de diffuser l'image sur leurs réseaux sociaux, sont maintenant blottis, affolés, contre un porche de pierre. La vague qui a explosé par-dessus la digue et s'est engouffrée dans la ruelle les a trempés jusqu'à mi-corps. Pris au piège, ils regardent avec effroi le spectacle dont ils s'amusaient quelques secondes plus tôt. Sur leur visage se lit la peur archaïque, celle qui liquéfie depuis des siècles les entrailles des humains devant le monstre maritime prêt à les engloutir. Entre deux vagues, un hôtelier compatissant leur ouvre sa porte qu'il referme aussitôt. Les deux imprudents se réfugient dans la pièce comme s'ils avaient le diable aux trousses.

Les autres, plus sages, ont préféré contempler le spectacle à l'abri de leur balcon ou depuis la fenêtre de leur chambre d'hôtel. Eux aussi ont découvert, le cœur battant, le ballet de l'eau et de l'écume, le dos musculeux du dragon liquide, son remuement ancestral, sa résolution glacée, comme si la mer n'avait pas renoncé à donner une leçon à ceux qui persisteraient dans la folle ambition de ralentir sa course. Trop près du bord, petits humains qui avez mangé mon littoral ; et ce bord, un jour, soyez certains que je vous le reprendrai.

Les observateurs les plus aguerris, les vieux, les veuves, les pêcheurs et les patrons de chalutier pensent aux équipages bloqués en mer, dont les bateaux affrontent à cet instant la force déchaînée du vent ; à l'*Abeille-Bourbon*, celle qui sort quand tous les autres rentrent, s'aventurant entre gouffres d'eau et cathédrales bouillonnantes pour rejoindre Ouessant ; aux marins harnachés par un filin, qui tentent de limiter la gîte et de garder l'équilibre malgré les creux et les vagues monumentales qui menacent à chaque instant de les projeter par-dessus bord. Un corps tombé à la mer par une houle pareille ne pèse pas lourd ; autant dire, même, qu'il a rejoint son tombeau.

10

M'attaquer aux archives des Couërons s'est révélé une tâche titanesque. Au début, j'ouvrais les boîtes au hasard ; mais j'ai vite compris que si je n'inventoriais pas le contenu de chaque dossier, j'allais me noyer dans cet océan-là. L'entreprise va prendre des mois et ma grande histoire de la piraterie en Méditerranée risque fort d'en souffrir. Mais j'ai vécu pendant vingt-cinq ans sous la pression des échéances, de la culpabilité et des cours à préparer. C'est assez, ce me semble.

J'aime accomplir cette œuvre de dépouillement, dans tous les sens du terme. La monotonie de ce travail lent et méthodique m'apaise. Ni musique, ni téléphone : juste le silence, les vieux papiers et le bruit du ressac.

Pendant que je répertorie les feuillets sur ma tablette, la nappe argentée de l'eau capte la lumière de l'hiver. Celle-ci coule, laiteuse, sur la mer tantôt vert tilleul, tantôt gris pâle. J'explore les réceptacles de carton huilé, les registres numérotés, je déchiffre la mémoire d'une très vieille et très vénérable compagnie maritime au rythme de la marée, dont la rumeur défie le double vitrage et scande le passage des journées.

Le sentiment de paix que j'ai trouvé ici, même s'il est troublé de temps à autre par des accès de nostalgie, fait son chemin. Impression de me *désobséder*, de respirer enfin. Pour la première fois depuis des années, l'âcreté du quotidien s'estompe.

En fouillant dans leurs archives, j'admire combien mes ascendants étaient des gens organisés. Les documents ont été alignés par ordre chronologique et portent des indications d'année, parfois même de semestre : leurs calligraphies à la plume, élégantes et surannées, sont merveilleusement lisibles. Suivre le fil, dans ces conditions, devrait se révéler un jeu d'enfant.

Les pièces les plus anciennes sont des actes notariés. Contresignés par un certain Me Bidault, ceux-ci datent de la fondation de Kérambrun, laquelle s'était d'abord appelée « Société de propulsion nautique malouine ». Octave avait créé la compagnie, seul, en 1903. Il n'avait que vingt-trois ans à cette époque. Deux ans plus tard, sa petite affaire avait prospéré, si j'en jugeais par les inventaires des biens. Elle avait accueilli en 1905 un associé, Ambroise de Sainte-Croix, avocat de son état. Celui-ci avait apporté avec lui de quoi construire et armer quatre bateaux supplémentaires ; si l'on ajoutait les trois navires que Octave avait acquis grâce au fruit de ses brevets, cela suffisait à former le début d'une flotte.

Mon aïeul et Sainte-Croix avaient mis sur pied un système de navettes (on disait alors « vedettes ») qui assuraient la traversée entre Saint-Malo et les îles Anglo-Normandes. Les navires s'y rendaient deux fois par semaine, « par n'importe quel temps ». C'est cette intrépidité qui avait fait le succès de la compagnie. Certes, la Manche n'est pas la mer d'Iroise (« Qui voit Ouessant voit son sang »), mais elle n'est pas pour autant de tout repos : à l'époque, assurer des liaisons régulières ne devait pas être une partie de plaisir.

J'ai tenté de me rappeler si j'avais déjà entendu parler de cet associé. Mais rien ne me revenait, sinon des bribes éparses. La vague réminiscence que le bailliage de Jersey avait joué un rôle dans l'histoire de la compagnie, mais impossible de me souvenir duquel. Il faut dire que mon père et moi ne parlions jamais de l'entreprise, sujet devenu tabou à partir du moment où je m'étais détourné des affaires familiales. C'est avec Guillaume qu'il avait partagé la légende dorée de Kérambrun ; et aujourd'hui, mon frère dormait sous la terre, à ses côtés.

La suite de ma lecture m'a révélé à quelle vitesse l'entreprise avait crû. Deux ans après que Sainte-Croix était devenu associé, la flotte avait presque doublé, passant à treize bateaux, huit à vapeur, cinq à voiles avec moteur auxiliaire. Tous étaient armés par les soins d'Octave. La compagnie s'était rebaptisée « Société malouine de transports nautiques ». Aujourd'hui, on en aurait fait un acronyme ronflant ; à l'époque, sans doute à cause de leur couleur, les bateaux de la société avaient simplement été surnommés les « Vedettes bleues ».

Un dossier intitulé « Réclames » contenait, sous des liasses de factures scellées par des attaches parisiennes, des épreuves photographiques. Des ébauches de panonceaux publicitaires, exécutées dans le style Art Nouveau, certaines à la gouache, d'autres au crayon, étaient signées du peintre

Mucha. Que Octave ait pu faire appel à un artiste aussi renommé (et aussi cher) disait tout l'espoir que mon aïeul mettait dans le développement de sa compagnie.

Une de ces réclames, peinte dans des tons azur et bleu marine, représentait des plaisanciers nonchalamment appuyés au bastingage, suggérant un voyage sur une mer d'huile : une vision plus qu'optimiste pour qui connaissait la réalité de la météo de la Manche. Mais on n'attrape pas les mouches avec du vinaigre. Et le peu que j'avais découvert m'indiquait déjà que mon arrière-grand-père et son associé semblaient dotés d'un sens des affaires hors du commun.

11

Les appels de mon fils sont si rares – pour ne pas dire contingentés – que j'ai été heureux de l'entendre. Paul voulait simplement bavarder un peu et me raconter ses aventures à l'Ozeaneum où il travaille.

Je ne lui en veux pas de me négliger. Mais j'aurais préféré qu'il ne profite pas d'un séjour linguistique à Berlin pour se faire embaucher cet été à l'aquarium de Stralsund, à l'extrême nord de l'Allemagne. Conséquence : il n'est pas rentré en France en septembre. Cela aurait pu ne pas être un problème, s'il n'avait expédié du même coup sa deuxième année d'École vétérinaire par-dessus les moulins.

J'aurais dû me douter qu'il mijotait quelque chose. Comme pas mal de jeunes aujourd'hui, il est révolté par l'état du monde, amer face à l'égoïsme des générations qui l'ont précédé. Et peut-être n'a-t-il pas tort. Plusieurs fois, il m'avait parlé de son désir d'embarquer avec une association pour une campagne de dépollution marine. J'avais d'abord pensé que c'était une lubie, avant de comprendre qu'il prenait l'affaire on ne peut plus au sérieux.

Dans la fenêtre de l'écran, il paraît détendu. Cela m'avait déjà frappé quand il était venu à Noël. Physiquement aussi, il a changé : plus musclé, plus affûté. Il fait de la course à pied trois fois par semaine et voudrait maintenant passer le permis bateau. Ce soir, il est content car il vient d'être affecté au nettoyage du bassin des otaries avec qui il entretient un « lien spécial ».

Pour résumer, mon fils, mention Très Bien au baccalauréat scientifique, major de sa promotion à l'École vétérinaire, se réjouit à l'idée de récurer une piscine où s'ébattent des mammifères marins. Une part de moi est atterré, l'autre n'est pas loin de l'admirer. Car Paul est en train d'accomplir, à vingt-deux ans, ce que je n'ai jamais osé vraiment face à mon propre père : secouer le joug.

Certes, je me suis installé à Paris au même âge que lui. Mais je n'ai réussi, à grand-peine et au prix de beaucoup de culpabilité, qu'à me dérober à la destinée qu'on avait tracée pour moi. Et ses fantasmes de succession, Charles les a reportés sur mon frère avec une force décuplée. J'ai laissé Guillaume porter seul le fardeau. Quinze ans plus tard, il l'a payé de sa vie : fait-on encore de la moto en rase campagne à l'aurore, quand on va avoir trente-sept ans et qu'on s'apprête à devenir père pour la deuxième fois ? Servane, sa femme, le lui reprochait, et moi je me demandais ce qu'il fuyait, durant ces balades au lever du jour, quand la lumière est encore incertaine et que la griserie de la vitesse, sur les routes désertes, devient irrésistible.

Je ne peux m'empêcher de penser que la pression que mon père exerçait constamment sur lui a *fabriqué* les circonstances de cet accident.

C'est parce que cette idée me hante depuis des années que je me retiens de sermonner Paul. Je ne veux pas le harceler. Pas gâcher sa vie avec des désirs qui ne sont pas les siens.

Malgré tout, je garde l'espoir secret qu'il finisse par changer d'avis et rentrer en France. Pour lui qui aime tant la mer, la Bretagne, au terme de ses études, ne serait pas la pire des destinations.

12

C'est en déplaçant une rangée de dossiers, tout en haut de la bibliothèque, que j'ai découvert la série de carnets en cuir noir. Il y en avait plusieurs dizaines, empilés à l'horizontale au fond du rayonnage. Tous étaient de format identique : vingt centimètres de long par trois d'épaisseur. Leur couverture en cuir repoussé portait un motif incrusté, une sorte de monticule à deux excroissances enserré dans un cercle. J'en ai ouvert un. Chaque page obéissait à une disposition identique : deux colonnes, à gauche une date, à droite une notation.

J'ai parcouru quelques lignes. « 12 janvier : mise en chantier d'une machine de 200 chevaux pour la *Belle-Hermine*. » « 13 janvier : six ballots d'étoupe de Lécureur : 60 francs. » « 14 janvier : dîner au Bec du Corsaire avec Tézé-Villan ; coefficient 104, navette Chausey retard important. »

L'écriture, que j'avais déjà rencontrée dans d'autres documents, était petite, carrée, déterminée. À qui appartenait-elle ? Mon aïeul ou son associé ?

Je savais comment s'appelait ce que je tenais

entre les mains : un livre de raison. Si j'en avais croisé quelques spécimens anciens au cours de mes études, j'ignorais qu'il en existât d'aussi récents. Dans les familles de négociants, une tradition qui remontait à la fin du Moyen Âge voulait que le paterfamilias tînt des comptes journaliers de ce qui avait été vendu, acheté, dépensé et consommé au sein de son foyer. Les grands fermiers et les pêcheurs y notaient les récoltes ou le tonnage, la météo ou les intempéries ; de temps en temps, l'annonce d'une naissance, d'un baptême, d'un décès se glissait entre les lignes.

À travers la marche des affaires et la rigueur sèche des flux financiers, on devinait toutefois dans ces carnets de comptes tenus avec minutie, comme s'ils étaient le pilier de l'économie domestique, des aspects plus personnels : ce que le maître de maison aimait manger, la fréquence de ses voyages, de ses visites chez le tailleur, les frais d'une noce, les dépenses pour un chirurgien ou un apothicaire, proportionnelles à la gravité de la maladie. Les remarques privées ou les réflexions d'ordre spirituel qui les ponctuaient en avaient fait les ancêtres des journaux intimes.

Chacun des cahiers que j'avais descendus de leur rayonnage portait en guise de frontispice le nom de l'année qu'il couvrait ; parfois, il avait fallu plusieurs volumes pour rendre compte d'une seule. Les notations allaient de quelques lignes à un paragraphe, plus rarement une page entière, du moins au début. Le premier livre datait de 1903, le dernier de 1941.

Je n'étais pas insensible à l'ironie du sort, qui déposait entre mes mains une archive inexplorée à l'endroit même où j'étais venu prendre mes distances avec l'écriture de l'Histoire. Mais ce n'est pas tous les jours qu'on a la chance d'entrer de plain-pied dans la vie de quelqu'un, surtout si ce quelqu'un est vraisemblablement votre ancêtre.

Est-ce que cet emplacement reculé dans la bibliothèque avait été choisi pour servir de cachette ? Les carnets contenaient-ils quelque secret qu'on avait voulu dissimuler ? Je n'avais aucun souvenir que mon père y eût jamais fait allusion. Mais s'il en avait parlé à quelqu'un, ça aurait plutôt été à mon frère, ma cousine ou à son père à elle, mon oncle Étienne.

Devant ces étagères dont le moindre centimètre cube est occupé par un dossier ou un registre, leur disposition obéissant parfois à des empilements périlleux, je me suis demandé si je ne cherchais pas midi à quatorze heures, avec mes histoires de cachette. Les livres de raison, après avoir rempli leur office du vivant de leur auteur, avaient simplement été entassés, relégués, oubliés, comme tant de ces choses humaines que l'on a crues fondamentales et qui se sont englouties dans le sillage de leur propriétaire une fois celui-ci disparu.

13

Depuis quarante-huit heures, un vent tranchant comme une lame balaye la côte. L'ennemi est sournois, qui coupe la respiration et jette du sable dans la bouche. La température extérieure était tombée à – 6, une valeur qu'on rencontre rarement par ici, comme si l'hiver tentait un dernier blitz. À moins qu'en ces temps de réchauffement, il faille parler de baroud d'honneur ?

Après avoir tenté en vain de me rendormir, je suis allé contempler le lever du jour depuis le bureau. La lumière argentée de l'hiver faisait miroiter, au fur et à mesure qu'elle se dévoilait, la lisière agitée des vagues. Sur la plage auréolée d'un reste de pénombre, le sable paraissait plus clair qu'à l'accoutumée. Avait-il neigé durant la nuit ? Ce phénomène, rarissime sur la côte, s'était produit une ou deux fois à Noël, lorsque j'étais enfant. J'ai le souvenir que Guillaume et moi avions réussi à faire une bataille de boules de neige, sous les yeux des Malouins éblouis par la blancheur du Sillon.

Cette fois, non, il n'avait pas neigé. L'eau n'était pas tombée du ciel. Mais la température avait chuté si brutalement que le sable, gorgé de l'eau du jusant, avait gelé sur le rivage à mesure que la mer se retirait. C'est la mer qui avait créé ce mirage blanc, ce givre qui enrobait le Sillon d'une pellicule scintillante, comme si une main de géant avait saupoudré les quatre kilomètres du rivage de sucre glace.

Le jour, en se levant, prenait une couleur de miel pâle, dégageant à l'arrière de l'horizon une bande de lapis-lazuli d'une transparence cristalline. La lente conversion des ténèbres vers la lumière était d'une douceur poignante. Je n'ai pas résisté au désir d'attraper mon duffle-coat et d'empoigner mon appareil photo. Au-dehors, en quelques secondes, j'ai été transi : l'onglée me poignait dès que je retirais mes gants et des larmes de froid coulaient sur mes joues. Mais peu importait. J'ignorais quand, pour la dernière fois, je m'étais senti aussi vivant, aussi subjugué par la beauté, aussi *à ma place*.

Quelle fortune au monde aurait jamais pu réussir à fabriquer cette splendeur, ce miracle offert au regard sans contrepartie ?

Une fois rentré, j'ai passé la matinée dans les registres. Seule la sonnerie du téléphone de la maison, un vieux grelot que j'ai mis du temps à identifier, m'a extrait de ma lecture. C'était Cécile, ma cousine, qui avait tenté de me joindre en vain sur mon portable coupé. Sa voix reflétait une tension inhabituelle, et j'ai écouté avec attention ce qu'elle a entrepris de m'expliquer. Il en ressortait que, pour quelques jours, j'allais devoir m'arracher au havre hivernal des Couërons.

14

Il est seul face à l'horizon, et l'horizon lui répond par son immensité. Le promontoire construit par Frédéric Grivolat, les bow-windows qui embrassent l'espace lui donnent parfois l'impression qu'il est le monarque du Sillon. D'autres jours, sa couronne vacille et la solitude s'enroule à ses épaules comme un manteau glacé.

Excepté Alfred, le majordome, tout le monde dort. Julia dort aussi, dans les draps de batiste de son lit étroit, qu'elle exige qu'on change chaque jour. Jamais elle n'a passé une nuit entière dans la chambre d'Octave même si trois personnes pourraient tenir dans la vaste couche sans s'y frôler ; jamais, même les soirs où, comme la veille, elle consent à s'abandonner à l'étreinte de son mari.

Rien que d'y penser, Octave ressent un frisson le long de la colonne vertébrale. La beauté de sa femme, la douceur de sa peau le rendent fou. Il pourrait caresser son corps pendant des heures, s'abîmer en lui, ne jamais le quitter. Parfois, il se demande quel privilège lui a donné le droit, à lui plutôt qu'à un autre, de poser sa main brunie par les heures passées en mer sur cette gorge crémeuse ; le droit de s'aventurer vers le bas de ses reins, et de sentir ployer sous son poids cette chair brûlante, odorante, parfumée de lilas et d'une note piquante de sueur au moment où son corps à lui la recouvre et la possède.

Ces instants, qu'il rougirait d'évoquer auprès de qui que ce soit, sont son trésor. Il en guette l'occasion pendant des semaines, parfois des mois, entre les séjours à Berck, les bébés dont la santé est devenue un tourment quotidien, les indispositions et les accès de mélancolie. Ce sont eux, surtout, qui retranchent son épouse du monde et de ses bras, plus durement que la plus dure des coques d'acier.

Avec Julia, il a mis un point d'honneur à être doux. Les hommes qui traitent les femmes comme les réceptacles de leur luxure lui répugnent ; ceux qui, comme Sainte-Croix, collectionnent les conquêtes au mépris des liens du mariage le consternent.

Après ses noces, Octave a enduré des semaines de solitude, avant d'oser de timides étreintes. Frustré, mais conscient de ce que la violence de son désir d'homme pouvait heurter chez une jeune fille à peine sortie de l'adolescence. Il eût été criminel de flétrir par un empressement malvenu cette sensibilité exquise qui n'avait connu que le cocon familial de Saint-Briac, les rêveries et la lecture des poètes. Et puis, elle avait accepté de devenir sa femme : n'avait-il pas la vie entière pour l'apprivoiser ?

Quand l'heure est arrivée, enfin, la nuit où Julia a expiré un « oui » presque inaudible en réponse à sa prière et qu'elle lui a fait don du plus secret de sa chair, il s'est efforcé de ne pas la blesser. Il a longuement caressé, ensuite, ce ventre dont il venait de faire la connaissance avec ivresse, a murmuré des mots de gratitude et de tendresse, étreint la nuque gracile, baisé la bouche fruitée, interminablement.

Il se rappelait sa respiration à elle, profonde, rauque. Devant son visage de madone défaite, il n'aurait su dire si elle avait ressenti cette nuit-là du plaisir, de la douleur, ou les deux. Elle avait ensuite demandé, d'une voix enrouée, la permission de regagner sa chambre. Octave l'y avait portée dans ses bras, avec le même sentiment de fierté qu'il avait éprouvé en lui faisant franchir pour la première fois le seuil de la demeure conjugale.

Depuis, l'énigme est entière. Elle se donne à lui quand il en exprime le désir, ce qu'il s'abstient de faire trop souvent, de peur de la dégoûter. Une fois, une seule, après la mort de Suzanne, à son retour de Berck, il a insisté. Il l'a longtemps regretté. Dans ses bras, Julia est molle, ductile, consentante. Presque trop, pense Octave. Quand lui voudrait psalmodier son prénom, elle n'émet pas un son.

Parfois, à bout d'angoisse et de désir, il la supplie de dire quelque chose. Il voudrait qu'elle l'étreigne, le griffe, le morde, le rejette, qu'elle crie son exultation ou bien son dégoût ; il voudrait savoir, enfin, ce qu'elle pense.

Mais elle se contente d'ouvrir sur lui ses yeux liquides, ce paysage clair et indéchiffrable dans lequel il lit à la fois tout et rien ; ce regard aussi vaste que la mer, qui, dans son intensité muette, lui fait peur.

15

Cécile m'avait expliqué que nous devions nous rencontrer dans les plus brefs délais. Il s'agissait de préparer le prochain conseil d'administration.

— Ça ne peut pas attendre ton passage à Rennes ?

— Non, je préférerais te parler avant. De vive voix.

Je me serais bien passé de cette escapade à Paris. Mais mon pourcentage de parts, stratégiquement calculé par mon père, m'interdit de me désintéresser complètement du sort de la firme. Au fond, Charles aura réussi son pari à titre posthume, celui de peser sur ma vie au-delà de sa propre mort.

Bien que nettoyé et aéré une fois par mois en mon absence, mon appartement sentait le renfermé. Quand j'y avais pénétré, j'avais eu l'impression dérangeante d'entrer chez un autre. Cette désorientation n'avait duré que quelques secondes ; assez pour me faire comprendre, cependant, quelle distance s'était creusée avec mon ancienne vie. Bien que le double vitrage étouffât les bruits de la rue, je continuais à chercher le bruit du ressac au milieu de ce silence de catafalque. Mais il n'y avait là qu'un homme seul, enfermé dans une forteresse de papier pour oublier la vilaine cinquantaine qui l'attendait au tournant.

Au restaurant, qu'elle avait choisi proche des bureaux parisiens de la firme, ma cousine m'a paru imperceptiblement vieillie. Sans doute se disait-elle la même chose de moi. À nos âges, quelques mois sans se voir commencent à faire la différence. Nous nous sommes embrassés, un peu gauches. Les démonstrations d'affection n'ont jamais été le point fort des Kérambrun.

— Alors, Saint-Malo, comment ça se passe ?

Ma cousine faisait partie de ceux qui pronostiquaient mon retour rapide à Paris.

— Très bien. Et toi ? Les enfants ?

Elle m'a donné quelques nouvelles de leurs études. Mais je savais qu'elle ne m'avait pas demandé de venir à Paris pour évoquer la scolarité de nos progénitures respectives. Elle n'a d'ailleurs pas attendu le dessert pour entrer dans le vif du sujet ; à savoir le projet qu'elle avait de racheter un chantier naval à Plymouth. Le Brexit avait mis à mal le propriétaire et ma cousine y voyait une occasion de rayonner plus loin, avec un modèle haut de gamme, un petit hors-bord rapide et luxueux à destination du marché asiatique.

Ses arguments étaient clairs, pertinents, précis ; nous avions beau nous connaître depuis toujours, Cécile avait préparé notre déjeuner avec le même soin qu'une réunion de travail. Au reste, c'en était une. Moi, je masquais comme je le pouvais mon ennui.

— Ça a l'air tout à fait prometteur, ton affaire. Et je vois que tu as bien étudié le marché.

J'ai ajouté :

— De toute façon, c'est toi la patronne, maintenant.

— J'ai décidé de présenter le projet au prochain conseil d'administration.

— Ça va passer comme une lettre à la poste.

— Justement non. J'ai eu vent du fait que Jacques Rodriguez était décidé à me mettre des bâtons dans les roues. Il parlemente dans mon dos avec les autres actionnaires. Il t'a approché ?

— Non. Qui est-ce ?

— Le directeur financier.

Je me suis soudain rappelé le personnage. La soixantaine bien entamée, un faciès de courtisan, une arrogance sans limites. De toute évidence, ce monsieur se prenait pour l'éminence grise de Kérambrun. J'avais eu le temps de l'observer durant les interminables séances de discussion entre actionnaires qui avaient suivi la mort de mon père : sous ses airs patelins, ce type suait la malveillance. J'avais noté que les femmes de l'assemblée l'évitaient comme la peste, remarqué la condescendance pénible avec laquelle il traitait son assistante, et même ma belle-sœur. Pas étonnant que la nomination de Cécile à la tête de la compagnie lui soit restée en travers de la gorge.

J'ai soudain compris pourquoi ma cousine avait tant insisté pour me voir.

— Tu as peur que ton Rodriguez essaye de me retourner ?

S'il est bien une qualité qui caractérise Cécile, c'est sa franchise.

— Il n'hésitera pas. Il se répand dans les bureaux en parlant de mon incompétence et il a déjà tenté de manipuler Servane. Cette peau de vache me fait beaucoup de tort. C'est pour ça que je dois savoir si tu es prêt à voter pour le projet.

J'ai hoché la tête.

— Je te signerai un pouvoir.

Cécile m'a souri.

— Tu me retires une sacrée épine du pied, cousin.

C'était bien le moins que je puisse faire. Parce que, en acceptant de reprendre Kérambrun à ma place, ce n'est pas une épine du pied que m'avait retirée Cécile, mais le hallier de ronces tout entier.

Une fois la question Rodriguez réglée, la conversation s'est allégée. Cécile, qui avait l'emploi du temps d'une ministre, était intriguée par la façon dont je passais mes journées.

— Je trie les archives de la famille.

— Quel genre d'archives ?

— Les actes notariés signés à la fondation, de vieux dossiers comptables. J'ai trouvé des livres de raison, aussi.

— Qu'est-ce que c'est ?

— Une espèce de journal de la compagnie. Je suis presque sûr que c'est notre aïeul, Octave, qui l'écrivait.

Ma cousine a cueilli la framboise qui ornait le dôme de son fromage blanc.

— Depuis quand tu t'intéresses à la famille, toi ?

— Je suis tombé dessus par hasard… Tu savais que le fondateur avait eu un associé ?

— Je crois même qu'il en avait eu deux.

— Ah bon ? J'ai vu le nom d'un Ambroise de Sainte-Croix, un avocat. Qui était l'autre ?

Cécile a réfléchi quelques secondes.

— Un négociant. Un Anglais ou un Écossais, je

crois. Il a dû rejoindre la compagnie plus tard. Et il n'est pas resté.

— Comment il s'appelait ?

— Aucune idée. Charles m'en avait parlé un jour où on était allés à Jersey. L'associé avait vécu là, apparemment. Tu sais que les bateaux Kérambrun ont été les premiers à faire la navette régulière avec les îles Anglo-Normandes ? La compagnie avait même acheté des entrepôts à Jersey.

Cécile a posé ses yeux d'argent sur moi.

— Ton père était fier d'incarner une grande lignée d'armateurs. Je sais qu'il a fait pression sur toi quand Guillaume est mort. Et que ça a été pénible. Mais il avait tout sacrifié pour la compagnie. Et son propre père ne lui avait pas laissé le choix. C'est pour ça qu'il n'a jamais accepté que tu puisses avoir envie d'autre chose.

J'ai éliminé la partie de l'information qui me concernait.

— Il t'a parlé de son père ?

— Quelquefois, ces dernières années. Apparemment, le vieux Juste lui en avait fait voir de toutes les couleurs.

Le regret m'a envahi. Je découvrais que mon père avait été plus proche de ma cousine que de moi, qu'il lui avait confié ce qu'il ne m'avait jamais raconté. En même temps, de quel droit m'en plaindre ? Notre hostilité, je l'avais voulue, fabriquée, entretenue. S'il fallait désigner un coupable pour les silences qu'elle avait engendrés, c'est d'abord à moi que je devais m'en prendre.

16

Durant les quatre jours de mon séjour parisien – qui m'ont semblé durer une éternité –, j'ai sélectionné dans ma bibliothèque des livres nécessaires à la rédaction de mon traité sur la piraterie. J'en ai profité pour désherber les étagères surchargées. Les volumes que j'entassais dans des boîtes, en créant des trouées dans les rayonnages, faisaient paraître l'appartement encore plus désolé qu'il ne l'était.

La veille de mon départ, Jacques Rodriguez m'avait laissé trois messages, pour parler d'une affaire urgente « de nature à mettre en péril l'avenir de la compagnie Kérambrun ». Il insistait pour m'extorquer un rendez-vous. Cécile avait vu juste : son directeur financier était bel et bien en train d'essayer de semer la discorde au sein de la famille. Je me suis contenté d'archiver ses messages et en ai envoyé une copie à ma cousine.

Dans la lumière dépouillée de la fin de l'hiver, Paris brillait d'un éclat limpide. J'ai beaucoup marché dans les rues, déjeuné avec mon copain Renaud Catalayud, le psychiatre. Hésité, puis renoncé à inviter à dîner une femme que j'avais rencontrée l'année précédente, la seule que j'avais connue après le départ de Marie-Laurence. Nous nous étions vus pendant plusieurs mois et j'avais une affection sincère pour elle ; pas assez, néanmoins, pour vaincre la peur d'un nouvel échec et faire l'effort de rester dans cette ville où je n'avais plus envie de vivre. Quand je lui avais annoncé que je quittais Paris, elle avait encaissé sans sourciller. Mais plus jamais, ensuite, je n'avais reçu de réponse à mes messages.

J'avais compris trop tard à quel point mon égoïsme l'avait blessée.

La douzaine de cartons de livres, qui arriverait bientôt au 176, chaussée du Sillon, a été enlevée le vendredi matin par un transporteur. Il y en avait plus que prévu – beaucoup trop, dans l'hypothèse où je reprendrais mon poste en septembre prochain. Mais pour l'instant, je préférais ne pas y songer.

À l'instant où j'ai posé le pied sur le quai de la gare de Saint-Malo, j'ai été envahi par un sentiment de libération. Dédaignant une fois de plus le taxi, j'ai emprunté l'avenue de Moka et marché jusqu'à la mer, croisant les anciens rails, le parking, le cimetière. Désormais, l'expression « rentrer chez moi » se confondait avec ce trajet.

Sur la digue, le ressac avançait avec une lenteur feinte, comme s'il cédait à la tentation de se dorer au soleil. Chaque vague décrivait un arc de cercle paresseux qui recouvrait la précédente. Bientôt, l'eau atteindrait le niveau des brise-lames. La serrure des Couërons s'est ouverte cette fois sans difficulté et j'ai été cueilli dans le vestibule par l'odeur unique de la villa, une fragrance de bois et de minéraux que ma présence avait contribué à modifier, y ajoutant ses notes de thé fumé et de plâtre frais.

Revoir mes papiers étalés m'a donné l'impression de retrouver une tanière, chaude et hospitalière. Ces dossiers, que je songeais à abandonner à la déchetterie quelques semaines plus tôt, me paraissaient dorénavant le plus précieux des trésors. Quant aux carnets, je sais aujourd'hui avec certitude qu'ils ont été rédigés par mon arrière-grand-père Octave. Il a suffi pour l'établir de comparer leur écriture avec celle des lettres qu'il adressait à ses fournisseurs. Leur graphie petite et serrée, qui n'offre aucune difficulté de déchiffrement, suggère que le scripteur était un homme éduqué, méthodique et intelligent.

Mais l'urgence du moment était de faire de la place aux livres qui étaient en route. J'ai déplacé certains des volumes de la bibliothèque dans ma chambre et transféré une rangée de boîtes de factures, de mémorandums et de notes techniques dans l'annexe. J'y ai aussi transporté plusieurs correspondances professionnelles, échangées avec Dubuisson (architecte naval), Pierrepont (menuisier), Gautier (non précisé), un nom que j'avais rencontré plusieurs fois dans les livres de raison.

Vérification faite, c'est bien de cet homme, le « Père Gautier », comme il l'appelle – j'apprendrais plus tard qu'il s'agissait du constructeur naval le plus réputé de Saint-Malo – que Octave reçoit le premier navire neuf de sa flotte. Grâce au carnet à la couverture de cuir repoussé de 1904, auquel je me reporte dans la foulée, je peux suivre pas à pas les étapes de sa mise en service : après une première inspection minutieuse opérée par Octave en personne, puis une deuxième, durant laquelle il se fait accompagner d'un dénommé Le Corff, le Bureau Veritas rend à son tour un avis favorable. Le *Bosphore*, un brick-goélette de 280 tonneaux, sur lequel l'armateur a fait ajouter un moteur à vapeur, est autorisé à prendre la mer le 10 janvier.

Le premier voyage a lieu le 19, en plein hiver. Chaque paramètre, chaque mesure ont été méthodiquement reportés. À un siècle de distance, la fierté d'Octave est perceptible. « Traversée à vide jusqu'à Chausey : à l'aller, voiles et machine auxiliaire, au retour, machine seule. Vent debout et mer formée. 4,5 nœuds, au-delà de mes espérances. » Il récidive une douzaine de jours plus tard : « Première grande traversée du *Bosphore*. Au petit matin, départ pour Jersey avec Le Corff, timonier, et Guilcher, mécanicien. Voiles et machine auxiliaire. 18 quintaux de bois et 12 de charbon en cale. Aller par temps forcé, 7,5 nœuds, apport de la machine sensible à mi-chemin, retour vent en poupe, voiles affalées, propulsion moteur uniquement. Temps de traversée : 4 h 45. »

17

En attendant l'arrivée de mes cartons, assis à la place où mon père se retranchait chaque été, je me laisse absorber par les livres de raison, dont je tourne les pages avec avidité. Je ne sais ce qui m'émeut le plus : le fait de disposer d'une trace, moi qui travaille sur une époque où elles étaient si rares, ou celui d'imaginer que je descends de l'homme qui a rempli ces carnets.

À moins que le vrai miracle soit de pouvoir se tenir ici, cent ans plus tard, dans la pièce même où mon aïeul a écrit ces lignes ; que les guerres, les tempêtes et les ravages d'un siècle ayant connu tant de tourments aient épargné les Couërons et préservé de la destruction ces registres oubliés au fond d'une étagère.

Le début de l'année 1904 se révèle animé pour Octave de Kérambrun. Outre la réception du *Bosphore*, le jeune armateur mentionne sa première rencontre avec son futur associé, Ambroise de Sainte-Croix. Celle-ci a lieu à Rennes le 18 janvier et se fait en présence de son père, qui connaît bien la famille de l'avocat. Rien n'en est rapporté, sinon que l'entretien a duré près de trois heures et qu'il s'est soldé par un dîner dans un restaurant réputé.

Le 4 février, Octave est convié à un thé chez des relations de sa mère, à Saint-Briac : peut-être un traquenard mondain, si fréquent dans ces milieux huppés où les parents sont obsédés par l'idée de marier leurs filles avec de jeunes garçons de bonne famille. Octave note : « Deux sœurs, Hélène, l'aînée, grande, les yeux bleus, sportive, de l'allure, et Julia, la cadette. Elle est aussi brune que l'autre est blonde, plus mince et plus sauvage, aussi. Elle tenait un livre qu'il lui a coûté d'abandonner. »

Mais Octave ne fait pas que boire du thé et déguster des soupers fins. Il s'entretient avec des marchands de charbon, de vin, des transporteurs d'épices ainsi qu'avec un dénommé Hervieu, le fondé de pouvoir du Crédit commercial rennais. L'ingénieur a des projets, il en déborde même. Mais il manque de liquidités pour les concrétiser. Au casino, lors d'une soirée « en l'honneur du commandant Vallières », toujours accompagné de ses parents, le jeune entrepreneur fait la connaissance du général de Kérautret, futur commandant de la garnison de Saint-Malo. Ils évoquent la nomination du prochain préfet de police, un certain Tézé-Villan, qui doit arriver de Lorient le mois suivant.

Au milieu de sa chronique, mon aïeul ne cesse de prendre des notes sur les bateaux qu'il rêve de mettre à l'eau. Il compulse les cartes, navigue en compagnie de Le Corff, apprend à connaître les courants. Il calcule les marées et les chevaux-vapeur avec une aisance que lui envieraient bien des physiciens, trace des itinéraires, minute les rotations. Il consulte les vieux capitaines, des loups de mer rompus aux périlleuses campagnes de Terre-Neuve, mais aussi un ancien condisciple de Polytechnique, qui s'est lancé depuis peu dans la fabrication d'automobiles et a pour nom André Citroën.

L'énergie que déploie ce jeune homme de vingt-quatre ans m'impressionne. Sa foi indéfectible en la puissance de la mécanique aussi. Sa volonté de vaincre les forces maritimes par la combinaison de l'action des vents et des chaudières frôlerait au demeurant la présomption si elle n'était assortie d'une force de travail peu commune. Octave de Kérambrun est résolument un homme du XXe siècle, fasciné par la technique, le progrès, la vitesse. Il veut créer sa propre usine mécanique, équiper des navires d'un nouveau genre, capables de braver sans risque les mers les plus ingrates.

Il est persuadé – et il l'écrit à son banquier – que la machine révolutionnera le travail maritime. Elle rendra la mer plus sûre ; grâce à elle, c'en sera fini des veuves de patrons pêcheurs condamnées à la misère, des chômeurs ivres dont on retrouve le corps dans les rades après des rixes nocturnes, des accidents sur des rafiots aux voiles ingouvernables. Les moteurs permettront un meilleur rendement de la pêche et une navigation plus économe en vies humaines.

L'ingénieur n'exclut pas de former ses propres mécaniciens, avec la volonté de leur assurer une rémunération « plus favorable que le revenu d'un ouvrier des chantiers navals ou d'un paysan ». Il veut attirer les plus compétents, leur inculquer des rudiments de physique et de mathématiques, les intéresser, y compris financièrement, aux moteurs qu'ils vont assembler.

Je suis frappé de voir combien, en cette année 1904, les ambitions de ce fils de grands bourgeois malouins revêtent des accents quasi socialistes.

18

En 1905, la vie quotidienne d'Octave prend le pli qui sera le sien pour longtemps. D'un côté, ses obligations d'armateur (commandes, gestion du fret, visites sur le chantier du Père Gautier), de l'autre, son activité de motoriste, attestée par des notations techniques et des formules d'alliage pour les pièces métalliques des engins.

Méthodique, il compile en fin de cahier les noms des personnalités qu'il a rencontrées : Jouanjan, maire et conseiller général, Gasnier-Duparc, professeur ; Tézé-Villan, préfet de police ; Bara, négociant en spiritueux. Mentionné également, un certain Augustus Minchinton, négociant : ce pourrait être lui, le fameux associé anglais. Octave en entend parler par un armateur de Jersey et le croise brièvement à Granville à l'automne. Mais, là encore, rien n'est dit sur la teneur de leur entretien.

Les schémas et les croquis qu'il esquisse directement sur ses carnets permettent de voir s'ébaucher des pièces de moteur, des tracés de coques, des lignes de carène. Ces illustrations techniques, au demeurant non dépourvues de beauté – le trait en est net, ferme, stylisé – révèlent que leur auteur avait cent idées à l'heure : pas seulement pour améliorer les engins de propulsion, mais aussi pour parfaire le dessin d'ensemble de ses bateaux. Octave lit des traités d'architecture navale, se passionne pour la technologie des moteurs Diesel, absorbe la moindre bribe d'information sur la navigation à voile. Sa capacité d'assimilation semble sans limites.

Peu d'allusions à sa vie privée, du moins les deux premières années. Les rares mentions disséminées dans les pages me permettent cependant de reconstituer les racines de l'arbre généalogique. Octave a épousé Julia Le Mélinaire en août 1905. Leur première fille, Suzanne, est née à la fin de l'été suivant. Curieusement, c'est la grand-mère paternelle qui s'est attelée aux préparatifs du baptême. De l'enfant, il n'est plus question, jusqu'à ce que mon arrière-grand-père note, laconique, six semaines après la naissance, les frais d'une visite du docteur Montgenèvre. Puis, cinq jours plus tard : « Notre petite Suzanne est au ciel. » Euphémisme convenu ou croyance à laquelle adosser son chagrin ? Peut-être les deux.

Un deuxième enfant, Ernest, naît le 7 septembre 1907, moins d'un an après le décès de sa petite sœur. C'est aussi en 1907, le 18 février très exactement, que Octave consigne une nouvelle rencontre avec « A. Minchinton, négociant à Jersey ». Les deux hommes se revoient en mars (Octave lui fait visiter sa flotte) puis en avril, à Saint-Hélier, cette fois accompagnés de Sainte-Croix, l'associé malouin. Il est question d'organiser ensemble des rotations en direction de Jersey et de Guernesey (blé, pommes de terre, bois et charbon) ainsi que d'accroître la capacité de transport de passagers.

Mon aïeul a réussi à convaincre le fondé de pouvoir du Crédit commercial rennais de lui accorder un nouveau prêt ; il investit la somme dans la construction d'un navire de fort tonnage. Une carte postale, datée du 25 mars 1907 et restée prisonnière des pages du carnet, représente la proue d'un navire Kérambrun, un beau brigantin fendant les flots. Au vu de la cheminée qui se dresse sur le pont arrière, il s'agit sûrement d'un de ces fameux *steamships*, bateaux mixtes, à qui Octave avait ajouté un moteur en sus des voiles. Le verso de la carte, lui, est demeuré vierge.

Le rendu exceptionnel de la photographie attire mon attention : il est le signe que le fabricant a travaillé à partir d'une épreuve d'excellente facture. L'angle choisi, une légère gîte à bâbord, donne à la silhouette du navire, avec sa proue effilée, ses longs flancs et ses voiles auriques, un dynamisme flatteur. Pour obtenir pareil résultat, le photographe n'a pu opérer qu'en mer, depuis un navire suiveur. S'il a travaillé avec des plaques, obtenir une telle netteté relève de l'exploit. Un nom est peint sur la coque noire (« *La Fière Hermine* ») et une signature stylisée, au bas de l'image, fait office de logotype (« Hodierne Frères »).

À l'arrière-plan, une excroissance rocheuse que je reconnaîtrais entre mille : Cézembre.

J'abandonne le cahier. L'île est là, encadrée par les montants des bow-windows. Même si ses reliefs paraissent moins saillants que sur la carte postale, la permanence du paysage est troublante : j'ai sous les yeux exactement le même panorama que celui que Octave a fait photographier, comme si le siècle qui nous séparait venait de s'effacer. J'imagine mon aïeul tiré à quatre épingles, la barbe bien taillée, le cheveu court, inflexible comme mon père, debout devant l'horizon ; à moins que ce jeune homme dynamique et inventif n'ait préféré des tenues plus chics, des guêtres, une fine moustache ou un chapeau melon.

Je n'avais jamais vu de portrait du fondateur jeune. Les seules images de lui que je connaissais étaient les clichés affichés dans les locaux de Kérambrun. Sur ceux-ci, Octave a une soixantaine d'années, un visage maigre et glabre. Mon père, lui, ne nous a jamais montré d'album. À peine nous a-t-il été donné d'entrevoir des photographies où l'on apercevait mon grand-père, Juste de Kérambrun : des clichés apparus dans les grandes occasions (le jour de notre communion chez ma grand-mère Léone, sur une diapositive du mariage de Guillaume) et aussitôt escamotés.

Sur ces photos, le père de mon père avait l'air d'un vieillard, immense et décharné.

Il paraît que je l'avais connu, et même rencontré aux Couërons. Mais j'avais quatre ans lorsqu'il était mort. Et, de lui, je ne gardais pas le moindre souvenir.

19

J'ai rêvé cette nuit que mon père était de retour. Je savais qu'il était mort, mais cela ne nous empêchait pas de nous retrouver dans le grand bureau des Couërons. Charles était assis dans le fauteuil et l'odeur de son cigare, mélangée au vétiver de son eau de toilette, me saisissait aux narines.

Devant les papiers étalés, il me faisait remarquer qu'il était grand temps que je m'intéresse à l'histoire de la famille. Après quoi il sortait d'un tiroir un album. Malgré sa finesse, celui-ci contenait des centaines, peut-être des milliers de clichés. Mon père tournait les pages, tapotait les rectangles de l'index et énumérait pour moi des prénoms, des dates, des lieux, de plus en plus vite. Assis devant lui, je n'avais rien pour écrire ; mais je savais que si je l'interrompais, ne serait-ce que le temps d'attraper un stylo, il entrerait dans une colère glacée et refermerait l'album. Alors, je tentais comme un fou de mémoriser les informations, jusqu'à ce que les époques et les visages se brouillent, pendant que le bruit des vagues recouvrait sa voix.

Je me suis réveillé en sueur. La marée avait atteint la digue et l'ébranlait de ses coups réguliers. Coefficient 100, houle et vent sifflant : je n'étais pas près de me rendormir. Je suis descendu dans la cuisine grignoter un biscuit. J'aime cette pièce du rez-de-chaussée, rencognée à l'arrière de la maison. J'y passais des heures à préparer des gâteaux avec ma mère et ma grand-mère. Cet endroit a toujours été pour moi synonyme de paix – peut-être parce qu'il était un royaume de conversations anodines et d'occupations domestiques, territoire inviolable où mon père ne mettait jamais les pieds.

Les coups contre la pierre se sont espacés. La mer clapotait maintenant, signe que l'étale n'était pas loin. Je me suis rappelé mes premiers séjours ici, le mystère terrifiant pour le petit garçon que j'étais de ces nuits d'un noir d'encre où le ressac tapait comme un fou, éclaboussant jusqu'aux volets de bois du rez-de-chaussée. Un soir, je m'étais réveillé à cause d'une grande marée, de celles dont le coefficient à trois chiffres fait trembler les murs des villas. J'avais sept ans et je me souviens encore de la terreur qui m'avait conduit directement dans le lit de ma grand-mère. Cette preuve de faiblesse avait exaspéré mon père, qui y avait longtemps fait allusion à table, devant mes oncles ou mes cousines. Charles ne mesurait pas à quel point il pouvait être humiliant, parfois.

En grandissant, je m'étais accoutumé au grondement de l'eau, à son crescendo qui peuplait mes nuits de rêves mouvants. Les camarades parisiens de Guillaume, quand il les invitait ici pour quelques jours, élisaient systématiquement, à leur arrivée, la grande pièce du bas, celle qui donnait sur le front de mer, comme dortoir. Il n'était pas rare, ensuite, qu'ils avouent à Soizic, lorsqu'elle leur demandait malicieusement s'ils avaient bien dormi, qu'ils avaient passé une nuit blanche. Ma femme, elle, soutenait qu'il était impossible de fermer l'œil dans cette maison. Un prétexte pour éviter les vacances avec son beau-père ?

J'ai repensé à mon rêve. L'album photos. Pourquoi n'en avais-je pas trouvé aux Couërons ? C'était mon père, le gardien du temple, pas ses frères. Et je ne connaissais aucune dynastie d'industriels contemporaine de la nôtre qui n'ait eu son photographe attitré. On immortalisait les couples, les grands-parents, les bébés ; on retouchait les clichés, on les ordonnait et on en apprenait les légendes par cœur, comme un catéchisme familial dont l'exhibition périodique constituait le socle du culte. C'est ainsi que des théories d'enfants vêtus de barboteuses, de costumes marins et de bottines avaient défilé dans les studios des photographes avec leurs frimousses perplexes ou contrites. Rétifs à l'exercice, certains se rebellaient, ne laissant que le flou de leur visage en pâture aux plaques photosensibles.

Une fois tirés au secret de la chambre noire, ces clichés savamment retouchés, voués à construire dès l'instant de leur prise la mémoire de l'avenir, étaient ensuite rassemblés dans des albums reliés de maroquin ou de cuir de Russie, afin d'écrire le roman de la réussite sociale. Cette bible qu'on se transmettrait comme un totem racontait le prestige conquis, la richesse, la respectabilité, à grand renfort de voitures à cheval, de goûters au jardin, de perrons et de setters irlandais couchés aux pieds de leur maître. Dans ces éclats de papier sensible, la chimie avait aussi gravé la lumière, les murs, les visages, la silhouette des domestiques et parfois même le chat de la maison : on en ferait des dizaines d'années plus tard la patiente exégèse devant une tasse de thé ou un verre de porto, oubliant peu à peu qui était cette femme chevaline au bout de la rangée ou ce jeune homme aux traits si délicats qu'on aurait dit ceux d'une fille.

C'est pourquoi il était inenvisageable que Octave de Kérambrun, qui faisait appel pour ses publicités à des photographes réputés et à des peintres de renom, ait refusé de sacrifier à ce rituel. Qu'il n'ait pas succombé, lui aussi, à la tentation de faire fabriquer sa légende illustrée par des artisans aussi habiles à en magnifier l'éclat qu'à en dissimuler les imperfections.

20

À sept ans, on n'est encore qu'un enfant. La nuit, on dort dans la grande maison, blotti au creux de son lit chaud, après avoir reçu de Père un baiser sur le front et, les jours fastes, une main de Maman glissée dans les cheveux. On a l'âge de s'abandonner au sommeil, peuplé de rêves brillants ou de cauchemars selon que Miss Hershley aura lu des récits d'explorateurs ou des histoires de loups-garous avant que les yeux se ferment à cause du marchand de sable.

À sept ans, on est un grand garçon, a expliqué Père. Si on se réveille parce que la mer gronde trop fort, on sait qu'on doit attendre que les vagues « repartent en Angleterre » – comme dit Monsieur Le Corff. On ne doit plus gratter à la porte d'Henriette, même si son giron est plus accueillant que les bras de Mère. Mère, elle, ne donne jamais que de petites tapes, ou une caresse sur la tête quand elle est de bonne humeur.

Soudain, l'enfant est réveillé par des voix. Celle de son père. Celle de sa mère. Celle du grand homme qu'il voit de temps en temps et qui lui pince la joue en l'appelant « Pirate » avec un drôle d'accent. Sa mère, dix ans après, il en aura beaucoup oublié ; mais pas sa voix cette nuit-là.

Son père prononce des phrases à toute vitesse, trop bas pour qu'on comprenne ce qu'il dit. Il a l'air fâché. Puis un drôle de gémissement retentit, aigu, comme la plainte d'une bête. On entend des pas qui montent l'escalier en faisant grincer fort les marches (lui sait comment les descendre sans un bruit), une porte qui claque. Et le silence.

À sept ans, enfant ou grand garçon, on sait reconnaître que quelque chose de grave vient de se passer.

Il se faufile hors de la chambre. Le sol est froid à ses pieds nus. Mais la peur et la curiosité sont les plus fortes. Il passe la tête par-dessus la rambarde. Au dernier étage, encore du bruit, mais il ne voit personne. On dirait que quelqu'un pleure. Pas tout à fait des pleurs : plutôt des cris, entrecoupés de sanglots. Il hésite à appeler à l'aide, se ravise. Et si un loup-garou était vraiment *entré dans la maison ? S'il avait assassiné Père ? Ses entrailles se tordent, l'enfant a soudain peur de s'oublier là, dans l'escalier ; et désormais, il n'a plus le courage de retourner dans sa chambre solitaire.*

À pas feutrés, il entrouvre la porte de celle d'Armand, son petit frère. Le ronflement de la bonne, qui dort comme une souche dans la pièce à côté, remplit l'espace. Ce bruit familier le rassure. Il se faufile dans le lit du cadet, qui lui aussi a les yeux grands ouverts, et met un doigt sur ses lèvres, avant de serrer contre lui le corps minuscule, qui tremble aussi fort que le sien. Il rabat le drap sur leurs deux visages. À sept ans, on n'est encore qu'un enfant. Mais on a compris que, face au loup-garou, il faut se cacher pour ne pas mourir.

21

L'énergie maniaque que je pouvais consacrer à retrouver un objet perdu faisait souvent peur à ma femme. Je me demande ce qu'elle aurait pensé en me voyant fouiller les rayonnages avec autant d'opiniâtreté. Rien ne ressemble plus, par le format, à un album photos que les registres que j'avais sous les yeux ; et chacun de ceux que j'ouvrais avait une fâcheuse tendance à me retenir pendant des heures. Listes de marchandises, de traversées ; noms de bateaux qui fleuraient bon leur époque, le *Zélande*, le *Prosper-Jeanne*, le *Saint-Fulgence*, le *Chat Pêcheur de Saint-Malo* ; noms de capitaines et de marins, index des payes et des primes qui ressuscitaient un monde, celui de la marine marchande et des travailleurs de la mer.

Malgré une température devenue plus clémente, le vent continuait à s'acharner sur le littoral. Le dimanche après-midi, je me suis extirpé de mon bunker d'archives, le temps de prendre l'air. J'avais emporté mon appareil photo : le désir d'immortaliser le nuancier de la mer, le calendrier de ses variations chromatiques, ne me quitte jamais tout à fait.

Je venais d'arriver à la hauteur des Thermes quand ma casquette de tweed, pourtant solidement vissée sur mon crâne, a été emportée par une bourrasque.

C'était ma femme qui l'avait achetée pour moi dans un magasin de Galway, la ville d'Irlande où nous avions fait notre premier voyage après la naissance de Paul. Je me rappelle encore l'impression de légèreté qui m'avait traversé là-bas, un sentiment que j'avais très rarement ressenti par la suite.

Ce souvenir me ramène aux années *d'avant*. À Marie-Laurence, qui n'avait pas toujours été un dragon domestique. Non, on ne s'était pas toujours disputés pour une séance de natation trop longue, un après-midi au cinéma où je l'avais laissée aller seule avec Paul ou une paire de chaussures qui traînait dans l'entrée. Avant notre guerre quotidienne, il y avait eu entre nous du désir, de la tendresse, de la solidarité à l'heure de construire nos vies professionnelles – son premier cabinet, mon premier poste à la fac. Et surtout, ce qui nous avait liés par-dessus tout : l'amour pour notre petit garçon.

Jusqu'au jour où Paul n'avait plus suffi.

Pendant que je me laissais envahir par la nostalgie, regardant pensivement ma casquette dériver au sommet d'une vaguelette, la joggeuse au K-way bleu turquoise, celle que je voyais de temps en temps passer depuis mon observatoire, a fait son entrée dans mon champ de vision. Elle a immédiatement dévié de sa trajectoire, accéléré et filé vers la tache sombre formée par le tissu, sans se soucier de l'eau qui l'éclaboussait à chaque pas.

Quand elle est revenue vers moi – qui n'avais pas

bougé d'un pouce –, ses baskets et le bas de son fuseau étaient trempés. Elle était grande, beaucoup plus que la distance me l'aurait laissé deviner. Son teint était pâle, ses joues creuses et parsemées d'éphélides. Un front large, des pommettes hautes, un nez droit. Impossible de deviner la couleur des cheveux, emprisonnés sous le bonnet.

Mais ce sont ses yeux qui m'ont arrêté.

Des yeux si étranges que je les ai d'abord crus franchement vairons, avant de comprendre que ses iris, d'un vert liquide qui tirait par endroits sur le bleu, étaient l'un et l'autre marbrés de pigments bruns et or. Mais chacun avait opéré le mélange dans des proportions différentes, créant la dissymétrie qui m'avait frappé. Je connaissais le nom de cette anomalie génétique : l'hétérochromie. Paul m'avait appris qu'elle était fréquente chez certains chats. Mais chez ma coureuse, elle inspirait surtout la pensée que le ciel, la mer et la forêt s'étaient rencontrés dans son regard.

— Vous la prenez ou je la garde ?

La casquette qu'elle me tendait ressemblait à un chiffon informe. J'ai sursauté, prenant conscience que j'étais en train de dévisager celle qui me parlait comme un malotru. J'ai saisi le tissu dégoulinant, balbutié un remerciement.

— Pas de quoi, a rétorqué la femme.

Avant que j'aie pu ajouter quoi que ce soit, elle avait repris sa course, m'adressant un léger signe de la main. J'ai admiré le galbe de ses jambes, prises dans le fuseau noir, sa foulée élastique, la tache décroissante que formait le K-way turquoise. Si je n'avais tenu à la main une loque de tweed trempée, j'aurais pu croire que notre rencontre avait été un mirage.

Au retour, je suis monté dans le bureau. Les nuages lourds qui encombraient le ciel avaient crevé. Par les bow-windows, je voyais la pluie qui s'évacuait en rideau léger sur le Sillon. Elle donnait au paysage la douceur floue d'une aquarelle. J'ai espéré que la sauveteuse de couvre-chefs avait eu le temps de rentrer chez elle avant d'essuyer le crachin.

Sur les cartons de livres, les piles de dossiers des archives Kérambrun s'entassaient. Leurs feuillets, qui s'étalaient désormais jusque sur le plancher, dévoilaient une mosaïque d'écritures noires et serrées, aussi régulières que les lignes d'une partition. La mesure colossale de ce qui restait à lire, trier et ranger, aurait dû m'effrayer. Mais curieusement, cette perspective, pour moi qui n'en avais plus, me remplissait d'espoir. Après des années de lutte intérieure et de déni, je ressentais le besoin de plus en plus pressant de me réinscrire dans cette histoire-là, celle de ma famille, celle de mon père. Je ne me rappelais que trop la certitude affreuse qui m'avait traversé pendant l'enterrement de Charles, celle d'être l'orphelin, le survivant et le dernier, et de n'avoir su accepter ce qui aurait dû nous lier.

J'ai consacré les jours qui ont suivi à explorer l'annexe. Toujours l'espoir d'y dénicher le fameux album… Comme la marée charrie, au milieu de ses algues et de ses coquillages, une sandale de plastique ou un squelette de parapluie, mes fouilles me rapportaient des éléments qui n'avaient pas leur place dans ce corpus d'archives. Un cahier de devoirs de vacances, « CM1 », qui portait le nom de mon frère sur la première page. Une chemise contenant mes dessins d'enfant, avec presque toujours la mer en arrière-plan, dessinée à grand renfort de hachures bleues. J'étais surpris que mon père eût conservé cela.

Coincé sous une pile de journaux, un carnet d'aquarelles à la couverture fatiguée attendait qu'on le feuillette. Elles étaient signées « Markad d'Embrun » : anagramme transparente, quoique approximative, de notre patronyme. Ces tableautins aux teintes passées étaient beaux, poétiques et doux : le rivage, des cabanes de pêcheurs, et même Cézembre vue des remparts. Quel membre de la famille s'était affublé de ce pseudonyme d'opérette pour dissimuler son talent ? Pas Octave, en tout cas : le flou tendre des nappes de couleur superposées n'avait que peu à voir avec la sécheresse élégante de ses croquis.

L'essentiel des correspondances commerciales avait été relégué dans cette pièce. Et il y en avait beaucoup. À compter de 1906, elles avaient été rédigées sur un papier à en-tête aux armes de la compagnie, orné de son monticule à la double colline.

Je n'ai pas renoncé tout de suite à la quête des photos. Mais au bout de plusieurs jours à fouiller sans relâche, j'ai dû reconnaître ma défaite : pas moyen de mettre la main sur quelque album que ce soit.

Cette absence me turlupinait. Car il n'y avait pas que les photos qui manquaient. La mémoire des gens, aussi. Mon père évoquait peu ses propres parents, Juste et son épouse Léone, une grand-mère que j'avais, elle, bien connue. Et je ne me souvenais pas qu'il eût jamais parlé du reste de la famille : nulle mention de grands-parents, de cousins éloignés, nul récit d'anecdotes liées à l'enfance. *A contrario*, nous n'ignorions rien des aïeux de ma mère et de ma tante Catherine, qui ressassaient à l'envi les souvenirs de leur grand-père botaniste et ceux de leur mère Laurette... Autre bizarrerie : en dehors des après-midi que nous passions à Saint-Briac chez les parents de Cécile, ou de nos rares déplacements à l'île de Sein chez un autre oncle, Roparz – voyages brutalement interrompus l'année de mes treize ans –, nous ne rendions jamais de visites au reste de la famille. Pourtant, j'avais vaguement entendu dire (mais par qui ?) qu'il existait une autre branche de la parentèle, exilée du côté de Toulouse.

Étaient-ce les descendants du premier fils, Ernest ? Ou y avait-il eu d'autres enfants après la naissance de l'aîné et de mon grand-père Juste ? Mon père avait-il parlé à qui que ce soit de ces cousins lointains ? Ou bien existait-il une zone d'ombre dans son histoire, quelque chose de dur et de douloureux qu'il avait préféré taire ?

Jusqu'ici, je ne m'étais jamais posé la question, tout comme j'avais refusé de m'intéresser à rien de ce qui concernait Charles. La vérité – le drame –, c'est qu'il avait fallu qu'il meure pour que j'admette qu'en dépit des apparences, ma façon de me claquemurer derrière mes livres d'histoire, dans mon septième arrondissement, ne concédant que des déjeuners protocolaires et des conversations d'une politesse glacée, avait été d'une rare violence.

La mer tirait sa révérence, aspirée par le large. Je me suis promis de tenter d'en savoir plus. Ne serait-ce que pour comprendre ce qui avait façonné cet homme sévère et secret, Charles de Kérambrun, lui qui avait été, pour le meilleur et pour le pire, mon père.

22

Quand Xavier Draouen m'a appelé pour me proposer un tour en mer, je n'ai pas dit non. À part la caissière du supermarché et les serveurs des Thermes, je n'avais parlé à personne au cours des huit derniers jours.

Cela faisait longtemps que je n'étais pas remonté sur un bateau. Au moment où je m'équipais, des souvenirs d'adolescence me sont revenus : ceux des moments où Guillaume et moi revêtions ensemble nos tenues avant les promenades dominicales. J'éprouvais toujours un pincement au cœur à l'idée de la journée qui nous attendait, qui se passerait à recevoir des ordres de mon père. Plus sportif que moi, mon frère était plus affûté, plus robuste ; par comparaison, je me trouvais une morphologie d'asperge. *La lune et le soleil*.

Ce matin-là, le temps était couvert et le vent soufflait dru. Par-dessus le T-shirt et le pull de laine, j'avais passé une veste imperméable, acquise au magasin de sport de Saint-Servan où j'étais allé faire quelques emplettes. J'ai en effet pour les jours qui viennent un projet qui nécessitera un équipement plus fourni qu'un maillot de bain et des palmes de piscine.

Xavier m'attendait à l'entrée du port des Sablons.

— C'est par là, a-t-il dit en me montrant un voilier qui semblait sortir du chantier naval.

Le bateau, d'une dizaine de mètres, était gréé en ketch ; il avait belle allure, avec son étrave effilée et son mât peint en bleu.

— C'est le tien ?

Xavier a ri :

— Tu surestimes le salaire d'un officier de gendarmerie, mon cher... Non, c'est un copain parisien qui m'a demandé de le roder.

Je suis monté à bord, retrouvant la sensation lancinante du tangage. Le bateau, avec ses écoutes sagement lovées sur le pont et son plancher qui brillait comme un sou neuf, grinçait doucement dans le cliquetis des ferrailles et du mât.

— On va où ? ai-je demandé à Xavier.

— Une balade le long de la côte, ça te dit ?

Ça me disait.

Le ciel perdu entre deux couleurs, ce matin, me rappelait les yeux de la ramasseuse de casquette. Nous avons croisé la vedette qui faisait la traversée vers Dinard en sortant du port : ma mère et moi l'empruntions pour aller faire des courses « en face », comme elle disait. Nous en profitions pour monter jusqu'à la villa des Roches brunes, pour laquelle elle avait toujours eu une tendresse particulière.

J'ai placé le bateau bout au vent pendant que Xavier manœuvrait pour hisser la grand-voile. Je le regardais actionner le système de commandes près du cockpit, si différent des dispositifs rudimentaires que Guillaume et moi avions connus, quand nous devions nous aventurer sur le pont par gros temps pour replier le génois et que les vagues nous expédiaient leur gifle salée en pleine figure.

J'ai encore en mémoire le souvenir glacé de l'humidité, l'odeur de varech que laissaient les paquets d'écume qui dégringolaient par-dessus nos cirés, pénétrant dans l'encolure et détrempant nos pulls. Ceux-ci nous collaient au corps pour le reste de la journée et ma mère, quand elle nous voyait rentrer, levait les yeux au ciel. Mais, pour mon père, nous exposer aux intempéries dans l'espoir de nous endurcir faisait partie intégrante de notre éducation.

Avec moi, son projet n'avait que très modérément fonctionné.

Une fois le bateau sorti du port, Xavier a coupé le moteur. Dans le silence revenu, j'ai senti le voilier rendu à la loi des courants et du vent. Je me suis rappelé l'état paradoxal que provoque la navigation, ce mélange de rêverie et d'hypervigilance, de détente et d'affût. Nous avons longé Dinard, dont j'ai reconnu les villas perchées sur des pitons rocheux, contourné la tache verte du golfe de Saint-Briac (j'ai cherché des yeux, parmi les maisons, quelle demeure pouvait bien avoir appartenu à la famille Le Mélinaire), mis le cap vers Le Guildo. La lumière, assombrie de loin en loin par le passage d'un paquet de nuages, ricochait sur l'eau pendant que le vent claquait dans les voiles.

Le cap Fréhel s'est dévoilé : masse minérale qui marquait le point où le littoral atteint sa pleine force d'ensauvagement. Sur la falaise, on lisait à l'œil nu la stratification des couches de grès, sous le tapis de bruyères et de cinéraires qui la recouvrait par plaques. Perché à son sommet, le fort la Latte témoignait du désespérant orgueil des hommes à vouloir coloniser le moindre escarpement, leur obsession d'y installer, de toute éternité, de quoi surveiller, défendre et canonner.

Xavier et moi avons échangé nos places : lui à la barre, moi à la manœuvre des voiles. J'étais concentré à l'extrême, surveillant la tension des drisses, actionnant de temps en temps le hale-bas pour relever la bôme. Malgré mon manque d'entraînement, les gestes élémentaires, exhumés d'une très vieille mémoire, me revenaient. Passer l'écoute sur le winch, border la voile. Penser à ôter la manivelle. J'avais l'impression que Charles était dans mon dos, prêt à faire pleuvoir les reproches sur ma tête.

Un jour, Guillaume, houspillé par mon père, avait oublié de retirer la manivelle du winch. Quelques minutes plus tard, j'avais glissé sur le pont humide et m'étais étalé sur la poignée de métal. Outre une petite cicatrice que j'ai conservée au-dessus de la lèvre, j'avais gardé le souvenir du sang qui dégoulinait et traçait des rigoles rouges sur mon ciré. Le regard affolé de Guillaume qui avait couru pour me relever, sa main sur mon bras pendant que je serrais les dents, tentant de masquer ma douleur dans l'espoir d'atténuer l'engueulade paternelle qui allait s'abattre sur nous : est-ce à ces signes que l'on mesure l'amour d'un frère ?

J'ai tenté de calculer depuis combien de temps je n'étais pas remonté sur un bateau à voiles. Dix, douze ans ? J'avais suivi des cours à l'adolescence et je me débrouillais plutôt bien. J'aimais surtout prendre la mer seul avec Guillaume, une permission que nous avions fini par obtenir, suppliant ma mère jusqu'à ce qu'elle cède. Le sentiment de liberté et de puissance que j'éprouvais au moment de nous engager dans le chenal du Grand Jardin, comme si nous étions deux explorateurs prêts à prendre le large, me grisait.

Mais la navigation faisait partie des activités auxquelles j'avais ostensiblement tourné le dos après mon bac. Pour déplaire à mon père, j'étais prêt à beaucoup de sacrifices, y compris celui-là. Une fois marié, j'avais pu constater que ma femme préférait les voyages lointains, au Sénégal ou en Thaïlande, les endroits où l'on s'assied au bord d'une plage ensoleillée ou d'une piscine en lisant un bon polar. Pour cette Savoyarde d'origine droguée à la vie urbaine, la nature et le sport se résumaient à quelques brasses dans le Léman, quand nous visitions ses parents à Thonon.

Aujourd'hui, je me demandais comment j'avais pu renoncer à la mer. Me priver pendant si longtemps du pouvoir d'évasion ambigu dont elle nous fait cadeau, elle qui peut nous offrir la joie à l'état pur et l'instant suivant nous expédier par dix mètres de fond.

Profitant d'un moment de calme, Xavier et moi avons dégusté les sandwiches et le cidre emportés en guise de pique-nique. Comme ma cousine avant lui, mon ancien copain d'internat m'a demandé ce que je faisais de mes journées ; je lui ai raconté l'exploration des cahiers et mes balbutiements dans la reconstitution de l'histoire familiale.

— Tu sais, ton père, c'était quelqu'un ici.

Non, justement, je ne le savais pas.

Nous avons navigué une heure ou deux, portés par un beau vent d'ouest. Les consignes économes de Xavier trahissaient son habitude du commandement : « Étarque », « Largue la balancine ». Les mots revenaient, les gestes aussi. Entre deux manœuvres, mon ancien condisciple me narrait les anecdotes de son quotidien de gendarme, de la traque des jeteurs de déchets en mer aux interceptions de rafiots hors d'âge. Lui et son peloton étaient intervenus à plusieurs reprises l'année passée pour des tentatives d'abordage.

— Tu veux dire qu'il y a des pirates en Manche ?
— Pirates, c'est un bien grand mot. Plutôt des petites frappes qui essayent de voler les devises des plaisanciers anglais en les menaçant avec des armes factices... On en a chopé trois l'an dernier, une vraie vermine. La dernière fois, le skipper avait sorti un couteau pour se défendre, c'était limite. Un bateau, ce n'est pas si grand. Alors quand ça dérape...

Me sont revenus les mots de Cicéron dans son discours sur la guerre contre les pirates. *Y a-t-il eu, en effet, sur la surface des mers, ces dernières années, un seul lieu qui ait été assez bien défendu pour être en sûreté, ou assez éloigné pour être à l'abri ?*

Xavier enquêtait aussi sur les noyades : la plupart du temps, des touristes imprudents qui avaient présumé de leurs forces. Au retour d'une intervention au large de la Guimorais, lui et son collègue avaient repéré la tache orange d'un gilet de sauvetage, un vacancier dont le Zodiac avait éperonné la façade nord de Cézembre. Il avait fallu repêcher l'homme au prix de mille dangers et Xavier avait bu, selon ses dires, « une sacrée tasse » ; lui-même n'avait dû son salut qu'à son entraînement de plongeur et à la lucidité de son équipier.

Sa femme Géraldine travaillait elle à terre, aux douanes.

— Son truc, c'est le kitesurf. On ira la voir un soir, si tu veux.

Quand la lumière est devenue laiteuse, prélude à la tombée de la nuit, nous avons pris le chemin du retour. Pour avoir détourné le regard une seconde trop tôt, j'ai encaissé un solide coup de bôme dans l'omoplate – erreur de débutant, s'est moqué Xavier. Cézembre était sur la route et nous l'avons contournée par l'arrière, à bonne distance à cause des récifs. Pendant que nous longions la face nord, invisible depuis les Couërons, j'ai observé les contours abrupts de l'île, à peine entamés par l'érosion. Ils étaient couronnés à leur sommet par les restes des édifices allemands.

Je n'étais pas revenu aussi près de l'île depuis des lustres. Mais je n'oubliais pas dans quelles circonstances j'y avais accosté la première fois.

— Ça rappelle des souvenirs, hein ? m'a dit Xavier.

— Tu m'étonnes.

— Tu sais qu'au Moyen Âge, on pouvait traverser à pied sec depuis la plage de l'Éventail ?

Je l'ignorais. J'ai eu l'étonnante vision de marcheurs progressant au milieu d'une étendue découverte, entre l'île et la cité d'Alet, où avait été édifiée la ville ancienne. À quoi pouvait bien ressembler, à cette époque, ce territoire intermédiaire baigné par les marées ? Sable, vase, marécages ? Prés salés d'un vert aqueux ? S'y rendait-on par un gué, une ancestrale chaussée de pierre, comme le Gois de Noirmoutier ? Il fallait forcément posséder une connaissance infaillible des marées pour faire la traversée sans risquer d'être emporté par les flots.

Nous nous sommes éloignés, laissant l'île à sa solitude maritime, tandis que les bras du crépuscule dérobaient, au fur et à mesure que le bateau s'écartait, la silhouette de cette langue de pierre : deux monticules et un vallon oubliés dans un pli du rivage qui semblaient vouloir se confondre avec l'horizon.

23

L'homme marche depuis une heure sous la chaleur verticale. Sur le chariot qu'il traîne, des gallons d'eau, des sacs de farine d'orge, des houes : il est si difficile, à Cézembre, d'arracher quoi que ce soit à la terre, à part des pommes de terre.

Il prend garde à éviter les sables mous, les nappes vertes et spongieuses, à prendre appui sur les pierres plates déposées année après année par les marcheurs du gué. Pêcheurs, marchands, simples chrétiens, empruntant l'âne ou le cheval des goémoniers, vont chacun faire offrande de la leur, afin de faciliter les rares allées et venues des moines entre l'île et la terre.

Habiter ce lieu découvert par Malo l'ermite et placé sous le signe de saint François est une lutte de chaque instant. Une par une, les pierres du monastère ont été acheminées à la faveur des intervalles entre les marées. La cloche de bronze a été halée par deux chevaux un jour d'automne où la mer avait reculé si loin que l'île semblait un promontoire rocheux au milieu d'un désert de sable. Les Cordeliers de l'Observance ont édifié un cloître, installé leur chapelle et aménagé un cimetière. Ils copient, lisent et prient durant les saisons froides ; le reste de l'année, entre deux offices, ils travaillent la terre salée, pêchent, et en automne préparent distillats et saumures.

Chacun leur tour, les frères traversent le gué lorsque la mer, seconde horloge de leur vie après le gnomon, le permet : ils en rapportent les outils, l'eau, le vin piquant, les oignons de leur frugal ordinaire. Sur le chemin du retour, après les marées d'équinoxe, ils ramassent le bois flotté dont la Manche leur fait cadeau. Blanchies par le sel, les branches tordues seront brûlées dans le scriptorium aux jours les plus froids, malgré la fumée nauséabonde qu'elles dégagent.

C'est durant ces traversées que le porteur, qui a déposé son nom aux portes du monastère pour prendre celui de frère Martin, éprouve le mieux la présence de Dieu. La magnificence de Sa création, incarnée par la beauté infinie de la mer et sa rudesse. La mer trempe l'âme au feu de ses tempêtes et de sa violence ; elle punit les orgueilleux et les imprudents et rejette leurs corps exsangues après avoir démantelé leurs bateaux.

Pas après pas, l'homme dépasse les bâtiments accolés aux fermages, les moutons et les veaux qui paissent dans les prairies. Quelques oiseaux tournent autour de sa tête et leur cri déchire le ciel, comme pour rappeler que Dieu a insufflé la vie partout, même aux marches de l'infini. Le soleil brûle la nuque du porteur et ses bras lui font mal, mais l'idée de rejoindre son rocher, d'en retrouver le silence et la désolation, l'emplit d'une incommensurable joie.

Frère Martin a oublié depuis combien d'années sa vie s'est confondue avec ce rocher, quand il est devenu pierre parmi les pierres, grain de sable parmi le sable. Il sait simplement que de sa vie d'homme, celle qui a été la sienne avant de rejoindre le monastère, cette existence de tumulte et de désir, il ne regrette rien.

24

Bien qu'elle eût ouvert plusieurs années auparavant, je n'avais jamais mis les pieds à la librairie de Paramé. Disposée tout en longueur, la boutique était pourtant agréable et bien achalandée, comme en attestait le flux régulier de ses clients. Et elle offrait exactement ce que j'étais venu y chercher : un rayon Bretagne bien garni.

J'ai demandé au jeune libraire, qui semblait connaître son fonds comme sa poche, s'il existait des livres consacrés à Cézembre. Il m'a tendu un petit ouvrage oblong, du format d'un carnet de pastels : c'était un album illustré, qui retraçait l'histoire du lieu à travers une série d'aquarelles commentées.

Pendant que je feuilletais l'ouvrage, le libraire avait disparu dans sa réserve. Il en est revenu avec un pavé à la main. Couverture défraîchie, six cents pages de caractères serrés, entrelardés de notes : le même genre de somme que celle que je rêvais de commettre sur la piraterie. Et qui, malgré les dix ans de travail qu'elle avait dû coûter, prenait aujourd'hui la poussière dans une arrière-boutique bretonne... Le libraire a précisé :

— C'est écrit par Per Kérézéon, mon prof à la fac de Rennes. Toute l'histoire de la côte, depuis le Moyen Âge jusqu'à la Seconde Guerre mondiale. Il y a plusieurs chapitres sur Cézembre. Un peu costaud, mais vous pouvez sauter les notes.

J'ai songé à la quantité industrielle que j'en avais produit dans ma vie.

— Parfois, c'est utile, les notes.
— Vous êtes prof, vous aussi ?

J'ai répondu par un « Hum » ambigu. Depuis Paramé, ma chaire parisienne paraissait loin. Le libraire a poursuivi :

— Si ça vous intéresse, je peux vous mettre en relation avec l'auteur.

J'en ai profité pour lui demander s'il avait connaissance d'autres ouvrages sur l'île. Il en existait bien un, court, mais sérieux, publié par une journaliste dix ans plus tôt ; une bande dessinée, aussi, qui avait pris Cézembre comme toile de fond à l'époque de l'Occupation. J'ai passé commande des deux. Au moment d'enregistrer mes coordonnées, le libraire a marqué un temps d'arrêt.

— Kérambrun, comme Kérambrun, les bateaux ?

J'ai acquiescé.

— Alors c'est vous, l'historien à la Sorbonne ?

Je suis resté interdit. Même si la librairie possède un fonds intéressant, je doute qu'elle fasse dans les traités d'histoire romaine.

— Votre père m'avait expliqué qu'il avait un fils prof à la fac à Paris. « Beaucoup d'appelés, peu d'élus », comme il disait.

Il me faut quelques secondes pour assimiler.

— Mon père ? Charles de Kérambrun ?
— Oui, il passait parfois au magasin. J'ai été triste d'apprendre son décès.

J'encaisse sans mot dire. Le libraire, qui n'a pas remarqué mon trouble, glisse mes livres dans un sac en papier et promet d'envoyer un message dès que la commande sera arrivée.

Une fois au-dehors, ébloui par le soleil devant la placette où le marché s'anime, je reste immobile. Ainsi, mon père venait ici. Et il parlait de moi aux commerçants du quartier. « Beaucoup d'appelés, peu d'élus. » Méprisait-il réellement mon métier, comme j'avais fini par m'en persuader ?

Mais dans le cas contraire, que ne m'avait-il détrompé lui-même, aussi, au lieu de multiplier les sarcasmes sur les fonctionnaires et la fac, « cette usine à chômeurs » ?

Lorsque je me suis remis en marche, mon coude a heurté quelque chose, ou plutôt quelqu'un.

— Attention !

J'ai tourné la tête. La femme que je venais de bousculer portait un jean gris, des bottillons noirs, une veste polaire de la même couleur et un cabas à la main. Son allure m'était familière mais je ne pense pas que je l'aurais reconnue si elle n'avait relevé ses lunettes de soleil et si je n'avais croisé ses yeux, des yeux d'un vert à nul autre pareil.

Interdit, j'ai bafouillé une excuse, avant de la saluer avec chaleur. Son « Bonjour » perplexe m'a cueilli à froid. Certes, une femme aussi belle qu'elle devait avoir l'habitude d'éconduire les importuns, mais j'avais au moins espéré qu'elle m'aurait reconnu. J'apprendrais plus tard que pour elle, distinguer les visages, certains jours, était une épreuve. J'ai insisté :

— Vous avez couru après ma casquette, l'autre jour, sur la plage.

Un sourire fugitif a illuminé son visage.

— Ah, pardon. Elle a survécu au bain de mer ?
— Mieux que je l'aurais cru.

J'ai songé à lui proposer un café, après ses emplettes. Mais sous quel prétexte ? Et puis les paroles du libraire étaient encore là, qui avaient jeté leur trouble en moi. Le temps que je réfléchisse, la joggeuse avait mis fin à notre échange.

— Je vous souhaite une bonne journée.

Je l'ai suivie des yeux pendant qu'elle pénétrait à son tour dans la librairie. Son maintien était impeccable. Que faisait-elle dans la vie ? Danseuse, prof de yoga, de gym ? À moins qu'elle ne travaille dans un tout autre domaine, juriste, informaticienne ? Ou pas du tout, vu le temps libre dont elle semblait disposer en semaine...

Je ressens le besoin subit de marcher. Marcher au bord de l'eau jusqu'à ne plus sentir mes jambes. Il me faudra du temps pour accepter les mots entendus ce matin ; pour apprivoiser l'idée, de plus en plus térébrante, que si Charles m'a en grande partie tenu à l'écart de sa vie, c'est aussi parce que je ne lui ai laissé aucune chance de connaître la mienne.

25

Reprenant la lecture des archives, j'ai acquis la certitude que Augustus Minchinton, dont le nom revient à plusieurs reprises dans le livre de raison de l'année 1906, était bien l'associé anglais de mon arrière-grand-père. Ce cahier est plus dense que celui de l'année précédente : je le dépouille cette fois avec soin, en prenant des notes dans un carnet rouge. Cette tâche de bénédictin me renvoie à des sensations oubliées : l'adrénaline du chercheur, mais aussi, mais surtout, la satisfaction de détecter, dans le chaos et l'amoncellement des événements, un semblant de logique susceptible d'en éclairer l'enchaînement.

J'ignore encore qui était cet Anglais et le rôle exact qu'il a joué dans la Société malouine de transports nautiques. Mais je suis en train de comprendre que ces archives familiales que je supposais rangées par ordre chronologique ont été déplacées plusieurs fois. On en a relégué les parts les plus anciennes de-ci de-là, dans l'annexe, à l'arrière des rayonnages, rompant au passage leur classement initial.

J'ai ainsi pu extraire, serrés au-dessus de registres

de cargaisons, des paquets de lettres adressées à Octave. De la correspondance professionnelle, mais aussi amicale, à en juger par les quelques feuillets que j'ai dépliés en haut de mon escabeau. Le nom des expéditeurs était calligraphié sur la tranche des dossiers en carton fort, entassés si haut qu'ils touchaient presque le plafond.

Quand j'ai voulu en ouvrir un, le ruban de tissu qui le maintenait fermé s'est littéralement désagrégé entre mes doigts. Les enveloppes se sont répandues dans la pièce où elles ont voleté comme des feuilles mortes avant d'atterrir sur le plancher. Dans le trait de lumière qui filtrait à travers l'œil-de-bœuf, le spectacle des rectangles de papier qui flottaient dans la poussière embrasée était d'une étrange beauté.

J'ai descendu le reste des pochettes une à une, prenant soin de les maintenir serrées. À l'arrière de l'espace vacant qui les séparait du mur, on avait logé un coffret de galuchat dont la couleur était aujourd'hui indéchiffrable. Je l'ai descendu, lui aussi. Il était plein de piles de cartes et de bristols.

Non seulement j'avais entre les mains le courrier reçu par Octave, mais, ce qui était plus inattendu, les lettres que lui-même avait envoyées. En faisait-il des copies ? L'hypothèse était corroborée par l'écriture violine, fruit de l'usage d'un papier carbone, et la présence par endroits d'une graphie tierce – un secrétaire avait dû se charger de certains échanges commerciaux.

Le coffret de galuchat, lui, constituait une sorte de Bottin mondain du Saint-Malo de l'époque, un condensé de patronymes à particules, doubles ou célèbres, dont d'aucuns fleuraient bon leur vieille aristocratie bretonne. Certains, je les avais déjà vus : Jouanjan, le maire, Kérautret, le gouverneur militaire, Tézé-Villan, le préfet de police, Hazan, membre de l'Académie des sciences ; il y avait aussi des médecins, des avocats, des militaires de haut rang, et même le célèbre commandant Charcot.

Sur des bristols aux en-têtes chantournés, imprimés en italique, « Monsieur et Madame de Kérambrun » étaient conviés à des déjeuners honorifiques, des soirées de charité, des concerts et des régates. La présence d'Octave semblait particulièrement recherchée dans les cercles nautiques ou les ligues de commerce des ports, Brest, Paimpol, Le Havre, Cherbourg.

« Monsieur le Préfet de police vous prie de bien vouloir assister au cocktail qui sera donné en l'honneur de Sir Francis Bertie, ambassadeur d'Angleterre. » Et, à la main : « Espérant, cher ami, vivement vous y retrouver avec votre charmante épouse. Tézé-Villan. »

Comment mon aïeul, au milieu du travail de forçat dont attestaient ses carnets, trouvait-il le temps d'honorer de semblables invitations ? Car si Octave, né dans la vieille noblesse bretonne, n'était pas exactement un self-made-man, il n'était pas non plus un héritier paresseux comme moi. Le coffret de galuchat était le symbole de son éclatante réussite sociale. Qui avait pris le temps d'y serrer avec autant de soin les traces de sa vie mondaine ? Son secrétaire ? Ou alors Julia, sa femme, cette « charmante épouse » si appréciée par les amis et les collaborateurs de son mari ?

Jusque-là, j'avais imaginé un Octave semblable à mon père : dur à la tâche, pieux, peu porté sur le divertissement. Mais je voyais affleurer, à travers ces reliques épistolaires, un goût des autres qui avait été étranger à Charles de Kérambrun. Soit mon aïeul possédait sa part d'épicurisme, soit j'avais sous les yeux la preuve supplémentaire d'une intelligence sociale bien comprise : car faire circuler une flotte côtière de plus en plus importante, avec les complications administratives et les passe-droits que cela supposait, ne pouvait se faire sans cultiver ce genre de relations.

J'en avais terminé avec le coffret de galuchat. Étourdi de lettres et de poussière, j'ai consacré le reste de l'après-midi à marcher sur la plage. Je n'ai pas poussé jusqu'à la pointe de la Varde malgré l'envie que j'en avais : la marée montait et, si je m'y aventurais, je ne pourrais pas revenir, tant était rapide la submersion du passage qui s'ouvrait entre les rochers vers la plage du Pont.

Je suis rentré quand le jour a commencé à pâlir, après un dernier tour du côté de l'intra-muros. L'espoir de tomber sur la joggeuse aux yeux verts n'était pas tout à fait étranger à ma présence prolongée sur le Sillon.

Mes pensées flottaient. Je songeais aux noms qui peuplaient les cahiers d'Octave, silhouettes incertaines qui, à chaque pièce exhumée, s'incarnaient davantage. À mon envie d'interroger leur destinée, après des décennies d'indifférence. À ma certitude diffuse que quelque chose s'était enrayé dans la transmission de la mémoire familiale, à mon besoin de plus en plus impérieux de comprendre quoi, comme si cela pouvait me fournir la clé de mes propres tourments.

Car au vu de ce que je découvrais du génie de mon aïeul, nous aurions dû entendre parler de lui du matin jusqu'au soir. Ou même de Juste, mon grand-père, qui avait relevé la firme de ses ruines après la guerre.

Or cela n'avait pas été le cas.

Pourquoi ces silences, alors que nous passions tous nos étés dans la maison qu'il avait bâtie ? Et pourquoi mon père avait-il coupé les ponts avec certains membres de sa propre famille, lui qui pourtant avait perpétué l'entreprise en lui sacrifiant tout ? Maintenant que j'aurais voulu le découvrir, tous les témoins avaient disparu.

Il restait néanmoins une personne susceptible de m'aider.

J'ai appelé ma cousine le soir même. Elle en a profité pour m'informer que le conseil d'administration s'était bien passé, malgré la prévisible opposition de Jacques Rodriguez. En vérité, j'avais totalement oublié cette histoire de rachat. Au bout d'un quart d'heure de discussion sur la décarbonation du transport nautique, j'ai pu glisser une question sur ce qui m'intéressait. Perplexité de ma cousine :

— Un album photos ? Écoute, je ne sais pas trop. Mais si ça te passionne, tu devrais demander à mes parents. Ce sera l'occasion de les revoir.

— Tu penses qu'ils pourraient m'aider ?

— Peut-être. En tout cas, ta visite leur ferait plaisir.

26

Après une série de hoquets, la vieille 4L a consenti à démarrer. Ma mère m'avait appris à la conduire bien avant que je sois en âge de passer le permis et mes mains se souvenaient encore de l'angle exact à imprimer au volant pour reculer sans heurter le pilier du portail.

Une fois entré dans Saint-Briac, j'ai bifurqué au mauvais endroit. Distraction ou ruse de mon inconscient ? Ma dernière visite ici remontait à cinq ou six ans. La culpabilité croissait au fur et à mesure que j'approchais. J'avais revu Albina à l'enterrement de Charles, mais pas Étienne, alité à cause de ce qu'on avait pris pour une bronchite. Et tandis que j'aurais eu mille fois le temps de venir les saluer depuis mon installation, je débarquais chez eux six mois plus tard, au motif que je m'étais piqué de généalogie.

Albina, ma tante, n'avait pas paru se formaliser de ma brusque résurrection et m'avait invité à prendre un café.

Elle m'attendait sur le perron. L'affection contenue dans son étreinte, quand elle m'a embrassé, m'a ému. Elle avait un peu maigri, mais ses traits fins et son sourire n'avaient pas bougé. Avant même les politesses d'usage, elle a dit :

— Yann, tu ne seras pas étonné si tu trouves ton oncle un peu... fatigué.

Cet euphémisme m'a inquiété. La dernière fois que j'étais venu ici, je m'étais dit que Étienne était du bois dont on faisait les centenaires. Était-ce la vieillesse qui le rattrapait ? Ou ce satané virus qui lui avait laissé des séquelles ?

Quand mon oncle s'est levé pour m'accueillir, j'ai été frappé par sa difficulté à extirper son grand corps du fauteuil. Cécile m'avait parlé de la méforme de son père, mais je ne m'étais pas attendu à le trouver aussi affaibli. Étienne avait perdu du poids, et son visage émacié m'a rappelé celui de mon père les derniers temps. Il a pris appui sur mon épaule pour m'embrasser. Nous faisions presque la même taille.

— Yann, mon garçon, quel plaisir. Cela fait combien de temps, dis-moi ?

J'ai esquissé un sourire gêné. Mieux valait ne pas compter.

Albina avait préparé son légendaire far aux pruneaux et l'odeur, chaude et sucrée, a immédiatement fait remonter des souvenirs d'enfance. C'est ici qu'avec mon frère et ma cousine, après la baignade, je venais m'empiffrer de pâtisseries qui nous coupaient l'appétit. « Ils se sont encore goinfrés chez Albina », soupirait ma mère. Malgré tout, elle laissait faire.

Ma tante a découpé trois parts du gâteau, servi le café, placé une tasse du breuvage fumant entre les mains de son mari.

— Alors, ton retour en Bretagne, comment ça se passe ?

— Pour le moment, très bien.

— Et ton fils ? Il continue ses études en Allemagne, c'est ça ?

J'ai hésité à acquiescer, avant de rectifier. Pas évident d'avouer que Paul avait préféré les otaries à la brillante carrière qui l'attendait.

Albina a commenté :

— Il faut bien que jeunesse se passe... Et puis cela lui fera une expérience pour son futur métier...

Je me demandais s'il l'apprendrait jamais un jour, son futur métier. J'ai attendu que mon oncle, qui adorait me taquiner, approuve l'initiative de son petit-neveu. Mais rien n'est venu.

La conversation a ensuite roulé sur Cécile et ses nouvelles fonctions.

— Elle travaille trop, non ? m'a demandé Albina.

— Mais elle aime ça. C'est bien pour cela que Papa l'a choisie. Il savait qu'elle serait la meilleure.

— Tu entends, Étienne ?

Mon oncle a levé les yeux. Il paraissait absent. Je me suis dit qu'il était peut-être atteint par une de ces saletés qui rongent la mémoire. Albina m'a demandé, un peu gênée :

— Et toi, ça ne t'a pas... ennuyé ?

— Quoi donc ?

— Que Charles ait choisi Cécile ?

— Moi et les affaires, tu sais... Cécile s'occupe de Kérambrun cent fois mieux que je ne l'aurais fait.

— Ton père disait que tu étais l'original de la famille, a déclaré Étienne, sortant de son mutisme. Toi, un agrégé d'histoire... Enfin, même moi, je faisais figure de traîne-savates à ses yeux.

Mon oncle avait travaillé comme océanographe à la faculté des sciences de Brest. C'était une sommité dans le domaine de l'étude des reliefs sous-marins ; avant la pandémie, il donnait encore des conférences aux États-Unis. Cela n'empêchait pas que je garde le souvenir de remarques acides faites par Charles à son sujet ; d'une blague éculée, empruntée au général de Gaulle, à propos des scientifiques qui cherchaient beaucoup, mais ne trouvaient guère. J'y avais eu droit, moi aussi, après mon doctorat.

— Cécile nous a dit que tu faisais une enquête sur l'histoire de la famille...

— Je suis tombé sur les archives de l'entreprise. Elles datent de la fondation. De la comptabilité, des registres commerciaux, des lettres...

— Tu savais que Charles avait gardé tout ça ? a demandé Albina en se tournant vers son mari.

Étienne a mis un moment avant de répondre.

— Oui... En quoi ça t'intéresse ?

— J'aimerais bien en apprendre un peu plus sur mon grand-père. Papa n'en parlait pas beaucoup.

— Et qu'est-ce que tu voudrais savoir, exactement ?

— Un peu tout, je crois.

Un autre silence. Mais cette fois, j'étais certain qu'il n'était pas dû à la fatigue. Quand mon oncle a repris la parole, ses mots comme sa voix étaient parfaitement clairs.

— Notre père – ton grand-père Juste – est né pendant la guerre. La Grande Guerre, je veux dire. En 1915.

— Il avait des frères et sœurs ?

— Un frère, Armand. Mais il était mort jeune.

— Il n'y avait pas un deuxième frère, Ernest ? L'aîné ?

— D'où tu tiens ça ?

— Octave écrivait une espèce de journal, un livre de raison. Il notait les naissances.

— J'ai entendu une fois ou deux son nom, mais je ne l'ai jamais vu.

— Des sœurs ?

— Pas que je sache. En revanche, notre père avait grandi avec deux filles, deux de ses cousines, qui avaient le même âge que lui.

— Et toi, tu l'as connu, Octave de Kérambrun ?

— J'avais sept ans quand il est mort. Je n'en ai pas gardé beaucoup de souvenirs. Nous allions le voir une fois par an, peut-être deux, aux Couërons.

Mon oncle a eu un petit sourire.

— Tout un cérémonial, des récurages d'ongles, des claques et des consignes à n'en plus finir. Ma mère avait une peur bleue qu'on se conduise mal ou qu'on casse un vase en porcelaine.

— Votre grand-mère, elle n'était pas triste de ne pas vous voir plus souvent ?

— La femme d'Octave ? Elle, je ne l'ai pas connue. Elle est morte avant ma naissance.

— De quoi ?

Étienne a pris le temps de réfléchir.

— Je l'ignore. Un accident, il me semble. Mais on n'en parlait pas.

— Ton grand-père ne s'est pas remarié ?

— Non, jamais.

— Qui a élevé ses enfants, alors ?

— Une gouvernante. Elle prenait ses repas à table avec nous. Je ne sais plus comment elle s'appelait... Marguerite... Mathilde...

— Donc c'est elle qui a servi de mère à Juste ?

— C'est beaucoup dire. Mon père a été pensionnaire dès qu'il en a eu l'âge. Expédié chez les Jésuites.

Une fois de plus, Albina et moi avons attendu une suite qui ne venait pas. J'ai repris :

— Je n'ai pas trouvé d'album photos aux Couërons. Ce n'est pas toi qui l'aurais, par hasard ?

— Un album de famille, tu veux dire ? Non, il n'y en a jamais eu. Enfin, à part celui qu'a fait ta grand-mère Léone quand elle s'est mariée avec Juste. Celui-là, il est ici.

— Et de l'époque d'avant, il n'y a vraiment rien ?

— Si, je crois qu'il reste quelques photos dans mon bureau... mais je ne sais plus où je les ai mises.

Il avait l'air épuisé, tout à coup. Il était peut-être temps de prendre congé. Albina m'a souri avec douceur.

— Je pense que ton oncle va aller se reposer quelques instants. Est-ce que cela t'ennuierait de tenir encore un peu compagnie à ta vieille tante ?

Derrière l'invitation affable, une légère insistance, presque une prière. Je me suis rassis.

27

Lorsque Albina est redescendue, j'étais au jardin. L'endroit donnait une impression d'étonnante petitesse, comme tous les lieux de l'enfance quand on les revoit adulte. À l'époque, ce carré potager, avec son verger attenant, me semblait un territoire infini. J'y avais passé des après-midi entiers à me faire gentiment martyriser par mon frère et ma cousine : au jeu des Indiens, c'est toujours moi qu'on clouait (pas tout à fait nu) aux poteaux de couleur... Le noisetier était toujours là ; le coin où nous construisions des cabanes hébergeait maintenant une caisse à compost. Je me suis rappelé l'appentis, sa peinture bleue aujourd'hui remplacée par une couche de lasure, l'interdiction formelle que nous faisait notre oncle d'y pénétrer, à cause des outils tranchants.

Cette visite remuait en moi beaucoup de souvenirs. Réactivait beaucoup de remords, aussi, pour la sécheresse inexplicable avec laquelle j'avais rompu les liens avec les miens. À Étienne et Albina, je n'avais pourtant aucune raison d'en vouloir : au contraire, leur maison avait toujours été un refuge contre l'ire paternelle et la surveillance que Charles exerçait sur nous.

— Tu as dû trouver ton oncle un peu changé.

La voix de ma tante dans mon dos, comme une invitation à lui poser la question que je n'osais pas formuler. Je me suis retourné.

— Il est malade ?

Le sourire a vacillé.

— On ne sait pas trop, à vrai dire.

— Les médecins, qu'est-ce qu'ils disent ?

— Ils ont d'abord pensé aux suites du covid. Maintenant ils parlent d'une dépression liée à l'âge... Je crois qu'ils ne savent pas, c'est tout.

— Je suis désolé.

Elle a posé sa main sur mon bras.

— Je ne devrais pas t'ennuyer avec nos malheurs de vieillards. Viens plutôt voir ça.

Sur la table basse du salon, qui paraissait sombre après la lumière du dehors, un album et une boîte en fer-blanc.

— J'ai retrouvé les photos dont parlait Étienne. Tu veux jeter un coup d'œil ?

— Avec plaisir.

Nous avons feuilleté ensemble l'album de toile grise, dont le papier cristal craquait dangereusement chaque fois que Albina tournait une page. Et c'est là, dans ce salon silencieux de Saint-Briac, que j'ai *vu* pour la première fois, collées sur des rectangles de carton mat qui avaient préservé les clichés du virage, les traces de l'enfance, des enfances, de mon père. L'histoire, comme souvent, commençait par des bébés allongés nus sur une peau de bête. Était-ce Charles ou Étienne, cette petite chose boudeuse en tenue d'Adam, à la tête énorme et au visage mafflu ?

Plus loin, de nouveau un bébé nu dans les bras de sa mère, pendant qu'un petit garçon en marinière, âgé de six ou sept ans, se tenait debout à leurs côtés. « Étienne et Charles, 1942. » Cette fois, aucun doute : le deuxième nouveau-né sur la peau de bête était mon père. Et s'il n'y avait eu la coiffure, cette double tresse rousse réunie en couronne sur son front, qui avait pâli avec les années, mais à laquelle elle n'avait jamais dérogé, je ne sais pas si j'aurais reconnu dans cette svelte jeune femme ma plantureuse grand-mère Léone.

La photo suivante, qui laissait voir la mer en arrière-plan, montrait un garçon de sept ou huit ans, assis sur un muret. Dans son dos, Cézembre et ses monticules jumeaux. À la faveur d'une illumination, j'ai soudain compris que c'était l'île qui avait servi de modèle au logo de la compagnie d'Octave, celui qui ornait la couverture de cuir brûlé de ses cahiers ainsi que son papier à lettres. L'enfant portait des culottes courtes. Une légende : « Charles, Saint-Malo, 1949. » Était-ce le résultat d'une fameuse visite bisannuelle aux Couërons ? Sauf qu'à cette date, Octave était déjà mort.

À la page suivante, la longue silhouette d'un homme aux cheveux coupés en brosse, photographié dans un salon que je reconnaissais sans peine. Il se tenait droit comme un militaire à la parade. Des quatre garçons qui l'entouraient, trois étaient en costume. Seul le petit dernier portait une vareuse et des culottes courtes.

— L'homme du milieu, c'est ton grand-père, Juste. Et là, à sa droite, c'est Charles.

De mon père, je n'avais connu que le visage en lame de couteau, les yeux noirs, les cheveux ras et les sourcils broussailleux. Je découvrais qu'il avait possédé, adolescent, des traits doux, presque féminins, rendus plus délicats encore par ses cheveux bouclés, dont une mèche retombait sur son front. Son air mélancolique me faisait penser à un enfant déguisé en jeune homme, obligé de rejoindre le monde des adultes à son corps défendant.

— C'est fou, on dirait toi au même âge, a dit ma tante.

Au dos de l'image, seule une date : « 1956 ».

— Le dernier, le petit, c'est Roparz ?

— Non, c'est Jacques. Celui qu'on appelait Jacquez. Roparz, c'est lui, a dit Albina en désignant le garçon qui donnait la main au dernier-né. C'est le troisième, il est né juste après ton père.

— Jacques est mort jeune, c'est ça ?

— C'est ton père qui t'a raconté ça ?

Ma tante a repris, l'air songeur :

— Peut-être qu'il l'est aujourd'hui. Mais la vérité, c'est que Jacquez a disparu.

— Comment ça, disparu ?

— Il est parti de chez ses parents à dix-neuf ans et n'a plus jamais donné signe de vie. C'était en pleine période hippie. La rumeur a plus ou moins couru qu'il était parti aux États-Unis, puis à Katmandou. Mais si ç'avait été le cas, il aurait fini par revenir. Roparz l'a fait chercher pendant des années, en vain.

— Mon père le savait ?

— Évidemment.

Nous avons continué à tourner les pages. Albina identifiait de loin en loin telle ou telle figure dont le prénom aurait pu m'évoquer quelque chose. Mais je ne me rappelais rien. Les seules que j'ai pu reconnaître étaient Lénaïg et Armelle, mes cousines sénanes.

Guillaume et moi figurions naturellement dans cet album. Et bien que ma mère eût toujours pris soin de nous vêtir différemment, notre ressemblance était saisissante. Deux copies conformes, comme tous les jumeaux homozygotes. Revoir ces images faisait remonter en moi de violents éclats d'enfance, mélange de bonheur absolu, durant ces vacances à la mer avec mon frère, et de terreur lorsque mon père débarquait de Rennes. Dans les murs des Couërons, la mauvaise humeur et les exigences tyranniques de Charles ne résonnaient que plus fort. J'ai revu passer des portraits du grand-père. Pas l'air commode, Juste de Kérambrun. J'en ai profité pour interroger Albina.

— Comment il était ? Comme personne, je veux dire...

J'ai senti que ma question embarrassait ma tante.

— Ton grand-père n'était pas très... gentil.

Une autre hésitation :

— Je préférerais qu'Étienne ne sache pas que je t'ai confié tout cela.

J'ai donné ma parole. Albina m'a alors raconté comment Juste, « infernal » selon ses propres termes, ne manquait jamais une occasion de se comporter comme un homme austère, intolérant et brutal. Une fois, elle l'avait même vu tenter de gifler Étienne, qui avait trente ans passés, devant elle.

— Il était méchant ?

— Non. Mais borné et psychorigide comme ce n'était pas permis. Sa vision du monde était archaïque. Il voulait façonner des fils à son image, qui serviraient la compagnie et vivraient en Bretagne jusqu'à leur dernier souffle, comme lui. Quand ton oncle a annoncé qu'il voulait m'épouser, ton grand-père a menacé de le déshériter.

— Mais pourquoi ?

— La fille d'un maçon italien et d'une petite couturière d'Auray, ce n'était pas assez bien pour sa prestigieuse famille. Heureusement, ta grand-mère s'est s'interposée. Résultat : Juste n'est pas venu à notre mariage et il ne nous a pas adressé la parole pendant quatre ans.

— Et avec mon père, il était pareil ?

— Pire. Charles a dû préparer l'École de la marine marchande alors qu'il n'en avait pas envie. Ensuite, il a intégré Polytechnique. Pas sa vocation, mais ça lui a donné l'occasion de s'éloigner. De peindre un peu, aussi, puisqu'il aimait beaucoup ça. À Paris, il avait économisé pour s'offrir des cours, car en plus, Juste était radin comme pas permis. Un jour, le vieux lui a rendu visite. Charles lui a montré ses aquarelles. L'autre les a déchirées en disant qu'il n'était pas question que son fils s'adonne à des « loisirs de bonne femme ». Trente ans après, ton père était encore triste en nous le racontant.

J'avais toujours eu la certitude que l'enfance de mon père avait été sans joie. Jamais pourtant je n'aurais imaginé de telles brimades.

— Pourtant, Charles a accepté de travailler avec son père ?

— Plus tard, oui... À cette époque, Juste avait déjà fait son premier infarctus. Il avait peur de mourir et se raccrochait à ses fils. Étienne lui reparlait, mais il n'avait jamais vraiment pardonné. Il avait renoncé à toute implication dans l'entreprise. Il voulait qu'on lui fiche la paix avec Kérambrun & Fils. Après sa thèse, ton oncle a fait des missions de longue durée pour l'Ifremer, aux Kerguelen, puis quatre ans à Saint-Pierre-et-Miquelon. J'étais institutrice, je l'ai suivi là-bas. Puis il a eu son poste à Brest et ta cousine est née. On a acheté Saint-Briac pour les vacances, pour ne plus avoir à remettre les pieds aux Couërons.

Albina a soupiré.

— Je suppose que ton père ne t'a jamais rien révélé de tout ça ?

— Pas un mot.

— C'est dommage. Charles répétait avec ton frère et toi ce qu'il avait vu faire. Quand je regardais mon beau-père, rogue, glacial avec sa petite-fille, jamais un sourire ou un geste gentil, je me disais qu'il n'avait jamais dû être aimé pour se comporter comme ça. Léone a eu bien du mérite de le supporter.

— Pourtant, son propre père avait l'air très attaché à ses enfants. Quand sa femme et lui ont perdu leur premier bébé, il a eu beaucoup de chagrin.

— J'ignore comment il a élevé les autres. Mais ce qui est certain, c'est qu'il y avait des bisbilles entre Juste et ses frères.

— Parce que c'est lui qui avait repris la direction de la firme ?

— Là, tu m'en demandes trop, Yann. Comme tu le sais, les Kérambrun ne sont pas de grands bavards...

Ce n'est pas ma femme, qui me le reprochait deux fois par semaine, qui l'aurait contredite. J'aurais aimé emporter cet album, contempler à loisir les fragments de passé qu'il me dévoilait, pour deviner de quoi était faite la lueur amère qui brillait dans les yeux de mon père, quels rêves d'évasion il avait fomentés en regardant le Sillon.

À la fin, glissées dans un rabat, une poignée d'images rangées dans une enveloppe.

— Je crois que c'est ton père qui les avait données à Étienne, à je ne sais plus quelle occasion. Prends-les et regarde-les tranquillement.

— Je ne veux pas t'en priver.

Albina m'a souri.

— Ne t'inquiète pas. Et comme ça, tu seras obligé de revenir, pour nous les rendre.

28

Le portrait en pied a été réalisé en extérieur par un photographe ambulant. Un artisan novice, ou trop pressé : le cliché est mal cadré, l'un de ses angles encombré par une accumulation disgracieuse de ferrailles et de cordages.

L'homme qui figure au milieu peut avoir une trentaine d'années ; il est vêtu d'une redingote et d'une chemise blanche. Le pouce et l'index de sa main droite retiennent le chapeau qu'il vient d'ôter, tandis que, de la gauche, il enserre le pommeau d'argent d'une canne. Son visage fin et étroit forme une intéressante addition de contrastes, les sourcils fournis, presque charbonneux, et la moustache sombre tranchant avec la délicatesse des traits et les iris incroyablement clairs. Une forme d'impatience sourd de la silhouette mince, comme si la pose l'avait arrêté dans son mouvement et qu'il piaffait en attendant de reprendre ses activités.

L'homme à sa droite semble plus âgé, mais on ne peut exclure qu'il s'agisse là d'une illusion liée à sa carrure : un visage large aux pommettes saillantes, une lippe généreuse, des favoris qui mangent la moitié des joues, des cheveux crépus. Cette crinière rabattue en arrière est si fournie qu'elle pourrait appartenir à un poète romantique. Alors que son voisin a l'air d'une anguille qui n'attend que le moment de se faufiler hors du cadre, lui demeure aussi hiératique que s'il se tenait dans l'atelier du peintre, conscient du fait que son torse bombé, son maintien de tribun, grand, lourd et solidement campé sur ses deux jambes, en imposent.

Son ventre proéminent, tendu par l'étoffe de la redingote, trahit l'épicurisme, ce que confirme le reste de la tenue : boutons de manchettes en or, lavallière, guêtres blanches sur des souliers de chevreau. Si, contrairement à l'homme aux yeux clairs, il n'est pas beau, de lui émane un magnétisme, un charisme qui aimantent le regard. Le front immense, le nez, l'éclat des yeux surmontés par la broussaille des sourcils et la chevelure évoquent décidément un lion.

À gauche, un troisième homme, en uniforme d'officier de marine, complète le groupe : veste à galons, pantalons blancs, casquette. Le couvre-chef ne permet pas de deviner la couleur de ses cheveux ; mais la carnation pâle, les joues tachetées de son et la barbe aux reflets soyeux pourraient appartenir à un homme du Nord, blond ou roux.

Toutefois, ce ne sont ni son visage aux traits banals, ni ses yeux, ni sa tenue qui retiennent l'attention. C'est sa taille, sa taille exceptionnelle. L'homme rend au moins vingt centimètres au tribun, lequel dépasse déjà d'une tête le petit homme à la moustache.

C'est un géant.

Un géant et même un colosse, si l'on considère

la largeur de ses épaules et le gabarit de ses mains. Celles-ci pendent tels des battoirs, immenses et immobiles, le long de ses cuisses.

Au dos de la photo, une simple inscription : « Saint-Hélier, 1908 ».

29

Au milieu de l'abondante correspondance d'Octave, les lettres qu'il a adressées à Julia, sa femme, occupent une place à part. Les rubans à la couleur aujourd'hui inidentifiable qui les réunissaient en liasses se sont désagrégés quand j'ai voulu les dénouer. Personne n'avait dû lire ces mots depuis cent ans.

En parcourant ces lettres, j'ai eu l'impression de toucher du doigt, enfin, la véritable personnalité de mon aïeul : les phrases sont si révélatrices de ses sentiments que j'ai quasiment éprouvé des scrupules à m'immiscer dans l'intimité de l'homme qui les avait couchées sur le papier.

Octave a commencé à correspondre avec celle qui deviendra son épouse en mars 1904, un an et demi avant leur mariage. Il a conservé l'ensemble du courrier qu'il lui a envoyé. Hélas, je n'ai retrouvé que quelques-unes des réponses signées de sa main à elle. Le reste est-il classé à part ?

Ces pages obéissent à une rhétorique convenue : un jeune homme de bonne famille invite Mademoiselle Le Mélinaire, puisque tel est son nom, à des goûters, des matinées théâtrales, des régates. Évidemment, elle s'y rend toujours escortée d'une tante ou d'un chaperon. Parfois, la sœur de Julia, Hélène, est également conviée. C'est elle la plus jolie, la plus vive. Et sans doute, puisqu'elle est l'aînée, celle que sa famille avait le projet de marier à Octave ; mais c'est la cadette, malgré sa propension à se retrancher dans ses rêveries, qui a emporté le cœur du jeune homme.

De page en page, la tendresse distillée entre les mots se fait plus pressante. Le 26 juin 1904, l'ingénieur se déclare de manière voilée : « Oserais-je, ma chère amie, espérer que le plaisir que je puise dans nos rencontres soit à l'unisson du vôtre ? » Jeu classique de l'époque, où il faut habilement sonder celle dont on s'est épris sans dépasser la ligne de crête de la bienséance, dès lors que le courrier des demoiselles est lu par les familles qui au besoin sauront l'intercepter.

Julia semble plus réservée. Il manque trop de ses lettres pour savoir comment elle réagit à cette cour empressée. Mais, les semaines passant, elle se laisse fléchir. Il faut dire que son soupirant ne désempare pas, à raison d'un envoi par semaine. Le 26 août, alors qu'elle se trouve en villégiature à Hossegor, elle autorise Octave à « évoquer ses projets » auprès de ses parents.

J'imagine la fébrilité avec laquelle le jeune homme a attendu cette réponse. La joie qui l'a envahi, inondé peut-être, quand il l'a reçue. À partir de cette date, les grandes manœuvres, celles dont le livre de raison ne m'avait livré que l'écume, sont enclenchées ; visite des parents d'Octave à ceux de Julia, demande en règle de la main de leur fille, fiançailles à Saint-Briac, rendez-vous chez le notaire afin d'élaborer un contrat de mariage, relu avec le soin nécessaire par les deux parties.

Durant l'année qui les sépare de leur mariage, les lettres d'Octave consistent surtout en de brefs billets, qui accompagnent des invitations. Les fiancés se voient plus souvent. On se donne rendez-vous pour des après-midi à la plage de l'Éventail, des goûters dans des pâtisseries en ville, des sorties en mer, parfois avec Hélène, la sœur, ou la petite bonne de Julia pour seul chaperon. Leurs familles respectives semblent leur laisser la bride assez lâche sur le cou.

L'histoire ne dit pas ce que l'aînée en pense. Si elle se réjouit pour sa cadette ou si, au contraire, ces fiançailles lui ont laissé un goût amer. Les petites vacances, qu'on continue à prendre séparément, les brefs séjours à Paris du jeune ingénieur donnent lieu à des échanges plus circonstanciés. Octave bouillonne d'idées et prend l'habitude de faire part à Julia de ses nombreux projets pour motoriser des bateaux. Il est déjà décidé à agrandir sa firme, avec l'appui de ses parents ; il reçoit celui de son futur beau-père, qui voit d'un bon œil les efforts de ce gendre ambitieux et se dit prêt à y engager une partie de la dot de sa fille. La famille Le Mélinaire paraît séduite par l'idée d'une union avec cette vieille branche du clan Kérambrun, d'autant que leur rejeton a de surcroît le bon goût d'être fils unique.

Seules quatre lettres de Julia figurent dans le dossier. Calligraphiée à l'encre mauve, leur écriture ronde sent encore son enfance et le couvent des Oiseaux ; seules les hampes trop hautes trahissent par endroits une certaine exaltation. La jeune femme confie à son promis qu'elle aime la nature, nager dans la mer avec sa sœur Hélène (ce que ses parents réprouvent), rêver. Une simple mésange qui apparaît à sa fenêtre suffit à la plonger dans un émerveillement proche de l'extase.

C'est une personnalité contemplative, mais aussi extrêmement cultivée. Quand son fiancé l'entretient de bateaux, elle lui parle de ses lectures, qui occupent une place prépondérante dans son existence. Aloysius Bertrand, Baudelaire et les *Poèmes saturniens* de Verlaine, qui la « touchent au plus profond de son cœur », Marceline Desbordes-Valmore, Anna de Noailles dont elle est une admiratrice éperdue. De Victor Hugo, elle connaît une partie des *Contemplations* par cœur ; elle se délecte des livres de Fromentin, le peintre, dont elle goûte la vive sensibilité à la nature, et du *René* de Chateaubriand. Elle se détourne, en revanche, de Balzac, dont (comme mon fils) elle juge les romans ennuyeux, et n'éprouve que « dégoût » pour Zola, qu'elle a lu à l'insu de ses parents. Pour elle, l'auteur de *L'Assommoir* est « cru et laid » et sa peinture du peuple « horrifique ».

J'imagine un tempérament romantique, façonné par l'époque qui maintient les jeunes filles sous cloche, en attendant qu'on leur trouve un mari. Piano, broderie, dentelles... La représentation éthérée du monde qu'on leur impose, encombrée d'idéaux de pureté et de vertu, est à mille lieues de la réalité. Julia explique à Octave, dans sa troisième lettre, avoir fréquenté les œuvres de Joséphin Péladan. À la fac, un de mes condisciples, féru de spiritualisme, m'avait fait lire des extraits de cette prose rosicrucienne, si boursouflée et sentencieuse qu'elle m'avait fait rire aux larmes.

Mais Julia, elle, prend le « Sâr », comme elle l'appelle, très au sérieux. Elle se pose des questions sur la métempsycose, la grande migration des âmes d'un corps à l'autre. S'interroge sur l'essence des êtres, avec une attention particulière pour les animaux, « parts du grand Tout ». Rien de grave, toutefois, dès lors qu'elle va à la messe chaque dimanche, accompagne sa mère dans ses bonnes œuvres et continue de broder et de prendre des leçons de piano.

Si l'on excepte sa propension un peu trop marquée à l'introspection, elle ferait, somme toute, une fiancée parfaite.

Le mariage a lieu le 16 août 1905. Octave en avait noté la date dans son livre de raison, la soulignant deux fois. Le faire-part, glissé dans une enveloppe, a été conservé au milieu des lettres. Après quoi la correspondance, sans surprise, s'interrompt. Elle ne reprend que le 24 septembre 1906, avec un courrier adressé à « Julia de Kérambrun, Home Sobieski, rue du Docteur-Calot, Berck, D[épt] du Nord ».

30

Les Couërons, le 24 septembre 1906

Ma chère amie,

Heureux de savoir que votre voyage s'est déroulé sans encombre et que votre chambre (donne-t-elle bien sur la mer, comme on me l'avait assuré ?) vous plaît. Ces paysages du Nord, dit-on, sont de toute beauté.

J'ai toute confiance en le docteur Sobieski, dont on vante les mérites jusqu'à Paris. Et je compte sur vous pour ne pas négliger les promenades et les soins prescrits par le docteur Montgenèvre. Si les bains vous ennuient, demandez à Lison de vous y accompagner.

Depuis votre départ, je travaille d'arrache-pied au moteur qui équipera la Marie-Suzanne. *Je dois me rendre en Lorraine la semaine prochaine pour visiter un fabricant d'acier. On m'a ménagé à cette occasion un entretien avec le peintre Majorelle, à qui j'entends confier la décoration de la salle à manger. Au retour, je* ferai une halte chez Jean Marcel, un ébéniste de Mayenne, dont on m'a rapporté qu'il possédait les plus belles ronces d'orme des alentours.

Je ne veux que des matériaux d'exception pour ce navire, construit à la mémoire de notre petite fille. Il sera le fleuron de notre flotte et vous en serez la marraine.

Pour l'heure, nos navettes ne désemplissent pas. Nous avons obtenu du commandant de garnison l'autorisation de longer Cézembre. Ainsi les vacanciers peuvent-ils accoster sur sa plage et y faire une promenade.

Notre premier pique-nique sur l'île, avec Hélène et vos parents, reste un souvenir cher à mon cœur.

Ces activités sont harassantes, mais je ne m'en plains pas, puisqu'elles m'aident à supporter votre absence. J'ai dîné avant-hier chez les Tézé-Villan, qui demandent chaque fois de vos nouvelles. Je déjeunerai demain à Saint-Servan avec vos parents, Hélène et Katell, après la messe en mémoire de Suzanne.

Nous prierons tous pour votre guérison.

Julia, ma mie, gardez courage et travaillez sans relâche à vous rétablir. Dieu nous a envoyé une cruelle épreuve. Mais nous sommes jeunes et bien d'autres espoirs nous sont permis.

Écrivez-moi dès que vous le pourrez.

Votre époux

Octave de Kérambrun

31

Mon arrière-grand-mère aura fait en tout six séjours au « Home Sobieski » entre 1906 et 1914. M'aidant des lettres et des carnets, j'ai pu esquisser l'ébauche d'une chronologie. Suzanne est morte le 26 septembre 1906, soit un an et un mois après le mariage de Julia et d'Octave. La pension Sobieski est peut-être un hôtel de luxe, dans lequel on a envoyé la jeune mère éplorée afin de la soustraire à un environnement devenu trop douloureux. Ou une maison de santé, une clinique qui dispense des soins plus spécialisés. À Berck, on soignait la tuberculose ; si elle en était atteinte, l'éloignement de Julia aurait pu obéir à des nécessités prophylactiques qui ne disaient pas leur nom.

Je déniche sur la bibliothèque en ligne de la fac un article consacré à la médecine balnéaire. J'y apprends que Sobieski, Georges de son prénom, était un aliéniste – on dirait aujourd'hui psychiatre –, français par sa mère, polonais par son père. Il avait fait ses études à Varsovie. À Vienne, où il s'était installé, on racontait qu'il avait côtoyé Freud – mais aucune preuve de cette proximité n'avait pu être établie. Il avait ensuite gagné la

France pour prendre un poste à la Salpêtrière, dans le service du professeur Charcot, le père du célèbre explorateur. Mais face au scepticisme croissant de ses confrères devant ses méthodes – et peut-être une certaine défiance à l'égard d'un praticien juif et étranger – il avait créé sa propre clinique sur la Côte d'Opale. Il se faisait fort d'y soigner les désordres nerveux et d'y guérir la « mélancolie névrotique ». Sa recette consistait en une combinaison de bains de mer, d'hydrothérapie et de séances d'hypnose. Le Home recevait une patientèle fortunée qui se disputait ses onéreux services, ainsi que des artistes, musiciens et écrivains de toutes nationalités, russes, allemands, italiens ou anglais.

L'article ne tranchait pas sur la question de savoir si l'homme était un précurseur ou un charlatan.

Des investigations supplémentaires m'ont confirmé que la tuberculose était traitée dans un autre établissement, le grand hôpital maritime de Berck. C'est donc pour soigner ses nerfs, et non ses poumons ou ses os, que Julia de Kérambrun séjournait régulièrement dans le Nord.

J'ai parcouru la plupart des lettres quotidiennes que Octave lui adressait là-bas. Elles sont remplies de sollicitude ; la tendresse semblait être restée intacte au sein du couple, en tout cas jusqu'à la guerre. Il n'y avait que dans les missives de 1914, du moins celles que j'avais lues, que le ton s'était refroidi. L'Octave pudique qui écrivait en garnison devait répugner à voir ses mots doux espionnés par la censure.

Transparaissait aussi dans cette correspondance la trace de son attachement profond à ses enfants.

Car après la naissance d'Ernest en 1907, Octave est devenu père pour la deuxième fois (la troisième si on compte Suzanne) en 1911. Le garçon s'appelle Armand et sa naissance a de nouveau éloigné Julia, qui a rejoint la pension Sobieski pour se rétablir après un accès de fièvre puerpérale. En plus de la paysanne qui fait office de nourrice, Octave a engagé une nurse anglaise, Miss Hershley. Durant l'absence de Julia, Hélène Le Mélinaire, tante du nouveau-né, et une certaine Katell de Sainte-Croix – la femme ou la fille d'Ambroise, l'associé, je suppose – prennent le relais et viennent visiter Octave et ses deux garçons ; Katell, en particulier, semble raffoler du bébé.

Pour autant, l'ingénieur veille à ne pas laisser l'éducation de ses enfants aux mains des femmes. Il met un point d'honneur à assister à leur premier repas et à passer avec eux une heure chaque soir. Il demande à ses menuisiers de confectionner des bateaux de bois pour l'aîné, des hochets à grelots pour le bébé. Pour l'époque, cette attitude devait apparaître comme une excentricité, dans un monde où les chefs de famille étaient supposés se tenir à distance de la sphère domestique.

Je repense à mon père, élevé sans amour par l'homme détestable que m'avait dépeint Albina. À Juste de Kérambrun, dernier fils d'Octave, envoyé en pension dès qu'il en avait eu l'âge, si j'en crois Étienne. Qui a brisé les rameaux de la tendresse paternelle et poussé mon aïeul à éloigner si vite son dernier-né ? Et pourquoi ce père affectueux et doux s'était-il mué en géniteur froid et distant ?

32

Habituée aux grondements qui font frémir le Sillon, aux coups de boutoir de l'Atlantique quand il monte à l'assaut des dunes d'Hossegor, elle savoure la paix de ces plages interminables. Elles se transforment en lacs d'argent ou de cuivre selon que le soleil ricoche sur elles ou s'y enfonce. L'énergie de la lune qui soulève les eaux semble diluée, aplatie par l'infinité de l'estran. La pension a le bon goût d'être éloignée du rivage de plus de cinq cents mètres : la nuit, on y dort tranquille.

Deux cavaliers qui vont au pas la dépassent. Ils soulèvent leur bombe en guise de salut. Lison marche à quelques pas derrière elle. C'est la première fois que la petite est séparée aussi longtemps de sa mère, qui travaille chez les Sainte-Croix. Elle dissimule mal sa tristesse. Tout est intimidant pour l'adolescente, la place, les couverts, les assiettes des repas que Madame a tenu qu'elle prenne avec elle, mais durant lesquels elle ne picore que quelques légumes ou une bouchée de sole, demandant à sa bonne de finir les plats.

Madame, elle, pense aux bains chauds, puis froids, aux séances d'hydrothérapie avec les infirmières énergiques qui massent son dos et son bassin douloureux. Personne n'a trouvé la cause des maux qui la torturent depuis que Suzanne est morte. Mais elle, elle n'a pas besoin de médecin pour savoir qu'elle souffre exactement à l'endroit où elle a conçu son enfant, au cœur de la matrice qui a échoué à fabriquer un bébé assez robuste pour survivre.

Les conversations avec l'étrange docteur à l'épais lorgnon ont lieu chaque après-midi. Elles la déconcertent. Au lieu de la questionner sur ses douleurs, son appétit, son flux menstruel, comme l'a fait le professeur Pozzi à Paris, le gnome à la peau grêlée lui demande de lui parler de son enfance. De son père qu'elle n'a guère fait que croiser, de son mari. Il la prie de décrire ses rêves par le menu, ce qu'elle déteste. Sobieski a des yeux bridés comme ceux d'un Chinois, exorbités derrière son lorgnon, et sa barbiche noire dissimule un menton trop court. Malgré tout, Julia a développé une certaine affection pour ce petit homme contrefait, dont elle ignore la raison.

Elle préférerait néanmoins qu'il la laisse tranquille avec ses questions et lui restitue la fiole de laudanum prescrit par le docteur Montgenèvre : un flacon salvateur qui transformait ses nuits en gouffre sans images.

Hier, le petit Polonais lui a suggéré de décrire un lieu où elle avait été heureuse. Elle s'est rappelé Cézembre, un jour de baignade avec Hélène. La mer était calme, le soleil réchauffait sa peau, le vent caressait son visage avec une infinie douceur. À demi étendue dans un fauteuil de toile rayée, elle avait pensé aux pages du Sâr qui parlaient de réincarnation : elle avait soudain senti son corps se fondre dans les éléments et en épouser chaque particule. Alors elle s'était faite goéland, ciel, vent, les ailes déployées, glissant en silence dans le ciel ; elle avait été eau, herbe et sable, sa chair dissoute dans une paix magnifique. Elle s'était endormie.

Cet été-là, elle venait de quitter le pensionnat d'Orbec et était rentrée dans sa famille, en attendant de trouver un mari. Cet après-midi sur l'île lui avait semblé préfigurer la quête de l'harmonie à laquelle elle désirait vouer son existence : un océan de lectures, de savoir, de poèmes, déployé devant elle, aussi vaste que l'horizon, entre deux baignades avec sa sœur qui l'entourait de sa chaude affection et veillait sur elle comme une mère – souvent mieux que leur mère.

Un jour peut-être, elle aussi écrirait des poèmes ou des traités pour donner forme aux pensées vertigineuses qui l'assaillaient. Elle oserait correspondre avec le Sâr, l'astronome Camille Flammarion ou ce Paul Valéry dont elle admirait le génie.

Elle ne pouvait imaginer que la liberté qui était la sienne, celle de nager, d'apprendre des vers par cœur, de méditer pendant des heures les pages de philosophie ou de métaphysique qu'elle lisait à l'aube, connaîtrait un jour son terme.

Et puis il y avait eu Octave.

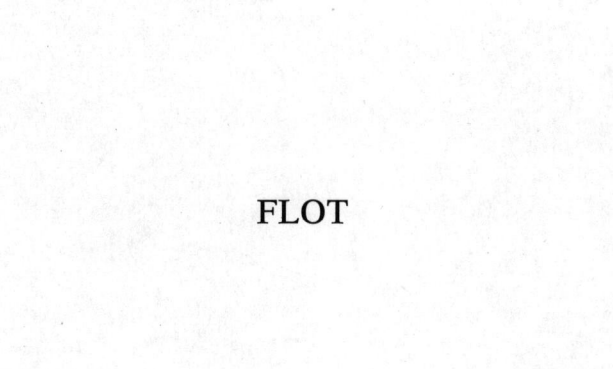

33

En entendant les deux explosions, j'ai d'abord pensé à un tremblement de terre. Mais le grondement venait du ciel, pas du sol. J'ai braqué ma paire de jumelles sur l'horizon. Au large, aucun signe de catastrophe : mais une barge et deux zodiacs étaient amarrés devant Cézembre, pendant qu'une vedette pilotée par des hommes en uniforme patrouillait autour de l'île. Sur la plage, trois plongeurs vêtus de combinaisons noires.

Puis les hommes ont disparu et les vedettes se sont éloignées. Seul un zodiac est resté amarré. Impossible de deviner ce qui s'était passé : je devrais interroger Xavier ou attendre les nouvelles dans *Ouest-France* pour le savoir. Je n'aurais pas été étonné d'apprendre qu'une vieille munition avait sauté.

Je continue à observer l'île à la jumelle. Après l'agitation, la douceur de ses courbes, sa solitude désertée irradient une paix magnifique. Une apparence trompeuse, pourtant. Ce caillou, dont le relief était resté à jamais défiguré par les cratères qu'y avaient creusés les explosions à la Libération, était une poudrière dormante, avec son sol truffé d'obus. Le niveau de danger était tel que, au sortir de la guerre, l'accès avait été strictement restreint à sa plage et au restaurant qui la jouxtait. Pendant nos sorties, Guillaume et moi avions interdiction formelle de tenter de l'approcher, à la voile ou à la nage.

Il avait fallu attendre le milieu des années 2010 et la cession de Cézembre par l'armée au Conservatoire du littoral pour qu'elle redevienne accessible – et encore ne l'était-elle que sur une partie de son flanc ouest.

Les bombardements de la Libération, m'avait appris le livre de Per Kérézéon, avaient été d'une telle violence qu'ils avaient bien failli provoquer l'anéantissement de l'île. Ensuite, malgré les efforts des Malouins, ces quelques hectares sinistrés et dangereux étaient restés hostiles aux visiteurs. Elles étaient loin, les promenades que mon arrière-grand-père avait été si content d'offrir à sa fiancée et aux touristes… En saison, les seuls visiteurs étaient des vacanciers qui se faisaient déposer le matin sur la plage et en repartaient par la navette du soir, avec défense de s'aventurer au-delà du restaurant.

Le coût des campagnes de dépollution, exorbitant, avait pendant longtemps rendu la réouverture impossible. À lire l'historien, on comprenait pourquoi : pendant presque un mois, des norias de Forteresses volantes, jusqu'à cent par jour, exaspérées par la résistance de cette enclave allemande qui harcelait leur flotte et barrait l'entrée de Saint-Malo, avaient déversé sur Cézembre des explosifs par milliers.

Excédés par le refus deux fois réitéré de leur proposition d'armistice, les Alliés avaient décidé de se débarrasser de la présence allemande une bonne fois pour toutes. Ils avaient largué des bombes au phosphore et au napalm. C'était la première fois, en Europe, qu'on recourait à ces armes chimiques. Les substances avaient brûlé pendant des jours, sous les yeux perplexes et affolés des Malouins internés au Fort national, qui se demandaient ce qui, sur ce caillou presque désert, pouvait alimenter ces gigantesques panaches de fumées grasses et piquantes.

Les années passant, la légende noire de l'île et la vigueur de l'interdit avaient fasciné les adolescents du coin, qui ne rêvaient que de s'y aventurer. Le débarquement clandestin sur Cézembre, de préférence la nuit, était l'un de leurs sports favoris.

C'est ainsi que, l'été de mes quinze ans, j'avais suivi Xavier, qui avait décrété semblable expédition. Nous avions « emprunté » le semi-rigide de son père (motorisé par les soins du mien) et étions partis faire un tour sur l'île. Pour mon copain, ce n'était pas la première fois ; de mon côté, j'étais surexcité et ravi à l'idée de désobéir à mon « paternel », comme disait Xavier.

Une fois sur place, la déception avait été vive : rien de si mystérieux et pas grand-chose à voir sur cette roche à demi pelée, à part le restaurant, fermé huit mois par an, les ruines militaires, quelques mouflons et des lapins. Nous avions longé des buissons, une rangée de tamaris, croisé des arceaux de métal tordus, des creux remplis d'herbe et de graminées, les débris rouillés d'un canon de 75. Les entrées de bunkers qui puaient le varech, avec leurs murs tagués, prouvaient que nous n'étions pas les seuls visiteurs.

Pendant que Xavier s'installait pour squatter

l'une d'elles, muni d'une réserve de cigarettes et d'une bouteille de vodka, j'avais fouillé le couloir dans l'espoir de récolter des vestiges allemands. Mais je n'avais débusqué qu'une bouteille de Coca-Cola vide et l'emballage d'un paquet de biscuits. Après avoir sifflé une partie de la vodka, mon copain et moi nous étions endormis pour le reste de l'après-midi. Et au retour, sitôt le pied posé sur le bateau, j'avais vomi tout mon alcool.

Nos pères respectifs nous attendaient sur le port et le comité d'accueil avait été frais, c'est le moins qu'on puisse dire. Le géniteur de Xavier l'avait fusillé du regard ; le mien m'avait collé une paire de gifles monumentale, avant de m'entraîner dans son sillage. À la maison, il m'avait traité de tête brûlée, d'ivrogne et de primodélinquant ; après quoi j'avais été puni tout l'été, interdit de sorties à plus de cent mètres des Couërons et sommé de ne plus fréquenter ce « voyou de Draouen ».

Ma mère avait beau m'acheter des BD et mon frère échanger avec moi des regards navrés, je ne décolérais pas. J'avais quinze ans, l'âge où l'on est déjà un petit mâle orgueilleux. J'en voulais à mort à Charles de m'avoir humilié devant mon copain. La rage au cœur, je m'étais promis que je quitterais la maison dès que j'aurais atteint ma majorité.

Aujourd'hui, en lisant les pages consacrées à la tragique libération de Cézembre, je comprends que mon père avait dû avoir la peur de sa vie. Mais, comme à son habitude, il avait réagi avec le seul langage qu'il connaissait, l'autoritarisme et la brutalité, là où quelques mots d'explication auraient suffi.

34

Le soldat allemand n'est pas sûr qu'il verra l'aube se lever sur le jour de son anniversaire. Depuis combien de temps est-il tombé en enfer ? Il a perdu le compte, prisonnier d'un caillou désolé qui n'offre à l'état naturel rien pour survivre, ni abri, ni nourriture, ni le moindre ruisseau. Depuis que les premiers avions américains ont commencé leurs raids, les hommes n'ont d'autre choix que de se terrer comme des bêtes dans les souterrains construits par l'organisation Todt au moment où l'armée a pris possession de l'île, en 1942.

Ce morceau de roche paisible, qui n'avait hébergé au fil des siècles que des moines, des contrebandiers, quelques rebelles et des lapins, est alors devenu le « Stützpunkt Ra 277 », le verrou de la Manche. Faire de l'ensemble du littoral une forteresse de béton et d'acier, ériger cinq cents édifices sur ces dix kilomètres de côte et fortifier le moindre enrochement contre la menace venue de la mer : telle a été, dans sa démesure, la mission des ingénieurs et des sapeurs de l'organisation Todt. Ordre avait été donné de mettre les bouchées doubles pour barrer l'approche des Anglais, ceux-là mêmes que les bombardements n'avaient pas réussi à faire plier comme l'espérait le Führer.

Les jours de beau temps, à la jumelle, on aperçoit depuis le promontoire la plage du Sillon et ses chevaux de frise ; à l'ouest, la pointe de la Varde où des soldats font le guet jour et nuit, prêts à expédier par le fond tout vaisseau qui s'aventurerait de ce côté. La puissance de feu de Cézembre, elle, est telle qu'elle pourrait anéantir un navire à dix milles nautiques de distance. Qu'il vienne du nord, de l'est ou de l'ouest, malheur à celui qui tenterait d'entrer à Saint-Malo par la mer.

C'est à l'abri de murs qui sentaient encore le ciment frais que la garnison de la 608e division d'artillerie de marine a été installée. Et c'est là qu'elle a gagné son statut de petit paradis. Lui n'était pas encore arrivé, mais on lui a raconté : la vie douce, l'élevage du cochon, l'orchestre rudimentaire, avec Georg, le flûtiste, et Rüdiger, qui avait fourré son violon dans son paquetage. Les femmes, aussi, des prostituées qui venaient de temps en temps par bateau depuis la ville et restaient parfois pour la semaine.

*Les jours de soleil, à marée basse, la garnison partait à la pêche aux coquillages et le coq, avant que l'*Itaker *soit nommé cuistot, mijotait des bouillons avec les couteaux et les crabes ramassés par les gars.*

« Glücklich wie Gott in Frankreich. »

Mais, à Cézembre, on ne faisait pas que se remplir la panse. On a rasé les murs du vieux couvent, installé des rails pour acheminer briques et mortier, entamé les travaux d'un circuit de dessalement, hissé à bras d'homme six canons de calibre 194. Pour arrimer ces pièces d'artillerie, restes de la Grande Guerre confisqués aux Franzosen, *le sol a été terrassé à coups de pioche. On a coulé des centaines de litres de béton, maçonné des réservoirs d'eau douce, dynamité la roche pour y enfouir des bunkers et des soutes à munitions. On a aménagé des bâtiments de garnison sur les ruines de l'ancien monastère et dressé des tobrouks un peu partout.*

Et puis on a attendu.

Ce temps heureux a pris fin deux ans plus tard, alors que le soleil d'été chauffait encore le sable et qu'on se baignait chaque soir. En cet été 1944 où l'Allemagne nazie entamait sa débâcle.

Sur ce bout de rocher, aussi isolé fût-il, les nouvelles arrivaient, et elles n'étaient pas bonnes. Et nul besoin de radio pour constater que les navires de la flotte anglaise et américaine, de plus en plus nombreux, tournaient autour d'eux comme des guêpes autour d'un pot de confiture.

Il suffisait de regarder la mer et le ciel pour deviner la catastrophe qui les guettait.

Quand le temps de se battre est venu, la belle artillerie de « Concombre », comme baragouinaient les gars des transmissions, n'a pas démérité. Quatre croiseurs anglais ont été expédiés par le fond. Mais lorsque la garnison, plusieurs centaines d'Allemands, des Russes, une poignée de Polonais, et surtout ces satanés Italiens, toujours en train de jouer aux cartes ou de cuisiner leurs ragoûts qui empestaient l'ail, a appris que Saint-Malo avait été reprise par les Américains, le commandant Seuss et ses hommes ont compris que, coincés sur leur confetti de pierre, ils formaient désormais une cible de choix.

Ils ignoraient encore à quel point.

35

L'eau est si froide qu'elle me fait l'effet d'un coup de poing.

J'avance jusqu'à ce que les vagues atteignent ma taille. Malgré la combinaison, une ceinture de glace s'enroule aussitôt autour de mes hanches. Encore trois pas. Le cercle de glace comprime maintenant mon ventre. Au moment où je m'apprête à ajuster mon tuba, une lame me cueille sans prévenir.

Souffle coupé, sel dans la bouche.

Roulé par la vague, mon corps est déséquilibré par la salinité de cette onde amère et sauvage. Je repense à mes longueurs, ces centaines, ces milliers de kilomètres parcourus deux fois par semaine, durant les nocturnes de la piscine Blomet. Des traversées monomaniaques, accomplies en toutes saisons, dans lesquelles j'ai tenté d'engloutir ma vie de forçat, la mort de mon frère, celle de ma mère, le départ de ma femme. Certains mettent la tête dans le sable : moi, je l'ai mise sous l'eau.

C'est un soir où la piscine avait dû fermer à cause d'un incident technique que je suis rentré chez moi plus tôt que prévu.

Et que j'ai trouvé Marie-Laurence au lit avec Pablo, son associé, dans la chambre d'amis.

Quand elle m'avait vu, ma femme s'était assise au bord du lit, jambes croisées. Elle n'avait même pas pris la peine de remonter le drap sur ses seins. Je m'attendais à ce qu'elle se décompose, s'affole ou fonde en larmes. Au lieu de cela, elle m'avait regardé d'un air de tristesse et de défi mêlés, comme pour dire : « Oui, je l'ai fait, et alors ? »

J'ai soudain compris pourquoi, quand Paul dormait chez Antonin, je trouvais en rentrant de la piscine l'associé de ma femme encore chez nous, des plans étalés sur la table de la cuisine. Rétrospectivement, je comprenais qu'elle avait eu bon dos, la future galerie d'art moderne de Tübingen.

Je ne sais pas ce qui m'a le plus blessé : que ma femme couche avec cet homme, lui qui avait mangé à notre table et connaissait Paul depuis sa naissance, ou qu'elle le fasse sous notre toit. Pour un peu, ça aurait été dans notre lit.

Je parcours deux cents mètres supplémentaires. La mer est en train de se former. À Paris, exaspérée par le temps que je passais dans les bassins, Marie-Laurence prétendait que des écailles n'allaient pas tarder à me pousser. Je n'étais pourtant qu'un crawleur de piscine, un nageur d'eau douce. Rien à voir avec l'effort qui confronte directement aux éléments, l'air marin qui poisse la peau, l'eau qui mord l'épiderme et le vent qui emporte le souffle.

Ici, j'aime réclamer à mon corps un peu plus chaque jour. Et sentir qu'il répond favorablement aux exigences que je lui impose, même si certaines douleurs articulaires me rappellent que je n'ai plus vingt ans. Je goûte la bienheureuse fatigue qui envahit l'organisme après l'effort, le rituel de la douche brûlante pour décoller le sable incrusté dans la peau.

Mais j'aime surtout le spectacle de la mer, le mouvement perpétuel qui la ramène au rivage malgré la tentation du large, la force millénaire qui l'ancre à la terre, en dépit de ses efforts pour s'en arracher. Nous avons envers la nature plus de devoirs que de droits, disait mon oncle Roparz, qui nous avait raconté, à Guillaume et à moi, comment, après le naufrage de l'*Amoco Cadiz*, il avait ramassé avec des gants de vaisselle les galettes de pétrole qui avaient souillé le large de Portsall. À l'époque, je ne comprenais pas les larmes dans sa voix. Aujourd'hui, buter dans des détritus sur le chemin côtier me donne des envies de meurtre.

Je poursuis ma progression vers la plage. J'ai l'espoir de prendre la marée montante de vitesse. Quelques mètres à peine séparent la digue des façades des villas. L'eau pourrait sans peine inonder cette ville et le polder sur lequel elle a été bâtie. Mon fils a raison : nous ne sommes que des puces sur le dos du monde. Il en faudrait si peu pour venir à bout de notre espèce, une épidémie, un cataclysme, un raz-de-marée. Il n'y en aura peut-être même pas besoin, tant celle-ci semble experte dans l'art de se saborder elle-même.

Je songe à mon traité, délaissé au profit du dépouillement des archives. J'en possédais déjà le titre, pourtant : *Commerce et piraterie en Méditerranée au Ier siècle avant Jésus-Christ*. La mer à l'époque était tellement infestée par les vaisseaux hostiles que, en 66 avant Jésus-Christ, Cicéron avait demandé qu'on confiât à Pompée les pleins pouvoirs afin de faire cesser les arraisonnements sauvages. *Quel homme s'est embarqué sans s'exposer à la mort ou à l'esclavage, quand il avait à craindre ou la tempête ou les pirates qui couvraient les mers ?* Aujourd'hui, ce n'étaient plus seulement les voleurs qui menaçaient les océans, mais les tonnes d'hydrocarbures, de plastique et de déchets que des hommes cupides ou négligents y déversaient en toute impunité.

36

L'appel matinal d'Albina m'a fait redouter une mauvaise nouvelle. Mais ma tante avait simplement poursuivi l'enquête.

— Tu te rappelles, quand on a parlé de ton grand-père Juste, la dernière fois ? De sa brouille avec sa famille ? Étienne s'est souvenu d'une histoire. Une querelle d'héritage.

— Tu en connais le motif ?

— Apparemment, c'était lié à une décision d'Octave, le père de Juste.

— Et oncle Étienne sait quand c'est arrivé ?

— Non. Il ne se rappelle même pas comment il l'a appris. Mais on s'est dit que cela t'intéresserait peut-être de le savoir.

Bien sûr que cela m'intéressait. Pour la première fois, je tenais peut-être un élément d'explication à la mystérieuse fracture familiale qui avait séparé les fils d'Octave. Albina et moi avons continué à bavarder quelques minutes : j'appréciais ma tante et je n'avais plus envie de laisser nos liens s'effilocher par ma faute.

Ce coup de téléphone avait réveillé en moi le désir de remonter le fil de la généalogie. Si le partage de l'héritage entre les frères avait été le *casus belli*, le testament d'Octave aurait pu m'en livrer la clé. Mais où était-il rangé ? J'ai levé les yeux vers les murs de dossiers, avec les milliers de feuillets jaunis qu'ils contenaient. Autant chercher une aiguille dans une meule de foin.

Pourtant, oubliant les promesses que je m'étais faites, j'ai abandonné les navires transporteurs d'épices et replongé dans les archives. Plus je les parcours, plus j'ai l'impression qu'un élément capital m'échappe, comme si j'exhumais un puzzle aux pièces dépareillées sans trouver la clé de son assemblage.

Dans ce dédale, les livres de raison sont mon fil d'Ariane. D'autant qu'ils s'étoffent d'année en année ; à partir de 1908, date à laquelle mon aïeul s'associe officiellement à Augustus Minchinton, on pourrait dire que les cahiers de cuir d'Octave tiennent autant du journal privé que du livre de comptes. Des paragraphes entiers sont consacrés à ses projets, ses discussions avec ses associés, qu'il rapporte *verbatim* ; il lui faut parfois deux, voire trois volumes pour couvrir une année. Je balaye du regard les listes désormais familières de commandes, livraisons, plans, équipages, salaires ; celle des rendez-vous, des entrevues avec l'architecte naval et des voyages à Jersey. La vie d'un armateur est certes harassante, mais plus routinière qu'on pourrait l'imaginer. Je suis arrivé au premier cahier de l'année 1909 et, jusqu'à présent, le premier trimestre ne m'a rien révélé d'exceptionnel.

Cette période semble heureuse pour Octave. Certes, il n'apprécie pas toujours la personnalité de son associé jersiais, qu'il juge « flatteur et dissimulé » ; ses projets abracadabrants lui tapent sur les nerfs. De plus, la faible maîtrise que mon aïeul a de la langue de Shakespeare complique le dialogue entre les deux hommes. Néanmoins, les chiffres parlent d'eux-mêmes : en à peine un an, à la suite de l'entrée de l'Anglais au capital de la compagnie, le volume du fret a augmenté de près de vingt pour cent. Il est maintenant question d'une nouvelle liaison vers Guernesey pour satisfaire une demande commerciale devenue pressante.

Ma lecture m'apporte une autre certitude, paradoxale celle-là : le goût d'Octave pour le négoce est tout relatif. Bien sûr, il traite ses affaires avec le sérieux et la diligence qu'elles requièrent. Mais son véritable aiguillon est ailleurs.

Ce que lui voudrait, ce qu'il voudrait *vraiment*, c'est révolutionner la navigation en mer. Mettre en chantier des navires toujours plus innovants dont la conception, si j'en juge par ses lettres à Julia, l'habite jusqu'à l'obsession. Les tonnes de marchandises et les milliers de passagers que la compagnie achemine à bon port sont avant tout le moyen de rassembler les fonds nécessaires aux expérimentations mécaniques de mon aïeul. Et sa flotte, de plus en plus fournie, fait office de laboratoire d'architecture navale.

Ses bateaux, l'ingénieur les veut insubmersibles. Alors il imagine pour eux les alliages les plus solides, les matériaux les plus modernes, les carénages les plus élaborés. Il s'enorgueillit que pas une vie, pas même une cargaison n'ait été perdue depuis qu'il a fondé la compagnie. Évidemment, cette exigence de qualité a un prix, au grand dam d'Ambroise qui rognerait bien, parfois, sur les coûts de construction.

Mais Octave masque son agacement, sa lassitude même, devant les « jérémiades » – ce sont ses mots – des deux autres, le député et l'Anglais. Car c'est lui qui porte la charge quasi exclusive de la gestion des affaires courantes, en plus d'endosser son rôle de représentation. Et la nécessité d'accroître les bénéfices est, je suppose, la raison pour laquelle il continue de traiter avec ses deux compères, malgré leurs désaccords de plus en plus fréquents. Sainte-Croix et Minchinton, pour des raisons différentes, sont de trop remarquables pourvoyeurs d'affaires pour que mon aïeul puisse envisager de se passer de leurs services.

37

Sur Augustus Minchinton, Internet reste muet ; concernant Sainte-Croix, la biographie fournie par Wikipédia, succincte, n'offre ni portrait ni photographie. Selon la notice, l'avocat, né en 1871, s'était fait élire député une première fois en 1906, puis une seconde en 1912, avant de s'enfuir à l'étranger en 1914, pour des raisons mal identifiées. Il n'en était pas revenu et on ignorait jusqu'à la date de sa mort. Le reste des informations se révèle tout aussi lacunaire : une rubrique sur le site de l'Assemblée nationale (Sainte-Croix appartenait au groupe des radicaux-socialistes) et un ouvrage épuisé paru en 1966, *Figures oubliées du pays malouin*, dont j'achète la version électronique.

L'auteur du livre, Olivier Jusserand, se présente comme « journaliste et historien local ». Les pages qu'il consacre à Sainte-Croix dépeignent l'avocat comme un orateur brillant, plaideur inspiré, dramaturge à ses heures ; une forte personnalité qui n'hésite pas à faire des déclarations tonitruantes et à provoquer ses ennemis en duel. Il a été blessé par un jeune anarchiste lors d'un défilé, a perdu de peu l'élection à la mairie de Saint-Malo, mais remporté avec éclat la circonscription, avant de se volatiliser en direction du Nouveau Monde. Il avait été la figure de proue de la gauche locale, cultivant l'image d'un homme proche du peuple. Si sa participation à la Société malouine de transports nautiques n'est pas mentionnée, on souligne qu'il a été l'un des promoteurs les plus actifs du développement touristique de la Côte d'Émeraude.

À propos de sa fuite, qui a défrayé la chronique, les rumeurs sont allées bon train, évoquant tantôt une désertion devant la menace de la guerre, tantôt le refus d'affronter une banqueroute. Certains ont soulevé l'hypothèse de l'enlèvement par de mystérieux ennemis qui auraient emmené Sainte-Croix de force en Amérique, ou encore l'arraisonnement de son bateau par des contrebandiers ; des théories démenties par des lettres ultérieures du député, arrivées du Canada, mais que l'auteur du livre n'écarte pas tout à fait. Cela dit, la prose emphatique et bourrée d'hyperboles de ce pseudo-biographe ne m'inspire pas confiance.

Moins lyrique, mais mieux documenté, le volume de Per Kérézéon comprend un index des noms propres. Il m'apprend que Ambroise de Sainte-Croix, breton par sa mère (native de Paramé) et parisien par son père, est issu d'une longue lignée de juristes et de magistrats. Il a fait son droit dans la capitale et y a ensuite exercé une dizaine d'années, avant de s'inscrire au barreau de Rennes. Dès le début de sa carrière, il s'est illustré dans des procès d'assises retentissants, défendant des mères infanticides, des marins assassins, des ouvrières sans le sou, des pauvresses fatiguées de leur mari soûlographe qui avaient fini par se faire justice elles-mêmes.

De la pauvreté, et de son rejeton l'alcoolisme, naît le crime et c'est elle qu'il faut condamner plutôt que ses victimes, soutient l'avocat à longueur de procès. Ces affaires pathétiques, abondamment relayées par la presse, asseyent sa réputation : il devient le défenseur des causes perdues, celui qu'on vient chercher de toute la France ; une sorte de héraut des misérables tels que les dépeignait Hugo. Cela lui vaut le mépris d'un certain nombre de personnalités de son temps, mais l'admiration inconditionnelle de quelques autres, dont Jules Guesde et Zola. Ce qui tombe bien, puisqu'il lorgne du côté de la politique.

Sans surprise, il est dreyfusard et anticlérical. Il s'exprime contre l'esclavagisme et s'insurge devant certains traitements qu'on réserve aux peuples colonisés. Il écrit dans les journaux et signe deux pièces de théâtre – leur titre n'est hélas pas mentionné. Attaché au pays breton, où il s'est réinstallé à trente-cinq ans, il ne jure que par le développement des échanges avec les îles voisines. Il croit au tourisme naissant, ce qui le pousse à s'associer « avec un jeune armateur ambitieux », écrit Kérézéon – mon arrière-grand-père. Clairvoyant, Sainte-Croix a compris la nécessité de garantir du travail à la population locale, au moment où cessent peu à peu les expéditions des terre-neuvas qui ont fait la fortune du rivage.

Selon l'historien, l'avocat était néanmoins une figure controversée : homme à femmes, criblé de dettes au moment de sa fuite, il était sur le point d'être publiquement mis en cause dans une affaire de prévarication. Son départ pouvait être une tentative d'échapper au scandale, à ses créanciers, ou aux deux.

Je me demande comment ce tribun, qui avait le cœur à gauche, mais une morale plutôt élastique, s'y est pris pour séduire Octave de Kérambrun, fils de la grande bourgeoisie catholique conservatrice bretonne. À moins que mon aïeul, comme pourraient le laisser penser les remarques égrenées dans ses livres de raison, ait été un progressiste dans l'âme ? En tout cas, les deux hommes se sont trouvés, pour le meilleur et pour le pire.

Je repense à la photo que m'a prêtée Albina. À celui des trois comparses dont le physique m'avait tant impressionné. Sa carrure massive, son charisme qui crevait l'image, sa chevelure de lion. Une personnalité flamboyante, capable de susciter des passions violentes. Était-ce lui, Sainte-Croix ? Le député breton semblait avoir été l'un de ces météores qui traversent avec éclat la vie de leur époque, avant d'être avalé par la mer qui s'était refermée derrière lui, effaçant toute trace de son passage.

38

Sitôt que le photographe ambulant a fait signe qu'il avait terminé, le petit homme aux yeux clairs a tiré sa montre de son gousset. Partis à l'aube avec leur propre vedette, lui et son associé sont arrivés peu avant midi, démontrant par l'exemple l'excellence des bateaux de leur flotte. Au moment d'accoster, l'équipage a pu contempler le littoral de Saint-Hélier, sa plage envasée d'un vert marécageux, les navires de commerce et de plaisance amarrés au port. Sur ce rivage plus septentrional, la lumière est plus basse, plus sourde que celle du Sillon.

Le voyage aller a été exceptionnellement calme : une mer d'huile, une eau clapotante que le soleil faisait scintiller. Ce n'est pas la première fois que le petit homme pose le pied à Jersey, et on ne peut pas dire qu'il ait perdu du temps à admirer l'horizon. Le premier tiers de la traversée, il l'a passé sur le pont : à scruter la coque et le pavois, à vérifier les écubiers, à inspecter la plus petite pièce du bastingage, jusqu'aux soudures des batayoles. Il est connu de tous les chantiers navals de France pour son obsession de la perfection. Le fait qu'il paye rubis sur l'ongle ne l'empêche pas de désespérer les architectes, les contremaîtres, les ouvriers et jusqu'au Père Gautier, à force d'exiger sans cesse un ais plus robuste, une deuxième couche de calfatage, un renfort de cuivre supplémentaire, « car on n'est jamais trop prudent ».

Quand il a eu son content d'air frais, le petit homme est descendu dans le ventre du bateau. Sans crainte de salir son costume, il s'est posté non loin du moteur, au plus près que le bruit infernal le lui permettait. C'est la place qu'il préfère, assis sur une caisse qui lui sert de tabouret, aux côtés de son chef mécanicien.

Derrière le sifflement de la vapeur et le vacarme, son oreille aussi exercée que celle d'un chef d'orchestre saisit la moindre nuance du claquement des bielles, le glissando des pistons, leur chuintement quand les cylindres les ramènent en arrière. Il guette avec fébrilité le plus petit toussotement, le plus imperceptible hoquet, le plus léger cliquetis, même ceux (surtout ceux !) que le chef mécanicien n'entend pas. « Monsieur, je vous assure qu'il n'y a rien. — Mais écoutez, Renan, écoutez mieux, bon sang ! »

Concentré sur sa machinerie, il n'est pas remonté sur le pont lorsque le bateau a pénétré dans la baie de Saint-Hélier. Et n'a donc rien vu du spectacle offert par le port à son arrivée.

L'homme à la crinière de lion, lui, n'a vu que cela. La mécanique, peu lui en chaut ; elle n'est qu'un moyen de conforter ses ambitions politiques – et Dieu sait que ces dernières sont grandes. Mais cette activité grouillante, ces voitures à cheval, ces charrettes à bras où sont empilés barils de cidre et de bière, caisses de fèves, pyramides de sacs de jute, remplis jusqu'à la gueule d'orge et d'avoine ou chargés de pommes de terre fines, à côté des caisses où frémissent encore les poissons qui cherchent l'air, comblent son goût pour l'abondance.

C'est l'heure des premiers chargements à destination du continent. Alors que les porteurs s'activent, les cargaisons sont embarquées en un tournemain, on se hèle en anglais ou en jèrriais, on se bouscule au flanc des navires alignés pour emplir ponts et cales, ouvertes comme des entrailles affamées. Sur les quais, l'argent change de main à toute vitesse. Fasciné, l'avocat pense à quel point ces trésors seraient bien installés dans les cales des bateaux rapides de Kérambrun, où ils rejoindraient par n'importe quel temps les côtes de France ou d'Angleterre ; fasciné au point qu'il a du mal à en détourner le regard, quand leur hôte, le capitaine, vient les saluer.

Au moment où il prend la pose en face du photographe, il est déjà en train de planifier l'essaimage de ce nouveau négoce et de calculer le nombre d'électeurs qui lui devront leur prospérité. Quand son associé consultait sa montre, lui a allumé un de ces londrès qui ne le quittent jamais et dont l'odeur écœure sa femme. Non, décidément, il ne regrette pas d'avoir fait la traversée.

Le géant roux, qui les avait attendus sur le quai, les observe à la dérobée. Il dissimule mal sa satisfaction. Ce n'est pas pour rien qu'il a choisi de revêtir son uniforme de capitaine de la marine marchande anglaise, pas pour rien qu'il les a entraînés depuis le débarcadère jusqu'à ses entrepôts. Il a tenu à les faire venir sur son île afin qu'ils voient de leurs yeux, touchent de leurs mains, hument de leurs narines la provende du port. Et, surtout, qu'ils puissent s'enivrer d'une autre odeur, plus douce, plus envoûtante, celle de la puissance maritime et de l'argent qu'elle sait fabriquer.

Jersey n'est pas grande, mais sa position est stratégique. Le port est en mesure de servir de base arrière à toutes sortes de négoces, des plus autorisés aux plus secrets.

Le géant désire par-dessus tout entrer au capital de la compagnie de ces Bretons téméraires. Il a entendu parler de leur flotte qui sillonne la Manche, de leurs bateaux capables de défier les pires intempéries. Or les affaires qu'il traite nécessitent d'avoir des entrées un peu partout, y compris sur des îles où l'on pose rarement le pied ; quant à ce qu'il désire vraiment, il sait qu'il ne l'obtiendra jamais sans le génie d'Octave de Kérambrun.

39

Les Couërons, le 6 mars 1909

Ma chère Julia,

Un grand merci pour votre lettre, reçue hier. Le docteur Sobieski m'a télégraphié que vous retrouviez l'appétit. Puissent ces séances d'hydrothérapie, qui avaient fait merveille il y a trois ans, vous aider à reprendre des forces !

Ernest se montre calme et obéissant. Il fait beaucoup de progrès. Miss Hershley a poussé hier son landau jusqu'aux entrepôts et il a désigné la Marie-Suzanne *en criant : « Hâto, hâto ! », ce qui a bien fait rire Mathurin et Le Corff.*

La pauvre Katell, elle, a dû s'aliter, et je crains de deviner pourquoi. Ses espérances déçues font peine à voir.

Notre nouveau navire commencera le mois prochain ses rotations vers Jersey. J'attends beaucoup de lui. Jugez-en plutôt : six cents chevaux, quarante tonnes de marchandises, quarante passagers. Il pourra servir au commerce et à la plaisance. Minchinton nous a garanti d'avantageux arrangements durant la saison d'hiver avec des brasseurs ; Sainte-Croix a su convaincre la corporation des saleurs d'envoyer une partie de leur production vers Jersey. Ainsi, nous ne voyagerons jamais à vide.

Il faut aussi que je vous raconte le nouveau projet de Minchinton. Sa nouvelle lubie, devrais-je dire : motoriser un bateau pour se rendre à Crozet. Cet archipel n'est qu'une suite de cailloux perdus au fond de l'Antarctique. À ma connaissance, il n'est peuplé que d'oiseaux. J'ai tenté d'expliquer l'inanité de ce dessein à Augustus : à l'heure actuelle, aucune mécanique n'a su faire ses preuves face à l'hiver polaire. Charcot a failli en faire les frais avec le Français*. Ce fou d'Anglais risque surtout de mourir emprisonné dans les glaces avec son équipage.*

Mais il revient sans cesse à la charge, soutenu par Sainte-Croix. Lui, cette expédition ne l'intéresse en rien. Mais il serait prêt à n'importe quelle extravagance publicitaire pour faire parler de la compagnie, c'est-à-dire de lui. Je crois que notre ami tenterait de séduire les mouettes si les mouettes avaient le droit de vote.

Je préférerais pour ma part armer d'ici un an ou deux un navire de plaisance de forte capacité. Les citadins de Paris et de Rennes affluent. Tourner la flotte vers le cabotage ouvrirait des perspectives prometteuses. Je songe à de courtes croisières, un steamship *équipé de sièges rehaussés et une cabine vitrée d'où l'on pourrait contempler le rivage les jours de mauvais temps. J'en ai ébauché le croquis que voici.*

Pardon, ma chère amie, de vous ennuyer avec mes affaires. Vous leur reprochez souvent, à raison, de trop m'accaparer. Elles ne m'empêchent pas de penser continûment à vous et de former des vœux quotidiens pour votre rétablissement.

Votre sœur m'a chargé de vous dire son affection. Recevez l'assurance, fidèle, de la mienne, et les baisers de notre fils qui vous réclame.

Votre époux

Octave de Kérambrun

40

Le bateau polaire n'est pas le seul sujet de désaccord avec Minchinton et, par ricochet, avec Ambroise, l'homme qui aurait aimé séduire les mouettes. En 1909, le député a lancé l'idée d'une desserte circumcôtière, censée pousser jusqu'à Groix, en passant par Bréhat, Ouessant et Sein. Pour Octave, ce projet n'est qu'une chimère, un slogan « conçu pour l'épate » : la mer d'Iroise est beaucoup trop dangereuse, un véritable « cimetière à navires » selon ses propres mots, et il n'a nulle envie d'y aventurer ses équipages.

Le risque, Ambroise, lui, n'en a cure. Mais l'avocat a beau se démener, faire valoir que sur la chaussée de Sein, d'intrépides ouvriers, après des décennies de prouesses, sont parvenus à faire sortir de la mer le phare d'Ar-Men, mon aïeul lui oppose que Ouessant demeure par trop meurtrière, phare ou pas phare. Celui du Grand Jardin, note-t-il dans son carnet, a-t-il empêché les dizaines de malheureux naufragés du *Hilda* de périr dans l'eau glacée aux abords de Cézembre ? La dispute entre les deux hommes est qualifiée de « sévère », mais Octave demeure intraitable.

Il a deviné que Sainte-Croix cherchait surtout à se faire connaître au-delà de l'Ille-et-Vilaine pour briguer de plus hautes responsabilités, peut-être un portefeuille ministériel.

Quelles que soient les initiatives suggérées par l'avocat, elles sont de toute façon accueillies avec circonspection. Certes, il est davantage investi que Minchinton dans la bonne marche de la Société nautique, encore que ses obligations politiques le requièrent de plus en plus souvent. Mais sa personnalité agitée n'est pas du goût d'Octave. En 1909, Sainte-Croix s'est battu en duel avec un journaliste du *Salut*, un geste qui indigne mon aïeul : « Égoïsme de coq. Que seraient devenus ses administrés s'il avait été mortellement blessé ? Et Katell ? » Dans ce XXe siècle naissant, où les joutes oratoires font les beaux jours de la vie publique, laver son honneur au pistolet semble un geste d'orgueil déjà suranné.

Un incident plus grave vient ternir sa relation avec mon arrière-grand-père. Au mois d'octobre, Octave a reçu Madeleine Sécardin, la sœur de Mathurin Cabon, un marin qui travaille pour la compagnie depuis ses débuts. Elle est veuve et mère d'une fille de quinze ans, entrée l'année précédente comme domestique chez les Sainte-Croix. Or la mère a découvert que la petite était grosse. Et n'a aucun doute sur l'identité du père.

Octave est dubitatif. La jeune bonne, écrit-il, a pu fricoter avec n'importe qui et sa mère en tirer prétexte pour lui soutirer de l'argent. Il lui conseille donc d'abord de se retourner vers Sainte-Croix, puisque c'est lui qu'elle soupçonne. Mais la pauvre femme entre dans une colère « biblique » à l'énoncé de ce nom. Ce qu'on lui suggère, elle, la modeste tisserande, elle l'a déjà fait : à savoir affronter le riche et puissant député, qui a nié en bloc. La suite est plus inattendue, plus désagréable aussi : Sainte-Croix lui a proposé de l'argent, beaucoup d'argent, si elle acceptait que la petite reste sous leur toit et laisse sa femme s'occuper du bébé, en prétendant qu'il était orphelin. « Comme un chiot », martèle la veuve, outragée qu'on envisage de louer, pour ainsi dire, le ventre de sa fille. Elle redoute que deux ou trois ans plus tard, quand l'engouement sera passé, on jette la mère et l'enfant sur le pavé.

La perplexité d'Octave croît : il sait les attentes de Katell, et aussi que le désespoir peut inspirer de folles pensées aux femmes en mal d'enfant. Mais rien, selon lui, pas même la charité, ne justifie qu'on retire un bébé à sa mère, aussi pauvre soit-elle, si elle ne le veut pas. En attendant, la « digne vieille », comme l'appelle Octave, est au désespoir car elle ne sait comment nourrir cette bouche supplémentaire. Alors elle est venue réclamer : non pas de l'argent, mais du travail, pour elle et pour sa fille, dans une des usines Kérambrun, même s'il faut pour cela quitter la Bretagne où elle est née.

Ébranlé, l'armateur parle à Sainte-Croix, à Katell, au curé. Il en ressort qu'il n'est pas convaincu par les dénégations de son associé. Huit jours plus tard, il consigne avoir organisé l'embauche de Louise Sécardin et de sa mère Madeleine à l'usine de La Brède : toutes deux travailleront à la buanderie des ateliers. Il a aussi payé leur billet de chemin de fer et alloué un subside aux deux femmes en prévision de la naissance.

Décidément, un parfum de soufre flotte autour

d'Ambroise de Sainte-Croix. Mon aïeul, qui n'aime guère – et on le comprend – qu'on ternisse l'image de la compagnie par des scandales privés, doit jouer les pompiers plus souvent qu'à son tour pour éteindre les brasiers allumés par le trop flamboyant avocat.

Ce deuxième livre de raison de l'année 1909 ne m'aura pas appris grand-chose, en revanche, sur la vie familiale des Kérambrun. Je n'en saisis le reflet qu'à travers les comptes domestiques : offrandes à divers organismes de charité, messes, étrennes au personnel, dons substantiels aux sociétés de secours maritime. Des visites médicales, aussi : Julia, la femme d'Octave, se rend trois fois à Paris cette année-là et les époux consultent à deux reprises le professeur Pozzi – premier titulaire d'une chaire de gynécologie, selon Wikipédia – à l'hôpital Broca. Il semble que le docteur Sobieski, malgré ses tarifs exorbitants, n'ait su guérir la jeune femme de ses maux.

Dans la capitale, Julia descend au Meurice, fait ses emplettes au Bon Marché ; et Octave de régler sans broncher les notes des bottiers, modistes et chapeliers pour elle et pour Hélène. C'est un époux et un beau-frère généreux, qui paye pour la Librairie Ollendorf (480 frs) et Albin Michel (340 frs) : des sommes coquettes, pour l'époque. L'abonnement est sans aucun doute destiné à Julia, l'amoureuse de Hugo et la collectionneuse des romans aujourd'hui entassés au pied de mon lit.

Côté finances, Octave se montre nettement moins coulant devant la gourmandise de Minchinton, qui revient à la charge en réclamant un prêt pour son bateau. Et ne l'est plus du tout face à la fièvre dépensière de Sainte-Croix, qu'il doit parfois renflouer d'une semaine sur l'autre avec des avances en liquide. Pour quoi et pour qui flambait-il tant, le député ? Il est écrit que la campagne municipale de 1908, une élection perdue de peu, a coûté cher ; le 25 juillet, un Octave courroucé souligne que de telles dépenses ne sont plus tolérables, « en tout cas pas sur le compte de la compagnie », et qu'il a mis son associé en demeure de le rembourser. Est-ce à dire que Ambroise a pioché dans la caisse pour financer ses ambitions politiques ?

De loin en loin, l'ingénieur concède une réflexion plus personnelle : une pensée, une émotion, un doute. Au cours de cette année, un nouveau visage de lui s'esquisse en pointillé : celui d'un homme isolé, entouré d'une femme malade et de deux associés à la probité friable. Il n'a, malgré de bonnes relations avec ses parents, ni frère ni sœur à qui se confier. Il se contente d'aller à confesse chaque semaine et de s'entretenir avec Katell, surtout quand Julia est à Berck. Dans une rare parenthèse intime, le père qu'il est remarque, avec des mots de compassion profonde, combien l'absence d'un bébé est en train de désespérer la femme d'Ambroise. Un dimanche où elle est venue prendre le thé aux Couërons, Katell n'a pu cacher l'expression de sa tristesse devant les gazouillis du petit Ernest, qu'elle a cajolé en l'absence de Julia.

Non sans étonnement, je lis que Octave, à l'insu de Sainte-Croix que ces bondieuseries exaspèrent, a commandé un 14 décembre au matin une barque à moteur et a emmené Marie-Catherine de Sainte-Croix à Cézembre pour prier saint Brendan.

41

La silhouette qui descend du fiacre, à l'heure où le jour s'affranchit lentement des vestiges de la nuit, est engloutie dans une pelisse de loutre. Le visage disparaît quasiment sous la toque de fourrure. Pendant qu'il guette depuis la fenêtre, Octave finit de boutonner son pardessus et enfile ses gants doublés de laine. Mathurin, qui les attend avec le doris quelques mètres plus loin, aura prévu les couvertures.

Ni Julia, qui se repose à Berck, ni Ambroise, qui s'affaire à Paris, ne sont au courant de cette expédition.

Une fois qu'ils sont arrivés sur la plage, Mathurin aide la femme à monter dans l'embarcation. Il vérifie si les ceintures de liège sont en place, déplie la couverture et reste à terre pendant que Octave enclenche le moteur. Il n'a pas pour habitude de poser des questions et encore moins d'aller bavarder dans les tavernes : un pacte de silence lie ces deux hommes qu'un monde sépare, mais dont l'un est tellement redevable à l'autre qu'il ferait n'importe quoi pour lui.

Les premiers hoquets du moteur brisent le calme

de l'aube. L'année précédente, l'ingénieur a eu l'idée d'en équiper un doris, un de ces bateaux légers embarqués par les terre-neuvas pour pêcher sur les bancs ; depuis, il s'en sert pour ses tournées sur les chantiers navals ou ses visites à Dinard. On lui a demandé avec insistance s'il accepterait de répliquer cette motorisation ; jusqu'au Père Gautier qui le presse de lui donner une exclusivité sur le modèle.

Toutefois, la traversée qu'il effectue ce matin n'a rien à voir avec ses affaires. Observant la proue de la barque qui fend la masse glacée de l'eau et la brume hivernale, Octave pense au fleuve de l'Antiquité qui mène de la rive des vivants à celle des morts. Cette fois, ils feront le chemin inverse.

Sur la cale, deux militaires les attendent, les yeux larmoyants de froid. Ils ont été avertis par le général de Kérautret de cette visite inhabituelle, à une heure qui ne l'est pas moins – rares sont les civils qui obtiennent l'autorisation de pénétrer sur l'île.

Le militaire offre sa main tendue, puis son bras à la femme pour l'aider à sortir du doris ; Octave, lui, a sauté souplement de l'embarcation que le planton se chargera d'amarrer. Il décline l'offre du gradé de les accompagner. Nul besoin d'une escorte, il connaît le lieu par cœur pour l'avoir parcouru en tous sens depuis qu'il est enfant.

Une fois la plage dépassée, le couple emprunte le chemin qui court au mitan de l'île. Quelques centaines de mètres plus loin, le rocher de Saint-Brendan, là où, dit-on, quatre siècles plus tôt, un ermite a creusé un oratoire à même la pierre, apparaît. Quand le sol se fait plus glissant, l'homme resserre son étreinte autour du bras de la femme, jusqu'à ce que se profile une allée étroite, moins rugueuse à leurs pas.

La chapelle qui se dévoile à leur regard a été aménagée à l'intérieur d'une grotte. Une façade de moellons maçonnée sur un pan épouse la pente naturelle du toit. On accède à l'intérieur par une porte basse en plein cintre, dont la partie vitrée est ornée de modestes croisillons. Une croix blanche est posée au-dessus du battant de chêne, une autre, bilobée, plantée au faîte du toit de pierre. Deux marques simples, naïfs signes de consécration, mais qui dans ce dénuement prennent une force émouvante.

L'homme et la femme (les militaires ont parié qu'ils étaient amants) pénètrent dans la chapelle, avec ses murs de brique chaulée et sa petite alcôve. De la rudesse de ce havre minéral se dégage une humble et douce piété ; elle enveloppe immédiatement ses visiteurs de son atmosphère recueillie. On se signe, on referme la porte, et le bruit lancinant du ressac soudain s'estompe, comme si la mer, pourtant si proche, venait de reculer.

L'air à l'intérieur est tiède et humide ; une étrange odeur de sel, de pierre et de tourbe prend les visiteurs aux narines.

Le jour qui se lève ricoche sur un pli de la robe de la Vierge à l'Enfant. Katell fait quelques pas, s'agenouille à même la dalle, joint les mains. La prière dans laquelle elle s'abîme est si fervente qu'elle en oublie l'inconfort de sa posture, la poussière qui macule sa robe et le froid qui monte à ses genoux. Elle en oublie même la présence d'Octave.

Elle est venue incognito en zone militaire, par un matin brumeux de janvier, pour prier en cachette Brendan, le vieux saint irlandais vers qui se tournent les demoiselles célibataires et les femmes bréhaignes. Octave, un des rares à comprendre sa dévotion (au contraire de son mari), a obtenu pour elle cette faveur du commandant de la garnison de Saint-Malo.

Katell va avoir trente ans. Jamais elle n'a donné la vie, alors que ses amies de pension, Julia et la plupart des femmes de sa connaissance (excepté cette amazone d'Hélène Le Mélinaire) ont déjà fondé famille. Leurs seins gonflés, leurs ventres arrondis et leurs nourrissons aux joues dodues lui inspirent une jalousie proche de la douleur.

Elle aussi brûle du désir de porter un bébé. Un petit corps chaud à chérir et à protéger ; un enfant dont l'arrivée trop longtemps différée la consolerait des trahisons. Peut-être qu'un héritier saurait ramener Ambroise auprès d'elle et l'attacher, enfin, à leur foyer ?

Quand elle a vu Julia, pâle et indifférente, se détourner d'Ernest, qui n'avait que quelques jours, et le replacer dans les bras de sa nurse anglaise, elle a eu envie de hurler. Si le petit avait été son enfant, elle l'aurait étouffé sous les caresses et les baisers.

Que la Vierge et saint Brendan lui viennent en aide ; qu'ils lui accordent enfin ce bonheur, après trop d'années de sang capricieux et d'espoirs avortés.

Octave, lui, ne prie pas. Il songe à sa femme, qui à cette heure doit s'éveiller à Berck. La naissance d'Ernest l'a laissée exsangue et on a jugé préférable de l'éloigner, une fois de plus, de ce nourrisson dont la vue déclenchait chez elle une étrange répulsion. Guérira-t-elle un jour de la mélancolie qui la ronge ? La vision de Katell à genoux devant la Vierge, les mains jointes par un fol espoir, lui serre le cœur. Il regarde les tresses blondes, rabattues en conque sur les oreilles, qui dépassent de la toque fourrée, le profil au nez légèrement camus, la courbe des lèvres charnues. Si différente de Julia ; et pourtant c'est la même intensité qui s'imprime à cet instant sur ses traits, la même que lorsque sa femme allait chercher Suzanne dans son berceau et la posait contre son sein.

Octave se sait impuissant à guérir celle qu'il aime, malgré les soins ruineux de cet aliéniste slave, moitié médecin, moitié hypnotiseur. À défaut, il aimerait au moins tempérer la douleur d'une amie qui lui est chère, amoureuse jusqu'à la déraison d'un mari volage au cœur fuyant.

42

Sur le comptoir du bar des Thermes, la une de *Ouest-France* se détachait en caractères gras : « Restes humains découverts à Cézembre. » L'article occupait une demi-page. Je me suis jeté dessus.

« L'équipe de plongeurs-démineurs de Cherbourg a fait une macabre découverte lors d'une intervention à Cézembre. Au début du mois, elle avait dû intervenir une première fois suite à une vidéo devenue virale. Des jeunes, après avoir déterré un obus, s'étaient filmés à côté du projectile. Interrogés, ils avaient révélé l'emplacement du bunker et une brigade spécialisée avait été dépêchée sur les lieux.

« La première manœuvre des démineurs, "très délicate", selon le major Cazorla qui avait supervisé l'opération, avait permis d'extraire une dizaine d'obus et deux pièces d'artillerie de 48 et de 85 kg. Présentant un fort risque d'explosion, les munitions avaient été désactivées sur place.

« Des fouilles complémentaires ont été ordonnées pour sécuriser la zone. C'est à l'occasion de celles-ci qu'un squelette "presque complet", selon le major Cazorla, a été exhumé. Il pourrait s'agir des restes d'un soldat de la garnison allemande présente sur l'île durant la Seconde Guerre mondiale. "Une rareté", selon Per Kérézéon, professeur d'histoire à la faculté de Rennes, le sol de Cézembre ayant été pulvérisé durant les bombardements subis par l'île à la Libération.

« Les restes du corps ont été remis à l'armée à des fins d'identification.

« L'armée et le Conservatoire du littoral rappellent que les visiteurs doivent impérativement respecter le tracé des sentiers balisés et ne pas tenter de pénétrer dans les bunkers. »

Cette macabre découverte corroborait le récit de la libération de l'île tel que je l'avais lu sous la plume de l'historien. Deux soldats allemands, réchappés par miracle du massacre, avaient pu témoigner des semaines d'enfer vécues au moment des attaques alliées. Faute de pouvoir sortir pour enterrer leurs morts, ils en étaient réduits à creuser des simulacres de tombes dans la roche à coups de pioche : de pauvres sépultures qui s'étaient envolées sous l'impact des explosions. D'autres corps, eux, avaient dû être abandonnés dans les bunkers.

J'espérais sincèrement qu'une plaque d'identification, ou n'importe quel autre indice, permettrait de rendre un nom à ce malheureux. Peut-être que celui qui avait perdu la vie avait laissé une femme et des enfants, en Allemagne.

Peut-être que ses descendants seraient heureux de savoir où reposait la dépouille de leur arrière-grand-père.

Admirable était décidément le pouvoir d'absolution du temps : ceux qu'hier on considérait comme des ennemis héréditaires étaient aujourd'hui redevenus des hommes, des êtres dont le sort, soixante-quinze ans après la tragédie, continuait à émouvoir les vivants. La compassion qu'on éprouvait pour leur malheur transcendait la puissance destructrice de la guerre.

Au loin, l'île, qui avait pris ce matin des couleurs de craie, semblait dormir, après l'agitation des jours passés.

Je découvrirais plus tard, en lisant le petit recueil que Vera Kornicker avait consacré à Cézembre, que lorsque les Américains y avaient enfin posé le pied, ils avaient été stupéfaits d'y trouver des survivants : hagards, dépenaillés, crasseux, presque tous blessés, rendus sourds par les explosions. Plusieurs étaient en état de choc nerveux, claquant des dents sans interruption ; certains étaient apparus en haillons, leurs pantalons souillés par la dysenterie, leur linge de corps sacrifié pour fabriquer des pansements.

Mais vivants.

Et à l'heure de signer la reddition, à ces hommes du Reich hébétés qui s'étaient battus jusqu'à leur dernier souffle, résistant à une épreuve qui passait l'entendement, la garnison américaine avait décidé de rendre les honneurs militaires.

43

De l'île Robinson, comme on la surnommait aux jours fastes, et de ses belles installations, il ne reste plus rien. Dans le ciel, les avions américains se succèdent sans interruption. Terrés dans les souterrains, des hommes enroulés dans des couvertures étouffent sous les masques à gaz ; ils gardent leurs mains plaquées sur les oreilles pour éviter que leurs tympans ne crèvent. À chaque déflagration, le souffle des explosions fait vibrer la porte de fer, leur dernier rempart. Le bloc d'acier blindé ne peut hélas rien contre l'odeur de poudre qui sature l'atmosphère et une autre, bien plus inquiétante, dont on ne sait de quoi elle émane, mais qui provoque des brûlures persistantes au fond des poumons.

La situation est désespérée. Désespérée au point que le commandant Seuss, qui a pourtant par deux fois éconduit les émissaires américains, ce même commandant Seuss qui s'était offert le luxe de faire la sourde oreille quand l'amiral Dönitz avait suggéré de replier la garnison sur Jersey, a pris en désespoir de cause d'ultimes instructions auprès des autorités navales. Il espérait qu'on l'autoriserait à

*capituler, cette fois. Mais la réponse est tombée :
« Tenez bon. »*

Tenir bon, il veut bien, mais comment ? La dernière citerne d'eau douce a été percée la veille, il reste moins de deux semaines de vivres, les munitions des pièces d'artillerie sont épuisées et le bateau de secours qui devait venir de Jersey a été coulé par l'aviation anglaise au large des Minquiers. Sur les trois cents hommes encore en vie, les trois quarts sont blessés ou malades, et les miasmes de la gangrène, avec son odeur douceâtre, empestent le boyau qui sert d'infirmerie. Un jeune soldat a dû être amputé à vif. Il s'appelait Rüdiger et était l'ami d'Otto : tous deux avaient eu vingt ans sous les bombes. Otto est resté à ses côtés pendant l'opération et n'a eu que le temps de dire une prière à l'instant où la vie s'est enfuie des lèvres de son camarade.

La puanteur des excréments – résultat de l'épidémie de diarrhée, liée à l'eau croupie qu'il leur faut boire et qui vide les intestins des soldats affamés – ajoute à la pestilence. Ça sent le soufre, le scatole, la poudre dans le boyau, un remugle alourdi par le sang et la sueur qui imbibent les uniformes des hommes.

Les rescapés auront encore cette odeur dans les narines – l'odeur de l'enfer, se diront-ils – plusieurs années après la fin des combats.

Une poignée d'Italiens loyaux est restée avec eux. Les autres ont lu les tracts américains tombés du ciel trois semaines plus tôt. Et, au lieu de pisser dessus comme l'ont fait Otto, Rüdiger et ses amis, trois d'entre eux ont essayé de s'enfuir à la nage.

Quand il l'a appris, Otto a eu envie d'abattre lui-même ces couards, qui n'avaient pas compris que faire la guerre, c'est défendre son honneur jusqu'à la dernière cartouche. Mais la mer les a emportés avant qu'il puisse leur régler leur compte.

Par rétorsion, le commandant Seuss a envoyé les deux tiers de leurs compatriotes au diable, dans un des bunkers à l'extrémité de l'île, et tant pis s'ils y crèvent brûlés vifs.

Pas de chance, c'est celui des Russes qui a pris feu.

Ensuite, c'est Seuss lui-même qui a dû constater son impuissance. La disproportion entre les quelques centaines d'éclopés qui lui tenaient lieu de bataillon et le feu roulant venu du ciel était pathétique ; tout comme la vanité de leur lutte contre les chapelets de bombes qui faisaient exploser la roche dans des craquements inouïs, avant que s'embrasent les tonnes d'essence gélifiée déversées sur l'île. Libérant leurs panaches de fumées empoisonnées, celles-ci avaient réussi le terrifiant exploit de mettre le feu à la pierre.

Une nouvelle explosion fait vaciller le sol et les murs. Les secousses se succèdent maintenant au rythme d'un tremblement de terre. Les ondes se propagent, la pierre craque, un soldat au front bandé hurle comme un dément que l'île va se disloquer et partir par le fond en les entraînant avec eux. Collé contre le mur, happé par une terreur primitive, Otto révise à toute vitesse sa conception de l'honneur militaire. Oubliés l'armée, les ordres, le Vaterland*, les fiers slogans appris à la* Hitlerjugend *et ce* Führer *qu'il a tant admiré ; place à la peur animale qui ne lui laisse pour horizon que la minute qui suit.*

Dans la confusion de ses pensées, qui se bousculent comme une pellicule d'actualités cinémato-

graphiques agitée de soubresauts, il a le temps de se demander si ces salopards d'Itaker, ces bouffeurs de pâtes à l'ail, n'ont pas fait la seule chose sensée qu'il restait à faire : hisser le drapeau blanc au sommet de leur bunker et foutre le camp.

44

Regardant le jour se lever sur la silhouette aux deux monticules, j'ai su ce que j'allais faire. Un coup d'œil sur la météo, un coup de fil : en une heure, les préparatifs étaient bouclés. Le loueur du port a haussé un sourcil en voyant mon nom sur la pièce d'identité.
— Kérambrun, comme les moteurs ?
— Oui.
— Vous naviguerez sur votre matériel, alors.

Il ne m'a pas fallu un quart d'heure pour faire la traversée. Le temps était superbe, chaque vague soulevait des nappes de bleu et de vert qui se fondaient en camaïeu. Entre les premiers bateaux-taxis de la saison qui avaient recommencé à sillonner la baie et les véliplanchistes, la mer avait comme un avant-goût de vacances.

Je n'étais pas monté sur ce type d'engin depuis des années. Mais Guillaume et moi avions embarqué, chaque été, sur un zodiac semblable à celui-ci pour des virées de quelques heures : une occasion de retrouver nos tête-à-tête, au milieu de nos vies phagocytées par le travail. C'est lors d'une de ces sorties qu'il m'avait annoncé qu'il allait être papa pour la deuxième fois.

J'ai mis le contact, poussé les gaz et, une fois dépassée la dernière planche à voile, fendu l'eau avant de ralentir aux abords de la plage. L'accostage a été rapide. Dans le silence revenu, j'ai vérifié deux fois l'amarrage du Zodiac. Enfin, j'ai traversé la langue de sable élastique.

Je crois que j'étais seul sur l'île.

Vue de près, Cézembre était belle, pierreuse, sauvage, désolée. Bien plus fascinante que dans mon souvenir ; peut-être parce que, entre-temps, j'avais acquis le savoir de ce que l'on y avait souffert. Je n'étais plus l'ado ignorant d'hier, qui ne voyait en elle qu'un caillou interdit où prendre des cuites avec son copain. Flancs gris, bruns et ocre recouverts de lichen ; mélange de rugosité et de douceur, de courbes et d'horizontalité, avec ses rochers noirs qui encadraient la plage comme pour la protéger, ses collines arasées par les bombes sur lesquelles des arbustes avaient pourtant réussi le prodige de repousser. Je n'entendais que le vent et les cris des oiseaux.

Impossible, cependant, d'oublier la présence de la guerre, malgré ce calme parfait : des avertissements ornés de têtes de mort fleurissaient afin de rappeler la présence des bombes encore enfouies. Je ne me souvenais plus de l'existence de ces panneaux : Xavier et moi, lors de notre escapade, nous étions-nous faufilés sans y prendre garde, foulant comme des inconscients les tapis d'obus enfoncés dans l'herbe ? Depuis, le sol avait été excavé sur plusieurs mètres à l'emplacement du sentier, purgé de ses tonnes de mortiers et de ferrailles. J'avais vu sur Internet que des restes de projecteurs, de gourdes métalliques, et même une tasse de porcelaine intacte, frappée aux armes de l'armée allemande, avaient resurgi, tels des fantômes échappés du cataclysme.

Bien qu'ils fussent recouverts depuis longtemps par une couche d'herbe drue, on voyait encore à travers les grillages qui défendaient le flanc ouest les cratères créés par les bombes : ces dépressions avaient creusé des vallons en miniature dans le sol, lui faisant perdre, affirmait Kérézéon, jusqu'à six mètres de hauteur par endroits. J'essayais de me représenter la violence des impacts, mais elle était, au sens propre, *inimaginable*. Au bout d'une centaine de mètres, le sentier tournait court : il n'avait été ménagé que pour permettre d'apercevoir, de loin, le sommet de celle des deux collines que les démineurs n'avaient pas touchée.

De l'autre côté de l'embranchement, un portail marquait le début du chemin praticable ; celui-ci était délimité par de simples fils de fer bas disposés en double rangée. J'ai pensé à la dépollution, aux milliers de mètres cubes de terre qu'il avait fallu tamiser au prix d'un travail de Romain pour permettre aux visiteurs de fouler en paix ce chemin. À tout ce que cette poche sablonneuse avait hébergé de tendres ou de joyeux moments avant le martyre et le massacre, à tout ce qu'elle avait bu de sang pendant le déluge de feu.

Peut-être qu'avant l'horreur, mes arrière-grands-parents s'étaient embrassés là. Peut-être qu'un jour de soleil, un soldat s'y était assis pour écrire à sa fiancée. Celui dont on ne connaîtrait peut-être jamais le nom et dont le corps était resté le prisonnier ignoré de Cézembre une fois que le fracas des armes s'était tu.

Comme une métaphore du supplice de l'île, des rails tordus, restes du chemin de fer construit pour acheminer les vivres vers les bunkers, avaient été laissés en évidence, tandis que des cubes de béton soufflés par les explosions étaient restés en équilibre, menhirs modernes de la guerre. Quant aux canons « tous azimuts » que les Allemands avaient confisqués aux Français durant la Grande Guerre, ils achevaient de pourrir dans leurs caissons à roulettes, non loin des ferrailles hirsutes qui signalaient les emplacements des anciens tobrouks.

J'ai toujours aimé la beauté des ruines ; mais celles-ci, sous leur vêtement de graminées, de mousses et de lichens, ne s'étaient pas tout à fait départies de leur violence originelle. À Cézembre, la nature n'avait pas éteint le souvenir de la bataille sans merci qui s'y était livrée : elle en avait simplement apaisé l'horreur.

Le bunker qui ouvrait sa bouche sombre à l'extrémité du chemin était-il celui où Xavier et moi avions pris notre cuite ? On y était récemment intervenu, comme en témoignaient l'herbe couchée, la rubalise et les traces de terre retournée. Le volant qui servait à actionner les engrenages de la serrure était encore visible par l'embrasure de la porte. J'imaginais des hommes entassés dans le souterrain, refermant sur eux la double couche d'acier et ses dix centimètres d'épaisseur, sans savoir s'ils reverraient jamais la lumière du jour.

Malgré les barbelés tout neufs, j'ai descendu les quelques marches encore accessibles et éclairé l'intérieur avec la torche de mon téléphone : traces de pas fraîches dans la terre humide, coulures blanchâtres le long du mur, tas de pierres. À la différence du souvenir que j'avais gardé de ma première visite, aucun déchet n'encombrait la naissance de ce corridor, noyé par les touffes d'herbe. Les nettoyeurs de Cézembre avaient fait le ménage, à moins que l'île ne se soit repliée sur sa sauvagerie originelle, décourageant les squatteurs et promeneurs (dont la plupart n'allaient de toute façon pas plus loin que la plage) de souiller sa beauté.

C'est donc ici que le corps avait été exhumé. J'ai eu un éclair de compassion pour le soldat, dérangé dans son éternité de sable et de ressac, ce défunt qu'on avait extrait de son refuge pour le livrer à la curiosité des vivants et qui reposait aujourd'hui sur la table métallique d'une morgue des Invalides, loin de l'île inexpugnable qui lui avait longtemps offert abri. De ce promontoire que la montée des eaux avait coupé du continent plusieurs siècles plus tôt, ce bloc minéral tour à tour éden et enfer, champ de bataille et sanctuaire, place forte et cimetière.

Pourtant, il suffisait de se tourner vers la côte, vers la mer qui faisait onduler son bleu nacré au pied du phare du Grand Jardin, pour effacer ces images macabres et retrouver la paix lumineuse des photographies commandées par mon aïeul. Car malgré la profondeur de la blessure et le ravage inouï qui lui avait été imposé, la Manche avait su panser les plaies de l'île chauve, de l'île martyre, Cézembre.

45

Ma belle-sœur m'a appelé hier, ce qu'elle fait rarement, même si nous sommes fréquemment en contact. Je suis le parrain de Léo, son deuxième fils – Guillaume était déjà mort quand le bébé est né. Ma femme et moi nous sommes beaucoup occupés de ce petit garçon, ainsi que de son aîné, quand leur mère est tombée malade après l'accouchement ; nous avons continué dans les années qui ont suivi. Pour mon fils, Léo est le petit frère qu'il aurait rêvé d'avoir. Marie-Laurence ne s'est jamais plainte, mais je pense que son refus d'avoir un autre enfant n'a pas été étranger à la singulière configuration que nous avait imposée le destin.

Servane voulait savoir si elle pouvait s'inviter à passer un week-end aux Couërons avec Léo. Sa question m'a surpris : d'ordinaire, elle mettait un point d'honneur à ne jamais rien demander. J'aurais préféré pouvoir poursuivre en paix la lecture des carnets – dans celui de 1909, Octave décrit les premières traversées de la *Marie-Suzanne*. Mais j'ai fait taire mon égoïsme et lui ai assuré qu'elle était la bienvenue.

La ressemblance de mon filleul avec Guillaume

me remue chaque fois que je le vois. À la gare, où je suis allé les chercher, sa mère et lui, j'ai pu constater qu'il avait encore grandi. Il devait maintenant chausser du 43 ; d'ici quelques années, ce sera un géant, la tare héréditaire des mâles Kérambrun. Servane, elle, s'était fait couper les cheveux et un carré court encadrait désormais son visage mince. Malgré les années, le chagrin y a laissé son empreinte : invisible pour qui ne la connaît pas, flagrante quand on l'a côtoyée avant le drame.

Dès le premier soir, à la Brasserie du Sillon, Léo s'est laissé absorber par le spectacle de la marée. C'est un drôle de garçon, qui ne parle presque jamais – cela lui a valu un nombre incalculable d'ennuis à l'école. Mais il est fou de l'eau, capable de rester immobile devant les vagues pendant des heures, exactement comme je le faisais à son âge. Pendant qu'il rêvassait, sa mère et moi savourions notre plateau de fruits de mer. Tout le monde devait nous prendre pour un couple qui dînait en famille.

Ma belle-sœur m'a demandé si la fac ne me manquait pas. Je lui ai touché un mot des recherches dans lesquelles je m'étais lancé. Elle a paru dubitative.

— *Toi*, tu fais une enquête sur la famille ?

À l'instar de Cécile, elle avait du mal à m'imaginer jouant les archéologues des très riches heures de la dynastie Kérambrun. Je lui ai raconté mes trouvailles, les archives, la lecture de la presse.

— C'est dommage que tu n'aies pas eu l'occasion d'en parler avec Charles. Ou avec Guillaume. Il voulait écrire quelque chose à ce sujet.

— Sur la famille ?

— Non, plutôt sur le rôle de la compagnie dans

le développement de la navigation en Manche. Il avait interrogé ton père là-dessus. Je crois même qu'il avait commencé à prendre des notes.

— Il ne me l'avait pas dit.

— Il voulait te faire la surprise. Mais il t'en aurait parlé, c'est sûr.

Elle a souri, un peu tristement.

— Il te disait tout, de toute façon.

À l'énoncé du prénom de mon frère, Léo s'était arraché à sa contemplation. Lui n'a jamais connu son père, sinon à travers des films de vacances, des photos et nos récits. S'il est à ce point fasciné par la mer, je suis certain que c'est parce qu'elle constitue un des seuls liens tangibles qu'il possède avec l'homme qui l'a engendré. J'ai demandé :

— Et tu les as gardées, ces notes ?

Servane a jeté un regard sur Léo, caressé la nuque de son fils.

— Non, je les ai rendues à Charles. C'est à lui qu'elles revenaient, je crois.

À l'occasion de leur bref séjour, j'avais concocté pour mes visiteurs un programme d'activités bien rempli. Mais dès le lendemain matin, Léo a demandé à aller nager.

— Elle est vraiment froide, tu sais. Et il pleut.

— J'ai ma combi.

Servane, qui s'est fait une règle de ne pas élever ses fils sous cloche malgré la mort tragique de leur père, a dit oui ; elle a préféré nous attendre à l'intérieur. Je ne savais toujours pas quel motif l'avait poussée aux Couërons de manière si subite.

Mon filleul et moi avons fait la course et Léo m'a quasiment battu. Treize ans, peut-être, mais une technique d'enfer qui lui permet de filer dans la mer, vif et souple comme un poisson.

Finalement, j'étais heureux qu'ils soient là, tous les deux.

Une fois le soleil revenu, nous avons conclu la matinée par une balade à la pointe de la Varde. J'observais mon filleul qui marchait devant nous, son carnet à dessins à la main – il est l'un des seuls ados que je connaisse à ne pas vivre avec un portable greffé dans la paume. Je retrouvais en lui des traits de la photo de Charles adolescent. J'ai demandé à Servane :

— On ne l'embête pas trop, à l'école ?

— Non. Et puis il sait se défendre, tu sais. Il tient même tête à Michel.

— Ça se passe mieux entre eux ?

— Oui et non. Michel aimerait que Léo s'endurcisse. Il ne comprend pas à quel point c'est un garçon… différent.

Servane a contemplé le large et gardé le silence un instant.

— Mais je ne peux pas lui reprocher de prendre son rôle de beau-père au sérieux. C'est important, pour les enfants, qu'il soit là.

Je le savais. Et je savais aussi que c'était la principale raison qui avait poussé ma belle-sœur à accepter d'épouser cet homme qui certes avait des qualités, mais qui ne brillait pas toujours par son ouverture d'esprit.

Ma belle-sœur a offert son visage aux rayons du soleil, qui venait de percer la couche des nuages.

— Ça me fait drôle d'être ici. Ici sans lui, je veux dire.

Je savais que ce *lui* ne désignait pas Michel. J'ai hésité à lui avouer que, treize ans après, j'éprouvais la même sensation.

46

Sur le chemin qui nous ramenait à la gare, Servane avait insisté pour faire halte au cimetière ; j'avais prétexté un stationnement en double file pour les attendre dans la voiture. Lorsque Léo est sorti, son visage impénétrable ne trahissait rien de ce qu'avait remué en lui cette visite sur la tombe de son père. Sur le quai, Servane m'avait remercié comme si j'avais accompli quelque chose d'exceptionnel. J'avais l'impression qu'elle était venue pour échapper à une préoccupation dont elle avait préféré taire les raisons.

La veille au soir, alors que Léo était parti se coucher, nous avions pris un cognac. Puis un autre. Parlé de mon père, de ses relations avec ses petits-enfants. Charles se serait volontiers dérobé à ses obligations, mais après la mort de ma mère, ma belle-sœur l'avait forcé à jouer son rôle de grand-père, malgré qu'il en eût : promenades à Saint-Malo pendant les vacances scolaires, matinées à la Comédie-Française lorsqu'elle a déménagé en région parisienne avec son nouveau mari. En dosant avec soin la durée et la fréquence des visites, pour éviter les débordements de mauvaise humeur.

Je suis injuste. Mon père aimait ses petits-fils. Il avait assuré leur avenir, veillé sur leur sécurité, transféré à Servane des parts de la société. Il était inquiet pour la santé de Léo, au point qu'il en avait parlé avec moi. Mais lorsqu'il les accueillait, il ne pouvait s'empêcher de les rabrouer, comme si un enfant était d'abord et avant tout un petit animal à dresser. J'ai repensé aux mots d'Albina à propos de Juste de Kérambrun, ce père autoritaire et froid. Charles avait-il jamais rien connu d'autre que des rapports familiaux fondés sur la contrainte et l'obéissance ?

J'avais rapporté à ma belle-sœur les propos du libraire. Je n'arrivais pas à imaginer mon père confiant à quiconque sa fierté d'avoir un fils professeur.

— C'est pour lui que tu fais tout ça ? m'avait demandé Servane, désignant les piles de dossiers qui avaient envahi jusqu'à la desserte du salon.

J'ai soupiré :

— Guillaume est mort. Mes parents sont morts. Paul est parti et Marie-Laurence ne veut plus me voir. J'ai l'impression de marcher dans le vide. Je vais finir comme *lui*, complètement seul et acariâtre.

La confidence était sortie de ma bouche malgré moi. *In vino veritas*.

— Mais avec Paul, tout va bien…, a dit Servane.

— Oui. Sauf qu'il est en Allemagne, en train de gâcher son avenir.

— Et tu aurais voulu faire quoi ? L'empêcher de partir ?

Ma belle-sœur a bu une gorgée de cognac.

— Nos enfants ne nous appartiennent pas. Si ton père l'avait admis, vous auriez moins souffert, ton frère et toi.

J'ai eu un choc en entendant ces mots.

— Guillaume était malheureux ?

— Pas au sens où on l'imagine, non. Mais tout n'était pas rose pour lui. Ton père ne lui passait rien.

— Je sais bien... Mais il se plaisait chez Kérambrun, non ?

— Il aimait son métier, si c'est le sens de ta question. Et la paternité l'avait épanoui. Ne pas en vouloir à Charles, ça l'avait aidé, aussi.

Je savais que telle n'était pas l'intention de Servane, mais sa phrase m'a blessé.

— Ce genre de chose, ça ne se commande pas.

— Certes, mais ce n'est pas tombé du ciel. C'est pour ça qu'il est allé voir un psy.

Je me rappelais ma stupéfaction quand mon frère, toujours si dynamique, m'avait demandé si je connaissais un bon thérapeute, et qu'il était parti s'allonger sur le divan de mon ami Renaud deux fois par semaine. Mais Guillaume, contrairement à moi, était du genre à prendre les problèmes à bras-le-corps.

Servane a contemplé l'éclat de la lampe qui allumait des lueurs cuivrées au fond de nos verres.

— Je ne sais pas ce que tu vas trouver là-dedans (elle a désigné du regard les dossiers entassés), mais vous formiez vraiment une drôle de famille.

— Comment ça ?

— Tellement... durs dans vos rapports avec Charles. S'il n'y avait eu ta mère... Par chance, Guillaume a réussi à ne pas être comme ça avec Thomas. Toi non plus avec Paul, d'ailleurs.

— Si. Je lui ai mis la pression, avec ses études. Et tu vois le résultat...

— Arrête, Yann, ça n'a rien à voir. Je te parle de la façon dont votre père vous traitait. En fait, Charles avait du mal avec votre gentillesse, à tous les deux. Il confondait cela avec de la faiblesse. Michel fait pareil avec Léo.

Elle a soupiré.

— C'est terrible, tu ne trouves pas, d'avoir peur de la gentillesse de ses propres enfants ?

Ses paroles m'avaient fait réfléchir. Après son départ, j'avais repensé aux lettres d'Octave à Julia. À ce père aimant qui donnait des nouvelles de sa nichée et s'extasiait devant les babillages d'Ernest. L'aïeul n'était pas fait de ce bois d'ébène-là. Alors où et quand avait eu lieu la cassure ?

47

Une querelle d'héritage…, a dit Albina. Je suis de plus en plus convaincu que la clé de la déchirure première, celle que mon père a répétée avec tant de constance avec ses frères, puis ses fils, et qui nous a si intimement meurtris, Guillaume et moi, est là. Et ma curiosité initiale, qui se mue en besoin viscéral de savoir, me donne l'énergie et le courage nécessaires pour brasser ces milliers de documents. Je survole les cahiers qui suivent la naissance d'Ernest, le premier fils. Il était venu au monde un an à peine après la mort de sa petite sœur, alors que son frère Armand, je l'avais lu dans les lettres, était né quatre ans après, en 1911 ; un intervalle plutôt long dans une famille catholique bretonne, surtout quand, comme ici, le mari semblait très amoureux de sa femme. Y avait-il eu des fausses couches ? Ou bien cette accalmie était-elle due aux fréquentes absences de Julia et à ses problèmes de santé ? Le nom de la pension Sobieski revient à plusieurs reprises : le séjour y coûte neuf cent soixante-dix francs la quinzaine, une somme conséquente pour l'époque.

Dans ses lettres, Octave ne cesse de répéter

à Julia qu'elle lui manque. Mais je ne sais dans quelle mesure il a vraiment le temps de souffrir de son absence. Le développement de la compagnie l'absorbe, l'accapare, le dévore. Quelques lignes plus bas, la mention d'une visite du docteur Montgenèvre pour la coqueluche d'Ernest me ramène à l'enfant. J'aimerais savoir si, une fois devenu adulte, le frère de mon grand-père a eu une descendance. Selon Étienne, à qui j'ai téléphoné, Ernest était mort à la guerre. C'était la première fois que j'entendais cette information, alors que les hauts faits militaires étaient les seuls éléments qui avaient passé la barrière de la censure familiale. Ainsi, nous n'ignorions rien du passé de résistant de Juste, ou même du passage d'Octave à Fresnes... Comme mon oncle avait abrégé la conversation, j'en avais conclu que j'étais tombé dans ce que Albina appelait un « mauvais moment ».

En attendant, je ne vois pas qui, à part lui, pourrait me renseigner. Depuis la mort de mon père, Étienne est le dernier survivant de la fratrie. Mon oncle Roparz, celui qui habitait sur l'île de Sein, est mort il y a plus de quinze ans ; je n'ai jamais connu le dernier frère, Jacques, le disparu selon Albina, brouillé avec les autres et rayé de la carte – à croire que la mésentente familiale est un art héréditaire chez les Kérambrun.

Les seules personnes susceptibles de savoir encore quelque chose seraient mes cousines, les filles de Roparz. Guillaume et moi passions pas mal de temps avec elles, quand nous étions expédiés à Sein pour les petites vacances. Mon père évitait autant qu'il le pouvait de mettre les pieds là-bas : Roparz et Marie étaient militants de la cause bretonne et le ton des conversations entre adultes montait vite.

Puis, à un moment donné, sans qu'on comprenne pourquoi, les visites se sont interrompues. Et nous n'avons plus été autorisés à voir mes cousines, déclarées persona non grata aux Couërons, même quand elles venaient chez Étienne et Albina à Saint-Briac l'été. J'en ai été triste, plus que Guillaume, je crois ; je les aimais beaucoup, surtout la plus jeune, Armelle, qui avait mon âge.

Je n'ai jamais su exactement ce qu'était devenue Lénaïg, l'aînée (il me semblait qu'elle travaillait en Finlande, ou en Pologne), et j'ai perdu depuis longtemps les coordonnées d'Armelle, que nous appelions « Belle ». Ma mère les aurait retrouvées sans peine : c'est elle qui entretenait les liens, passait les coups de fil, expédiait les cartes postales. Pour Roparz, elle avait bravé l'interdit et était restée en cachette en contact avec sa femme, Marie. Je le sais car c'est elle qui m'a prévenu de la mort accidentelle de mon oncle. Elle aussi qui m'avait donné, de loin en loin, des nouvelles de ses filles.

Je pourrais ouvrir les cartons rapportés de Rennes et tenter d'exhumer son carnet d'adresses. Mais l'idée de fouiller dans ses affaires m'est insupportable. Je pourrais aussi appeler Cécile ou Albina, sauf que j'ai peur qu'elles finissent par trouver ridicule ma manie de courir après tous les Kérambrun de Bretagne. Reste la solution de la dernière chance, Internet. Avec Lénaïg, échec total : elle a dû se marier et changer de nom. En revanche, il existe un compte Facebook au nom d'« Armelle de Kérambrun » ; un tableau, assez beau, y tient lieu de photo d'identité. Novice, je constate qu'il faut être inscrit sur le réseau pour envoyer un message. Décidément, je hais ces inventions du diable.

Ma femme, elle, aurait su quoi faire. Connectée en permanence, elle publiait plusieurs messages par jour, censément pour « faire vivre le cabinet ». Aujourd'hui, je me dis qu'une partie de ses échanges « professionnels » devait servir à expédier des messages en douce à son Pablo. Et que, fidèle à mon habitude, j'ai préféré ne rien voir plutôt que d'affronter la trahison qui se jouait sous mes yeux.

48

L'enfant connaît le nom de ce bruit étrange : le tonnerre. C'est Mathurin qui le lui a appris. Il sait que le tonnerre fabrique des éclairs, de grands traits de lumière qui craquent dans le ciel ; que les éclairs sont brillants et différents des arcs-en-ciel, dont Miss Hershley se sert pour lui apprendre le nom des couleurs, red, yellow, green, blue.

Il se faufile hors des draps, monte l'escalier sans bruit, se glisse dans la grande pièce où Père écrit ses petits livres, avec sa plume qui grince. Le garçon serait sévèrement puni si on le surprenait ici. Mais il a trop envie de voir les éclairs.

Il ignore que, cent dix ans plus tard, un homme qui aura sept fois son âge répétera son geste à l'identique : se relever, se rendre pieds nus dans le bureau et assister médusé à la grande parade de l'orage sur la plage du Sillon.

D'abord, le ciel rempli de nuages lourds a grondé. Puis il a craqué, avant de rugir pour de bon. Un premier zigzag a déchiré la nuit de haut en bas et le trait de côte s'est révélé en une seconde, de Saint-Énogat à la pointe de la Varde. Quand elle s'est refermée, la nuit avait laissé entrevoir des couleurs inouïes, de celles qui ne se dévoilent que dans l'atmosphère électrique créée par la collision des masses d'air dans l'obscurité : gris, ocre, brun, alors que la mer réverbérait une blancheur surnaturelle.

Suspendus au spectacle, le petit garçon et l'homme mûr ont attendu avec ferveur que le miracle se répète. L'un et l'autre ont vu de nouveau la lueur verticale, zigzagante, s'abattre dans l'eau, le ciel livide qui une deuxième fois a embrasé la ligne de côte, donnant l'impression qu'on y voyait jusqu'à Chausey, la pure phosphorescence de l'horizon qui découpait tour à tour, les drapant d'ombres noires, les silhouettes du Grand Bé, du Fort national, du phare du Grand Jardin, de Cézembre et du fort de la Conchée, jusqu'à buter contre la saillie rocheuse de la pointe de la Varde.

Le petit garçon pense au drôle de monsieur, celui qui est chauve avec un long nez et qui vient deux fois par an avec son attirail : une boîte noire, un trépied, un rideau et un plein récipient de poudre auquel il met le feu en le tenant très haut au-dessus de sa tête. Le monsieur chauve aussi sait fabriquer des éclairs. Ensuite, il revient avec des images où tout le monde est assis avec l'air bien sage. Il ne faut pas bouger, pas parler, pas pincer Armand pendant que le monsieur aux éclairs travaille.

Un jour, lui aussi a voulu toucher la poudre magique, pour faire des éclairs. Un regard de Mère l'a arrêté net.

L'homme mûr, lui, sait qu'il est inutile d'aller chercher son appareil. Qu'aucune image produite par la technique, aussi sophistiquée soit-elle, ne sera capable de saisir fidèlement la photographie inédite dont la nature est en train de lui faire cadeau. Cette leçon de ténèbres et d'incandescence délivrée à deux heures du matin appartient au secret des orages nocturnes et son unique chambre noire sera le fond des pupilles dilatées d'effroi ou d'admiration des dormeurs arrachés à leur sommeil par le roulement du tonnerre. Un dialogue de forces titanesques s'est engagé où le ciel en remontre à la mer, quand sa déchirure sporadique révèle les collines de Cézembre avec la précision du pinceau d'un peintre chinois.

L'enfant, dont le cœur innocent ne connaît pas la douleur, à part celle des absences de Mère (mais quand Mère n'est pas là, il y a Henriette), n'a pas de mots pour formuler son émerveillement, sa fierté de vivre cette émotion clandestine à l'insu des grandes personnes. L'homme, qui erre depuis trop longtemps parmi les fantômes, au point que la souffrance lui a dérobé des pans entiers de sa vie, aimerait presque que la foudre qui vient de frapper l'île – il a entendu son « clac » et vu la boule de feu descendre entre les deux vallons – s'abatte sur les Couërons et réduise en cendres une mémoire qui ne sait plus que lui faire mal.

49

L'appel de mon fils au milieu de la semaine est une agréable surprise. Profitant de sa pause, Paul est en train de dévorer un énorme sandwich. Il m'informe, assez faraud, qu'il a pris son premier bain avec les requins.
— Pardon ?
Il rit de bon cœur.
— Panique pas. Des bébés requins. J'ai plongé pour nettoyer le bassin. C'était mortel.
Je ne suis pas sûr que c'est l'adjectif que j'aurais choisi. J'essaye de chasser la vision de mâchoires pleines de dents se refermant sur les jambes de mon fils et tâche d'arborer l'air réjoui qui sied à cette grande nouvelle. Tout en engloutissant son casse-croûte, Paul m'entretient de ses activités au parc. Je me suis promis de ne prononcer ni le mot « école » ni celui de « retour » pour le moment. Trop peur de rompre le fil ténu qui nous relie.
— Et toi, 'Pa, toujours dans tes vieux papelards ?
Je fais pivoter l'écran pour qu'il puisse contempler le bureau. Une chatte n'y retrouverait pas ses petits. Il émet un sifflement moqueur.

— Heureusement que tu as pris une année sabbatique pour arrêter de bosser !

Touché, fiston.

Je le regarde à travers l'écran. La visioconférence a gâché mes dernières années d'enseignement, mais aujourd'hui je la bénis puisqu'elle me permet de me repaître du spectacle de ma progéniture. Paul ressemble plus à sa mère qu'à moi, avec ses cheveux blonds bouclés, ses yeux noisette, son visage triangulaire. Sa peau s'est dorée au grand air et il a retiré ses piercings aux sourcils, qui étaient surtout destinés à nous faire enrager, Marie-Laurence et moi.

— Je voulais te dire, 'Pa, j'ai eu une réponse de ta cousine.

— Déjà ?

— Sur les réseaux, quarante-huit heures, c'est énôôôrme. Comment ça se fait que je ne la connaisse pas ? Elle a l'air grave sympa.

J'esquisse un geste vague.

— En tout cas, elle, elle se souvient très bien de toi. Elle m'a donné son numéro et son adresse. Elle attend que tu l'appelles.

J'attrape un post-it et note ce que Paul me dicte. Il ajoute :

— Tu devrais t'ouvrir un profil Facebook. T'es au courant qu'il y a deux ou trois trucs qui ont changé, depuis l'Antiquité romaine ?

— Très drôle.

Il revient à la charge :

— Ta cousine m'a dit qu'elle avait un fils de mon âge et une fille. Elle m'a posé plein de questions sur moi. Pourquoi tu... J'entends que quelqu'un l'appelle (« Paôl ! »), à l'allemande. Sa pause est terminée. Il gobe sa dernière bouchée de sandwich.

— Il faut que je te laisse. Tu me tiens au courant pour la cousine ?

Il esquisse un baiser de la main. Dans la seconde qui suit, son visage s'est évanoui.

Notre bref échange me laisse un sentiment mitigé. Je suis heureux parce que Paul a l'air de l'être, dans son parc avec ses bestioles. Mais chagriné de constater qu'il a fallu qu'il renonce à ses études et s'éloigne de moi pour retrouver le sourire.

Je tourne et retourne le post-it entre mes doigts. Toujours la même appréhension à l'heure de passer un coup de fil à quelqu'un qui me relie aux années d'enfance. Je me rabats sur un texto. « Chère Armelle, cela fait bien longtemps qu'on ne s'est pas parlé, mais tu as bien voulu communiquer tes coordonnées à mon fils Paul… » Aussi ampoulé qu'un courrier de notaire, mais tant pis.

J'appuie sur la touche « envoyer » avec un curieux pressentiment. Ce qui pouvait encore passer pour une marotte d'historien aux yeux d'Albina ou de ma cousine Cécile est en passe de devenir une véritable enquête ; une plongée dans le passé qui va m'obliger à renouer avec des voix que je n'ai pas entendues depuis trente ans.

50

Le soir même, Belle me rappelait. Passé la gêne des premières secondes, la conversation s'est enclenchée avec le même naturel que si nous nous étions parlé la veille. La voix de ma cousine était chaleureuse, plus grave que dans mon souvenir – la cigarette, peut-être. Oui, elle n'avait pas oublié nos visites à Sein et nos jeux de gamins. Évidemment, elle regrettait qu'on se soit perdus de vue. Elle avait su, par sa mère, qui était bel et bien restée en relation avec la mienne, que j'habitais Paris et que j'étais devenu prof à la fac. Elle avait même vu un jour un de mes livres chez Dialogues, à Brest.

De mon côté, je n'avais rien tenté pour savoir ce qu'elle devenait. Je prenais de ses nouvelles quand ma mère m'en donnait – je croyais me rappeler que Belle avait eu deux enfants – mais jamais je ne l'avais appelée ni cherché à lui rendre visite. J'étais au Brésil, en train d'honorer un contrat de professeur invité, quand son père avait fait une crise cardiaque en tentant de sauver un ado de la noyade. J'avais fait passer mes condoléances par ma mère, m'étais promis de téléphoner plus tard à ma tante Marie. Mais une fois rentré, j'avais remis ce coup de fil de jour en jour, incapable de surmonter d'inexplicables réticences. De son côté, Belle n'était pas venue aux obsèques de Soizic, dont mon père avait décrété qu'elles se tiendraient dans la plus stricte intimité. Une intimité qui excluait, apparemment, ses propres nièces.

J'ai demandé à ma cousine ce qu'elle devenait.

— Je suis peintre. Enfin, je donne des cours dans une école d'art à Brest. Et mon mari travaille à la capitainerie du port.

— Et Lénaïg ?

— Attachée culturelle à Dakar. Elle a épousé un diplomate.

— Tes enfants, ça leur fait quel âge ?

— Matthieu, vingt-deux, et Anaïs, dix-sept.

— Mon Dieu.

Belle a proposé qu'on se rencontre le plus vite possible : que dirais-je d'une virée à Brest à Pâques, si je n'avais rien de prévu ? Elle ne pensait pas pouvoir m'être d'une grande aide dans mon entreprise généalogique, mais elle aurait plaisir à évoquer ses souvenirs d'enfance avec moi.

J'ai raccroché. Le ciel virait au rose orangé, s'accordant comme chaque soir quelques minutes de clarté supplémentaire. Ses derniers éclats ricochaient sur le vieil encrier de laiton, la règle en métal, les trombones. Le désordre qui régnait sur le plateau de chêne aurait rendu mon père fou.

Qu'est-ce que j'essaye de faire, au juste ? Et que pourrais-je jamais comprendre de ce qui s'est passé il y a cent ans ? Pour la paix avec Charles, quoi que je fasse, il est trop tard. Au lieu de m'enterrer dans le passé et de courir après un testament expédié aux oubliettes depuis des lustres, je devrais songer à rendre les morts à leur sommeil. À retourner à ce que j'avais entrepris avant de tomber sur les carnets de mon aïeul. *Ces lettres leur apprennent que plusieurs bourgs de la Bithynie, qui est aujourd'hui une de vos provinces, ont été incendiés ; que le royaume d'Ariobarzane, qui touche aux pays tributaires de Rome, est tout entier au pouvoir des ennemis ; que Lucullus, après avoir fait de grandes choses dans ce pays, quitte la direction de cette guerre ; que celui qui lui a succédé n'a point tout ce qu'il faut pour conduire une si grande expédition.*

Mais je n'y arrive pas.

À la place, je m'organise pour rendre une visite à une cousine que je n'ai pas croisée depuis trois décennies.

Au moment où je m'apprêtais à reposer mon téléphone, le nom de mon avocat s'est affiché sur mon écran. Messagerie : il avait dû appeler quand je parlais à Belle. À contrecœur, j'ai appuyé sur la touche du répondeur. Maître Léandri m'informait qu'au terme d'une année et demie de négociations, Marie-Laurence était prête à signer le protocole d'accord, bien que celui-ci penchât clairement en sa défaveur. La copie, qui se trouvait dans ma boîte mail depuis quatre jours, attendait toujours sa réponse. Une note d'agacement dans la voix, mon avocat me conseillait d'accepter *si toutefois je voulais réellement voir cette affaire se terminer.*

Il coûte cher, celui-là, mais il est perspicace.

Quand j'ouvre la boîte, ce que je ne fais quasiment plus, elle laisse échapper sa marée noire : annonces de réunions, invitations à des colloques, demandes d'articles. « Nous serions honorés de… » ; « Vous compter parmi nous serait un privilège… » Je me demande, devant cette suite incroyable d'obligations et de suppliques, comment je trouvais le temps de travailler *avant*. Ou plutôt je comprends pourquoi je ne le trouvais plus.

Le protocole gît au milieu du flot. Je le parcours dans les grandes lignes, constatant que ma femme a cédé sur presque tous les points. Devant l'interminable liste de mes exigences, je suis gagné par un malaise qui confine à la honte : depuis des mois, j'ai multiplié les embûches, les chicanes et les coups tordus, avec une intransigeance qui a surpris nos amis communs. La plupart ont fini par se détourner de moi. Seul Renaud, un des rares qui me parle encore, m'avait percé à jour : « S'engueuler par avocats interposés, c'est toujours se parler. »

Je l'avais mal pris.

Mon fils ne comprenait pas : « Mais, 'Pa, pourquoi tu ne lâches pas l'affaire ? » Il vivait chez moi et passait un week-end sur deux chez sa mère : un conflit de loyauté qui avait dû peser lourd.

Mais si je ne *lâchais pas l'affaire*, comme il disait, c'est parce que pendant longtemps, très longtemps, j'avais voulu croire que ma femme ferait amende honorable et viendrait me demander pardon à genoux. À la place, elle avait affirmé devant nos avocats que sa liaison était le prix à payer pour mon « indisponibilité sentimentale et sexuelle ». Qu'elle en avait assez de me voir enterré dans mon travail, ma tristesse, mon obsession de faire passer mon frère mort avant les vivants. Un jet d'acide au visage ne m'aurait pas fait plus mal. J'ai eu pour elle des mots qui n'auraient jamais dû franchir le seuil de mes lèvres. Elle ne me les a pas pardonnés.

Je lève les yeux et fixe l'horizon. Il est maintenant couleur orange sanguine. Sur l'estran, les plis du sable dessinent un lacis de veines pourpres qui irrigue la plage. En quelques secondes, le Sillon se transforme en immense cœur battant, que la jonchée d'ombres du crépuscule vient doucement éteindre. Mes yeux retournent vers l'écran. Mon avocat me met au pied du mur. À quoi bon faire traîner six mois supplémentaires ? Ma femme ne reviendra pas. Elle ne reviendra pas parce que, avant même qu'elle s'envoie en l'air avec son associé, notre mariage était usé jusqu'à la corde.

J'ignore quand, par quelle plaie la gangrène était entrée. Mais la vérité est que j'étais un homme épuisé, et que c'est d'abord ma propre lassitude que j'étais venu fuir ici : celle de l'intellectuel qui filait vers les bassins pour se couper du monde, du mari taciturne, du père qui avait l'impression affolante de ne plus comprendre son fils. Un être gelé, replié derrière un écran pour ne plus rien voir, ne plus rien entendre, ne plus souffrir. Encore quelques années, et j'aurais fini par me haïr, moi aussi.

Ce sont les lambeaux de cette vie que je tente de dissoudre en nageant dans la mer froide.

Je prends une brève inspiration, rédige quelques mots et appuie sur la touche « envoi ». Pincement au creux du ventre. Mais quand Paul arrivera aux Couërons et me parlera de sa mère, du moins pourrai-je le regarder en face.

51

Je déchiffre le mouvement des vagues. *A priori*, pas de risque d'être entraîné au large : la marée montante me ramène vers la plage. À peine ai-je formulé cette pensée qu'une lame me soulève pour me laisser retomber quelques mètres plus loin. Ne jamais rêvasser trop longtemps quand on nage.

J'ai profité des basses eaux pour franchir le sas des rochers et marcher jusqu'à la plage du Pont : j'avais le projet de rentrer à la nage jusqu'aux Couërons. La mécanique de chair et d'os s'est remise en route sans faire d'histoires. Mais au bout d'un kilomètre et demi, je dois admettre que j'ai préjugé de mes forces ; ou plutôt que j'ai sous-estimé celles de la Manche, fraîche et agitée en cette saison. L'effort pour garder le cap n'a décidément rien à voir avec mes coulées rectilignes dans le bassin olympique. Je me retourne, le temps de faire la planche. Le ciel est gris fer et il commence à pleuvoir. Je me laisserais bien porter encore un peu, mais ce n'est pas le moment de permettre aux muscles de se refroidir.

Je repasse en position ventrale et recommence à nager. Je compte mes mouvements de bras comme je comptais d'ordinaire mes longueurs, une façon de chasser mes obsessions par d'autres. Mes jambes font osciller les palmes de haut en bas, tirant sur les cuisses, pendant que mes mains rougies par le froid émergent de l'eau avec une cadence métronomique. Ma tendinite ne va pas tarder à se réveiller. Je module la poussée, la prolonge jusqu'à la hanche, casse l'angle du bras en douceur. L'eau a une résistance huit cents fois supérieure à l'air : s'en souvenir avant de frapper sa surface comme un abruti.

Bien que cette séance mette mon corps à rude épreuve, je me sens *dans mon élément*. Dans quelques instants, fatigue aidant, j'atteindrai cet au-delà de l'effort, cette euphorie fabriquée par les endorphines qui fait oublier toutes les douleurs.

Je jette un œil en direction de la plage. Je suis plus loin du rivage que je l'aurais cru. Un signal d'alarme clignote au fond de mon cerveau : je suis fatigué, j'ai froid, et malgré la bouée de surface, il suffirait d'une crampe pour que je me retrouve en mauvaise posture.

C'est pourquoi, bien que je n'aie aucune envie de quitter cette eau qui, en dépit de sa température, me procure un merveilleux sentiment de renaissance, je me décide à obliquer vers la plage. À ce stade, l'essentiel est de rester concentré, d'éviter les gestes inutiles et de gérer la dette respiratoire.

Ne jamais se croire plus malin que la mer.

Quand nous nagions tous les deux, Guillaume m'entraînait souvent plus loin que je l'aurais voulu. J'avais peur, mais je ne voulais pas le montrer. Je relevais la tête, à moitié étranglé par la vague qui venait d'entrer dans ma bouche, je voyais ses boucles châtains luire dans le soleil. Mon frère ne se moquait jamais de mes appréhensions. Au contraire, il faisait calmement demi-tour, nageait dans ma direction : « Reste tranquille, Yann. Fais comme les Indiens, rampe sur l'eau. Tu vas voir, elle te porte. » Sa voix, claire et rassurante : « N'aie pas peur, petit frère, je suis là. » Je l'ai encore dans mon oreille.

Guillaume m'avait beaucoup appris. Sur l'inutilité de s'agiter, de gesticuler à grand renfort de mouvements spectaculaires. Il fallait simplement, me disait-il, comprendre les rythmes de la mer, lire son humeur, s'y glisser et faire corps avec elle ; la poussée d'Archimède et la salinité feraient le reste. Lui était un nageur élégant et rapide, capable de parcourir un kilomètre de crawl sans une éclaboussure. Il aurait pu concourir en championnat, s'il l'avait voulu.

On dirait que son fils suit le même chemin.

L'Hôtel des Thermes est en vue. Cette fois, il est temps de rejoindre le rivage. La fatigue se fait lourde, mon cœur tambourine, soulever le bras devient un exploit. Je bifurque à angle droit vers la plage : plus qu'une centaine de mètres, et je pourrai me remettre debout.

Je ne sentirai pas tout de suite la texture du sable, amortie par les palmes ; je ne percevrai pas immédiatement, à travers le néoprène, le molleton glacé des algues qui s'enrouleront autour de mes chevilles. Mais je saurai que j'ai touché terre.

Lorsque, recru, j'émerge et que je retire mon tuba, aspirant ma première goulée d'oxygène à l'air libre, j'ai l'impression d'être un Léviathan.

Au moment où je déchausse les palmes et où le sable glacé mord ma voûte plantaire, j'aperçois la silhouette de la femme au K-way turquoise, désormais familière. J'aurais presque envie de lui faire signe, mais elle poursuit sa course sans me voir.

Claquant des dents sur le chemin du retour, je sais que je payerai cher demain le trop-plein d'efforts consentis. Mais la sensation, âpre et vivifiante, la fierté de m'être *jeté à l'eau* malgré le vent et la température, m'accompagnent jusqu'aux Couërons. Je me sens heureux. Et l'espace d'un instant, je me demande si ce privilège, marcher au petit matin le long d'une plage déserte et rentrer à la nage, n'est pas qu'un rêve, un délice sauvage qu'un réveil brutal viendra me confisquer.

52

Quand ils ont réfléchi à leur plan, l'évasion leur semblait à portée de main. Des semaines à en peaufiner le moindre détail... D'abord, voler des ceintures de liège, celles qu'on sanglait par-dessus l'uniforme quand on faisait la sentinelle en bateau. Pour cette fois, on se passerait d'uniforme : une culotte, un tricot de peau, quelques effets dans un sac qu'on attacherait dans un balluchon, sur le dos.

Ensuite, guetter le moment propice, à marée montante, aux premières lueurs de l'aube. Leur nouvelle affectation joue en leur faveur : on les a relégués sur un des flancs de l'île, le plus exposé, entre Itaker, *comme ces salopards d'Allemands les appellent.*

Puis se faire désigner ensemble pour la garde de nuit.

Lui, Giuseppe, ne sait pas pourquoi au juste on l'a expédié ici. Il a échappé à la mobilisation de 1939 ; celle du printemps 1940 l'a rattrapé. À Peschici, il a laissé sa mère, les sœurs, les poules et la barque de pêche. Il est parti parce que la guerre est venue et qu'après elle, plus de travail au village, plus d'hommes, et le poisson qui fuyait les filets.

En Italie, ils ont leur Führer à eux, le Duce. Il a

beaucoup promis, le Duce, beaucoup concédé pour plaire au fou à la petite moustache. Il voulait être sûr de manger à la table des vainqueurs. Ce faisant, il a plongé l'Italie en enfer.

Quand on a appelé des gars ayant le pied marin pour faire les sous-mariniers et qu'on lui a parlé de la prime, Giuseppe a dit oui. Le Duce, et même la gloire de l'Italie, il s'en fout. Mais avec la prime, il aurait, c'était sûr, de quoi nourrir la mère et les sœurs, le temps que la guerre passe.

Les autres ont fait des blagues sur ses « vacances » en France, les femmes avec qui il allait coucher là-bas. Lui aussi a ri, voulu croire que ce serait comme le service militaire : la garnison au bord de l'Adriatique, la chaleur, le bleu azur du ciel, les copains qui t'attendent à la sortie de la baignade, le soir, une cigarette derrière l'oreille.

Mais après deux journées entières dans des trains qui n'avançaient pas, à l'arrivée à Bordeaux, la ville puante, puis au Verdon, il a compris son erreur. Jamais il n'aurait imaginé qu'il existait des mers comme ça. Des mers d'eau froide, brillante, méchante, qui ne connaissent jamais de repos, comme si la colère de Dieu s'était ramassée dedans.

Malgré tout, il n'a rien dit de sa peur. Il a touché sa tenue de sous-marinier, son paquetage, sa première solde, et a commencé son instruction.

La première fois, dans le cigare, avec les mangiacrauti *qui lui criaient dessus et les bruits qui ricochaient sur la coque, il a cru qu'il allait faire dans son pantalon. Ensuite, il s'est habitué. Il paraît qu'ils ont coulé plusieurs bateaux anglais. Chaque fois, les Allemands beuglaient de joie. Ça aussi, il s'en fiche, Giuseppe. Envoyer de pauvres bougres par le fond, tu parles d'un métier.*

Sans explications, lui et ses cinquante compatriotes ont été transportés ici après l'armistice de septembre 43. En arrivant au large de Saint-Malo, sur ce nouveau rivage battu de pluie et de vent, cette autre terre froide, ils ont attendu, et même espéré, qu'on les débarquerait et qu'on les enfermerait dans une prison. Ils auraient lu, joué aux cartes, gardés par les Francesi, *qui sont des espèces de cousins, quoi qu'on dise, au lieu des Boches... Mais le bateau ne s'est pas arrêté au port et a poursuivi sa route vers une île minuscule.*

Même pas une île, un caillou.

Le caillou, ça allait être pire que le cigare, il l'a compris tout de suite. Quatre cent cinquante hommes entassés là-dessus. Des Russes, des Polacks, des Allemands. Et eux, qu'on regarde de travers et à qui on colle les corvées. Enfermés sur même pas dix hectares, avec cette putain de mer qui cogne jour et nuit.

Au bout de deux mois, ils ont décidé de s'évader, lui, Alberto et Dino. Se tirer, mettre les voiles, foutre le camp de cette île maudite, sans attendre d'être canardés par les avions anglais. Car ils savent bien que ce temps-là viendra, où le petit Führer à moustache perdra la guerre, et où on viendra nettoyer les rivages des Allemands qui restent. Itaker ou pas, pas de quartier pour ceux qui portent leur saloperie d'uniforme vert-de-gris.

Il repense au plan. Jamais Giuseppe n'a parcouru une telle distance à la nage, surtout pas dans une eau pareille. Mais il a volé une carte et questionné, l'air de rien, le pêcheur qui vient leur livrer les vivres et le poisson. Et puis, lui et ses copains ne sont-ils pas nés, tous les trois, au bord de la mer ? Là où on apprend à nager en même temps qu'à marcher ?

De toute façon, qu'ont-ils à perdre ? Ils ont vingt ans et des fiancées, des familles, des rêves ; vingt ans et la rage au cœur quand ils pensent aux humiliations qu'ils subissent ici.

Ils ne veulent pas mourir. Pas comme ça.

Alors les quatre kilomètres du caillou à la plage, ça ne lui fait pas peur, à Giuseppe. Parce qu'à force de nuits hachées par le bruit des vagues, à force de se faire traiter de bouffeur d'ail, à force de regrets de Peschici, de la mère et des petites sœurs, il en est arrivé à la conclusion que rien, même quatre murs, même la cour martiale, même le spectre de la noyade, ne pouvait être pire que de rester sur le caillou en attendant que les Alliés viennent lui trouver la peau.

53

Engoncé dans ma combinaison, je m'enfonce mètre après mètre. Les couleurs, un mélange de blanc très pur, de turquoise et de bleu, sont d'une beauté extraordinaire. Bien que je sois conscient d'aller tout droit vers le danger, je n'ai pas peur. Des bancs de poissons argentés et bleuâtres, dont les écailles scintillent au gré de leurs ondulations, nagent en rond autour de moi. Mais, peu à peu, de longues lanières brunes les remplacent et masquent la lumière. Les eaux dans lesquelles je continue à descendre virent au bleu sale, puis au gris foncé ; les algues s'enroulent comme des pieuvres autour du hublot du scaphandre. La mer a pris la consistance d'une soupe visqueuse. Soudain, sans que rien se soit passé, je *sais* que le câble qui me relie à la surface vient d'être coupé. L'eau envahit mon hublot. Bien que je respire sans effort en dépit du liquide boueux qui entre dans ma bouche, j'ai la certitude que je vais mourir.

Je me réveille avec l'impression d'étouffer. Depuis longtemps, j'ai appris à interrompre ce rêve quand il survient. Peut-être a-t-il été provoqué par la marée, qui tape fort ce soir contre la digue ; peut-être par les deux verres de vin blanc que j'ai bus pour accompagner mon dîner. Je rallume. J'ai beau être en sécurité dans mon lit, j'ai l'impression que les algues brunes du rêve collent encore à ma peau.

Inutile de songer à me rendormir.

Je pioche dans la pile de livres alignés au pied de mon lit. *Une vie*, de Maupassant. L'odeur confinée du vieux papier s'exhale des pages piquetées de rouille. Je hume l'effluve – chaque livre ancien possède le sien : ici le cuir, la craie et la fougère. Dans certaines marges, des marques légères au crayon, et sur la page de garde, un sceau sec aux initiales « JK ». C'est bien Julia, la lectrice boulimique, qui annotait ses livres.

J'entame ma lecture : l'histoire d'une jeune fille qui ne sort du couvent que pour se marier, et qui très vite doit affronter les infidélités de son mari, au prix de terribles souffrances et de cruelles déceptions.

Un feuillet s'échappe au détour d'une page. Il est si fin qu'il manque de se casser entre mes doigts quand je le déplie. « Un ciel bas et gris semblait peser sur le monde ; ses flots tristes et jaunâtres s'étendaient à perte de vue. Elle resta longtemps sur la falaise, roulant en sa tête des pensées torturantes. »

La phrase est recopiée du livre. Pas gaie. Je reconnais l'écriture enfantine, aux hampes fleuries, que j'ai rencontrée dans le dossier de la correspondance conjugale d'Octave. Je feuillette le reste du volume, en quête d'autres papiers. Il n'y en a pas. Excepté un rectangle grisâtre, de la taille d'une demi-carte à jouer, resté collé au plat de carton fauve. On discerne encore la trace des plis qui ont dû réduire ce billet à une taille minuscule.

Il disait simplement : « Demain, 16 h. »

Seul un familier ou un intime pouvait se permettre d'être aussi laconique. Était-ce l'horaire d'une consultation au Home Sobieski ? Un mot de sa sœur pour un goûter ou une matinée théâtrale ? À moins qu'il ne s'agît de tout autre chose, un « poulet », comme on appelait alors ces messages galants, pour fixer un rendez-vous à une femme qui aimait les romans tristes et sentimentaux ?

Une seule chose était certaine : l'écriture n'était pas celle de Julia, ni celle d'Octave.

En route pour la librairie, le lendemain matin, je pensais toujours à ce bout de papier aujourd'hui privé de sens, mais qui sur le moment avait dû en avoir beaucoup pour sa destinataire ; assez, en tout cas, pour qu'elle le conserve dans un de ses livres préférés. Pendant que je marchais le long de la digue, Cézembre s'étirait au soleil, mouchetée par la lumière qui transperçait les nuages. L'île n'était au reste pas étrangère à ma promenade puisque j'allais récupérer le livre et la BD qui parlaient d'elle.

Le libraire m'a tout de suite reconnu. Il est allé chercher mes livres pendant que je furetais dans les polars islandais. Il y avait glissé un post-it.

— Les coordonnées de Per Kérézéon, l'historien. Vous pouvez l'appeler de ma part.

Au moment où je réglais mon achat, mon œil a été attiré par une affiche. Plus exactement par une photo sur une affiche, qui se détachait au milieu d'une galerie de portraits. Ce n'est pas possible, je faisais une fixation... Mais non, c'était bien la femme de la plage : je la reconnaissais à son teint pâle et surtout à ses yeux, qui paraissaient sur l'image d'un vert artificiel. Dans le coin supérieur gauche, une inscription : « Escales de Binic. » Le festival aurait lieu dans moins de quinze jours.

Je me suis tordu le cou pour déchiffrer le nom de la femme. Malheureusement, il était masqué par l'épaule du libraire. J'aurais pu questionner ce dernier, puisque la joggeuse était cliente de son magasin. Mais Paramé est un village et je n'avais aucune envie que la femme de la plage sache que je m'intéressais à elle. Je me suis contenté de remercier le jeune homme et suis reparti en direction de la digue.

Sauf qu'au lieu de rejoindre les Couërons, j'ai emprunté la rue Mi-Grève et bifurqué dans l'avenue de Moka.

C'est une rue banale, une avenue calme comme on en trouve dans n'importe quelle sous-préfecture. Le goudron et les mauvaises herbes ont étouffé les rails de l'ancienne voie ferrée qui croisait son tracé. À peine les vacanciers, chargés de leurs valises à roulettes, remarquent-ils que les façades des maisons s'interrompent d'un côté pour laisser place à un mur d'où émergent des croix de pierre.

Le cimetière de Rocabey.

D'ordinaire, je fuis cet endroit, qui réveille en moi de pénibles angoisses. Et quand je ne peux me soustraire au rituel, je m'arrange pour rester à l'extérieur, comme l'autre jour avec Servane et Léo. Je ne peux pas supporter de voir le nom de mon frère et celui de ma mère gravés sur cette pierre tombale.

Mais ce matin, l'endroit paraissait doux, presque accueillant. Malgré mon sentiment d'oppression, j'ai traversé les carrés à pas lents, ne croisant qu'une femme âgée et deux chats. Au bout de la dernière allée, adossé au mur de clôture, se dressait le caveau familial. À côté des fleurs déposées par Servane, un bouquet d'œillets desséchés, certainement laissé par ma tante Catherine l'année dernière.

Je touche la dalle de marbre. Malgré mes années de catéchisme, je n'ai pas la foi. Le visage de Guillaume, son sourire éternel, lointain, emprisonné dans son médaillon, me frappe comme une gifle. Une part de moi restera toujours incapable d'accepter sa mort.

Les lettres du nom de Charles paraissent plus brillantes : il est le dernier arrivant. Par comparaison, l'inscription du nom de ma mère semble déjà ternie : « Françoise de Kérambrun, née Brohan, 1943-2012 ». Celle que tout le monde, même son mari, appelait Soizic depuis l'enfance. Celle qui a mis tout ce qu'elle possédait d'intelligence, de bonté et d'humour pour protéger ses enfants contre les colères froides de l'homme qu'elle avait épousé. Je ne crois pas avoir apporté à Paul le dixième de ce qu'elle m'a offert. Mais devenir père m'a permis de comprendre avec quelle abnégation elle avait pris soin de nous.

Je continue à égrener le thrène familial. Il y a un an, une partie des prénoms gravés sur cette stèle étaient des inconnus pour moi. Aujourd'hui, ils coïncident avec une petite écriture serrée qui me raconte leur vie au jour le jour. Ceux dont je traque les dates de naissance et de mort dans le livre de raison reposent ici, à commencer par la petite Suzanne, avec cette cruelle symétrie dans les années (« 1906-1906 »).

Armand, le frère d'Ernest et de Suzanne, est décédé en 1933, à seulement vingt-deux ans : un destin lui aussi brisé trop vite. Quant à Juste, le petit dernier, c'est bien un bébé de la Grande Guerre : né en 1915, il est décédé en 1975. Il repose aux côtés de Léontine de Kérambrun, ma grand-mère, celle que tout le monde appelait Léone et qui portait les cheveux nattés en tresses rassemblées sur le front. Elle lui a survécu plus d'une vingtaine d'années.

Juste a été un orphelin précoce : sa mère, Julia de Kérambrun, née Le Mélinaire (1887-1915), est décédée l'année de sa naissance. Elle n'avait que vingt-huit ans. De quoi meurt-on si jeune, à cette époque ? La grippe, un accident, une crise d'éclampsie ? Si le bébé a emporté la mère en naissant, cela pourrait expliquer l'animosité de son père à son égard.

Octave, lui, est décédé pendant l'Occupation, en 1943. Il avait soixante-trois ans. Au-dessus de son nom, celui de Roparz (« Robert de Kérambrun »), le frère de Charles et le père de Belle, mort en 2010, à soixante-quatre ans. Décidément, les hommes de la famille ne font pas vraiment de vieux os – un constat qui devrait peut-être m'inquiéter.

À côté du nom de mon arrière-grand-mère, un médaillon, aujourd'hui blanchi par la pluie et le sel, où il est impossible de rien discerner. Le portrait de la défunte, sûrement, celle qu'on disait si belle.

Logiquement, il manque Jacquez, mon oncle disparu. Mais c'est une autre absence qui me saute aux yeux : Ernest, le fils aîné d'Octave et de Julia. L'enfant choyé qu'on promenait sur le port et qui y regardait les bateaux. « Mort à la guerre », m'avait dit Étienne. Est-il enterré près de son champ de bataille, dans un cimetière militaire ?

Je lève les yeux. Un vol d'oiseaux fend la gaze du ciel, qui est d'un blanc cotonneux. La paix du lieu est magnifique. Je ne saurais en dire autant des destinées de ceux qui sont enterrés ici, eux qui ont connu deux guerres, la grippe espagnole, le veuvage et la prison. Les carnets de mon aïeul racontent une histoire bordée de deuils et de dangers ; aux Couërons, les coups de boutoir des flots contre la digue, les nuits de vives-eaux, me rappellent que des hommes et des femmes n'ont cessé de perdre la vie à quelques encablures d'ici. Pour ceux dont le nom est inscrit dans la pierre, combien de disparus que le temps et les marées ont engloutis en secret et noyés dans leur marche tumultueuse ?

Un jour, c'est moi qui dormirai sous cette dalle, près de mon frère. Dans quelques siècles, le niveau de la mer, qui monte année après année, aura dépassé la digue. Et le quartier de Rocabey, autrefois gagné sur le rivage, retournera à son giron premier. Le vent salé, l'eau et le sable se mélangeront aux restes de ma chair et dilueront sa poussière dans la grande respiration du large. Une pensée qui, paradoxalement, m'apaise.

Je touche le marbre clair, parcours une dernière fois la liste des prénoms. J'ai toujours voulu me croire détaché de ceux qui m'ont précédé, refusant d'abdiquer mon indépendance face au poids de leur héritage. Mais force m'est de reconnaître que leur histoire, dont je fais lentement la connaissance depuis le bureau des Couërons, a en partie façonné la personne que je suis.

54

Saint-Malo, le 18 mars 1910

Ma chère Julia,

Merci pour votre lettre du 12 courant. Ainsi vous pouvez désormais vous baigner avec Lison ? Et vous avez repris deux livres et demie ? Ces excellentes nouvelles m'enchantent.
Si les séances avec le docteur Sobieski libèrent votre esprit, poursuivez-les, quelque effort qu'elles vous coûtent.
Hélène a confié les plaques réalisées durant sa visite à Hodierne. Léopold a rapporté les tirages hier. Quand j'ai montré votre image à Ernest, il a battu des mains. Je suis certain qu'il vous a reconnue.
À la compagnie, les affaires suivent leur train. Gaiffe, le Paimpolais, me demande de motoriser une de ses goélettes, pour armer à Islande. La chaudière et les matériaux seront soumis à des températures inusitées : on parle, rendez-vous

compte, d'une turbine à vapeur à quadruple expansion capable de développer près de mille chevaux !

Je ne crois pas que les terre-neuvas aient encore un quelconque avenir, surtout depuis que les Anglais nous ont interdit une partie du French Shore. *Mais si un moteur parvenait à faire ses preuves au large de cette destination, d'autres débouchés seraient envisageables. Ce serait, aussi, une façon de donner des gages à cet exalté de Minchinton, qui me harcèle avec ses projets d'expédition. Depuis que le commandant Charcot est revenu de son hivernage à l'île Petermann avec le* Pourquoi pas ?, *il est comme fou et m'entretient dans ses lettres de ce qu'il appelle son « bateau polaire » jusqu'à l'obsession.*

De vous à moi, je n'ai aucune intention de lui donner satisfaction.

En revanche, j'ai décidé d'associer Dubuisson au dessin de la goélette islandaise. Je vous sais gré de m'avoir poussé à le revoir, malgré mes préventions : il se révèle intelligent, ambitieux et dur à la tâche. Moins entêté, de surcroît, que la plupart des architectes navals de ma connaissance. J'ai réussi à imposer sa présence au Père Gautier. Je compte sur sa diplomatie pour m'éviter quelques heurts.

Ambroise sort d'un duel qui l'a laissé sans une égratignure – son malheureux adversaire ne peut pas en dire autant. Il s'en amuse, mais sa propension à faire parler de lui à tout prix, un jour, lui coûtera cher : sur ce point, je ne peux que vous donner raison. Nous avions évoqué la possibilité que Katell vous rejoigne

à Berck, mais il est trop tôt pour qu'elle entreprenne le voyage dans son état.
Votre fils et moi vous embrassons tendrement. Écrivez-nous vite.

Octave de Kérambrun

55

1910, année faste pour Octave, démontre que sa réputation de motoriste naval est maintenant bien assise : c'est Kérambrun qui équipera les doris, les barques utilisées par les terre-neuvas. La commande est si importante que l'atelier de mécanique, installé à La Richardais, doit s'agrandir. Rien que pour les trois premiers mois de l'année, vingt-quatre ouvriers supplémentaires sont embauchés. Mon aïeul est de plus en plus satisfait de sa collaboration avec Alexandre Dubuisson, qui a terminé les plans de la goélette financée par l'armateur paimpolais ; lui-même en a élaboré le moteur.

Les pages qui suivent sont du chinois pour moi. Je n'y comprends goutte à ces histoires de double effet et de correction de la consommation de combustible. Mais je pense avoir saisi l'idée générale : assurer la navigation avec une force mécanique indépendante du vent, qui permettra de traverser les zones de grain ou de lutter contre l'obstacle dirimant des courants, particulièrement piégeux au large de la côte islandaise.

Octave est approché par plusieurs chantiers

navals, à Bordeaux, Sète et Saint-Nazaire, où il se rend trois fois à l'invitation de son directeur, Louis Beugras. Tous veulent des moteurs Kérambrun pour leurs navires de pêche, surtout la grande, « à Islande », comme on dit alors. Plusieurs se montrent prêts à lui faire des ponts d'or ; jusqu'à des exploitants de paquebots de croisière qui s'intéressent à ses procédés. Octave en arrive, en quelque sorte, à travailler pour la concurrence – ce que Sainte-Croix d'ailleurs lui reproche. Sauf que cette concurrence-là, celle des chalutiers et des voyages transatlantiques, ne l'inquiète pas.

En effet, avec ses bénéfices, il engrange des fonds qu'il réinvestit dans le développement de ses ateliers, où le travail, bien payé et organisé selon des règles de sécurité et d'hygiène inhabituelles pour l'époque – Octave, qui en a longuement parlé avec Louis Beugras, y veille –, attire des ouvriers de plus en plus qualifiés. Dubuisson a même créé un petit club de football auquel les ouvriers sont conviés le samedi soir.

L'activité de fret et de cabotage de la Société malouine de transports nautiques, qui s'étend jusqu'à Cherbourg et Guernesey, mobilise désormais une flotte de trente-cinq navires. Leurs performances ne cessent de s'améliorer. Par beau temps, il faut à une Vedette bleue moins de trois heures pour se rendre de Saint-Malo à Jersey ; un matin, le bateau, parti à vide, a réussi à couvrir la distance en deux heures et quarante-quatre minutes. Les résultats des comptes d'exploitation sont excédentaires pour l'année 1910 ; chaque ouvrier, chaque marin se voit gratifié d'une prime. Et le 31 janvier, Julia revient de Berck.

Le 8 février, les époux dînent chez les Tézé-Villan : une invitation différée plusieurs fois, le préfet tenant à la présence de Julia. Octave rentre fort contrarié de cette soirée : en effet, Tézé-Villan lui a appris qu'on envisageait de transformer Cézembre en colonie pénitentiaire, une idée qui lui paraît tout simplement haïssable. Il écrit, dans un élan d'indignation lyrique : « Ce beau rivage n'a point besoin d'être souillé par des soldats insoumis et des rebelles sans honneur. »

Son mécontentement n'est pas qu'une question de principe. Pragmatique, il redoute l'impact négatif sur ses croisières. Car, dans ces conditions, plus question de débarquer, même avec une autorisation spéciale sur la plage, sans parler des risques d'évasion des malfrats. Il consigne un second rendez-vous avec Tézé-Villan pour la semaine suivante. Veut-il lui reparler de Cézembre ? Pas seulement, puisqu'il a noté : « Règlement amiable affaire AM, par pure faveur. Je suis maintenant l'obligé de Mathieu. » ; « AM » pour Augustus Minchinton, je présume.

Dans les semaines qui suivent, il s'entretient avec plusieurs des capitaines qui assurent les navettes de Jersey et Guernesey.

Un mois plus tard, il se rend à Paris, en chemin de fer, un mode de transport qu'il juge sûr et performant. Il admire au passage la puissance des locomotives et passe une partie du voyage dans la cabine du chauffeur, d'où il ressort ravi, le visage et les mains noirs de suie. Julia a été du voyage, pour honorer un nouveau rendez-vous médical (« Dr Pozzi, 90 francs »). Néanmoins, son mari doit rentrer seul car elle a manifesté le désir d'entendre une jeune chanteuse, Hélène Hoppenot, aux

Concerts Colonne. Il est question qu'elle revienne trois jours plus tard, en auto, avec Ambroise de Sainte-Croix, qui assiste à la session parlementaire. Julia a d'abord refusé – apparemment, elle supporte mal la compagnie du député –, avant de se laisser persuader par son mari. Je comprends ses réticences : si Sainte-Croix conduit sa voiture comme il mène son existence, la prudence ne doit pas être sa qualité première.

De toute façon, l'armateur n'a d'autre choix que de laisser sa femme à la capitale puisqu'il reçoit Minchinton à Saint-Malo le lendemain matin.

L'entrevue est résumée en deux phrases. « Ses agissements doivent cesser. J'espère lui avoir fait suffisamment peur pour qu'il entende raison. » Octave note qu'il faudra désormais prévoir l'embauche de deux subrécargues français et les détacher au comptoir de Jersey. Les capitaines recevront interdiction d'accoster où que ce soit en chemin, en particulier à Cézembre. Visiblement, quelque chose a dérapé : détournement de marchandises, escroquerie ? Octave s'est toujours méfié du Jersiais et de ses lubies. Il ne lui a pas prêté l'argent que l'autre lui réclamait à cor et à cri ni ne lui a fourni de moteur pour son bateau polaire. Peut-être que Minchinton, obsédé par l'idée de financer ses expéditions lointaines, a voulu amasser un pécule trop vite et trop facilement.

Sa jeunesse et son inexpérience ont conduit Octave à s'associer à ces deux bailleurs de fonds. Et quelques années plus tard, l'expansion de la compagnie est telle qu'il a toujours besoin de leurs relations pour en soutenir le développement. De plus, ce moment coïncide avec sa décision de déménager, ce qui va entraîner des frais importants. N'étant pas en mesure de racheter les parts de Minchinton et Sainte-Croix – si tant est que ces derniers eussent accepté de vendre –, il se retrouve prisonnier de leurs errements.

Ces tracas ne l'empêchent pas de songer avec enthousiasme à un nouveau projet, qu'il met en train dès la fin du printemps : la construction d'une maison sur le Sillon. Le 25 mars, le livre de raison note : « Vente conclue chez Me Bidault, 110 000 francs. » Octave vient de faire l'acquisition d'un des derniers terrains disponibles sur la digue. C'est là, il l'a décidé, qu'il plantera sa demeure, tel un acte de foi : en face de la mer, de ce rivage qu'il aime tant et qui a fait sa fortune.

56

Beaucoup lui avaient conseillé de faire comme les anciens armateurs : élever sa maison loin des fureurs de la mer, à Saint-Servan ou à La Briantais. Ses parents lui avaient rappelé les risques de submersion ; lui-même se souvenait de grandes marées féroces (il avait sauté, adolescent, sur les pavés démantelés), ainsi que du raz-de-marée de 1905, qui avait fracassé la digue. Sans parler de la mérule, gangrène qui rongeait les charpentes jusqu'à les rendre poreuses comme du carton.

Il a craint, aussi, d'hypothéquer le devenir de la compagnie. Pour la première fois, il allait puiser dans ses bénéfices personnels, ce qui placerait les Vedettes bleues en péril si par malheur un accident se produisait. Mais la motorisation des doris a fait rentrer l'argent à une cadence inattendue ; sans compter qu'on se presse pour traiter avec lui et que le carnet de commandes des ateliers, pour lesquels il faudra bientôt fonder un nouveau site à La Brède afin de servir Bordeaux et Saint-Nazaire, est plein pour deux ans. Après presque sept années de labeur acharné et d'économie prudente, alors que ses associés dilapident sans compter leurs propres bénéfices, l'armateur estime qu'il peut s'offrir, pour une fois, un désir en propre.

Les plans, il les a en tête. Et, pour les exécuter, il a fait venir de Rennes un architecte réputé, Frédéric Grivolat. La maison comprendra trois niveaux, un entresol, seize pièces. Au rez-de-chaussée, on trouvera la cuisine, le cellier, l'office, les chambres des domestiques ; à l'avant, un bureau et un salon de réception, destiné aux fournisseurs et aux clients. Cette disposition est contraire aux usages, qui prescrivent de reléguer le personnel sous les toits. Mais Octave sait ce qui fait la valeur du lieu ; Grivolat, après quelques objections, s'est vite rangé à son avis.

Au premier étage, l'escalier central débouchera sur les pièces nobles : le salon, qui jouxte la salle à manger (tous deux avec vue sur mer), et sa bibliothèque attenante réjouiront les yeux des invités. La tourelle, collée à l'aile droite, hébergera une salle de jeux ; un couloir desservira la chambre de la gouvernante et celle d'Ernest. Les trois pièces voisines, Octave les imagine déjà remplies de rires et de jeux d'enfants.

Depuis que Julia est sortie de sa longue convalescence, selon Sobieski et le docteur Pozzi, plus rien ne s'oppose à de nouveaux espoirs.

Le deuxième étage, sous les toits, sera réservé au couple : deux chambres contiguës, deux cabinets de toilette pourvus d'eau courante et chauffée. La tourelle accueillera le boudoir où Julia pourra recevoir sa sœur ou ranger les romans qu'elle lit à un rythme effréné. Une porte de communication sera percée entre cette pièce et celle où Octave a décidé d'aménager son bureau – il fera presque toute la longueur de la façade.

Pas une pierre n'est encore posée, mais le futur occupant des lieux sait que la vue offerte par les deux bow-windows sera à couper le souffle.

Grivolat, qui redoutait la puissance du vent sur le front de mer les jours de tempête, a discuté ces dispositions. Mais Octave n'a pas cédé : il suffira de renforcer les châssis et de doubler le vitrage par une fenêtre intérieure. Il se voit, révisant ses comptes ou remplissant ses carnets, le soir, pendant que Julia lira dans une méridienne non loin de lui. L'armateur a tant souffert de ces longs mois de séparation, il est si las parfois de ces occupations qui le dévorent qu'il ne veut plus perdre une miette de la présence de sa femme.

Il a conçu un astucieux système de bouches d'air propulsé pour chauffer la maison quand soufflera le vent humide de l'hiver, prévu un monte-charge, des commodités et une salle d'eau pour les domestiques (un choix qui fait jaser). L'eau sera tempérée par une chaudière qu'il fera fabriquer dans ses ateliers, il y aura la lumière électrique dans toutes les pièces et même une ligne de téléphone.

Sainte-Croix a moqué cette « folie des grandeurs ». Mais, pour Octave, un homme qui gaspille son argent en notes de tailleur, en soirées au casino et en soupers fins – pour ne parler que de ses dépenses licites – n'a aucune leçon à lui donner.

57

Les voiles des kitesurfeurs dessinent leur tableau mobile : virgules orangées, bleues et mauves qui dansent en silence sur l'horizon. Chaque vendredi soir, je vais admirer leur ballet, qui donne au Sillon des airs de kaléidoscope géant. Quand j'en vois certains s'envoler, happés par le vent, je prends peur ; mais la plupart rebondissent souplement sur l'eau, jambes fléchies, le temps de mieux reprendre leur glissade, à l'exception des quelques malchanceux qui s'entortillent dans leurs filins.

Pendant que Géraldine Draouen s'entraîne, je rejoins Xavier. Il est en train de faire courir leur labrador, Nemo, après des bouts de bois. Je devrais peut-être faire ça, moi aussi : adopter un chien qui m'accompagnerait dans mes promenades.

Géraldine a proposé de m'initier à son sport favori, mais j'ai décliné : je ne tiens pas à me rompre les os. La natation me suffit, qui me donne certains matins des nouvelles de mon âge, quand les deux cents derniers mètres comptent double et que les articulations protestent des heures après l'effort. Néanmoins, je parviens désormais à faire trois kilomètres en mer, deux à trois fois par semaine, quelle que soit la météo.

Je repère sur l'eau une silhouette qui me paraît familière : longue, grande, en combinaison noire, accrochée à sa voile. À l'issue de la séance, quand elle gagne la plage, ôte ses lunettes de natation et libère ses cheveux de sa capuche, je reconnais le visage de la joggeuse. Je l'observe pendant qu'elle replie son matériel et repasse son K-way turquoise par-dessus sa combinaison. Après quoi elle remonte l'escalier et disparaît dans une des ruelles perpendiculaires à la digue.

— Si tu veux tenter ta chance, bon courage. Un vrai iceberg, celle-là.

Xavier m'a vu l'épier. Je me sens gêné.

— Tu la connais ?

Géraldine, qui nous a rejoints, nous demande de qui nous parlons.

— La grande brune au K-way bleu, répond Xavier.

— La Reine des Neiges ?

— Pourquoi tu l'appelles comme ça ?

— Ce n'est pas moi, c'est un type du club, qu'elle a envoyé balader. Drôle de fille. Bonjour bonsoir, et c'est tout. Ça fait presque un an qu'elle vient et on ne connaît même pas son prénom.

Moi si, depuis quelques recherches faites sur le Net. Mais je préfère garder l'information pour moi.

Les Draouen ont accepté mon invitation à dîner. Celle-ci n'était pas désintéressée : lorsque nous avons été attablés devant la montagne de sushis que j'avais fait livrer à la maison, je les ai interrogés sur l'article de *Ouest-France*.

— Il y a eu du grabuge à Cézembre ?

— Un déminage en urgence il y a trois semaines.

À cause de petits jeunes qui avaient fait de l'urbex, de l'exploration de ruines. Ils s'amusent à entrer dans les endroits interdits, les usines, les souterrains, les hôpitaux désaffectés, pour faire des vidéos. Ensuite ils les publient sur Internet.

— C'était pour ça, les bateaux devant l'île ?

— Les jeunes avaient déterré un obus, derrière un mur éboulé. Et pas un petit. Ils l'avaient sorti et s'étaient filmés en train de monter dessus. La munition était encore active.

— Ils ont eu de la chance...

— C'est moi qui les ai auditionnés. Pas méchants, mais complètement cons : ils ne pensaient qu'à leurs « vues ». Quand je leur ai expliqué où ils avaient mis les pieds, ils faisaient déjà un peu moins les malins. Si l'obus leur avait sauté à la figure dans le bunker, on n'aurait retrouvé que de la charpie. Du coup, on leur a fait retirer le film, et fini les vues.

Les souvenirs de la gifle de mon père sont remontés à la surface.

— En même temps, quand on y est allés, toi et moi...

— C'est vrai... mais on ne se serait quand même pas amusés à manipuler un obus de 75 juste pour la frime. Rassure-moi, on n'était pas débiles à ce point ?

J'ai souri. Passant sous silence l'épisode de notre retour, Xavier a raconté à sa femme la façon dont lui et moi avions, en notre temps, transgressé les ordres parentaux. J'ai repris :

— En vrai, il y en a déjà eu, des accidents sur Cézembre ?

— Non. Avec le temps, beaucoup de munitions deviennent inertes. Mais dans le bunker, elles étaient bien au sec, prêtes à péter. Les collègues ont préféré les contreminer en mer plutôt que de prendre le risque de les transporter. Tu as dû entendre les explosions.

— Oui. Ça a fait un boucan de tous les diables.

Mais ce n'étaient pas les questions d'artillerie qui m'intéressaient.

— Et le corps ?

Xavier a marmotté, entre deux bouchées de maki :

— Secret professionnel.

Mon air dépité l'a fait rire.

— Je plaisante. Mais vu son état, ce serait plutôt du ressort des archéologues que de la police. D'après le légiste, le macchabée est là depuis au moins cinquante ans, peut-être plus. J'étais avec eux pendant l'opération, je l'ai vu. Des ossements fourrés dans une espèce de caisse. On n'a pas trouvé de plaque d'identification.

— Vous allez ouvrir une enquête ?

— Non, c'est trop vieux. Quelle que soit la cause de la mort, il y a prescription. Mais il y a de fortes chances que ce soit le corps d'un soldat allemand. Le Service historique des armées va prendre le relais. Dans un cas comme celui-là, on tente toujours l'identification.

— On saura quand ?

Xavier a levé les yeux au ciel.

— Ils vont contacter leurs homologues allemands. Ça peut prendre des mois, des années...

— Ça ne pourrait pas être plus ancien ? Un soldat belge ? Un moine ? Ou le cadavre d'un naufragé inhumé sur place ?

Géraldine est intervenue.

— Avant la Grande Guerre, c'était un vrai nid

de contrebandiers, cette île... Ça pourrait être un crime crapuleux.

— Ce qui est sûr, c'est que le cadavre n'est pas allé se planquer lui-même dans un bunker, a répliqué Xavier. Donc ça date forcément des Allemands. Et si le mur ne s'était pas écroulé et que les trois loustics n'avaient pas fourré leur petite caméra là-dedans, on n'en aurait jamais rien su.

Je sentais que cette découverte, si elle intriguait les Draouen, ne les captivait pas autant que moi. Aux yeux de mes amis, celui qui venait d'être tiré de son sommeil éternel était un malheureux de plus, prisonnier ou soldat, un des captifs de l'île qui s'y étaient succédé depuis le Moyen Âge ; un anonyme dont la terre avait effacé l'identité et dont plus personne, aujourd'hui, ne se rappelait même qu'il eût existé.

58

Il en a connu, des mauvaises passes. Mais d'aussi répugnantes, jamais. Il se demande s'il a bien fait de se proposer pour cette besogne, si le prix qu'il compte en tirer en valait la peine.
Mais il est trop tard pour reculer.
Le mort, complètement froid, pèse son poids. Il avait fallu l'enrouler dans la toile huilée, ceindre ses pieds d'une corde par-dessus la bâche. Et lui avait tiré, mètre par mètre, comme un cheval de trait. Le sable paraissait mou sous ses pieds et à chaque pas, le cadavre s'y enfonçait, comme s'il refusait d'aller plus loin. Ce n'étaient que deux cents mètres, mais plus d'une heure lui avait été nécessaire pour atteindre l'extrémité ouest, là où la terre était plus meuble, là où, autrefois, on avait installé le cimetière des moines. Il a repéré, au pied de la roche, un carré herbeux. Avec la pelle, il a creusé à la lumière d'une lampe-tempête. La lune qui brillait, impavide, jetait sur la scène une lueur sinistre.

L'homme pense aux forçats. À ceux qui se déchiraient les paumes à fouailler ce sol plein de sel et de cailloux. Il a du mal à croire que c'est lui qui ce soir joue les fossoyeurs. Qu'il va ensevelir de ses mains, *sans prêtre ni sacrement, le corps d'un homme avec qui il a mangé, ri et bu.*

Malgré la fraîcheur de la nuit, la sueur plaque l'étoffe de sa chemise contre sa peau. Et ses mains, quand elles se lèvent devant la lampe, laissent apparaître les taches sombres qui les maculent.

La terre, le sang.

Enfin, le trou est suffisamment profond. Il y fait basculer le cadavre en ahanant. Un signe de croix, avant de reboucher, à la pelle d'abord, puis en poussant la terre à pleines mains, tel un animal qui enfouit sa proie. Quand les mottes d'humus ont recouvert le blanc de la toile cirée, que les rochers entassés sur l'excavation ont masqué la tombe, la fatigue, soudain, l'écrase.

Il respire, regarde le ciel. Ce pourrait être une nuit sublime, de celles où l'on n'entend que le vent et le ressac pendant que les étoiles clignotent dans le ciel.

Dans son souvenir, elle restera comme l'un des pires moments qu'il ait vécus. Irréelle dans son horreur.

Pourtant, il ne se sent coupable de rien. Ce qui est arrivé est arrivé. Et lui a réagi comme on lui a appris à le faire durant les tempêtes : balayer les hésitations, parer au plus pressé, sauver ce qui peut l'être et transmuer le plomb en or quand l'occasion en est donnée.

59

J'avais eu beau parcourir les allées en tous sens, je ne l'avais pas vue. Avait-elle annulé sa venue ? Incapable de me résigner, j'ai entamé un deuxième tour. Ces visages d'écrivains derrière leurs tables, blasés, avides ou rattrapés par l'ennui, me donnaient le tournis. Finalement, je l'ai aperçue au bout d'une rangée, assise entre un patriarche à barbe blanche et un dessinateur vêtu comme un chanteur de rock.

Elle portait un chemisier clair, un jean et un gilet de laine bleu : pas de maquillage, aucun bijou. Son élégance était d'une sobriété quasi protestante.

J'ai jeté un œil aux livres disposés devant elle. Les piles bien entamées ne comportaient que deux titres : *Les Disparus du jusant* et *Flore mystérieuse*. Son nom se détachait en lettres blanches sur la couverture. Rebecca de Sainte-Croix.

Quand j'avais téléchargé le programme du salon sur Internet, je n'en étais pas revenu. J'avais même cru qu'on avait interverti par erreur deux photos de romancières. Mais le cartel sur la table me confirmait que non. Était-ce un pseudonyme ?

J'ai pris un exemplaire des *Disparus du jusant*

sur la pile. Rebecca de Sainte-Croix – cela me faisait un drôle d'effet de l'appeler ainsi – ne m'avait pas vu ; c'est le dessinateur qui a touché son coude pour lui signaler ma présence. Elle a levé son visage vers moi. Son air aimable, quoique un peu distant, contredisait le vilain sobriquet dont la gratifiait Géraldine Draouen. Elle a paru perplexe en croisant mon regard. Elle tentait de me remettre, mais sans succès. Je suis venu à son secours.

— L'homme à la casquette, à Saint-Malo.
— Bien sûr.

Je ne savais comment poursuivre.

— Alors comme ça, vous êtes écrivaine ?
— Disons que j'écris à mes heures perdues.
— Pas perdues pour tout le monde, apparemment.

Je me navrais. Mieux valait me taire et acheter son roman. Elle a paru gênée quand je lui ai tendu l'exemplaire.

— Vous n'êtes pas obligé.
— J'y tiens. Ma casquette vous doit beaucoup.

Elle a ouvert le livre.

— Quel est votre prénom ?
— Yann. Yann de Kérambrun.

J'avais espéré que mon nom produirait un déclic, mais visiblement, il n'évoquait rien pour elle, pas même le haussement de sourcils interrogateur qu'il déclenche de temps à autre dans la région. Elle a inscrit quelques mots sur la page de garde. J'en ai profité pour poser la question qui me taraudait :

— Vous ne seriez pas apparentée aux Sainte-Croix de Paramé ? Mon arrière-grand-père a eu un associé qui portait ce nom.

Elle a marqué un temps d'arrêt.

— Comment s'appelait cet associé ?

— Ambroise. Ambroise de Sainte-Croix.
Elle a paru réfléchir.
— En effet, il y a un lien.
Plusieurs lecteurs s'étaient sagement rangés en file indienne derrière moi. Il aurait été raisonnable de céder la place. Mais difficile d'en rester là après ce qu'elle venait de me dire.
— Je suis historien et je mène une enquête sur la compagnie maritime de mon aïeul. Vous auriez un moment à me consacrer pour qu'on parle d'Ambroise ?
— Tout de suite ?
— Euh… non, bien sûr. Mais on pourrait prendre un café à Saint-Malo, si vous y êtes de temps en temps.
J'ai failli ajouter « après votre séance de kitesurf », mais je me suis retenu. Qu'elle ne sache pas qu'en plus, je l'observais.
Ses yeux se sont posés sur moi, leur couleur inaltérée, bien qu'elle portât, je l'ai remarqué pour la première fois, des lentilles. J'aurais pu les contempler mille ans.
— Très bien. Je vous contacte comment ?
J'ai tâté par réflexe mes poches et mon portefeuille. Mais mes cartes de visite étaient restées à Paris, avec le reste de ma défroque de sorbonnard. Voyant mon désarroi, la femme – il m'était toujours difficile de penser à elle comme à « Rebecca » – m'a fait signe de lui rendre le livre. Elle a ajouté une mention sous sa signature. Cette fois, le moment était vraiment venu de prendre congé.
Quand je l'ai saluée, elle n'a rien répondu. Mais, curieusement, elle a tendu sa main pour serrer la mienne, un geste que j'ai interprété, à tort ou à raison, comme une promesse.

60

J'ai continué à marcher le long des allées. Je ne voulais pas donner à Rebecca de Sainte-Croix l'impression que je n'étais venu que pour elle. Mais je gardais au fond de la paume le souvenir tiède de ses phalanges.

À la sortie du chapiteau, un bouquiniste était assis derrière son étal. Au milieu de son bric-à-brac étalé sur des tréteaux de fortune, des bacs remplis de cartes postales ont attiré mon attention. Le casier « Ille-et-Vilaine » offrait de tout : clichés de baigneurs, avec leurs maillots de laine échancrés bas sous l'aisselle, vues du casino et du Grand Hôtel, de la digue de Saint-Malo après une tempête et du *Pourquoi pas ?* amarré dans le bassin Vauban. L'essor du tourisme à la fin du XIXe siècle avait mis en branle, aussi sûrement qu'un moteur Kérambrun, la formidable machine à fabriquer des images.

— Vous auriez des photos de Cézembre ?

Le bouquiniste semblait tout droit sorti d'un film des années 1950, avec sa barbe, sa casquette et ses doigts jaunis de nicotine. Sans un mot, il a extrait d'épais classeurs et tourné les pages plastifiées. Son ongle en deuil s'est posé sur trois cartes. La première, numéro 34 d'une collection consacrée à la Côte d'Émeraude, offrait une perspective inédite de l'île depuis Dinard (« Vue vers le fort de Harbour et l'île de Cézembre »). La deuxième était une photo aérienne, assez incroyable, qui montrait l'île bombardée après la guerre. Les cratères qui constellaient sa surface avaient laissé la pierre à vif, réduisant le rocher à un amas de gravats lunaires. Pas un arbuste, pas un brin d'herbe n'avait survécu au massacre.

Mais c'est la troisième qui m'a retenu. Prise depuis le large, elle avait immortalisé quatre embarcations – deux ketchs et deux barques – au mouillage à quelques encablures de la plage. La rangée d'arbustes et de bosquets encadrait, au premier plan, un petit groupe d'hommes et de femmes réunis sur la plage, tandis qu'au second plan, trois silhouettes, qu'un effet d'optique rendait étrangement proches, avaient escaladé une langue de pierre qui saillait en surplomb. Une femme s'était aventurée tout au bout de ce promontoire et se tenait en équilibre, les bras en croix au bord du vide. Geste pour contrebalancer le vertige ou pose humoristique prise par défi ?

Le noir et blanc de l'image donnait au sable une texture grasse et grenue ; le ciel voilé, avec sa lumière étouffée, découpait les reliefs des rochers avec une étrange netteté. Vue sous cet angle, Cézembre paraissait douce, presque méditerranéenne. Un havre de paix où jouer aux raquettes ou bien pique-niquer le dimanche à l'ombre des tamaris.

Le *H* stylisé de la signature au bas de la carte ne m'était pas inconnu : il était identique à celui qui figurait sur les images publicitaires que Octave avait fait réaliser pour magnifier les navires de sa compagnie. Quand j'ai demandé au bouquiniste pourquoi la carte coûtait vingt fois le prix des autres, il m'a jeté un regard navré. Puis a retiré le mégot éteint collé au coin de sa lèvre :

— C'est une Hodierne, monsieur.
— Et ?
— Vous ne connaissez pas les frères Hodierne ? Les Harcourt de la Côte d'Émeraude ?

Devant son air réprobateur, il s'en est fallu de peu que je ne me sente dans mes petits souliers. J'ai fait signe que non et payé les cartes, avant de les glisser avec précaution dans le livre signé par Rebecca de Sainte-Croix. J'aurais aimé que le bouquiniste m'en dise plus long sur ces fameux Hodierne, mais il était retourné à son silence bougon.

Ce n'est qu'une fois monté dans le bus qui me ramenait à la gare de Saint-Brieuc que j'ai ouvert le livre :

« À Yann de Kérambrun, en souvenir d'un jour de grand vent. Amicalement. R. de Sainte-Croix. »

En bas à gauche, une mention : « r.lund35@oxo.dk ».

61

Autant « Rebecca de Sainte-Croix » n'avait pas livré grand-chose lors de mes premières recherches (« Autrice de deux romans, passionnée par la biologie, elle vit à Paris »), autant « Rebecca Lund » m'a retourné des milliers d'occurrences. J'ai épluché les deux cents premières, dont aucune ne semblait correspondre à la femme de la plage. La seule chose que j'avais pu établir avec certitude, c'est que le suffixe de son adresse mail appartenait à un opérateur danois.

J'ai ensuite lancé des requêtes sur « Hodierne Frères » comprenant mieux pourquoi le bouquiniste s'était ému de mon ignorance : ces photographes avaient été célèbres, très célèbres, même. Un historique fouillé, fourni par l'Institut pour la mémoire photographique, retraçait la fondation de la maison en 1892 par François et Albert Hodierne. Leur cadet les y avait rejoints, l'année suivante, suivi par la femme de François, Marguerite, et leur fille aînée Eugénie : les deux femmes travaillaient comme « piqueuses » – le nom des retoucheuses de l'époque.

Le déferlement des touristes, consécutif à

l'achèvement de la voie de chemin de fer, avait entraîné un appétit pour les cartes postales, dont la mode s'était répandue comme une traînée de poudre. Victime de son succès, le studio Hodierne, sis à Paramé, avait rapidement dû s'agrandir : une succursale avait ouvert sur le Sillon, près du casino, une autre à Saint-Servan.

C'est François, photographe attitré des dignitaires et des célébrités, qui réalisait les portraits. Le maire Jouanjean, le poète Botrel et le commandant Charcot avaient défilé devant son objectif, tout comme l'aviateur Roland Garros et le président Poincaré lors de leur passage à Saint-Malo.

Albert, lui, s'était fait une spécialité des marines. Ami personnel de Mathurin Méheut, embarqué pour plusieurs campagnes sur des navires de la Marine nationale et des terre-neuvas, il avait pris des clichés depuis le grand mât ou la proue de vaisseaux secoués par la tempête ; il avait même réussi à réaliser des vues de la côte depuis une montgolfière. On le disait capable de s'aventurer n'importe où et par n'importe quel temps pour opérer : une méthode qui rappelait curieusement le slogan de mon aïeul.

Le site montrait une photographie prise juste après le naufrage du *Hilda*, en 1905. Compte tenu de l'angle, elle n'avait pu être réalisée que depuis une autre embarcation, à quelques mètres des restes du bateau disloqué. Pour qui connaissait la topographie des récifs entourant l'île et les violents courants qui longeaient sa face nord, il était évident qu'Albert avait opéré par gros temps, au plus près du danger.

L'article du site était signé par un certain « E. Bathori ». Il s'achevait par une référence à un ouvrage publié dix ans plus tôt : *Les Frères Hodierne, artistes de la mémoire bretonne*. Mais le livre était introuvable, même sur les plus pointus des sites d'occasion. Quant au lien sur le « Conservatoire du paysage breton », indexant les cartes postales produites dans la région, il ne répondait plus. J'ai fermé l'écran. Assez pour ce soir.

Le lendemain, j'ai eu du mal à me lever. J'avais passé une partie de la nuit à lire *Les Disparus du jusant*. Le roman racontait l'histoire d'un riche avocat breton qui se volatilisait du jour au lendemain à la suite d'une sortie en mer. Pendant plusieurs mois, la famille guettait la réapparition du corps, en vain : seule sa veuve refusait de croire à son décès. Elle se lançait, aidée par un cousin pourvu d'une vocation de détective, sur les traces de son mari disparu. Elle le retrouvait finalement en Gaspésie, où il était parti fuir la banqueroute qui le menaçait.

Le roman de Rebecca de Sainte-Croix était écrit dans un style efficace, sans grandiloquence. Les chapitres en étaient plaisants et bien ficelés. L'excès de descriptions de la flore et de la faune côtières créait de-ci de-là quelques longueurs, mais celles-ci n'étaient pas sans charme. Le tout aurait certainement beaucoup plu à mon écolo de fils.

Je brûlais d'envie de fixer rendez-vous à l'autrice, conscient, néanmoins, que je m'étais comporté comme un parfait empoté à chacune de nos rencontres. Ne restait que mon statut d'historien pour me redonner un peu de crédit à ses yeux. Déterminé, j'ai décidé de concentrer mes recherches sur Ambroise de Sainte-Croix : car à ce stade, il ne faisait aucun doute que c'était cet aïeul qui avait servi de modèle au roman de Rebecca.

Mais auparavant, j'avais un devoir familial à accomplir.

62

Dans le hall de la gare, j'ai reconnu Armelle au premier coup d'œil. Ses cheveux châtains étaient désormais d'un blond artificiel, mais la bouche charnue et les yeux noisette étaient intacts, malgré les ridules qui en ourlaient le pourtour. Après un instant d'hésitation, nous nous sommes embrassés. Sur le parvis, ma cousine a désigné le tramway.

— J'habite tout près de l'arrêt.

Brest m'a paru plus claire, plus propre que dans mon souvenir. Lorsque je pense à cette ville, ce n'est pas la rade qui me revient en mémoire, mais la clinique du docteur Inizan, qui m'avait opéré d'un décollement de la rétine. Cet ami de régiment de mon père était aussi peu chaleureux que lui, mais il avait sauvé mon œil. J'avais gardé un souvenir atroce des trajets en voiture, de la tension extrême de ma mère, inquiète pour moi, faisant l'impossible pour ne pas irriter son mari. Charles, qui aurait pu se dispenser de ces voyages, avait pris pour les faire un temps qu'il n'avait pas ; mais tout geste de sollicitude se transformait chez lui en chape de plomb.

Belle – son surnom m'était instinctivement revenu aux lèvres – habitait un appartement en hauteur dans le quartier Saint-Marc. La vue qu'il offrait sur le port était imprenable. Elle a désigné du doigt le toit d'un bâtiment gris, à quelques centaines de mètres.

— C'est ici que Bertrand travaille.

Je n'avais jamais rencontré son mari.

— C'est lui, m'a-t-elle dit en désignant un homme brun sur un pêle-mêle accroché à l'un des murs du salon.

Mon œil s'est attardé sur le reste des photos. Tout en haut à gauche, une Belle de vingt-cinq ans de moins posait en robe blanche, au bras du même en costume.

— Ton mariage ?

— On vous avait invités, mais on n'a jamais eu de réponse.

Je n'en avais rien su.

De mon côté, il n'y avait pas eu de risque que j'invite qui que ce soit à mon propre mariage. Un soir, Marie-Laurence m'avait annoncé qu'elle était enceinte. C'était trop tôt, trop vite pour moi. Mais chez les Kérambrun, content ou pas content, on assume sa paternité. Trois semaines après, ma compagne et moi nous étions mariés à la sauvette, à la sortie du travail, en présence de Guillaume et de la meilleure amie de Marie-Laurence. Avec le recul, je dois avouer que ma terreur à l'idée de devenir père n'avait pas été étrangère à ma précipitation. Filer dare-dare à la mairie était une façon de ne pas revenir en arrière.

Nous l'avions dit à mes parents lors d'un déjeuner. Pour faire passer la nouvelle, nous avions annoncé la grossesse par la même occasion. Mon père s'était senti tellement outragé qu'il avait quitté la pièce en claquant la porte. Pour moi qui le connaissais, rien d'étonnant ; mais pour Marie-Laurence, sa réaction avait été comme une gifle au visage. Ma mère, les larmes aux yeux, nous avait tour à tour serrés dans ses bras. J'ai compris trop tard que nous l'avions privée d'une fête à laquelle elle aurait rêvé d'assister. Mais elle a accueilli comme sa propre fille une bru avec laquelle elle n'avait pourtant que peu d'affinités.

Aujourd'hui, je n'agirais plus ainsi. Avec cet égoïsme, cette brutalité. Mais j'avais à peine trente ans, une thèse pas finie et une compagne féministe de gauche dont je savais déjà qu'elle déplaisait à mon père. Supporter l'air réprobateur de Charles à la mairie, me battre avec lui pour éviter l'église, dont ni Marie-Laurence ni moi ne voulions entendre parler, était au-dessus de mes forces.

Les Kérambrun s'étaient rattrapés sur le baptême de Paul, organisé en grande pompe par Charles aux Couërons. J'aurais préféré une cérémonie républicaine. Mais, désireux de me racheter aux yeux de ma mère, je n'avais pas discuté. La moitié de la Bretagne avait été conviée à partager le champagne et les dragées. Toutefois, mon père n'avait pas jugé bon d'ajouter mes cousines à la liste des invités.

C'est devant un café que Belle a résumé pour moi ses trente dernières années. Mariée au directeur du Port autonome, elle avait un fils qui étudiait en Angleterre et une fille lycéenne. Sa mère, ma tante Marie, avait vendu leur maison sénane après la mort de Roparz et vivait maintenant à Port-Tudy. Atteinte de la maladie de Parkinson, elle commençait de surcroît, m'a dit Belle, à perdre doucement la tête.

Après quoi ma cousine m'a proposé de me montrer ses toiles. Depuis le début, je redoutais ce moment : allais-je être forcé de m'extasier pendant tout un week-end sur des croûtes ?

Mais j'avais eu tort, complètement tort. Car malgré le caractère familier de ces paysages, il émanait des marines que peignait Belle un profond et troublant magnétisme. Le ciel, palette de lumières pâles s'étirant du gris clair au coton lourd, était traversé par des lambeaux de céruse et de turquoise ; la mer se chargeait de reflets moussus aux crêtes bleutées, couronnant des vagues nerveuses qui fomentaient leurs tourbillons. Les silhouettes de femmes ou d'enfants qui apparaissaient au détour des toiles étaient imprégnées par la même et inquiétante étrangeté : personnages immobiles, figés devant le ciel clair, comme si l'instant contenait en germe les signes d'une tempête invisible qu'eux seuls étaient en mesure de déchiffrer.

Un tableau, posé sur le chevalet, m'a arrêté. L'image d'une femme en robe claire, saisie de trois quarts dos, à la nuque délicate et aux cheveux surmontés d'une toque fourrée d'où dépassait une aigrette. Face au rivage, où un rocher d'un noir profond émergeait de sa gangue de brume, elle semblait regarder droit devant elle, fixant un élément qui demeurait caché aux yeux du spectateur. Le coin inférieur gauche de la toile était resté inachevé.

C'est exactement ainsi que j'imaginais Julia de Kérambrun : seule face à la mer, faisant au rivage l'aveu de son intime détresse.

Ce tableau me fascinait. Si je n'avais craint de

paraître grossier, j'aurais demandé à ma cousine s'il était à vendre. Je me suis borné à lui dire – et c'était sincère – que je trouvais ses toiles superbes.

— N'exagérons rien. Et toi, raconte ?

De retour au salon, j'ai résumé : mon agrégation, ma thèse, mon mariage, la naissance de Paul.

— Il a l'air charmant, ton fils. Qu'est-ce qu'il fait ?

— Il soigne des otaries en Allemagne. Ton père aurait été content...

Nous avons évoqué Roparz, qui s'était tant battu pour Sein, un lieu dont il était littéralement tombé amoureux.

— Dur, tout ce qui t'est arrivé, a repris Belle. J'avais su pour ton frère, par ma mère. J'ai eu tellement de peine pour Soizic et toi. J'aurais voulu venir à l'enterrement, mais vu ce qu'avait dit ton père...

J'ai froncé les sourcils.

— Il avait dit quoi ?

— Qu'aucun d'entre nous n'était le bienvenu.

Le jour des funérailles de son propre fils... C'était abject.

— Je suis désolé. Il pouvait être tellement...

— Je sais.

Belle a bu une gorgée de café.

— Tu te rappelles la fois où on s'était fait enguirlander parce qu'on était partis vers le Grand Phare sans rien dire ? Jamais je ne m'étais fait crier dessus comme ça par un adulte. Je ne savais même pas que c'était possible.

Non, je ne me rappelais pas. Mais je m'étais fait si souvent « enguirlander », comme disait joliment Belle, que ma mémoire avait effacé une partie du disque dur de l'enfance. En revanche, je me souvenais très bien de l'ambiance décontractée, post-soixante-huitarde, qui régnait chez Roparz et Marie. Les repas à heures variables, le droit de se promener torse nu et en short, d'aller se baigner quai des Paimpolais, de jouer au foot avec les fils du voisin jusqu'à la tombée de la nuit. Cette liberté nous semblait tellement incongrue, à Guillaume et moi, qu'elle nous faisait presque peur.

Mon père, lui, n'appelait jamais autrement Roparz et Marie que « les hippies ».

Belle a balayé ces souvenirs d'un geste de la main.

— Donc tu es revenu vivre en Bretagne ? Et tu as repris l'affaire ?

— Non. C'est Cécile, la fille d'Étienne, qui est PDG aujourd'hui.

— Alors tu travailles toujours à la fac ?

— Pas pour le moment.

Le bruit d'une clé dans la serrure nous a interrompus. Son mari était de retour du port.

Bertrand m'a tout de suite rappelé mon ami Renaud Catalayud, le psy : chaleureux et drôle, derrière son côté pince-sans-rire. Il n'a pas paru surpris de voir resurgir un cousin de sa femme disparu des écrans radars depuis une éternité. Son métier consistait à régner sur un empire de cargos, contrôler les installations, assurer la sécurité des hommes et négocier avec des armateurs et des équipages de toutes nationalités. Il était, en somme, le grand manitou du port de Brest. Ce qu'il me racontait n'était au reste pas sans écho avec les préoccupations que Octave de Kérambrun consignait dans ses registres.

Leur fille Anaïs, qui nous avait rejoints pour le dîner, m'a assailli de questions sur son cousin Paul. Elle m'a annoncé que tous deux avaient commencé à « tchatter en mp sur insta » – je n'ai pas cherché à éclaircir le sens de ces vocables. Elle espérait bien le rencontrer « IRL » – en chair et en os, a-t-elle gentiment traduit devant mon air perdu – dès que possible.

Le lendemain, j'ai arpenté Brest avec ma cousine. De même que Cézembre avait vu repousser l'herbe en trois générations, la ville, avec ses magasins, ses jardins et son tramway, s'était relevée des bombardements qui l'avaient anéantie. Seules quelques rues, de l'autre côté du pont de Recouvrance, rappelaient ce qu'avait pu être le visage de la cité avant la guerre.

C'est au cours de cette promenade que Belle m'a questionné sur le véritable motif de ma visite. Avec tact, elle avait attendu que nous soyons en tête à tête pour m'interroger.

— Alors, ces recherches sur la famille ? Qu'est-ce que tu voulais savoir ?

— Je suis tombé par hasard sur les carnets de notre arrière-grand-père, Octave. Il parle du développement de la compagnie, de la construction de ses navires. De ses enfants, aussi. Et Albina m'a dit qu'il y avait eu une querelle d'héritage entre ses fils… Est-ce que Roparz te parlait parfois de son père, Juste ?

Ma cousine a réfléchi quelques instants.

— Pas trop, non.

— Et toi, tu as des souvenirs de lui ?

— Non, il me semble qu'il est mort peu de temps après ma naissance. Par contre, je me souviens très bien de Léone.

— Difficile de l'oublier, elle... Et nos parents, tu sais pourquoi ils étaient fâchés ?

Belle a soupiré.

— Oui et non. Comme tu sais, ton père a toujours pris le mien de haut. Tous ses frères, de toute façon, il les considérait comme des bons à rien... Mon père et Charles ont continué à se voir parce que ta mère et la mienne y tenaient.

Évidemment.

— Le problème, c'est que ton père n'appréciait pas les engagements du mien.

— La cause bretonne ?

— Pas seulement. D'ailleurs, Papa n'a jamais été une tête brûlée, contrairement à ce que racontait Charles... L'affaire du McDo de Quévert l'avait rendu malade. Lui voulait juste qu'on puisse enseigner le breton aux enfants... Bref. Non, leur vrai motif de dispute, c'était l'entreprise.

— Kérambrun ?

— Oui. Roparz s'était engagé dans les années 1970 aux côtés d'un parti écologiste. C'était un disciple de Dumont, et tout ça... À l'époque, on les prenait pour des illuminés. S'ils pouvaient revenir aujourd'hui et voir ce qui se passe... Mon père a commencé à parler au tien des méthodes de production des moteurs. De la nécessité d'avoir des bateaux moins gourmands en pétrole, surtout après le désastre de l'*Amoco*.

S'il y avait bien une chose que Charles ne tolérait pas, c'est qu'on remette en cause sa façon de travailler. Guillaume l'avait appris à ses dépens.

— Ça s'est envenimé. Mon père, qui était actionnaire, a mis le tien en demeure de faire des efforts. Si Charles ne cédait pas, Roparz mettrait ses parts en vente. Ton père ne l'a pas cru. Il pensait que Papa était un raté, un petit gauchiste sans envergure qui avait préféré aller faire l'instit' au trou du cul du monde plutôt que de faire briller le nom illustre des Kérambrun. Mais voilà, Papa a tenu parole. Il a vendu ses parts. Charles a été obligé d'emprunter pour les racheter, beaucoup plus cher que leur valeur initiale. À partir de là, les ponts ont été coupés. Ton père nous appelait les « dingos » et le mien traitait le tien de charogne capitaliste. Nous avions interdiction de vous téléphoner et de vous voir à Saint-Briac.

Rétrospectivement, cette façon d'impliquer les enfants dans des conflits d'adultes paraissait écœurante.

— Je suis allé au cimetière, l'autre jour. J'ai vu le nom de ton père. Comment se fait-il qu'il soit enterré à Saint-Malo ?

— Il aurait préféré Sein, mais Marie n'a pas réussi à acheter de concession. Il restait le caveau de famille. Charles n'a quand même pas osé s'opposer à ma mère là-dessus.

Belle racontait l'histoire sans ressentiment apparent. Malgré tout, je devinais que cette querelle avait créé une blessure profonde. J'aurais voulu m'excuser pour les agissements de Charles, demander pardon à ma tante Marie. Mais le mal était fait. J'ai changé de sujet.

— Dis-moi, il n'y avait pas un autre frère, dans la famille, Jacquez ?

— Ah, Jacquez... Ça, c'est encore une autre histoire.

— Albina m'a appris il n'y a pas longtemps qu'il avait disparu. Mon père m'avait toujours assuré qu'il était mort.

— Sûrement qu'il l'est, maintenant... Il a quitté

sa famille à vingt ans sans laisser d'adresse. Plus un mot, plus une lettre. Roparz l'a cherché longtemps, mais il n'a jamais retrouvé sa trace. C'était une de ses grandes tristesses. Je crois qu'il l'aimait beaucoup, son petit frère.

— Tu sais pourquoi il est parti ?

— Non. Mon père avait fait allusion à des « problèmes », mais sincèrement, aucune idée desquels.

Je me rappelais le ton affirmatif avec lequel Charles m'avait déclaré, la seule fois où je l'avais questionné, après que j'avais entendu ce prénom tomber dans une conversation : « Il est mort jeune. » J'ai continué à dérouler l'arbre généalogique.

— J'ai aussi retrouvé la trace d'un grand-oncle, Ernest. Lui non plus n'est pas dans le caveau de Rocabey. Il paraît qu'il est mort à la guerre.

Belle semblait étonnée.

— Jamais entendu parler. Mais pourquoi tu te passionnes pour ces gens ? C'est pour tes recherches ?

— Non, moi je suis spécialiste de la piraterie en Méditerranée dans l'Antiquité.

— Mouais… C'est quand même la mer et les bateaux.

Je suis resté stupéfait. Ma cousine m'aurait-elle cru si je lui avais avoué que je n'avais *jamais* réellement fait le lien entre ces années passées à fouiller les arcanes du trafic maritime méditerranéen et l'histoire de ma famille d'armateurs malouins ? Et pourtant… *Car ce n'est pas le courage seulement qu'il faut rechercher dans un capitaine accompli ; il y a bien d'autres qualités éminentes, qui doivent accompagner et aider la valeur. Et d'abord, quelle ne doit pas être son intégrité ! Quelle modération ne doit-il pas montrer en toute circonstance ! quelle bonne foi ! quelle affabilité ! quel génie ! quelle bonté !*

Mon blocage devant l'écriture de mon livre, alors que, pour la première fois de ma vie, j'avais le temps d'y travailler, était-il lié à cette contiguïté ? Enquêter sur le peuple de la mer m'aurait-il mis en demeure de reconnaître la force du lien qui m'attachait à mon père ?

La vie était ironique, qui nous mettait en face de nos contradictions sans prévenir, au hasard d'un matin de retrouvailles qui avaient pris trente ans pour s'accomplir.

63

Grâce à Bertrand, qui avait tenu à me faire visiter son royaume, j'ai pu pénétrer dans le *sanctus sanctorum*, le poste de commandement du port. J'ai admiré le ballet millimétré des grues et des fenwicks qui déchargeaient ou empilaient des milliers de conteneurs sur le pont des vraquiers. Du temps d'Octave et d'Ambroise, ce genre d'opération se faisait avec des poulies et à dos d'homme. Sur le quai, le mari de Belle a désigné un bateau long de plusieurs dizaines de mètres : l'*Abeille-Bourbon*.

— Le remorqueur des mers. Un bijou. Vingt et un mille chevaux, dix-neuf nœuds et demi. Ça peut te tracter deux cents tonnes sans problème.

Ce navire d'exception était affecté à la surveillance de ce qu'on appelait aujourd'hui le « Rail d'Ouessant ».

— Tu sais que c'est ton arrière-grand-père qui avait dessiné les plans du premier remorqueur de sauvetage ? Il avait armé un navire *ad hoc* qu'il avait offert à la ville de Saint-Malo.

— Ça ne m'étonne pas. Il avait l'air très généreux.

— Malheureusement, le bateau a été terminé en janvier 1914 et a été reconverti en destroyer pendant la Première Guerre mondiale. Il a été coulé par un sous-marin allemand.

Nous étions arrivés au pied de la passerelle.

— Viens, je vais te présenter le pacha.

Je n'aurais pas pensé bénéficier un jour d'un tel privilège. Mais le nom de « Kérambrun » prononcé par Bertrand avait fait des miracles.

C'est le commandant qui, dans le poste de pilotage, m'a appris que notre entreprise avait usiné certaines pièces de son moteur. Un peu honteux, j'ai fait de mon mieux pour masquer mon ignorance. Le second nous a ensuite menés du pont à la salle des machines. Lorsque les moteurs étaient allumés, il était impossible de s'y tenir sans un puissant casque antibruit. Cette cathédrale mécanique de fer, de tuyaux, de volants et de tableaux clignotants aurait fait se pâmer Octave.

L'*Abeille* était une merveille de force et de technologie maritime : un monstre propulsé par quatre engins d'une puissance formidable capable de traverser des vagues de la taille d'un immeuble. Mais cette débauche d'équipements n'aurait servi à rien, a précisé le second, sans les douze marins-sauveteurs qui s'aventuraient sur le pont pour tendre des câbles de remorquage par des houles tellement violentes qu'on n'y voyait pas à cinquante centimètres devant soi. Par gros temps, chaque minute passée dehors équivalait à risquer sa vie.

En descendant de l'*Abeille*, j'avais eu l'impression de comprendre un peu mieux la fierté et la passion de mon aïeul. La mer a toujours le dernier mot, mais il devait y avoir une forme d'ivresse, peut-être même d'*hybris*, à essayer de lui tenir tête avec des bateaux toujours plus élaborés. Bertrand m'a ensuite piloté vers un quai, où nous attendait un semi-rigide.

— On va où ?
— Tu vas voir.

Et j'ai vu. Vu, respiré, senti la mer d'Iroise, celle sur laquelle Octave de Kérambrun, aussi téméraire fût-il, avait renoncé à naviguer. Malgré le temps clair et le vent modéré, les courants étaient d'une violence terrible ; sans la force mécanique qui propulsait notre esquif et l'expérience de mon navigateur, nous aurions pu être drossés vers les récifs en quelques minutes. Bertrand m'a montré le phare de la Vieille, Tévennec, et surtout Ar-Men, surnommé par ses gardiens successifs « l'Enfer des Enfers ».

Secoué comme un prunier, grisé par le vent et les vagues, j'ai ressenti une joie quasi organique : celle d'être vivant, de pouvoir me tenir ici, fragile au milieu des remous, tentant de dérober, avec mon appareil photo, les fragments d'une beauté d'une sauvagerie primitive. Ce lieu où bouillonnait une eau turbide, une soupe du diable, ce chaudron de vents contraires et de houle me ramenait aux réflexions d'Octave et aux miennes, quand j'observais la digue au bord du Sillon. Ici, l'homme avait enfin compris la leçon : renonçant à enclore, conquérir ou domestiquer la mer, tout au plus était-il parvenu à semer, au prix d'une habileté sacrificielle et d'une infinie patience, un cordon de phares, comme autant d'avertissements que la nuit maritime ne ferait pas de cadeau, campée qu'elle était sur ses récifs, ses bas-fonds et ses eaux souveraines.

64

Il va lâcher. Ses mains sont bleues, comme mortes ; l'eau plante des épingles de glace partout dans son corps. Les aisselles écorchées par le bois rugueux, le front ouvert, il ne voit pas le filet rouge de son sang se mélanger à l'eau noire. Cela fait plus d'une heure qu'il est cramponné à ce bout de bois, après le choc qui a vu l'eau pénétrer dans la coque et le navire se casser en deux. Hurlements, courses folles, chutes, vertige des vagues glacées, dans la nuit zébrée de neige qui se déposait sur la proue et la voilure en lambeaux. Par deux fois, il a cru parvenir à agripper un rocher, mais la pierre gluante s'est dérobée sous ses doigts.

Il n'a que quinze ans. Et il ne veut pas mourir. Mais on ne peut rien contre le destin. Ses yeux lentement se ferment. Retrouve-t-on ses morts au ciel, comme le répète le pasteur ? Est-ce qu'il reverra Mary, emportée par la typhoïde ? Son père, tombé du toit d'un immeuble en chantier ? Pas de convulsions pour lui, Jimmy Roscoe : il suffira de fermer les paupières, de relâcher ses doigts, de laisser l'eau envahir ses poumons, et le sommeil l'engloutira. Il a si froid qu'il ne sentira rien.

Il va sombrer, il sombre. Un bruit lointain résonne à ses oreilles. Il se rappelle les créatures de la mer dont leur parlait l'instituteur, les sirènes, se demande si elles sont venues chanter pour l'accueillir dans son tombeau. Mais ce n'est pas un chant qui résonne : plutôt un cri, dur, strident, aigu, qui écorche ses oreilles. Est-ce qu'on entend des cris quand on est mort ? Est-ce qu'il est mort ? Qui crie ?

Le hurlement désespéré est d'une telle violence qu'il déchire la torpeur létale à laquelle Jimmy Roscoe était en train de succomber. Au prix d'un effort surhumain, l'adolescent ouvre les yeux et aperçoit, échoué sur un amas de planches ballotté par le flot, une espèce de panier. Une tache minuscule y remue. Un animal ? Un bébé ? Un bébé encore vivant ?

De quelle source insue jaillit l'espoir, quand on pense que tout est perdu ? Qu'est-ce qui donne la force de lâcher l'ais, de saisir le bout de la planche avec ses mains bleues et mortes, de se hisser sur ce radeau de fortune et de rattraper le moïse qui s'apprêtait à basculer dans les flots ? Le bébé hurle sans discontinuer. La neige et le vent sont aveuglants. Mais voilà que, d'un coup, des lumières trouent la nuit. Des voix, en français. Des hommes qui jettent des cordes du haut des rochers, des bouées. Les cris de l'enfant ont transpercé le bruit du ressac. Jimmy Roscoe à son tour se met à hurler comme un fou. S'il existe une seule chance d'être sauvé, c'est maintenant.

65

Plus vite j'engrangerai des informations sur Sainte-Croix, plus tôt j'aurai une raison de reprendre contact avec Rebecca Lund. Et pour enquêter sur une personnalité publique, rien ne vaut la presse régionale de l'époque. Sitôt rentré de Brest, j'ai filé à la médiathèque de Rennes. J'avais beaucoup espéré de *Ouest-France*, qui s'était d'abord appelé *Ouest-Éclair* à sa naissance en 1899. Hélas, les microfiches se sont révélées décevantes. Le journal couvrait surtout les actualités rennaises et n'accordait que peu de place aux événements survenus dans les villes côtières.

Le bibliothécaire m'a ensuite orienté vers *Le Républicain*, lequel avait commencé à paraître en 1903. J'aurais davantage de chances, selon lui, d'y trouver des mentions de Sainte-Croix : en effet, le titre soutenait les thèses radicales-socialistes et affichait un anticléricalisme résolu. Il existait aussi un autre journal, *Le Salut*, aux sympathies monarchistes ; celui-là avait coutume de détailler les controverses entre les figures politiques du temps, allant jusqu'à reproduire des extraits de leurs discours. Mais le titre captivait surtout ses lecteurs par sa rubrique de faits divers, nourrie de reportages feuilletonnés dont le public était friand. Si la fuite de l'associé de mon aïeul avait défrayé la chronique, c'est là que j'avais une chance d'en trouver l'écho.

Ou, plus exactement, que j'*aurais eu une chance* d'en trouver l'écho : la microfiche était en cours de numérisation et seule une autorisation spéciale du conservateur me permettrait d'accéder aux originaux. Il faudrait compter une dizaine de jours. J'ai rempli la paperasse *ad hoc*, après quoi on m'a installé sur le poste informatique qui mettait à disposition la copie numérisée du *Républicain*. J'ai tapé « Ambroise de Sainte-Croix », puis « Octave de Kérambrun » : plus de trois cents articles mentionnaient leurs noms. Et encore, m'avait expliqué le bibliothécaire, l'indexation avait été réalisée de manière semi-automatique. Il pouvait donc exister des trous dans la raquette, des mentions anecdotiques et non répertoriées.

Près de deux heures s'étaient déjà écoulées depuis mon arrivée. Compte tenu du peu de temps qui me restait, j'ai commencé par Ambroise.

Le premier article sur lequel j'ai cliqué datait du 21 mai 1906 ; une semaine à l'issue de laquelle Sainte-Croix, à la surprise générale, avait remporté la première circonscription aux législatives, où il représentait le Bloc des gauches. Ce n'est pas tant son élection qui avait étonné que les quelque mille voix d'avance qu'il affichait sur son adversaire. Une victoire que *Le Républicain* avait célébrée triomphalement, dressant au passage un portrait dithyrambique du nouveau député. L'article soulignait qu'à compter de 1904, Sainte-Croix « n'avait cessé d'arpenter la région, gagnant de fidèles sympathies dont l'efficacité avait fait ses preuves lors du scrutin ».

J'ai mieux compris les raisons qui avaient poussé l'avocat à s'associer à Octave. Même si sa famille maternelle était originaire de Paramé, Sainte-Croix demeurait un Parisien aux yeux des électeurs du cru. Sa candidature, qu'en langage contemporain on aurait désignée comme un parachutage, avait nécessité pour réussir de puissants appuis locaux. Et quel meilleur partenaire que mon aïeul, avec sa filiation bretonne, sa connaissance du milieu nautique, ses bateaux qui sillonnaient la côte et son entregent ?

Il n'y avait pas de mots, concluait l'article, pour qualifier l'abjecte mesquinerie des partisans du *Salut* : plutôt que de reconnaître l'écrasante victoire de Sainte-Croix, ils avaient préféré alléguer de pressions exercées sur les votants, dont le nombre aurait augmenté, selon eux, « dans une proportion étonnante ».

Pas besoin d'être grand clerc pour lire entre les lignes une accusation de clientélisme, voire de corruption.

Un entrefilet de 1910 faisait état du fameux duel au pistolet entre Sainte-Croix et le journaliste du *Salut* évoqué par Octave dans son carnet. Motif officiel : des propos « insultant l'honneur politique » de l'offensé. L'affrontement s'était soldé par la victoire du député, après que celui-ci avait légèrement touché son adversaire à la hauteur de la clavicule.

Le nom de Sainte-Croix revenait ensuite à de multiples occasions : négociations avec des marins grévistes, engagement dans le développement de la commune de Paramé, opposition frontale à l'évêque au nom de la laïcité. L'homme n'hésitait pas à se rendre où les esprits s'échauffaient, à se présenter en personne devant des groupes d'ouvriers ou de pêcheurs en colère. À Paris, son activité était tout aussi intense : c'est lui qui avait défendu au Parlement le texte de loi autorisant les femmes à exercer la profession d'avocate, et emporté le vote après un âpre débat. Dans un registre plus léger, sa participation à des régates était notée çà et là ; *Le Républicain* le décrivait comme un navigateur hors pair. Pourtant, d'après Octave, les loisirs de son associé le portaient davantage vers les tables de baccara que vers le sport. Mais le député avait dû saisir tout l'intérêt qu'il y avait à afficher publiquement ce tropisme nautique. N'ambitionnait-il pas d'être le porte-parole d'un électorat malouin, qui vivait par et pour la mer depuis des siècles ?

Malgré le temps qui filait, je n'ai pu m'empêcher de laisser mon œil s'égarer sur les articles voisins. Cette prose désuète, un rien ampoulée, parfois agrémentée d'un zeste d'ironie, restituait avec une vivacité saisissante la vie de la Cité corsaire au début du siècle dernier : les nouvelles – une enfant avait été écrasée par le tramway, le pont roulant avait pris feu – jouxtaient des petites annonces pour des coiffeurs, des onguents et des offres d'emploi. Cette ville, avec sa bourgeoisie, ses petites mains, ses ramasseurs de goémon et ses maîtres-baigneurs, était trait pour trait celle qu'avait connue mon aïeul. Quant aux rythmes et aux fureurs périodiques de la mer, elles nourrissaient l'actualité au même titre que les agissements des hommes.

Ainsi commentait-on, dans un style grandiloquent, l'arrivée de la houle qui avait soulevé une mer furieuse et brisé un pan de la digue, ou encore l'inondation des jardins des villas. Quant aux naufrages, lorsqu'ils survenaient, ils se révélaient meurtriers, faute d'équipement de secours ; à la volée, j'avais vu apparaître le nom de la compagnie à propos de l'un d'eux, sans parvenir ensuite à retrouver la page. Plusieurs fois par an, le journal dévidait la macabre liste de ceux dont on avait repêché le cadavre dans l'eau ou sur la plage.

Les morts de la mer, il y en avait de toutes sortes : de pauvres bougres tués d'un coup de couteau après une rixe ou un excès d'alcool, flottant près des cales ; des marins noyés ramenés par le courant, méconnaissables après des semaines d'immersion. On enterrait les dépouilles les plus abîmées dans la fosse commune sans avoir réussi à leur restituer un nom. Et il fallait y ajouter les victimes de la pêche hauturière, les terre-neuvas, pour qui on chantait le *libera* plus souvent qu'à leur tour. Eux n'auraient que les fonds marins pour cimetière.

Malgré ces aléas, la côte avait fait preuve, si j'en jugeais par les photographies fournies en guise d'illustration, d'une admirable résilience. Il n'était que de penser aux littoraux défigurés de La Roche-sur-Yon ou de Soulac, où habitait la mère de mon ami Renaud, pour constater que tous les rivages ne pouvaient pas en dire autant. Sur nombre d'entre eux, la cupidité des promoteurs avait laissé derrière elle des plages amputées et des immeubles en grappes, comme un animal sème ses déjections.

Mais la nature s'était vengée. Après avoir regardé l'espèce humaine persévérer dans son entreprise d'accaparement, constaté que les mêmes qui d'une main rachetaient la côte à coups de pots-de-vin de l'autre la revendaient au triple de sa valeur, elle avait répliqué. Par des tempêtes hivernales, des marées dévastatrices, des houles monstrueuses qui laissaient la plage du Verdon infestée de caillasses et de cadavres de méduses. Certains édifices étaient aujourd'hui suspendus au bord du vide, mangés jusqu'aux fondations par l'érosion. Leur rez-de-chaussée, cloaque d'algues et de gravats, attendait la tempête dernière qui ferait basculer l'immeuble et le fracasserait sur le sable.

Ces fiers appartements « les pieds dans l'eau » – ils les avaient maintenant au sens propre – connaîtraient la même destinée que les bunkers allemands à moitié ensevelis au large : ensablés par le ressac, renversés cul par-dessus tête, réduits à l'état de vestiges grotesques que les touristes escaladaient pour rire le temps d'un selfie.

À Saint-Malo, on avait été plus sage. On avait d'abord érigé la digue, puis planté dans le sable des milliers de brise-lames, forêt de fûts de chêne dressée face à l'eau, comme un souvenir des arbres qui avaient poussé à cet endroit des milliers d'années plus tôt. Ensuite seulement, on avait bâti les villas qui bordaient le Sillon. Isolées, puis regroupées en rang serré, celles-ci avaient exigé de leurs architectes des prodiges d'harmonie et d'élégance. Le Grand Hôtel de Paramé, qui abritait aujourd'hui les Thermes marins, était l'église profane de cette paroisse maritime, avec sa verrière qui ouvrait droit sur le rivage.

Aux marées d'équinoxe, l'eau se retirait si loin

qu'elle n'était plus qu'un trait bleu au-delà de l'estran. Il n'empêche. Le niveau montait chaque année, les tempêtes d'hiver poussaient des paquets de sable toujours plus denses vers la maçonnerie de la digue, jusqu'à rendre invisible le pied des escaliers ; l'une d'elles avait fait exploser, quelques années plus tôt, les vitres de la Brasserie du Sillon. Un jour, les Couërons connaîtraient le même sort que les prairies perdues de Cézembre. Ils rejoindraient la mémoire fantasmatique des villages noyés dormant sous l'eau des barrages, dont on voit resurgir le clocher intact durant les assecs estivaux.

J'espérais avoir disparu avant d'assister à ce spectacle.

66

Cette maison sera le berceau de sa dynastie, Octave l'a décrété. Il la veut encore debout dans cent ans, pour accueillir ses petits-enfants dont il espère qu'ils se compteront par dizaines.

L'armateur a voulu une demeure imposante et confortable, en évitant les pièges du tape-à-l'œil. L'architecte, qui a vite saisi le degré d'exigence de son client et a plaisir à traiter avec cet homme entreprenant et moderne, a simplement réussi à le convaincre d'adjoindre une tourelle hexagonale, couronnée par un clocheton d'ardoises de Sizun, sur l'aile droite de la façade. Avec ses tuiles grises, elle formera un contrepoint du plus bel effet et permettra à Madame de jouir à toute heure de la lumière du large.

Si on pousse les feux, le chantier pourrait être terminé au printemps suivant. Durant cette année d'attente, Octave y pensera souvent, comme on cherche un réconfort, quand les journées pèseront, qu'il devra affronter un énième mauvais payeur, tenir tête au vendeur d'une cargaison gâtée ou effacer les frasques de Sainte-Croix. Il y pensera beaucoup plus tard encore après un certain jour de janvier, qui lui vaudra tant de tourments, de chagrin et de nuits blanches.

Mais cela, pour l'heure, il l'ignore. En ce matin de mars, au sortir de chez son notaire, il se plaît à imaginer qu'une fois la maison sortie de terre, il fera venir les frères Hodierne pour l'immortaliser ; que la façade de sa villa, qu'il baptisera « Les Couërons », rejoindra la collection de cartes postales de Paramé dont les touristes raffolent. Après quoi il organisera une fête où se pressera la bonne société de Bretagne, une soirée dont on parlera dans la presse et qui fera taire ses détracteurs. Car il n'en manque pas, des Cassandres et des ennemis de Sainte-Croix qui prédisent qu'à un rythme d'expansion aussi fulgurant ne peut succéder qu'un effondrement...

La pendaison de crémaillère des Couërons signera, une bonne fois pour toutes, la démonstration de la puissance de la Société malouine de transports nautiques.

Plus intimement, c'est une autre victoire que l'armateur célébrera là, une victoire tellement plus secrète, difficultueuse et essentielle : la guérison de sa femme.

C'est pour Julia qu'il s'est lancé dans cette folie, cette demeure cossue, peut-être trop cossue, du bord de mer. Parce qu'il espère que ce lieu neuf, dont les murs ne seront porteurs d'aucun fantôme, d'aucune ombre d'enfant morte, d'aucun souvenir des larmes versées, offrira à celle qu'il aime par-dessus tout un endroit où revenir à la vie.

67

Avant de quitter la bibliothèque, j'avais lancé sur l'imprimante le tirage d'une poignée d'articles. Rassemblé à la hâte, ce petit butin m'offrirait de quoi m'occuper en attendant mon autorisation. J'avais remarqué que les années 1911 et 1914 faisaient revenir le nom d'Ambroise plus fréquemment que les autres. Et pour cause : en 1911, le député s'était trouvé au centre d'un fait divers tragique dont *Le Républicain* avait rendu compte.

« Tentative d'assassinat d'un élu
de la République

« Ce 1er mai, alors que défilait le cortège célébrant la fête du Travail, en tête duquel marchait Monsieur de Sainte-Croix, un jeune homme s'est dégagé de la foule, pistolet à la main, et a fait feu sur le député à deux reprises. Il a ensuite crié "Vive l'anarchie". Des marins-pêcheurs de Paramé ont ceinturé le forcené, après quoi les gendarmes ont dû tirer en l'air pour arracher l'homme aux griffes de la foule qui menaçait de le lyncher.

« Touché à la tête, le député Sainte-Croix a été conduit à l'hôpital de Rennes en ambulance automobile. Un chirurgien de Paris est en route à l'heure où nous imprimons ces lignes.

« L'assaillant a été identifié comme étant Théophraste Nizard. Né à Saint-Méloir-des-Ondes, ancien pupille de l'Assistance publique, l'individu est âgé de vingt ans. Il est sans domicile ni emploi connu, après avoir travaillé un temps aux chantiers du Père Gautier, dont il a été renvoyé pour agitation. Professant des idées anarchistes, ce qui lui a valu le surnom de "Fort-en-gueule", il s'est déjà frotté à la police à l'occasion d'échauffourées à Cancale et Perros-Guirec. Ses anciens camarades le tiennent pour un naïf influençable, un déséquilibré tombé sous la coupe des théories du révolutionnaire Kropotkine.

« Plusieurs témoins rapportent qu'il a répété à trois reprises : "Traître au peuple, mort à toi !", avant de tirer.

« Nous donnerons à nos lecteurs des nouvelles de la santé de Monsieur de Sainte-Croix dès que nous aurons pu en recueillir. Nous adressons à sa famille nos souhaits les plus vifs pour sa guérison. »

Le livre de raison d'Octave – trois volumes pour cette seule année 1911 – a rendu compte de ce tragique événement et l'on peut suivre sous la plume de mon aïeul l'évolution de la situation. La balle n'a pas pénétré dans la boîte crânienne du député, mais le choc a provoqué une « compression du cerveau ». Le lendemain, le professeur Hachet, chirurgien renommé, arrive à Rennes par le train express, et Ambroise est trépané le soir même. Je n'ose imaginer à quoi devait ressembler une intervention de ce type avant la Grande Guerre. Existait-il au moins des anesthésiants efficaces ? Mon aïeul a noté les dépenses engagées pour la venue du chirurgien : une fois de plus, il a fait l'impossible pour cet associé turbulent qui semble pourtant lui apporter plus d'ennuis que de satisfactions. À moins qu'il n'ait agi ainsi par égard pour Katell ?

Le 3 mai, il reconduit lui-même la femme du député, laquelle était jusque-là restée aux côtés de son mari, à Saint-Malo. Il l'accueille aux Couërons. « Puisse Dieu lui venir en aide et lui donner la force de supporter les épreuves qui sont les siennes depuis trop longtemps. »

On dirait que ce pluriel ne renvoie pas seulement au drame qui vient d'advenir.

À la surprise générale, Ambroise de Sainte-Croix reprend conscience le 5 mai. Il paraît confus et désorienté, mais il ouvre les yeux et il parle. Le 11, il reconnaît sa femme ; le 14, Octave peut s'entretenir avec lui. Durant cette brève conversation, le député mentionne la liaison maritime vers Guernesey. Mon aïeul n'en revient pas. Les médecins non plus, qui se montrent stupéfaits de la « capacité du patient à recouvrer ses facultés après une chirurgie si profonde ». Le professeur Hachet reçoit une prime importante et Octave loue un appartement meublé à Rennes pour Katell, qui visite son mari chaque jour durant son séjour à l'hôpital. Ambroise est ensuite installé dans une coûteuse maison de repos – sa convalescence durera près de deux mois.

Quelque chose dans la personnalité de Marie-Catherine de Sainte-Croix, ou dans le destin de cette femme qu'il emmène prier de vieux saints irlandais, émeut Octave d'une façon particulière. Il n'est qu'à voir comment il se coupe en quatre pour elle. Avait-il existé entre eux autre chose que de l'amitié ? Une sympathie entre deux êtres esseulés, qui se serait muée en un sentiment plus profond à la faveur des absences répétées de Julia et des infidélités de Sainte-Croix ?

Finalement, Ambroise regagne son domicile le 28 juillet 1911, sain et sauf ; en août, il est de nouveau debout. Il devra encore se ménager pendant plusieurs mois, mais il a échappé à la paralysie et ses facultés intellectuelles sont intactes. Seul son œil gauche restera atrophié et en partie aveugle. Le 4 septembre, Octave note simplement : « Puisse cette triste mésaventure lui inspirer à l'avenir un peu plus de tempérance. »

68

Saint-Malo, le 16 octobre 1911

Ma chère Julia,

Point de lettre depuis trois jours. Rassurez-moi d'un mot, même bref, je vous prie.

Les travaux de la maison vont bon train. Grivolat est un curieux garçon, mais il sait tenir ses ouvriers. L'artisan Majorelle, que j'ai fait venir de Nancy, nous promet des merveilles.

Alexandre Dubuisson aimerait prendre votre conseil à propos des aménagements intérieurs du Bel-Armand. *Je lui ai promis que nous attendrions votre retour pour en discuter.*

Nous le verrons à l'occasion de la réception amicale que nous offrirons dès que vous serez rentrée. Les Tézé-Villan y seront. Sainte-Croix, s'il est assez vaillant, nous y rejoindra. Je sais le peu de goût que vous avez de sa présence, mais les derniers événements semblent l'avoir assagi.

Une réunion intime de cet ordre pourrait en

outre égayer Katell, qui en a grand besoin après un nouvel incident.

Avec mes pensées les plus affectueuses.

Octave

69

L'idéal pour cerner la personnalité d'Ambroise serait de remettre la main sur sa correspondance avec Octave. Mais voilà : à l'instar de l'album photos familial, les dossiers qui auraient dû contenir ses lettres sont introuvables – tout comme, au reste, les échanges avec Augustus Minchinton. J'avais cru toucher au but en voyant le patronyme de Le Savouroux-Sainte-Croix inscrit sur l'étiquette de deux minces chemises poussiéreuses ; sauf que ce n'était pas au député, mais à Katell, sa femme, que mon aïeul avait écrit. Et cela dès l'année 1897.

1897... Or Sainte-Croix, si mes souvenirs sont bons, n'apparaît dans les livres de raison qu'à partir de 1904. Donc Octave connaissait Marie-Catherine bien avant qu'elle épouse l'avocat. Qui était-elle au juste pour mon aïeul ? Ce ne sont pas les billets banals, regroupés dans la première chemise, qui me le diront : des remerciements pour une promenade aux Ébihens, un cadeau d'anniversaire, une soirée au théâtre à Paris, durant laquelle elle a vu jouer la grande Sarah Bernhardt en compagnie du jeune homme et de ses parents. Tous deux s'appellent par leur prénom et se tutoient, chose rarissime pour l'époque : « *Cher Octave, si Mère met à exécution son projet de voyage dans la capitale au printemps, nous accompagneras-tu ?* » La source de cette intimité n'est jamais explicitée : Octave a-t-il courtisé, avant Julia, Marie-Catherine ? Ou alors entretiennent-ils des liens de parenté ?

À tant d'années de distance, mes chances de comprendre la nature de leurs relations sont infinitésimales. Leur époque n'encourageait pas à la confidence, qui prescrivait au contraire de jeter un voile pudique sur les joies, les émotions et les douleurs. Seul le secret des carnets de mon arrière-grand-père m'aide à lever sporadiquement le silence sur les fausses couches, la maladie, le désespoir ou les désirs inassouvis. À deviner quels drames intimes avaient traversé ceux qui posaient, impavides, devant les photographes du *Républicain* à l'heure de baptiser un navire ou, découvrirais-je plus tard, qui s'offraient à l'objectif des frères Hodierne. Lisses, apprêtés, élégants et solennels. Prêts à tenir, coûte que coûte, leur rang.

70

C'est une belle femme. Non, une très belle femme avec son visage ovale et ses cheveux sombres, que le chapeau blanc fait paraître plus noirs encore. Elle porte une robe immaculée, des gants de fil, et a pris la pose, le bras en l'air. L'attitude sent son artifice, mais elle n'avait pas le choix, si elle voulait que le photographe ait le temps de l'immortaliser en pleine action.

En effet, celle qui se tient au bord du quai, entourée de messieurs vêtus de noir dont l'un porte par-dessus son habit une écharpe tricolore, a une bouteille de champagne suspendue à un filin dans la main.

Tout ce que la ville compte de personnalités, auxquelles il faut ajouter les amis, les connaissances, les marins, leurs familles et d'innombrables badauds, semble s'être massé devant le bassin Vauban, dans l'attente du moment tellement symbolique qu'est le baptême d'un bateau.

On ne sait à quand remonte la tradition – certains disent à la Grèce antique. Et les Anglais professent qu'« un navire qui n'a pas goûté au vin goûtera le sang ». C'est pourquoi Julia de Kérambrun, malgré sa fatigue, a accepté d'honorer cette cérémonie de sa présence. Certes, en tant que marraine du vaisseau, elle n'avait guère le choix. Mais elle consent aussi cet effort par égard pour son mari, dont elle sait combien il a mis de cœur à réaliser ce navire. Il lui a donné le nom de leur petit ange trop tôt envolé.

Après la découverte de la vie conjugale, si décevante, Julia avait aimé Suzanne, ce rayon de soleil surgi dans son existence, avec une passion débordante. Elle avait embrassé ses mains minuscules, le dessin fragile des veines sur sa tempe, sa fontanelle battante, senti sa chaleur, son odeur d'amande et de lait suret. S'éloigner d'elle pour la nuit était un véritable supplice.

Trouver cette enfant adorée morte dans son berceau lui a causé une douleur si fulgurante qu'elle a pensé ne pas y survivre.

Mais elle ne doit pas penser au petit corps chéri, à sa peau douce, à ses mains de poupée. Pas aujourd'hui, pas maintenant. Parce que aujourd'hui est jour de fête et que l'assemblée a les yeux braqués sur elle.

Ambroise se tient à quelques mètres, faisant la conversation au directeur du port, quand bien même il sait que ce dernier ne le porte pas dans son cœur. Mais on peut compter sur lui pour ne négliger aucune occasion d'entretenir ses relations. Katell l'accompagne : amaigrie, sous son ombrelle, elle paraît suspendue au bras de son géant de mari. Le préfet de police a également fait le déplacement et Julia remarque qu'il ne la quitte pas des yeux. Le Jersiais, en revanche, n'est pas là. Tant mieux. Elle déteste ce Minchinton aux regards inquisiteurs qui s'arrange toujours pour se tenir trop près d'elle, au point qu'elle peut sentir l'odeur de son eau de Cologne et son haleine trop chaude.

Pendant que le maire gratifie la foule d'un discours, Julia observe Ambroise : affable, charmeur, souriant, il dépasse en taille la plupart des hommes qui l'entourent. Les rayons du soleil accrochés par la masse crépue de sa chevelure dessinent autour de sa tête une flamboyante auréole : assez ironique, pour cet homme qui est tout sauf un saint et qui trompe sa femme avec tous les jupons du canton. Pauvre Katell.

Perdue dans ses pensées, Julia n'a pas remarqué que le maire avait terminé son allocution. Un coup de coude de sa sœur la ramène au présent. Elle sourit, de son fameux sourire qui lui vaut l'adulation des hommes et l'inimitié de leurs épouses, lève le bras, attend le signe du photographe prêt à enflammer le magnésium. Quand il lui fait signe, elle lâche la bouteille contre la coque. Mais au lieu d'éclater en éclaboussant le flanc du navire, celle-ci rebondit, provoquant un « Ha » de déception dans la foule.

Il faudra, au total, trois tentatives pour que l'acier de l'étrave ait raison du verre, entraînant, enfin, les applaudissements du public.

Malgré tout, comme l'a écrit le journaliste du Républicain, *plein d'optimisme (à moins qu'il ne s'agisse de flatter Sainte-Croix) : « Gageons que cela n'entamera pas la prospérité de la* Marie-Suzanne, *joyau d'une des flottes les plus prometteuses et les plus sûres de notre côte. »*

71

Le jour où mon autorisation de consultation est arrivée, j'ai tout laissé en plan pour retourner à la médiathèque de Rennes. Je me suis cette fois concentré sur le printemps et l'été 1914, période où Sainte-Croix avait pris la fuite. Les premiers articles dataient du 9 juin : « Mystérieuse disparition d'Ambroise de Sainte-Croix. » « Le député Sainte-Croix en fuite ? » Ces annonces prenaient de l'ampleur au fur et à mesure que le mystère enflait. Un article du *Salut* a retenu mon attention :

> *« Depuis bientôt deux semaines, on est sans nouvelles du député Ambroise de Sainte-Croix. Vu pour la dernière fois à Saint-Malo le 6 juin, il était attendu chez son associé Monsieur de Kérambrun, où il ne s'est jamais présenté. Selon des indices concordants, il aurait pris la mer en direction de l'Angleterre. Les autorités maritimes, alertées par son épouse et son associé, ont déclenché d'importantes recherches. De Barneville à Perros-Guirec, des descriptions du Félix, embarcation sur laquelle naviguait le*

député, ainsi que des portraits photographiques ont été diffusés sans succès.

« Aucune épave n'a été repérée dans les jours qui ont suivi, bien que des vedettes Kérambrun aient sillonné la Manche sans relâche.

« On ignore ce qui a pu se passer. Mais il est de notoriété publique que l'activité politique de Monsieur de Sainte-Croix lui avait valu de nombreuses inimitiés. Des scandales avaient émaillé sa première mandature et la compagnie dont il était actionnaire avait dû faire face à la colère des familles victimes du drame de la Marie-Suzanne. *Depuis sa disparition, les créanciers se pressent au domicile de Monsieur de Kérambrun.*

« Le député a-t-il cherché à échapper à la banqueroute, en mettant le cap sur l'Angleterre ou l'Amérique ? A-t-il vendu son influence, comme ses collègues chéquards, et fui le scandale ? L'affaire du canal de Panama a démontré que les élus de la soi-disant République (surtout quand ils se réclament du peuple) ne répugnent pas à monnayer leurs services dès que l'occasion leur en est donnée.

« Nous informerons nos lecteurs des avancées de l'enquête. Pour l'heure, toute personne détenant des renseignements sur la disparition de Monsieur de Sainte-Croix est priée de les rapporter au poste de police de Saint-Malo. Une récompense est promise. »

Les articles suivants, même mélange de fiel et de conjectures, répétaient, avec plus ou moins de grandiloquence, la thèse de la fuite, y ajoutant çà et là quelques « informations » nouvelles : on avait reconnu Sainte-Croix à New York, il avait écrit à une banque portugaise, il se serait enfui avec une maîtresse anglaise, etc. Si le journal avait coutume de parler d'Ambroise en ces termes de son vivant, je ne m'étonnais plus que le député ait provoqué le rédacteur en chef en duel.

Puis arrivait le funeste mois d'août 1914, avec sa mobilisation générale et l'entrée en guerre de la France, qui venait mettre un terme à ces spéculations.

Durant cette phase critique, où le nom de Kérambrun s'était une fois de plus retrouvé sous le feu des projecteurs du *Salut* pour de mauvaises raisons, Octave répond aux journalistes (pour ménager Katell ?), défend la probité d'Ambroise, assure ne rien savoir sur des dettes éventuelles de son associé et fait part de sa crainte d'un accident, se refusant à cautionner quelque hypothèse que ce soit.

Mais il ne parvient pas à faire taire le rédacteur en chef, qui n'a cure de la prudence et s'en donne à cœur joie. Dans la droite ligne de ce qu'il avait écrit après l'attentat, le journal distille des remarques corrosives sur les hommes de gauche qui mènent grand train, au risque de décevoir les plus exaltés de leurs partisans, et rappelle les mots de Théophraste Nizard au moment de tirer sur Ambroise (« Traître au peuple, mort à toi »), comme pour légitimer les attaques et les soupçons dont le député fait désormais l'objet.

72

Saint-Servan, le 3 juillet 1914

Bien cher Octave,

Comme tu le sais peut-être déjà, j'ai été reçue mercredi par ton ami Tézé-Villan. Je lui ai exposé mes doutes.

Il ne m'a pas crue. Il n'aime pas Ambroise et j'imagine que croire, ou laisser croire, qu'il s'est enfui, est le plus commode pour lui.

J'ai tenté de le convaincre du contraire. Pourquoi mon mari aurait-il fait une chose pareille ? Être député de la République est sa fierté ; la compagnie, comme tu le sais, représente beaucoup pour lui. Et surtout, jamais il n'aurait abandonné son foyer trois jours après avoir appris que Dieu pourrait bien, cette fois, nous accorder ce que nous désirons depuis si longtemps. Si tu avais vu son visage, quand je lui ai annoncé la nouvelle...

Bien sûr, il a ses travers. Toi et moi en avons parlé maintes fois. Mais la nature de certains hommes est ainsi faite. Cela fait-il de mon mari un criminel ?

Certains me disent que je dois me « faire une raison ». D'autres, comme le père Lescoët, m'incitent à garder espoir. Mais quelle raison ? Quel espoir ? Non, Ambroise n'est pas parti en Angleterre avec une femme et de l'argent qu'il t'aurait dérobé. Chaque jour je tremble que la marée me ramène son cadavre et je pleure en imaginant qu'il est peut-être blessé, retenu, ou mort quelque part.

Puisque mon état ne me permet pas de prendre la mer, je te demande d'aller toi-même à Jersey pour retrouver Augustus et l'interroger. Il n'est pas normal qu'on n'ait plus entendu parler de lui depuis cette nuit-là. Labouërie me dit que la police anglaise se refuse à toute investigation. Questionne-le, observe-le. Tu sauras, toi, s'il te ment ou pas.

Et enfin, je t'en supplie, use de ton pouvoir pour faire taire ces atroces calomniateurs du **Salut**. *Je ne puis souffrir d'entendre dépeindre mon mari sous les traits d'un lâche désireux d'échapper à la guerre dont la menace est sur toutes les lèvres.*

Je sais que je te demande beaucoup, mon cher Octave. Mais tu es mon dernier espoir. Au nom de l'amitié que tu me portes, aide-moi, je t'en conjure.

Katell de S.-C.

73

La deuxième liasse étiquetée « Sainte-Croix » regroupait les lettres échangées par Katell et Octave entre l'été 1914 et octobre 1919. Celle que je venais de lire et les suivantes n'avaient plus rien à voir avec l'insouciance mondaine des billets de jeunesse. Hâtives, pressantes, désespérées, elles faisaient suite à la disparition subite d'Ambroise en juin 1914, une réalité contre laquelle son épouse s'arc-boutait de toutes ses forces.

Enfin enceinte, d'après les allusions à son « état », Marie-Catherine avait entrepris de remuer ciel et terre pour retrouver son mari, ce mari sur le compte de qui couraient de si vilaines rumeurs. Elle aurait voulu faire le siège des bureaux préfectoraux, de la police, de la capitainerie ; mais sur ordre du docteur Montgenèvre, elle avait été forcée de s'aliter, sous peine de perdre le bébé. Désespérée, elle suppliait Octave d'activer tous les moyens à sa disposition. Et bien sûr, priait, priait sans relâche, en compagnie du père Lescoët qui la visitait chaque jour.

Cette femme avait vécu un calvaire.

Octave avait archivé, aux côtés des lettres de son

amie, des notes, des listes, des réponses. Il s'était procuré la copie du registre du port de Saint-Hélier, lequel indiquait l'entrée du *Villefromoy*, armé par la « Société malouine de transports nautiques », le 7 juin en milieu de matinée. Des duplicata des listes de « *foreign travellers* » – celles que les hôtels transmettaient aux autorités de police – suivaient. Le nom de Sainte-Croix ne figurait nulle part.

Au fil des missives, l'espoir d'un retour allait s'amenuisant. Mais Katell ne désemparait pas. Et soudain, le 18 juillet, elle avait écrit : « Il semble inéluctable, au vu de la lettre, qu'il faille me faire une raison. Et pourtant je ne le puis. »

De quelle lettre parlait-elle ?

Octave, lui, continuait à veiller au grain, notamment en ce qui concernait les questions financières. Il demandait à son comptable de faire en sorte que la femme d'Ambroise puisse toucher une pension. Il apurait, dans le même temps, les dettes de son associé, dont la plupart avaient été contractées en jouant. Je me rappelais les réunions autour de la succession de mon père, Jacques Rodriguez et ses manœuvres de cardinal florentin. J'avais peine à m'imaginer comment une femme folle d'inquiétude et de chagrin avait pu réagir, plongée dans les infinies complications des affaires d'argent, à l'heure où elle n'aspirait qu'à une chose : retrouver son mari, mort ou vif.

Maître Tréhondart, l'avoué, avait été dépêché à Saint-Briac pour débrouiller les affaires de l'épouse abandonnée. Chaque visite révélait une situation plus calamiteuse que la précédente. Sainte-Croix avait semé les créanciers sur sa route comme le Petit Poucet les cailloux blancs :

l'avoué avait notamment découvert que la maison de Saint-Briac, part de la dot de Katell, avait été hypothéquée. Octave s'était dépêché de racheter l'hypothèque avec ses propres dividendes ; il avait dû compléter la somme avec ses deniers personnels, tout en demandant le secret le plus absolu au notaire.

Katell remerciait, ne cessait de remercier. Ébranlée par la révélation des dettes de son mari, dont elle ignorait tout, elle s'interrogeait sur ce qui s'était réellement passé le soir du 6 juin. Mais elle revenait inlassablement à la charge, sollicitant une ultime démarche, un ultime courrier, une ultime ambassade.

À l'hiver 1914, le ton avait changé. Des lettres plus longues, plus résignées, aussi. Katell racontait à Octave, en garnison à Brest, sa santé précaire, ses craintes régulières d'un nouvel « incident ». Si elle faisait donner des messes pour son mari, elle n'évoquait plus son retour. Que son état la dispensât de se rendre à l'église, où on la regardait dorénavant avec un mélange de mépris et de commisération, était un soulagement pour elle. Une main anonyme avait peint « Voleur » en lettres de suie sur la façade de sa maison.

L'épouse abandonnée subissait, comme le reste des civils, la guerre avec son cortège de privations ; se demandait qui était le plus à plaindre, des hommes tombés au champ de bataille ou des familles qu'ils laissaient derrière eux. Amère, elle avait écrit à Octave : « Les veuves des soldats, au moins, on les respecte quand elles pleurent. »

Elle avait accouché de jumelles fin novembre. Début 1915, elle parlait à Octave de la croissance des « petites », de la difficulté à trouver du lait de qualité pour ces deux enfants nées avant le terme, malingres et de santé fragile. Elle regrettait que Julia ne veuille pas la voir davantage, malgré, ou à cause du bébé qu'elle-même venait de mettre au monde : « Nos enfants, frappés par l'infortune et la guerre, devraient pourtant apprendre à s'aimer comme frères et sœurs. »

Que son mari ait renoncé à connaître ses filles la laissait désemparée ; sporadiquement, un « Pourquoi ? » s'échappait de sa plume. Ce mot résumait son désarroi.

Derrière l'écriture nerveuse et irrégulière de Katell de Sainte-Croix, j'entendais vibrer la colère d'une femme qui, au fond d'elle, avait refusé pendant des mois de croire que l'homme qu'elle aimait l'avait abandonnée du jour au lendemain, sans une explication, et qui cherchait auprès de Dieu et des hommes la clé d'une énigme qui la dévorait.

Ensuite, elle s'était résignée.

À compter de 1916, les lettres s'espaçaient. Deux ou trois l'an, pour des affaires, ou remercier de tel et tel service. En 1917, deux faire-part de deuil : Clarence et Marie-Louise Le Savouroux, son père et sa mère, morts à quelques jours d'intervalle de la grippe espagnole. Katell elle-même avait cru ne pas en réchapper. Elle remerciait Octave et Julia d'avoir accueilli les jumelles pendant sa maladie. En 1919, elle informait son ami, par un télégramme expédié depuis Paris, que « les nouvelles n'étaient pas bonnes ». Elle demandait à le rencontrer au plus vite. Quelques billets, pour fixer des rendez-vous, une carte de vœux. Dans une dernière missive, en 1920, Katell confirmait à Octave, de manière allusive, certaines « dispositions », avant de mentionner la date de l'opération programmée par le fameux docteur Pozzi. Elle disait son espoir de « triompher du mal », sans le nommer.

Sa lettre se terminait par ces mots poignants : « Si Dieu choisissait de me rappeler à lui, je te confie mes filles chéries. Je sais que tu veilleras sur elles comme sur tes propres enfants. Que tu sauras les protéger et les consoler, innocentes créatures qui n'ont connu que la guerre, la solitude et les larmes. »

JUSANT

74

Elle avait à la base de son nez droit et mince un minuscule grain de beauté que je n'avais pas remarqué lors de nos précédentes rencontres. Les pattes-d'oie, au coin des paupières, quadrillaient un épiderme si fin qu'il paraissait translucide. Des cernes mauves, des joues creuses à la Marlene Dietrich : Géraldine Draouen n'avait pas complètement tort, il y avait quelque chose de nordique dans cette beauté austère.

— Vous avez choisi ?

La voix du serveur m'a arraché à mon examen. Rebecca a commandé un thé russe et moi un cappuccino, ainsi que quelques crêpes pour faire durer le rendez-vous. C'est elle qui est entrée dans le vif du sujet.

— Alors comme ça, vous êtes l'arrière-petit-fils de l'associé d'Ambroise ?

— Yann de Kérambrun, pour vous servir. Drôle de coïncidence n'est-ce pas ?

Elle a haussé les sourcils.

— La Bretagne n'est pas si grande. Je suis sûre qu'en cherchant bien, mis à part les touristes, on se trouverait des liens de parenté avec la moitié des gens qui sont assis dans cette salle.

Quinze-zéro. J'ai posé la première question :

— Je peux vous demander qui était Ambroise, par rapport à vous ?

— Mon arrière-grand-père.

Je n'aurais pas imaginé une filiation aussi directe. J'ai sorti mon carnet rouge, que j'ai ouvert à la page où j'avais dessiné l'arbre généalogique.

— Voici à quoi ressemblait ma famille.

Rebecca Lund a regardé les dates, les noms, les flèches. Elle plissait les yeux.

— Ce doit être un sacré travail, de retrouver tous ces gens...

Brin de fierté.

— ... mais j'ai du mal à comprendre en quoi mon aïeul vous intéresse. Vous n'êtes pas apparentés à proprement parler, n'est-ce pas ?

Trente-zéro. J'ai fait une petite entorse à la vérité.

— Je suis historien et je fais des recherches sur l'histoire de la compagnie que votre arrière-grand-père et le mien avaient fondée. Vous savez qu'il y avait trois associés ?

— Non, pas vraiment.

Je m'étais attendu à ce qu'elle manifeste une certaine curiosité quant à son aïeul. Mais ce que je lui racontais semblait ne lui faire ni chaud ni froid. Le serveur m'a momentanément sauvé la mise, en déposant les tasses et les assiettes devant nous. À ma grande surprise, Rebecca a accepté de piocher dans les crêpes. Elle parlait avec un très léger accent ; à peine un accent, d'ailleurs, plutôt une manière de détimbrer les voyelles dont je ne parvenais pas à identifier l'origine. Était-elle russe ? scandinave ? Son français était pourtant sans ambiguïté celui d'une native.

J'ai poursuivi mes explications, évoquant les livres de raison et mon désir de reconstituer les premières décennies de l'histoire de la compagnie. J'ai avoué à Rebecca – demi-mensonge qui passait sous silence mes séances d'observation de la plage – combien son nom sur l'affiche du festival du livre de Binic m'avait intrigué.

— C'est un nom de plume. Je m'appelle Lund dans le civil. Enfin, Lund-Pianta, plus exactement.

Il y avait donc un Monsieur Lund ou un Monsieur Pianta quelque part. Il fallait s'y attendre. J'ai failli lui demander lequel des deux noms était son patronyme, mais elle ne m'en a pas laissé le temps.

— Ma grand-mère s'appelait Marthe. Marthe de Sainte-Croix. C'était la fille d'Ambroise. Elle a eu une fille, Geneviève, et un fils, Marien. Lui a épousé ma mère en secondes noces. Pianta est le nom de mon père, Lund celui de ma mère.

Soulagement.

— Vous avez des frères et sœurs ?

— J'avais un demi-frère. De vingt ans plus vieux que moi.

L'imparfait ne laissait pas de place au doute. Je me suis demandé si c'était la même cicatrice, la même douleur, quand on n'avait pas grandi ensemble.

— Vos parents sont encore en vie ?

— Oui. Mon père était diplomate. Ma mère est danoise et j'ai grandi à Copenhague. C'est là qu'ils habitent, maintenant.

Au fur et à mesure que nous parlions, Rebecca avait proprement liquidé l'assiette de crêpes. Moi qui l'imaginais se nourrir de jus de carotte et de tofu bio... Elle est revenue à la charge.

— Mais dites-moi, pourquoi est-ce que vous vouliez me voir, au juste ?

J'avais peaufiné la formulation de ma requête pendant des jours – ceux durant lesquels j'avais attendu sa réponse.

— J'aurais voulu savoir si vous aviez des informations sur cette branche de votre famille, les Sainte-Croix. Des photos, des documents... Votre aïeul est le héros de votre roman, n'est-ce pas ?

Elle a soupiré.

— Plus ou moins. Mais je ne sais de lui que ce qu'on m'en a dit. Mon père aurait peut-être pu vous aider, mais il a presque quatre-vingt-dix ans et il n'est pas en grande forme. De toute façon, il n'avait pas de liens avec sa famille bretonne. Il n'a connu ni son grand-père ni sa grand-mère maternels. Marthe, sa mère, habitait Saint-Jean-de-Maurienne. C'est là que mon père est né, lui aussi.

— Est-ce qu'une de vos aïeules s'appelait Katell ?

— J'ai toujours entendu parler d'une Marie-Catherine.

— Alors c'est bien elle.

Rebecca a bu une gorgée de thé.

— Et vous, vous savez quoi sur les Sainte-Croix ?

J'ai débité d'un souffle :

— Que Ambroise était avocat et qu'il faisait de la politique. Il représentait le Bloc des gauches. Il était connu comme le loup blanc dans la région et débarquait partout où il se passait quelque chose. Beaucoup d'ambition, assez flambeur. Je crois qu'il s'était associé avec mon aïeul pour conquérir des électeurs. Il avait un paquet d'ennemis, aussi, d'après les journaux de l'époque. Au début, sa femme a refusé de croire qu'il l'avait quittée. Elle pensait qu'on l'avait séquestré ou tué. Puis elle s'est fait une raison.

Rebecca a paru surprise.

— Vous êtes mieux renseigné que moi, alors. Beaucoup mieux, même.

— J'avais pensé que votre livre s'inspirait de faits réels.

— Non, l'histoire de la famille m'a juste fourni une trame.

— Et vous savez pourquoi Ambroise est parti ?

— La seule chose qu'on m'a racontée est qu'il a pris la poudre d'escampette du jour au lendemain. Juste après que sa femme lui a annoncé sa grossesse. Terrible pour elle. Il était passé au Canada et il a fini sa vie là-bas.

— Au Canada ? Comment on l'a su ?

— Il avait envoyé des lettres de Nouvelle-Écosse. Mais il n'est pas revenu pour autant... Sa famille s'est trouvée en grande difficulté, surtout que la guerre a éclaté très vite après son départ. Ma grand-mère et sa sœur ont perdu leur mère, Marie-Catherine, quelques années après la disparition de leur père. C'était un peu après la fin de la guerre de 14-18. Je crois que la pauvre femme est morte de chagrin.

— Elle a été opérée par un chirurgien parisien, Samuel Pozzi. C'était un spécialiste des maladies gynécologiques. Elle avait peut-être un cancer.

— Mais où est-ce que vous avez appris tout cela ?

— Dans sa correspondance.

Je commençais enfin à marquer des points. J'ai

tendu à Rebecca la lettre de Katell, glissée dans une pochette transparente. Elle l'a tellement éloignée de ses yeux que je lui ai proposé mes lunettes de lecture. Elle les a chaussées sans hésiter. À l'issue de son examen, elle m'a rendu le feuillet, comme à regret. Elle semblait troublée. Je lui ai demandé si elle savait qui avait élevé les enfants de Katell, les jumelles. D'après Rebecca, elles avaient été recueillies par des cousins qui habitaient Saint-Malo. Sa grand-mère Marthe avait été mariée à dix-sept ans à un chasseur alpin de Chamonix et avait été séparée de sa sœur Blandine qu'elle adorait. Elle avait à peine dix-huit ans quand elle avait mis le père de Rebecca au monde.

— C'est jeune...
— C'est surtout triste. Ma grand-mère m'a raconté, à la fin de sa vie, qu'elle était tombée amoureuse de son cousin quand elle avait seize ans. Mais le père du jeune homme ne voulait pas de l'union. Alors on l'avait éloignée de force, et on l'avait mariée plus ou moins contre son gré. De toute façon, elle et sa sœur étaient orphelines : l'oncle devait en avoir assez de payer pour elles.
— Vous connaissez le nom de cet homme ?
— Non. En fait, personne ne parlait jamais de cette histoire. On m'a simplement dit que la fuite d'Ambroise avait été une tare pour la famille. Une véritable honte.
— Et il avait fui quoi ?
— Je n'en ai aucune idée.

Je lui ai enfin montré la photo des trois associés sur le port – celle qui figurait dans l'album d'Albina –, en désignant l'homme à la crinière de lion. De nouveau, elle a éloigné l'image de ses yeux.

— Ça lui ressemble. Mais je n'ai vu que sa

photo de mariage. La famille avait fait le grand ménage dans les souvenirs.

— La *damnatio memoriae*...
— Mais encore ?
— Dans l'Antiquité romaine, quand quelqu'un avait failli, on effaçait toutes ses traces.

Le salon de thé peu à peu se vidait. J'ai demandé à Rebecca si elle voulait autre chose. Elle a discrètement jeté un œil à sa montre.

— Merci, mais je dois partir. J'ai peur de ne pas vous avoir été très utile, Monsieur de Kérambrun.
— Yann, je vous en prie.

À sa place, j'aurais posé mille questions, demandé à voir le reste des lettres, fait des hypothèses, tenté d'en savoir plus... Au lieu de cela, elle allait me quitter, alors que nous n'avions même pas parlé de son livre, de son amour pour la course à pied ou de son intérêt pour la flore maritime. Était-elle attendue ? J'ai posé une dernière question, davantage pour la retenir que dans l'espoir qu'elle m'apporte la réponse.

— Est-ce que vous pensez que quelqu'un d'autre dans votre famille aurait pu garder des photos ou des lettres ? Je n'arrive pas à remettre la main sur la correspondance d'Octave et d'Ambroise.
— Je vous l'ai dit, on n'avait pas de souvenirs. La seule image que j'aie vue d'Ambroise, je l'ai trouvée chez ma tante Geneviève, au moment où j'écrivais mon livre. Et mon père a déménagé tant de fois... S'il reste quelque chose, ça doit se trouver à Copenhague, aujourd'hui. Ou à Saint-Jean-de-Maurienne, chez ma tante. Quand j'y retournerai, je lui poserai la question, c'est promis.

75

À la sortie du salon de thé, Rebecca m'avait confié qu'elle vivait près des Thermes – la première information personnelle qu'elle concédait. La savoir à quelques minutes des Couërons, je ne sais pourquoi, m'avait rassuré. Nous avions fait ensemble une partie du chemin du retour. Tout en marchant le long de la digue, elle avait posé deux ou trois questions sur mon travail, plus par politesse que par intérêt véritable ; j'avais répondu de bonne grâce, évoquant mon année sabbatique et mon traité sur la piraterie. J'avais eu le temps de lui glisser combien j'avais aimé son livre et à quel point la précision des descriptions de la nature m'avait impressionné. Je crois que j'avais parlé de Paul au passage.

Elle m'avait répété que seul le point de départ de son intrigue était réel : pour le reste, elle n'avait pas mené d'enquête, simplement imaginé. Quant à la faune et la flore, elle s'y intéressait depuis longtemps. De temps à autre, elle ralentissait l'allure pour observer la plage, les mouettes, la mer. Dans la lumière de la fin de journée, réverbérée par la mer, ses yeux étaient d'une beauté surnaturelle.

Mais, à mon grand regret, elle les avait masqués par des lunettes sombres. Quand je m'étais arrêté devant la maison, elle avait haussé les sourcils.

— C'est ici que vous habitez ?

— C'est la maison de mon aïeul. Vos arrière-grands-parents ont dû la fréquenter.

J'aurais dû lui proposer d'entrer. Mais je n'ai pas osé. Rebecca Lund avait une façon courtoise, mais ferme, de marquer la distance, qui dissuadait d'aller plus loin, comme si elle avait choisi de rester prudemment à la lisière du monde et des autres.

À ce stade, je devinais que si je ne provoquais pas une nouvelle rencontre, celle-ci n'adviendrait jamais.

Avant que nous nous quittions, je lui avais proposé de venir consulter un jour le reste des lettres de son aïeule. Elle avait dit « pourquoi pas ». C'était toujours mieux qu'un refus.

Ce soir-là, j'ai été soulevé par une euphorie comme je n'en avais plus connu depuis des années. J'étais habité par l'heure et demie que j'avais passée en sa compagnie. J'essayais de me raisonner, pourtant. Redescends, Yann. Tu te racontes des histoires et tu vas le regretter. Cette femme n'en a rien à faire de toi. Elle a forcément un mari, une épouse, des enfants, un chien ou trois chats. Et le hobereau breton à particule n'a pas du tout l'air d'être son genre.

La violence de mon propre trouble m'étonnait. Le départ de ma femme, la façon dont on s'était déchirés, ensuite, les nuits durant lesquelles je repassais comme un maniaque dans ma tête le film de Marie-Laurence et Pablo sortant des draps avaient, croyais-je, détruit ma capacité à m'attacher. Pendant des mois, la jalousie m'avait brûlé au fer rouge. Si je n'avais eu Paul à mes côtés, Dieu sait à quoi je me serais laissé aller. Ensuite, à l'exception de ma brève liaison avec ma collègue, je n'avais eu aucune aventure sérieuse. Je ne voulais plus de cette souffrance-là.

Rebecca Lund, ou Pianta, avait peut-être des yeux fantastiques et elle ne portait pas d'alliance, mais j'étais sûr qu'elle avait quelqu'un dans sa vie. Et je n'avais pas détecté chez elle le moindre désir, même inconscient, de plaire à l'homme assis en face d'elle. Cela lui était tout simplement indifférent.

Connaissant mon bovarysme, comme aurait dit mon copain Renaud, j'allais payer le prix fort si je m'attachais à elle.

Et pourtant, je n'avais qu'une idée en tête : la revoir.

76

Il a enfoui sa truffe dans son pelage floconneux, replié ses pattes sous son menton et s'est lové au creux d'un coussin. D'ordinaire, c'est contre sa chaleur à elle qu'il se pelotonne, pendant qu'elle se repose ou tient entre ses mains, des heures durant, des objets rectangulaires qu'elle regarde et déplie sans arrêt. Puis elle dépose les objets par terre, flatte sa fourrure, dépose des baisers sur le haut de sa tête ; en retour, il ronronne presque continûment, ne cessant de la couver d'un regard amoureux. Il monte sur sa poitrine, s'endort sur elle, et elle referme ses bras, humant l'odeur de bergamote et de noisette du petit pelage. Quand elle le serre trop fort, il proteste d'un miaulement, ou esquisse un coup de patte à coussinets fermés, qui ne va jamais plus loin qu'une protestation inoffensive. Mais lorsqu'elle fait ce bruit étrange, que son visage humide mouille son poil et qu'il sent vibrer des ondes de détresse, il se laisse faire et boit son chagrin.

Il est arrivé ici sans savoir comment. Il ne se rappelle que le froid, la peur, la solitude, quand il a été arraché du panier moelleux où il tétait le corps de sa mère. Comme si elle avait entendu sa souffrance, la géante l'a pris contre elle et gardé au chaud, interdisant à quiconque, et notamment au petit monstre hurleur, de le toucher. Elle lui a tendu des soucoupes de lait et des morceaux de mou, l'a porté enroulé tout près d'elle, l'a fait courir après des plumeaux ou des balles de liège, emmailloté d'une tendresse qui l'a guéri de son immense malheur.

Parfois, quand ils sont seuls, ils se retrouvent tous deux couchés par terre, à bout de souffle après avoir longtemps joué. Il vient frotter sa tête, son museau et ses moustaches contre ses cheveux, pour l'enrober, lui, le minuscule, dans son odeur de chaton. Leurs regards se croisent : il sait que même s'ils n'appartiennent pas à la même espèce, une fréquence parfaite les unit, celle de l'amour absolu, que la souffrance ou la joie de l'un résonne dans le corps de l'autre. Il sait aussi que c'est lui qu'elle préfère, pas la petite créature qui crie, l'homme en noir ou la femme sèche qui a peur de lui et qu'il griffe quand elle fait mine de l'approcher ; que c'est contre son poil seulement qu'elle fait chanter sa voix, émettant ces sons qu'il ne comprend pas, mais dont il entend la profondeur rauque et le désespoir.

Pour l'heure, il sort d'un rêve pénible où il était enfermé dans le cagibi, l'appelant en vain sans qu'elle apparaisse. Depuis des jours, elle n'est pas là, ni quand il s'endort ni quand il se réveille, et le temps ne coule plus. Il est triste, il s'ennuie. Alors il regarde par la fenêtre de la tourelle les mouettes qui le narguent.

L'une d'elles, perchée sur la rambarde, vient de prendre son envol. Une fois dépliées les ailes et les rémiges, le corps de l'oiseau n'est plus qu'une perfection naturelle, une merveille d'aérodynamisme, qui prend appui sur l'air et le fend en silence. La mouette se laisse glisser sur le vent, en direction du large, fouillant la nappe bleue du regard pour y repérer la tache mobile des bateaux. Sur les ponts, dans leur sillage, des restes de poisson et de nourriture sont toujours à glaner, qu'on se dispute en criaillant : la nuée d'oiseaux est toujours plus pugnace que les hommes qui la chassent. Avant la fin du jour, l'animal aura mangé tout son saoul et pourra se poser sur la digue, regardant d'un œil inexpressif le défilé des silhouettes noires.

Aujourd'hui, il n'a pas à lutter dans le ciel clair, aucun nuage ne cache ses proies, l'air est vif et rapide. Il s'élève et voit se dessiner, au débouché de la rivière, l'excroissance sombre de la ville contre la langue dorée du sable, les carrés vert tendre des prairies, le jaune des champs, le jaspe émeraude des bosquets. Là où il n'a besoin que de ses plumes et de son intelligence du vent, il faudrait à un homme un avion pour pouvoir jouir de la même perspective. Une machinerie de fer et de kérosène, dans laquelle monterait cent onze ans plus tard un professeur d'histoire grand et triste, pour qui un ami aurait organisé deux heures de vol afin de lui montrer depuis les airs l'objet de sa fascination.

Vue d'en haut, la ville est un chapelet de roches recouvertes par l'eau, un réseau de tombolos et d'isthmes qu'on a jointoyé de ponts et de bassins, pour créer une toile d'araignée d'acier et de ciment : construction opiniâtre, astucieuse, effroyable de fragilité. Il devient patent, de la même manière, que l'île qui crève la surface de l'eau où moutonne paisiblement l'écume a été sa cousine terrestre, qu'il s'en faudrait de peu qu'elle tende les bras à la rive qui lui fait face. Mais les cicatrices de la guerre sont partout, à commencer par cette platitude désolante de la roche, amputée de ses aspérités. Sur ce relief artificiellement usé, des grappes de béton, des maçonneries, du ciment coulé selon un tracé hexagonal ont laissé leur dessin blanchâtre au sol, comme si un enfant s'était amusé à y décalquer des formes géométriques.

Depuis le ciel, Cézembre paraît minuscule et quiète. On se demande comment un si petit promontoire a pu héberger tant de douleur et de fureur.

Et pourtant.

Le chat ferme les yeux, réfugié dans un rêve où elle sera de retour. La mouette ouvre les siens, prête à fondre sur l'éclair argenté d'un poisson échappé de la nasse. L'homme prend des photos depuis le cockpit, bouleversé de découvrir sous cet angle le lieu auquel il a arrimé sa nouvelle vie.

Chacun fabrique, en somme, les images dont il a besoin pour survivre.

77

Pendant que Mélanie se chargeait de rendre les clés, j'ai escorté les membres du jury jusqu'au restaurant de la Sorbonne. Aucun d'entre eux ne peut imaginer l'énergie qu'il m'aura fallu déployer pour lire cette thèse, préparer mon discours, prendre le train et assister à la soutenance. Même passer un costume et une cravate, après des mois à flotter dans des jeans et des sweaters, m'a été pénible. Si je n'avais pas eu autant d'affection pour Mélanie, j'aurais refusé tout net de participer à ce pensum.

Dans la cour, je croise un des médiévistes de mon département. Il me salue et, oubliant qu'il ne m'a pas vu depuis un an, embraye sur je ne sais quelle réunion dont les enjeux semblent de nature à provoquer une troisième guerre mondiale.

À table, il est question d'articles, de subventions, du manque endémique de postes. Un professeur venu de Reims, fort satisfait de sa personne, monopolise la conversation avec la bourse faramineuse qu'il vient de décrocher. Tant mieux pour lui.

Il y a vingt ans, c'est moi qui étais à la place de l'impétrant de tout à l'heure. Transpirant dans mon costume, plus terrorisé par la présence de Charles dans mon dos que par l'aréopage de sommités qui me questionnait.

Et pour avoir le droit de déjeuner un jour dans ce restaurant, j'avais dû consentir un certain nombre de sacrifices : la supposée insouciance de la jeunesse – je ne me rappelais pas l'avoir connue –, les voyages, mes velléités de photographie. Comme époux et comme père, j'avais fait de mon mieux, tentant de donner le change, entre les fêtes d'anniversaire et les visites chez le pédiatre, mais j'avais surtout été un ectoplasme, corps présent, tête absente.

Il n'y avait que la natation à laquelle je n'avais pas renoncé.

À l'issue du déjeuner, je me rends à pied à la Bibliothèque nationale. Nous ne sommes que le 10 juin, mais la chaleur est déjà épouvantable, et la pollution sèche des gaz d'échappement avive le regret de mes baignades matinales sur le Sillon. Une fois arrivé, je passe les portiques, me dépouille de ma veste, transvase mes affaires dans la valisette en plastique. Ces rituels que j'accomplissais sans réfléchir m'irritent aujourd'hui par leur complication. Pour la première fois en vingt-cinq ans, j'ai laissé ma carte de lecteur se périmer. Je dois remplir une suite de formulaires, puis expliquer le motif de mes recherches à un bibliothécaire vétilleux qui me regarde comme si j'étais un malfaiteur sur le point de commettre un cambriolage.

Comme tout ce qui renvoie à cette vie d'avant paraît pesant, tout à coup.

Enfin, je gagne le droit de retirer, dans la fraîcheur climatisée de la salle W, *Les Frères Hodierne*, *artistes de la mémoire bretonne*. Quatre cent cinquante pages entrecoupées d'encarts, de reproductions et de textes, précédées d'une introduction signée « E. Bathori ». Je suis partagé entre mon envie de lire le texte et celle de me jeter sur les images ; mais je n'ai que deux heures devant moi. Alors, comme dans ces livres en trompe-l'œil, où la mise en mouvement d'une suite de photos suffit à créer l'illusion cinétique, je vois défiler des portraits, des bâtiments, des bateaux, des paysages. Et voilà que soudain, loin du vent, de la mer, dans un rez-de-jardin enterré au cœur de Paris, Cézembre, le Sillon et la digue me donnent de leurs nouvelles. Des nouvelles qui datent de plus d'un siècle, mais si conformes à ce qu'en disent les pages à la petite écriture serrée que j'ai l'impression de retrouver de vieux amis.

Chez les historiens, la raison est supposée primer l'émotion. Cette règle d'airain, nous tentons de l'inculquer à nos étudiants année après année. Mais devant ces photographies, je baisse pavillon et laisse la distance et l'objectivité se désagréger. Ces images prises il y a cent ans l'ont été par des hommes qui aimaient ce rivage d'amour fou ; une passion qui éclate dans ces clichés, les illumine et les transcende.

À force d'ingéniosité, de talent et d'originalité, les frères Hodierne ont capté mieux que je ne saurai jamais le faire, avec mon appareil dernier cri, les coulées de la lumière côtière, cette lueur ambiguë, menaçante, changeante, que j'ai retrouvée dans les tableaux de Belle. Ils ont su saisir la puissance originelle du lieu, le ballet terrible et amoureux des hommes et de la mer, quand ceux-là, aimantés par celle-ci, ont érigé des villas somptueuses au plus près de l'estran : comme si surplomber la Manche depuis leurs fenêtres cossues allait leur permettre de s'arroger quelques-unes des prérogatives de l'eau.

La mer a répliqué en envoyant, à intervalles cycliques, des tempêtes, des paquets de houle, des quintaux de sable, des bourrasques. Elle a secoué digues et murs, fracassé les navires, déstabilisé l'orgueil et les flottes des armateurs pour rappeler qui menait la danse.

Le Sillon vu par les Hodierne – et ce n'est pas le moindre paradoxe de ces clichés – est le contraire d'une carte postale. Fixant l'essence de l'intranquillité, il est le lieu ultime où des forces magnétiques se renversent deux fois par jour, où les vagues montent à l'assaut de la plage dans un inexorable ballet d'écume et de lumière, où une épiphanie permanente brasse le sel et les naissances, la mort et les abysses, les départs et les retours, les victoires et les défaites. Et c'est à travers les yeux de ces artistes intrépides, qui ont mis leur connaissance intime de la chimie et leur arsenal de ruses optiques au service d'un art porté au plus haut degré de sa perfection, que je contemple les villas, d'aucunes terminées, d'autres en construction, Cézembre aux contours délinéés par une nappe de brume et la pointe de la Varde, ponctuation qui vient clore de sa proéminence noire la longue phrase claire de la plage.

Intercalés entre la mer et l'horizon, les visages, tant de visages, défilent à toute vitesse, certains familiers, d'autres jamais vus : parmi eux, les amis, les proches, les associés que Octave a connus, et dans la vie desquels ses petits carnets m'ont fait entrer à mon tour.

78

— Vous avez de la chance, j'étais en partance pour l'Allier. Mais votre message de minuit m'a intriguée.

La femme qui se tenait devant moi avait des cheveux châtains coupés court, des traits fins et les yeux gris. Sa voix, douce et bien timbrée, était particulièrement agréable. C'était elle, la fameuse « E. Bathori » – Élisabeth en vrai –, l'historienne qui avait publié l'œuvre des frères Hodierne. Or, à mon retour de la bibliothèque, après avoir passé la soirée à écluser sur Internet les sites des bouquinistes, les revendeurs et même le marché noir de la bibliophilie, j'avais dû me rendre à l'évidence : le livre était épuisé partout.

En désespoir de cause, j'avais expédié un message à l'adresse dénichée dans un annuaire en ligne, qui répertoriait Élisabeth Bathori comme membre de l'« Institut pour la mémoire photographique ». Je faisais part à l'autrice des raisons qui me poussaient à m'intéresser à ces extraordinaires photographes bretons et lui demandais un rendez-vous. J'avais utilisé ma messagerie professionnelle : « La Sorbonne » est une étiquette qui fait parfois son petit effet.

À ma grande surprise, Bathori m'avait répondu dans l'heure, proposant qu'on se rencontre tôt le lendemain. J'avais immédiatement accepté, même si cela m'obligeait à décaler mon propre retour à Saint-Malo.

Son institut se situait rue Gabriel-Laumain, une perpendiculaire à la rue d'Hauteville dont j'ignorais l'existence jusqu'à la veille. J'y suis allé à pied : dans les rues matinales, pas complètement réveillées, nappées par quelques vestiges de fraîcheur, quelque chose subsistait encore de la paix de la nuit.

L'historienne m'attendait à l'entrée du bâtiment fermé au public à cette heure. Après une rapide poignée de main, elle m'a conduit dans son bureau. Comme le mien à Paris, il était bourré à craquer de livres, d'archives et de dossiers. Mais ici, un ordre impeccable régnait. Mon interlocutrice m'a proposé un café, que j'ai accepté, et est entrée sans tarder dans le vif du sujet.

— J'ai été surprise que vous fassiez des travaux sur les frères Hodierne. Votre spécialité, c'est plutôt l'histoire de l'Antiquité, non ?

Elle aussi avait consulté Internet.

Je lui ai raconté l'héritage, les Couërons, les archives d'Octave et les publicités de la compagnie illustrées par les trois photographes.

— En effet, Albert Hodierne a réalisé des marines. Il les vendait à des éditeurs de cartes postales. J'ai vérifié : votre famille était cliente des Hodierne. Bonne cliente, même. Ils ont travaillé pour elle à de nombreuses reprises.

— Où sont les photos que vous avez rassemblées dans votre livre ?

— Ici même. C'est moi qui ai supervisé l'acquisition de la collection. Je l'explique dans la préface.

— Je suis désolé, je n'ai pas eu le temps de la lire.

— Je vous résume. Je connaissais l'existence de ce studio de photographie à Saint-Malo. Je savais aussi qu'il avait été réputé en son temps. Mais je n'avais vu que quelques cartes postales d'Albert, celles qui avaient été imprimées en série, ainsi que deux ou trois portraits de François, repêchés dans des gazettes. Bien sûr, je soupçonnais que la production de l'atelier était plus importante. Mais j'avais fait chou blanc partout. Le musée de la Carte postale ne possédait qu'une dizaine de clichés, les archives départementales de Saint-Malo et de Rennes pas beaucoup plus. Et en salle des ventes, rien de rien : pas un tirage original, pas une plaque, pas une pellicule.

« Dans ces cas-là, il y a deux solutions : soit le fonds a été intégralement détruit, soit il dort, intact, quelque part... Deux ans après, par hasard, j'ai vu passer un lot de photos signées Hodierne sur eBay. Des images du casino de Paramé. Je ne les avais jamais vues. J'ai contacté les vendeurs et je suis allée leur rendre visite. C'était un jeune couple, qui venait d'acheter une vieille maison à Saint-Malo.

— Où ça exactement ?

— Du côté du port. Saint quelque chose...

— Saint-Servan.

— Voilà, c'est ça. La maison était assez délabrée et elle n'avait pas été vidée. Ça avait d'ailleurs été un argument des acheteurs pour faire baisser le prix. Les jeunes m'ont montré un tas de caisses de bois dans le grenier. Elles contenaient des milliers de plaques, des albums entiers de tirages... Un trésor, empaqueté, en parfait état. Ils ne savaient pas quoi en faire. La femme voulait louer une benne et expédier les caisses aux ordures. Moi, j'étais sous le choc, même si j'essayais de ne pas le montrer. Je les ai priés de ne prendre aucune décision dans l'immédiat, j'ai rédigé l'expertise, et je les ai convaincus de vendre le tout à l'institut.

— Ils ont accepté ?

— Sur eBay, on leur avait proposé un prix dérisoire pour dix photos. Et eux avaient des milliers de lots à écouler, sans parler des plaques invendables. Ils étaient découragés. En vérité, ils ont été ravis qu'on vienne les débarrasser de ce fatras. Alors qu'en plus, on les paye pour ça...

— Une belle opération pour votre institut...

L'historienne a froncé les sourcils.

— On ne les a pas arnaqués, si c'est ce que vous sous-entendez. À cette époque, ces clichés n'avaient aucune valeur. Nous n'étions qu'une poignée à savoir qui étaient les Hodierne et encore moins à penser qu'ils méritaient mieux que l'oubli : moi, Hélène Hivert, Alain Behr, notre archiviste en chef... C'est le travail d'exposition et de valorisation qu'on a réalisé autour d'eux qui a permis que ça change. Et croyez-moi, la tâche n'était pas mince. Regardez.

Bathori a déplié une affiche roulée dans un coin. « *Les Frères Hodierne : entre terre et mer.* » L'exposition s'était tenue au musée du Luxembourg deux ans plus tôt. J'étais complètement passé à côté. Mais il est vrai qu'à cette époque, j'avais perdu le goût d'à peu près tout.

— Comment se fait-il que personne ne s'y soit intéressé avant vous ?

Elle a pris un air pensif.

— Les Hodierne ont eu une drôle d'histoire. Un succès fulgurant, une notoriété qui avait dépassé les frontières de la Bretagne, une clientèle chic qui venait parfois d'Angleterre. Albert et François étaient reçus à la table du maire et à celle de Charcot. Mais après la Grande Guerre, le monde a oublié jusqu'à leur nom.

Comme Ambroise, qui avait pourtant été bien plus en vue qu'eux... J'avais lu dans la liste des travaux d'Élisabeth Bathori qu'elle avait publié la biographie d'un soldat photographe de la guerre de 14. Elle devait bien connaître cette époque.

— Albert était le plus doué des trois. C'est lui qui prenait des photos en mer, au péril de sa vie. En 1914, il avait été affecté au Service photographique des armées. Il est mort en 1915, brûlé vif dans son camion. François, l'aîné, réalisait les portraits, les photos de famille. Il travaillait pour la bourgeoisie locale, pour la presse, aussi. Parfois, il emmenait les gens en bateau et les photographiait en mer avec son frère. C'était assez singulier, pour l'époque... Aucun dignitaire ne débarquait à Saint-Malo sans passer la porte de son studio.

— Lui aussi est mort au front ?

— Non. Il a été gazé à Ypres, mais il a survécu. Il est reparti au front en 1917 et a continué à servir comme artilleur. Tout ça pour mourir de la grippe espagnole le lendemain de l'armistice. Comme Apollinaire...

— Et le dernier frère ?

— Léopold, le cadet. Lui avait un pied bot. Ça lui a valu d'être réformé. C'était le chimiste du trio : il préparait les plaques, les enduits, fabriquait les révélateurs et faisait les tirages... À Saint-Malo, on m'a présenté une famille dont les parents l'avaient connu. Il avait la réputation d'être odieux, caractériel, misanthrope. La mort de ses frères, peut-être... Mais il était passionné d'optique. Dans le grenier, j'ai retrouvé un jeu complet de lentilles allemandes. Vous avez observé le grain de leurs photos ?

Je ne possédais pas son œil d'experte. Mais j'avais remarqué comment ces images accrochaient immédiatement le regard, au rebours de l'esthétique plate ou documentaire qui baignait la plupart des cartes postales de l'époque.

Bathori a sorti un exemplaire de son livre et désigné un cliché pris depuis le bout de la digue. La maison solitaire captée sous une lumière basse revêtait des allures fantomatiques qui n'auraient pas déparé un film d'horreur.

— Le noir profond, les contrastes, les ombres : ça, c'est la patte de Léopold. Après la guerre, il a fermé le studio. Mais il a continué à tirer les plaques que ses frères avaient laissées.

— Il a eu des héritiers ?

— Non. Albert était célibataire. La femme et la fille de François sont mortes de la grippe espagnole en même temps que lui. Et Léopold ne s'est jamais marié. Il vivait avec sa gouvernante, une veuve, et sa fille – les mauvaises langues disaient qu'elle était aussi la sienne. Ce sont ces deux femmes qui ont hérité de la maison. Je pense que c'est la veuve qui l'a aidé à trier et empaqueter les plaques : il y avait deux écritures, sur les étiquettes. Et quand la fille est morte, la maison a été mise en vente, avec tout ce qu'elle contenait.

— Vous avez eu de la chance que les photos soient en aussi bon état. L'air marin ne fait pas de cadeau...

— Les caisses avaient été scellées au plomb. Les plaques et les pellicules étaient intactes. Certaines ont été tirées pour la première fois ici, à Paris.

Les destinées de la mémoire étaient si fragiles. Il aurait suffi d'une héritière négligente, d'une attaque de mérule dans le grenier, qui se serait repue de la cellulose, ou de propriétaires déterminés à faire un ménage expéditif, comme je l'étais moi-même à mon arrivée aux Couërons, pour que l'œuvre des frères Hodierne s'engloutisse à tout jamais.

— C'est vraiment un miracle que vous soyez tombée dessus.

Élisabeth Bathori a souri.

— Vous savez ce que c'est : vingt pour cent de chance, quatre-vingts pour cent de persévérance. Mais je ne vais pas vous mentir : je n'étais pas mécontente de ma visite à Saint-Malo. Ensuite, j'ai publié le livre, on a monté l'exposition, les médias s'y sont intéressés et l'œuvre des Hodierne a enfin connu le succès qu'elle méritait.

Je m'expliquais mieux l'expression navrée du bouquiniste devant mon ignorance.

— Votre livre a l'air épuisé partout. Il y a moyen de s'en procurer un exemplaire ?

— Vous devez être la trentième personne qui me pose la question. Mais non, il n'y en a plus. Mon éditeur a fait faillite l'année dernière.

La déception s'est peinte sur mon visage. L'historienne m'a jeté un regard en biais.

— En revanche, je peux vous montrer les originaux du dossier Kérambrun, si vous avez du temps.

Oui, j'avais du temps. La journée entière, si elle voulait.

79

Je n'imaginais pas qu'il faudrait franchir un portique et un sas, sous l'œil d'une caméra de vidéosurveillance, pour accéder à ces photographies. Mais certains tirages originaux détenus par l'Institut pouvaient atteindre quatre zéros en salle des ventes, m'a expliqué Bathori. Une ventilation s'est enclenchée quand nous avons passé le sas ; dans un coin, un hygromètre contrôlait le taux d'humidité. Le virage des substances chimiques et la nitrocellulose des pellicules, qui s'enflammait à la moindre étincelle, étaient des ennemis au moins aussi redoutables que les voleurs.

De longs tiroirs métalliques montés sur rails, comme dans les pharmacies, contenaient des séries de boîtes cartonnées. Sans hésiter, l'historienne s'est dirigée vers l'un d'eux et en a extrait une pile. Sur la tranche, je pouvais lire « KÉRAMBRUN » en lettres capitales. Voir ce nom imprimé produisait une curieuse dissociation en moi, comme si mon patronyme ne m'appartenait plus tout à fait et que je m'apprêtais à remonter le temps pour faire la connaissance de ceux qui l'avaient porté avant moi.

Bathori m'a invité à m'asseoir à une table éclairée par des lampes basse tension. Elle a transporté la pile et m'a prié de ne toucher à rien pendant qu'elle prenait place. Les photos avaient été classées en trois catégories : publicité, bateaux et portraits. Les albums, eux, étaient identiques, avec leurs pages de carton neutre et leur couverture noire. L'historienne les ouvrait de ses mains gantées, les uns après les autres. J'ai reconnu les originaux des images des publicités dénichées dans le bureau des Couërons quand j'avais découvert les tout premiers dossiers, six mois plus tôt.

Les bateaux étaient les héros des albums numérotés de 1 à 5. Apparemment, Octave faisait réaliser des séries complètes de chaque navire. L'opérateur avait travaillé avec des instructions précises, les mêmes chaque fois : photos de la proue, de la guibre, du pont, de la cabine, prises sous différents angles, mais aussi des moteurs. Ces images-là restituaient la beauté brute de l'acier, l'éclat des cylindres et des pistons magnifié par les panaches de vapeur enroulés autour des tuyaux luisants ; elles avaient la même puissance que celles des reportages que Lewis Hine avait réalisés, à peu près à la même époque, dans les usines américaines.

Chaque série comportait, passage obligé, une photo du baptême du navire : celui de la *Marie-Suzanne*, sous l'objectif des frères Hodierne, avait une autre allure que la reproduction dénichée par mes soins dans *Le Républicain*.

Grâce au sixième album, j'ai pu suivre pas à pas la construction des Couërons. La maison s'appelait encore « Villa Kérambrun ». Captivante vision de ces murs familiers, qui émergeaient pierre à pierre d'un interstice vide dans l'alignement des façades. J'ai tendu l'index.

— J'habite ici, désormais.

— Impressionnant...

Bathori a continué à tourner les pages. Je commentais les images lorsque je reconnaissais un élément ou un détail ; au fur et à mesure que je parlais, l'historienne prenait des notes, pour compléter ses propres informations.

Quand elle a ouvert le septième album, j'ai immédiatement su que j'aurais donné la moitié de ma fortune (ou plutôt celle de Charles) pour repartir avec. Il contenait des portraits, par dizaines. Elle était là, la mémoire que j'avais cherchée en vain pendant des semaines aux Couërons, et elle a défilé devant mes yeux dans le silence du sous-sol de la rue Gabriel-Laumain : Octave, l'homme aux yeux clairs de la photo de Jersey, posant avec la belle femme pâle de l'inauguration de la *Marie-Suzanne* (Julia, sans aucun doute), Octave entourant un petit garçon et un bébé (Ernest et Armand ?), Octave en uniforme militaire. Le même, plus vieux, ou l'air plus sévère, cette fois sans Julia, flanqué de deux garçons en culottes courtes. Quelques pages plus loin, toujours lui, assis, tandis qu'une femme un peu grasse, vêtue de noir, se tenait debout à son côté. Devant eux, en rang d'oignons, trois bambins en robe et bottines lacées assis sur un banc capitonné de velours, sous le regard mi-sévère mi-inquiet de la femme en noir.

Les trois enfants faisaient à peu près la même taille. L'un d'eux présentait une ressemblance troublante avec Paul au même âge. Les deux autres étaient des filles. J'ai désigné Octave.

— Lui, c'est mon arrière-grand-père, Octave de Kérambrun. Est-ce que ces photos portaient des légendes ?

Avec une infinie délicatesse, l'historienne a libéré l'image des encoches qui la retenaient. Au verso, une inscription : « Octave de Kérambrun et ses enfants. »

— Je ne savais pas que mon aïeul avait eu des filles...

— Ces deux-là sont jumelles. Vous avez vu comme elles se ressemblent ?

C'était une évidence. Et ces deux enfants, compte tenu de la concomitance des âges, ne pouvaient être que les filles de Katell. Était-ce elle, la femme en noir ? Elle paraissait plus âgée que Octave et était plutôt vêtue comme une domestique ou une gouvernante. Et pourquoi la mention « Et ses enfants », au pluriel, sous le seul nom de mon aïeul ? Les avait-il adoptées ? J'ai fait part à ma consœur de l'anomalie que constituait l'absence d'album familial dans la maison. Elle était d'accord avec moi.

— Impossible qu'il n'y en ait pas eu un. Ne serait-ce que pour ranger ces clichés-là.

J'ignore combien de temps nous avons passé dans cette réserve. Élisabeth Bathori, qui semblait pressée à mon arrivée, ne l'était plus du tout. Elle avait beau connaître le fonds par cœur, je la voyais succomber, encore et encore, au plaisir de son exploration.

Quant à moi, ma fascination était double. Il y avait, bien sûr, ces visages qui me happaient et qui pour certains s'incarnaient pour la première fois devant moi. Mais j'admirais aussi le talent avec lequel ils avaient été immortalisés. Ombres expressives, reliefs des ossatures, finesse des traits, velouté des peaux... Quant aux portraits en extérieur, qui concédaient parfois au vent une boucle folle ou un chapeau de travers, ils rendaient avec une merveilleuse exactitude la vivacité de l'air marin et la lente densité de la lumière d'ouest.

Ces photographies n'étaient ni mortes ni figées. Au contraire, elles avaient réussi le prodige d'emprisonner des particules de temps et de nacrer les chairs d'un éclat immarcescible ; de peindre à travers les poses, les moues, les vêtements, le tableau englouti d'une frange de la bourgeoisie de province, lancée à la conquête du littoral à l'heure où naissaient les stations balnéaires, une génération neuve pressée de faire fructifier le capital promis par l'or jaune des plages et l'émeraude des eaux. L'Octave qui traversait cette galerie, comme sur son portrait à Jersey, paraissait plein d'une énergie rentrée, avec son corps ramassé et son regard aigu. Mais pas Julia, dont les yeux clairs, flottants, presque tristes, étaient toujours ailleurs : même la présence épisodique d'un petit garçon perché sur son genou ou lové dans les plis du satin de sa robe ne suffisait pas à la ramener tout à fait parmi les siens.

80

Dans quelques minutes, Lison commencera à la chercher. Cela fait plus d'une heure qu'elle s'est éclipsée sans dire où elle allait.

Ce n'est pas la première fois. Elle part, elle marche, elle disparaît. Et quand elle n'est pas rentrée à l'heure du dîner, on s'affole et on envoie les domestiques.

Ils pensent bien faire, tous. Mais elle est fatiguée d'eux, de leur sollicitude. De leur surveillance, puisque c'est bien ainsi qu'il faut appeler leur manie de vouloir la traquer partout où elle se trouve.

À Saint-Malo, elle s'enfuit le long de la grève. Une fois, on l'a retrouvée en pleine nuit, à Rothéneuf. Non, elle n'est pas folle. Elle voulait simplement marcher pieds nus, respirer. Sentir la terre et la pierre, solides, compactes, sous sa peau. Parce que dans la maison trop grande et trop neuve, secouée par les vents et les marées, elle a peur.

Elle se plaisait mieux à Saint-Servan. Là-bas, elle passait chaque après-midi une heure ou deux dans la chambre de Suzanne, où trônaient le berceau et la courtepointe vermeille offerte par Katell. Elle sentait, ou croyait sentir, flotter dans la pièce l'odeur de bergamote et de lait de la peau de sa petite fille.

Quitter ces lieux où son enfant avait rendu son dernier souffle avait été un crève-cœur.

Mais lui, comme toujours, n'avait rien compris.

À Berck, la mer du Nord s'étire sans violence. Elle ne hurle pas sa complainte venteuse lorsqu'elle est pleine, elle s'étale simplement en faisant briller de longues langues de sable argenté. Cette mer apaisée dans laquelle elle voudrait nager des heures, en dépit des protestations du maître-baigneur, fait dériver ses pensées vers Suzanne. Dans son eau froide et salée, la douleur se dilue.

Souvent, elle songe à partir au large. Partir pour de bon. Le monde tourne si bien sans elle, se dit-elle quand elle voit Ernest en photo dans les bras de Katell ou d'Hélène. C'est sa sœur, pas elle, que Octave aurait dû épouser.

Jusqu'au soir, où la noirceur a reculé.

Elle était debout au milieu de la foule, trop de chaleur, trop de bruit, la migraine qui rampait. Prise de vertige, elle avait vacillé, avec l'impression que le sol venait à sa rencontre.

Il était arrivé derrière elle à ce moment-là et avait saisi son coude.

Une étreinte ferme, chaude. La main avait poursuivi sa trajectoire le long de son bras, avait effleuré le poignet, là où battait le sang. Était restée là le temps qu'elle reprenne l'équilibre avant de se retirer, comme à regret.

Quelques secondes, pas plus. Pourtant, elle s'était sentie brûlée.

Leurs yeux s'étaient croisés. Lui avait pâli, comme étonné par sa propre audace.

Elle ne savait presque rien de la chair. Néanmoins,

elle avait déchiffré, d'instinct, la violence de son désir à lui. Perçu l'étendue du pouvoir surgi de nulle part qui lui était soudain conféré. Elle aurait pu tuer cet homme d'un refus, elle le savait. Cette conscience lui rendait par contrecoup une plénitude, une impression d'exister, oubliée depuis trop longtemps.

Et pendant que son mari parlait avec le maire, son mari si courtois, si prévisible et si aveugle à sa douleur, elle éprouvait, au ralenti, la portée de ce qui était en train de lui arriver. Une place béante venait de remuer au plus profond d'elle, celle où était morte Suzanne, qui ne demandait qu'à être comblée.

Elle s'était rappelé une strophe des Contemplations *:*

L'amour fait comprendre à l'âme
L'univers, sombre et béni ;
Et cette petite flamme
Seule éclaire l'infini.

Quatre vers qui avaient roulé dans sa tête comme le tonnerre dans le ciel.
Quatre vers.
Dans son regard, elle s'était vue basculer.

81

Jusqu'au bout, j'ai craint le retard, la correspondance manquée. Mais non, c'est bien Paul que j'ai vu débarquer sur le quai de la gare, son sac en toile cirée accroché à l'épaule. Depuis Noël, les cheveux de mon fils ont poussé et son visage a bruni. Je le prends dans mes bras. Il est plus grand que moi de quelques centimètres.

Il m'a tellement manqué.

Dans la 4L, il me raconte son voyage, les otaries dont il s'est séparé avec inquiétude, l'équipe qu'il forme avec Werner, l'autre soigneur. Ce job semble être devenu toute sa vie. Je songe qu'il faudra bien parler d'avenir à un moment donné. Mais je repousse cette idée.

La tristesse muette que Paul traînait à Paris a disparu. Force m'est de reconnaître que s'éloigner de moi lui aura fait du bien.

Aux Couërons, il s'installe dans la chambre du premier, sur l'arrière, celle où je dormais quand j'avais son âge. Il connaît la maison depuis l'enfance. Il me rejoint dans la cuisine, où je prépare un thé, sort deux tasses de porcelaine du vaisselier.

— Les préférées de Mamie Soizic.

Cela me fait plaisir qu'il pense encore à sa grand-mère. Pendant qu'il fouille dans le placard pour trouver des biscuits, je continue de l'observer en douce. Après dix mois de solitude, je n'en reviens pas de le voir ici, aux Couërons.

Il me raconte la vie du parc, me parle de l'Allemagne, de ses collègues, à nouveau. Embraye sur la dépollution des océans. S'échauffe. Il faut faire quelque chose avant qu'il soit trop tard, sans quoi les poissons mourront l'estomac rempli de plastique et de poison, et nous avec. Et les algues ? Et les coraux ? Et les fonds sous-marins ?

Bref, ces Allemands ont métamorphosé mon fils en parfait écolo.

J'observe ce nouveau visage, cette facette de lui que je ne connais pas. J'ai quitté un garçon taiseux et secret, je retrouve un jeune homme enthousiaste. Je me demande s'il est amoureux, si c'est cet état de grâce qui l'illumine du dedans. Mais on ne pose pas ce genre de questions chez les Kérambrun.

Malgré le crachin, Paul insiste pour que nous allions marcher après le thé. Il m'interroge sur les cousins brestois :

— C'est dingue, quand même, que vous soyez restés tout ce temps sans vous voir. Pourquoi vous étiez fâchés ?

— On n'était pas fâchés. C'est nos parents qui l'étaient. D'ailleurs, tout le monde vient dimanche. On va fêter ton anniversaire avec un peu d'avance.

Paul a souri.

— Génial.

Je brûle d'envie de lui demander où il en est de ses projets. Ce qu'il veut faire de sa vie, à quel moment il va rentrer en France pour de bon. Il s'aventure sur la jetée, au pied des Thermes. Regarde le large.

— Ça m'a manqué.

— Tu as la mer, là-bas, pourtant...

— C'est la Baltique. Elle est belle, mais c'est pas pareil.

L'espace d'un instant, je reprends espoir. Cette année à Stralsund n'est peut-être qu'une parenthèse, le temps de faire le point et de digérer ma séparation d'avec sa mère.

En contrebas de l'estran, je repère une silhouette familière. Rebecca Lund ne court pas, cette fois, mais porte son éternel K-way turquoise passé sur un jean. Elle tient un sac en papier à la main. La voix de Paul, qui me raconte qu'il a fait halte chez sa mère, m'arrache à ma contemplation.

— Elle est contente que tu aies accepté, pour le divorce.

Je ne sais que répondre. Comment s'excuse-t-on d'avoir fait voler le foyer d'un enfant en éclats ? Paul ramasse un coquillage, le fait rouler entre ses doigts.

— Moi aussi, je suis content. C'était lourd, vos histoires.

L'Allemagne, c'est peut-être le prix à payer pour *ça*.

Après un hiver inhabituellement glacial, le printemps est d'une douceur excessive. À la Brasserie du Sillon, où nous sommes déjà nombreux, on nous installe à la table que j'ai réservée près de la fenêtre. Comme mon filleul l'autre jour, Paul et moi nous laissons happer par le spectacle : pendant que la pluie qui a commencé à tomber donne l'illusion qu'une vapeur s'exhale de la mer, la marée, elle, prend son élan pour attaquer sa remontée : sa *remontada*, me dit Paul, qui ne se rappelait plus qu'elle allait si vite. Lorsque je lui fais part de mon projet de me rendre à Cézembre à la nage, il ouvre des yeux ronds.

— Attends, mais c'est super loin !

Je l'assure que je prendrai les précautions nécessaires. Mais depuis que je suis ici, j'essaye de ne plus laisser mes angoisses et mes appréhensions écraser mes désirs. Avec plus ou moins de succès, me dis-je en songeant à Rebecca, que je n'ai pas osé recontacter. Je regarde Paul, qui n'a toujours pas renoncé aux fruits de mer malgré ses grands discours végétariens, dévorer ses huîtres. J'aime le voir se régaler de la pêche du jour, apprécier le sancerre, lui à qui hier encore je préparais des chocolats chauds ; l'entendre me parler de la COP 26, du réchauffement, et de l'accord de Paris ; me taquiner et me demander si on pourra faire du bateau ensemble dans les jours qui viennent.

Reste le sujet que lui et moi contournons prudemment. Il ne sera pas à l'ordre du jour ce soir.

Parce que après cette longue séparation, j'ai simplement envie de goûter la douceur d'être, pendant quelques heures, le père de mon fils.

82

— Non, Paul, je ne te dis pas non. Mais c'est une décision sérieuse. Il faut que tu me laisses le temps d'y réfléchir. Qu'on en discute.

En discuter... Ces paroles étaient, déjà, une forme de capitulation. Mon fils ne s'y est pas trompé : il a paru incroyablement soulagé.

Il venait de m'annoncer qu'il ne reprendrait pas ses études à Maisons-Alfort. À la place, il voulait s'inscrire à la faculté de Brême, au département de biologie. Il avait déjà tout calculé, fait des démarches pour obtenir son équivalence et pris des cours d'allemand afin d'être à niveau. Il avait même rapporté le dépliant de l'université, lequel vantait la compétence de ses spécialistes et son institut Max-Planck.

Autant dire que j'avais fraîchement accueilli la nouvelle.

À la tension sur son visage, dans ses épaules, j'ai compris que Paul s'était préparé à cette conversation depuis des semaines, qu'il la redoutait. J'étais passé par là avant lui et je savais le courage qu'il fallait pour tenir tête à ses parents sur ce genre de question. Que pouvais-je lui objecter, de toute façon ? Il avait travaillé comme un dingue durant ses deux années de prépa et sa première année d'école. Trop sans doute, ceci expliquant cela. Il trimait depuis presque un an, à temps partiel, dans son Ozeaneum, pour un salaire minuscule, mettant un point d'honneur à ne pas réclamer un sou de plus que la modeste pension que je lui versais. Pas du genre à empiler les « années sabbatiques » aux frais de ses parents comme le font certains de mes étudiants.

Ce que mon fils m'exposait n'était ni un caprice ni une chimère. Il avait bâti un projet, l'avait soupesé, mûri. Tout balayer par un refus de principe aurait été aussi stupide qu'injuste.

Le problème, c'était qu'il veuille partir. Aussi loin et pour aussi longtemps.

— Est-ce que ta mère est au courant ?
— Je voulais en parler avec toi d'abord.

Sa remarque m'a mis du baume au cœur, mais pas assez. J'étais blessé qu'il puisse envisager avec autant de désinvolture ces années de séparation.

Pourtant, blessé ou pas, je ne me voyais pas infliger à mon garçon ce que j'avais dû moi-même subir pour avoir le droit de choisir ma voie. Les reproches, la culpabilité, les sarcasmes. Lui ne vivrait pas les entrailles nouées par l'angoisse d'échouer à chaque nouvelle session d'examens, les vomissements avant d'entrer dans l'amphi, la peur de perdre la face. Il ne connaîtrait pas le travail la nuit jusqu'à en pleurer de fatigue le matin dans le RER à l'heure d'aller faire cours au lycée, n'aurait pas cette impression désespérante de n'être jamais à la hauteur, quoi qu'il fasse.

À la maternité, au moment où j'avais pris mon

bébé dans mes bras pour la première fois, j'avais été bouleversé par le poids de ce petit corps chaud, si lourd et si fragile. Il était complètement à notre merci. Je m'étais juré de le protéger contre tout ce qui pourrait lui faire du mal, moi compris. Et je m'étais fait la promesse que jamais, sous aucun prétexte, je n'écraserais mes enfants – j'ignorais alors que je n'en aurais qu'un – sous le poids de ma volonté. Je ne céderais pas à la laide tentation d'en faire des clones, des prolongements de mes propres désirs, quoi qu'il dût m'en coûter.

Apparemment, l'heure était venue de tenir parole.

Les trois jours qui ont suivi ont coulé, sereins. Notre discussion avait eu le mérite de crever l'abcès. Et je m'étais interdit de revenir sur le sujet pour le moment. Inutile de gratter la plaie.

Nous n'étions qu'à la mi-juin, mais la température était étrangement douce. Bien trop, en vérité. Il y a quelques années, nous nous en serions réjouis. Mais désormais se mêlait de l'inquiétude à voir comment cette chaleur précoce s'installait partout en France avant le début officiel de l'été.

Profitant de la météo, nous avons marché et nagé, faisant des haltes pour nous empiffrer de fruits de mer ou de galettes. Paul me racontait par le menu sa nouvelle vie allemande, ses cours de langue en ligne, sa décision d'embarquer l'été prochain pour une campagne sur un navire nettoyeur. Chaque parole était une flèche plantée dans mon cœur. Mais elle ne rendait sa détermination que plus évidente. Il m'a parlé de ces îles bientôt rayées de la carte, en Asie du Sud-Est, avec leurs « réfugiés climatiques ». L'archipel des Keys, en Floride, connaîtrait bientôt le même sort.

— Tu crois que ce sera comme ça, ici, un jour ? lui ai-je demandé.

— Ça paraît inéluctable. On annonce entre un demi et un centimètre par an, à partir de maintenant. Et regarde comme la mer est proche.

C'était vrai. Pas besoin d'études d'océanographie pour comprendre, les lendemains de grandes marées, quand la chaussée du Sillon était noyée sous le sable et le bitume étoilé de varech, que le danger était à la porte.

Aux Couërons, j'ai montré à Paul les registres d'Octave et les photos que m'avait prêtées Étienne. Il a manifesté le plus vif intérêt pour ces vieilles images. Puis m'a assailli de questions : qui étaient ces gens, que faisaient-ils, quels étaient leurs liens de parenté ? Il est revenu à la charge au sujet des cousins, qu'il était impatient de connaître.

— Je ne savais pas que tu t'intéressais autant à la famille…

— Mamie Soizic disait que c'est important, de savoir d'où on vient…

— Elle avait raison.

— … mais que le seul héritage qui compte, c'est l'amour qu'on reçoit.

— Elle avait raison aussi.

Paul a désigné de l'index les adolescents debout à côté de Juste, sanglés dans leurs costumes noirs.

— Ils ont l'air triste, tu ne trouves pas ?

— Tu sais, on ne souriait pas sur les photos, à l'époque.

— Non, regarde, ils ont vraiment l'air triste.

Au retour, nous avons à nouveau croisé Rebecca sur la plage. Depuis l'arrivée de Paul, j'avais à peu près réussi à la sortir de mes pensées. Elle avait réendossé son uniforme de sportive, fuseau noir et baskets, auquel s'ajoutaient d'épaisses lunettes de soleil. Un T-shirt bleu pâle avait remplacé le coupe-vent. J'ai pensé qu'elle allait se contenter d'un signe lointain mais, à ma grande surprise, elle s'est arrêtée à notre hauteur. Ne restait plus qu'à faire les présentations.

— Rebecca Lund-Pianta. Paul, mon fils.

Elle a souri.

— Les chiens ne font pas des chats... C'est vous qui travaillez en Allemagne ?

Elle a poursuivi par quelques phrases en allemand, auxquelles Paul a répondu avec aisance. Faute de comprendre ce que ces deux-là se racontaient, j'ai eu, pendant quelques secondes, l'impression troublante que mon fils était *vraiment* devenu un étranger. J'ai dit à Rebecca :

— On a regardé des photos de famille. Si vous avez envie de venir les voir, un de ces jours...

— Pourquoi pas ? Je vous ferai signe.

Après quoi, elle a repris sa course, nous adressant comme elle le faisait toujours, de dos, un signe de la main.

Paul a émis un petit sifflement.

— Tu as une touche avec elle ?

— Pas du tout !

— Mais tu la kiffes.

— N'importe quoi.

Mon fils a répété d'une voix sucrée : « Vous viendrez voir mes photos de famille ? » et je l'ai fait taire d'une bourrade.

— C'est une voisine. Son arrière-grand-père était l'associé du mien, Octave. Il en parle dans ses cahiers.

— Elle est allemande ?

— Je ne pense pas. Sa mère est danoise.

— Elle parle allemand comme une Allemande, en tout cas. Et elle a de ces yeux...

Ça, je ne pouvais pas le nier.

— Tu sais, 'Pa, si t'as une copine, tu peux me le dire. Je ne serai pas choqué. Maman a bien son mec, l'autre...

Il a cherché un qualificatif, puis a paru y renoncer faute d'en trouver d'assez abominable. Paul n'avait jamais pu supporter Pablo, mais du jour où sa mère avait emménagé avec lui, il l'avait définitivement pris en grippe.

— Ne parle pas de lui comme ça... On est d'accord, il n'a pas inventé l'eau tiède. Mais c'est le compagnon de ta mère.

— Arrête, Papa. Il est con comme un balai, et on le sait tous les deux. C'est du vent, ce type. Il se sert juste de Maman parce qu'il espère gagner encore plus de fric grâce à elle.

C'était le moment de faire amende honorable.

— Paul, je... je ne me suis pas bien comporté, avec ta mère, au moment du divorce. J'ai dit des choses que je n'aurais jamais dû dire. J'étais très en colère.

— Laisse tomber. Moi je vous aime tous les deux et je m'en fiche, de vos histoires.

Mon fils de bientôt vingt-deux ans faisait preuve de plus de sagesse que son père de cinquante. Paul est revenu à son idée première :

— Alors, ta belle Danoise, tu vas l'inviter à prendre le thé ?

J'étais gêné. Il m'a regardé en riant.

— Ah non, c'est pas que tu la kiffes. Tu la sur-kiffes, en fait.

83

Les Couërons se sont animés d'un coup avec l'arrivée des cousins de Brest. Présentations, étonnement, embrassades, exclamations. Belle m'a tendu un énorme paquet emballé dans *Ouest-France* : le tableau qu'elle était en train de terminer à Brest et qui m'avait tellement plu. Touché par son geste, je n'ai pas su comment la remercier. Pendant ce temps, Paul, très à l'aise avec ces cousins qu'il ne connaissait pas, proposait à Anaïs de lui faire visiter la maison.

Une heure plus tard, c'est Cécile qui a débarqué avec ses trois enfants et son mari. À cinq heures, je suis parti récupérer Servane et ses fils à la gare avec la 4L, tandis que ma cousine poussait jusqu'à Saint-Briac pour aller chercher Étienne et Albina. Ma tante et mon oncle dormiraient aux Thermes. Nous étions seize : cela faisait longtemps que la maison n'avait résonné d'autant de voix, d'exclamations et d'escaliers dévalés.

Paul était au centre de l'attention. Anaïs le dévorait des yeux, tandis que Cécile le bombardait de questions sur l'Allemagne. Léo, le fils de Servane, s'était littéralement jeté dans ses bras : il adorait son grand cousin. Paul a déballé ses cadeaux : un tableau de Belle, pour lui aussi, un livre sur les océans de la part d'Étienne et d'Albina, des CD de *space rock* américain offerts par Cécile et ses enfants, d'un groupe qui curieusement s'appelait Grandaddy. Je m'étais contenté d'un chèque, assorti d'un petit mot : « Pour ton permis bateau. » Mon fils m'a fait un clin d'œil avant de venir m'embrasser.

Belle, qui n'avait pas remis les pieds à la maison depuis ses treize ans, s'émerveillait de retrouver les Couërons « dans leur jus », comme elle disait. Pendant que Cécile et elle évoquaient leurs souvenirs, j'ai emmené Bertrand, le directeur du port de Brest, dans le bureau. En bon marin, il feuilletait les pages du carnet d'Octave avec intérêt, en s'arrêtant surtout aux croquis.

En contrebas, sur la terrasse du rez-de-chaussée, Léo était appuyé contre Servane qui discutait avec Albina. Les bras passés autour du cou de sa mère, il regardait en direction du large. Il dépassait déjà ma belle-sœur d'une tête. J'ai eu l'impression de me revoir à son âge.

Au salon où nous nous étions rejoints, nous avons ouvert le champagne en l'honneur de Paul. Assailli de questions sur ses projets, mon fils a parlé, comme si c'était fait, de ses futures études à Brême. « Enfin, si les parents sont d'accord », a-t-il ajouté en me coulant un regard en biais. Le petit renard avait d'ores et déjà compris qu'il avait remporté la bataille.

Étienne l'a félicité pour son choix et a mentionné le nom de quelques éminents professeurs allemands. Après quoi ils se sont embarqués dans une conversation sur le réchauffement qui a fait lever les yeux au ciel à Albina. Elle avait dû entendre ces arguments des milliers de fois.

— C'est vrai qu'il y a eu un raz-de-marée au Moyen Âge ? lui a demandé Bertrand.

— Victor Hugo en parle, mais le raz-de-marée de 709, c'est une légende ; ou, si tu préfères, une grosse exagération. On pense plutôt à une violente tempête, assez forte pour submerger un bout du littoral et marquer les esprits. Parce que même un cataclysme n'aurait pas suffi à expliquer une montée des eaux pareille. Le phénomène s'est produit bien avant. Et il a probablement duré des siècles.

— Qu'est-ce qui s'est passé ? a demandé Paul.

— Pendant les périodes de glaciation, la mer se rétracte. Un peu comme l'eau dans ton congélateur, quand tu fais des glaçons. Il y a dix-sept mille ans, la Manche était plus basse qu'aujourd'hui. De cent, cent vingt mètres. C'est pour cela qu'on pouvait aller à pied jusqu'à Jersey, ou au sud de l'Angleterre.

— Ça paraît dingue ! s'est exclamée Belle, habituée à l'encerclement maritime de Sein.

— Oui et non. Imagine quelque chose comme Le Mont-Saint-Michel, mais à une échelle plus vaste. Des grandes prairies, des plaines irriguées, avec des passages pour pouvoir y circuler...

— Et comment on peut être sûr de ça ? a demandé Paul.

— La géologie. On a retrouvé des arbres fossilisés, enfouis dans le sol inondé, qui datent du néolithique. On appelle ça des couërons.

— C'est de là que vient le nom de la maison ?

— Sans aucun doute. On les reconnaît parce qu'ils sont couchés à l'horizontale, avec des racines qui forment un angle à quarante-cinq degrés avec le tronc. Ce qui veut dire que ces arbres ont commencé à pousser avant la submersion, et qu'ils n'ont subi qu'ensuite le passage de la marée. C'est grâce à eux qu'on sait que le niveau de l'eau s'est élevé de façon définitive. Parfois, il en remonte dans les champs, comme les ossements de 14 à Verdun... Dès qu'il est exposé à l'air libre, le bois devient dur comme de la pierre. Et quand on essaye de le brûler, la puanteur est infernale.

Je me suis rappelé mes lectures.

— À l'emplacement du Sillon, il n'y avait pas une forêt qui allait jusqu'à Cézembre ?

Étienne a souri.

— Ah, la fameuse forêt de Scissy ! Ou Querckelonde selon d'autres sources. Hugo l'appelait la « forêt druidique »... Elle aussi, elle fait partie de la légende. En revanche, on est certain qu'il y a eu une forte densité végétale entre la côte et l'île. C'est ce qui donne sa couleur verte à l'eau. Tu peux voir la limite sur certaines photos satellite. Je te montrerai si ça t'intéresse.

Paul écoutait religieusement son grand-oncle.

— J'aurais adoré t'avoir comme prof à la fac.

Mes récits de piraterie n'avaient pas toujours déclenché autant d'enthousiasme, ai-je songé avec un peu d'amertume. *Dirai-je que la mer n'était point sûre pour les marchands, quand douze faisceaux sont tombés entre les mains des pirates ? Rappellerai-je que Cnide, que Colophon, que Samos, cités fameuses, que tant d'autres villes encore ont reçu leur joug, quand vous savez que vos ports, et nos ports d'où vous tirez la subsistance et la vie, l'ont subi également ? Ignorez-vous que le port de Caïète, si fréquenté, si rempli de navires, a été pillé par eux, sous les yeux d'un préteur ?*

Étienne m'a regardé : je voyais poindre chez lui les premiers signes de fatigue. J'ai fait diversion en donnant le signal du dîner, et la compagnie s'est levée pour gagner la grande table que nous avions dressée face à la mer.

La veille, Paul et moi avions passé la journée en cuisine, et la table regorgeait de nourriture. Pendant que les enfants s'amusaient à récupérer les plats dans le monte-charge, je me suis assis à côté de Cécile et lui ai demandé, en aparté :

— Ça va, chez Kérambrun ?

— Très bien. Figure-toi que Rodriguez a de nouveau essayé de me court-circuiter. Par mail, en plus. Le partenaire qu'il a contacté m'a demandé des explications, et c'est comme ça que je l'ai su. J'ai assez de motifs pour le licencier, maintenant.

— Et s'il contre-attaque ?

— Qu'il essaye. Un expert-comptable est en train d'éplucher ses notes de frais. Avec ce qu'on a trouvé, on est à la limite de l'abus de biens sociaux. Je pourrais porter plainte au pénal. Rien ne dit que je ne le ferai pas, d'ailleurs.

— Bravo.

— Tu sais, je gardais ce type par fidélité à ton père. Je voulais lui éviter l'humiliation d'être viré à trois ans de la retraite. Mais j'ai eu tort. Les planches pourries, il faut s'en débarrasser.

Décidément, mon père avait fait le bon choix. Ma cousine possédait la lucidité et la pugnacité qu'il avait tant désespéré de ne pas retrouver chez moi.

Les mets généreux et les bouteilles remontées de la cave ont contribué à délier les langues. Belle m'a interrogé sur les progrès de mon enquête et j'ai résumé pour eux tous l'histoire dans ses grandes lignes : celle, assez banale, d'un homme d'affaires qui travaille dur, à la femme souvent malade, flanqué d'associés qui lui donnent du fil à retordre. Moins banale, la fuite de l'un d'eux, qui couvre la compagnie d'opprobre, des querelles entre les enfants, et l'accueil (ou l'adoption ?) par Octave de deux fillettes qui n'étaient pas les siennes. Autour de la table, personne n'était au courant.

Étienne n'avait jamais rencontré ces deux hypothétiques tantes ni même n'en avait entendu parler. Ce qui était logique, si on considérait l'âge auquel Marthe, la grand-mère de Rebecca, s'était mariée : les filles de Katell avaient quitté la maison bien avant la naissance de mon oncle.

Lorsque j'ai raconté par quel curieux hasard j'avais fait la connaissance de la descendante d'Ambroise, les exclamations ont fusé. « C'est dingue », a dit Cécile. Tout comme Albina, elle avait lu le premier roman de Rebecca de Sainte-Croix.

Après le dîner, les enfants ont décidé de prendre un bain de minuit. Cécile était réticente, mais les plus grands nous ont tellement suppliés que nous avons cédé. J'ai fait jurer à Paul et à Gaspard, l'aîné de Cécile, de rester près du bord et de ne pas quitter les plus jeunes des yeux. Ils ont promis. Quelques minutes plus tard, toute la bande s'égaillait dans l'escalier en maillot et tongs, emportant un barda de serviettes. J'ai tenté de rassurer les mères – et de me rassurer moi-même –, en leur jurant qu'on les entendrait crier depuis le balcon. Seul Nejmeddine, le mari de Cécile, n'avait pas l'air de s'en faire. C'était un kiné, un homme souriant et posé, dont le calme tempérait depuis vingt-cinq ans l'adrénaline de ma cousine.

Pendant que les ados s'ébattaient au-dehors, j'ai montré à mes cousins les photos que j'avais regardées avec Paul. Ils se sont extasiés sur les visages, les coiffures, jouant au jeu des ressemblances. Belle a gardé un long moment entre les mains le portrait de Julia, que j'avais contretypé à l'Institut avec mon téléphone. Malgré la médiocrité de mon tirage d'imprimante, le velouté de la peau, la ligne droite du nez, les longs cils noirs fournis et les lourds bandeaux brillants avaient conservé tout leur éclat. Léopold Hodierne, le chimiste, avait-il triché et retouché l'épreuve pour restituer un visage d'une telle perfection ? Même si c'était le cas, notre aïeule restait d'une beauté hors norme : pas étonnant que la moitié des hommes de la ville s'enquissent d'elle quand elle n'était pas là.

La conversation s'effilochait. Belle a évoqué son père Roparz. Le regret qu'il avait toujours eu de la brouille familiale.

— Charles ne pouvait pas s'empêcher de se disputer avec tout le monde, a commenté Étienne. En revendant mes parts tout de suite, j'ai évité la catastrophe que ton père a connue.

Il a souri à Albina. Après tant d'années, mon oncle et ma tante avaient gardé l'un pour l'autre une tendresse magnifique – celle que je ne partagerais jamais avec mon ex-femme. Je leur ai parlé d'Octave, ce père si doux avec ses enfants – dans ses carnets tout du moins.

— Il ne l'a pas été avec le nôtre, crois-moi, a dit Étienne.

— Tu m'as dit que le premier fils était mort à la guerre. Tu sais où il est enterré ?

Mon oncle a poussé un soupir. Par la fenêtre ouverte, on entendait, emportés par le vent, les cris de nos enfants en train de s'ébrouer dans l'eau froide. J'ai craint qu'Étienne ne retombe dans une de ses absences. Mais il a repris la parole.

— Il est quelque part en Poméranie.
— En Poméranie ? Pourquoi si loin ?
— Il appartenait à la LVF.

J'ai eu un instant de stupeur.

— C'est quoi la LVF ? a demandé Nejmeddine.

Étienne a pincé les lèvres. J'ai répondu à sa place.

— La Légion des volontaires français. Des collaborateurs qui sont allés se battre sous l'uniforme allemand, sur le front russe, pendant la Seconde Guerre mondiale.

Le mari de Cécile et les autres ont ouvert de grands yeux. Apparemment, ils n'avaient jamais entendu parler de cette parenthèse peu glorieuse de l'histoire française. Étienne a repris :

— Tu parles d'une « légion »… Des gens de sac et de corde, des fanatiques et des têtes brûlées. Pour ce que j'en sais, Ernest y est allé par conviction politique. Il avait adhéré au Parti populaire français et avait été hypnotisé par Doriot et ses théories. Comme les hitlériens avaient réussi à faire tourner la tête de quelques nationalistes bretons, il avait décidé d'en être.

— Tu ne m'en avais jamais parlé, lui a dit Cécile, l'air songeur.

— Je l'ai appris tard. Très tard.

Mon oncle s'est tourné vers moi.

— J'ai réfléchi à ta question, sur l'héritage. Ce n'est pas impossible que Octave ait nommé notre père à la tête de la compagnie à cause de cela. Il devait haïr ce que son aîné était devenu.

— Et mon père, il était au courant ? a demandé Belle.

— Oui. C'est Roparz qui avait remis la main sur les documents, après le décès de Juste. Ensuite, il a effectué des recherches et a retrouvé la trace d'Ernest de Kérambrun aux côtés des Lainé, Péresse et consorts. Le « Bezen Perrot », comme ils se faisaient appeler...

Étienne m'a regardé.

— Tu sais, Roparz et moi, ça nous était bien égal. Mais ton père avait peur. Que la vieille affaire remonte, qu'elle vienne éclabousser la réputation de la noble compagnie. Quand Roparz est mort à son tour, Charles m'a supplié de ne pas en parler. Maintenant, je trouve que c'est beaucoup de secrets pour pas grand-chose. L'Histoire est ce qu'elle est. Et ces gens sont morts et enterrés depuis longtemps.

— C'est quand même lourd, comme passif, a commenté Bertrand.

— Pas pour moi. C'est simplement l'histoire d'un homme qui a choisi le mauvais cheval il y a quatre-vingts ans et qui l'a payé en allant se faire trouer la peau sur le front russe. C'est triste, mais il a bien cherché ce qui lui est arrivé. Qu'il ait été mon oncle m'est complètement égal.

Étienne s'est tu un instant.

— Je ne me suis jamais senti concerné par les égarements des morts. Ce qu'ils ont fabriqué, c'est leur affaire. C'est des vivants qu'il faut s'occuper. La faune, la flore, la mer... Elles sont en train de crever sous nos yeux... Vous avez remarqué la température qu'il fait depuis quelques jours ? Et on n'est qu'au printemps... Les deux tiers du globe sont recouverts d'eau. Alors si la vie dans les océans s'éteint, on s'éteint aussi. Ton fils a raison, Yann, c'est à cet avenir-là qu'il faut penser. Et vite.

Les maisons habitées, la nuit, respirent différemment. Ce soir, les Couërons ont refermé leurs murs autour de ma famille. Ils veillent sur leurs corps, leurs souffles endormis. Depuis quand cet endroit n'avait-il rassemblé autant de Kérambrun ? Et, surtout, à quand remontait la dernière fois où nous y avions été si gais ? Il était minuit passé lorsque j'ai raccompagné Étienne et Albina à l'Hôtel des Thermes. Ma tante m'avait glissé à l'oreille que retrouver Belle et les petits-neveux avait redonné à Étienne une énergie qu'elle ne lui avait pas connue depuis des semaines.

Après leur départ, la soirée s'était prolongée devant un whisky. Belle, Cécile et moi avions parlé jusqu'à deux heures du matin. Et maintenant, à cause de l'excitation de la fête, ou bien celle de l'alcool, je n'arrivais pas à trouver le sommeil.

Je me plais à penser que notre petite fête d'anniversaire était à l'image de ce qu'aurait voulu Octave, lui qui rêvait de devenir le patriarche d'une tribu et avait fait construire à grands frais une villa de seize pièces pour y établir sa lignée. Mais le sort est cruellement ironique : sa fille

Suzanne était morte à un mois et demi, son puîné Armand à vingt-deux ans, et son aîné, Ernest, à trente-cinq, sacrifiant sa vie à une cause déshonorante. Octave avait cet âge quand il était devenu veuf : en guise de vie conjugale, il avait endossé la responsabilité de l'éducation de cinq enfants, dont deux orphelines qui n'étaient pas ses filles.

Là commence l'incompréhensible : pourquoi ne pas avoir reporté tout son amour sur son dernier-né, Juste, surtout à une époque où les dynasties se transmettaient par les héritiers mâles ? Pourquoi avait-il expédié si tôt au pensionnat un garçonnet qui avait perdu sa mère alors qu'il n'était qu'un bébé ?

La mer, au loin, gronde : elle sera bientôt pleine. Hier, à onze heures, Cécile-la-mère-poule, comme l'appelait toujours mon frère, avait craqué et était allée chercher les jeunes sur la plage. Ils étaient rentrés, faisant trembler les escaliers sous leurs pas. Gaspard et Noé, ses fils, avaient passé une tête dans le salon :

— T'inquiète, Maman, on voulait juste aller à la nage jusqu'à Cézembre.

— Quoi ? s'était étranglée ma cousine. Cézembre en pleine nuit ? Mais ça ne va pas, la tête ?

Les garçons avaient éclaté de rire, ravis d'avoir réussi à la faire marcher.

— On t'a eue ! Mais oncle Yann, il va le faire, lui !

J'avais compris que Paul avait vendu la mèche.

— C'est quoi, cette histoire ? m'a dit Cécile.

— Rien du tout. Je tenterai peut-être un bout de traversée, avec un copain, cet été. Sa femme nous accompagnera en bateau.

Léo m'avait regardé, les yeux brillants. Servane avait capté son expression.

— Ah non, n'y pense même pas !
Elle s'était retournée vers moi.
— Et toi, pas d'idiotie, d'accord ?

L'avertissement, venant d'elle qui s'abstenait d'habitude d'en donner, comptait double. Alors j'avais fait comme les enfants tout à l'heure, j'avais promis.

Mais je rêve de plus en plus souvent à cette traversée, que je voudrais réussir en solitaire. Comme si atteindre l'île par mes seuls moyens pouvait me permettre de replonger dans ces époques lointaines dont nous parlait Étienne, lorsque la géométrie des terres et des sables était si différente que les îles Anglo-Normandes n'étaient qu'une péninsule. Je m'imagine, marcheur gagnant le couvent des Récollets, traversant une forêt de chênes baignée par le vent maritime. Ceux que la marée avait saisis, couchés, minéralisés, chassant au fil des siècles la sève et la fibre du bois pour y loger son sel, son fer, sa silice.

J'ai fini par sombrer dans le sommeil, environné d'images de canopée noyée et de troncs transformés en stèles.

85

Chausey est une île sauvage au large de Granville. Plus grande que Cézembre, elle regorge d'oiseaux et les couleurs y sont extraordinaires. C'est Xavier qui m'avait soufflé l'idée d'une balade ; il avait aussi proposé d'être notre skipper. La veille, il était passé aux Couërons et nous avions épluché la météo marine : temps couvert, vent d'ouest. Nous partirions à marée montante, pour naviguer avec le courant, et passerions la nuit sur place avant de rentrer. Paul avait accueilli l'idée avec enthousiasme.

Nous avons quitté la baie en longeant Cézembre et dépassé la pointe de la Varde. Le vent était moins fort que prévu, juste assez vigoureux pour que nous n'ayons pas besoin de tirer des bords. Xavier montrait à Paul comment actionner les commandes : je constatais que mon fils avait fait meilleur usage des cours de voile offerts par sa grand-mère que moi de ceux dispensés par mon père.

Au bout de deux heures, le temps s'était levé et c'est sous un ciel presque dégagé que nous avons accompli la traversée. De loin en loin, nous croisions les vedettes de la Compagnie Corsaire, lointaines cousines de celles que mon aïeul avait lancées sur la mer au début du siècle dernier. C'est Paul qui a vu le dauphin en premier : l'animal nous a escortés pendant une centaine de mètres.

Je garde un souvenir lumineux de ces heures, cette longue glissade vers l'île. Le roulis, très doux, faisait à peine clapoter la surface de l'eau, sur laquelle se brisaient des éclats intermittents de lumière. Paul était sur le pont, avec ses lunettes de soleil, souriant, les cheveux ébouriffés par le vent. C'est ce jour-là que j'ai pris la photo de lui qui se trouve aujourd'hui sur mon bureau.

Nous avons mouillé au Sound. L'île ne comptait qu'une poignée de maisons ; à l'exception des cabanons de pêcheurs, toutes étaient des demeures cossues, tapies derrière les arbres. Le peintre Marin-Marie avait vécu dans l'une d'elles. Le cours des journées ici devait être des plus étranges. Âpre, terrible en hiver, les soirs de mauvais temps, quand le vent et la houle clouaient les navettes au port ; paradisiaque quand le printemps faisait exploser ses nuances de vert, de safran et de grège, avant que les touristes ne viennent briser la quiétude des résidents. La présence d'une boîte aux lettres jaune rattachée à la poste de Granville, incongrue dans ce paysage si peu touché par la main de l'homme, formait l'unique trait d'union avec le continent. Vivre ainsi isolé, à des encablures de la ville, paraissait à cet instant une sorte d'idéal : à Saint-Malo, la vie, les autres, m'avaient rattrapé trop vite.

Pendant que la mer montait, faisant disparaître la plupart des rochers qui bordaient l'île – la légende disait qu'elle en comptait trois cent soixante-cinq – pour n'en laisser que quelques-uns piqueter l'eau de leur tête noire, Paul et moi avons passé un moment dans l'herbe drue, à contempler les nuages. Les oiseaux se posaient à quelques centimètres de nous. Mon fils ne disait rien, savourant l'instant. Quant à moi, je ne m'étais pas senti aussi serein depuis longtemps.

Nous nous sommes couchés à dix heures, recrus à cause de la traversée et la marche. Moi, l'insomniaque, j'ai dormi d'une traite jusqu'au lendemain. Quand j'ai rouvert les yeux, le jour était en train de se lever sur l'archipel : les stries charbonneuses de la nuit s'écartaient, laissant affleurer le cœur translucide de l'aube. L'horizon qui rosissait à fleur d'eau se chargeait de nuances pailletées, avant de se dissoudre dans des bleus d'une infinie délicatesse. Rien à voir avec les ciels turquoise, vifs et tranchants de la Méditerranée ; l'eau, la terre et l'air semblaient toujours ici en train de se mêler et de se fondre, se séparant comme à regret.

Appareil à la main, je suis sorti et j'ai marché jusqu'au rivage. La mer qui ondulait au loin caressait les roches brunes soutachées de varech, avec son odeur de sel et de ressac ; une odeur qui se confondait désormais pour moi avec le cours du temps. La mer m'avait adopté, recueilli, réconforté. J'étais désormais l'un de ses enfants. Peut-être n'avais-je jamais cessé de l'être.

86

Depuis la salle du petit déjeuner, Xavier a scruté le ciel, constellé de nuages floconneux. Dans le soleil du matin, le vert des frondaisons soulignait la pâleur dorée du sable. Mon ami a consulté la météo sur son téléphone, froncé les sourcils.

— Avis de grand frais pour cet après-midi. Ça t'ennuie si on lève le camp plus tôt ?

— C'est toi le skipper.

Je suis allé frapper à la porte de Paul, dont les yeux étaient encore gonflés de sommeil. Dix minutes plus tard, mon fils nous rejoignait et avalait une fournée de pancakes et de toasts à la confiture, en jeune ogre qu'il était. La patronne nous avait approuvés.

— Ici, quand ça se lève, ce n'est pas bon. Je ne sais pas si les dernières navettes de l'après-midi pourront passer. Faites attention à vous.

Nous avons pris la mer une demi-heure plus tard. Elle secouait plus qu'à l'aller, sur fond de bonne brise, mais la traversée restait sans histoire. Pendant un moment, j'ai maudit Xavier de nous avoir arrachés si vite à notre petit paradis ; mais vers onze heures, le vent s'est mis à forcir. C'est à ce moment-là que nous avons entamé notre lutte contre la dérive du bateau. Mon ami barrait, Paul et moi étions affectés à la manœuvre des voiles et les ordres se succédaient à une cadence accélérée. Le roulis était de plus en plus fort. Paul pâlissait à vue d'œil et, bien que nos estomacs fussent correctement remplis, la nausée commençait à poindre.

Au bout d'une heure, le vent atteignait trente-cinq nœuds sur une mer formée. Coque, mâture et voilure étaient entrées en résistance contre une force qui faisait craquer de tous côtés notre esquif. Le vent rendait les ordres de Xavier inaudibles une fois sur deux, et nos manœuvres de moins en moins efficaces.

Plusieurs risées ont donné une gîte inquiétante au bateau. Surgies de nulle part, elles s'engouffraient dans la toile qu'elles tendaient jusqu'à la rompre avant de la délaisser, comme un chat s'amuse avec une musaraigne. Sitôt le voilier remis d'aplomb, le manège recommençait. Je ne cessais de choquer les écoutes pour relâcher la tension, mais le vent avait toujours un coup d'avance.

Au bout d'une heure de ce jeu épuisant, le ciel s'est chargé de reflets de plomb. Xavier nous a ordonné d'aller chercher les combinaisons dans la cale. Il avait adopté sans s'en rendre compte un ton sec qui ne me disait rien qui vaille. Paul et moi, trop grands, avons tout juste réussi à les passer, calant les gilets de sauvetage par-dessus. Je suis allé barrer, le temps que Xavier s'équipe à son tour. Ensuite, chacun s'est arrimé. Mon ami ne montrait aucun signe d'appréhension. Mais nous avions compris que la situation était en train de se gâter.

Après vingt minutes de calme relatif, à l'issue desquelles j'ai vraiment cru que nous étions sortis d'affaire, malgré la force du vent, un coup de noroît subit nous a déstabilisés. Xavier nous a crié de prendre un ris sur la grand-voile. Il fallait à tout prix diminuer notre prise au vent. Le temps que je m'exécute, il était trop tard. Après quelques secondes, le vent a changé de direction, le bateau a tangué, et soudain j'ai eu l'impression que nous en avions perdu le contrôle. Ballottés par les vagues, nous entendions la voilure et le mât grincer dans un bruit affreux. Le bateau était maintenant poussé par le vent arrière qui nous secouait sans ménagement et nos combinaisons ruisselaient de pluie.

— Il faut empanner, a crié Xavier.

J'ai hurlé.

— On ne peut pas allumer le moteur ?

— Vu la gîte, on va le noyer.

La peur m'a saisi. L'empannage est une manœuvre complexe qui peut briser un mât en quelques secondes. Nous avions dû l'exécuter une ou deux fois par mauvais temps avec mon père. Son visage dans ces moments-là devenait aigu, crispé : le même que celui de Xavier en ce moment. Mais mon ami avait raison, nous n'avions pas le choix : à cet instant, n'importe quelle vague plus haute que l'autre pouvait nous faire chavirer.

J'ai expliqué à Paul comment procéder : au signal de Xavier, je relâcherais la tension de la voile. Mon fils devrait la récupérer immédiatement sur l'autre écoute et la faire pivoter le plus vite possible, pour rattraper le vent dans le bon sens. La manœuvre réclamait force et adresse.

La première fois, Paul n'a pas tourné la

manivelle assez vite et la bôme est revenue vers moi à la vitesse d'un coup de fusil. J'ai tout juste eu le temps de baisser la tête pour l'éviter. La deuxième fois, nous avions inversé les rôles, mais mon fils a libéré l'écoute quelques secondes trop tard et la tentative a fait long feu. Je commençais à paniquer. Au troisième essai, j'ai vu la voile pivoter et un craquement terrible a retenti, au point que j'ai pensé que le mât allait céder. Mais la toile a fini par basculer à bâbord et s'est regonflée sous la poussée du vent.

J'étais tellement soulagé que je n'ai pas vu la déferlante. Arrivée par l'arrière, elle a balayé le pont dans un fracas assourdissant et m'a aspiré en se retirant. J'ai entendu l'acier du mousqueton qui me reliait au filin claquer au moment où je m'envolais dans les airs.

La première sensation a été le froid, glacial. L'eau qui pénètre dans la combinaison par le cou, les manches. J'étais jeté dans une opacité verdâtre, sans avoir eu le temps de prendre une respiration. Montée d'adrénaline. *C'est maintenant que ça se joue*, me suis-je dit. Je suis resté immobile, renonçant à me débattre, comme mon père me l'avait appris. Ces quelques secondes, durant lesquelles j'ai eu l'impression de couler à pic alors que j'étais à court d'oxygène, m'ont semblé une éternité. Mais rester calme était une question de vie ou de mort : le temps de faire glisser la main le long du flanc, de trouver la ficelle du premier coup et de tirer d'un coup sec.

Le gilet de sauvetage m'a fait jaillir de l'eau comme un bouchon de champagne. Une fois à la surface, j'ai recraché l'eau, aspiré une grande goulée d'air. Où se trouvait le bateau ? D'abord, je n'ai vu que l'écume bouillonnante, et au loin – trop loin ai-je pensé –, la silhouette du petit voilier. J'ai essayé de nager dans sa direction, mais j'étais entravé par la combinaison. *Tu vas y arriver.*

Une vague m'a frappé sur le côté, puis une autre. J'ai bu la tasse. Le scénario s'est répété deux fois. J'étais tiré vers le bas par le poids de mes chaussures, de mes vêtements imbibés d'eau, ramené vers le haut par le gilet. Le choc des vagues était étourdissant : je comprenais tout à coup le sens du verbe *tabasser* qu'utilisent les marins pour parler de la mer.

Je réfléchissais à toute vitesse, dans l'état de lucidité absolue où plonge le danger. J'étais un nageur entraîné et la combinaison amortirait la température de l'eau pendant encore quelques minutes. Le gilet de sauvetage, lui, m'empêcherait de couler. Mais la succession furieuse des vagues compliquait tout mouvement et m'interdisait de reprendre mon souffle correctement. À ce rythme, je frôlerais vite la dette d'oxygène.

Et surtout j'étais en train de dériver au fil d'un courant puissant, qui m'éloignait du bateau. Je voyais le voilier, où Xavier avait affalé pour ralentir, glisser sur son erre, malgré ses efforts pour virer dans ma direction.

Une décharge de terreur m'a transpercé. Je ne voulais pas mourir. Pas comme ça, pas sous les yeux de mon fils.

À partir de là, tout n'a été qu'une question de méthode. D'abord me laisser glisser jusqu'au bord extérieur du courant et nager en biais pour m'en extraire, une technique enseignée par mon père. Ensuite essayer de bouger le moins possible, en restant à la surface des vagues, le temps que le bateau se rapproche, ce qu'il a fini par faire. À demi aveuglé par le sel qui brûlait ma cornée, j'ai vu Paul qui lançait vers moi une bouée orange. J'ai entrepris de nager dans sa direction. Concentré sur mon but, je n'ai pas senti la vague arriver. Nouvelle tasse.

J'ai eu le temps de comprendre qu'une autre vague m'arrivait droit dessus, assez puissante pour me faire perdre les quelques mètres chèrement grappillés. J'ai eu le réflexe de plonger, mais le gilet m'en empêchait. Quand la crête m'a littéralement retourné, je me suis forcé à rester immobile, les bras en croix, le temps de reprendre ma respiration. Les choses allaient de mal en pis. À ce moment, j'ai entendu distinctement la voix de Guillaume dans mon oreille, comme s'il était à côté de moi. « Ne bouge pas, petit frère. Tu ne peux pas couler. L'eau te porte, de toute façon. »

Je me suis retourné, les yeux rivés sur la bouée, et j'ai recommencé à nager. Je ne sentais plus mes mains, mes pieds étaient devenus de plomb. Le froid me transperçait jusqu'aux os ; j'entendais mon cœur qui tambourinait dans ma poitrine, sur le point d'exploser. Mais je ne renonçais pas. Je comptais : *un, deux, trois, quatre*. Laisser passer les vagues, subir leur gifle. *L'eau te porte, de toute façon*. Et de mètre en mètre, la tache orange de la bouée devenait plus proche. À un moment donné, j'ai pu lire l'inscription sur son flanc, et compris qu'elle était presque à portée de ma main. Alors j'ai utilisé mes dernières forces et je me suis tendu comme un ressort, nageant dans sa direction avec l'énergie du désespoir. Je sens encore mes doigts touchant le plastique glissant, le laissant échapper, s'agrippant encore, jusqu'à ce que je me saisisse d'un morceau de cordage.

À partir de là, plus rien n'aurait pu me faire lâcher prise.

Mon épaule et ma hanche heurtant le plancher du pont ont été une des sensations les plus réconfortantes de ma vie. Je suis resté allongé au moins une minute avant de vomir des flots d'eau salée. Mon fils, blême, ne lâchait plus mon épaule.

— 'Pa, tu nous as fait peur !

Xavier, resté à la barre pour tenter de stabiliser le voilier, m'a fait signe, et j'ai levé le pouce en signe de victoire. Sans tarder, Paul a repris sa place à la manœuvre. Moi, j'étais étrangement calme. À partir du moment où la voix de Guillaume avait résonné dans ma tête, j'avais su que la mer ne m'aurait pas, pas aujourd'hui. Et que le reste ne serait qu'une question de détermination.

Ma volonté de vivre, je l'avais crue dénaturée par les épreuves. Je m'étais laissé couler, depuis le départ de ma femme et celui de Paul, dans un puits de solitude et de mélancolie. J'avais refusé les antidépresseurs que mon ami Renaud m'exhortait à prendre, les rencontres, les dîners auxquels des collègues voulaient me traîner, j'avais même refusé l'amour qu'aurait voulu m'offrir Nadia. Je pensais parfois à la mort : une perspective angoissante, mais qui m'aurait délivré d'une partie de mes tourments.

Et voilà que, confronté à sa menace directe, je me découvrais acharné à vivre et à continuer, ni philosophe, ni résigné, comme j'avais voulu me le faire croire. Mais au contraire plein d'un instinct de vie farouche, animal, intact.

87

Ce n'est qu'une fois rentré au port des Bas-Sablons, quand mon pied s'était posé sur le ciment de la cale, que la terreur, la vraie, était venue. Nous étions trempés jusqu'aux os, nos visages ruisselaient. Xavier et moi savions que je l'avais échappé belle. Mon ami m'a glissé en aparté :

— Il va m'entendre, mon pote. Les Parisiens qui achètent du matériel de merde sur Internet, ça commence à bien faire.

— Ça va, il n'y a pas mort d'homme...

— Parce que tu es bon nageur.

Puis il avait interpellé Paul.

— Alors le marin d'eau douce ? Imagine, quand tu partiras pour tes expéditions en haute mer.

Mon fils avait souri, encore pâle.

— Je viendrai faire un stage avec toi avant.

Aux Couërons, j'avais passé la soirée et une partie de la nuit à tenter de me réchauffer. En vain. Je tremblais intérieurement. J'avais failli mourir et je savais que cet instant allait me hanter pendant longtemps. Et pourtant, je n'avais aucun désir d'oublier ce qui s'était passé.

Le lendemain, la pluie qui tombait en rideau

nous a offert un prétexte pour rester à la maison. Au petit déjeuner, Paul me parlait, je beurrais mes tartines, et en même temps je revivais en boucle ce moment, dans l'eau, quand la vague m'avait aspiré vers le fond et que la voix claire de mon frère avait retenti dans ma tête. Ce point de bascule où j'avais décidé que la vie l'emporterait, malgré les épaisseurs de renoncement dont j'avais cru qu'elles avaient d'ores et déjà gagné la partie.

Mon fils avait demandé à consulter de nouveau les photos que je lui avais montrées. Celles où figurait son arrière-grand-père semblaient le fasciner. Sur le cliché qui représentait Juste enfant, j'avais désigné les fillettes blondes :

— Tu vois, l'une des deux, c'est sûrement la grand-mère de Rebecca, la femme qu'on a vue sur la plage.

— Alors, c'est vrai, cette histoire ? Ce n'est pas juste un prétexte pour la pécho ?

J'ai esquissé une grimace.

— Surveille ton langage.

Paul a désigné la photo où Juste posait avec ses quatre fils.

— C'est Papi Charles, là ?

— Non, lui, c'est le deuxième à gauche.

Paul l'a regardé longtemps.

— Il était beau. On dirait un acteur. Ou un pianiste.

— Hum, je crois que l'art, ce n'était pas le genre de la famille. Encore que, Étienne m'a dit que ton grand-père était bon dessinateur.

Paul a fait pivoter son fauteuil vers moi.

— Dis-moi, 'Pa, il était gentil, Papi Charles, avec vous ?

— Pourquoi tu me demandes ça ?

— Pour savoir.

J'ai cherché la meilleure réponse. Renoncé aux périphrases.

— Non, il n'était pas tellement... gentil, comme tu dis. C'était un père sévère. Mais beaucoup d'hommes de sa génération étaient comme lui.

Paul a soupiré.

— C'est pour ça qu'il vous a envoyés au pensionnat, avec oncle Guillaume ?

— En internat. Ça n'a rien à voir. Et c'était très bien, l'internat.

Je ne mentais pas. Le plus rigide des conseillers d'éducation était dix fois plus coulant que mon père.

L'incompréhension de Paul était palpable. Il devait se dire que ses enfants à lui n'iraient jamais au « pensionnat ». Qu'il leur ferait autant de câlins qu'il en aurait envie. Déjà, quand je le voyais, petit, avec la chienne de ma mère dans les bras... Pour faire diversion, je lui ai montré les publicités que Octave avait commandées pour ses bateaux. Contrairement à moi, mon fils a tout de suite reconnu le modèle qui avait inspiré l'emblème de la compagnie.

— C'est ton île qui est dessinée là ?

— Eh oui !

— On pourrait y aller demain ? J'ai trop envie de la voir, maintenant que tu m'en as parlé.

J'avais prévu la balade. Mais je devais reconnaître que je n'étais pas chaud pour reprendre la mer aussi vite après l'épisode Chausey.

Pas chaud du tout, même.

La météo est venue à mon secours : la houle, couplée à un coefficient élevé, rendait l'île inaccessible, au point que les navettes régulières avaient renoncé à faire la traversée. Mettre un orteil dans ce bouillon eût été une folie.

Les traînées d'écume qui balayaient le Sillon, dans l'enroulement nerveux des vagues, avaient nettoyé le rivage de ses baigneurs et ses véliplanchistes. Les températures étaient enfin revenues aux normales de saison. Paul et moi avons tenté une marche, dont nous sommes revenus trempés comme des soupes. Mon fils a dû se contenter d'observer l'île depuis le bureau, avec les jumelles de Charles. Je lui ai promis qu'on irait à Cézembre à son retour. Une façon de prendre des garanties sur l'avenir... Une façon surtout de ne pas penser que le jour de son départ approchait. Lui-même semblait ressentir un peu d'appréhension à l'heure de faire le grand saut.

Nous avons savouré chaque moment de la dernière journée : café aux Thermes, galette en ville, détour au cimetière – ma troisième visite en moins d'un mois. Mais cette fois, surmontant mes réticences, j'ai accompagné Paul jusqu'au caveau de famille. C'est lui qui avait tenu à déposer des fleurs sur la tombe de ses grands-parents. Son séjour en Bretagne avait réveillé chez ce petit Parisien expatrié en Allemagne une paradoxale envie de redécouvrir ses « racines », comme il disait.

Devant la stèle, j'ai parlé en pensée à ma mère. Des images me sont revenues, celles d'un appartement rue Sainte-Croix-de-la-Bretonnerie. Une douleur qui ne passe pas et dont on rêve encore la nuit malgré la distance des années. J'ai senti Paul me toucher le bras.

— Ça va, 'Pa ?
— Ça va.

Pendant le déjeuner, le dernier que nous prendrions ensemble avant un moment, je lui avais proposé de l'aider à s'installer à Brême. Mais il avait poliment décliné l'offre (« T'inquiète, je gère »), me signifiant ainsi qu'il n'avait pas envie d'avoir son vieux père dans les pattes. Il m'avait promis de repasser aux Couërons à la fin de l'été, avant sa rentrée universitaire.

— D'ici là, tu auras le temps de demander à la belle Rebecca de te donner des cours d'allemand.

J'ai fait mine de lui jeter ma serviette au visage.

— Cesse tes impudences, *mi fili*.

Le cœur lourd, mais avec la certitude que ces huit jours allaient briller comme un petit soleil dans ma mémoire, je l'ai raccompagné au train. Pour la première fois depuis des années, mon fils et moi avions partagé autre chose qu'un repas pris en vitesse ou quelques mots sur le déroulement de la journée. Il avait été heureux de faire la connaissance de ses cousins de Brest, de revoir Léo et le reste de la famille. Notre discussion sur son avenir, une grenade qu'il avait su désamorcer avec habileté, et la frayeur du retour de Chausey, qui avait failli virer au désastre, nous avaient paradoxalement rapprochés.

Je ne me faisais pas d'illusions : les angoisses, l'inquiétude, les regrets ne tarderaient pas à revenir au triple galop et me tenailleraient durant mes nuits d'insomnie. Je me dirais que cette installation en Allemagne était une catastrophe, je me reprocherais de n'avoir rien tenté pour l'empêcher, avant de m'accuser d'avoir fait fuir Paul loin de moi.

Mais du moins avais-je réussi à ne pas me poser en statue du Commandeur. À ne pas doucher d'emblée les espoirs de mon fils avec mes propres craintes. C'était une victoire contre mes démons. Silencieuse, intime et sans gloire : mais pour moi, elle signifiait beaucoup.

88

Le silence de retour dans la maison vide à nouveau m'étreint. Cette nuit, la mer s'est retirée si loin que son grondement semble assoupi. J'aimerais pouvoir en dire autant. Je rallume le plafonnier et regarde le tableau de ma cousine, maintenant accroché dans ma chambre. Loin d'avoir épuisé son énigme, la silhouette de la femme, dont le visage reste en partie caché, avec ses secrets, ses espoirs et ses promesses, continue à me happer chaque fois que je lève les yeux sur elle. Je pioche au hasard dans les livres de Julia et attrape un recueil de poèmes, *Le Collier de griffes*. L'impression est nette sur le papier bruni. Devant un quintil, une croix au crayon.

> *Ceux qui dédaignent les amours*
> *Ont tort, ont tort,*
> *Car le soleil brille toujours ;*
> *La Mort, la Mort*
> *Vient vite et les sentiers sont courts.*

Les sentiers sont courts… Je ne savais rien de **Julia de Kérambrun** à part ce que lui écrivait son mari, un médaillon pâli au cimetière et quelques photographies. Et pourtant il me semblait percevoir à travers les pages qu'elle avait annotées les frémissements d'une âme blessée, une harpe douloureuse qui vibrait à la plus infime des émotions. Je repose le volume de Cros et reprends *Les Contemplations*. Leur reliure fatiguée, un beau plat historié, dit toute la valeur que sa propriétaire y attachait. Certaines pages s'ouvrent d'elles-mêmes, comme si le recueil avait été lu et relu, inlassablement. Julia y a placé des feuilles séchées, des morceaux de programme de spectacle, des cartes à jouer, ainsi qu'un télégramme sur papier lavande dont la couleur a viré au gris. « *Bien arrivé à Bochum. Lettre suivra. O.* »

Dans le recueil de Hugo, les vers soulignés par Julia renvoient souvent à l'amour. Est-ce leur dimension mystique qui l'a requise ou faisaient-ils chez elle écho à des attachements plus terrestres ?

Ô coteaux ! ô sillons ! souffles, soupirs, haleines !
L'hosanna des forêts, des fleuves et des plaines,
S'élève gravement vers Dieu, père du jour ;
   Et toutes les blancheurs sont des strophes
d'amour.

Il y avait peu de chances pour que Octave, avec ses livres de raison et son pragmatisme, eût partagé ce romantisme fervent. Dans le fond, mon aïeule était *sentimentale*, un mot qui avait mauvaise presse un siècle plus tard, où aimer était devenu un tabou autrement plus sérieux que de se retrouver au lit avec une femme qu'on connaissait depuis deux clics. Jamais je ne l'aurais avoué, même à mon ami Renaud, mais l'idée que je passerais le reste de mes jours avec la même compagne, dans une fidélité qui paraissait à beaucoup désespérante, m'avait longtemps soutenu. Quand j'avais découvert Marie-Laurence pâmée entre les bras de Pablo, cet idéal avait volé en éclats. Je n'avais pas fini d'écluser ma désillusion.

Avec Nadia, ma collègue parisienne, mes atermoiements, un pas en avant, deux en arrière avant la fuite finale, avaient surtout provoqué un formidable gâchis ; l'épisode me mettait mal à l'aise chaque fois que j'y repensais. Et l'inconfort que fait naître en moi le silence de Rebecca Lund – alors que cette femme n'a aucune raison de me donner de ses nouvelles – me renseigne sur le fait que je n'en ai peut-être pas terminé avec les *sentiments*.

Du volume de Hugo s'échappe un trèfle à quatre feuilles. Quelques pages plus loin, c'est une photographie qui surgit entre deux poèmes. Une enfant emmaillotée, dans les bras de la belle femme pâle aux bandeaux noirs. Julia porte une robe blanche qui laisse voir la naissance de sa gorge. Ses cheveux sont relevés en un chignon hâtif dont quelques mèches se sont échappées. Elle tient la petite serrée contre son sein, la couvant d'un regard énamouré. Loin de la statue de marbre des inaugurations et des portraits, la voici femme de chair, terriblement *incarnée* dans cette étreinte passionnée.

Le bébé, lui, ne sait encore rien du monde, sinon la chaleur de la peau de sa mère, la voix de son père et les mains des nurses. Ses petits poings sont fermés, ses yeux ne sont plus qu'une fente obscure. Livré au mystère du sommeil, sous les bouillons du bonnet de dentelle, il a rejeté sa tête en arrière, dans une posture d'abandon absolu.

Étonnante photo comme on n'en prenait jamais à cette époque. Intime, presque impudique. Qui l'a réalisée ? Hélène Le Mélinaire, la sœur de Julia, qui taquinait la muse photographique ? Ou Octave, en mari amoureux qui a voulu immortaliser cette Nativité, le fruit de ses entrailles paisiblement endormi dans les bras d'une femme qu'il chérissait ? Je doute qu'on ait convoqué les Hodierne pour procéder : aucun étranger n'aurait pu être le témoin d'une telle intimité, du trop-plein d'amour affamé, presque animal, qui transparaît dans l'étreinte de Julia, ses bras refermés autour de l'enfant comme un rempart entre elle et le reste du monde. Dans son regard liquide brille un éclat étrange qu'on ne lui voit sur aucune autre photographie.

Au verso, un simple prénom : « Suzanne ».

89

Le bruit de la mer la poursuit jusque dans sa chambre, pourtant la plus reculée de la maison. La nuit, elle se réveille en sueur ; elle voit les paumes renversées d'une enfant dont la poitrine ne se soulève plus, un corps emporté par les vagues sans qu'elle y puisse rien. Elle étouffe, elle a l'impression de se noyer.

La marée était haute, le soir du drame, lui a-t-on raconté ensuite.

Pour calmer son cœur affolé, elle empoigne le volume de Hugo, psalmodie les vers qu'elle connaît par cœur. « *Pauvre mère, et ses yeux resplendissaient dans l'ombre, / Quand, sans souffle, sans voix, renonçant au sommeil, / Penchée, elle écoutait dormir l'enfant vermeil.* »

Cet homme dont le cœur s'est brisé, plus tard, quand il a perdu sa propre fille, lui parle comme un frère.

Et si la prière laïque échoue, au petit matin, elle succombe à la torpeur écœurante de la fiole de laudanum donnée par Montgenèvre. Celle que le docteur Sobieski lui confisque quand elle arrive à Berck, « *pour son bien* »*, lui dit-il.*

Ne sont-ils pas fatigués, les uns et les autres, de savoir à sa place où est son bien ?

Mais elle n'a pas osé s'en plaindre à Octave. À Octave, si accaparé qu'on a toujours l'impression de lui voler un temps qu'il n'a pas. Son mari lui fait peur, avec la passion méthodique qu'il met à faire les choses : des bateaux, des moteurs, des enfants, une maison. Chez lui, un projet en chasse un autre.

Elle en arrive parfois à haïr le goût forcené qu'il a pour l'existence.

S'il avait accepté de mêler ses larmes aux siennes, au lieu d'aller chronométrer des traversées après la mort de Suzanne, peut-être aurait-elle pu lui pardonner.

Mais il ne l'a pas fait.

Au contraire, il a continué, *comme il dit.*

Bien sûr, il a payé. Payé pour les messes, payé pour qu'on expédie sa femme à Berck le temps qu'elle « guérisse de ses nerfs », payé pour ses livres, ses modistes, ses remèdes.

Mais il a fallu qu'il l'engrosse dès son retour.

Et elle a vu avec horreur, quelques mois à peine après la mort de Suzanne, son ventre s'arrondir, lourd d'un autre corps dont elle ne voulait pas.

Au point qu'elle a rêvé que la créature se décroche, qu'elle s'en aille, comme cela arrive sans arrêt à Katell, plutôt que de trembler en attendant l'issue fatale.

Mais l'enfant s'est agrippé.

Après des mois passés à osciller entre les vertiges et les nausées, à souffrir mille maux, elle l'a mis au monde dans une douleur ignoble : une mare de sang et d'urine et des spasmes si atroces qu'elle a cru que cette naissance allait la tuer.

Ensuite, ses seins n'ont pas fabriqué une goutte

de lait pour le nourrisson qu'elle a pris en grippe dès ses premiers vagissements.

S'il doit mourir lui aussi, inutile de s'arracher le cœur une seconde fois.

Mais Octave, qui a toujours une solution pour tout, a fait venir une nourrice des Côtes-du-Nord.

Quand elle est tombée enceinte une troisième fois, malgré ses précautions et la distance à laquelle elle s'efforce de tenir désormais son mari, elle n'a plus eu la force de se rebeller contre le sort. Le sien est scellé, il la condamnera à fabriquer des petits Kérambrun et à revivre ce supplice jusqu'à ce que l'âge l'en empêche, si elle ne meurt pas en couches auparavant – ce qu'elle appelle parfois de ses vœux.

Mais elle a continué à sourire, de soirée en dîner, à lancer des bouteilles de champagne contre les coques, à se rendre à la messe, à présider des ventes de charité. À repousser habilement les amis et les associés de son mari, qui la flattent en rêvant de la posséder en secret – elle n'est pas dupe de leurs regards lourds, de leurs frôlements ambigus. Au point de penser parfois qu'elles ont de la chance, les veuves des marins qui n'ont plus d'homme pour les importuner.

La femme de l'armateur le plus en vue de la Côte d'Émeraude est épuisée. Sa seule consolation est un chaton appelé Lion qu'elle a arraché à la mort et dont la douceur lui rappelle la peau de Suzanne. Mais faible est cette digue minuscule contre le vertige mortel qui jour après jour l'envahit.

90

L'année 1912, plutôt calme pour Octave, est marquée par l'inauguration en grande pompe des Couërons. La famille y est installée depuis plusieurs semaines, mais la pendaison de crémaillère, qui devait avoir lieu à la fin de l'année précédente, a été repoussée à cause de l'arrivée d'Armand, le deuxième fils. Le bébé est né le jour de Noël 1911.

Au début de l'année, Octave note que Julia a souffert de « fortes fièvres » et la liste des dépenses pour les docteurs et les remèdes s'allonge. Lui-même se plaint, vers le milieu de l'année, de douleurs aux reins qu'il attribue aux « fatigues » que lui causent ses affaires. Le petit garçon, en revanche, se porte comme un charme. Dès janvier, une nouvelle nourrice est appointée, en plus de la gouvernante anglaise. Elle s'appelle Henriette Stohellou, vient de Groix et gagne trente francs par quinzaine. Comme après la naissance d'Ernest, Julia, elle, a rejoint Berck où elle séjourne durant le mois de février et une partie de celui de mars.

Contre toute attente, au printemps, Octave se résout à mettre en service une liaison hebdomadaire au départ de Brest. Elle descendra jusqu'à

Belle-Île, puis desservira Groix et Ouessant. Si l'armateur accède à ce vœu jusque-là toujours contrecarré, ce n'est pas pour faire plaisir à Ambroise, désormais remis de l'attentat ; mais pour confronter, avant le lancement du brick islandais, ses moteurs à la terrible mer d'Iroise, celle qui peut réduire un navire en pièces en le déchirant sur ses récifs. Octave, naturellement, est du premier voyage – il n'est pas homme à laisser les autres prendre des risques seuls –, avec son fidèle Le Corff et Alexandre Dubuisson. Un équipage chevronné, trié sur le volet, a été désigné pour piloter cette liaison. Des primes importantes sont prévues.

L'armateur note des « vagues terrifiantes qui imposent leur monstrueux roulis » et des « vents furieux ». Au bout de six mois, la tentative fait long feu, après qu'un bateau qui transportait des marchandises et un équipage de six marins a manqué se fracasser sur les rochers ; sans le sang-froid du capitaine qui a su doser la puissance des moteurs, c'en eût été fini. Octave, qui ne transige pas avec la sécurité des hommes, considère que, dès lors que ses navires ont su affronter des tempêtes de force 11 et des vagues de la taille des Couërons, il peut clore l'expérience sans état d'âme.

La pendaison de crémaillère a lieu le 17 avril, après le retour de Julia. Une fête comme Octave en rêvait depuis des mois : entre les traiteurs, les saleurs, les marchands de vin, les fleuristes et le photographe, il a dépensé sans compter. Ce faste inhabituel se reflète dans la liste des invités, si prestigieuse que des journalistes de *Ouest-Éclair* et du *Républicain* (mais évidemment pas ceux du *Salut*) ont été conviés à assister à leur arrivée.

Grivolat, l'architecte, a fait le déplacement depuis Rennes. Sainte-Croix est aussi de la fête. Mais pas Minchinton ; il faut croire que l'Anglais n'est plus en odeur de sainteté. Sont également présents, selon *Ouest-Éclair*, le préfet de police, le commandant de garnison et le maire Gasnier-Duparc, le rival d'Ambroise.

Six semaines plus tard, Octave, remis de ses douleurs aux reins, part pour l'Amérique. C'est un long voyage, qui va le tenir éloigné de sa famille pendant huit semaines. Mais il veut rencontrer des motoristes américains et espère découvrir là-bas des technologies prometteuses. À Liverpool, il embarque le 8 mai sur le *Mauretania*, son cahier dans ses bagages. Les longues journées à bord, loin de l'agitation de ses bureaux, lui laissent du temps pour écrire.

Il ne tarit pas d'éloges sur le navire qu'il a emprunté, décrivant par le menu le fonctionnement de ses quatre turbines à vapeur, ses 68 000 chevaux de puissance, ses hélices gigantesques et surtout ses 24 nœuds de vitesse de croisière. C'est une performance inédite : le *Mauretania* n'a-t-il d'ailleurs pas remporté le Ruban bleu, trophée de vitesse que se disputent âprement les bateaux transatlantiques et sur lequel lorgnent les grandes puissances européennes et américaines afin de prouver leur supériorité nationale ?

Durant la traversée, Octave gagne la sympathie du capitaine, lequel connaît « l'excellente réputation » de la maison Kérambrun. Ce dernier convie plusieurs fois l'armateur à sa table, lui fait visiter le bateau de fond en comble et l'autorise même à pénétrer dans le saint des saints, la salle des machines. Bien que son anglais tienne du baragouin, mon aïeul s'entretient avec le chef mécanicien puis file dans sa cabine pour consigner leurs conversations. Je saute les passages où l'on parle entraînement direct, arbres d'hélice et réduction d'engrenages ; mais constate, devant la prolifération de schémas et de tableaux, que ces journées ont été pour Octave d'un intérêt phénoménal, peut-être parmi les plus intéressantes de son existence.

À l'issue de cinq jours de voyage, il arrive à New York. L'Amérique, écrit-il à Julia, lui déplaît, avec ses immeubles trop hauts, sa richesse ostentatoire, la rudesse de ses manières. Pour un homme rompu aux usages mondains de la vieille noblesse française, il est choquant d'être questionné à table sur sa fortune ou le montant des salaires qu'il verse à ses ouvriers. Mais il admire le caractère pragmatique de ce peuple industrieux, médite sur ce nouveau monde où un vendeur de « chiens chauds », comme on appelle ces saucisses prises dans un morceau de pain, ou un modeste tailleur à peine débarqué d'Odessa ont la possibilité de faire fortune, pourvu qu'ils soient prêts à travailler dur. Il remarque que, chez les hôtes qui le reçoivent, ce sont toujours des gens de couleur qui font le service et que dans les usines, les mêmes sont cantonnés aux emplois les plus mal considérés. Mais il ne précise pas si cela lui paraît normal ou dérangeant.

Accompagné d'un interprète, Octave se rend ensuite à Chicago, puis à Detroit et Cleveland. C'est là que sont installées les principales usines de mécanique automobile. Succession de visites, de rencontres, de dîners. Sur place, Octave observe, thésaurise, engrange, convaincu plus que jamais que l'avenir de la navigation repose sur les machines. « Dans trois générations, écrit-il, la voile ne sera plus qu'un loisir de plaisancier ou un souvenir pour nostalgiques. »

Julia, dont il reçoit des nouvelles par lettre et par télégramme, lui manque. À plusieurs reprises, il dit son regret de ne pouvoir lui faire découvrir ce pays trépidant qui le séduit de plus en plus, une fois surmonté le choc de l'arrivée. Comme elle n'a pas souhaité l'accompagner, sa femme a été confiée aux bons soins des Tézé-Villan qui l'ont emmenée à Hossegor pour de petites vacances : un télégramme resté entre les pages a traversé l'Atlantique pour l'informer qu'elle a fait bon voyage. Quant aux affaires, elles ont été remises entre les mains de Dubuisson, secondé par Hélène Le Mélinaire, qui lui sert curieusement de secrétaire. Sainte-Croix, de son côté, est accaparé par la campagne des élections municipales de 1912 : une victoire ferait de lui le député-maire de Saint-Malo.

Octave voit dans sa propre absence l'occasion de mettre à l'épreuve les capacités du jeune architecte naval, qu'il juge « brillant et fiable » : il a le projet de lui proposer une association avant la fin de l'année. Les deux hommes échangent des télégrammes à un rythme soutenu – quelques-uns sont encore pliés entre les pages du registre. Et Octave de se féliciter, là encore, des miracles de la technique qui permettent aux nouvelles de sa compagnie et de sa femme de traverser l'océan en quelques heures.

Il reprend le bateau du retour le 10 juillet 1912. Dans ses malles, entre autres, une voiture de métal rouge à pédales, motorisée, pour Ernest, et un énorme *teddy bear* pour Armand. L'armateur s'est également fait conduire chez le joaillier le plus réputé de New York et y a fait l'acquisition d'un saphir monté en bague et de boucles d'oreilles assorties. Ce sera le cadeau de Julia pour son anniversaire.

D'autres présents sont destinés à Hélène, Katell, ses parents et ses beaux-parents. Il y a même une longue-vue pour Dubuisson. Octave est un homme économe, mais un bon mari, un bon père et un bon fils : s'il dépense autant d'argent pour gâter les siens, c'est d'abord pour leur dire combien il les aime.

91

— La vue que vous avez, c'est extraordinaire.
Je n'en disconvenais pas. Surtout à cette heure où une lumière dorée poudrait la surface de l'eau, faisant de Cézembre son joyau noir. J'ai rejoint mon invitée et observé avec elle, depuis la fenêtre du premier étage, les progrès de la marée montante. Rebecca Lund, que j'avais fini par recroiser sur la plage comme je l'espérais secrètement depuis des jours, avait enfin accepté mon invitation à venir voir les lettres de son arrière-grand-mère. Nous avions passé une partie de l'après-midi à les lire. Et maintenant, elle était là, accoudée à mon balcon.

Quand j'avais déposé les deux liasses devant elle, elle en avait parcouru l'intégralité sans faire de commentaire, pendant que je continuais à déchiffrer les registres d'Octave. Le silence n'était troublé que par le bruit des pages qu'elle reposait d'une main précautionneuse. Si les plaintes de Katell, cette femme désespérée, l'avaient émue, elle n'en avait rien laissé paraître. Elle avait en revanche affiché une certaine surprise quand je lui avais montré le dernier document, celui où elle exprimait la volonté de confier ses filles à Octave si elle venait à disparaître.

— On m'a toujours dit qu'elles avaient été recueillies par de la famille. Or il n'y avait pas de lien de parenté entre eux, n'est-ce pas ?

— Pas à ma connaissance.

Rebecca m'a rendu le papier jauni, si vieux qu'il aurait pu se casser entre nos doigts.

— Votre aïeul a été d'une générosité étonnante. Pourquoi a-t-il fait cela, à votre avis ?

— Il était catholique. Pieux, très pratiquant, doté d'un fort sens moral. Et comme vous l'avez vu, il aimait beaucoup Katell...

Je finissais d'ailleurs par me demander jusqu'à quel point.

Rebecca a laissé son regard errer sur le mobilier et les boiseries du salon.

— C'est étrange de penser que ma grand-mère et ma grand-tante se sont assises ici.

— Et vous voyez la même chose qu'elles. Presque rien n'a changé.

Je lui avais ensuite fait visiter la maison. Elle avait admiré la bâtisse, les enfilades de pièces, les parquets à point de Hongrie et les lambris de la bibliothèque. Dans le bureau, elle était tombée en arrêt devant les deux bow-windows.

— Quelle chance vous avez, d'habiter un endroit pareil...

J'ai osé une question sur celui où elle vivait.

— À Courtoisville. L'appartement au-dessus de chez le photographe.

Je voyais parfaitement. Guillaume et moi avions rituellement été traînés dans ce studio par mon père, pour ses cartes de Nouvel An à ses « amis » – qui étaient surtout ses partenaires commerciaux.

La sainte famille se composait un visage impeccable, le temps d'une séance de pose.

— Vous êtes tout près de la plage. C'est pratique pour le jogging.

— Et vous encore plus près, pour la natation. Je vous admire d'aller à l'eau par n'importe quel temps.

Ainsi, elle m'observait, elle aussi. J'ai été secrètement flatté de l'apprendre. Dans l'escalier qui nous ramenait au grand salon, j'avais hasardé une autre question :

— Vous vivez à Saint-Malo depuis longtemps ?

— Dix-huit mois.

Mais pas un mot sur le lieu où elle habitait auparavant. Je ne tarderais pas à comprendre que ces silences étaient inhérents à sa façon d'être : des informations distillées au compte-gouttes, des dérobades polies dès qu'on pensait l'avoir approchée. *La Reine des Neiges.*

Cette fois, la reine était venue avec ses propres lunettes de lecture, des demi-lunes turquoise qui lui allaient bien. Tout lui seyait, à vrai dire, à commencer par son chemisier blanc et ce pull d'homme en cachemire (à qui appartenait-il ?) passé sur un jean délavé qui moulait ses longues jambes. La garde-robe d'une femme à l'aise financièrement, mais dépourvue d'ostentation. Tirait-elle ses revenus du succès de ses romans, d'un métier lucratif ou du salaire d'un conjoint ? De cela non plus, elle n'avait toujours rien dit.

Quand je lui avais relaté le duel et l'attentat dont avait été victime Ambroise, elle avait commenté :

— Curieux personnage... Je comprends qu'on ait préféré ne pas en parler, dans la famille.

— Il avait un côté chien fou, toujours en train d'accumuler les ennuis.

Je lui avais raconté l'épisode de la jeune bonne engrossée. Rebecca a dit :

— Le miracle, c'est qu'il ait pu être réélu avec une réputation pareille.

— Hum, d'autres ont fait pire il n'y a pas si longtemps.

— Ce n'est pas faux.

Nous avons souri en même temps. J'ai poursuivi.

— *Le Salut* accuse Sainte-Croix d'avoir acheté ses voix. D'après moi, l'accusation est à prendre avec des pincettes : le rédacteur en chef du journal est royaliste, et il passe son temps à essayer de démolir Ambroise.

— Et vous, vous en pensez quoi ? Que c'était un escroc ?

— Difficile à dire. Je ne sais pas s'il était aussi malhonnête que ses détracteurs le prétendaient : il se battait vraiment dur pour les pêcheurs et les ouvriers.

Le regard de Rebecca a fui vers l'horizon, dont il a bu les reflets. L'après-midi entamait sa descente et le ciel s'était chargé d'une lumière tamponnée par les cumulus, comme dans les tableaux de Belle. La pile de lettres était devant nous. Je cherchais un moyen, n'importe lequel, pour faire rester mon invitée un peu plus longtemps.

— Un porto, ça vous dirait ?

Rebecca a paru hésiter. Finalement, elle a acquiescé, ses yeux attirés par les fenêtres du salon. Manifestement, le charme des Couërons opérait.

Nous nous sommes installés sur la terrasse du rez-de-chaussée. Rebecca a humé l'alcool avant d'y goûter, fermé les yeux un instant. Robe pourpre du liquide, odeur sucrée et capiteuse, bruit de la mer, renverse des couleurs sur l'estran ; et surtout la présence de cette femme énigmatique et pourtant assise en face de moi comme si elle avait toujours été là. Les promeneurs de la digue nous jetaient des regards envieux. Moi, je savourais chaque seconde, conscient que la chimie sensorielle et émotionnelle de cet instant proche de la perfection ne se reproduirait jamais. Après la première gorgée, Rebecca a déclaré :

— Exceptionnel.

— Mon père était un connaisseur.

— Vous avez grandi ici ?

— Non. On venait seulement pour les vacances. Votre grand-mère a passé plus de temps que moi dans cette maison.

Rebecca a soudain eu l'air pensif.

— Pauvre Marie-Catherine. Deux enfants sur les bras, et un mari qui a pris la poudre d'escampette pour échapper au scandale.

— J'ai du mal à comprendre pourquoi il est parti, à vrai dire. Elle venait de lui annoncer sa grossesse, tout de même...

— Allez savoir de quoi certains hommes sont capables en pareil cas.

Au ton de sa voix j'ai compris que le terrain était miné. Mieux valait revenir au sujet qui nous occupait.

— Et vous, vous en avez appris plus, sur les fameuses lettres envoyées par Ambroise ?

— Non, j'ai posé la question à mon père au téléphone. Mais sa mémoire, maintenant... Je demanderai à ma tante Geneviève la prochaine fois que je l'appellerai.

Elle a reposé son verre et jeté un coup d'œil discret sur sa montre.

— Je vais devoir vous quitter.

Elle était déjà debout et mon espoir de la retenir à dîner s'envolait. Avant de partir, elle a tiré un livre de son sac.

— J'allais oublier. Désolée, ce n'est pas très modeste, comme cadeau...

Son deuxième roman. Je n'ai pas osé lui dire que je l'avais commandé chez le libraire. Comme je la remerciais, elle m'a arrêté :

— C'est moi qui vous remercie. De m'avoir montré ces lettres. De m'avoir fait profiter de la vue. Et pour le porto aussi.

J'aurais dû lui répondre qu'elle pouvait revenir en boire quand elle voulait. Mais je ne l'ai pas fait.

Sans rien savoir d'elle, j'avais pensé en contemplant la nuque de Rebecca Lund, depuis le sommet du perron qu'elle descendait en silence, que dans une autre vie, elle avait dû être différente. Que ce pli désabusé n'avait pas toujours été installé au coin de ses lèvres, ni cette tristesse dans ses yeux. Qu'il avait existé, avant qu'elle arrive à Saint-Malo, une femme plus gaie, plus spontanée, moins méfiante. Mais quelque chose l'avait percutée et avait fait d'elle ce personnage distant et ironique, cette silhouette sur laquelle les regards et les attentions ricochaient sans l'atteindre. Une *Reine des Neiges*.

92

Parmi les panneaux photographiques que le Conservatoire du littoral a installés au sommet de Cézembre, l'un me touchait plus que les autres. On y voyait deux maisons qui faisaient face au rivage, arrimées sur le flanc nord-ouest. À l'arrière, des toits plats, allongés, fondus dans le paysage, recouvraient les baraquements militaires de l'ancienne garnison française. Ou alors, la bâtisse était-elle déjà reconvertie en bagne, ce Cézembre-Biribi qui avait tant navré Octave ? Au centre de l'image couraient les fondations d'un très vieux mur de pierre, peut-être les vestiges du couvent des Récollets. Des pans maçonnés, plus récents, étaient restés debout : on y accédait par un escalier et un pont de planches dont je n'ai su distinguer ce qu'il enjambait.

Au début du XXe siècle, la présence humaine sur l'île se résumait à une suite de traces temporelles enchevêtrées, des ruines vénérables et une poignée de maisons. Les occupants les avaient semées avec parcimonie, sans rien dénaturer, laissant l'herbe et un début de prairie recouvrir la roche.

Rien à voir avec les photos postérieures, quand

l'organisation Todt était passée par là, que l'armée allemande avait érigé ses hauts baraquements, lesquels faisaient ressembler Cézembre à une avenue de banlieue crasseuse. Sa chaussée, ses planches de chantier et sa caserne en avaient brisé le charme bucolique ; on pouvait voir des soldats en uniforme haler sur leur dos les seaux de ciment qui allaient servir à bâtir les fortifications. Lieu sordide, gris, déjà sinistré, même si des garçons aux visages flous, fiers de leur effort, souriaient en levant les yeux vers le camarade qui tenait l'appareil. La garnison comptait alors près de cinq cents hommes, entassés dans moins de dix hectares et encerclés par la mer : la promiscuité devait y être infernale.

Un soir, après le kitesurf, j'avais proposé aux Draouen de pique-niquer dans l'île, et je nous y avais conduits en zodiac. Géraldine, qui n'était jamais allée plus loin que la plage, nous avait accompagnés jusqu'en haut. Elle s'étonnait devant les restes des fortifications allemandes, dont le fer tordu, parfois à vif, témoignait de la violence de l'assaut final. Nous avions longé le bunker où le cadavre avait été retrouvé.

— Au fait, j'ai eu des nouvelles, m'avait dit Xavier. D'après le colonel Rozen, ils ne sont plus si sûrs que le corps était celui d'un soldat. Pas de plaque, pas d'insigne, pas de fragments d'uniforme... L'anthropologue va tenter une datation au carbone 14. Mais uniquement à des fins scientifiques.

Rozen... Impossible de me rappeler pourquoi ce patronyme m'était familier.

— Tu crois que je pourrais lui parler, à ce colonel ?

— Si tu as des éléments nouveaux à lui apporter, oui. Dans le cas contraire, ça m'étonnerait. Pourquoi il t'intéresse tant, ce macchabée ?

Difficile à dire. Dans l'enquête que j'avais amorcée, Cézembre revenait plus souvent qu'à son tour : emblème de la compagnie, lieu des pique-niques de fiançailles d'Octave et des prières de la pauvre Katell, escale qu'on offrait aux touristes de la Société malouine de transports nautiques comme une cerise sur le gâteau. Mais aussi repaire de contrebandiers et ultimement vigie martyrisée de la Manche.

Dernière virgule de terre avant la mer, l'île avait cristallisé les espoirs et les enthousiasmes de trois hommes, Octave de Kérambrun, Ambroise de Sainte-Croix, Augustus Minchinton, quand ils avaient entrepris de sillonner la mer avec leurs bateaux rapides et d'en devenir les rois. Qu'on y ait retrouvé un corps ne pouvait qu'éveiller ma curiosité.

Assis dans l'herbe avec mes amis, j'avais regardé ce pan de côte dont je connaissais désormais le moindre millimètre pour l'avoir arpenté. Vu d'en face, le rivage paraissait minuscule, avec ses rangées de maisons où les Couërons n'étaient pas plus gros qu'une tête d'épingle. À quoi pouvaient penser les moines et les bagnards, quand ils apercevaient au loin les moulins, l'excroissance de la cité d'Alet, berceau de la ville, et la longue langue de sable du Sillon ? Quand la plage était encore une grève, encombrée de barques échouées et de goémon que venaient récolter des femmes dans des charrettes à bras ?

Avaient-ils trouvé la paix, ceux qui étaient venus prier ici ? Et les autres ? Quel enfer et quelle géhenne y avaient-ils connus ? Quant au mort, comment avait-il atterri là ?

Je crois que c'est à ce moment que l'idée vague, extravagante, mais persistante, qui flottait dans mon esprit depuis un moment, a pris corps.

Trop hasardeuse, trop improbable pour que je puisse encore la partager. Mais impossible à déloger de ma tête.

J'avais fermé les yeux un instant, dans l'odeur des graminées et le bruit du ressac. Et décidé de rendre visite à Per Kérézéon, l'historien.

93

— On s'est déjà rencontrés, non ?
— Jamais.
— Ah si, je suis formel ! Vous étiez venu me voir il y a une quinzaine d'années, pour me poser des questions à propos de la naissance du tourisme sur la Côte d'Émeraude.
— Ce n'est pas moi que vous avez vu. C'est mon frère.
— Je me rappelle : il voulait écrire quelque chose sur l'essor des navettes en Manche. Il l'a fait, finalement ?
— Il est mort dans un accident de moto.
— Je suis désolé.
Per Kérézéon et moi étions assis sur un banc, près de la bibliothèque. L'historien m'avait donné rendez-vous à la cafétéria, mais m'avait entraîné dehors sitôt nos gobelets en main. C'était un homme d'une cinquantaine d'années, vêtu d'un jean et d'une chemisette. Ses cheveux gris fer et sa peau recuite contrastaient avec ses yeux bleus perçants. Bronzage agricole, bras musculeux, mains massives aux ongles grisâtres, effrités sur les bords : si je l'avais croisé dans un train ou une

salle d'attente, je l'aurais pris pour un patron de pêche.

— Désolé, ce n'est pas très formel, comme cadre. Mais je n'aime pas être enfermé.

Comme je le comprenais... Devant les longs bâtiments rectangulaires du campus où des étudiants retardataires se dirigeaient en courant, je me félicitais d'avoir échappé à ce bagne-là. Kérézéon m'a regardé, une lueur d'amusement au fond des yeux.

— Que me vaut la visite d'un honorable collègue de la Sorbonne ? Antoine m'a dit que vous vous intéressiez à Cézembre.

— Antoine ?

— Antoine Pirel, le libraire.

— En fait, j'habite en face de l'île, une villa qui s'appelle les Couërons.

— Les Couërons... Je vois très bien. Une des dernières construites. 1911 ou 1912, je crois. Une des plus belles aussi. Votre aïeul avait vu grand. Il a été un des hommes les plus dynamiques de la côte. Il a quasiment inventé le principe des vedettes transmanche. C'était un visionnaire. Je l'avais dit à votre frère, d'ailleurs.

— J'ai presque terminé votre livre. Il est remarquable.

L'historien a esquissé un sourire.

— Merci. Alors vous savez déjà tout.

— J'aimerais bien... Vous avez entendu parler du corps découvert à Cézembre ?

— Évidemment ! On m'a interviewé à ce sujet, mais depuis, je n'ai rien vu passer nulle part.

— L'armée fait des investigations.

Kérézéon a levé les yeux au ciel.

— Si c'est la Grande Muette qui s'en charge,

alors on n'est pas près de connaître le fin mot de l'histoire ! Cela dit, si vraiment c'est un soldat, ce serait un miracle que le corps ait été conservé. Les cadavres de ceux qui sont morts là-bas ont été pulvérisés par les bombardements. Ça a été d'une violence inouïe, cet épisode. Vous saviez que Cézembre est l'endroit d'Europe qui a reçu le plus de bombes au mètre carré à la Libération ? Plus que Dresde, plus que Brest...

— J'ai vu des photos...

— Impressionnant, hein ? Mon grand-père, qui habitait Saint-Malo, m'a dit qu'ils ont vu l'île prendre feu, littéralement. Des panaches de fumée noire, qui ont brûlé pendant des jours. Ils respiraient cette fumée en se demandant si elle n'allait pas les empoisonner. Ils pensaient que Cézembre allait partir par le fond, après ça.

— Mais si ce n'est pas le corps d'un soldat allemand, ça pourrait être qui ?

— On n'a que l'embarras du choix... Cézembre n'a jamais été un repaire d'enfants de chœur, même du temps des moines. Il y avait de la contrebande, de la piraterie, aussi, avant la construction du phare du Grand Jardin. Les récifs étaient pain bénit pour les naufrageurs... Ça a duré plusieurs siècles. Et même à partir du XIXe siècle, quand l'île a été fortifiée, elle n'était pas occupée tout le temps. L'armée ne laissait qu'un ou deux plantons, et ils ne devaient pas passer leurs nuits à crapahuter sur les rochers par gros temps.

L'historien était sûr que certains de ces soldats avaient été corrompus. Il en voulait pour preuve qu'entre mars et décembre 1911, les cabaretiers de la côte s'étaient mis à servir du whisky et de la bière à un prix défiant toute concurrence. Les liqueurs arrivaient d'Angleterre et il se disait que les fûts transitaient par Cézembre.

Nous, le peuple du monde le plus exercé et le mieux partagé en fait de forces maritimes, nous ne pouvions, sur aucun point, tenir tête aux pirates, écrivait Cicéron dans son fameux discours sur Pompée. La convocation de Minchinton et l'interdiction que Octave avait faite aux bateaux d'accoster sur l'île me sont immédiatement revenues en mémoire. Était-ce l'affaire douteuse qu'il avait fallu faire étouffer en urgence par le préfet de police ?

Ma question sur le corps avait titillé Kérézéon ; il y avait, de toute évidence, réfléchi de son côté. Pour lui, en cas de rixe entre contrebandiers, les assassins auraient eu meilleur temps de se débarrasser du cadavre en mer – Géraldine Draouen en était arrivée à la même conclusion. Lui penchait pour un bagnard, un détenu de la colonie pénitentiaire.

— «Cézembre-Biribi»... Mon aïeul en parle dans ses carnets.

— Des carnets, dites-vous ?

À la lueur de convoitise dans son regard, j'ai compris que j'avais gaffé. Pour faire diversion, j'ai relancé Kérézéon sur le bagne. Le régime disciplinaire, m'a-t-il raconté, y était atroce : prisonniers affamés, soumis aux privations et au froid, gardés par des brutes sadiques qui passaient leur temps à inventer des punitions, sans parler des violences à n'en plus finir que s'infligeaient les détenus entre eux. Le taux de mortalité était anormalement élevé. Mais du moins les morts avaient-ils droit à une sépulture.

— Mon aïeul disait qu'il était opposé à l'installation du bagne.

— Il n'était pas le seul... Imaginez qu'on veuille implanter Guantánamo sur l'île Saint-Louis... Quand certains captifs ont réussi à s'évader à la nage, on a vite arrêté les frais. Les fortes têtes ont été expédiées au fin fond des déserts coloniaux du Maghreb. Ensuite, l'île est devenue une colonie pénitentiaire pour les Belges. Bataillon disciplinaire, toujours, mais en moins dur. Peut-être que l'un de ces hommes est mort et qu'ils l'ont l'enterré là.

Il a bu le fond de son gobelet.

— Ils étaient très pieux, ces Belges. Ce sont eux qui avaient restauré l'oratoire de Saint-Brendan... Mais dites-moi, ces carnets dont vous me parlez, ils ressemblent à quoi ?

Je pressentais qu'il allait demander à les voir.

— Une espèce de livre de raison. De la comptabilité, pour l'essentiel. Mon aïeul parle un peu de ses associés, aussi. Ambroise de Sainte-Croix et Augustus Minchinton.

— Un armateur anglais, n'est-ce pas ?

— Je n'ai trouvé aucun renseignement sur lui. Même sur Internet, son nom n'apparaît pas.

— Il a été impliqué dans quelque chose... Le naufrage de la *Marie-Suzanne*. Oui, ça me revient... J'avais fait des recherches spécifiques, mais impossible de retrouver sa trace après la guerre. C'est très étrange, d'ailleurs, car il semblait avoir amassé pas mal d'argent.

Voilà qui me confortait dans mon intuition : il n'y avait pas eu une, mais *deux* disparitions suspectes parmi les associés de la compagnie. Quant au nom du bateau, il m'avait arrêté quand je l'avais croisé dans des articles du *Salut*, à Rennes. La catastrophe était aussi mentionnée dans *Ouest-Éclair* et elle semblait avoir fait de nombreuses victimes. J'aurais bien questionné l'historien à ce sujet, mais j'avais trop de fers au feu.

— Et Ambroise de Sainte-Croix ? C'était une figure de son époque, n'est-ce pas ?

— Drôle de coco, celui-là. On a raconté qu'il était parti se mettre au vert pour échapper à la banqueroute. Et qu'ensuite, à cause de la déclaration de guerre, il n'avait pas réussi à revenir.

— C'est possible ?

— Pas complètement exclu. La guerre, on pensait que c'était l'affaire de quelques mois, le temps de mettre une bonne dégelée aux Allemands. On connaît la suite... Si vraiment Sainte-Croix a été coincé au Canada, comme les journaux l'ont raconté, il aura pu échouer à trouver un bateau civil pour rentrer. Et ensuite, allez savoir ce qui lui est arrivé là-bas.

— J'ai lu dans *Le Salut* qu'il avait fui pour éviter la conscription.

— Ça, en revanche, j'ai du mal à y croire. Cet homme allait quasiment faire le coup de poing aux côtés des ouvriers dans les manifestations. Il provoquait en duel, il attaquait les députés de droite comme un enragé durant les débats parlementaires. Il avait beaucoup de travers, mais on ne peut pas dire qu'il manquait de courage.

Mon collègue a jeté un coup d'œil sur sa montre.

— J'ai un rattrapage à faire passer dans dix minutes. Mais j'aimerais beaucoup qu'on poursuive cette conversation.

J'ai acquiescé. Je savais où Kérézéon voulait en venir, mais j'étais prêt à quelques concessions pour en apprendre davantage.

94

C'est à cause de Robrieux si j'en suis là. À ramer comme un galérien. On n'est pas des anges, je vais pas dire le contraire. Mais Robrieux, c'est pire. Cette carne a du sang sur les mains, au moins autant que nous. La seule différence, c'est que l'uniforme, lui, il l'a sur le dos.

Sonnal et moi, on est arrivés par le même bateau, de Fès. Lui pour refus d'obéissance, moi pour avoir cassé la gueule au capitaine. Qu'on me traite de bâtard, j'ai l'habitude. Mais qu'on dise devant les autres que ma mère est la plus grande pute de Bretagne, ça m'a fait voir rouge. Le pitaine, il y a perdu trois dents.

Moi, j'ai gagné Biribi.

Mais je regrette pas. C'est pas parce qu'on a grandi dans les bas-fonds, comme ils disent, qu'on n'a pas d'honneur.

Au violon, j'ai été content quand on m'a dit que j'allais revoir le pays, la mer. À fond de cale, après vingt-cinq jours de traversée, je la sentais déjà, avec ses odeurs. Pas les mêmes que celles de l'autre, la Méditerranée. Elle, elle pue la merde, l'algue et la soupe chaude.

Bretagne pour Bretagne, c'est sûr que j'aurais préféré autre chose que le caillou. Avoir le temps de poser le pied à Saint-Coulomb, la paroisse où je suis né, voir le port et les bateaux, juste un peu.

Mais à Biribi, t'es pas là pour rigoler.

Le premier mois, j'ai vraiment cru que j'allais crever. Le jour, les travaux forcés, la nuit, les saloperies. À en pisser le sang par tous les trous. Mais Sonnal et moi, on s'est pas laissé faire. Lui, il avait pratiqué la boxe à Toulon, et il m'a appris à cogner. Pas les beaux gestes sportifs, non : le petit direct vicieux, la main qui tord les couilles, le poing dur sur la nuque. À force, on a gagné le respect. Plus personne venait nous chercher des poux dans la tête.

Faut pas croire, y a des hiérarchies partout, même chez les bagnards.

Wilmès et Secquelin ont fini par se mettre avec nous. Et, à nous quatre, on était les plus forts, tout le monde le savait.

Quand Sonnal a été pris, il était dans les cuisines en train de chouraver du pain moisi. L'eau, ici, ça te pourrit tout, la tortore part en dégoulinade. Mais du pain, même moisi, dans le bidouard, c'est mieux que de l'air, il disait, Sonnal.

On n'a pas eu le temps de le bouffer, son brignolet au vert-de-gris.

Quand Robrieux nous a fait appeler, on a compris qu'on pouvait numéroter nos abattis. Cette pourriture nous a fait creuser un trou sur la plage. Carré, étroit, presque la hauteur d'un homme. Après, ils ont ramené Sonnal, les mains attachées dans le dos, et ils l'ont jeté dans le trou.

Y avait plus que ses épaules qui dépassaient.

Ils nous ont dit : dans quatre heures, la marée

sera haute, et vous allez regarder votre copain se noyer. Ça vous apprendra à voler des vivres.

On est restés là sous un soleil de plomb. Sonnal n'avait pas la place de s'asseoir dans son trou. Nous, on pouvait s'accroupir sur nos talons cinq minutes toutes les deux heures. Le premier qui ne se relevait pas encaissait un coup de crosse. À la fin, on ne sentait plus nos côtes et la langue nous collait au palais.

On a vu la marée monter.

Quand la première vague a touché la tête de Sonnal, il a rien dit. Juste craché l'eau. À la dixième, il a commencé à gueuler. À la quinzième, il a appelé sa mère. Son trou se remplissait de sable, bientôt il pourrait plus sortir. Il nous regardait, nous suppliait de faire quelque chose. Jamais je n'ai senti la haine couler aussi fort dans mes veines. La rage que j'avais eue à Fès, devant le pitaine, c'était rien à côté. J'aurais voulu attraper la matraque en cuir de Robrieux, faire gicler sa cervelle de cloporte sur le sable.

Mais ils étaient quatre hommes en armes derrière. Le premier d'entre nous qui bougerait un cil serait refroidi. Et ils attendaient que ça, les salopards. Qu'on proteste, qu'ils puissent tirer. Comme ça, ils seraient débarrassés d'un coup des quatre fortes têtes de Cézembre.

Alors, avec Wilmès et Secquelin, on n'a pas bronché, même si ça remuait les tripes d'entendre Sonnal gueuler comme une bête. Et les autres, pour une fois, ça les emmouscaillait joliment, notre obéissance.

À un moment donné, Sonnal a eu de l'eau jusqu'aux cheveux. Il avait plus le temps de recracher l'eau et de prendre de l'air entre deux vagues.

Sa tête partait dans tous les sens, avec des algues collées dessus.

C'est à ce moment que cette crevure de Robrieux, il a dit : « Sortez-le. »

Vous pouvez pas savoir comme c'est dur, d'arracher un homme au sable.

On a cru qu'on allait tous finir noyés.

Finalement, on a réussi à tirer Sonnal de son trou. Comme il bougeait plus, Wilmès et Secquelin disaient qu'il était mort. Je l'ai ceinturé par-derrière et j'ai appuyé sur son ventre, d'un coup sec. Gamin, j'avais vu mon oncle faire ça, quand un pêcheur avait bu la grande tasse. J'ai senti les côtes craquer sous mes poings fermés. Une, deux, trois, quatre fois.

La tête de Sonnal a bougé. Il s'est mis à dégobiller des litres de flotte. Après, il a commencé à chiailler, pire qu'une gonzesse. Il a fallu qu'on le porte pour le ramener au baraquement.

Ensuite, chaque fois qu'on approchait de la plage, il avait les yeux qui tournaient, tout blancs dans les orbites. La nuit, il gueulait comme un échappé de Sainte-Anne.

Deux semaines après, le colonel nous a collés de corvée de navette. Ça voulait dire descendre sur la plage et marcher avec de l'eau jusqu'aux épaules pour débarquer des caisses à dos d'homme. Les salauds auraient pu prendre une barque, mais ils aimaient ça, nous foutre au jus glacé.

En entendant l'ordre, Sonnal, il a fait une drôle de tête, avec ses yeux bizarres qui roulaient dans tous les sens. Il avait tellement mal aux côtes qu'il marchait plié en deux depuis le fameux jour.

Le colonel a dit « Exécution ». Mais Sonnal, il a pas bougé, comme s'il avait les pieds collés par terre.

L'autre a avancé vers lui, sa matraque en avant.

Alors Sonnal s'est mis à gueuler qu'il irait pas sur la putain de plage, dans la putain de flotte, que Robrieux pouvait aller se faire foutre. Il a ramassé une pierre en grimaçant. Le pauvre vieux n'aurait même pas réussi à se relever pour la lancer.

Deux balles dans le ventre, une dans la tête, pour l'achever.

Les salauds l'ont laissé trois jours à pourrir devant notre baraquement. « Pour l'exemple. »

C'est Wilmès, Secquelin et moi qu'on l'a enterré, en haut de l'île. Enfin, enterré, c'est beaucoup dire. On l'a mis là où on a réussi à creuser un trou. Il paraît qu'il y avait le cimetière des moines, avant. Sonnal avait une sale couleur ; il commençait à être tout mou. Sur sa poitrine bouffie, y avait tatoué « Mauvaise tête mais bon cœur ». On l'a enroulé dans un vieux bout de voile.

Wilmès, qui croit au Bon Dieu, est allé marmotter je sais pas quoi près de la vieille chapelle.

Le surlendemain, on a volé la barque, et tout à l'heure, on a foutu le camp.

Je connais le chenal, et pour cause. Quand j'étais minot, la mère, elle allait voir les soldats, là-bas. Je restais sur la plage et elle me rapportait des biscuits.

Elle faisait ce qu'elle pouvait, la mère.

Avec les courants, on devrait accoster par Rochebonne. À Saint-Coulomb, je demanderai à Pierrot, mon cousin, de nous aider. Si on est malins, avec Wilmès et Secquelin, peut-être qu'on arrivera jusqu'au Havre ou à Paimpol. Qu'on pourra se faire embaucher sur un bateau de pêche ou sur un transporteur de charbon, sous un autre nom. On ira en Amérique ou en Australie, on pourra mener la bonne vie là-bas. On dit qu'il y a des mines d'or, de cuivre, que les chanceux peuvent trouver la fortune d'un seul coup.

Et si on n'y arrive pas, j'espère qu'on aura le temps de faire main basse sur un ou deux portefeuilles de bourgeois, de se payer des gueuletons et des gentilles filles. Qu'on aura eu au moins une fois le ventre plein et le cœur content, avant que les cognes aient notre peau et qu'on crève comme des chiens.

95

Le lendemain de notre rencontre, je recevais un message de Per Kérézéon. Il m'avait envoyé par mail la copie d'un de ses articles : « Naufrages sur la côte malouine au XXe siècle : causes et répercussions ». Je l'ai lu sur-le-champ : l'historien revenait sur l'accident du *Hilda*, navire échoué sur le rocher des Courtils, au large de Cézembre, en 1905. Le drame avait fait cent vingt-cinq victimes, des paysans et maraîchers anglais.

Tout aussi tragique avait été le naufrage de la *Marie-Suzanne*, qui avait endeuillé Saint-Malo quelques années plus tard. Le navire avait été pris dans une tempête de neige, fait rarissime sur la côte, et s'était fracassé contre la paroi nord de l'île en janvier 1913. Une partie des passagers avaient eu le temps de revêtir les ceintures de kapok qui garnissaient le bateau et réussi à s'agripper aux rochers, voire à gagner la plage à la nage. Là, ils avaient été secourus par les gardiens de la colonie pénitentiaire belge. Mais une trentaine de personnes, dont l'essentiel des membres de l'équipage, avaient péri.

La *Marie-Suzanne*. Le fier navire dont Octave

avait parlé à Julia dans ses lettres, celui qu'elle avait baptisé en grande pompe sur le quai Duguay-Trouin... Ainsi le fleuron de la flotte, sur lequel son concepteur avait fondé tant d'espoirs, avait-il coulé. J'ai regretté de ne pas m'être arrêté pour photocopier l'article de *Ouest-Éclair* au lieu de le survoler.

Mais Octave avait joué les archivistes pour moi. Dans le livre de raison de 1913, trois coupures de presse évoquant le drame avaient été intercalées dès les premières pages. Elles détaillaient les circonstances de l'accident, énuméraient le nom des morts et celui des rescapés. Tous les reporters établissaient un parallèle avec le naufrage du *Hilda*.

Le Républicain, premier à couvrir l'événement, avait titré : « La catastrophe de la *Marie-Suzanne* ». La chronologie du drame y était relatée par le menu : le navire arrivait de Jersey, d'où il était parti le 12 janvier à quinze heures, après avoir embarqué plusieurs tonnes de marchandises et soixante-deux passagers, quand il avait rencontré la neige au large de Cézembre. De mémoire de Malouin, la tempête qui avait frappé la côte ce jour-là était du jamais vu. Vers vingt heures, sans nouvelles du bateau, on avait cru qu'il avait rebroussé chemin, avant que l'équipage d'une autre Vedette bleue, le *Trébizonde*, qui malgré la houle rentrait de Jersey au petit matin après avoir été bloqué à Saint-Hélier la veille, n'aperçoive des décombres flotter au large.

On apprendrait ensuite que, durant la nuit, le directeur de la colonie pénitentiaire avait voulu dépêcher un messager à terre pour réclamer des secours, avant d'y renoncer devant l'inutilité de l'entreprise : le ciel était bouché par des tourbillons de neige et les rafales soulevaient des vagues de plusieurs mètres. Les hommes qui s'étaient aventurés au-dehors cette nuit-là pour secourir les rescapés, quoi qu'ils aient fait par le passé, s'étaient conduits en héros. C'est dans les murs d'une casemate militaire, racontait le journaliste du *Républicain*, qu'on avait retrouvé les survivants, « affligés, grelottants, réchauffés tant bien que mal par de maigres couvertures et les bols de soupe claire que l'on destine aux soldats ». On en comptait trente-six, dont plusieurs étaient blessés ou fiévreux.

Treize corps avaient été repêchés et déposés dans le réfectoire transformé en chapelle ardente. On attendait le prêtre, qui prendrait la mer dès que le temps le permettrait.

Trois jours plus tard, *Le Salut* mentionnait qu'il avait fallu acheminer des planches et un menuisier sur Cézembre pour confectionner des cercueils. On envoyait les « disciplinaires » récupérer les cadavres qui continuaient de remonter pendant que les gardiens aidaient à fabriquer les caisses de bois ; sept autres corps avaient ensuite réapparu entre Saint-Malo et Saint-Cast. *Le Salut* évoquait une « lourde perte pour la société des armateurs Kérambrun, Sainte-Croix et Minchinton, connue dans toute la Bretagne pour la témérité – qui n'est apparemment pas sans contrepartie – de ses pilotes ». Une façon transparente de sous-entendre que la compagnie s'était rendue coupable d'imprudence.

Ouest-Éclair insistait de son côté sur les conditions climatiques inouïes, l'héroïsme des sauveteurs, et notait que les Vedettes bleues, malgré une météo « effroyable », avaient dépêché quatre bateaux pour rechercher les noyés en mer durant toute la journée du lendemain. L'un des armateurs, était-il écrit, avait lui-même participé à l'expédition. L'article mentionnait parmi les rescapés la présence d'un bébé de quatre mois, sauvé grâce au courage d'un jeune vendeur d'oignons nommé Jimmy Roscoe.

La tradition voulait qu'on publiât la liste des victimes : Boissier, Burel, Fauré, Gicquel, Herbin, King, Le Roux, Gunslay, Porcon et Robidou, entre autres, avaient perdu la vie ce jour-là. D'autres, les Cleach, Jézéquel, Lebrujean, Mathews, Perrec ou Tanguy, avaient eu plus de chance. Huit jours après le drame, douze personnes demeuraient portées disparues. Le bébé, Timothy Swancott, était mentionné parmi les survivants ; en revanche, Harriet, sa mère, n'avait pas été retrouvée.

Le cahier de 1913 ne ressemble pas aux autres. Octave a longuement écrit chaque jour, avec des ratures et des pattes de mouche qui ne lui sont pas coutumières. C'est un homme dévasté par ce drame que je découvre, un drame dont il consigne chaque jour l'atterrante arithmétique.

96

13 janvier. *La* Marie-Suzanne *a sombré hier au large de Cézembre. La* Solange, *la* Belle-Hermine, *le* Trébizonde *et le* Cordouan *sont en route pour chercher les survivants. 62 passagers et 40 tonnes de cargaison à son bord.*

15 janvier. *13 morts, dont 7 membres d'équipage. J'ai pu parler au second, seul rescapé de l'équipage avec le bosco anglais. Le pauvre homme est sous le choc. Ils ont été pris par la tempête de neige et une bourrasque les a plaqués contre les récifs.* « On ne voyait rien, Monsieur de Kérambrun, c'est comme si le diable nous avait plongés dans un baril de suie et de coton. » *Il me dit n'avoir jamais eu aussi peur.*

Rembarqué sur le Trébizonde *avec Le Corff. Il faisait si froid que les écoutes gelaient sur le pont. Entre les creux, j'ai pu apercevoir l'épave, ou du moins ce qu'il en reste. Spectacle affreux de ces barils crevés, de ces débris de coque et même d'un vêtement accroché au rocher. Le corps d'une femme est remonté quasiment sous nos yeux, et trois Belges l'ont halée au péril de leur vie. Pour Le Corff, il n'y a maintenant plus aucun espoir de retrouver des survivants.*

16 janvier. *Deux rescapés sont morts de fluxion, dont Wallace, le bosco anglais. La femme dont le corps a été remonté devant nous est, paraît-il, la mère du bébé miraculé. Que Dieu veille sur cet enfant désormais orphelin.*

17 janvier. *Ai-je péché par orgueil, en imaginant que mes bateaux ne connaîtraient jamais une telle infortune ? Minchinton, arrivé hier de Jersey, ne partage pas mes scrupules : ce sont, à l'entendre, les aléas de la vie d'un armateur. Comment peut-on faire montre de tant d'indifférence face à la mort d'innocents ? J'ai demandé à retourner voir l'épave. Je* veux *comprendre. Le général de Kérautret, qui a fait dépêcher une patrouille militaire, m'assure que c'est inutile, qu'elle est maintenant disloquée au large.*

18 janvier. *Obsèques des marins. Spectacle insoutenable de ces veuves et ces enfants en pleurs. La tempête de neige est sur toutes les lèvres. Il n'empêche : la conception de mes navires devait les rendre* insubmersibles.

19 janvier. *Une jeune fille blessée à la gorge par un ais, Mélanie Douarn, est morte la nuit dernière. Elle avait quatorze ans. Nouveau corps repêché à Saint-Cast : il s'agit de Juguin, le saleur de Courtoisville.*

20 janvier. *La compagnie d'assurances enverra un délégué sous trois jours. Ambroise est confiant ; mais quand bien même ils payeraient jusqu'au dernier sou, la réputation des Vedettes bleues restera à jamais entachée par ce drame.*

21 janvier. *Dix-neuf personnes en tout ont perdu la vie sur la* Marie-Suzanne. *Le bambin, qui avait l'âge d'Armand, s'est éteint hier, dans les bras de sa nourrice. Il avait séjourné trop longtemps dans l'eau glacée... On fait toujours chercher son père,*

un Américain. J'ai demandé au père Lescoët de donner des messes.

22 janvier. Tézé-Villan m'a permis de consulter les rapports d'interrogatoire. Les témoignages concordent : la neige aveuglante à l'approche de Saint-Malo, qui a occulté le feu du Jardin, le navire pris dans des tourbillons, drossé vers Cézembre malgré les efforts du capitaine, la vague scélérate qui le prend par tribord et le jette sur les récifs, la déchirure subséquente de la coque. La cargaison était-elle bien équilibrée ? Le subrécargue étant mort, je ne pourrai l'interroger.

Le cadavre de Cummings, le capitaine, est remonté cette nuit au Guildo. S'il n'avait été sanglé dans son uniforme, on n'eût pu l'identifier. Les rares fois où j'avais rencontré cet homme, il m'avait paru impatient et nerveux. Quels étaient exactement ses états de service ? Par paresse, je me suis fié à Minchinton, qui le recommandait sans réserve. Je crains d'avoir commis là une erreur fatale. Je retournerai interroger Lucas, le second. L'idée que le bateau ait pu souffrir d'une faiblesse de conception m'ôte le sommeil.

23 janvier. Quelques heures de repos grâce au laudanum. Le docteur Montgenèvre est venu et a ordonné l'alitement de Julia. La catastrophe l'a plongée dans une affliction au-delà du dicible. Je crains maintenant une rechute, car elle ne cesse de parler du bébé mort et de Suzanne. Elle est certaine qu'elle a porté malheur au bateau en le baptisant.

24 janvier. Querelle avec Minchinton à propos de la pension des veuves et des orphelins des membres de l'équipage. Il argue que nous n'étions pas responsables de la tempête. Certes, mais quand bien même ? Pour une fois, Sainte-Croix est venu à mon secours, ce qui est la moindre des choses quand on professe les idées qui sont les siennes. Mais derrière son éloquence enflammée, j'avais peur d'entendre tout le parti qu'il espère pouvoir tirer de cette initiative dans les urnes.

25 janvier. *J'ai pu voir Lucas, le second, et ai tenté de le questionner aussi habilement que j'ai pu. Pourquoi le formidable moteur de la* Marie-Suzanne *n'a-t-il pas permis de se dégager à temps du piège des rochers ? A-t-il connu une avarie ? L'action de la chaudière a-t-elle été entravée par le gel ? Lucas m'a assuré que non. Mais j'ai vu qu'il hésitait. Je lui ai alors demandé de me jurer devant Dieu qu'aucun incident n'avait entaché la manœuvre.*

Le pauvre hère a roulé des yeux navrés, fondu en larmes et cédé. La vérité est que Cummings, ignorant ses avertissements, a ordonné de pousser les moteurs pour se dégager du tourbillon. Mais le bateau était trop proche du rivage et la vague est arrivée. Le résultat est que le navire a éperonné le rocher à pleine vitesse, créant une avarie dans la coque, et que les vagues ont achevé d'écraser la Marie-Suzanne *contre la paroi nord de l'île. « Sur la tête de ma femme, le vent était fou, Monsieur de Kérambrun. Nous étions dans la main du diable. » Il a ajouté : « Si par miracle il avait réussi, le commandant Cummings serait devenu un héros. »*

Il n'empêche. J'ai remis mon navire entre les mains d'une tête brûlée qui a peut-être précipité la catastrophe.

Dans ces pages qui prennent des allures de journal intime, je découvre un Octave doublement meurtri. À cause des morts, bien sûr, dont il porte l'écrasante responsabilité. Mais aussi parce qu'il a la hantise d'avoir commis une erreur. C'est son orgueil d'ingénieur autant que sa conscience de chrétien qui se trouvent ébranlés. Si j'en juge par le reste du cahier – que j'ai dû survoler tant les notations sont abondantes –, les mois suivants sont tout entiers consacrés à la gestion des conséquences du drame. Bataille d'experts et de contre-experts. Assurances qui s'inclinent devant le caractère inédit de la tempête de neige et acceptent d'indemniser la compagnie. Corollaire, le prix des polices du reste de la flotte s'envole à des hauteurs qui donnent le tournis à Octave.

Lucas, le second, n'a pas desserré les lèvres devant les messieurs de Paris et de Londres venus l'interroger. « On a excipé du choc nerveux », écrit mon aïeul. Mais lui sait très bien à quoi s'en tenir.

Il le sait si bien que, dès le mois de mars, il met en place un fonds d'épargne destiné aux veuves et aux orphelins. Il a voulu agir vite et pris sur ce qui restait de ses deniers personnels pour préserver son crédit auprès de la banque. Julia, quoique souffrante (elle semble peiner à se nourrir et présente des signes d'anémie), préside deux ventes de charité en février et en mars, lesquelles rapportent respectivement 4 700 et 6 200 francs. Son mari loue l'« admirable dévouement » de son épouse. Ambroise, lui, fait jouer ses amitiés avec certains journalistes du *Républicain* dans l'idée d'étouffer une publicité qui serait par trop négative pour la compagnie. Mais il est impossible de réduire la rédaction du *Salut* au silence ; et le journal monarchiste de se répandre en articles de plus en plus accusateurs. À force de narguer la mer, voilà ce qu'on récolte, assènent-ils avec des mots qui ne prennent même plus la peine d'insinuer : une façon de dire que les armateurs, tout à leur soif d'exploits, ont joué avec la vie de leurs passagers.

Mais le moment le plus affreux, pour Octave, reste la confrontation avec Lyndon Swancott, le père du petit garçon mort. L'homme, propriétaire de champs pétrolifères en Amérique, voyageait en Europe pour affaires pendant que sa femme française visitait des cousins. Il a fallu huit jours pour que son fondé de pouvoir le retrouve au Portugal et lui apprenne la nouvelle. Arrivé trop tard pour les obsèques, l'homme d'affaires, dévasté, a exigé de rencontrer les armateurs.

L'entrevue avec cet époux et ce père déchiré de chagrin laisse à mon arrière-grand-père une impression abominable. Lui aussi a perdu un enfant, il sait le ravage que cela peut causer, même s'il est rarissime à l'époque qu'on l'avoue. « Voir cet homme taillé comme un chêne s'abandonner aux sanglots fut l'un des pires moments de mon existence. » Minchinton et Sainte-Croix, dont l'anglais est meilleur que celui d'Octave, ont servi d'interprètes.

Mais Swancott ne fait pas que pleurer. Il embauche des avocats, menace, parle de lancer une procédure contre la compagnie. La chose, banale aujourd'hui, l'est moins à l'époque : le monde maritime d'il y a cent ans, plus fataliste que le nôtre, n'a pas pour habitude de contester la jurisprudence de la mer. Minchinton rencontre Swancott plusieurs fois, à Saint-Malo et à Londres, pour tenter de le dissuader. Mais il échoue. L'affaire remonte jusqu'à un juge nommé Sajman. Le député, qui le connaît, use alors de toute son influence et de son poids politique pour convaincre le magistrat du caractère aberrant de cette requête.

Il n'est pas le seul à l'estimer tel : selon le mot du capitaine du port, consigné par Octave à l'issue d'un de leurs rendez-vous, attaquer un armateur parce que le ciel a envoyé une tempête de neige sur Cézembre est la preuve d'un « triste entêtement ». De même, les provocations du *Salut* font long feu : la Cité corsaire, habituée à voir les siens mangés par la mer depuis des siècles, ne serait au contraire pas loin de mépriser l'obstination de l'Américain, y voyant avant tout une faiblesse, une incapacité à accepter les coups du sort.

Que penserait-on si l'on savait que Octave passe ses nuits à reprendre les plans de la *Marie-Suzanne*, à chercher la faille ? Lui non plus n'accepte pas. Et il continue de commander des messes à tour de bras pour la famille Swancott et celles des autres défunts.

En juin, l'Américain est débouté par le juge

Sajman. Mon aïeul, pour une fois, n'a qu'à se louer de l'efficacité de son associé. Mais la résolution de l'affaire lui laisse un goût amer. Il aurait voulu verser au moins quelque argent au père endeuillé pour lui témoigner sa sollicitude. Hélas, les avocats de la compagnie le lui ont interdit, lui démontrant qu'un tel geste équivaudrait à reconnaître une faute. Et que pèsent les tiraillements de la conscience d'Octave face à la cruauté du destin ? On doit penser que l'Américain finira par retourner dans son Oregon natal et qu'on n'en parlera plus.

En attendant, il faut bien que le commerce vive. Et on ne fait pas d'omelette sans casser des œufs, pas de traversées dangereuses sans chavirages. La Société malouine de transports nautiques est le bras armé d'une partie des échanges entre Saint-Malo, l'Angleterre et les îles Anglo-Normandes, le moteur du tourisme, le poumon économique de la Bretagne Nord. Le carnet donne l'impression que les notables de la région, y compris le fameux juge Sajman, n'ont pas eu envie de se fâcher avec Sainte-Croix, lequel fait la pluie et le beau temps dans la circonscription où il vient d'être réélu.

À la suite de ce naufrage, le premier de son histoire, la Société nautique a perdu beaucoup d'argent : fonds d'indemnisation, manque à gagner de la desserte de Jersey, obligation de mettre en chantier un nouveau navire pour compenser la perte de son meilleur bateau. Octave vit une année de noirs tourments, entre remords pour les victimes – il se confesse chaque semaine au père Lescoët –, inquiétude pour son épouse – nouvelles factures de médecins, nouveau séjour au Home Sobieski –, soucis pour son dernier fils Armand, qui souffre de coliques, et calculs quotidiens pour maintenir la compagnie à l'équilibre.

Plus d'une fois, il se demande s'il ne devrait pas revendre les Couërons, ou à tout le moins les hypothéquer.

La commande massive de Louis Beugras, douze moteurs Diesel de 400 chevaux, sauve la trésorerie. Néanmoins, les préoccupations d'Octave ne sont pas que pécuniaires. Il redoute que l'étoile intrépide des Vedettes bleues ait pâli, que les passagers boudent désormais ses traversées. Mais, surtout, il est terrifié – ce qui est nouveau chez lui – par la possibilité d'un autre drame, d'un autre naufrage qui coûterait de nouvelles vies, alors qu'il se sent déjà coupable de chacune de celles perdues en cette funeste nuit du 12 janvier.

98

On l'avait prévenu : bâtir ici était dangereux. Ses amis, son beau-père et même le Père Gautier l'avaient mis en garde contre les tempêtes et l'ébranlement de la digue sous la pression de l'eau. Mais aucune de ces sombres prophéties n'avait eu raison de son enthousiasme. C'est ici, face à ce rivage, qu'il voulait rendre Julia heureuse. Devant la mer qu'il aimait tant.

Que Dieu lui vienne en aide.

En bas, Alfred, le majordome, s'affaire à poser les contrevents de bois sur les fenêtres du rez-de-chaussée. Les vagues, qui semblaient s'approcher à flots cauteleux, ont maintenant atteint les risbermes au pied de la digue. Dans moins d'une heure, leur force sera telle qu'elles pourront briser les vitres rien qu'en les touchant.

Un jet d'écume s'écrase contre les vitres du salon et dégouline de haut en bas : crachat salé qui moque les plans des architectes et la vanité des armateurs. Peu lui en chaut, à la mer, de l'orgueil de ceux qui ont fait sortir ces murs de terre. Une fois de plus, elle défie les édifices qui, derrière l'assurance de leurs briques, leurs structures et leurs bardeaux, finiront poussière pantelante sous son étreinte.

Nul ne pourrait le deviner, mais à cette seconde, pourtant, la mer est harassée par la tâche qui lui incombe, toujours recommencée. L'alignement des planètes, la conjonction de la lune nouvelle avec le soleil a déclenché la reverdie, celle dont les marins et les veuves ne parlent qu'en se signant. Il est écrit dans les légendes, dans la plus vieille mémoire des plus vieux navigateurs, que l'eau s'élèvera à des hauteurs inhabituelles et qu'elle fera trembler le littoral, pour peu que le vent se mette de la partie.

Ces jours-là, pour remplir les promesses de son marnage, qu'on dit le plus élevé d'Europe, la Manche n'a d'autre choix que de drainer, dans un élan millénaire, des millions de mètres cubes de violence liquide, de les arracher aux profondeurs, les emporter dans son sillage, les brasser, les hisser jusqu'en haut de l'estran ; de quoi noyer la plage interminable, ces kilomètres de sable à la pente si douce qu'ils donneraient parfois l'illusion, à marée basse, que Cézembre est à portée de main.

À partir du moment où son élan est pris depuis le plus extrême de ses confins, où sa mécanique pilotée par la syzygie est en marche, plus rien ne pourra l'arrêter. Elle gonfle son dos, se déforme, s'élève. Et quand un édifice lui fait obstacle, dans un bruit formidable, elle passe à l'attaque.

La voici qui bouillonne, qui cogne, qui dévaste. Ses offrandes d'écume vont et viennent dans un fracas de tonnerre et la digue se hérisse de murailles blanchâtres et verticales, qui jaillissent en cascade avant de s'effriter en pluie glacée. Les passants se hâtent de regagner la chaussée, l'abri des maisons, la terre ferme. On en sait, des histoires d'enfants, d'hommes et de femmes emportés pour une seconde d'inattention.

À cet instant, Octave aimerait s'offrir à l'ordalie et être aspiré par ce tourbillon. Se jeter dans les bras de la mer et se laisser entraîner vers le fond, là où l'eau est noire, silencieuse, sépulcrale. Rejoindre les noyés de la Marie-Suzanne *et* Julia.

Que Dieu lui vienne en aide.

Désormais ivres de leur puissance, les vagues claquent comme des coups de fusil, plus vite, plus fort, plus haut. Elles ne désempareront pas jusqu'à l'étale. C'est l'acmé avant le reflux, le paroxysme, après quoi elles vont devoir se défaire, se casser, s'écrouler en arrière, obéir aux lois du renversement lunaire qui les empêche d'aller plus loin malgré qu'elles en aient.

Dans leur débâcle, elles laisseront derrière elles des flaques miroitantes, des paquets de sable, d'algues et de cailloux qui étoufferont la digue et s'entasseront au pied des murets de villas, donnant à réfléchir sur la vitesse à laquelle elles pourraient recoloniser le rivage si des fourmis humaines ne s'épuisaient à nettoyer, chaque fois, le résidu de leurs colères, à en faire disparaître le limon, comme on essaye d'effacer la souillure du péché.

Octave n'a pas bougé.

Que Dieu lui vienne en aide.

99

En dépit des craintes de mon aïeul, les clients de la Société malouine de transports nautiques ne semblent pas avoir tenu rigueur à la compagnie de ce drame. Et cela d'autant moins que la tempête a balayé cette nuit-là l'ensemble du littoral, de la Vendée à la Manche. D'autres coupures de journaux colligées par Octave et glissées entre les pages du carnet en ont gardé la trace : le *Concarneau*, du patron Michel, se perd devant Bréhat avec ses quatre membres d'équipage ; le *City of Scarborough*, un brick anglais, se fracasse sur les récifs de La Torche. Ce soir-là, l'horizon était si bouché que le capitaine a confondu le phare d'Ouessant et celui de Penmarc'h. Au large du cap Sizun, deux bateaux de pêche sont disloqués et quatre hommes se noient ; le *Fier-Vincent*, qui revenait de Saint-Pierre-et-Miquelon, malmené par la tempête malgré son fort tonnage, a dû accoster en urgence à Lorient.

Mais tempête ou pas, fidèles à leur slogan, les Vedettes bleues demeurent les seules à desservir les îles de la Manche, même durant la mauvaise saison. Les traversées affichent comble dès le printemps, les cargaisons se pressent aux portes des cales, le nombre d'abonnements souscrits par les passagers ne cesse d'augmenter. Il devient évident qu'il va falloir mettre en chantier un nouveau navire, peut-être même deux, pour remplacer la *Marie-Suzanne*.

En revanche, il n'est plus question d'envoyer des bateaux vers le pôle Nord. Cette décision – plutôt un aveu longtemps différé – provoque une vive altercation entre les associés. Cette fois, c'est Sainte-Croix qui a des mots avec Minchinton : après le drame que les Vedettes bleues viennent de connaître, le député estime malséant de chercher à se distinguer par ce genre d'exploit. L'Anglais est furieux et menace de quitter la compagnie, ce à quoi Sainte-Croix répond, selon les notes d'Octave : « Faites donc. »

Mon aïeul n'a cure de ses menaces. Certes, il n'en peut plus de cet Anglais qu'il n'est pas loin d'estimer mentalement dérangé. Mais son souci est ailleurs. Entre mars et mai, il a fait et refait sans fin des calculs avec Alexandre Dubuisson, et consulté le Père Gautier. Il en arrive, le 7 mai, à la conclusion que le capitaine était plus coupable que le navire. Ce constat l'a-t-il aidé à surmonter sa propre culpabilité ? Ses carnets révèlent à quel point le naufrage a constitué pour lui un véritable traumatisme.

Néanmoins, après plusieurs mois à ne parler que des morts et des démarches consécutives à la catastrophe, on voit réapparaître, dans le livre, des croquis d'un genre un peu différent. Une nouvelle idée, qui sort Octave de son marasme. Les soirées de mai et juin 1913 sont ainsi consacrées à la mise au point des plans d'un modèle novateur dans sa conception : celui d'un bateau insubmersible, remorqueur dépassant par sa puissance tous les navires de cette taille, équipé d'un moteur de 650 chevaux-vapeur. Le fameux ancêtre des *Abeille* dont m'avait parlé Bertrand, comme celle que j'avais visitée à Brest.

L'ingénieur se rend à Lorient, Bordeaux, Brest. Après des pourparlers serrés, il renouvelle sa confiance au Père Gautier à la condition de pouvoir dépêcher sur le chantier Dubuisson, dont il a fait son architecte naval attitré. Celui-ci visite Octave deux ou trois fois par semaine pour élaborer les plans.

Travailler continûment à ce vaisseau est pour mon aïeul comme une expiation, une façon de se guérir du drame. Les notes s'accumulent, tellement frénétiques qu'il faut cette année-là cinq cahiers pour couvrir la relation quotidienne des journées. Car Octave continue, bien sûr, à gérer la compagnie et ses usines mécaniques. Il en possède maintenant deux, une à Saint-Servan et l'autre en Gironde.

Par comparaison, le surmenage que j'ai connu à l'université ressemble à une promenade de santé. Je me demande comment l'armateur fait pour ne pas craquer ; il note qu'il ne dort plus que quatre heures par nuit. À partir de la fin du mois de mai, Julia regagne le Home Sobieski, pour un plus court séjour, cette fois. Outre que son anémie s'est aggravée, son mari préfère la savoir à l'abri. Il a en effet reçu des lettres de menace anonymes où il était question d'elle et des garçons. L'achat d'un revolver chez l'armurier, sur le conseil d'Ambroise, apparaît dans les colonnes.

Mais, six mois après le drame, Octave a retrouvé

la formidable volonté qui l'anime depuis le début. Il décrète qu'il appellera son nouveau bateau *Le Salut de Cézembre,* comme pour conjurer le sort une deuxième fois.

100

Les Couërons, le 5 juin 1913

Ma chère Julia,

J'espère que vous trouvez le repos à Berck. Ces derniers mois ont été éprouvants pour vous tout autant que pour moi.
Les lettres n'arrivent plus. Elles étaient sans doute l'œuvre d'un déséquilibré. Après cette tragédie, je crains qu'il ne faille s'attendre à subir d'autres manifestations de ressentiment.
Armand semble (enfin) en paix avec ses coliques et il engraisse, désormais. Nous n'avons qu'à nous louer des services de la bonne ramenée de Loudéac par votre sœur. Ernest se montre obéissant et sait maintenant lire les lettres de son nom. Miss Hershley l'a conduit hier jusqu'au chantier naval et il a désigné la Petite Hermine *en criant : « C'est ma goléette. » Mathurin, qui lui fait faire des promenades en doris, lui a prédit qu'il serait capitaine.*

Faute de trouver le sommeil, je travaille chaque nuit au perfectionnement du remorqueur. Ce navire, compact, mais d'une puissance inégalée (cinq cent soixante chevaux), sera capable de haler un chalutier par gros temps tout en embarquant quarante rescapés en cas de naufrage. Après bien des hésitations, j'ai opté pour un moteur Diesel qui a fait ses preuves sur les modèles américains ; son carburant ne peut s'enflammer et sa capacité d'accélération est notable. Le navire transportera des canots de sauvetage, des ceintures de liège et des vivres. J'aimerais le baptiser Le Salut de Cézembre *et en faire don au port de Saint-Malo.*

Verriez-vous un inconvénient à ce que je demande à Katell d'en être la marraine ? Notre amie a consulté à son tour le Dr Pozzi, mais les résultats se font attendre.

Dubuisson me charge de vous transmettre ses hommages, tout comme le général de Kérautret. Les Tézé-Villan prévoient d'aller à Hossegor cet été et se proposent de vous y emmener, s'il vous paraît plaisant d'y séjourner.

Mais chacun ici, à commencer par les garçons, a hâte de vous revoir.

Avec mes pensées les plus affectueuses, les baisers de vos fils chéris et les miens.

Octave

101

Je n'ai pas pu attendre d'être remonté dans le bureau pour ouvrir les deux colis expédiés par l'Institut pour la mémoire photographique – chacun pesait le poids d'un volume d'encyclopédie. Ma joie en extrayant les pochettes de leur papier bulle était d'autant plus grande que l'historien est rarement propriétaire des traces qu'il exhume. À cela s'ajoutait l'émotion, plus intime, de tenir entre les mains l'écume iconographique de l'existence des miens.

Le montant de la facture était astronomique, mais j'aurais payé le triple sans discuter pour pouvoir jouir de ce trésor.

Élisabeth Bathori avait glissé un mot à mon attention. Elle m'invitait à partager mes découvertes autour des frères Hodierne ou à lui communiquer de nouvelles images si par extraordinaire j'en retrouvais.

M'aidant des notes que j'avais prises, j'ai pu rétablir l'ordre chronologique des clichés lorsqu'il avait été perturbé. Petit à petit, le puzzle prenait forme : les silhouettes familières de mon aïeul, d'Ambroise, du troisième larron de la photo de

Jersey (Minchinton, à n'en pas douter), ainsi que les portraits de Julia se succédaient. La grande femme mince et blonde, aux cheveux coupés court, souvent présente sur les clichés de famille, devait être Hélène Le Mélinaire, à en juger par sa ressemblance avec sa sœur. Et celle qui posait à côté d'Ambroise, avec ses tresses enroulées en conque sur les oreilles, était très certainement Katell.

La femme de Sainte-Croix était loin d'être laide : petite, bien en chair, un visage aux joues pleines, des yeux noirs très doux aux paupières ourlées de longs cils, une poitrine généreuse, malgré le corset, des mains blanches, un peu grasses. Le corps d'une femme de son époque. J'y ai cherché longtemps une ressemblance avec sa lointaine descendante, mais je n'en ai décelé aucune.

La beauté de Julia, elle, éclipsait toutes les autres, sans exception. Sur l'un des clichés, l'épouse de l'armateur tenait un bébé dans ses bras, tandis qu'un petit garçon en barboteuse était assis à son côté. Mais rien à voir avec la ferveur de la photo intime cachée dans *Les Contemplations* : la posture était raide, le poupon emmailloté posé là comme un objet. Le regard de la mère, rivé droit devant elle, fuyait l'enfant et ne reflétait rien.

Sous la loupe, la photo des trois associés assis au salon révélait des détails inédits. Octave possédait des attaches fines, presque féminines, de longs cils noirs, et malgré ses efforts pour se donner l'air sévère, il paraissait infiniment plus jeune que les deux autres. Dans une posture pseudo-napoléonienne, il avait glissé sa main droite dans l'échancrure de son gilet. Les mains de Sainte-Croix, elles, étaient bien visibles : à l'annulaire, une alliance épaisse et large, comme un pied de nez à son aura de coureur de jupons ; à son auriculaire, une chevalière armoriée. La paupière gauche du député était affaissée, au point de recouvrir en partie son iris : le portrait était donc postérieur à la tentative d'assassinat.

Augustus Minchinton, lui, avait la peau saupoudrée de taches de rousseur, un nez à l'arête déviée, et son visage était marqué par trois cicatrices : l'une d'elles, minuscule, au-dessus de la lèvre, une au bas du menton et une autre, plus épaisse, au niveau de la tempe gauche. Chute, accident ? L'homme avait des yeux enfoncés, et les avait plissés au moment où la poudre de magnésie s'était enflammée, ce qui ne permettait pas d'en deviner la teinte. Accoudé au dossier du fauteuil, poignets croisés l'un sur l'autre, coudes relâchés, il avait adopté une posture étonnamment décontractée, comme s'il était chez lui. Pas d'alliance : mais lui aussi portait une chevalière, à l'annulaire.

J'ai promené la loupe sur les mains des trois hommes. Je ne m'étais pas trompé : leurs chevalières étaient identiques. Y était gravé en relief non pas un monogramme, comme je l'avais d'abord cru, mais un dessin que j'ai reconnu sans peine : le tracé de Cézembre qui servait d'emblème à la compagnie.

102

Après mon grand bain chausiais, il m'avait fallu presque trois semaines pour me décider à reprendre mon entraînement. La première fois, l'appréhension était montée rien qu'à l'odeur du sel, ce sel qui avait enflammé ma gorge pendant des jours après ma chute dans l'eau. Au moment où la mer avait refermé son étreinte autour de mes hanches, mes entrailles s'étaient nouées. J'avais pensé à mon père : « Ce n'est pas avec la peur qu'on gouverne sa vie. » Pour une fois, cette maxime, qu'il nous assénait dès qu'il en avait l'occasion, m'avait semblé bien utile.

Les premiers jours, je ne m'étais guère éloigné du rivage. Mais le désir de nager était si puissant qu'au bout d'une semaine, je recommençais mes traversées entre la Hoguette et le fort.

Je n'avais toujours pas renoncé à mon projet. J'avais fini par en discuter un soir avec Xavier et sa femme.

— J'ai lu que des prisonniers s'étaient évadés de Cézembre à la nage. C'est plausible ?

— Bien sûr. On peut même traverser la Manche à la nage. Des malheureux le tentent chaque année, avec plus ou moins de chance…

Mon ami a esquissé une grimace. Ma question était bien naïve. Il a repris :

— Pour Cézembre, tout dépend du degré d'entraînement, de la météo… Mais je ne te le conseillerais pas en solitaire. L'eau est froide et les courants sont violents. Une crampe en plein milieu, et tu y passes.

Géraldine semblait moins pessimiste.

— Tu t'es entraîné ?

— Deux, trois kilomètres, trois fois par semaine.

Xavier est intervenu.

— Je te confirme que de ce côté-là, il a de la ressource.

— L'île est à deux milles nautiques, un peu plus, a-t-elle repris. Une bonne condition physique, une bouée de surface, s'il n'y a pas trop de courant et pas de houle, ça peut marcher. En revanche, Xavier a raison, il ne faut pas y aller seul. On t'accompagnera.

J'ai repensé à la promesse extorquée par ma belle-sœur. Cela commençait à faire beaucoup de mises en garde.

Xavier m'a regardé :

— Qu'est-ce qui se passe avec Cézembre ? On dirait qu'elle t'obsède, cette île.

— Disons qu'elle m'attire.

Dans le feu de la discussion, nous avons arrêté une date : le dimanche suivant, si la météo le permettait. D'ici là, je m'entraînerais chaque jour. Faire du sport comme un forcené m'aiderait à digérer le départ de Paul et le silence de Rebecca qui n'avait pas donné suite à la proposition que je lui avais faite de venir regarder les photos envoyées par l'Institut.

Le jour dit, les nuages s'effilochaient dans le

ciel clair du petit matin. La lumière, couleur de beurre tendre, laissait augurer une belle journée. J'essayais de me représenter la distance, l'effort, les courants. Vue sous cet angle, Cézembre paraissait un objectif atteignable, un parcours un peu plus long que mes distances ordinaires.

Xavier et Géraldine m'attendaient sur la plage. Ils avaient embarqué des gilets, une balise et une radio, ainsi qu'une montre GPS qu'ils m'ont attachée au poignet. Ils avaient aussi prévu de quoi manger et boire. J'ai fait quelques mouvements d'échauffement, ajusté ma cagoule, mes palmes, mon tuba. Au fond, Xavier avait raison, ce lieu exerçait sur moi un attrait magnétique. L'atteindre à la force de mes bras aurait été un accomplissement intime autant qu'une victoire sportive.

Je suis entré dans l'eau sans hésiter. Tout à l'excitation de l'aventure, je ne ressentais ni froid ni inconfort. Le premier kilomètre m'a paru un jeu d'enfant. De temps en temps, je relevais la tête et je voyais l'eau argentée soulever ses éclats en direction de la tache blanche du bateau. Lorsque j'étais fatigué, je m'allongeais sur le dos, les bras en croix. J'avais l'impression que j'aurais pu nager ainsi indéfiniment.

Le deuxième kilomètre a été tout aussi facile. Mon corps répondait présent, mes muscles étaient chauds, j'avançais à bon rythme. Je m'étais attendu à une torture, comme lors de mes premières séances matinales d'entraînement ; je m'étonnais presque que l'épreuve fût si facile.

C'est au milieu du troisième kilomètre que les choses se sont gâtées : à l'approche d'un courant, j'ai senti les premiers signes de fatigue dans les bras. J'ai réussi à sortir de la zone dangereuse et fait la planche pendant une minute, en levant un pouce en direction de mes amis. L'île semblait proche : en gérant l'effort, en ralentissant la cadence, j'étais certain que je parviendrais à l'atteindre.

Mais un autre courant, plus puissant, m'a déporté sur une centaine de mètres. J'ai dû nager contre lui pendant une minute ou deux avant de pouvoir me décaler pour en sortir, ce qui m'a obligé à pousser fort sur les palmes. La punition a été immédiate : une crampe dans le mollet, qui a aussitôt irradié jusqu'à la cuisse. Ce n'était pas la première fois que je connaissais ce genre de mésaventure, mais l'intensité et la fulgurance de la douleur m'étonnaient toujours.

Je suis resté calme et ai refait la planche, en tentant de contrôler ma respiration. J'avais l'impression que les muscles de mon mollet vrillaient sur eux-mêmes. Au bout de trois minutes, crucifié par la douleur, j'ai compris que je ne pourrais pas terminer la traversée. J'ai fait un signe de détresse, Géraldine a rapproché le bateau, et moins de deux minutes après, elle et Xavier me hissaient à bord.

J'avais parcouru trois kilomètres trois cents, soit plus des trois quarts de la distance. Pour la première tentative d'un prof de la Sorbonne tombé de sa chaire, c'était plus qu'honorable, m'avait fait remarquer Xavier, pendant que je massais mon mollet en grimaçant. Mais je me sentais atrocement frustré d'avoir échoué si près du but.

En attendant, mes amis avaient eu raison de me convaincre de ne pas y aller seul. La sournoiserie des courants, alors que la mer semblait calme, était étonnante. Sans mes équipiers, j'aurais été entraîné au large et j'aurais dû déclencher la balise de détresse. Mon sort aurait alors reposé entre les mains de la SNSM, si toutefois les sauveteurs m'avaient localisé à temps pour me repêcher.

Je pensais aux soldats qui avaient tenté de s'évader à la nage, sans équipement ni connaissance préalable de la côte. Il fallait être fou, ou complètement désespéré, pour s'aventurer dans une telle traversée. Y survivre dans ces conditions relevait du miracle.

103

La première partie du plan s'est passée comme un rêve : sortir du bunker où ils sont censés monter la garde, rejoindre la plage sans bruit. Ils ont ôté leur pantalon d'uniforme et le dissimulent sous un tas de cailloux ; les vêtements civils, préparés la veille, sont tassés dans un balluchon noué dans leur dos. Ils attachent les flotteurs autour de leurs reins, s'avancent à tour de rôle vers la plage. Il est cinq heures du matin, la nuit encore épaisse se déchire sur ses rebords et ils vont essayer de nager toujours tout droit, dans la pénombre, pour atteindre la rive.

Giuseppe est le premier à pénétrer dans l'eau. C'est l'été, mais elle est froide, si froide qu'il doit retenir un cri. Il se lance en avant, déséquilibré par les flotteurs, son barda sur le dos. Il a décidé de compter ses mouvements, par cent, pour se donner du cœur. Quand il aura fini une série, il recommencera. Et quand il aura multiplié cent par quarante, ils seront arrivés.

Elle est froide, Dieu qu'elle est froide. Il pense à sa mère, à la dernière des sœurs, Livia, qui doit avoir bien grandi. Qu'elle était jolie, avec ses tresses couleur châtaigne et ses yeux dorés, cette enfant qu'il appelait Scoiattola, *l'écureuil. Il sent presque ses bras menus s'enrouler autour de son cou et son odeur de fillette, quand elle lui murmurait à l'oreille :* « Zeppe, Zeppe », *quémandant une dernière embrassade.*

Quatre-vingt-dix-huit, quatre-vingt-dix-neuf, cent. Il pousse un cri bref, ses camarades répondent. Les huit cents premiers mètres ont été faciles, presque trop, une fois le corps habitué à la température. Les vagues les soulèvent par l'arrière, les poussent, les accompagnent. Elles leur font parfois gagner plusieurs mètres : il suffit de rester bien à plat, de tendre les bras en avant, de lever la tête pour éviter de boire la tasse.

Mais depuis quelques minutes, un courant les pousse de biais, menaçant de retourner leurs corps surélevés par les flotteurs. La fatigue commence à couler dans les membres, insidieuse. Elle leur rappelle qu'ils ont le ventre vide. Penser à la Mamma. Elle a attrapé ses premiers cheveux blancs à la mort du père. Et aujourd'hui ? Lui en reste-t-il des noirs ? Est-ce qu'elle pleure le soir en priant la Vierge pour qu'il revienne ? Est-ce qu'elle tresse avec Scoiattola des paniers jusqu'à avoir les doigts sciés par l'osier ? Il ne veut pas penser à ce qu'ont pu faire les partisans à sa mère et à sa sœur aînée au motif que lui est toujours là-bas, avec les mangiacrauti, *moitié soldat, moitié prisonnier. Et les autres, les Anglais, les Américains, comment vont-ils traiter les femmes quand ils débarqueront en Italie ?*

Cinquante et un, cinquante-deux, cinquante-trois.

Se rappeler plutôt l'odeur de farine cuite, d'ail et de tomate, la cigarette du soir, le dé à coudre de l'amaretto reçu en cadeau à Noël du Signor Graziani, dont la mère récure les planchers chaque matin.

Quand les petites sont couchées et qu'on n'entend plus que le bruit des vagues, il fait la lecture à voix haute de la gazette ramassée sur le port. La mère prétend qu'elle a de mauvais yeux ; la vérité, et il la connaît depuis toujours, est qu'elle ne sait pas lire.

Giuseppe, lui, est allé à l'école : suffisamment pour pouvoir signer son engagement, déchiffrer le nom des villages traversés en chemin de fer avant d'arriver dans la ville puante. Quatre-vingt-seize, quatre-vingt-dix-sept. Les bras sont en fer, mais les jambes en feu. Fuir le caillou, avaler l'air, garder la tête hors de l'eau. Que Dieu et la Vierge le protègent.

104

Après plusieurs journées d'immersion dans les photographies, j'avais l'impression d'avoir partagé des années entières de la vie quotidienne de mes aïeux. Bathori avait eu du flair : c'était bel et bien une œuvre qu'avaient léguée les Hodierne à la postérité, et elle méritait amplement la réputation qui était devenue la sienne. Hélas, mon second message proposant à Rebecca de venir admirer ces merveilles aux Couërons était resté sans réponse. Alors je nageais, je marchais, j'observais, je prenais des notes ; chaque soir, je me couchais, exalté par mon enquête, fourbu et déçu de ne pas voir le nom attendu s'afficher sur mon téléphone.

J'avais remis la main sur le livre qu'elle avait apporté lors de sa dernière visite, un roman sobrement intitulé *Dans l'île*. L'histoire d'une vétérinaire qui se retirait à Bréhat pour oublier la mort de son mari dans un accident de voiture ; mais l'empoisonnement de grèbes huppés mettait la protagoniste sur la piste d'un projet de complexe immobilier, lequel menaçait de détruire l'écosystème où nichaient certaines espèces. La vétérinaire enquêtait en tandem avec un commissaire de police pour confondre le promoteur cupide et permettre aux oiseaux rares de couler des jours heureux.

Ce polar écolo aurait sûrement plu à Paul, même s'il contenait un peu trop de descriptions de bestioles et de plantes à mon goût. Comme le premier, il était bien ficelé et solidement documenté. Rebecca avait-elle été vétérinaire avant d'arriver à Saint-Malo ? Dans ce cas, je pourrais lui demander un coup de main pour convaincre mon fils de finir ses études... Mais j'ai du mal à l'imaginer en blouse verte, en train de palper le ventre de chats rétifs ou de dobermans énervés. Non, ce que j'aurais surtout voulu savoir, c'est si elle était veuve, comme son héroïne. Cela aurait pu être une explication à son détachement, sa solitude, aux heures qu'elle passe à courir sur la plage par n'importe quel temps. Quelque chose dans sa façon de ne pas être tout à fait là, une fêlure, une matité dans le regard qui me font parfois penser à Servane, ma belle-sœur.

J'ai repris le dernier cahier de 1913, à la recherche de correspondances entre certaines photos et les événements relatés par Octave. Financièrement parlant, cette année ne s'est pas si mal terminée, si l'on tient compte de son début calamiteux : l'armateur a su redresser les affaires grâce au nouveau modèle de moteur, élaboré dans son usine de La Brède. Il a livré dans les temps les chantiers navals de Bordeaux et le succès a été immédiat. Sur la foi de son carnet de commandes, le Crédit commercial rennais a accepté d'éponger les déficits, en attendant, et même d'accorder un prêt à la Société malouine de transports nautiques pour la mise en chantier du *Salut de Cézembre*.

Mais, échaudé par la catastrophe de 1913 et ses déboires avec Minchinton, ainsi que par les sempiternelles discussions avec Sainte-Croix sur les itinéraires, le fondateur de Kérambrun se demande s'il souhaite poursuivre cette expansion commerciale tous azimuts. Les premiers signes de lassitude commencent à poindre. Il songe à déléguer davantage de responsabilités à Dubuisson : il voudrait, en particulier, lui confier la gestion du fret. « Sur lui, au moins, je peux me reposer », a-t-il inscrit le 13 novembre. Un « au moins » lourd de sous-entendus… Du côté de la santé, en revanche, les premiers ennuis font leur apparition. Depuis le début, je me demandais comment Octave arrivait à tenir le rythme effréné qui était le sien depuis bientôt dix ans. La vérité est qu'il ne le peut plus : son médecin, qui lui diagnostique des pierres aux reins, ordonne l'alitement immédiat. Le corps de l'armateur accuse autant que son moral le choc du naufrage, la culpabilité et la cohorte de complications qui en ont découlé.

À plusieurs reprises, cet homme qui ne se plaint guère confesse avoir souffert « le martyre » : il a fallu que le docteur Montgenèvre vienne lui injecter de la morphine pour éteindre l'incendie des coliques néphrétiques – quatre visites en un mois. Les frais médicaux se multiplient, on fait venir des spécialistes de Rennes, de Nantes. Grivolat est reconvoqué pour transformer en urgence deux pièces du bas en chambre et cabinet de toilette et aménager le monte-charge pour qu'on puisse y entrer un siège : Octave a le dos si douloureux qu'il ne parvient plus à gravir les escaliers. Une opération chirurgicale est envisagée, qui serait menée par le plus grand néphrologue de la Salpêtrière, mais il faut pour cela attendre que le malade soit transportable à Paris en automobile. Pour l'heure, il peine à s'extraire de son fauteuil sans l'aide de son majordome.

C'est donc depuis le fond de son lit, au rez-de-chaussée, que Octave travaille aux plans du *Salut de Cézembre* et effectue les calculs de propulsion du moteur. Dubuisson vient déjeuner chaque dimanche après la messe : oubliant le repos, on discute carène, turbine, vaigrage et calfat. Le jeune architecte naval, qui fait maintenant presque partie de la famille, est parfois prié de conduire en auto Julia à Saint-Briac pour qu'elle déjeune avec ses parents, quand ce ne sont pas les Le Mélinaire qui débarquent aux Couërons avec Hélène pour prendre le thé. Ambroise vient de temps à autre pour régler divers problèmes, mais mon aïeul ne raffole pas de ses apparitions qui, note-t-il, « fatiguent et irritent Julia ».

Le 12 décembre, Octave reçoit la visite du préfet de police, pour parler des nouvelles « lettres » qu'on lui a adressées. Contrairement à ce qu'il a affirmé à sa femme, les menaces n'ont pas cessé. Il soupçonne l'Américain, Swancott, de chercher à s'en prendre à lui, d'autant que Ambroise et Minchinton ont reçu de semblables missives. Je repense à la disparition du député, à la volatilisation de l'Anglais : Katell a-t-elle eu raison de soupçonner le pire ? Un père fou de chagrin, débouté par la justice, a-t-il pu nourrir des envies de meurtre envers les armateurs ? Cette hypothèse ne me convainc guère. Car si j'ignore ce qu'il en était de Minchinton, Ambroise ne me paraît pas homme à refuser l'affrontement. Il me semble qu'au contraire, il fait partie de ces êtres que la confrontation galvanise.

REVIF

105

Quand j'ai croisé ses yeux, j'ai eu un choc. Ils avaient pris dans la lumière de l'après-midi une nuance de narcisse et de fougère. Cette femme, qui portait ce jour-là un chemisier vert amande, des boucles d'oreilles en forme de trèfle et les cheveux détachés, était décidément d'une beauté peu commune.

Alors que je ne m'y attendais plus, Rebecca avait dit oui à ma proposition de regarder ensemble les photos de famille. Mais avait suggéré que nous nous retrouvions au bar des Thermes plutôt qu'aux Couërons. Comme à son habitude, elle était arrivée la première. Quand elle s'était levée et m'avait tendu la main, j'avais dû lutter contre la tentation de garder ses doigts entre les miens. Sa peau était d'une douceur incroyable.

— Pardon de ne pas vous avoir fait signe, des soucis de famille. On ne devrait pas vieillir... Vous avez encore vos parents ?

— Ils sont morts tous les deux.

Je n'ai pas pu m'empêcher d'ajouter :

— J'avais un frère. Mais lui aussi est mort.

Elle n'a posé aucune question. Cependant, son regard ne s'est pas dérobé. C'était rare.

— Alors, ces photos ?

J'ai sorti les clichés des enveloppes, Rebecca ses lunettes de son sac et nous avons commencé l'examen. Elle scrutait les images les unes après les autres, les faisant glisser sur le côté : elle y revenait, parfois, en silence. De mon côté, j'observais son calme, sa concentration, et songeais qu'elle aurait fait une excellente archiviste. Elle a longuement gardé entre ses mains un portrait d'Ambroise, s'est arrêtée sur celui où figuraient les jumelles. Je les lui ai désignées du doigt :

— Celle-ci a été prise aux Couërons. Je me demande si ce n'est pas votre grand-mère et votre grand-tante. Des jumelles de l'âge de son fils, dans l'entourage d'Octave, il ne devait pas y en avoir des milliers. D'après l'inscription au dos, il les aurait adoptées.

— C'est étrange, on m'a toujours dit que Marthe et Blandine avaient été recueillies par des cousins. Marie-Catherine et votre aïeul n'étaient pas cousins, n'est-ce pas ?

— Je ne crois pas.

— Moi aussi, j'ai une photo à vous montrer.

Elle a sorti son téléphone, retiré ses lunettes, et approché l'appareil si près de son visage qu'il touchait quasiment son nez. C'est la deuxième fois que je la voyais faire ce geste.

— Je l'avais prise chez ma tante, quand j'écrivais mon livre. Je crois que c'est leur photo de mariage.

J'avais deviné juste : la femme aux cheveux tressés en conque était bien Katell. Elle paraissait minuscule à côté de son géant de mari. Au

moment où François Hodierne – même sans le
« H » au bas de l'image, j'avais reconnu sa patte –
avait déclenché le flash, la jeune épousée n'avait
pu s'empêcher de relever les yeux vers son mari,
dont elle tenait fermement le bras, son coude formant un angle forcé à cause de leur différence
de taille.

L'adoration qu'on lisait sur ses traits faisait
peine à voir, quand on connaissait l'épilogue de
l'histoire. Pire encore, ce que trahissait la photo,
dans sa langue parfois fulgurante – et si paradoxalement résistante à ceux qui en orchestraient la
mise en scène –, c'est que cet amour n'était pas
réciproque. Nulle tendresse chez un Ambroise
détaché et plein de componction qui fixait, en
habitué, l'objectif et le flash, affichant une satisfaction tranquille, comme s'il inaugurait un monument avant de passer à autre chose. J'étais prêt
à parier que Marie-Catherine, qui rendait dix ou
quinze ans à son époux, possédait une jolie dot,
et que l'alliance avait été conclue avec le même
genre de visée que l'association de Sainte-Croix
avec mon grand-père : accroître son réseau d'influence, et, partant, gagner des électeurs.

106

Si Rebecca ne s'était pas enthousiasmée pour ces photographies comme je l'avais espéré, je n'étais pas certain que sa tiédeur eût à voir avec la fadeur de mes récits, ou le caractère trop personnel de mon obsession pour ces archives familiales. J'avais plutôt eu l'impression que, comme à son habitude, elle regardait la vie à distance, comme à travers la vitre d'un aquarium. Après m'avoir rendu la dernière image, elle s'était absorbée dans la contemplation de la mer, sur laquelle une chape de nuages noirs s'était refermée. En quelques minutes, un couvercle de plomb s'était posé sur le Sillon, et les rayons du soleil qui avaient réussi à franchir la couche nébuleuse auréolaient la mer, tels des pinceaux géants diffractant leurs traits de lumière obliques.

Contre le ciel enténébré, l'eau avait blanchi jusqu'à prendre une pâleur de lune : une renverse des couleurs annonciatrice d'un formidable orage.

Rebecca a proposé que l'on boive un deuxième café, le temps que passe le grain. J'ai accepté, heureux à l'idée de grappiller quelques minutes supplémentaires avec elle. Devant la mer blanche et le ciel noir, son attention ne flottait plus, et son visage reflétait la même intensité stupéfaite que les enfants ou les animaux quand ils voient la neige pour la première fois. Dans ce clair-obscur, ses yeux avaient viré au vert sapin. Pendant que nous attendions notre second café, un ange a passé. Occasion de tenter d'en savoir plus.

— Je suis curieux, mais vous vivez de votre plume ?

— Non, pour le moment, je fais des vacations pour le compte de l'Ifremer de Saint-Malo. Vous connaissez ?

— Et comment ! J'ai un oncle qui y a travaillé, à Brest. Vous êtes scientifique ?

— Pas vraiment. Je révise des articles en anglais et en allemand. Je compile des bibliographies, aussi.

Devant mon air surpris, elle a demandé :

— Vous imaginiez quoi ?

J'ai bafouillé :

— C'est-à-dire que... Comme vous faites beaucoup de sport, j'avais pensé que vous étiez peut-être kiné. Ou prof de yoga.

Elle a eu un rire clair, bref, inattendu, qui a illuminé son visage.

— Prof de yoga, c'est drôle, ça. Cela dit, ça ne m'aurait pas déplu. Non, j'ai fait des études de chimie. J'avais commencé une thèse quand je vivais en Allemagne. Mais je ne suis pas allée au bout.

— Vous avez changé de voie ?

— En quelque sorte.

Le premier éclair a zigzagué en silence. Le ciel n'allait pas tarder à s'ouvrir, dissipant la beauté compacte de cette nuit en plein jour. J'ai hésité entre me taire et poursuivre, conscient de ce que mes questions avaient d'inquisiteur. Mais qui sait quand j'aurais une nouvelle occasion de les lui poser ?

— Et après ?

— Je me suis mariée et j'ai eu ma fille. Et vous ?

— Moi ? Je suis divorcé.

— Non, je voulais dire : vous faites quoi, exactement, comme métier ?

Mais quel con.

— J'enseigne l'histoire, à la Sorbonne.

— Prestigieux.

— Certes. Mais je crois qu'on attendait autre chose de moi.

Elle a soupiré.

— Les gens passent leur temps à attendre autre chose de nous. C'est bien tout le problème.

Le grondement du tonnerre a résonné et les premières gouttes de pluie se sont écrasées contre la vitre. Nouveau silence.

— Et vos romans ?

— Je n'aurais jamais imaginé sauter le pas. J'ai écrit le premier à un moment où je n'avais que ça à faire. Contre toute attente, ça a bien marché. Mon éditeur m'a demandé d'en faire un deuxième. Mais je ne suis pas écrivaine.

— J'ai lu *Les Disparus du jusant* en une nuit. On n'arrive pas à le lâcher.

— Vous êtes gentil.

J'aurais dû m'arrêter là. Mais une question restait en suspens, fichée comme une écharde sous la peau.

— Et votre mari, il aime bien vos romans ?

— Je l'ignore.

Voix mate. Donc il y avait bien un mari. Mais

ils ne se parlaient pas. Ou alors pas beaucoup. Étaient-ils séparés ? Rebecca a levé sur moi ses yeux de sous-bois. Puis a tourné son regard vers l'horizon.

— Regardez...

Derrière le rideau de pluie qui balayait la plage, la nuit d'encre diurne était en train de se diluer. Sur la soie du ciel libéré de ses ombres, un arc-en-ciel avait pris naissance. Pile entre Cézembre et le fort de la Conchée. Il a dilaté son spectre au-dessus de la mer, passée du mercure au vert tilleul. Un vert si pâle, si affable, que rien ne permettait de soupçonner que son eau avait bu jadis, de marée en marée, l'herbe des prairies submersibles, les arbres et leurs frondaisons, bu les pas des marcheurs transportant à dos d'homme de quoi construire les outils d'une négociation patiente entre eux et leur biotope ; bu la trace d'un monde entier de labeur, d'espérance et de foi dont les maîtres mots avaient été cultiver et paître, récolter et prier.

Certes, il était rude, ce temps où on mourait avant quarante ans d'accident ou d'épidémie, où on savait jusqu'au fond des os le froid, la faim, la douleur, la guerre, où les hommes et la nature jouaient à armes inégales. Mais dans cette relation tissée de patience, de méfiance et de respect, les habitants du littoral avaient longtemps eu la sagesse de n'exiger du rivage que ce qu'il pouvait donner ; de n'y prélever, en guise de prébende, que les indispensables fruits dont ils partageaient bon an, mal an l'offrande avec les animaux.

Avant le grand ennoyage de la baie, le sol raviné de sel et de goémon avait hébergé des vergers, des buissons de mûres et de framboises. Des langues de terre humide où les vaches s'étaient repues d'herbe salée tandis que les lapins y creusaient leur terrier. Et les vestiges des bâtiments des fermages, les ruines du légendaire monastère de Saint-Scubilion, que certains marins prétendaient avoir aperçus à marée basse au large de Rochebonne ? Dormaient-ils vraiment sous le plancher de l'eau, dans le vertigineux silence de la mer, loin du staccato de la pluie qui ricochait maintenant sur sa surface ?

À cet instant, Rebecca et moi étions pareillement aimantés par le kaléidoscope du Sillon, les revirements constants qu'il imposait à la lumière ; une fantasmagorie éphémère et éternelle qu'une existence entière de contemplation n'aurait suffi ni à dire ni à épuiser.

107

Parmi ceux que Octave convoque à son chevet durant sa maladie en 1913 figure un certain « Sorsoleil ». L'armateur n'écrit pas pourquoi il a fait venir cet homme mais, fidèle à ses habitudes, il a consigné le montant de ce qui ressemble à des honoraires. Un nouveau médecin, un avocat ? Dans l'annexe, dont je commence à maîtriser l'ordonnance, deux heures me suffisent à remettre la main sur le dossier intitulé « Sorsoleil & Tréhondart ».

Je regrette de ne pas l'avoir ouvert plus tôt. Car le nom est celui de l'office notarial avec lequel Octave traite désormais ses affaires. Et son testament, ce fameux testament sur lequel je désespérais de remettre la main, y est archivé. L'armateur n'a que trente-trois ans, mais il faut croire que ses ennuis rénaux l'ont mis en alerte.

Fébrile, je parcours les pages. Les dispositions, à première vue, en sont des plus classiques. En cas de décès de son mari, Julia héritera de la moitié des parts de la société ; l'autre sera répartie à égalité entre ses enfants. L'épouse du défunt administrera avec l'aide de Me Sorsoleil les biens jusqu'à la majorité de ses fils, sous la tutelle du père d'Octave ; ou, si ce dernier venait à décéder, de son père à elle, et en dernier recours, d'Alexandre Dubuisson. Même veuve, il est écrit qu'elle restera sous l'autorité d'un homme. Je note que Octave n'a pas souhaité confier le destin de son épouse à Sainte-Croix. Compréhensible, vu le panier percé qu'est Ambroise – d'autant que Julia semble ne pas pouvoir le souffrir.

Mon aïeul a ensuite ordonné une série de legs : à Hélène Le Mélinaire – qui est toujours célibataire –, à Alexandre Dubuisson, qui reçoit dix pour cent des parts de la société sous réserve qu'il s'engage à y servir dix années consécutives, à son secrétaire, aux domestiques, à la paroisse. Il est également stipulé que un pour cent de l'ensemble des bénéfices issus de la Société malouine de transports nautiques devra être reversé chaque année à des œuvres de secours en mer.

Charles avait perpétué la tradition avec son chèque annuel à la SNSM.

La générosité réfléchie qui dicte ce partage est en accord avec le portrait d'Octave esquissé par les cahiers : celui d'un homme prévoyant et équanime, qui a fait de la charité chrétienne le gouvernail de son existence.

Sa dernière volonté est qu'à sa mort, une messe soit dite à sa mémoire en mer devant Cézembre en présence de Julia et de ses enfants.

Le document est homologué à l'étude le 20 décembre 1913.

Cette répartition aurait dû perdurer jusqu'à la mort de Julia. Mais Octave cherche à en modifier les termes dès août 1914. Évidemment, avec la fuite scandaleuse d'Ambroise et la guerre qui éclate, c'est toute la structure financière de la société qui vacille... Il se renseigne auprès de M⁰ Sorsoleil sur la possibilité de transférer la propriété des parts du député sur la tête de l'épouse de ce dernier. La réponse est négative. Il s'enquiert du délai légal avant de pouvoir entreprendre un rachat : mais Sainte-Croix n'est pas mort, et la lettre a conduit la police à conclure à la disparition volontaire. S'il ne revient pas, il faudra compter des années et un nombre incalculable de procédures avant qu'intervienne la déchéance de propriété.

Octave se résout, faute de mieux, à organiser un système de reversement des dividendes (les lettres de Katell en portaient la trace) et prévoit un legs important pour son amie en cas d'accident. Il a à cœur qu'elle et son futur enfant puissent continuer à jouir de ce qui leur appartient. Le nouveau testament est homologué en septembre, un mois à peine après le début de la guerre.

Le feuilleton notarial aurait pu connaître là son terme. Mais la mort de Julia, en juin 1915, entraîne une modification des dernières volontés de l'armateur. Dans une lettre envoyée alors qu'il est toujours en garnison à Brest, il dresse une liste de questions : notamment celle de savoir s'il est possible d'établir une différence entre ses enfants, afin d'écarter Juste de l'héritage.

Julien Sorsoleil étant sous les drapeaux, c'est le vieux M⁰ Tréhondart qui répond. En des termes mesurés, mais fermes : la loi interdit de déshériter un enfant. Tout au plus peut-on faire en sorte de minorer ce qu'il aura par rapport à ses frères et sœurs. Octave lui demande d'étudier toute solution en ce sens. Il en ressort que Armand et Ernest seront désignés héritiers des parts de la société, tandis que Juste recevra la maison et une soulte pour solde de tout compte à sa majorité.

La correspondance d'Octave et des notaires, assurée désormais par le seul Mᵉ Tréhondart – Mᵉ Sorsoleil a été tué au front en 1917 –, se poursuit. En 1921, Octave est devenu le tuteur légal de Marthe et Blandine de Sainte-Croix, après que leur grand-père paternel a renoncé à les recueillir. Les deux enfants n'ont plus ni père ni mère pour veiller sur elles. Mon aïeul envisage de les adopter et s'enquiert des détails de la procédure ; mais là encore, la disparition volontaire d'Ambroise, toujours réputé en vie, interdit d'entreprendre quoi que ce soit, puisque le député peut rentrer à n'importe quel moment et reprendre ses enfants. À défaut, Octave met en place une rente, que les jumelles toucheront jusqu'à leur mariage, puis une dot, supposée leur permettre de trouver un parti acceptable (« le montant en sera sans excès, de sorte à ne pas attirer les aigrefins », a précisé mon aïeul). Le nouveau testament est homologué. Il restera intact pendant vingt ans, jusqu'en 1941.

Mais cette année-là, en ce deuxième été où la France se réveille à l'heure allemande, ultime coup de théâtre : Octave, dans un courrier transmis par son avocat depuis sa prison de Fresnes, fait part de sa volonté d'écarter Ernest de la succession de l'entreprise. Il manifeste le désir d'en confier la direction exclusive (le mot est souligné) à son fils cadet, Juste de Kérambrun, alors âgé de vingt-six ans. Il souhaite par ailleurs le rétablir dans ses droits à l'héritage et demande au notaire de préparer les documents en ce sens ; au vu des circonstances, son avocat, Mᵉ Garçon, aura procuration pour les signer. Rien n'est dit des raisons qui ont conduit le fondateur de la Société malouine de transports nautiques à revenir sur la décision prise deux décennies plus tôt. Mais le motif de cette volte-face se devine sans peine : Octave, jeté en prison par les Allemands, lesquels ont en plus réquisitionné ses usines, ne cautionne pas les choix politiques calamiteux de son fils aîné. Quoi qu'il se soit passé à la naissance de Juste, l'entrée en résistance du jeune homme lui aura fourni l'occasion de se racheter aux yeux de son père.

Dans ses dernières lettres, l'écriture d'Octave a changé : plus resserrée, plus nerveuse, comme recroquevillée sur elle-même. Mais elle ne traduit aucun signe d'affaiblissement physique ou mental. Son dernier testament est homologué en janvier 1943 par Hyacinthe Tréhondart, qui vient en personne le faire signer aux Couërons, en présence de Mathilde Dagorn, employée de maison, et d'Alexandre Dubuisson, associé. L'acte confie, de manière définitive, les rênes de la compagnie au plus jeune des fils après la mort du fondateur – Armand, le puîné, est mort depuis presque dix ans.

Octave dispose maintenant avec le seul Dubuisson de la propriété des parts de la compagnie. Ce qui est anormal. Car s'il a racheté, régulièrement, celles d'Ambroise à ses filles en 1932, je ne vois nulle trace d'une transaction de cette sorte avec Augustus Minchinton, le troisième associé, qui a purement et simplement disparu de l'équation notariale. Influencé par les carnets d'Octave, et sa réputation de casse-cou, je l'avais plus ou moins imaginé trouvant un sort funeste au milieu des glaces, ou alors tâtant de la prison à cause de ses malversations. Cela aurait expliqué pourquoi sa trace se perdait dans les sables après guerre. Désormais, une autre hypothèse fait son chemin. La probabilité pour qu'elle soit vraie est de l'ordre de l'infinitésimal. Mais peu à peu, je la laisse éclore, comme une photographie doucement émerge du bain révélateur, dans les grappes de bulles et le secret de la lumière rouge.

108

> *Elle ne mangeait pas ; sa vie était sa fièvre ;*
> *Elle ne répondait à personne ; sa lèvre*
> *Tremblait ; on l'entendait, avec un morne effroi,*
> *Qui disait à voix basse à quelqu'un : — Rends-*
> *le-moi !*
> *Et le médecin dit au père : — Il faut distraire*
> *Ce cœur triste, et donner à l'enfant mort un*
> *frère. –*

J'ai laissé la photo de la mère à l'enfant serrée entre les pages des *Contemplations*. Ce livre est mon unique chemin jusqu'à Julia de Kérambrun et je ne saurais en ôter l'image de la petite fille sans avoir l'impression de profaner la douleur de celle qui l'a placée là. Je songe à mes propres angoisses avec Paul, à l'effroi, qui m'avait habité à compter de l'instant de sa naissance, qu'il puisse connaître un jour la souffrance, la faim ou la peur.

Pour Julia, les vers de Victor Hugo ont pu être une consolation. Ou, au contraire, un moyen de creuser la plaie. La femme d'Octave, elle, n'a pas tenu de carnet. Mais je ne crois pas qu'il y en ait besoin pour comprendre qu'elle a payé un trop lourd tribut à l'inguérissable deuil de son enfant chérie.

À la fin du volume, une carte à jouer – un roi de cœur –, une carte postale et un papier plié en quatre collés entre la garde et le plat qui les ont retenus. La carte représente Cézembre et porte une simple inscription : *Tibi* – en latin « À toi ». Quant au papier, une fois déplié, il ne révèle qu'une ligne.

« *Vendredi 10 h.* »

L'écriture m'est inconnue. Mais l'échantillon est mince, et j'ai vu passer dans la correspondance tant de scripteurs différents que je serais incapable de la rendre à son propriétaire si je l'avais déjà vue. Je sais simplement qu'elle n'appartient pas à mon aïeul.

En attendant, c'est la deuxième fois que je tombe sur ce genre de billet. Et je crois de moins en moins qu'il ait été glissé à Julia par sa sœur ou la bonne.

La femme d'Octave avait-elle un amant ? On pourrait le concevoir. Certes, son mari la traite telle une reine, mais il passe son temps à courir d'un chantier, d'une ville à l'autre. Les crédits aux comptoirs des librairies, les lettres tendres et toutes les médecines du monde sont insuffisants à faire oublier qu'on n'est pas là. Ou pire encore, qu'on est là sans y être – un art dans lequel j'ai moi aussi excellé.

Et Julia est belle, très belle. Très certainement courtisée, aussi. Entre les associés de son mari, l'architecte naval, l'architecte tout court et le préfet qui demande de ses nouvelles à tout bout de champ, il serait étonnant que certains n'aient pas éprouvé pour elle plus que de l'amitié.

La mort de sa fille a creusé en elle un chagrin insondable. Qui sait si, à Berck, elle n'a pas trouvé refuge dans les bras d'un autre, baume éphémère posé sur sa solitude, pendant les semaines d'ennui où on la relègue dans sa clinique ? Dans les livres de raison d'Octave, je détecte, tant dans ce qu'il note que dans ce qu'il tait, trop d'inquiétudes, de docteurs, de nurses et de séjours en bord de mer pour envisager que sa femme ait pu être heureuse.

Et ses lettres ? Celles qu'elle adressait à son mari demeurent introuvables. Où Octave, lui qui gardait jusqu'au moindre échange avec un vendeur de houblon, a-t-il entreposé les chères reliques de Julia ? Qu'a-t-il fait des photos de sa femme bien-aimée, celles qu'il m'a fallu traquer dans les sous-sols d'un institut de recherche parisien ? J'ai du mal à l'imaginer sacrifiant les feuillets couverts de l'écriture de son épouse, ultimes traces de sa présence, alors qu'elle avait été arrachée à son affection, comme on disait alors, avant d'avoir pu fêter ses trente ans.

Je suis troublé par ce silence, celui de la femme muette de la photographie, dont les yeux impavides, absentés du monde, me délivrent un message que je ne sais entendre, comme la silhouette énigmatique du tableau de ma cousine accroché dans ma chambre.

109

Pour la première fois, de mémoire de Malouin, le thermomètre a dépassé les 38 degrés un 8 juillet. La chaleur est sidérante, malgré le vent qui la disperse en bord de rivage. Voir la plage étoilée par les serviettes colorées des baigneurs serrés comme des sardines, avant que la marée fasse son grand ménage du soir, me fait regretter le Sillon déserté en hiver. Les journées sans Rebecca, à qui je pense sans arrêt malgré mes efforts, paraissent interminables. Hélas, avec les photos, j'ai épuisé mes dernières cartouches. À moins que... J'ai croisé Xavier vendredi à la Hoguette et il m'a reparlé du corps de Cézembre. Rien de neuf sous le soleil, sinon que le militaire chargé de l'identification me connaissait.

— Comment ça, il me connaît ?
— Il t'a eu comme prof, à Lille. Il m'a dit que tu pouvais lui rendre visite à Vincennes, au musée des Armées.

J'ai songé que je pourrais faire coïncider le rendez-vous avec la signature du protocole de divorce – un moment auquel j'essaye de ne pas penser. J'aimerais pouvoir exposer mon hypothèse, toute farfelue soit-elle, à ce colonel Rozen. S'il a étudié l'histoire, avec moi ou avec d'autres, nous devrions pouvoir trouver un terrain de discussion.

Mais, pour le moment, ce sont les termes du testament d'Octave – des testaments, devrais-je dire – qui me trottent dans la tête. Je ne comprends pas ce désir d'éviction de Juste, sauf à imaginer qu'il y ait un lien entre sa naissance et la mort de Julia : suffisamment fort pour que Octave prenne l'enfant en grippe et le rejette. Sa femme a-t-elle succombé à son accouchement ? Fièvre puerpérale, éclampsie ou septicémie étaient monnaie courante à cette époque. Étienne m'avait bien parlé d'un « accident » à propos de sa grand-mère : mais de son propre aveu, le sujet n'était évoqué qu'à mots couverts.

Volets tirés dans la touffeur des après-midi, je continue, faute de mieux, à ouvrir les ouvrages de la bibliothèque de Julia, à l'affût d'un autre indice, d'un autre billet doux, d'une écriture connue. Il en tombe des feuilles séchées, des programmes de spectacle, un carton lavande qui a tiré sur le gris, et même un télégramme en date de mars 1911 (« Soulagé de vous savoir bien arrivée. Affection. Stop. Octave »). Et soudain, une photo, serrée entre les pages des *Travailleurs de la mer*.

Mon aïeule pose debout au côté d'un homme qui n'est ni son mari ni l'un de ses associés. Costume de tennis, lumière vive, décor champêtre. Son partenaire a un visage en lame de couteau et un début de calvitie, ce qui ne l'empêche pas de dégager un charme certain. Il porte des culottes bouffantes, un pull-over à manches courtes passé sur une chemise claire et des souliers de sport. La main qui tient la raquette est fine et musclée.

Je retourne le cliché. Photo d'amateur, aucune légende. Qui est cet homme ? Alexandre Dubuisson, devenu un intime du couple, d'après les lettres d'Octave ? Mathieu Tézé-Villan, le préfet de police chez qui elle partait en vacances ? Ou un partenaire de hasard rencontré à Berck ? Le fait est que sur cette image, Julia esquisse un sourire, un vrai. Un sourire que je n'ai vu nulle part dans le fonds Hodierne.

Stimulé par ma trouvaille, j'épluche dans la foulée une cinquantaine de romans et de recueils de poèmes : une tâche douce et hypnotique, qui fait monter à mes narines l'odeur nostalgique du vieux papier et du temps perdu. Mais seuls quelques livres, ceux de Hugo, essentiellement, ont servi de réceptacle au secret de Julia. Elle a marqué d'un pli la page du vingt-cinquième poème du livre deux des *Contemplations*.

> *Je respire où tu palpites,*
> *Tu sais ; à quoi bon, hélas !*
> *Rester là si tu me quittes,*
> *Et vivre si tu t'en vas ?*
>
> *À quoi bon vivre, étant l'ombre*
> *De cet ange qui s'enfuit ?*
> *À quoi bon, sous le ciel sombre,*
> *N'être plus que de la nuit ?*

Cet ange qui s'enfuit : ces mots me font songer à Rebecca, que je revois disparaître dans l'avenue de Montréal à l'issue du café que nous avions pris le jour de l'orage. À qui songeait Julia en marquant cette page ? Sa fille ? Un autre homme ? Je me sens envahi par le découragement. Mes hypothèses ne reposent que sur du vent, fondées qu'elles sont sur des signes ambigus disséminés dans les marges des livres, des pages cornées de Victor Hugo ou l'expression d'un visage devant l'objectif du photographe...

Je regarde ma montre : vingt-deux heures. Pas trop tard pour appeler mon ami Renaud Catalayud, le psy, qui ne se couche jamais avant minuit. Il s'étonne de mon coup de fil.

— Ce serait pour une consultation.

— Tu te décides enfin ?

— Hum, ce serait plutôt pour mon arrière-grand-mère.

Je lui relate ce que je sais de Julia.

— Pas facile de poser un diagnostic en l'absence de la patiente... Tu me dis qu'elle a été en clinique après la naissance de son deuxième enfant. Le bébé avait quel âge ?

— Un mois et demi, deux mois...

— Il ne l'a pas suivie ?

— Non. Et elle n'a pas l'air de s'en soucier.

— Dans ce cas, elle a peut-être fait un rejet, à cause du traumatisme du premier deuil. La mère est terrorisée, persuadée que le nouveau bébé va mourir, comme le précédent. Elle refuse de s'attacher, ne veut pas prendre le nourrisson dans ses bras, n'a pas de montée de lait. Elle ne peut pas supporter ses pleurs. Aujourd'hui, on fait attention à ces signes, on les soigne. Mais à l'époque, on confiait plutôt l'enfant à des nourrices. Il est devenu quoi, le gamin ?

— Mort sous l'uniforme allemand pendant la Seconde Guerre mondiale.

— Les enfants mal-aimés font des proies faciles pour les mauvais bergers.

— Tu connais le nom d'un certain Sobieski ? Georges Sobieski ? C'est lui qui a soigné mon arrière-grand-mère, avec des cures d'hydrothérapie.
— Non. Tu sais si elle lui parlait, à son docteur ?
— Il lui demande de raconter ses rêves.
— Un disciple de Freud alors. Pas absurde, comme approche. Elle a guéri, finalement ?
— Difficile à dire. Elle est morte à vingt-huit ans, d'un accident.

J'ai soudain pris conscience de ce que ce décès prématuré avait d'étrange. Quel accident, au juste ? J'ai repris :
— Je me demande si elle n'a pas eu un amant, à un moment donné.
— Si elle associait son mari à la première naissance et au bébé mort, c'est fort possible. Mais si elle avait connu un autre homme, je parierais sur une relation idéalisée.
— Platonique ?
— Pas nécessairement. Mais le désir physique n'aurait pas été le moteur. Plutôt le besoin d'une réparation, avec quelqu'un qui n'aurait pas partagé ses drames. Tomber amoureux, ça donne l'impression d'une renaissance. Et quand on va mal, ça peut créer des attachements intenses.

À qui le disait-il...

L'amant aurait été un moyen de punir inconsciemment Octave pour le bébé mort, de s'évader d'une vie sociale et mondaine devenue insupportable. Renaud a enchaîné :
— Et toi, tu en es où de ton divorce ?

Toujours aussi subtil. Mais avec lui, j'avais l'habitude.

— Signature la semaine prochaine.

— Je te l'avais dit, que les meilleures choses avaient une fin... Tu t'es dégoté une belle Bretonne ?

— Pas vraiment.

— Elle n'est pas bretonne, donc ?

J'avais l'agaçante impression que mon ami lisait en moi à livre ouvert.

— On va dire que la dame n'est pas intéressée.

Renaud a laissé échapper un petit sifflement.

— Et qui est cette étrange créature qui résiste à ton charme ?

— Une voisine. Et elle ne résiste pas qu'au mien. On l'appelle la Reine des Neiges, par ici, si tu vois ce que je veux dire.

— Je vois surtout, mon cher Yann, que les affaires reprennent.

110

Les couloirs à travers lesquels on nous a fait passer, Me Léandri et moi, sont presque déserts. Il faut croire qu'à la mi-juillet, les gens sont plus occupés à partir en vacances qu'à divorcer.

Marie-Laurence a troqué son auburn cuivré pour un roux flamboyant : un peu trop visible à mon goût, mais cela n'enlève rien à sa beauté. Elle porte un jean moulant qui souligne sa minceur, un T-shirt noir, des sandales à talons compensés. Quarante-neuf ans et le corps d'une jeune fille qui se refuse à vieillir, pour l'instant avec succès. Nous écoutons les avocats énumérer les articles du protocole. Il est beaucoup question de mon héritage, de l'appartement acheté sous le régime de la communauté de biens. Il est tout autant question de Pablo et de l'abandon du domicile conjugal.

Pourtant, cette guerre-là est terminée. À la surprise de Me Léandri, je suis revenu sur nombre de mes exigences, celles que je m'étais pourtant battu pendant des mois pour imposer. J'ai accepté la vente sans délai de l'appartement, la prise en charge intégrale de la pension et des frais de scolarité de Paul.

L'avocate de ma femme nous parle d'une voix tranquille. Tant de calme contraste avec les mois épouvantables qui nous ont vus nous déchirer.

Le moment où je signe est un petit arrachement. Une digue intérieure qui cède. Quand vient son tour, sans réfléchir, Marie-Laurence me demande mon stylo : je le lui tends, nos doigts se frôlent. Durant cet ultime rendez-vous, j'ai fait l'économie des remarques aigres dont j'avais parsemé la dernière rencontre ; de son côté, ma femme m'a épargné ses sarcasmes. Pour une fois, nos avocats respectifs n'ont pas eu besoin de nous demander de nous taire.

Au moment où Me Léandri et moi sortons de l'immeuble, la brûlure de l'été nous cueille sans pitié. La canicule écrase Paris dans un souffle de sirocco. Mon avocat, éternel pressé, me serre la main et fait signe qu'il doit partir en mimant un appel téléphonique. Sa note va être salée. Mais je lui suis reconnaissant de m'avoir poussé à clore cette procédure où je m'étais embourbé.

Je reste à l'ombre de l'immeuble. Les corps sont déjà à l'affût de la moindre particule de fraîcheur. J'entends la porte qui s'ouvre dans mon dos. C'est Marie-Laurence, je la reconnais à son parfum. Quand elle arrive à ma hauteur, elle s'arrête, interdite ; je ne bouge pas non plus. Je crois que c'est la première fois que nous nous retrouvons en tête à tête depuis son départ. Elle aussi a l'air saisie par la chaleur d'enfer qui la cloue sur place.

Sous cet angle, la beauté de celle qui est, depuis cinq minutes, mon ex-épouse, laisse entrevoir ses premières lézardes : des pattes-d'oie au coin des yeux, un pli au niveau du cou. La ride du lion a été gommée par le botox. Ces aveux de faiblesse, qu'elle tente de camoufler sous un maquillage parfait, rendent Marie-Laurence encore plus séduisante. J'ai toujours pensé qu'une femme comme elle était beaucoup trop belle pour un homme comme moi.

À la voir là, si proche, quelque chose remue au fond de moi. Je m'en veux d'avoir été si hargneux, si mesquin. Après tout, nous avons partagé plus de vingt ans de vie commune et avons élevé un fils ensemble.

Lorsque je fais un pas dans sa direction, mon ex-femme recule comme si j'allais la frapper. Puis elle se détourne et allume une cigarette. Je me demande comment elle fait pour fumer par une chaleur pareille. Elle souffle une bouffée droit devant elle, sans me regarder. Mais elle ne s'en va pas.

— Paul m'a parlé de son projet. Il m'a dit que tu étais d'accord.

— Et toi ?

Elle paraît surprise que je la consulte. Mais le commentaire acide que j'attendais ne vient pas.

— Je désapprouve absolument. Mais il a fait son choix. Je n'ai pas le courage de me battre avec lui. Ni avec toi, d'ailleurs.

Nouvelle bouffée. L'odeur du tabac qui grésille dans l'air tremblant de chaleur m'écœure. Marie-Laurence me regarde, cette fois droit dans les yeux.

— Tu sais, Yann, Pablo, c'était un accident. Et ça aurait pu le rester.

Un silence.

— Ça aurait *dû* le rester.

Son regard est vide de toute animosité.

— Je comprends que ça t'ait fait du mal. Mais je

ne méritais pas ce que tu m'as fait subir, ensuite. Vraiment pas.

Je pense qu'elle va ajouter quelque chose. Mais elle se contente d'écraser sa cigarette et part sans me saluer.

Entendre ma femme me dire que l'histoire aurait pu connaître un autre dénouement me laisse un goût amer. Ou est-ce la moiteur de la ville, qui a refermé sa main sur moi ? La sueur trempe maintenant ma chemise et un mal de tête amorce sa pulsation derrière mes globes oculaires. Nous sommes un 12 juillet, il est onze heures du matin et il fait déjà 32 degrés ; j'aimerais toucher un mot, à cette heure, à ceux qui soutiennent que le réchauffement climatique n'existe pas.

Je m'assieds à la terrasse du premier café, commande un expresso et un verre d'eau glacée. L'eau est tiède, le café âcre, ma migraine s'aggrave. Tout me dégoûte, ce matin, la chaleur, l'odeur du bitume surchauffé, les pas rapides des passants et les touristes collés en grappes. J'ai une envie féroce de plonger dans la mer, de me réfugier dans son eau neuve et sans mémoire.

Comme si elle pouvait dissoudre les trois années qui ont précédé ce triste épilogue.

Devant mon café infect, au milieu des gaz d'échappement, maintenant que la colère a fait long feu, je suis rattrapé par les regrets. Aurait-il pu exister un chemin moins âpre ? Et si j'avais parlé à ma femme de ce geste que j'avais posé et qui me rongeait depuis des années, au lieu de vouloir à tout prix enterrer mon sentiment de culpabilité ? Cela aurait-il pu y changer quelque chose ?

Mais, comme pour tant de possibles que nous avons laissés échapper par paresse, impéritie ou peur de nous-mêmes, il est trop tard, aujourd'hui, pour le savoir.

111

J'avais mal dormi dans l'appartement caniculaire, où je passais sans doute l'une de mes dernières nuits. Au petit matin, la température s'était à peine infléchie. C'est donc en pantalon de toile et chemisette que je me suis présenté au rendez-vous fixé par le colonel Rozen au fort de Vincennes. Après avoir laissé ma pièce d'identité au planton, j'ai patienté dans la cour surchauffée, où une jeune soldate est venue me chercher. Un dédale de couloirs menait jusqu'au bureau de mon interlocuteur.

Dire que j'ai reconnu Pierre Rozen serait mentir. Cet homme brun, trapu et affable m'a assuré avoir suivi un de mes séminaires à Lille, en auditeur libre : cela remontait donc à treize ou quatorze ans. Après son service militaire, effectué au terme de ses études comme volontaire à l'ECPAD, il avait passé le concours du Service historique de la Défense. L'obtention du poste l'avait conduit à abandonner son projet de thèse en archéologie. Il ne le regrettait pas.

— Le colonel Draouen m'a parlé de vos recherches. En quoi puis-je vous être utile ?

— Je voudrais savoir si le corps retrouvé à Cézembre pourrait appartenir à un civil.
— Pourquoi ?
— Mon aïeul avait fondé la plus grande compagnie maritime de Saint-Malo. Il s'était beaucoup intéressé à l'île, parce qu'un de ses bateaux y avait fait naufrage. Plusieurs passagers s'étaient noyés.
— Et vous pensez que le corps appartient à l'un d'eux ?

J'aurais pu mentir, mais il paraissait plus simple d'aller droit au but.

— Non, mais il y a peut-être un lien avec sa compagnie.

J'ai fait part de mon hypothèse à Rozen. Il a froncé les sourcils.

— Eh bien… ce serait assez étonnant, comme coïncidence. Mais puisqu'on n'a pas de piste, ça vaut le coup de creuser.

Il a ouvert un dossier orange posé sur son bureau.

— Le corps a été examiné par un médecin légiste des Invalides et une anthropologue judiciaire de Mannheim. Ils en ont conclu qu'il appartenait à un homme mesurant entre un mètre quatre-vingts et un mètre quatre-vingt-quinze. Dentition en bon état. L'âge des os n'est pas supérieur à cent cinquante ans.

— Comment peut-on en être sûr ?

— L'anthropologue a effectué une datation au carbone 14. Par ailleurs, on n'a retrouvé ni insigne, ni ceinture, ni plaque près du corps. Rien qui pourrait indiquer qu'il s'agit des restes d'un soldat. De toute façon, il était peu probable qu'un cadavre de la Seconde Guerre mondiale soit resté intact après le pilonnage de l'île.

— Justement, comment est-ce que la dépouille a pu être conservée ? Je croyais que les bombardements avaient tout détruit.

— C'est là que ça devient intéressant, a dit Rozen. D'après le légiste, le corps a été enroulé dans un matériau résistant, peut-être une toile huilée. Certaines fibres étaient encore incrustées dans les os. On pense que le cadavre a d'abord été inhumé, puis déplacé. Si l'hypothèse est exacte, cela signifierait que cet homme est mort avant les bombardements.

Rozen a sorti une photo. Du bois gris, pourri sur les angles, portait des inscriptions à la peinture noire. Une règle graduée indiquait 118 cm.

— Ça, c'est une caisse à munitions allemande. Celle dans laquelle on a retrouvé les restes. Elle est trop petite pour y faire entrer un corps de cette taille. Mais des ossements, oui. Cela signifierait que la décomposition était terminée, ou en tout cas très avancée, quand on a déplacé le squelette.

— Qui aurait fait ça ?

— Les Allemands. Pendant la guerre, les ouvriers ont dû effectuer des travaux de terrassement énormes sur l'île. Il est possible qu'ils soient tombés sur le corps au moment où ils excavaient. Auquel cas ils auraient pu ramasser les restes, les ranger dans ce cercueil de fortune et l'enterrer sous la dalle de béton. Les collègues de Cherbourg m'ont dit qu'ils l'avaient trouvé dans le coin où le sol s'était fissuré : eux-mêmes ont dû creuser pour sortir la caisse. Ça expliquerait que le corps n'ait pas été pulvérisé par les attaques alliées. En tout état de cause, l'objet nous donne une indication sur le moment où s'est fait le transfert : entre 1942 et 1944. Impossible qu'il soit postérieur à la guerre. L'île était bouclée et les bunkers inaccessibles.

J'ai pensé à part moi que cela dépendait pour qui.

— On sait de quoi l'homme est mort ?

— Le légiste a relevé des traces de cassure franche sur les côtes, au niveau du cœur. Il a aussi noté une déformation à l'avant du crâne. Compatible avec des tirs par balles.

— Il y a eu une colonie pénitentiaire, sur l'île, vers 1910. J'ai lu que les conditions de détention étaient particulièrement cruelles.

Rozen a saisi un autre dossier et esquissé un sourire.

— Vous êtes bien renseigné, professeur Kérambrun. J'ai fait quelques recherches sur le bagne militaire de Cézembre. En tout cas sur la période où il était sous administration française. La colonie est restée là moins d'une année. Les registres mentionnent deux décès, ceux de Joseph Kervadec et Lucien Sonnal. Tentative d'évasion. Le premier est mort noyé, l'autre « en tentant de résister » selon les rapports officiels. Cela peut vouloir dire tout et n'importe quoi, y compris qu'on l'a abattu. J'ai retrouvé leurs fiches. Ils avaient été « bertillonnés », comme on disait. Vous connaissez Bertillon ?

— Les mesures anthropométriques ?

— Exactement.

Rozen a posé les deux photos devant moi. Dans la catégorie malfrats, le premier prisonnier possédait vraiment la tête de l'emploi : mâchoire carrée, mine patibulaire, nez écrasé comme celui d'un boxeur. Il portait un tatouage sur le front.

— Lui, c'est Lucien Sonnal. Ancien boxeur,

enrôlé dans la marine le 12 juin 1907. Condamné pour vol et tentative de désertion.

L'autre avait une gueule d'ange : une de ces gouapes qui plaisaient tant au public au début du siècle dernier. Il aurait fait les délices de *Ouest-Éclair*, avec son nez fin, son regard clair, ses cheveux blonds et bouclés dont une mèche retombait sur son front. Seule une balafre, au coin de son œil, trahissait sa vie aventureuse.

— Lui, c'est Joseph Kervadec, zouave. Condamné pour avoir agressé un capitaine.

Le colonel Rozen a désigné la fiche à ma gauche.

— Comme vous pouvez le voir, il est écrit que Kervadec mesurait un mètre soixante-sept. Cela ne concorde pas avec la taille estimée du squelette. En revanche, Sonnal faisait un mètre quatre-vingt-trois.

Pile dans la fourchette.

— J'ai deux autres éléments qui pourraient vous intéresser, a ajouté Rozen. D'après l'anthropologue, la dentition du mort était en bon état. Il est donc possible que cet homme soit mort jeune. Ensuite, on a retrouvé un bijou dans la caisse, un anneau. Sûrement resté accroché aux os au moment du transfert. Ce qui signifie que le cadavre n'a pas été dépouillé.

Dentition soignée, bague... Voilà qui fragilisait l'hypothèse du boxeur, presque autant que celle d'une rixe entre contrebandiers. Eux auraient pris tout ce qu'il y avait à prendre.

J'ai sorti une photo de mon sac.

— Je me demande si ce n'était pas lui.

Rozen a regardé le cliché attentivement. Il en a extrait un autre de son dossier, qui représentait le squelette au complet, les os restants soigneusement alignés. Les deux images se faisaient face sur le bureau. Était-il possible que ces ossements brunâtres appartinssent à l'un des armateurs qui posait fièrement sur la photo ? J'ai désigné la bague à Rozen :

— Vous auriez des images de l'anneau dont vous m'avez parlé ?

Il m'a tendu un autre cliché.

Le bijou avait été photographié de dessus et de côté. En or, épais, un peu aplati sur sa partie supérieure. Ce n'était pas une alliance, comme je l'avais d'abord cru, mais une chevalière. L'usure avait fait son travail, mais deux légères bosses, de part et d'autre d'une langue allongée à son extrémité, rappelaient sans doute possible un motif que je ne connaissais que trop.

112

Du plus loin qu'il se souvienne, Werner n'a jamais accompli un travail aussi dur. Des heures qu'ils creusent dans cette saleté de roche : certains pans, il a fallu les faire sauter à la dynamite. Mais le Stützpunkt Ra 277 défendra l'entrée de la Manche et tiendra la marine anglaise en échec, c'est écrit. Malgré son dos cassé et ses mains pleines d'ampoules, Werner est fier. Fier d'être là, d'appartenir à la prestigieuse organisation Todt. Transformer ce pauvre bout de roche en bastion fortifié lui donne l'âme d'un bâtisseur de pyramides : il sait que la victoire allemande passera aussi par la vigueur de ses coups de pioche.

Il s'offre quelques secondes pour admirer l'avancée du chantier. Malgré la sauvagerie du lieu, il n'a fallu que quelques semaines pour élargir les chemins préexistants, en tracer d'autres, bâtir les citernes d'eau douce et poser les rails d'une ligne de chemin de fer. Celle-ci traverse l'île et acheminera les munitions jusqu'aux galeries souterraines. L'organisation, une fois de plus, a brillé par son efficacité.

Pour l'heure, faute d'avoir pu faire rouler l'excavatrice ensablée sur le sentier, ils sont six à pelleter sous un soleil de plomb. À un moment, le benjamin de l'équipe s'interrompt :

— Guck mal !

Les autres posent leur pelle tandis que Werner s'approche. D'abord, il ne comprend pas ce que le petit blond lui désigne. Mais peu à peu, il reconnaît ces formes pour en avoir déjà vu de semblables dans la chambre de son frère, l'étudiant en médecine : des fragments allongés, d'autres ronds et bossus, dont les dénominations étaient restées gravées dans sa mémoire, phalanges, métacarpes, scaphoïde.

Werner soulève un peu de terre. Au bout des osselets, un morceau plus long, un radius. Cette fois, le doute n'est plus permis. Les six hommes se tiennent, silencieux, autour de ce qui est, selon toute vraisemblance, une tombe.

Werner songe un instant à en référer à l'ingénieur en chef. Puis s'effraye des complications et des retards que cela ne manquera pas d'occasionner. Il essaye de se rappeler ce qu'on lui a raconté sur l'île, inhabitée sinon par les prisonniers d'une espèce de bagne militaire. Si le corps appartient à l'un d'eux, à quoi bon faire des histoires ? Ce ne sont que les restes d'un traître ou d'une forte tête.

Cependant, le jeune homme, élevé dans la religion, sait qu'une créature de Dieu ne cesse jamais de l'être, quoi qu'elle ait fait. La vision prémonitoire de son propre corps étendu là, charogne livrée à la pourriture, le traverse.

Il réfléchit et fait signe aux autres de creuser tout autour. Sous le crâne qu'ils dégagent, un pan de toile huilée à demi désagrégé, tel un restant de linceul. Werner et ses camarades tirent sur le vieux textile, qui se décolle de la terre humide avec un bruit de succion. Ils placent les restes dans une caisse à munitions. Le soldat chargé de ramasser les os qui ont échappé au transfert s'acquitte de sa tâche avec un dégoût manifeste.

Au bout d'un quart d'heure, ils ont rassemblé ce qu'ils pouvaient. On est en guerre, pas à l'école d'archéologie de Rome. Le ciment du bunker fera office de sépulture.

Après quoi Werner fait signe aux membres de son équipe de reprendre leur ouvrage. Il n'en référera pas au commandant : inutile d'ébruiter ce qui n'est qu'un détail au regard de leur formidable entreprise.

113

Dans le train du retour, j'avais laissé un message à Rebecca, la priant de me rappeler dès qu'elle le pourrait. Et à peine arrivé aux Couërons, j'avais contacté Per Kérézéon. Il serait, m'a-t-il dit, à Rothéneuf à la fin de la semaine. Je savais que s'il mettait les pieds dans la maison, il demanderait à voir les registres d'Octave, mais tant pis : j'avais trop besoin de son avis.

J'ai passé les quarante-huit heures suivantes à synthétiser les éléments qui tournaient et retournaient dans ma tête. Les indices matériels pointaient vers un homme grand, vraisemblablement aisé, assez jeune et mort depuis un siècle. Je ne croyais pas à l'hypothèse du bagnard. Idéalement, le corps aurait appartenu à Sainte-Croix, le mystérieux disparu : sauf que, fait indiscutable, le député avait donné signe de vie à sa femme après son départ. Et si l'on en croyait les journaux, il y avait plus d'une raison pour qu'il prît la fuite.

Or, sur la photo de groupe, dans le salon des Couërons, ils étaient trois à porter la même chevalière : Octave, Sainte-Croix et Minchinton.

L'Anglais était lui aussi d'une taille supérieure à la moyenne. Et de lui non plus, on n'avait aucune trace après 1914. Si seulement j'avais pu avoir accès aux registres de cette année... Mais ces cahiers manquaient, détail d'autant plus troublant que l'ensemble des livres de raison avait été regroupé sur la même étagère.

Le vendredi soir, je me suis précipité sur la plage de la Hoguette. Xavier était là, avec Nemo. Quand je lui ai relaté mon entrevue avec Rozen, il a poussé un petit sifflement.

— Ma foi. Vous auriez résolu un *cold case* vieux de cent ans, comme ça...

— Je sais que ça paraît énorme, mais admets que ce n'est pas impossible... Il faudrait que je puisse accéder au dossier de l'enquête qui a été menée sur Sainte-Croix à l'époque. Il est peut-être question de l'Anglais. Tu sais où je pourrais le trouver ?

— Aux archives départementales. Ils ne conservent pas tout, mais la disparition d'un député, ils doivent en avoir gardé la trace. Pour ton Anglais, ce sera moins facile. S'il habitait Jersey, tu vas devoir t'adresser à la police du bailliage.

— Son nom n'apparaît nulle part sur Internet. C'est vraiment étrange. Rien non plus dans les journaux français après 1914. Le seul indice, c'est la femme d'Ambroise qui se plaint qu'on n'arrive pas à mettre la main sur lui après la fuite de son mari. Elle aurait bien aimé entendre sa version de l'histoire.

— Ils ont disparu quand exactement, tous les deux ?

— Sainte-Croix en juin 1914. Et l'autre, on

n'entend plus parler de lui après ce jour-là. Troublant, non ?

Xavier esquisse une moue.

— Et tu dis que la fille du kitesurf est l'arrière-petite-fille de Sainte-Croix ?

La remarque de Xavier m'a rappelé que Rebecca avait laissé mon message pourtant pressant sans réponse. J'en avais, non sans désolation, conclu que mon envie de la revoir n'était pas réciproque.

Comme prévu, Kérézéon a sonné à la porte deux jours plus tard. Il connaissait par cœur l'histoire de la construction de la maison, jusqu'au nom de son architecte. Je lui ai exposé les dernières révélations sur ce que j'appelais déjà, en pensée, l'« affaire Sainte-Croix/Minchinton ». Il paraissait emballé par mon hypothèse. Et m'a avoué sans détour qu'il était jaloux que j'aie soulevé le lièvre avant lui.

— Ce serait absolument extraordinaire, que ce soit le corps de l'associé anglais… Et un assassinat, qui plus est ?

— Ça expliquerait la fuite et le départ d'Ambroise. S'il l'a tué, il aurait pu être guillotiné pour cela. Sa famille et ses amis politiques auraient été éclaboussés à jamais.

— Plausible. Reste à comprendre pour quelle raison il aurait tiré sur cet homme.

— Peut-être que l'autre savait des choses sur lui ? Qu'il a voulu le faire chanter ?

— Je ne sais pas ce qu'il lui restait à cacher. Les scandales étaient de notoriété publique. Sainte-Croix avait autant d'ennemis qu'il y a de coquelicots dans les champs.

Kérézéon a commencé à compter sur ses doigts.

— Il avait été à un cheveu d'emporter la mairie.

Toute la droite catholique du coin enrageait et l'accusait d'acheter ses voix. Et pour les gens de gauche, il avait trahi. Un anarchiste avait déjà essayé de l'assassiner, vous le saviez ?

— Oui.

— Ensuite, il y avait eu l'affaire de la *Marie-Suzanne*. Le père du bébé, l'Américain, avait menacé les trois associés de se venger.

— Vous pensez que l'Américain aurait commandité des meurtres ? Que Sainte-Croix en aurait réchappé et se serait enfui pour sauver sa peau ?

— Allez savoir de quoi est capable un père désespéré.

Kérézéon continuait de dérouler sa liste.

— Et puis le député était un chaud lapin. Un journaliste l'avait provoqué en duel, et la rumeur avait couru que le vrai motif, c'était que Sainte-Croix l'avait fait cocu. Le canton entier était au courant de ses frasques. Donc quel secret restait-il à dissimuler, d'après vous ?

— Peut-être qu'ils tournaient autour de la même femme et qu'ils se sont battus pour elle. Ambroise avait le sang chaud et le pistolet facile.

J'ai songé aux objections des Draouen.

— Reste l'enterrement du corps à Cézembre. Il a fallu l'emmener là-bas, au nez et à la barbe des militaires, le cacher... Pourquoi se compliquer la vie à ce point ? Il aurait pu le jeter en mer.

Kérézéon a réfléchi.

— Un cadavre, dans l'eau, ça peut jouer des tours. Ça dérive, ça remonte, ça se prend dans les filets des chalutiers... Regardez les victimes de la *Marie-Suzanne* : on en a retrouvé jusqu'au Guildo. Admettons que le député tue son associé sur l'île et qu'il décide d'y cacher son corps, en attendant de faire une plus longue traversée, vers les îles Anglo-Normandes par exemple. Mais pour une raison qu'on ignore, il doit partir et ne peut pas venir récupérer le cadavre.

— Un peu tiré par les cheveux, non ? Et ça ne nous dit toujours pas pour quelle raison il aurait tué l'Anglais...

Un doute m'a traversé. Cette construction était abracadabrante. J'étais en train de me raconter des histoires à dormir debout dans l'espoir d'en convaincre Rebecca.

— Si ça se trouve, je fais fausse route sur toute la ligne. Aucun élément ne va dans mon sens.

— Vous avez le cadavre d'un homme tué par balles, une chevalière et deux disparitions simultanées. C'est ça que vous appelez aucun élément ?

J'ai fait part à Kérézéon de mon projet de consulter le dossier de l'enquête sur la disparition de Sainte-Croix.

— Là, je vous arrête, vous perdrez votre temps. Les archives n'ont jamais réussi à mettre la main dessus. On m'a dit qu'il avait sûrement été perdu dans le grand déménagement des années 1970.

C'était rageant. Embarqué dans mon hypothèse, je n'avais maintenant de cesse de vouloir la vérifier.

L'heure tournait. À ce stade, il eût été grossier de ne pas proposer à Per Kérézéon de voir les carnets. Dans le bureau où nous sommes montés, la vue intéressait moins mon collègue que les rayonnages.

— Quand vous m'avez parlé d'archives, je ne pensais pas qu'il y en aurait autant...

Je lui ai tendu le carnet de 1904, choisi à dessein. Il s'agissait encore de notes comptables, lorsque Octave s'en tenait à la consignation sans commentaire des dépenses. L'historien l'a feuilleté avec avidité.

— Vous comptez les déposer quelque part ?

— Mon aïeul évoque parfois des événements privés... Je dois faire un tri préalable.

— Je comprends.

Il m'a rendu le carnet avec un regret visible. Mais la politesse lui interdisait d'insister. Nous avons continué à bavarder à propos de l'affaire jusqu'à ce que je le raccompagne sur le perron. Un dernier élément me laissait perplexe.

— Ce que je comprends mal, c'est que la disparition d'Ambroise n'ait pas créé plus d'émoi à Saint-Malo. L'associé anglais, passe encore, on pense qu'il est retourné chez lui. Mais un député, c'est un événement... Il aurait dû y avoir des moyens de police considérables, une enquête, des avis de recherche...

— Je pense qu'il y en a eu... Sauf que Sainte-Croix a écrit à sa femme au mois de juillet. À partir du moment où la police avait la preuve qu'il était en vie, elle n'avait aucune raison de poursuivre les investigations.

Per Kérézéon est resté en équilibre sur la première marche. Il regardait, en face de nous, l'île dont il avait retracé les strates d'occupation successives avec tant de minutie.

— Et puis, le 2 août, ça a été la mobilisation générale... Rapportée au cataclysme qui commençait, la fuite d'un député breton, ça devenait anecdotique. Une simple note de bas de page dans les livres d'histoire.

114

— Je suis content de vous voir.

Elle a souri et m'a tendu la main. Chemisier bleu clair passé sur son éternel jean, pull noué sur ses épaules. Des créoles en or, aucun maquillage. Dans la lumière tombante, ses yeux avaient pris des reflets outremer. L'homme de la table d'à côté, assis en face de son épouse, l'a reluquée en douce. Je ne sais si c'était à cause de la grande taille de Rebecca, de sa minceur ou de ses yeux, mais il était évident qu'une bonne partie des individus de sexe masculin présents dans la salle se serait damnée pour être à ma place.

Sauf que c'est moi qui y étais, à ma place. Et que je ne faisais pas le malin.

— Désolée de vous avoir répondu si tard.
— Vous étiez en vacances ?

Elle a esquissé un sourire sans joie.

— Au Danemark. Mon père est mort à la fin du mois de juin.

J'aurais voulu rentrer sous terre après pareille gaffe. J'étais pétrifié de honte.

— Pardonnez ma maladresse. Je suis sincèrement désolé.

— Mon père était âgé et il était malade depuis longtemps. Mes parents ont vingt ans d'écart... On a fait rapatrier le corps à Saint-Jean-de-Maurienne, pour l'enterrement.

— Pourquoi là-bas ?

— Il y était né. Il ne voulait pas être inhumé à Copenhague.

Je me suis souvenu de l'histoire du mariage d'une des jumelles avec un chasseur alpin. Rebecca ne disait plus rien ; et moi, je ne savais comment relancer la conversation. Mes histoires rocambolesques de disparition, d'assassinat et de cadavre paraissaient soudain terriblement déplacées. C'est elle qui est venue à ma rescousse.

— Alors, ces révélations ?

— Ce n'est peut-être pas le moment.

— Dites toujours.

— Vous vous rappelez qu'on a retrouvé un corps, au printemps, sur Cézembre ?

— Vaguement. C'était le cadavre d'un soldat allemand, n'est-ce pas ?

— Justement non.

— Alors qui ?

J'ai résumé pour elle les informations recueillies à Paris. Un civil, de haute taille, dont le squelette datait de moins d'un siècle et demi, mort par balles et portant une chevalière qui aurait pu être celle de la Société malouine de transports nautiques. J'ai ménagé un temps d'arrêt.

— Je suis presque certain que c'était Augustus Minchinton, l'associé anglais. Et je pense que c'est votre arrière-grand-père qui l'a tué.

Rebecca a haussé les sourcils.

— Allons bon. Et pourquoi aurait-il fait une chose pareille ?

Mon affirmation ne déclenchait ni cri d'orfraie, ni protestation offusquée. Je m'étais attendu à pire.

— Ça, c'est moins clair. Mais on peut penser que Ambroise avait fui parce qu'il avait du sang sur les mains.

J'ai passé en revue les hypothèses que nous avions soulevées avec Per Kérézéon. Elles nous ont occupés durant la majeure partie du dîner. Comme à son habitude, Rebecca parlait peu et m'écoutait, glissant de temps à autre une question dans mon récit.

— Avoir reconstitué tout cela avec des carnets, des photos et quelques lettres... Franchement, bravo.

Je jubilais. Depuis le début, je rêvais de l'impressionner par mes talents d'historien.

— Figurez-vous que moi aussi, j'ai une information pour vous. Vous vous rappelez que mon arrière-grand-père a envoyé une lettre, après sa disparition ?

— Oui, la fameuse lettre... celle dont tout le monde parle.

— J'étais à Saint-Jean-de-Maurienne quand j'ai reçu votre message. Alors j'ai interrogé ma tante Geneviève. C'est la sœur de mon père, la fille de Marthe, ma grand-mère paternelle. Elle a gardé les souvenirs que sa mère avait conservés.

— Et alors ?

— Je lui ai touché un mot de votre enquête. Elle est sûre d'avoir déjà vu la lettre quelque part. Si elle la trouve, elle m'a promis qu'elle m'en enverrait une copie.

115

Quand le serveur est venu suggérer un deuxième café, Rebecca a décliné. Il était temps de prendre congé, mais j'aurais voulu rester encore un peu. Parce qu'elle avait parlé à sa tante Geneviève. Parce que l'espoir d'accéder à la clé de l'énigme, le courrier d'adieu d'Ambroise à sa femme, reposait maintenant entre ses mains. Et surtout parce que l'idée de la voir disparaître à nouveau pendant des semaines m'était insupportable.
Une fois que nous sommes sortis du restaurant, j'ai proposé un dernier verre aux Couërons, tâchant de rester naturel au moment de lancer l'invitation. Sans succès : ma voix trahissait mon émotion. Au lieu de répondre, Rebecca s'est accotée au mur qui protégeait la digue. Le feu du Grand Jardin clignotait en silence ; la marée, dont le coefficient avait dépassé 100 ces derniers jours, avait reculé jusqu'à sa lisière extrême.
À mon grand étonnement, Rebecca a tiré un paquet de cigarettes de sa poche. Au clic du Zippo, une volute de fumée mélangée à l'odeur d'essence s'est élevée dans l'air. Vingt-trois ans d'abstinence : pourtant, à ce moment précis, j'aurais

donné n'importe quoi pour m'en griller une, moi aussi. La plage s'ouvrait devant nous comme un néant sombre, avec ses odeurs piquantes de varech. J'ai songé à la forêt de Scissy, qui dormait sous le rivage depuis des millénaires. Dans la nuit, le profil de Rebecca formait une tache plus claire.

— Ne m'en veuillez pas, Yann, mais j'évite les derniers verres avec les messieurs.

— Je ne pensais pas à...

— Bien sûr que si, vous y pensiez. Vous êtes un homme, je suis une femme et je vous plais. Ce sont des choses qui arrivent.

Sa franchise m'a désarçonné et j'ai béni l'obscurité qui dissimulait mon trouble. Jamais une femme ne m'avait parlé aussi directement. Mais Rebecca agissait comme quelqu'un qui avait depuis longtemps passé les conventions et les hypocrisies par-dessus bord.

— Marchons un peu, voulez-vous ?

Je l'ai suivie sur la plage. La marée chantait, loin, très loin devant nous, son chœur amplifié par la nuit ; le sable crissait doucement sous nos chaussures pendant que le vent piquait du sel dans nos cheveux.

— Je suis mariée.

J'avais beau le savoir, l'entendre a fait dégringoler mon cœur dans ma poitrine.

— Mon mari est banquier. Il s'appelle Dominik et il est allemand.

Un silence.

— Il m'a quittée il y a deux ans. C'est la raison pour laquelle je suis venue m'installer ici. Avant cela, j'ai vécu à Athènes, puis à Berlin. Et finalement à Paris, dans le seizième. Ma fille y habite encore. Elle termine ses études de médecine.

Elle devait donc être un peu plus âgée que Paul.
— Dominik souhaiterait maintenant que nous reprenions la vie commune.
— Et vous ?
— Jamais de la vie.

J'étais de plus en plus stupéfait. Cette femme, qui avait pris soin de ne rien révéler d'elle pendant des mois, se livrait soudain à moi d'un bloc. Il y avait forcément une contrepartie.

— Je peux vous demander pourquoi vous me racontez tout ça ?
— Parce que j'ai de la sympathie pour vous, Yann.
— Mais encore ?
— Je ne tiens pas à ce qu'il y ait de malentendu. Je ne cherche pas à me recaser, ni avec vous, ni avec mon mari, ni avec personne.

La Reine des Neiges avait parlé et venait de briser mon cœur de verre – mon fils, moins bucolique, aurait sans doute parlé de « gros râteau ». Et bien qu'elle eût prononcé ces mots avec douceur, je me suis senti ridicule. Ridicule d'avoir espéré, ridicule d'y avoir cru. Puis le chagrin m'a rattrapé. Je venais de la perdre avant même de l'avoir approchée.

Et pourtant... Une part de moi avait l'impression de la comprendre. Lorsque ma femme était partie, durant des mois, j'étais resté à vif, oscillant entre la rage et le chagrin. J'aurais pris en horreur quiconque aurait tenté de m'approcher à ce moment-là. Et la seule femme que j'avais fréquentée, un an après, avait fait les frais de ma méfiance, tant j'avais mis d'application à saboter notre relation.

Depuis le début, j'avais perçu chez Rebecca le même genre de réticence.

— Pardonnez-moi si je vous ai paru insistant.
— Vous ne l'avez pas été.
Nous avons marché encore un peu. Rebecca a demandé :
— Je ne vous ai pas blessé, j'espère ?
— Je m'en remettrai.
— Tant mieux. Parce que je ne vous cache pas qu'elle m'intéresse, votre enquête. Vous me tiendrez au courant ?
— Évidemment. Et si votre tante retrouve la lettre d'Ambroise, vous me la montrerez ?
— Je vous l'apporterai même à domicile, si vous m'offrez un porto.

116

Elle contemple le ciel et les nuages, qui superposent leurs couches d'ouate, se rassemblent, se désagrègent et s'effilochent. Elle sera morte depuis mille ans que ce paysage sera encore là.

Depuis trois jours, elle a l'impression de léviter. Elle entrevoit, enfin, autre chose que la prison dorée qu'est devenue sa vie depuis l'été de ses dix-huit ans, quand, dans l'église aux parfums entêtants de fleurs et d'encens, elle a dit oui devant le prêtre, oui à ce jeune homme aux cheveux noirs et aux yeux clairs qui l'avait courtisée avec tant de détermination.

Elle ne se rappelle plus comment, après ces années passées à attendre la fin de ces maudites grossesses, puis à ne rien attendre du tout, l'étincelle est venue.

D'abord, elle n'y a pas cru. A voulu se persuader que ce n'était qu'un accès de fièvre. Puis elle s'est laissée aller au charme vénéneux de mots échangés dans des billets pliés. Leur ont succédé des rendez-vous clandestins au secret d'une chambre, parfois au creux de l'herbe douce d'une île. Les caresses qu'il lui prodigue l'apaisent mieux que n'importe quel laudanum. Elle en aime la fougue, nouvelle pour elle, l'impudeur résolue. Par moments, elle se sent si légère qu'elle a l'impression qu'elle pourrait s'envoler et flotter comme les mouettes au-dessus de l'eau ; à d'autres, comme maintenant, elle est épuisée et doit s'abattre sur-le-champ sur la méridienne ou la chaise longue du balcon.

Octave, qui a noté son trouble, a proposé de faire revenir le docteur Montgenèvre. Mais elle a prié qu'on la laisse tranquille, pour une fois. Et, pour une fois, il n'a pas insisté.

Elle est brisée par le désir. Dès que celui qui l'a rendue à la vie s'éloigne, les pièces semblent rétrécir, l'air ne pénètre plus dans ses poumons, l'existence redevient d'une insupportable médiocrité. Quand il apparaît, elle doit faire des efforts inouïs pour dissimuler aux yeux des autres le feu qui les consume. Et quand il disparaît, elle est rongée par le remords et la désolation.

Plusieurs fois, elle a songé à se jeter du haut d'un rocher une nuit de grande marée, pour en finir avec ce déchirement.

Mais, quelques jours plus tôt, des paroles qu'elle n'espérait plus ont desserré l'étau. Il ne lui a pas caché que le prix à payer serait lourd. Qu'importe.

Elle est prête à payer tous les prix qu'il faudra pour vivre à ses côtés. Parce qu'à partir du moment où il a touché son poignet, au milieu des autres, elle s'est sentie renaître. Et surtout, son ventre a cessé de la brûler ; pas une seule fois elle n'a rêvé de l'enfant morte depuis qu'il a couché son corps contre le sien.

117

Quand je m'étais réveillé, à trois heures du matin, je m'étais repassé chaque mot de ma conversation avec Rebecca. J'avais bien compris, oui. Et j'étais malheureux comme les pierres.

Devoir renoncer à elle créait un vide que je ne savais comment combler. Elle faisait désormais partie de ma vie, elle en était devenue un repère ; un phare qui avait clignoté dans ma nuit et m'avait prouvé que j'étais encore capable de désir. Pour autant, je ne me sentais pas le droit d'insister.

J'essayais d'imaginer ce que seraient nos rapports à partir de maintenant. « Bonjour bonsoir » en nous croisant sur la plage ou à la librairie ? Aurions-nous une chance de devenir des amis, malgré tout ? Et saurais-je m'en contenter ? Au-delà du trouble qu'elle m'inspirait, je gardais l'envie d'apprendre à la connaître, de comprendre ce qu'elle avait vécu. Découvrir la personne véritable qui se cachait sous le manteau de la Reine des Neiges.

Après notre conversation, je ne pensais pas qu'elle reprendrait contact. D'où ma surprise quand, quatre jours à peine après notre dîner, j'ai vu son nom s'afficher sur le téléphone.

Elle voulait m'informer qu'elle m'avait envoyé un document par mail.

— Ça vous évitera d'attendre que je revienne.
— Vous partez ?
— Je dois passer quelques jours à Paris. Des rendez-vous.

J'ai attendu une explication qui n'est pas venue. À défaut, j'ai dit :

— Vous avez de quoi vous loger, là-bas ? Je vous passe les clés de mon appartement, si vous voulez.

— Merci, Yann. Je crois que ça ira.

J'aimais qu'elle prononce mon prénom. Mais j'entendais dans sa voix une inquiétude contenue. Quel genre de rendez-vous va-t-on honorer dans la capitale au début du mois d'août ? Après quelques mots, elle a raccroché. J'ai respiré profondément. Ce bref échange, aussi banal soit-il, m'avait remué.

Devant l'ordinateur, je vois clignoter l'icône de la messagerie. Le mail contient deux pièces jointes ; la première, intitulée « Ambroise Marie-Catherine », est la photographie d'une lettre.

Mon aimée,

L'heure est venue de nous séparer, en dépit de l'horreur que m'inspire cette pensée.

Je sais tout ce qui nous unit. Mais la vie et ses cruautés nous conduisent à briser des liens que l'on pensait indéfectibles.

Dans l'immédiat, m'éloigner de vous est la seule chose que je puisse faire. Si je m'en abstenais, l'indignité et le scandale seraient tels qu'ils vous poursuivraient jusqu'à vous étouffer.

Désormais, il vous faut songer à l'avenir, à

la vie qui s'ouvre devant vous, avec ses espoirs. Vous êtes si jeune encore...

Quand les temps seront redevenus meilleurs, j'espère pouvoir me confier à vous, vous avouer ce que j'ai dû vous cacher. Demander et obtenir votre pardon.

Si je croyais en Dieu, je prierais. À défaut, j'implore la destinée de vous donner la force de surmonter cette épreuve. J'aurais donné tout ce que je possède pour vous l'épargner.

Jamais je ne vous oublierai.

Ambroise

L'écriture du député ne possède pas la régularité de celle d'Octave : elle est large, épatée, ses lettres se chevauchent et leurs pleins écrasés la rendent par endroits malaisée à déchiffrer.

Katell, sa femme, n'a donc pu s'y tromper : c'est bien son mari qui a signé cette missive, et c'est la raison pour laquelle elle s'est résignée si vite après l'avoir reçue. Qu'il a dû être douloureux pour elle d'ouvrir cette enveloppe et d'y découvrir que Ambroise désertait leur foyer sans une explication, alors que l'enfant qu'elle espérait depuis des années s'annonçait enfin... À la déchirure intime, à l'horreur de l'incompréhensible, s'ajoutait le poids du scandale à venir ; mais un scandale toujours moins affreux, selon les mots sibyllins d'Ambroise, que celui qu'il tentait d'éviter par sa fuite.

J'ai tenté de me mettre à sa place, à lui. Qu'est-ce qui peut traverser l'esprit d'un homme à l'instant où il couche de telles phrases sur le papier ? Pense-t-il à la souffrance qu'il va causer ? Malgré ses travers, et Dieu sait qu'ils étaient nombreux, je ne doutais pas qu'il avait fallu, comme il l'écrivait, un motif impérieux pour l'arracher à ce qui était, malgré ses frasques amoureuses, son foyer, ses responsabilités et sa vie.

C'est pourquoi je suis de plus en plus convaincu d'avoir vu juste. Briser des liens que l'on pensait indéfectibles, comme Ambroise l'écrivait, ne peut se faire sans une raison puissante : or un meurtre en était une. En partant, le député évitait le procès, la mort ou la prison. Et surtout, il soustrayait Katell et leur futur enfant à un déshonneur dévastateur, autrement plus grave que ses liaisons ou ses supposés pots-de-vin.

L'absence subite de Minchinton était la clé de ce vaste puzzle. Depuis le début, il me semblait anormal que cet Anglais, qui semble s'être volatilisé après la Grande Guerre, n'apparaisse nulle part dans les versions du testament et les archives de la compagnie postérieures à 1914. Comme si mon aïeul savait que son associé était déjà mort.

Je ressors la photo des trois hommes prise dans le salon des Couërons. Un nouvel examen au compte-fils révèle que la cicatrice que Augustus Minchinton porte sur la tempe se perd dans ses cheveux. Aurait-il été blessé à la tête ? La marque pourrait-elle correspondre à l'impact repéré par le médecin légiste ? Xavier a raison : en dépit des incertitudes, j'ai peut-être élucidé un mystère vieux de cent ans.

Je devrais en être fier. Mais je ne peux m'empêcher de me demander à qui ou à quoi servira cette vérité. C'est Katell qui aurait dû l'entendre, apprendre que la fuite de son mari n'avait d'autre objet que de la protéger d'un terrifiant opprobre, qui aurait éclaboussé son nom et sa lignée.

J'enquêtais pour comprendre mon père, et me voici face à un meurtre. Je ne m'attendais pas à ce que les événements prennent cette tournure. Une part de moi aimerait refermer la boîte de Pandore, laisser les morts dormir en paix. Je n'ai pas envie de découvrir que Octave était au courant et qu'il a couvert Sainte-Croix, une fois de plus. D'un autre côté, quel meilleur moyen pour maintenir le lien avec Rebecca ? En dépit d'une lutte acharnée contre mes espérances, je nous imaginais, réfléchissant ensemble à la mystérieuse destinée d'Ambroise ; nous lançant, pourquoi pas, sur ses traces, à Halifax, au Canada. Car tout est encore loin d'être élucidé quant aux circonstances du départ du député et son sort après sa fuite : à commencer par la raison pour laquelle l'écriture qui figure sur l'enveloppe adressée à sa femme Marie-Catherine, la deuxième pièce jointe au bas du message, n'est pas la sienne.

118

L'absence des cahiers de 1914 me laisse aussi frustré qu'un lecteur de feuilleton privé de son épilogue. Mais elle ajoute sa pierre à l'édifice : trop de documents manquent dans les rayonnages, et ce sont précisément ceux qui m'auraient permis de reconstituer la géométrie des événements. Les lettres de Julia, la correspondance avec Ambroise et Minchinton, le livre de raison de l'année de la fuite du député – alors que celui qui relate le drame de la *Marie-Suzanne*, une épreuve autrement plus douloureuse, a été conservé : ces lacunes, que j'avais d'abord mises sur le compte du déplacement des archives, ne peuvent être le fruit du hasard. Quelles traces a-t-on voulu effacer là ?

J'en suis réduit, pour reconstituer le cours de cette funeste année 1914, à me rabattre sur les lettres dispersées dans le reste des dossiers. Ainsi, c'est par un courrier à Alexandre Dubuisson que j'apprends que Octave a été opéré de sa pierre au rein en février 1914. L'intervention, effectuée par le professeur Hovasse à la Salpêtrière, a entraîné une hospitalisation de trois semaines. La missive est assortie d'une liste de consignes à l'intention du jeune ingénieur, auquel Octave a de nouveau délégué la conduite de la firme en son absence. Une carte d'Hélène Le Mélinaire, postée le 17 février, assure à son beau-frère que les enfants vont bien. Mi-mars, Octave est réhospitalisé à Paris, où il reste jusqu'à la fin du mois de mai : sa cicatrice s'est infectée et il a frôlé la septicémie. Sur son lit d'hôpital, il dit perfectionner les plans du moteur du *Salut de Cézembre*, qu'il aimerait mettre en chantier le plus vite possible.

S'il évite d'inquiéter Julia avec les événements qui agitent l'actualité, une deuxième lettre à Dubuisson fait allusion aux rumeurs de guerre dont bruit la capitale. L'armateur se veut rassurant, mais son inquiétude est palpable. Il a visité, quelques années plus tôt, les usines de la Ruhr et a été impressionné par la puissance industrielle de l'Allemagne, qui possède une capacité de production de l'acier quasi illimitée. Il écrit au jeune architecte naval que la guerre, si elle a lieu, sera « technique » et « inédite », et craint que les progrès de la mécanique appliqués à l'armement lui donnent une portée meurtrière jamais vue.

Il ne s'est pas trompé.

Octave a écrit plus que d'habitude à Julia durant ces semaines qui le contraignent à l'oisiveté. Sa femme est rentrée de Berck en janvier, est tombée malade elle aussi (une fluxion de poitrine), s'est rétablie. Son moral semble meilleur. Minimisant ses propres ennuis de santé, son mari lui parle de son retour imminent à Saint-Malo, se réjouit de savoir qu'elle a repris du poids – la question est récurrente –, qu'elle fait de l'exercice avec Hélène, qu'elle a accepté d'aller dîner, accompagnée par

Ambroise et Katell, chez Sidonie et Mathieu Tézé-Villan. Commentant les photos où elle pose avec les garçons, Octave la complimente pour leur bonne mine. Il trouve que ses fils ont grandi.

Il reçoit en parallèle des nouvelles de vive voix par cet outil tout neuf qu'est le téléphone. L'hôpital lui a prêté le combiné à plusieurs reprises ; lui avait pris la précaution de le faire installer aux Couërons dès leur construction. Par des allusions à leurs « conversations », je sais qu'il a parlé à Julia, Dubuisson, Sainte-Croix, au docteur Montgenèvre et même à Hélène Le Mélinaire. Cette dernière veille sur sa sœur et les petits, mais seconde aussi Alexandre Dubuisson dans un certain nombre de tâches, au point que Octave parle de lui verser un salaire. « Ses efforts pour la compagnie excèdent de loin l'implication qu'on est en droit d'attendre d'une parente, toute dévouée soit-elle. » Le conservatisme de l'armateur ne l'empêche pas de reconnaître la valeur du travail d'une femme, quitte à faire de sa belle-sœur son employée.

119

Paris, le 30 avril 1914

Bien chère Julia,

J'ai vu le professeur Hovasse ce matin. La cicatrisation est en bonne voie et les douleurs s'amenuisent. Si cette amélioration se confirme et qu'un transport en auto est envisageable, je pourrais être de retour aux Couërons au début du mois prochain.

Les mots tracés par Ernest me sont allés droit au cœur. Je devine votre tendre main qui guidait la sienne... Quand je pense qu'hier encore, c'était un nourrisson, et qu'aujourd'hui, il est capable de lire et presque d'écrire ! Le temps passe trop vite et je maudis cette maladie qui m'empêche de jouir de votre présence. Mais il faut savoir composer avec les épreuves que Dieu nous envoie.

Grâce à l'enquête qu'a fait diligenter Tézé-Villan, je crois savoir qui était l'auteur de ces horribles lettres. Si mon hypothèse est la bonne, le coupable ne récidivera pas. Un agent patrouille sur la digue et a la charge de garder un œil sur la maison : à la moindre inquiétude, envoyez Alfred ou Lison le quérir.

Et n'accordez pas à ce que vous a raconté Sainte-Croix plus d'importance que nécessaire. Rien ne dit que cette guerre aura lieu, tant grands sont les efforts déployés par les diplomaties européennes. Et si d'aventure elle éclatait, soyez certaine que l'armée française, avec son état-major, sa finesse tactique et son artillerie, infligerait une correction rapide aux Allemands.

J'ai bon espoir que nous nous retrouvions sous peu. En attendant, je vous embrasse de tout mon cœur, vous et les garçons.

Octave

120

Après la disparition d'Ambroise, Katell avait supplié Octave de l'aider. Il l'a fait, m'apprennent les lettres de Tézé-Villan. Ainsi le préfet remercie-t-il dans un courrier mon aïeul d'avoir mis sa flotte à disposition durant près d'une semaine pour repérer une éventuelle épave. Un avis de recherche concernant le député a été diffusé dans les différents ports, sur les îles Anglo-Normandes et en Angleterre. Les capitaineries ont été sollicitées, ainsi que la police anglaise.

Mais la fameuse lettre d'Ambroise, arrivée durant la deuxième quinzaine de juillet, interrompt brutalement les recherches. « Vous comprendrez, mon cher ami, qu'il soit difficile dans ces conditions de mobiliser davantage d'hommes. Avec tout le respect dû à votre associé, il semble évident, compte tenu de sa situation, qu'il a pris la fuite. »

Compte tenu de sa situation... À quoi Tézé-Villan fait-il allusion ? J'ai l'exaspérante impression de courir après un mistigri, quelque chose que je devrais voir et qui m'échappe. Jetant un œil à la masse de dossiers empilés par terre, j'ai subitement le sentiment d'être en train d'essayer de vider l'océan à la petite cuiller. Je ne dispose que de témoins morts, de traces lacunaires et de photos où n'affleure la plupart du temps que ce que les protagonistes ont bien voulu révéler d'eux.

Mais chassez le naturel de l'historien, il revient au galop. Une épitaphe sur une pierre tombale ne pouvait-elle pas suffire à ressusciter une vie, dans la Rome antique ? Et une tesselle un monument, en archéologie moderne ? L'envie de revoir Rebecca, intacte, me rend une détermination que je croyais perdue depuis longtemps.

En mai 1914, la police a identifié le corbeau qui harcèle Octave, un ancien contremaître renvoyé par mon aïeul pour avoir imposé ses « exigences » aux ouvrières. L'homme, qui se nomme Jean-Marie Tourneur, avait été arrêté une première fois pendant qu'il tentait de mettre le feu à l'un des entrepôts Kérambrun et jeté en prison. De nouveau arrêté, il avoue avoir harcelé la famille dès sa sortie.

En juillet, toujours à propos de la disparition d'Ambroise, le préfet mentionne dans une lettre à un Octave alité aux Couërons les noms d'un capitaine de police et d'un juge. Le magistrat, Sajman, est celui qui avait rendu son verdict dans l'affaire de la *Marie-Suzanne*. La coupure de presse qui rendait compte de l'inauguration des Couërons mentionnait son nom dans la liste des convives.

Son dossier est relégué tout en haut d'une étagère de l'annexe, et je le parcours sans tarder. Si j'en crois leur correspondance, Sajman et Octave sont tout sauf intimes : les lettres du juge consistent en de simples demandes de communication de pièces administratives au moment du naufrage. Tout au plus exprime-t-il à mon aïeul sa gratitude pour lui avoir facilité l'accès à la comptabilité de la Société nautique.

Dans un court billet du 25 juin 1914, il accuse réception des documents relatifs à Ambroise que Kérambrun a fait mettre à sa disposition ; dans un autre, daté du 29 juin, il lui annonce qu'il se rendra en personne chez Madame de Sainte-Croix pour l'informer des avancées de l'enquête.

Et c'est tout.

En tout cas pour cette chemise-là. Car lorsque j'avais tiré le dossier Sajman, un autre, collé à son flanc, avait suivi. Il ne comportait pas de titre et je l'avais descendu en même temps que son voisin pour en examiner le contenu.

Je l'ouvre face au soir qui tombe, en dégustant un verre de bordeaux tiré de la cave paternelle. Et immédiatement, je comprends que j'ai mis la main sur une pièce essentielle. Du papier à en-tête de la République française, des procès-verbaux où réapparaît le nom du juge, mais cette fois à propos de la disparition d'Ambroise. Un rapport de police, des listes de noms, une déposition, des avis de recherche, une reproduction photographique de la lettre que Rebecca m'a envoyée, des rapports de capitainerie et des listes d'entrée au port de Saint-Hélier...

Le dossier d'enquête avait été perdu, m'avait assuré Kérézéon. Que nenni. En vérité, il dormait ici, chez l'associé d'Ambroise. Et nul besoin d'être expert en droit pour comprendre que ces originaux n'avaient rien à faire chez un particulier.

Quel avait été le prix de l'obtention de ces feuillets – car il y en avait forcément eu un ? J'essaye d'imaginer Octave graissant des pattes, versant des pots-de-vin : impensable, connaissant sa probité. Avait-il demandé au préfet de police, son ami, d'opérer cette soustraction ? Ou alors le dossier avait-il été récupéré longtemps après les faits, une fois l'enquête éteinte ? Mais à quelles fins ? Et par qui ? Octave ? Son fils, Juste de Kérambrun ?

Les arcanes de cette transaction, dont je ne comprends ni le sens ni les enjeux, me resteront à jamais obscurs ; en attendant, cette entorse à la loi fait bien mon affaire. Car j'ai désormais entre les mains une base bien plus solide qu'une simple lettre expédiée d'Halifax pour comprendre ce qu'a fait Ambroise de Sainte-Croix dans la nuit du 6 au 7 juin 1914.

121

Contrairement à ce que j'avais d'abord cru, l'enquête sur la disparition du député n'a pas été bâclée. Bien au contraire. Le policier qui en a la charge est un commissaire rennais, Félix Labouërie. Sous son autorité, les témoins et les proches ont été interrogés, les capitaineries des ports aussi, par des agents dépêchés à Jersey, Guernesey et Southampton. Labouërie a rédigé des rapports circonstanciés, qu'il a transmis au juge Sajman, assortis des dépositions des témoins.

Celle de Marie-Catherine de Sainte-Croix précise qu'elle a vu partir son époux le matin du 6 juin, muni d'une serviette de cuir. Ambroise est monté dans son automobile, qu'il avait coutume de conduire lui-même, et a annoncé qu'il se rendait au siège de la compagnie, rue du Pilori. Il a prié Katell de ne pas l'attendre : il était prévu qu'il dîne chez Octave. À en croire son secrétaire, Sainte-Croix a passé la matinée et une partie de l'après-midi dans les bureaux ; plusieurs employés confirment qu'il a quitté les lieux vers seize heures.

Alexandre Dubuisson, qui l'a croisé ce jour-là, dit l'avoir trouvé nerveux et préoccupé. On ignore ce que le député a fait après son départ. Son automobile a été retrouvée le lendemain, stationnée à Paramé, sans la serviette de cuir.

Selon Octave, entendu le 10 juin, Ambroise était bel et bien supposé le rejoindre pour un dîner d'affaires aux Couërons avec leur associé anglais Augustus Minchinton. Seulement, il ne s'y est jamais présenté. Kérambrun dit qu'ils l'ont attendu jusqu'à vingt et une heures, pour finir par dîner sans lui. À la question de savoir si son absence ne les a pas inquiétés, il affirme que le député Sainte-Croix était coutumier des imprévus et ne prenait pas toujours la peine d'envoyer un télégramme.

Labouërie a noté que Madame de Kérambrun, souffrante, n'a pas participé au dîner, se contentant d'une collation dans sa chambre ; que, selon Monsieur de Kérambrun, les deux associés ont parlé affaires jusqu'à minuit. Le bateau d'Augustus Minchinton, le *Villefromoy*, a quitté le port de Saint-Malo le lendemain matin, le 7 juin.

Le policier français a pris l'initiative de se rendre à Jersey le 16 pour y avoir une discussion avec l'Anglais. Mais au domicile de Minchinton, il n'a trouvé qu'une porte close.

Le volet comptable de l'enquête, lui, révèle des faits troublants. Excipant d'une transaction à conclure, Sainte-Croix s'est fait remettre, dans la semaine qui a précédé sa disparition, une forte somme en liquide, de la main à la main. D'après le comptable (« trop pusillanime pour mentir », selon les mots de Labouërie), le député a juré qu'il avait l'aval de ses associés. Octave était-il au courant ? Est-ce pour cette raison qu'il avait convoqué un « dîner d'affaires » aux Couërons, plutôt que dans le restaurant où il avait l'habitude de traiter ses associés ? Seul le livre de raison aurait pu me fournir la réponse, mais il n'est plus là.

Plus étrange encore : trois jours avant sa disparition, le député est passé à la banque et a fait convertir une partie des liquidités qu'il portait en shillings. Cela corrobore le projet d'une fuite à l'étranger via l'Angleterre.

Les registres d'entrée du port de Jersey ont consigné l'arrivée du *Villefromoy* le 7, retour de Saint-Malo, avec des cales vides ; la seule signature du capitaine, « Illford », ne permet pas de savoir qui il a – ou non – embarqué. Labouërie aurait aimé interroger l'ensemble de l'équipage et des employés, mais le capitaine du port lui rappelle qu'on ne lui a pas octroyé de pouvoir de police sur le sol jersiais. Contrairement aux Anglais, les services du bailliage tardent à octroyer cette permission, et l'enquêteur déplore de n'avoir pu recueillir ces témoignages essentiels.

De Sainte-Croix, aucune trace. On ne trouve son nom ni dans les registres des *foreign guests* tenus par les hôtels de l'île, ni dans ceux de la côte anglaise. Mais à Southampton – port avec lequel la compagnie a une ligne régulière –, le portier du Old Oak se rappelle un homme grand et fort, muni d'un bagage léger et s'exprimant avec un accent français, arrivé le 8 juin vers onze heures du soir. Il n'a su l'identifier formellement d'après photographie ; toutefois, le patronyme fourni par le voyageur, « Le Savouroux », a immédiatement arrêté Labouërie. Il s'est souvenu qu'il s'agissait du nom de jeune fille de Marie-Catherine de Sainte-Croix. Le commissaire est un officier de police méthodique, perspicace, intelligent.

Pendant un mois, il fait éplucher la liste des naufrages, des noyés, des cadavres remontés par la marée. Il demande aux ports de la Manche et de l'Atlantique de leur transmettre toute information susceptible de concerner le député. Rien n'arrive. Il réclame également la liste des passagers qui ont gagné la Nouvelle-Angleterre depuis le 7 juin, mais le nom de Sainte-Croix n'y apparaît pas, pas plus que celui de « Le Savouroux ». Malgré les rebuffades, le policier breton harcèle ses homologues jersiais pour rencontrer Illford et Minchinton ; mais l'Anglais, selon son majordome enfin entendu le 3 juillet, n'a pas reparu à son domicile depuis son dernier voyage en France. Quand on lui demande pourquoi nul ne s'est inquiété, il répond que son maître est coutumier des absences plus ou moins longues. Quant au capitaine Illford, il est parti pour le Pernambouc.

Le témoignage de l'aubergiste est le seul indice dont dispose le policier. Et il est terriblement mince. Faute d'autres éléments, Labouërie en arrive à envisager que Sainte-Croix soit mort quelque part. Mais il n'a ni suspect, ni mobile, ni preuve et, surtout, pas de cadavre pour corroborer la thèse d'un accident ou d'un assassinat... Certes, il s'est renseigné sur le ménage et a eu vent de multiples infidélités, ce qui eût pu constituer un mobile de vengeance pour un mari jaloux, voire pour l'épouse. Mais après avoir rencontré Katell, folle d'angoisse pour l'enfant qu'elle porte (elle lui a confessé être grosse), il l'a rayée de la liste des suspects. Comment une femme d'un mètre cinquante-six aurait-elle de toute façon pu éliminer et faire disparaître un colosse de presque deux mètres ?

Il a aussi envisagé la possibilité d'une brouille entre les associés – et cela bien que Sajman manœuvre pour le dissuader d'aller dans cette direction. Labouërie écarte l'hypothèse Octave, car mon aïeul, toujours convalescent, l'a reçu alité. « Il est incapable de se rendre aux lieux d'aisances sans l'assistance de son majordome. » Prudent, le commissaire a malgré tout télégraphié à la Salpêtrière pour vérifier la réalité de cette pierre au rein. Quant à l'autre associé, Minchinton, il était bel et bien chez les Kérambrun cette nuit-là, ce qui a été confirmé par Julia, mais aussi par les domestiques qui ont servi le dîner. Le policier subodore que l'argent converti en shillings par Sainte-Croix a un lien avec l'Anglais. Il est de plus en plus sûr que ce dernier a joué un rôle dans la disparition du député, d'où son peu d'empressement à regagner son domicile, mais aucun élément ne lui permet de le confirmer. Tous ceux qui lui en ont parlé ont décrit Augustus Minchinton comme un personnage interlope et manipulateur ; une rumeur a rapporté qu'il serait un ancien déserteur de l'armée anglaise. Compte tenu de sa présence chez les Kérambrun le soir de la disparition, Labouërie ne croit pas que les deux hommes aient pu être victimes du même accident, si tant est qu'accident il y ait eu. Il cherche en vain un lien entre ces disparitions à quelques heures d'intervalle.

La lettre écrite par Sainte-Croix à Katell lui est parvenue le 17 juillet et a été communiquée à la police le lendemain. Postée à Halifax le 16 juin, elle est arrivée au Havre un mois plus tard, acheminée par le service postal de la Compagnie générale transatlantique – ironie du sort, c'est une navette Kérambrun qui a transporté les sacs de courrier jusqu'à Saint-Malo.

Il est écrit dans le rapport que Madame de Sainte-Croix a « formellement » identifié l'écriture de son mari, et aussi qu'elle a paru « au comble de l'abattement » au moment de montrer cette pièce à conviction aux enquêteurs. Elle ne l'a confiée au policier qu'après de multiples réticences et la promesse qu'on la lui rendrait.

Cette fois, la cause est entenduë. Malgré tout, un détail chiffonne Labouërie, le même qui m'avait arrêté : pourquoi l'enveloppe n'est-elle pas libellée de la même écriture que la lettre ? Le commissaire en conclut que le fuyard aura laissé le soin à un complice (Minchinton ?) de la poster une fois qu'il aura quitté l'Angleterre, pour brouiller les pistes. Peut-être Sainte-Croix, qui veut faire croire qu'il a gagné le Canada, a-t-il fui dans une autre direction, l'Espagne ou le Maroc. Peut-être les deux hommes se sont-ils ligués pour orchestrer cette disparition.

Il est compliqué de lire entre les lignes ampoulées de la langue policière. Mais j'ai la certitude obscure que le commissaire Labouërie n'est pas satisfait des conclusions de son enquête. À plusieurs reprises, il réclame au juge Sajman des agents supplémentaires pour investiguer et multiplie les tentatives pour localiser les différents bateaux de Minchinton. Il a toujours l'espoir d'entrer en contact télégraphique avec lui, ou avec le capitaine Illford, dans quelque port où l'un ou l'autre puisse se trouver. Il aimerait que l'Anglais confirme le témoignage de Kérambrun, se demande pourquoi il n'a pas réapparu, lui non plus. Mais ses efforts restent vains.

Deux jours après que la lettre arrive d'Halifax, Labouërie se voit signifier par Sajman, qui s'est rendu en personne chez Marie-Catherine de Sainte-Croix, l'ordre de clore l'instruction. Pour le magistrat, cette fois, l'affaire est entendue : le député avait prémédité son départ. Craignant la révélation des scandales de corruption dans lesquels il est impliqué, il a puisé dans la caisse de la compagnie et emporté de l'argent liquide qu'il a pris soin de faire convertir en devises anglaises. De là, il aura pris un bateau pour gagner le Canada, et peut-être, ensuite, l'Amérique. Le faisceau de présomptions est implacable, les forces de police ont été mobilisées pour rien, et il est temps de se rendre à l'évidence : Ambroise de Sainte-Croix, pour des raisons qu'on découvrira peut-être un jour, peut-être jamais, a abandonné sa femme et pris le large vers une destination inconnue.

122

Où sont passés la chair de poule, le vent qui transperce les cirés et l'eau si froide qu'on y entrait en poussant des cris ? Hier matin, un ado s'est jeté dans les vagues en hurlant à son copain : « Mec, on est en Bretagne et on se baigne comme au Mexique ! » Il n'avait pas tort.

L'après-midi, les vacanciers s'entassent sur un Sillon qui ressemble de plus en plus à la Côte d'Azur – et ce n'est pas ce qu'il fait de mieux. Mes siestes, quand je m'assoupis dans le bureau, sont rythmées par le bruit des balles de jokari et les pleurs des enfants. Cela fait maintenant presque dix jours que je suis sans nouvelles de Rebecca, et me voici au supplice. Pourquoi le destin a-t-il mis cette femme sur ma route à ce moment précis, quand les plaies anciennes commençaient à cicatriser ? Je maudis ma sentimentalité, mon désir d'être aimé ; je maudis ce littoral trop beau et ces yeux couleur de mer et de forêt qui m'ont happé alors que je n'aspirais qu'au silence et à la quiétude.

Paul m'a téléphoné pour m'annoncer qu'il avait trouvé un appartement à Brême, et qu'il

« finalisait » – le vilain mot – son dossier d'inscription à la fac. Je ne me suis toujours pas fait à l'idée qu'il va rester là-bas. Mais constater qu'il se débrouille me rassure un peu. Depuis son séjour, nos liens se sont resserrés, et il n'est pas rare que je trouve un texto de lui ou une photo d'otarie sur mon portable.

Le contenu du dossier de police continue à me trotter dans la tête. J'y pense quand je marche, quand je nage, mais aussi quand je me contrains à lire sur les échanges commerciaux en Méditerranée et la guerre menée par Pompée contre les pirates. *Il n'a point été détourné de sa route par la cupidité, pour aller s'emparer de quelque riche butin ; par la débauche, pour satisfaire sa passion ; par le charme des lieux, pour se procurer une distraction ; par la renommée de quelque ville, pour contenter sa curiosité ; enfin, par la fatigue même, pour prendre du repos.* Ce n'est pas de Sainte-Croix qu'on aurait pu en dire autant. Comment cet homme a-t-il fini sa vie ? Quand bien même il avait prévu de prendre la poudre d'escampette, a-t-il pu lui arriver malheur au terme de son périple canadien ?

En attendant, les dépositions relatives à la fameuse soirée du 6 juin sont parfaitement concordantes et forment un chœur impeccable. Presque trop, d'ailleurs. Je ne peux me départir de l'impression tenace que ces quelques heures ressemblent à un trou noir et que les témoins en savent plus qu'ils ne veulent le dire.

Je me demande notamment ce qu'il est advenu de Minchinton, après ce soir-là. Ce qu'il faisait chez Octave, qui ne pouvait pas le souffrir. Dans ses carnets, j'ai senti, au fil des années, croître le mépris de mon aïeul pour cet aventurier, un mépris qui s'est transformé en colère après le naufrage de la *Marie-Suzanne*. Il a donc fallu une solide raison pour qu'il se résolve à l'accueillir chez lui pour un dîner : par exemple, une conversation qui ne pouvait avoir lieu qu'au secret de son bureau, hors de portée d'oreille de quelque employé de la compagnie ou d'un maître d'hôtel du Bec du Corsaire.

Est-ce que Ambroise et Octave avaient prévu d'annoncer à Minchinton son éviction de la Société malouine de transports nautiques ? La discussion serait devenue houleuse et aurait mal tourné ? Ou alors, le député est sur le point de prendre la fuite – cela cadrerait avec les éléments collectés par Labouërie, et l'Anglais l'a découvert. Obsédé par l'idée d'obtenir la somme que mon aïeul lui refuse, Minchinton décide de faire chanter Sainte-Croix. Il exige des liquidités converties en devises anglaises, afin de ne laisser aucune trace de son chantage. Mais quelque chose dérape et il meurt.

Une chose est certaine : Sainte-Croix possédait des armes à feu et avait l'habitude de les manier. Il aurait parfaitement pu tuer l'Anglais.

Reste l'épineuse question du corps. Certes, le député est un colosse, presque aussi grand que Minchinton – je me rappelle ses mains massives, sur les photos. Mais il est impossible qu'il ait pu déplacer seul le cadavre. Ce n'est pas non plus Octave, relevant de sa douloureuse opération chirurgicale, qui a pu l'aider : de toute façon, s'il avait été impliqué de quelque manière que ce soit, mon aïeul se serait rendu sur-le-champ à la police où il aurait tout avoué.

Ou alors, le drame s'est joué directement sur l'île. Ambroise donne rendez-vous à l'Anglais (ou l'inverse) sur Cézembre. Le député tue Minchinton, avec préméditation ou par accident, l'enterre et passe dès le lendemain en Angleterre sur un bateau de la compagnie, incognito. De Southampton, il gagne ensuite le Canada.

Toutefois, Octave et Julia affirment que l'Anglais a dîné avec eux et qu'il a dormi aux Couërons. Or mon aïeul n'avait aucune raison de mentir sur ce point, sauf s'il a cherché à couvrir Sainte-Croix. A-t-il été mis au courant du meurtre ? Les motifs de la mystérieuse dispute auraient-ils été de nature à éclabousser la compagnie, au point que Octave aurait pris peur à l'idée de dénoncer le coupable ? Mais ce scénario aurait supposé que Ambroise, après son crime, refasse la traversée en pleine nuit, réveille son associé, le convainque de ne rien dire, et parvienne à s'enfuir sans être repéré. Et si le député avait embarqué sur le *Villefromoy*, ou n'importe laquelle des Vedettes bleues, quelqu'un l'aurait forcément reconnu et en aurait témoigné...

Par ailleurs, je ne parviens pas à imaginer Octave mentant à la police, puis feignant de faire chercher son associé alors même qu'il a dissimulé sa fuite.

En désespoir de cause, j'appelle Xavier. Lui estime qu'à tout le moins, mon aïeul devait avoir « le bras long » pour avoir réussi à soustraire un dossier d'enquête. Pour ce qui est de l'enchaînement des faits, il me conseille de changer d'approche : apprendre à raisonner comme un véritable enquêteur, et non comme un historien obsédé par un cachet postal sur une enveloppe. C'est-à-dire déterminer le mobile, le moyen et l'opportunité d'un tel assassinat.

Or c'est là que le bât blesse. Car aucun des protagonistes, à ma connaissance, ne possédait les trois, en tout cas pas à un degré suffisant. C'est donc, conclut mon ami, qu'il y a eu collusion ou complicité. Ou qu'il faut chercher les coupables ailleurs que parmi les associés. Avant de raccrocher, Xavier ajoute : « Et n'oublie pas la règle de base : chercher la femme. »

123

De rage, l'homme roux écrase l'allumette avec laquelle il vient d'allumer un cigarillo, laissant à dessein une marque noire sur le marbre du perron. Au sortir des bureaux qui sentent le cuir et la poussière, il est complètement hors de lui. Il avait vaguement espéré que le Français l'avait convoqué pour parler du bateau, ou de la nouvelle liaison Saint-Malo/Southampton. Au lieu de cela, il est question de faire entrer un autre associé au capital.

L'homme remonte la rue Mahé-de-la-Bourdonnais. Depuis que Charcot est revenu du Pôle avec le Pourquoi pas ?*, son désir de suivre ses traces est devenu une idée fixe. Lui aussi veut donner son nom à un morceau du lointain Antarctique. Une « Terre Minchinton » ou un « Golfe de Jersey » qui seraient gravés à jamais sur la carte levée par le géographe.*

Il imagine le retour triomphal au port, les journalistes venus l'accueillir, déclenchant sur son passage la poudre scintillante de leurs flashes, les invitations à des réceptions, des conférences. Les femmes dont il ferait briller les yeux avec ses récits.

Ce serait un camouflet infligé à ceux qui le

considèrent comme un velléitaire ou un illuminé, après le cuisant échec de sa carrière militaire ; à commencer par sa mère et son frère, lequel le méprise depuis sa maison cossue de Londres. Ou à son père, qui menace de le déshériter au moindre faux pas et lui a interdit de pratiquer le commerce sous son nom.

Depuis son accord avec le Français, sa situation a pourtant changé du tout au tout. L'argent s'entasse au rythme soutenu de la rotation des bateaux. Avec les dividendes, il a fait ériger une villa à Jersey, sur le chemin du phare de la Corbière. Aux yeux de tous, il est devenu un négociant respectable, et le capitaine du port l'invite désormais à sa table avec le bailli.

Mais ce n'est pas assez : l'Anglais veut plus, et plus vite. En clair, de quoi payer la construction de son navire.

C'est pourquoi, la première fois que Ramsay Chedore, le marchand de spiritueux, lui a « exceptionnellement » demandé un service, il le lui a rendu sans se poser de questions. Un ami, cela peut toujours servir, surtout quand il possède un monopole sur la quasi-totalité des boissons alcoolisées distribuées dans le sud de l'Angleterre. Et que cet ami a lui-même d'autres amis, distillateurs en Écosse, capables de faire rouler des fûts pleins d'or ambré jusqu'à la cale de ses bateaux.

L'exception a fini par devenir la règle.

Il n'a pas été très compliqué d'intriguer pour se mettre sur le chemin de l'officier de garnison chargé de l'île, qu'il s'est fait présenter par Sainte-Croix. Trouver la faille.

Un pécule, deux ou trois virées dans des bordels londoniens, et surtout la promesse de l'alcool à volonté prélevé sur les livraisons : il n'en a pas fallu plus pour convaincre le colonel Petitjean, puisque tel est son nom, de rendre à son tour quelques services. Ce qu'on lui demandait ? Trois fois rien : simplement prévenir des horaires des rondes et des patrouilles.

C'est ainsi que Cézembre est devenue la base arrière de furtives traversées : une escale, des caisses débarquées à la hâte sur la plage, de préférence à la nuit tombée, en attendant que des barques viennent récupérer les gallons d'alcool au nez et à la barbe des gabelous.

Dommage que ce Petitjean ait eu la langue trop longue. Dommage surtout que ses informations n'aient pas brillé par leur fiabilité. Un beau soir, un navire aux cales pleines avait été arraisonné par les douaniers, et c'en avait été fini de l'argent facile.

Il avait fallu tordre le bras de Kérambrun, ce pilier de vertu, puis faire pression sur Sainte-Croix pour qu'ils acceptent à contrecœur d'étouffer l'affaire en parlant à leur ami le préfet de police. Mais depuis, pas une marchandise ne rentrait dans les cales depuis Jersey sans que deux chiens de garde, payés par la Compagnie, en aient soupesé et enregistré le moindre gramme.

L'Anglais tire une bouffée de son cigarillo. Accoudé aux remparts, il souffle pour expulser sa frustration. L'île est là-bas, proche à la toucher. Petitjean a été dégradé et expédié à Cayenne, où ses histoires n'intéresseront personne. Le rocher n'est plus gardé que par deux ou trois plantons, mais il est préférable de faire profil bas pour le moment.

Reste le bateau polaire. Or malgré les marchés qu'il a pu décrocher avec les Anglais pour transporter laitues, tommes grasses et babeurre dont ils raffolent, malgré la ligne Saint-Malo/Southampton qu'il travaille à mettre en place, il n'est plus en odeur de sainteté auprès de ses associés. Il devine que Sainte-Croix a réclamé sa tête à Kérambrun, qui ne demanderait pas mieux que de la lui donner : pas blanc-blanc, l'avocat, mais les élections législatives approchent et il sera tenté, c'est sûr, de se débarrasser d'une relation compromettante.

La perspective de sa disgrâce affole l'Anglais. Car Kérambrun est le seul qui puisse fabriquer le moteur de la future Adelia, *celui qui évitera l'enlisement dans les glaces et le mortel hivernage ; qui lui permettra d'atteindre le pôle et surtout d'en revenir vivant. Tous les capitaines au long cours qu'il a consultés le lui ont assuré. Quant aux fabricants de moteurs rivaux, ils ont exigé des sommes tellement faramineuses qu'il a dû renoncer.*

De toute façon, il a su rien qu'en leur parlant qu'ils n'arrivaient pas à la cheville du Français.

Il doit trouver un autre moyen de faire plier celui-là. Oui, chaque homme a ses failles. Et pas besoin de chercher longtemps pour trouver celle de Kérambrun, ce Breton austère, hygiénique et pieux : c'est sa femme.

Au baptême de la Marie-Suzanne, *Minchinton a parlé à Julia pour la première fois. Elle a des yeux à faire damner un saint et un corps à rendre le diable fou, malgré sa manière un peu effrayante de regarder les gens comme si elle ne les voyait pas. Il sait qu'elle le déteste, mais il se serait bien vu malgré tout entraîner cette statue vivante dans une chambre et la faire vibrer sous sa rude étreinte d'homme.*

Kérambrun, l'imbécile, ne remarque rien, tout occupé à ses bateaux. Il n'a pas flairé le feu sous la cendre, le désir qui palpite sous tant de glace, les regards en coin que tous les mâles jettent à sa femme.

Lui, si.

En attendant, ne lui reste qu'à ravaler sa rage et son impatience, montrer patte blanche et tout faire pour éviter qu'un quatrième associé vienne lui compliquer la tâche. Il a pour l'heure assez de démêlés avec les deux premiers.

124

Quand Rebecca m'a demandé par SMS si j'étais libre pour le déjeuner, j'ai proposé qu'on monte à Saint-Coulomb. J'y allais souvent avec ma mère : elle aimait la vue qu'on avait sur Rothéneuf depuis là-bas. Mais surtout, en cette saison, nous y serions à l'écart des foules grouillantes de l'intra-muros.

Depuis la réception de son message, je n'ai pas cessé une seconde de me demander pourquoi elle voulait me voir.

Assise à l'ombre de la terrasse, toujours cachée derrière ses lunettes de soleil, elle paraissait moins distante que d'habitude. Mais plus soucieuse, aussi.

— J'ai peur d'avoir été un peu abrupte avec vous, l'autre jour.

— La franchise a ses vertus.

— C'est vrai. Mais j'aurais pu dire les choses autrement.

— Il n'y a pas d'offense.

Elle a paru soulagée de l'entendre. Nous avons trinqué avec nos verres de citronnade. Je l'observais. Je la contemplais, devrais-je dire. L'espoir, le dangereux espoir frappait de nouveau à la porte.

Rebecca a repoussé ses lunettes de soleil sur le front. Son œil gauche était gonflé, comme tuméfié, et le bord de la paupière rouge vif. Elle a croisé mon regard.

— Une allergie.

Ma première pensée avait été qu'elle avait pris un coup. Avait-elle revu son mari à Paris ? L'avait-il frappée ? Je ne pouvais l'imaginer en femme battue. Mais ces choses-là arrivaient, même chez les banquiers allemands.

Rebecca n'a rien dit de son voyage dans la capitale. Au lieu de cela, nous avons évoqué la canicule qui avait asséché la côte pendant le mois de juillet et les incendies des monts d'Arrée. Elle semblait moins inquiète que moi du détraquement généralisé du monde. J'ai évoqué mon projet de traité sur la piraterie, sans lui cacher qu'il était en cale sèche.

— Vous n'avez pas envie de reprendre les affaires de votre père, maintenant que vous ne travaillez plus à la fac ?

— Non, vraiment pas.

Je cédais à la tentation de me confier à elle comme si je l'avais toujours connue. Rarement j'avais eu ce sentiment d'être de plain-pied avec quelqu'un, sauf peut-être avec Marie-Laurence, quand nous nous étions rencontrés. Bien sûr, Rebecca m'inspirait du désir, mais ce n'était pas la seule chose qui m'attachait à cette femme. Il y avait sa tempérance, sa façon de ne rien attendre, de ne jouer aucun jeu. Décourageante, certes, mais reposante. Elle était tellement... *différente*. En sa présence, j'avais l'impression de trouver l'apaisement qui m'avait tant fait défaut.

Si elle a évité toute évocation de son mari, elle

a répondu de bonne grâce à mes questions sur ses parents. Elle parlait d'eux avec beaucoup de tendresse.

— Mon père avait vingt ans de plus que ma mère. Il était déjà marié quand il l'a rencontrée. Et quelques mois après, je me suis annoncée...

— Aïe.

— J'ai su plus tard qu'il avait menacé de la quitter, qu'il ne voulait pas me reconnaître. Et puis, quand j'avais six mois, il a changé d'avis et est venu vivre avec nous. Je ne sais pas si c'est parce qu'il m'avait eue sur le tard ou qu'il s'en voulait d'avoir mal réagi, mais avec moi, c'était un père affectueux, très impliqué. Ma mère lui disait qu'il était complètement gaga avec moi. Elle en était presque jalouse.

— Mon aïeul aussi était fou de ses enfants. Sauf le dernier, malheureusement. Le père de mon père, Juste. Octave a tenté de le déshériter alors que le bébé n'avait même pas neuf mois. Quel parent fait une chose pareille ?

Rebecca a répondu du tac au tac :

— Un père qui pense que l'enfant n'est pas de lui.

Imbécile que j'étais.

Mais comment avais-je fait pour ne pas y penser plus tôt ?

Si Julia avait un amant, elle avait pu tomber enceinte de cet homme.

Ensuite, c'est l'enchaînement fatal. Octave devine que l'enfant n'est pas de lui, peut-être sa femme le lui avoue-t-elle. Pire : il le comprend en recoupant les dates. Juste n'a-t-il pas été conçu en 1914, durant un printemps où Octave souffrait de douleurs si intenses causées par ses coliques néphrétiques qu'il dormait au rez-de-chaussée ? Un homme qui pouvait à peine marcher, selon le rapport du commissaire Labouërie, devait être empêché de faire bien d'autres choses.

Et à partir d'août, il rejoint sa garnison brestoise.

Si Rebecca a raison, la blessure a dû être d'une cruauté inouïe. J'imagine le coup de poignard à l'énoncé de la nouvelle, quand l'équilibre conjugal est brisé en une seconde, balayé par des sentiments affreux qu'on ne connaissait pas l'instant d'avant, le passage foudroyant de l'amour au dégoût. L'épouse idéalisée, choyée, qui chute de son piédestal. Et la colère qui enfle, s'accumule, jusqu'à pousser mon aïeul à tenter de déshériter Juste. Drôle de prénom, d'ailleurs, tellement ironique au regard de son illégitimité. Est-ce Octave qui l'a imposé, comme une vengeance amère, ou Julia qui en a décidé seule, comme une provocation ?

— On dirait que j'aurais mieux fait de me taire.

Je me rends compte que je me suis perdu dans mes pensées et que je dois faire une drôle de tête. Je lève les yeux vers Rebecca.

— Non, pas du tout. Mais cela voudrait dire que… mon grand-père n'était pas le fils d'Octave.

Elle a l'air embarrassé, tout à coup.

— Attendez, j'ai dit ça comme ça. Si ça se trouve, je suis complètement à côté de la plaque.

— Ou pas. Cela expliquerait tant de choses…

Nous en avons parlé un moment. Les images lisses de nos arrière-grands-parents, telles qu'elles avaient été immortalisées par les frères Hodierne, ne cessaient de se fissurer. À travers ces lézardes affleuraient des passions violentes, boueuses :

la trahison, le mensonge, la lâcheté. Nos aïeux avaient été, sous leur brillante carapace, des êtres humains comme les autres.

Inévitablement, la conversation est revenue sur Sainte-Croix. J'ai raconté à Rebecca la façon dont j'avais mis sans le vouloir la main sur le dossier d'enquête. Après mûre réflexion, j'en arrive à la conclusion que le député a bel et bien eu le mobile, le moyen et l'opportunité de tuer Minchinton, même si attirer quelqu'un sur Cézembre en pleine nuit et l'enterrer là-bas est un plan qui paraît difficile à mettre à exécution. J'ai demandé à Rebecca :

— Vous savez si Ambroise a envoyé d'autres lettres, après sa fuite ?

— J'en ai toujours entendu parler au pluriel, mais ma tante m'assure qu'il n'existe que celle-là. On ne sait même pas quand il est mort. Geneviève avait fait quelques démarches il y a longtemps, auprès de l'ambassade du Canada. Elle voulait faire plaisir à sa mère, ma grand-mère Marthe. Mais le nom de Sainte-Croix était inconnu des archives de l'immigration.

— Il a sûrement pris une autre identité.

— Et ça ne vous semble pas bizarre, qu'il n'ait pas posté la lettre lui-même ? Ce n'est pas son écriture, sur l'enveloppe.

Félix Labouërie s'était fait la même remarque.

— Peut-être une tactique pour brouiller les pistes. Ambroise fait poster sa lettre d'Halifax, alors qu'il s'est enfui dans une autre direction, en Amérique du Sud, par exemple.

— Et si vous deviez quitter votre femme, vous attendriez un mois pour lui écrire ? C'est cruel.

— Sauf si je veux être certain qu'elle ne me retrouvera pas.

Nous nous perdons en conjectures. L'espace d'un instant, je songe que nous ne connaîtrons jamais le fin mot de ces histoires entrecroisées aux ressorts obscurs. Trop de temps a passé, trop de marées ont noyé Cézembre depuis cent ans. La vérité, s'il en a existé une, s'est effilochée dans le giron de la mer comme les algues qui se délitent au fil des courants.

125

Au sortir du restaurant, Rebecca avait de nouveau chaussé ses lunettes de soleil. Les mêmes que portait ma mère quand elle avait commencé à souffrir de la cataracte. Je ne sais pourquoi, mais je n'étais pas convaincu par son histoire d'allergie.

Nous avons contemplé la côte qui se découpait, noire contre l'eau argentée. Le sentier de randonnée se dessinait un peu plus bas.

— J'aimerais bien le parcourir en entier, un jour.

— Il va du Morbihan au Mont-Saint-Michel. Une sacrée trotte.

— On est loin de Saint-Malo ?

— Une douzaine de kilomètres. Ça vous tente ?

Le vent était frais, après l'insupportable chaleur des jours précédents. Et puisque la mer ne serait pleine qu'en début de soirée, nous aurions le temps d'emprunter le tronçon submersible.

— Et la voiture ?

— Je reviendrai la chercher plus tard.

Je garde un souvenir enchanteur de cette promenade. Rebecca, qui était restée perplexe devant les figures de pierre sculptées dans la falaise par l'abbé

Fouré, marchait d'un bon pas. Régulièrement, nous faisions des haltes et elle prenait des photos avec son téléphone (« Pour ma fille »). Elle a partagé avec moi le contenu de la bouteille d'eau qu'elle transportait dans son sac. Je lui ai demandé comment s'était passé son séjour à Paris.

— Il s'est passé, a-t-elle répondu d'un ton neutre.
— Vous avez revu votre mari ?
— Je vais divorcer.

En dépit de ce qu'elle m'avait déclaré, ces mots ont fait naître un petit sursaut de joie. L'imaginer libre de tout lien conjugal serait toujours plus agréable que de la savoir mariée.

— Je connais un excellent avocat, si vous en avez besoin.
— Je ne dis pas non.

Elle a regardé l'horizon.

— Je pensais qu'en venant ici, j'arriverais à lui pardonner, mais...

Elle a laissé sa phrase en suspens.

La lumière compacte du ciel dentelait la ligne de côte. À part quelques touristes, nous étions seuls sur le sentier, plongés dans les odeurs de mer, de forêt et de sous-bois. La nature était d'une paix merveilleuse. Au terme de plusieurs kilomètres parcourus en silence, nous avons atteint la pointe de la Varde et escaladé les restes d'une vieille fortification. Le ciel virait au noir, l'eau sombre de la baie était annonciatrice de pluie. En attendant, le soleil qui transperçait les nuages par trouées ricochait sur l'eau, noyant Cézembre dans une nappe de vif-argent. Rebecca a ôté ses lunettes, sorti un flacon de collyre, et a fait glisser deux gouttes dans chaque œil. Son geste trahissait l'habitude.

— Ça fait mal ?

— Un peu.
— Et vous en avez pour longtemps ?
Elle a réfléchi avant de répondre. Ce n'était jamais bon signe, avec elle.
— Il y a quelque chose que je ne vous ai pas dit.
Je me suis crispé intérieurement.
— Il y a trois ans, j'ai eu un pépin de santé.
Une pause.
— On a d'abord pensé que c'était une infection, mais le diagnostic a révélé un autre genre de saleté. Plus... robuste. J'ai dû subir un an de traitement. On ne sait pas vraiment pourquoi, mais par ricochet, le nerf optique a été touché et j'ai gardé des séquelles. Lésion à cinquante pour cent. Depuis, j'ai développé une cataracte, une myopie à deux chiffres et je fais des infections oculaires à répétition. Comme maintenant.
— Vous êtes venue à Saint-Malo en convalescence ?
— Oui et non. Je voulais surtout être loin de mon mari. La maladie et lui, ça fait deux.
— Ne me dites pas qu'il vous a laissée vous battre seule ?
Elle a marqué un nouveau silence.
— Je n'aime pas ce mot. La maladie n'est pas une lutte à la régulière, Yann. C'est une loterie dégueulasse où vous n'avez aucune idée de quelles sont vos chances, indépendamment de l'énergie que vous y mettez. Mais oui, j'ai dû affronter un certain nombre de choses sans Dominik. Il avait fait ses valises, de toute façon.
Elle m'a annoncé cela du ton où elle aurait dit qu'il allait pleuvoir.
— Attendez, il ne vous a quand même pas quittée à ce moment-là ?

— Pas quittée, d'après lui... Il est parti « faire un break » à Berlin. Pour mon bien, pour que je n'aie pas à gérer son angoisse, pour me laisser guérir sereinement... Du baratin. En fait, il avait simplement rejoint une de ses analystes financières. Il couchait avec elle depuis longtemps.

J'étais consterné. Mais pas complètement étonné. Mélanie, ma collègue, avait été lâchée par son mari quelques semaines après qu'on lui avait diagnostiqué un cancer du sein. À plusieurs reprises, c'est moi qui l'avais accompagnée à ses séances de chimio. Et j'avais vu comment mon père avait délégué aux médecins et à ma tante Catherine la tâche de prendre soin de ma mère. Certains hommes de pouvoir, si prompts à diriger leur monde d'une main de fer, sont frappés d'une étrange lâcheté quand la vie contrarie leurs projets.

Rebecca, elle, résumait ces événements sans émotion apparente, comme s'ils étaient arrivés à une autre. On aurait pu prendre cela pour une forme suprême de philosophie, ou de grandeur d'âme. Mais moi, j'y voyais le signe d'une souffrance qui avait tout emporté sur son passage, usant jusqu'aux derniers résidus de la colère.

— Vous étiez au courant, pour l'analyste financière ?

— Mon mari m'a toujours trompée. J'avais appris à faire avec. On avait une fille ensemble. Et j'aimais Dominik.

— Et ensuite ?

— Le premier traitement a été un échec. C'est là que les problèmes aux yeux ont commencé. Ils n'étaient pas très optimistes, ni à Tenon ni aux Quinze-Vingts. Moralité : le « break » s'est éternisé. Dominik a dû se dire que l'avenir n'était pas de mon côté.

J'ai pensé à mon père. Certes, Charles n'avait pas accompagné ma mère comme il l'aurait dû. Mais je dois lui reconnaître qu'il avait remué ciel et terre pour trouver les meilleurs médecins, d'abord à Rennes, puis à Paris. Qu'il avait payé les infirmières, les gardes de nuit, veillé à ce qu'aucun confort, aucun plaisir ne soit refusé à Soizic.

Et lui, le despote, avait encaissé sans mot dire la décision de ma mère d'arrêter les soins et de finir sa vie à Paris, près de moi, son fils, plutôt qu'à Rennes, dans leur appartement. Pour qui le connaissait, c'était une violence considérable qu'il s'était faite là.

La dernière année, il s'était rendu chaque semaine dans la capitale. Il venait rue de Presbourg le samedi et le dimanche, durant ces moments où ma mère n'était déjà plus que l'ombre d'elle-même. Il dormait à l'hôtel et passait deux ou trois heures dans l'appartement, assis à côté du lit, à lire un journal ou des comptes rendus comptables. De temps en temps, il cherchait la fréquence de France Musique ou apportait à ma mère ses disques préférés. Il s'en allait quand elle commençait à s'assoupir, après un baiser maladroit sur le front. Il n'avait jamais su lui manifester la moindre tendresse.

Je l'avais trouvé un après-midi, assis dans la cuisine pendant que ma mère dormait, un verre de cognac devant lui. Il était accablé, comme s'il avait pris vingt ans d'un coup. Je crois qu'on avait failli se parler, lui et moi, ce soir-là : il y avait dans ses yeux une angoisse et un désarroi que je n'y avais jamais vus. Mais je n'avais pas été capable de faire le premier pas, trop impressionné par ce chagrin muet, trop effrayé à l'idée que la statue du Commandeur puisse se fissurer devant moi. J'avais rejoint la chambre de ma mère et entendu la porte d'entrée se refermer quelques minutes plus tard.

Mon père s'était comporté comme un homme tétanisé par sa propre impuissance. Mais il aimait sa femme, beaucoup plus, sans doute, qu'il l'a jamais laissé voir. Il lui a survécu dix ans et n'a jamais fréquenté qui que ce soit après elle, jamais dérogé à la rigueur de son veuvage. J'avais pu constater, à Rennes, comment il s'était débarrassé de tout mais avait conservé la moindre épingle à cheveux de ma mère, comme si elle habitait encore dans l'appartement.

Le mari de Rebecca, lui, avait plutôt l'air d'une banale planche pourrie.

Une odeur de tabac m'a ramené au présent. Ma compagne de marche venait d'allumer une cigarette.

— Finalement, le deuxième traitement a fonctionné et, de leur côté, les ophtalmos ont sauvé les meubles. Les médecins m'ont dit que j'étais une miraculée. Huit mois après, mon mari remettait les pieds sur terre et dans notre appartement. Il faut croire que la vie commune avec son analyste financière n'était pas si terrible.

Sa voix s'était chargée d'une ironie mordante.

— Enfin, c'est surtout que dans son milieu de banquiers protestants allemands, quitter sa femme alors qu'elle était sous perfusion, ça faisait mauvais genre. Même ses parents le lui avaient fait comprendre. Et croyez-moi, ils n'étaient pas mes premiers supporters. Je me suis installée ici quand il est revenu. Je ne pouvais plus le souffrir.

— Pourquoi Saint-Malo ?
— Ma tante Geneviève a un appartement à Courtoisville. Elle me l'a passé.
— Et votre fille ?

Une ombre a voilé le visage de Rebecca.

— Elle est formidable, ma fille. Je veux qu'elle respire, qu'elle finisse ses études tranquille. Elle idolâtrait son père, avant. Aujourd'hui, elle lui adresse à peine la parole. J'espère qu'elle arrivera à lui pardonner.

— Vous êtes bien indulgente.

— Lui, je m'en fiche. Mais pour Sonja, haïr son père, ce n'est pas une position tenable.

Je me disais en l'écoutant que Rebecca avait tenté d'épargner sa fille plus que je n'avais essayé de préserver Paul. Pourtant, ce qu'elle avait vécu était autrement plus grave qu'une simple infidélité.

— Mais vous, vous ne passerez pas l'éponge...

— J'ai compris deux ou trois choses quand j'étais couchée dans ma chambre à regarder le plafond. Enfin, le peu que j'en voyais encore. Pour Dominik, je n'ai jamais été qu'une femme jolie, diplômée et pas trop sotte, qu'on est fier d'exhiber dans les dîners. Et, bien sûr, la mère de sa fille chérie. Mais mon travail ne l'intéressait pas, mes goûts et mes amis non plus. Je ne l'intéressais pas, à vrai dire.

Elle a écrasé soigneusement son mégot dans un petit cendrier de poche.

— Mais si vous comptez si peu pour lui, pourquoi veut-il que vous reveniez ?

— Pour obtenir mon absolution, je suppose. Se racheter à ses propres yeux et sauver la face vis-à-vis des autres. Je ne lui donne pas six mois pour recommencer à me tromper quand ce sera fait.

Cette fois, elle était en colère. Je l'entendais à son accent danois, soudain plus perceptible.

— Et vous, comment ça va maintenant ?

Elle s'est tournée vers moi :

— Comment ça, comment ça va ? Vous voulez savoir si je suis *vraiment* guérie ? Si ça vaut la peine d'investir dans la suite ?

L'attaque, fulgurante, incompréhensible, m'avait pris à revers. Mais Rebecca avait dû penser que je faisais comme son mari : des pronostics. J'en ai été atterré, et pour elle, et pour moi.

— Rebecca, ce n'est absolument pas ce que je voulais dire...

Elle a paru gênée par sa virulence.

— Excusez-moi, je raconte n'importe quoi, j'ai tendance à voir le mal partout, maintenant. Mais je suis en paix, ici. Seul le présent compte. Alors vous comprenez pourquoi je ne cours pas après les aventures.

Elle a rangé son paquet de cigarettes et son coude a effleuré le mien. Le vent qui s'était levé traversait nos pulls de coton, et je l'ai vue frissonner. La pluie n'allait pas tarder. J'aurais voulu passer mon bras autour de ses épaules, la réconforter. Lui dire que tous les hommes n'étaient pas comme son mari, qu'il en existait de sincères, de plus fiables et de moins égoïstes.

Mais après ce qu'elle venait de me raconter, c'eût été un geste de trop.

126

Rebecca ne m'avait pas dit de quoi elle avait souffert et je n'avais pas besoin de le savoir. J'en avais assez entendu, sur le sentier, pour comprendre que cette épreuve l'avait ébranlée au plus profond d'elle-même. Et il fallait avoir vu la mort de près pour estimer que seul le présent comptait.

Debout dans mon bureau, je regarde Cézembre à la jumelle. Les bateaux-taxis à l'approche ne vont pas tarder à y déverser leur contingent de touristes. J'ai une envie subite de retourner sur l'île, de refaire le trajet, dans l'espoir de reconstituer l'itinéraire de Minchinton. Encore un dont la correspondance a disparu mais, cette fois, j'en ai compris les raisons. Si la mort de son associé est suspecte, et surtout si Ambroise y est impliqué, Octave aura détruit tout ce qui pouvait servir à en saisir les mobiles afin de préserver la compagnie.

Je relance mes recherches sur Internet, dans les bases de données des plus grandes bibliothèques anglophones, celles des titres de presse londoniens : son nom ne figure nulle part. Minchinton aussi s'est évaporé, et son absence dans les actes notariés, puis dans les versions successives des testaments, signifie forcément quelque chose. La thèse de son assassinat par le député est de plus en plus crédible à mes yeux.

J'aurais pu m'en tenir là. Admettre que je buterais à jamais sur ce double mystère, celui du mort et du disparu. Mais excaver les mètres cubes de papiers du deuxième étage est devenu ma drogue et je continue mon travail de fourmi. De temps à autre, j'envoie une photo des dossiers accumulés à Rebecca, avec qui je ne me résigne pas à perdre le contact. Elle répond par un petit bonhomme qui sourit ou qui soupire, selon. Jusqu'au matin où elle accompagne l'icône d'un message : « Besoin d'aide ? »

À compter de ce jour, elle a pris l'habitude de venir aux Couërons plusieurs après-midi par semaine. Je lui fais un café dans la cuisine, nous le buvons sur la terrasse, face à la mer. Puis elle fume une cigarette et nous montons dans le bureau. J'essaye de faire comme si je ne voyais pas les vilaines traces rouges et la croûte brunâtre qui entourent maintenant sa paupière droite, ni les lunettes aux verres épais contre lesquelles elle troque parfois ses lentilles et ses demi-lunes turquoise. Cela doit la gêner pour travailler, mais elle n'en dit rien.

Elle se révèle une auxiliaire documentaliste parfaite : efficace, concentrée, taciturne. Elle a simplement demandé s'il était possible d'écouter de la musique, piochant dans les disques qui sont restés là. Chopin, Bach, Scarlatti. Elle se serait bien entendue avec ma mère, qui vénérait l'œuvre pour clavecin du compositeur italien et pouvait en fredonner par cœur les cinq cent cinquante-cinq sonates.

Pendant que Rebecca dépouille le reste de la correspondance, je décortique la suite des livres de raison. Au début, elle ouvrait les dossiers avec des précautions de chirurgienne, anxieuse à l'idée d'abîmer les lettres ; depuis, elle prend de l'assurance dans leur manipulation.

Je savoure chaque seconde que nous passons ensemble. J'aime sa présence silencieuse, son parfum de lavande, sa sérénité. J'aime lever les yeux et la découvrir là, absorbée dans les dossiers. Elle est l'antithèse de mon ex-femme, qui était toujours remontée comme une pile électrique. Paul a raison, je la « kiffe ». Mais je suis résolu à respecter les limites qu'elle a fixées. Je me dis simplement que si elle a fait le choix de revenir aux Couërons, tout espoir n'est pas perdu.

Elle m'a avoué que son œil la faisait souffrir, qu'elle attendait un résultat d'examen ophtalmologique, que ce tri l'aidait à ne pas trop y penser. Je tais mes inquiétudes afin de ne pas ajouter aux siennes. Pour la première fois depuis des années, j'ai l'impression que l'amertume et la tristesse qui m'avaient miné ont disparu, et je sais que c'est à sa présence que je le dois.

Une fois, elle a évoqué ses travaux sur la salinité de la mer Noire. Cela aurait dû être son sujet de thèse, quand elle étudiait la chimie. Devant un porto, elle m'a expliqué comment la nappe d'eau froide de cette mer intérieure, qui borde la Turquie et l'Ukraine, emprisonnait au fond de l'eau les gaz toxiques issus de la fermentation des algues ; mais le réchauffement était en train de détruire cet écosystème d'une rare sophistication. Quand j'entends la précision avec laquelle elle décrit des recherches entreprises vingt ans plus tôt, je me dis qu'abandonner sa carrière a dû lui coûter.

En retour, je lui parle de la Méditerranée, des bateaux et des pirates. *Ainsi une seule loi, un seul homme, une seule année, non seulement nous ont affranchis de tant de malheurs et de tant de honte, mais nous ont enfin fait paraître sur terre et sur mer comme les véritables maîtres de tous les peuples, de toutes les nations.* Quand elle accepte de rester dîner, elle m'aide à préparer le repas. Je redoute toujours le moment où, après avoir bu un café, je la vois partir dans la nuit – elle refuse systématiquement que je la raccompagne.

Avant-hier, elle a accepté que nous nous tutoyions et, depuis, chacune de ses phrases sonne comme une caresse.

Non, tout espoir n'est pas perdu.

127

Au terme d'un après-midi de chaleur étouffante, passé derrière les volets clos du grand salon, j'ai proposé à Rebecca qu'on aille se baigner. La canicule, en ce deuxième versant d'août, montrait de nouveau les dents et je m'endormais sur le détail d'un transport de bétail par les Vedettes bleues. Impossible, a dit Rebecca, qui n'avait ni ses lunettes de natation ni son maillot. Je me suis fait fort de lui en dénicher un dans les tiroirs des Couërons : pour le reste, je la guiderais jusqu'à la plage.

Nous avons beaucoup ri quand elle a réapparu, flottant dans une pièce bordeaux, qui avait peut-être bien appartenu à Léone. Elle avait ôté ses lentilles, mais gardé ses lunettes de soleil. J'ai pris sa main pour descendre les escaliers de la maison, puis ceux de la digue, raides comme une échelle. Je profitais du fait qu'elle me voyait à peine pour l'observer : musclée, fine, décidément très (trop ?) mince. Aucune cicatrice, aucune dissymétrie à l'endroit des seins. Je crois qu'inconsciemment, je cherchais sur son corps des traces de sa maladie.

— J'ai oublié d'attacher une bretelle ?

Myope, mais pas aveugle.

— Excuse-moi.

Je me suis dépêché d'entrer dans l'eau et j'ai nagé une dizaine de mètres. Dans cette moiteur, la fraîcheur de la Manche était délicieuse. Quand je me suis retourné, j'ai constaté que Rebecca était restée en arrière.

— Viens, elle est bonne !

Elle a esquissé un signe d'impuissance. J'ai fait demi-tour et nagé jusqu'à elle.

— Je ne peux pas y aller. Je déteste quand je ne vois rien.

— Mais quand tu fais du kite ?

— J'ai des lunettes de sport à ma vue.

— Ne t'inquiète pas, je reste à côté de toi.

J'ai attendu qu'elle s'élance pour la suivre. Elle nageait à la perfection, en prenant soin de tenir sa tête hors de l'eau. Dès qu'elle manifestait une appréhension, je lui tendais la main, comme mon frère l'avait fait mille fois avec moi.

Nous nous étions éloignés du rivage quand elle s'est laissé surprendre par une vague. Elle a avalé une gorgée, toussé. Malgré ses lunettes noires, dont elle avait serré le cordon au maximum, elle était éblouie par la réverbération. Je l'ai sentie se crisper.

— Pas de panique, on retourne vers la plage.

Nous avons parcouru encore une centaine de mètres, puis obliqué avec lenteur vers le rivage. J'adorais être là, avec elle. J'adorais toucher sa main, glisser au rythme des vagues pendant que la marée nous ramenait à bon port. Les mots de mon frère me venaient instinctivement pour rassurer Rebecca :

— N'aie pas peur. L'eau te porte.

Quand nous avons repris pied, elle a ôté ses lunettes de soleil, le temps d'en secouer les gouttes d'eau. Dans cette lumière, ses yeux étaient un champ d'azur liquide piqueté de soleil et de prairie. Un regard d'une beauté à devenir fou, malgré ses paupières rougies par le sel et la croûte qui recouvrait sa plaie. Elle a placé sa main en paravent, pour se protéger. Mais j'avais eu le temps de lire sur son visage des impressions que je n'y avais encore jamais décelées : l'insouciance, la légèreté, le bonheur d'être là.

— Tu dois me trouver ridicule, a-t-elle dit. La surfeuse qui a peur de l'eau.

— Au contraire. Avoir peur quand on n'a pas ses repères, c'est la clé de la survie.

Nous sommes rentrés aux Couërons, où deux serviettes chauffées par le soleil nous attendaient sur la terrasse. Je n'avais pas lâché la main de Rebecca sur le trajet du retour : elle me l'avait abandonnée sans résistance. En remontant les degrés de granit, je contemplais son cou mince, la naissance de ses vertèbres, avec la folle envie d'y déposer un baiser. Mais elle restait concentrée, tâtant prudemment la hauteur de chaque marche du bout du pied, avant de s'y engager ; pour la première fois, en la voyant faire, le mot *handicap* m'est venu à l'esprit. J'apprendrais plus tard que les escaliers étaient devenus une de ses hantises.

À la maison, pendant qu'elle prenait une douche pour se débarrasser du sable, je m'étais rincé en vitesse dans la salle d'eau du bas. Au bout de quelques minutes, elle me rejoignait dans le grand salon. Elle ne s'en rendait pas compte, mais elle évoluait maintenant aux Couërons comme si elle était chez elle.

— Merci d'avoir fait le maître-nageur.
— On recommence quand tu veux.
Elle s'est tue et a contemplé la mer. Les paillettes d'or explosaient dans ses iris et je savais que, quoi que je me dise, j'étais en train de tomber irrémédiablement amoureux de cette femme. Et qu'elle était assez intelligente pour s'en rendre compte. Son visage s'était assombri.
— Yann, je ne voudrais pas que tu t'imagines que...
— Ne t'inquiète pas, tu as été très claire.
Elle a poussé un soupir. Elle était en train, une nouvelle fois, de choisir ses mots.
— J'apprécie ta compagnie. Mais je ne sais vraiment pas de quoi demain sera fait.
— C'est-à-dire ?
— C'est-à-dire que j'ai reçu mes résultats. Ils vont peut-être devoir m'opérer.
— De quoi ?
Elle a tapoté ses paupières avec son doigt.
— Ça.
— Qu'est-ce qui se passe ?
— J'aimerais bien le savoir. Ils disent qu'il faut attendre encore un peu, observer l'évolution. Moi, je l'observe très bien, l'évolution. Je suis en train de perdre la vision des couleurs. Des reliefs. Je bute sur les trottoirs, les meubles. Tout devient gris, comme si le monde était une vitre sale.
— Je suis désolé.
Elle a secoué la tête, soupiré à nouveau. Celle que les hommes éconduits du Sillon avaient surnommée « la Reine des Neiges » était surtout une femme qui encaissait depuis quelques années une somme d'ennuis phénoménale. Elle a repris :

— Tu t'imagines faire toute la journée ce que tu as fait cet après-midi ? Jouer les chiens d'aveugle ?

Ses mots étaient d'une violence inacceptable, pour elle comme pour moi. J'ai protesté :

— Tu ne peux pas dire ça.

— Bien sûr que si, je peux. Et je le dois. Je *te* le dois. Tu préférerais que je te mente ? Que je te laisse découvrir le moment venu que non, c'est trop lourd à porter ?

Le silence s'est abattu entre nous.

Derrière la formule qu'elle avait employée, c'était quasiment un aveu qu'elle venait de me faire, et j'imaginais ce qu'il avait pu lui coûter. Et moi, je ne savais que dire qui ne la blesserait pas davantage. La lâcheté d'autrui, elle en avait fait le tour. En vérité, que pouvais-je promettre que je sois sûr de tenir ?

Nous sommes restés là, tous les deux, à regarder la danse de la mer en silence, bleu du ciel contre bleu de l'eau, Cézembre pâlie de sable et de lumière dans l'horizon brûlant qui, d'ici quelques heures, ferait flamboyer le déchaînement de son crépuscule. Regarder, en silence, jusqu'à plus soif, pendant qu'elle le pouvait encore.

128

Saint-Malo, le 27 juillet 1914

Ma chère Julia,

La mobilisation générale sera décrétée à la fin de la semaine. Je vous prie de hâter votre retour de la pension Sobieski. Alfred viendra vous chercher avec l'auto demain.

Le général de Kérautret me fera affecter à l'entrepôt naval de Brest. J'aurais préféré l'active, mais compte tenu de ma récente opération, je serai déclaré inapte.

Il est à craindre qu'Alexandre, lui aussi officier de réserve, soit mobilisé.

Pour des raisons que vous comprendrez sans peine, je ne tenterai pas d'échapper à la conscription.

Je quitterai Saint-Malo samedi au plus tard. J'espère avoir le temps de vous voir avant mon départ. Hélène viendra s'installer aux Couërons pendant mon absence.

Il va vous falloir faire preuve de courage, et veiller sur nos enfants.

Ne vous tourmentez pas pour moi. À Brest, je risquerai peu, en tout état de cause bien moins que nos jeunes ouvriers de La Richardais qui s'apprêtent à prendre la direction de l'Est.

Durant mon absence, vous devez vous en tenir à ce que nous sommes convenus, sans y déroger jamais. Ne répondez jamais à aucune sollicitation (Me Sorsoleil s'en chargera). Si on vous questionne, écrivez-moi selon le chiffre que nous avons arrêté.

Prenez soin des petits, aimez-les de toutes vos forces.

Je prierai pour vous chaque jour.

Que Dieu nous garde, ma chère Julia.

Je vous embrasse.

Octave

129

C'est sous les mains de Rebecca que l'ordre de démobilisation d'Octave, daté du 17 septembre 1915, a réapparu. L'armée française, compte tenu de son statut de veuf et de père de trois enfants en bas âge, rend Monsieur de Kérambrun à la vie civile et le renvoie à Saint-Malo, avec comme mission d'assurer la continuité de ses activités. En vérité, l'armateur leur est plus utile là-bas, à concevoir des moteurs, que sanglé dans un uniforme à l'arsenal de Brest.

Le doux et pieux Octave, que le naufrage de la *Marie-Suzanne* avait rendu malade de remords, équipe maintenant à la chaîne des croiseurs, des torpilleurs et des sous-marins, autant d'engins conçus pour donner la mort.

Je finis d'éplucher sa correspondance avec l'amiral Boué de Lapeyrère. Celui-ci, toujours en 1915, remercie Octave pour sa contribution à l'effort de guerre et l'invite à se rendre au ministère de la Marine toutes affaires cessantes pour que lui soient confiées de nouvelles missions.

— Tiens, une pièce rapportée...

Rebecca désigne du doigt la chemise à sangle

en toile bleue qu'elle vient d'ouvrir. Plus récente, elle est remplie de notes et de feuillets imprimés à l'ordinateur.

— Tu l'as trouvée où ?
— Sous les autres.

Je n'avais jamais prêté attention à ce dossier. J'avais dû l'embarquer par erreur en déplaçant les piles. Je l'ouvre à mon tour et reconnais immédiatement l'écriture qui figure sur les pages. Mon visage se fige. Rebecca le remarque :

— Tout va bien ?

J'essaye de dissimuler mon trouble.

— C'est à mon frère. J'ai appris récemment qu'il voulait écrire une histoire de la compagnie.

Cette fois, c'est moi qui ai la sensation de me fermer comme une huître. Je tourne quelques pages. Des photocopies, plusieurs paragraphes. Je ne peux pas aller plus loin. J'ai besoin d'être seul, pour retrouver l'écriture de Guillaume, toucher ces feuillets qu'il a écrits, manipulés. Avec pudeur, Rebecca fait mine de regarder ailleurs.

Pour me donner une contenance, j'ouvre une chemise au hasard. « Hervieu », le nom du fondé de pouvoir de la banque d'Octave. Ordres de versement. Ordres de paiement aux chantiers du Père Gautier, à des dizaines d'autres créanciers dont j'ignore jusqu'aux noms. Récapitulatif des sommes engagées. Tant de papier finit par me donner le tournis. Courrier en date de 1921 où le Crédit commercial rennais est expressément prié de surseoir aux versements trimestriels alloués à Monsieur Minchinton, Augustus, résidant rue du Mont-Sohier à Saint-Brélade dans le bailliage de Jersey.

9 mai 1921.

L'édifice que j'élabore depuis des semaines vient de s'effondrer.

Je tends le feuillet à Rebecca. Elle est aussi stupéfaite que moi.

— Alors, ça ne peut pas être Minchinton, le mort de l'île !

— Ou ce n'est pas Sainte-Croix qui l'a assassiné en 1914.

— Mais si ce n'est pas l'Anglais, qui est le cadavre, alors ?

— Excellente question.

D'autant plus insoluble que des hommes grands, riches et en bonne santé, qui portaient une chevalière aux armes de la compagnie, il n'y en avait eu à ma connaissance que trois : mon aïeul, Minchinton et Sainte-Croix.

Mais, jusqu'à preuve du contraire, les morts n'envoient pas de lettres.

Je me lève pour relire le courrier d'Hervieu pardessus l'épaule de Rebecca. Outre le fait qu'elle témoigne que l'Anglais était encore en vie sept ans après la disparition d'Ambroise, en 1921, la missive nous apprend que mon aïeul lui servait une rente. Or pourquoi Octave aurait-il versé de l'argent à titre privé à son associé, en sus des dividendes que ce dernier touchait de la compagnie ? Et comment se fait-il que je n'aie trouvé trace nulle part de cette disposition dans les actes notariés ? Cet arrangement accrédite l'idée que l'Anglais a monnayé quelque chose : quelque chose de beaucoup plus précieux que des sacs de grains ou des barils de whisky, et de suffisamment important pour qu'un homme qui ne le porte pas dans son cœur lui paye tous les trois mois l'équivalent de plusieurs milliers d'euros actuels.

Et enfin, nous avons une adresse. Périmée depuis un siècle, mais qui m'inspire sur-le-champ l'envie d'aller voir à quoi ressemblait la maison du mystérieux fou de bateau polaire.

130

J'ai réservé la première place disponible dans le Condor Ferries, trois jours plus tard. Rebecca avait refusé de m'accompagner car elle attendait sa fille. Celle-ci arriverait sous la pluie torrentielle qui avait clos un des plus longs étés caniculaires que la côte ait jamais connus.

Pour tout bagage, je partais avec en poche mon passeport, une carte et une adresse vieille de cent ans : un capital plutôt mince pour ressusciter un fantôme. Durant la traversée, effectuée sur une mer maussade qui avait expédié nombre de passagers dans les toilettes, j'ai pensé que Octave, Ambroise et Augustus avaient dû faire ce trajet des dizaines, peut-être des centaines de fois. Et cela par une météo autrement plus rude que celle de ce jour d'août venteux. Je me suis soudain senti absurdement fier d'habiter la maison de l'homme qui avait en son temps rendu possible cette liaison maritime.

Depuis le pont arrière, malgré la pluie, j'avais regardé Cézembre s'éloigner. À qui appartenait le corps qu'on y avait retrouvé ? J'avais voulu jouer les Sherlock Holmes à cent ans de distance, et je m'étais fourvoyé sur toute la ligne. Complètement à côté de la plaque, le grand historien de la Sorbonne. J'aurais presque regretté d'avoir entraîné Xavier, Kérézéon, Rozen et les autres dans mes spéculations, si cette enquête ne m'avait offert le moyen de me rapprocher de Rebecca.

À l'arrivée, les rues lavées par la pluie exhalaient une odeur tenace de pétrichor, signe que la sécheresse avait frappé ici aussi. Et toujours cette lumière, sourde, intense, lente, oscillant entre le gris et le bleu ; et l'étendue envasée du port de Saint-Hélier, lointaine héritière de la forêt du néolithique, maintenant recouverte de sable et d'algues, qui s'ouvrait comme un marécage arraché aux flots.

J'aurais pu prendre un bus ou chercher un taxi. Mais j'ai préféré marcher le long du rivage, sous un crachin qui distillait une agréable fraîcheur. Au reste, la pluie a vite cédé la place à un soleil tamisé par les nuages. Le paysage, le vent, les couleurs étaient autant d'invitations à apprivoiser le lieu en silence, loin de la foule bigarrée des touristes. J'ai longé la baie de Saint-Hélier ; l'Angleterre se rappelait à mon bon souvenir, avec ses cabines de plage bleu, vert et jaune pastel, arcs-en-ciel miniatures alignés le long du rivage. Je foulais le sable, la pierre, le bitume mouillé et chaud, je croisais des promeneurs à chien, des vieillards qui prenaient l'air sur un banc, des employés en trottinette électrique qui filaient vers le port. Les kilomètres fondaient sous mes pas.

Ma première halte fut Saint-Aubin, qui hébergeait la paroisse de Saint-Brélade. C'était une ville portuaire, avec ses façades colorées, son port de plaisance et ses bateaux flambant neufs. Les demeures, plantées le long de la digue ou accrochées au flanc d'une colline boisée, étaient moins spectaculaires que les villas du Sillon ; mais, ici, la richesse dormait ailleurs, au secret des coffres et des banques.

La maison où avait habité Augustus Minchinton se trouvait à l'extrême sud-ouest de l'île, en direction du phare de la Corbière. Compte tenu de la distance qui me restait à parcourir, j'hésitais entre continuer à pied ou chercher un bus, quand une élégante sexagénaire, à qui j'ai demandé conseil, m'a convaincu de me lancer sur le sentier. « *Such a nice walk* », m'a dit en souriant cette femme mince et blonde, dont la visière de jogging bleu roi était exactement de la même couleur que le harnais de son petit chien. J'imaginais en l'observant à quoi ressemblait la vie dans cette île, où le luxe et l'argent devaient conférer à la vie une douceur irréelle.

L'élégante Anglaise n'avait pas menti. Engagé dans un chemin bordé de bosquets et de massifs d'hortensias, je me serais presque cru dans la forêt si, de temps à autre, un green ou un champ n'avait percé derrière le rideau d'arbres. Le long du sentier, des pancartes égrenaient les injonctions à ne pas écraser les crapauds ou des annonces déchirantes pour des chats perdus (« *Socks, very friendly* »). L'adresse de 1921, dénichée par miracle dans le dossier Hervieu, existait toujours : elle correspondait à une demeure cossue, manoir de granit qui s'est révélé être une sorte de réplique des Couërons arrangée à la mode locale. Sur la porte, deux noms, « Sheringham-James ».

La jeune femme qui m'a ouvert n'avait pas

trente ans. Polie, mais méfiante, elle m'a écouté débiter mon laïus dans un anglais rudimentaire. Elle avait l'air déconcertée par ma requête. Elle a fini par déclarer, tendant la main en direction de l'est : « *You should speak with Barbara. She knows everything about everyone here.* » Du reste de ses explications, j'ai plus ou moins compris que la fameuse Barbara avait habité, naguère, cette maison, et qu'elle résidait un peu plus loin, dans la rue du Grouet. Consciente de mon peu d'aisance dans la langue de Shakespeare, la jeune femme a inscrit le nom et l'adresse sur un post-it. J'aurais aimé pouvoir jeter un coup d'œil au manoir, mais je n'ai pas osé l'importuner davantage.

L'heure du déjeuner approchait. Même dans le bailliage de Jersey, le moment était mal choisi pour sonner chez les gens. La dame à la visière et au petit chien m'avait assuré que si je me rendais au phare, je ne regretterais pas la balade. Alors j'ai continué à marcher jusqu'à ce que le rideau d'arbres qui dissimulait le large s'interrompe, dans cette étrange zone intermédiaire où les nuages, buvant la lumière de l'eau, se chargent d'un éclat annonciateur de mer.

Le phare m'est apparu d'un coup : vigie blanche, trapue, posée au bout du dernier rocher. Il était si parfaitement intégré à ses lignes qu'il donnait l'impression que la nature n'avait créé ce promontoire rocheux que pour mieux l'accueillir.

À la pointe de la Corbière, entre cailloux, sable et rivage, l'homme, une fois de plus, avait fait pousser des murs ; pas pour se battre ou pour tuer, cette fois, mais pour dire aux marins égarés dans la nuit, en des temps où le radar et le satellite étaient encore des vues de l'esprit, de faire route par des chemins plus sûrs. Nombreux étaient les navires des Vedettes bleues qui avaient dû lui en savoir gré.

131

J'ai attendu qu'il soit quatorze heures trente pour me présenter chez Barbara Lagresley, priant pour qu'elle soit chez elle. À travers la grille et les arbres, je pouvais apercevoir un petit manoir de pierre grise et blanche flanqué d'une tourelle. Mon coup de sonnette a déclenché des aboiements, suivis du grincement d'une porte qui s'ouvrait. Deux labradors se sont précipités dans ma direction. La femme qui les suivait pouvait avoir soixante-dix ans. Elle était vêtue comme seules savent l'oser les Anglaises : jupe verte, T-shirt violine, foulard couleur brique. Ses cheveux gris étaient pris dans un chignon en désordre, et des lunettes jaune citron pendaient en sautoir sur sa poitrine. Quand elle a écarté les chiens, un entrelacs de bracelets a tintinnabulé à ses poignets. Elle s'est approchée.

— *May I help you ?*

J'ai recommencé, dans mon anglais laborieux, mon explication, prononcé de nouveau le nom d'Augustus Minchinton. J'ai tout de suite vu que ce patronyme lui était familier.

— *How did you hear about him ?*

— *He was my great grandfather's partner, at the beginning of the last century.*
— Entrez.

J'ai été soulagé d'entendre qu'elle parlait français. Mrs. Lagresley a ouvert le portail, laissant tout loisir aux deux chiens de se précipiter sur moi et de me bousculer joyeusement. Nous avons traversé un jardinet planté d'hortensias et de noisetiers, gravi le perron de la maison, dont le frontispice portait la date de 1895. On y pénétrait par un vestibule qui donnait sur un salon rempli de livres et de tableaux. Après quoi Barbara Lagresley m'a mené jusqu'à une véranda qui donnait sur un autre jardin, plus grand que le premier. La maison, qui débordait d'objets venus d'Asie, de livres, de batiks, de vases et de statuettes, était un véritable capharnaüm. Mon hôtesse m'a proposé un rafraîchissement, avant de disparaître dans la pièce d'à côté. Son chignon était retenu par une épingle en forme de libellule et un parfum de violette s'exhalait à chacun de ses mouvements. Elle est revenue avec des verres, une carafe et un plateau.

— Réexpliquez-moi qui vous êtes. Je ne suis pas certaine d'avoir bien compris.

Son français était mille fois meilleur que mon baragouin d'anglais. J'ai recommencé du début, racontant à Mrs. Lagresley l'association, les navettes vers Jersey, la disparition d'Ambroise et l'évaporation d'Augustus Minchinton, jusqu'à ce document qui certifiait qu'il était vivant après guerre, et qui portait l'adresse qui m'avait mené jusqu'à elle. Pendant que je parlais, les deux chiens, maintenant affalés à nos pieds, poussaient des ronflements d'aise. Quand j'ai sorti la photo des trois associés, Barbara Lagresley s'en est tout de suite emparée.

— C'est lui, Augustus, a-t-elle ajouté un posant son doigt sur le visage de celui qui portait l'uniforme de capitaine, un geste qui a fait chanter ses bracelets.

— Comment connaissez-vous son existence ?

— Mon cher, figurez-vous que ma famille habite cette île depuis 1782 ! Nous sommes tous nés ici. Et Augustus Minchinton était un lointain cousin de mon grand-père.

— Incroyable...

— Pas tant que cela. L'île est petite et, comme vous le savez, les riches héritiers ont tendance à épouser les riches héritières.

Rebecca m'avait dit en substance la même chose à propos des vieilles familles malouines.

— Si cela vous intéresse, j'ai un site web sur lequel je raconte l'histoire des principales familles jersiaises du siècle dernier.

— Vous êtes généalogiste ?

— Pas du tout. J'ai travaillé comme décoratrice à la BBC. Et je crée des bijoux avec des pierres, celles qu'on ne trouve qu'ici. Mais j'aime cette île et tout ce qui s'y rapporte.

Barbara a allumé une Craven A, me faisant signe de piocher dans le paquet si j'en avais envie. J'ai résisté héroïquement.

— Il se trouve que je connais l'histoire d'Augustus un peu mieux que celle des autres membres de la famille. C'était un original, un excentrique. Il aurait fait un excellent personnage pour votre romancier français, celui qui racontait des explorations futuristes avec des héros intrépides...

— Jules Verne ?

— Voilà. Augustus serait monté dans n'importe quoi qui naviguait, roulait ou volait.

— Mon arrière-grand-père fait souvent allusion au fait qu'il veuille aller dans les pôles...

— Oh, pas que dans les pôles ! Au grand désespoir de son père, d'ailleurs ! Il était le petit-fils d'une famille de maraîchers qui avait fait fortune au XIXe siècle. Dès la troisième génération, les descendants avaient brillamment réussi : juges, médecins, armateurs, de beaux mariages pour les filles... Augustus, lui, a vécu de la fortune familiale jusqu'à ce que ses parents lui coupent les vivres. Il a tenté une carrière dans la Royal Navy, dont il a été renvoyé pour je ne sais quelle sombre histoire. Ensuite, il s'est engagé dans la marine marchande.

— Comment vous l'avez appris ?

— Par ma grand-mère. Elle avait épousé le fils d'un des frères d'Augustus. Et on parlait souvent de lui dans la famille. C'était notre star, en quelque sorte. Parce que, vous comprenez, il était un peu fou. Il avait juré d'aller au pôle Nord à n'importe quel prix, aux Kerguelen, aussi. Il avait acheté une montgolfière, faisait de l'hydravion... L'argent lui brûlait les doigts. Malheureusement, il y a eu des rumeurs, autour de divers trafics avec l'Écosse. Des histoires avec les femmes, par-dessus le marché. Il a tellement compromis la réputation de la famille, avec ses dettes et ses malversations, que son père l'a forcé à abandonner son nom pour prendre celui d'une branche éteinte de la famille, les Minchinton. En réalité, il s'appelait Venemont, Augustus Venemont.

Je commençais à comprendre.

— Vous savez ce qui s'est passé, en 1914 ? Je

n'ai trouvé aucune trace de lui dans les archives de ma famille.

— Ah, ça oui ! Il a rejoint l'expédition Endurance. Ça vous dit quelque chose ?

— Rien du tout.

— Menée par Ernest Shackleton, un explorateur irlandais. Il voulait traverser l'Antarctique, et il a réussi à monter une expédition. Elle est partie de Plymouth en 1914.

— Quand exactement, en 1914 ?

— Au début du mois d'août. Churchill a insisté pour qu'ils la maintiennent, malgré la déclaration de guerre. Mais les hommes ont été pris dans les glaces, et les malheureux ont passé presque deux ans bloqués sur la banquise, dans des conditions atroces. Finalement, presque tous ont été sauvés. Une fois rapatrié en Angleterre, Augustus a directement été réincorporé à la Royal Navy : c'était la guerre, on avait besoin d'hommes. Il s'est battu. Assez courageusement, à ce qu'on raconte. L'expédition avait redoré son blason, son père l'avait autorisé à reprendre son nom au moment de son départ. Mais il s'est écrasé en 1921 dans un accident d'avion en tentant de traverser la Manche. Son appareil était peu sûr. Deux hommes sont morts par sa faute.

Voilà qui expliquait l'arrêt des versements.

— Pourquoi je n'ai rien trouvé dans les journaux de l'époque ?

— Si vous cherchez à « Augustus Venemont », vous trouverez... Il voulait devenir célèbre pour ses exploits polaires et faire briller le nom de sa famille : il y a réussi, même si la réhabilitation a été de courte durée.

— Pourquoi ?

— Je n'en sais rien. Apparemment, son père ne voulait plus le voir.

Barbara ignorait s'il avait continué à faire des affaires en France après la guerre. En revanche, elle m'a certifié que Minchinton – ou plutôt Venemont – n'avait aucun descendant connu. La maison de la rue de la Corbière était revenue à la sœur d'Augustus, et le jeu des mariages avait fait qu'elle était ensuite tombée dans l'escarcelle de la famille de Barbara, qui l'avait habitée un temps, avant de s'installer dans son manoir à tourelle.

— Où est-ce qu'il est enterré ?

— Nulle part. Mais il a sa pierre tombale au cimetière de l'île. Je pourrais vous accompagner, si vous avez un peu de temps.

J'ai décliné, prétextant l'horaire du bateau, et me suis dépêché de parler d'autre chose.

— Quel endroit extraordinaire, cette maison...

— Je ne m'en rends plus vraiment compte, avec le temps. Enfin si, parfois, quand je rentre de Londres ou de voyage. Ce sont les îles, avec leurs bons et leurs moins bons côtés... Et vous, où habitez-vous ?

— À Saint-Malo, dans la maison construite par mon arrière-grand-père.

— Et vous allez écrire son histoire, c'est cela ?

— Ce n'était pas mon projet...

Barbara a haussé les sourcils.

— Qu'allez-vous faire de vos découvertes, alors ?

— Je ne sais pas... Il faut que j'y réfléchisse.

Elle a souri.

— Ne réfléchissez pas trop longtemps, mon cher. Comme me disait souvent une vieille amie française, *l'occasion est chauve par-derrière.*

132

Beaucoup d'éléments m'avaient échappé quand j'avais lu les lettres d'Octave à Julia, quelques mois plus tôt. J'étais trop impatient, trop emporté par la curiosité. Mais à compter d'août 1914, année où s'interrompt le livre de raison et où Alexandre Dubuisson est expédié au front, elles sont à peu près tout ce que j'ai à me mettre sous la dent. Le changement de ton, à partir du moment où mon aïeul rejoint la garnison, me frappe, mais d'une autre manière que la première fois.

Il y a quelques mois, j'avais mis ce laconisme sur le compte de la censure. Savoir que chaque mot sera relu par un officier de l'état-major tempère les effusions. Mais j'ai été trop vite en besogne : en vérité, ce changement intervient plusieurs mois après que Octave a été mobilisé. Car les premières lettres envoyées depuis Brest demeurent affectueuses : l'armateur tente de rassurer sa femme sur la durée de son absence, évoque, avec des mots évasifs, les activités auxquelles on le destine (« un nouveau genre d'esquif »), comme si la vieille habitude de parler de son travail avec Julia perdurait. Il ne dit pas un mot de Minchinton.

C'est seulement à partir de la fin du mois de septembre que la froideur s'installe. Octave évoque une « forte surprise à l'énoncé de la nouvelle ». Suit un silence d'une quinzaine de jours. Les lettres suivantes sont lapidaires. Octave n'y parle que d'Ernest et d'Armand, transmet des consignes d'éducation. Les marques de sollicitude ont été remplacées par une politesse glacée.

Et, quelques semaines plus tard, il commence à interroger son notaire.

D'octobre à janvier, il ne manifeste aucun signe d'inquiétude pour sa femme, alors que la santé de Julia a toujours été pour lui une préoccupation taraudante. À la fin du mois de novembre transparaît un léger adoucissement, lorsqu'il lui demande si elle a « surmonté l'importante perte de sang ». Ce sont les seuls mots tant soit peu personnels qu'il lui adresse depuis des mois. Si l'hypothèse de Rebecca est la bonne, il sera, une fois la colère retombée, partagé entre le ressentiment et l'inquiétude. Ou alors, a-t-il espéré, non sans culpabilité, la fausse couche qui le débarrasserait de l'enfant ?

Mais le bébé est là, et bien là. Il naît le 5 mars, à terme. Le baptême, un mois plus tard, a lieu en l'absence d'Octave. L'armateur a excipé de l'impossibilité d'obtenir une permission. Je suppose qu'il s'est plutôt senti incapable de faire semblant devant sa femme, le prêtre, devant eux tous.

Connaîtrait-il l'identité du père ? S'ils en ont parlé par écrit, il y a fort à parier que mon aïeul a détruit les lettres, comme il s'est défait de la plupart de celles de Julia.

Une semaine après la naissance de Juste, Octave informe Julia qu'il a réitéré sa demande pour rejoindre un régiment embarqué. Néanmoins, l'arrivée de l'enfant complique la situation, déjà rendue incertaine par les séquelles de son opération : les chefs de famille éclopés ne sont ni utiles ni prioritaires sur un navire de guerre. Mais Octave insiste. Le message est clair : il ne veut plus voir sa femme, dût-il en mourir.

Les lettres qui suivent ne sont que des listes de directives et de consignes. Dubuisson est mobilisé – il est plus ou moins remplacé par Hélène Le Mélinaire, qui prend les rênes de la compagnie en l'absence des hommes –, le majordome est parti à la guerre, il faut aménager une chambre pour le bébé. « Sachez que Grivolat ne reviendra pas », écrit Octave, qui prie Julia de surseoir et d'installer « l'enfant » (il ne le nomme pas) où elle pourra en attendant.

Chacune des missives s'achève sur un « Que Dieu nous vienne en aide » qui en dit long sur le désarroi de celui qui les a signées.

133

Je n'ai pas cessé de remboîter en pensée les pièces du puzzle. Minchinton, dont la dépouille s'était abîmée au fond de la Manche sept ans après la disparition du député. Le corps enterré et sa chevalière. Je n'ai aucune certitude, bien sûr, sinon les éléments donnés par le médecin légiste au colonel Rozen. Mais tout me ramène désormais à Ambroise.

Depuis le début, je m'en suis tenu à la lettre, et c'est elle qui a été le pivot de mon raisonnement : si le député avait écrit, c'est qu'il était vivant. En fuite, mais vivant. Mais si je m'étais trompé sur la signification de ce courrier ? S'il avait été posté à titre posthume, pour brouiller les pistes, par la même main criminelle qui avait ôté la vie à son auteur ?

J'hésite à reprendre contact avec Pierre Rozen : mon ancien étudiant va finir par me prendre pour un illuminé. Finalement, je décroche le téléphone. À mon grand soulagement, le militaire ne me rit pas au nez, mais me conseille de parler directement à l'anthropologue judiciaire, le professeur Kämper. Deux jours plus tard, je m'entretiens en vidéoconférence avec cette femme à l'abondante chevelure frisée. Paul, qui s'est connecté pour me prêter main-forte, traduit du mieux qu'il peut mes explications alambiquées.

L'anthropologue m'écoute avec attention. Je lui parle de la blessure relevée sur le crâne du cadavre.

— Est-ce qu'elle serait compatible avec une trépanation ?

Paul peine sur le mot et je reformule en « opération chirurgicale ». Je vois le professeur Kämper ouvrir un dossier et poser son index sur une ligne. Elle parle assez longuement et Paul résume pour moi :

— Elle dit que de l'os avait repoussé sur cette partie-là du crâne. Donc l'homme a été blessé à cet endroit plusieurs mois ou plusieurs années avant de mourir.

Je demande des précisions sur la datation des os. Là encore, longue explication, où je reconnais le mot *Massenspektrometer*. Il en ressort que l'anthropologue a utilisé des techniques poussées, et qu'elle est formelle sur la fourchette : le dépôt du squelette ne peut être antérieur à 1900. J'interroge enfin le professeur Kämper pour savoir s'il existe une possibilité d'identifier un corps grâce à ses descendants.

— Absolument, traduit Paul. Si un membre de la famille peut fournir de l'ADN.

Elle pourrait procéder aux analyses, si j'accepte d'en prendre le coût à ma charge. J'acquiesce et me promets d'en parler à Rebecca à notre prochaine rencontre. Paul et moi restons en ligne quelques instants après le départ de l'anthropologue : mon fils semble impressionné par ma ténacité, et surpris que Rebecca, par son aïeul, soit réellement liée à l'histoire de notre famille.

En raccrochant, il m'apparaît que nous avons peut-être pris le problème à l'envers depuis le début. Et si c'était Minchinton qui avait tué Ambroise ? Lui qui l'avait enterré à Cézembre ? Et si cet événement avait un lien avec la fameuse soirée du 6 juin ? Les Kérambrun sont au courant, et les témoignages concordants – celui de Julia, de son mari, des domestiques – fournissent une version arrangée de la vérité. Le fait que l'Anglais reçoive de l'argent d'Octave en est une preuve supplémentaire. Augustus Minchinton est un personnage trouble qui n'hésiterait pas à monnayer son silence s'il disposait d'un levier de chantage. Le « on » auquel Julia ne doit jamais parler, ce pourrait être lui.

Ce que je ne comprends pas, c'est pourquoi Octave a payé et couvert son forfait, au lieu de le dénoncer. Mais quelles que soient ses raisons, le document que Rebecca et moi avons exhumé prouve sans aucun doute possible qu'il l'a fait.

134

Le mois d'août touche à sa fin. Dans le matin tiède, la masse liquide aimantée par la lune s'est déportée doucement vers la plage. Il n'existe pas une force au monde, à cette heure, qui puisse l'arrêter dans son déplacement. Des milliers de mètres cubes d'eau verte et grise qui lèchent les rochers, lèvent les bouées, noient les troncs de bois plantés perpendiculairement à la digue. Enroulée autour de leurs nœuds noirs, les submergeant aux trois quarts, la marée atteint le pied des escaliers, dont elle use chaque jour un peu plus la pierre et corrode les rampes de fer qui bavent à la verticale leurs algues et leur rouille, contre les entailles orangées de la peinture au minium. Son coefficient est faible, sa marche alentie, sa surface encalminée.

Le vrai combat se joue ailleurs, à l'abri des regards. Ce sont des déplacements profonds dans les entrailles de la plage, des cathédrales qui s'érigent et se défont à chaque seconde, des édifices mouvants et invisibles emmenés par les courants, avec leur scintillation secrète, qui s'écrasent à l'approche de la plage. La mer fait main basse sur des tonnes de cristaux, de coquillages, de fragments de roche, qu'elle usera jusqu'à les transformer en sable. Peut-être pourrait-on trouver, dans la composition millénaire de celui du Sillon, la signature archéologique des pierres équarries arrachées aux maisons englouties, aux vieux fermages, au monastère, aux couërons de la forêt fossile. Un peu de leur histoire oubliée, inscrite dans le chiffre minéralogique de cette poussière étoilée, granuleuse, fluide, cet état intermédiaire du rivage, entre le solide et le liquide, ce sable symbole des vacances qui dans quelques heures collera aux pieds, s'incrustera dans les casse-croûte, les serviettes et les sandales des baigneurs.

J'ai reçu l'enveloppe du professeur Kämper, avec le kit de prélèvement. Il n'y avait pas d'urgence, mais le prétexte était trop beau pour passer un message à Rebecca.

Je l'ai vue l'autre jour, avec sa fille, sur la plage. Je n'ai pas osé les déranger. Rebecca portait ses lunettes sombres et toutes deux marchaient bras dessus bras dessous. Sonja était grande et mince, comme elle. Vu de loin, ce n'était qu'une étreinte affectueuse entre mère et fille. Mais elle préfigurait, me suis-je dit brutalement, la vie d'une infirme qui aurait besoin qu'on la guide pour marcher. Faudrait-il à Rebecca, un jour, une canne ? Jusqu'à présent, j'étais dans le déni. Elle donnait si bien le change, d'ordinaire... Mais soudain, la gravité de la situation m'avait sauté au visage.

Elle m'a rappelé deux jours plus tard. Elle semblait amusée de me voir soulever un caillou après l'autre.

— Donc ce serait mon aïeul, qui serait enterré là-bas, cette fois ?

— Au point où nous en sommes, qu'est-ce qu'on risque à vérifier ?

J'ai proposé de lui donner le kit ADN quand elle reviendrait aux Couërons.

— Je vais plutôt passer le prendre avant de partir. Je dois rentrer à Paris avec Sonja.

Je la connaissais suffisamment, maintenant, pour détecter la préoccupation dans sa voix. Elle a fini par m'avouer qu'elle était convoquée pour de nouveaux examens médicaux. « Tes yeux ? — Non, rien de grave. Un contrôle de routine, pour l'autre truc. » Mais elle mentait mal et j'avais surtout l'impression qu'elle cherchait à me rassurer. J'aurais voulu pouvoir faire quelque chose, hélas, mon sentiment d'impuissance était total.

Je me suis demandé ce que mon père avait ressenti quand ma mère était tombée malade. Quelle souffrance la perspective de la perte avait creusée en lui. Plus le temps passait, moins j'avais l'impression d'avoir été si différent de Charles, opposant au chagrin, à tous les chagrins, des listes de mails, de cours, d'articles et de rapports, dans l'espoir d'endiguer le spectre effroyable de la disparition. Celle des êtres que j'aimais, la mienne. J'avais bâti mon bagne à moi, mon Biribi intérieur, dont les murs épais avaient le mérite d'amortir les échos du malheur. Voulu croire qu'on domestiquait ses démons comme on attache des chiens, que la force de l'esprit est assez puissante pour reconfigurer le cours des événements.

Quelle illusion.

C'est ici, aux Couërons, que j'avais appris à cesser de m'arc-bouter contre l'inéluctable. À *accepter*.

Dans cet exercice d'apaisement, la mer avait été ma préceptrice. Ma maîtresse ès patiences et humilité. Nul ne sait mieux qu'elle piéger sous sa surface, sans coup férir, ce qui l'encombre, expédier des trois-mâts, des chalutiers, des pétroliers par le fond, briser les ailerons des catamarans et happer les navigateurs et les explorateurs ivres d'orgueil ; mais aussi les marins dont elle est le gagne-pain, et les aimables plaisanciers qui ne font que s'y promener le dimanche. Pas de justice, pas de pitié : elle avale indistinctement tout ce que l'humanité lui tend dans sa folie de conquêtes, de guerres et d'accidents, des carcasses d'avions en feu et des nappes d'hydrocarbures, des épaves et des cadavres, des eaux lourdes et des bunkers, des déchets de plastique et des sous-marins en perdition.

Mais gare au jour où elle sera fatiguée qu'on la prenne pour une décharge publique. Gare à l'instant où le trop-plein d'ordures dont on emplit son ventre grondant depuis des milliers d'années resurgira. Dans un hoquet fabuleux, quand la marée haute le sera trop pour les villes côtières, quand l'eau ne s'attardera plus à discuter avec les digues, les dunes et les plages, elle régurgitera ses poisons, les laissant joncher les vestiges des villes qu'elle aura englouties.

Et se retirera, intacte, purifiée, avant le prochain revif.

135

Il crie à nouveau et un seul cri lui parvient en retour. Alberto. Dino n'a pas répondu. Est-il à la dérive, noyé ? Giuseppe a l'impression d'être une allumette balayée par les flots. Repousser le jus froid et salé, le recracher quand il rentre dans la bouche, le nez, de plus en plus souvent. Envie de vomir. Sans les flotteurs de liège, peut-être qu'il serait déjà au fond de cette eau écœurante, qui envoie ses vagues en biais et fait ruisseler sur ses épaules des gerbes d'écume collante.

Trente-huit, trente-neuf, quarante.

Le jour commence à se lever. Il voit un point noir qui bouge à sa droite. Un paquet d'algues ? Non, c'est la tête d'Alberto, qui crie son nom à lui, Giuseppe. Il lève le bras pour l'encourager. Les autres, les mangiacrauti, *ne tarderont pas à se rendre compte que trois soldats manquent à l'appel. Ils lanceront des bateaux à leurs trousses. S'ils les reprennent, ce sera la cour martiale.*

Mais ils ne les reprendront pas.

Soixante et un, soixante-deux, soixante-trois. Penser à Francesca, Francesca qu'il a tenue un soir, un seul, dans ses bras, quand la veille de son départ ils ont fait à l'ombre de la plage les gestes interdits, c'était doux et délicieux, sa peau sentait l'amande et le printemps, et ses seins, ses seins dont il voit encore l'éclat dans la nuit, ont ébloui ses yeux, ce sont eux d'ailleurs qui brillent au loin là-bas, liquides, enrobés d'une écume qui ruisselle sur son corps et... Une gorgée d'eau glacée pénètre dans le larynx de Giuseppe. Il tousse, il crache, il s'étouffe, se retourne pour reprendre de l'air, il se retourne encore. Où est-il, a-t-il perdu connaissance, a-t-il dérivé au large et va-t-il mourir dans l'eau froide qui ressemble si peu à la caresse de l'Adriatique ? Où sont les autres, noyés déjà, emportés comme lui ?

Avec l'impression de couler, il tend un bras épuisé, un, deux, trois, quatre, il faut continuer.

Et non, il ne rêve pas, c'est bien la ligne de la plage, plus claire dans le soleil levant, qui est en vue. Une silhouette gesticulante lui fait des signes de loin. Il reconnaît sa maigreur. C'est Dino, qui a atteint le rivage, Dino, merci mon Dieu, plus que quelques centaines de mètres et il y sera. Le voici galvanisé, malgré la douleur et le froid, lançant ce qui reste de force dans ses biceps, puisant au fond de ses poumons brûlants ses dernières réserves d'air, recracher l'eau qui pénètre par ses narines, ne pas s'étouffer, s'il tient bon, encore un petit peu, il peut s'en sortir, mais où est Alberto ?

Ne pas y penser, il faut qu'il vive, penser à la mère et aux petites sœurs, penser à Francesca, aux seins de Francesca, au corps de Francesca qui seront pour lui le lait et le miel de la Bible, dès que la saloperie de guerre sera terminée, quand le Führer des Allemands aura été écrasé par les bombes américaines, dès que lui, Giuseppe, aura posé le pied à Peschici, il s'agenouillera devant elle et demandera sa main, car quatre-vingt-dix-huit, quatre-vingt-dix-neuf, cent, avec l'aide de Dieu, c'est sûr, il reviendra.

136

Bientôt deux heures que je nage, et cette foutue île a l'air de reculer au fur et à mesure que je m'en approche. Malgré la présence de Xavier et le flotteur du bateau dans mon champ de vision, je me demande si j'arriverai jamais à finir cette traversée. Le courant me déporte et je lutte depuis une heure contre un début de houle. Je sens un raidissement dans mes muscles travaillés par la fatigue. Quant à l'eau, refroidie par la marée montante, elle est d'une drôle de couleur.

À deux reprises déjà, Xavier m'a fait signe. Il me devine en difficulté. Mais je refuse de renoncer. Quand Rebecca m'a écrit hier (« Examens complémentaires. J'attends les résultats »), je l'ai rappelée aussitôt. Elle faisait son possible pour dissimuler ses craintes, mais sa voix la trahissait. Un résultat sanguin anormal, une nouvelle détérioration de la vision. Je ne savais que dire ; au bout du compte, c'est presque elle qui m'a réconforté. J'ai réitéré ma proposition de la rejoindre, mais elle a refusé. Comme je lui disais que rien ne l'obligeait à affronter ces événements seule, elle a répondu :

— Détrompe-toi. Mieux vaut tirer les leçons de ce qu'on a vécu.
— Ta fille est au courant ?
— Surtout pas.

Avant de raccrocher, elle m'a demandé les coordonnées de mon avocat, pour son divorce. C'était la seule note d'espoir dans cette conversation, la seule qui renvoyait à un possible avenir.

J'étais en colère. Contre la maladie qui faisait peser cette hypothèque sur son existence, contre le sort qui s'acharnait sur elle. Ses yeux, qui m'avaient fait tomber sous leur charme à l'instant où ils avaient croisé les miens, n'étaient plus pour elle qu'une source de tourments. À la pointe de la Varde, le jour où nous étions rentrés à pied de la Guimorais, elle m'avait confié, devant ce paysage de carte postale, sa peur de plonger « dans la grande nuit ».

Pas maintenant, me répétais-je. Pas maintenant, alors que nous apprenons tout juste à nous connaître, pas maintenant, quand la vie pourrait bien nous offrir, à elle et à moi, une deuxième chance. La veille de son départ, alors que Rebecca buvait son porto sur le balcon, j'avais observé sa nuque. J'étais tenaillé par l'envie de la prendre dans mes bras. Sa silhouette qui se détachait sur la déclinaison des verts de la marée montante me donnait l'impression qu'elle avait toujours été là, dans ma vie, dans mes pensées.

Comme si elle avait senti le poids de mon regard, Rebecca s'était retournée vers moi. Son corps, son visage disaient le bonheur d'admirer la mer, de savourer le porto et le vent doux qui soufflait sur le Sillon. Et moi, je voulais qu'elle continue à voir. Qu'elle puisse contempler ce rivage pendant des décennies si elle le souhaitait, le parcourir inlassablement, glisser sur la mer les jours de grand vent avec sa voile, y nager sans crainte ; qu'elle puisse enseigner le plaisir de la mer à ses futurs petits-enfants comme ma mère l'avait fait avec Guillaume et moi et comme j'espérais le faire à mon tour avec les enfants de Paul.

Alors, comme les pèlerins ou les superstitieux, j'avais fait un vœu. Je nagerais jusqu'à Cézembre. Si j'y parvenais, elle guérirait. Xavier, à qui je n'avais évidemment rien dit du but secret de mon expédition, avait accepté de m'accompagner. C'était un jour venteux, avec un avis de jolie brise qui n'allait pas me faciliter les choses. Mais une promesse, même faite à soi – surtout faite à soi –, est une promesse.

Une fois sur la plage, j'avais pris mon temps pour assujettir mes palmes, arrimer ma bouée. Je ne voulais rien laisser au hasard. Il ne s'agissait que de quatre kilomètres de nage en eau libre, un jour d'été, en compagnie d'un ami prêt à me repêcher au moindre problème, mais j'avais l'impression d'y jouer ma vie.

Je suis entré dans l'eau. Une fois que mon corps a pris la mesure de sa vigueur et de sa température, que mes bras et mes jambes sont entrés en action, j'ai laissé les images défiler dans ma tête. Je pensais à tout et à rien. Les prisonniers et les soldats, les contrebandiers et les assassins, le passé et le présent, l'ombre et la lumière, la colère et le pardon. Ceux qui avaient réussi à s'échapper de l'île et ceux qu'elle avait dévorés. Les visages, ceux des morts et ceux des vivants, Marie-Laurence et Rebecca, Guillaume, Charles debout sur le pont du voilier, ma mère et sa brasse lente, Octave et

Julia. Je nageais sans réfléchir, comme les naufragés de la *Marie-Suzanne* tendus vers le rocher qu'ils cherchaient à atteindre.

Plus j'avançais, plus la mer me malmenait. Mais rien n'aurait pu me faire reculer. J'étais habité par le désir de renverser le sort. Me battre, pour une fois, ne pas laisser l'angoisse et la résignation étouffer les possibles. Et tout prenait sens, mon installation, ces mois passés à m'entraîner par n'importe quel temps, dans la solitude et le froid. Les centaines de kilomètres cumulés que j'avais parcourus le long de la baie, sans que je le sache, avaient été un moyen d'aller vers elle.

L'acide lactique incendiait maintenant mes bras et mes jambes. Mais j'irais jusqu'au bout. Je pensais à mon frère, j'étais traversé d'images lumineuses, déchirantes, les longs bras de Guillaume qui se levaient en cadence et son corps doré qui filait au creux des flots, à croire que la mer et lui ne faisaient plus qu'un. « N'aie pas peur, petit frère, l'eau te porte. » J'avais l'impression que je nageais aussi pour le rejoindre, qu'au bout de la route il me serait donné de le retrouver, enfin.

Ce matin-là, l'eau ne cherchait pas à me noyer, comme elle l'avait fait à Chausey. Elle me mettait à l'épreuve, me laissant une chance de la vaincre.

Enfin, la lisière du sable, imperceptiblement, a commencé à pivoter. Les taches sombres des rochers sont devenues plus nettes, les rangées de tamaris moins petites. Malgré mon épuisement j'étais désormais une bête, une brute, une machine que rien ni personne ne pourrait empêcher d'atteindre la langue de sable qui me narguait depuis des heures.

J'ai parcouru les deux cents derniers mètres à

bout de souffle, dopé par l'adrénaline. Au courage, comme on disait en sport. Mon cœur cognait tel un tambour. Et c'est en rampant plutôt qu'en marchant que je suis sorti de l'eau. Mais quand je me suis remis debout et que j'ai senti le bout de ma palme heurter le sable, j'ai eu envie de crier de soulagement. Quelques mètres plus loin, je me suis affalé, les bras en croix. Dans le ciel d'un gris de plomb, les stratus accumulés n'allaient pas tarder à libérer l'averse. Les premières gouttes sont venues frapper mon visage. Je n'avais plus la force de me relever. Mais j'avais réussi. J'avais traversé la mer et rejoint l'île, au prix d'un effort insensé dont je mettrais des jours à me remettre, mais qu'importait. Katell de Sainte-Croix était venue ici prier saint Brendan pour avoir un enfant, et elle avait été exaucée. Mon vœu à moi concernait Rebecca. Mais il fallait que Cézembre m'exauce, moi aussi.

137

Sa main a frôlé la mienne quand je lui ai tendu son verre. Elle était rentrée la veille et était venue nager avec moi. Elle fumait maintenant une cigarette au balcon du premier. Les Couërons lui allaient bien : j'avais de plus en plus l'impression qu'elle avait toujours vécu ici.

Elle m'a confirmé que ses examens complémentaires avaient écarté le spectre de la récidive. J'avais ouvert une bouteille de champagne quand elle me l'avait annoncé. Ses yeux, en revanche, n'allaient pas bien. Elle ignorait si elle pourrait échapper à l'intervention, avec ses chances de succès plus qu'incertaines. En attendant, elle continuait à s'enfoncer dans le brouillard.

Elle avait refusé qu'on en parle plus avant.

Elle était encore à Paris quand j'avais reçu le courrier du professeur Kämper. J'avais attendu que Rebecca soit avec moi pour l'ouvrir. Les résultats du test ADN étaient positifs. C'était bien Ambroise de Sainte-Croix dont le squelette avait été retrouvé à Cézembre. Et il y avait de fortes chances, compte tenu du calendrier, de l'engagement d'Augustus Minchinton pour son expédition lointaine, et de son vraisemblable chantage, que le Jersiais, d'une manière ou d'une autre, ait trempé dans ce meurtre.

J'avais réussi. Réussi à redonner un nom et un visage à des ossements retrouvés par hasard au plus secret d'une île laminée par la guerre. Réussi à ressusciter un homme qu'on avait pris pour un traître, un fuyard, un vendu, alors qu'il n'était qu'une victime. J'aurais dû me sentir heureux à l'idée d'avoir travaillé à rétablir la vérité, fier d'avoir réussi, à force de persévérance, à la faire éclater aussi longtemps après les faits. L'armée allait pouvoir classer le dossier, Per Kérézéon écrirait des articles savants et Ambroise recevrait les honneurs posthumes de *Ouest-France*, en attendant le téléfilm qui parachèverait sa réhabilitation.

Mais j'avais plutôt l'impression d'être un enfant turbulent, une petite brute qui a troublé l'eau pure d'une flaque en jetant un caillou dans la vase. Je me demandais si je n'aurais pas dû laisser l'eau dormir ; si je ne préférais pas la version avec laquelle j'avais grandi, celle d'un patriarche dont je ne connaissais que deux portraits accrochés sur un mur et la réputation de grand capitaine d'industrie.

Pendant le séjour de Rebecca à Paris, j'avais eu le temps de spéculer sur l'identité du père de Juste, passant en revue les hommes de l'entourage de Julia. D'emblée, j'avais éliminé Sainte-Croix : la répulsion que l'épouse d'Octave avait pour lui l'écartait *de facto* de la liste. Une jeune femme aussi délicate, aussi mystique, aurait de toute façon difficilement pu s'accommoder d'un coureur de jupons dont elle avait maintes fois pu observer les agissements. Après réflexion, j'avais également écarté Minchinton : il était obsédé par son bateau, et séduire sous son nez la femme de l'homme à qui il voulait extorquer le prix de sa chimère revenait à prendre un risque stupide. De plus, il habitait Jersey. Quant au préfet, toujours en quête de nouvelles d'elle, il aurait fait un amant plausible. Mais, dans ce cas, aurait-il invité aussi souvent Julia en vacances à Hossegor, sous le même toit que sa femme et ses enfants ?

Selon moi, les deux meilleurs candidats étaient Alexandre Dubuisson, le bras droit, et Frédéric Grivolat, qui avait construit la maison. Je penchais pour l'architecte. Les travaux et les aménagements fournissaient des prétextes tout trouvés pour s'entretenir avec Julia, y compris en l'absence d'Octave : rien n'était plus facile que de s'isoler dans une chambre, au dernier étage, loin des domestiques, sous couleur de choisir un parquet ou de discuter de la destination d'une pièce. J'étais certain que c'était lui, le partenaire de tennis, sur la photo. Et j'avais buté sur une phrase, dans une des dernières lettres d'Octave : « Sachez que Grivolat ne reviendra pas... » J'avais d'abord pensé qu'il s'agissait d'un euphémisme, une façon feutrée d'annoncer que l'architecte était mort à la guerre. Puis je m'étais demandé s'il ne fallait pas y voir autre chose : l'interdiction pour l'amant, père du futur bébé, de remettre jamais les pieds aux Couërons.

Rebecca m'a écouté, songeuse.

— À Paris, j'y ai pensé, moi aussi. Tu te rappelles, la lettre à ma grand-mère ? On se demandait pourquoi l'enveloppe était d'une autre écriture...

Elle a poursuivi :

— Imagine un instant qu'elle n'ait pas été pour Katell, cette lettre. Tu as remarqué qu'il n'y a pas de date ? Et Sainte-Croix n'utilise jamais le prénom de sa femme.

— Pour qui alors ?

— Tu me dis que Ambroise était un coureur de jupons... Il avait peut-être une maîtresse. Une femme dont il était vraiment tombé amoureux.

— Et il aurait pris l'argent pour s'enfuir avec elle ? Puis aurait rompu à la dernière minute ?

— Katell dit à Octave qu'elle lui a appris qu'il allait être père juste avant sa disparition. Qu'elle ne comprend pas qu'il soit parti dans ces conditions. S'il avait prévu de s'enfuir avec une autre, l'annonce de la grossesse a pu être suffisante pour le faire changer d'avis...

— Admettons. Donc il écrit sa lettre de rupture. Et il en fait quoi ? Et l'envoi depuis Halifax ? Ce n'est pas Ambroise qui l'a expédiée, ça, au moins, on en est sûr, maintenant. Qui avait intérêt à faire croire qu'il était encore en vie ?

— Je ne sais pas. Peut-être que sa maîtresse était impliquée dans sa mort et qu'elle s'est enfuie là-bas. Ou alors, elle a donné la lettre à quelqu'un pour détourner les soupçons. Avec les navettes de ton grand-père, ça devait être facile de trouver des bateaux qui partaient au Canada depuis Southampton.

— Ça aurait pu être Minchinton, le quelqu'un.

Rebecca rejette une bouffée de fumée. Elle réfléchit à voix haute :

— Mais ça ne nous dit pas qui lui aurait donné la lettre.

— Peut-être qu'il connaissait la maîtresse, lui aussi. Ou qu'il en était amoureux. Sainte-Croix et lui se sont battus pour la même femme et ça a mal tourné.

On en revenait à une des pistes initiales. *Cherchez la femme.*

— Donc une femme que tous les deux connaissaient, dont ils étaient proches, qu'ils pouvaient voir facilement... Quelqu'un du coin, forcément. Hélène Le Mélinaire ?

— Tu n'as jamais pensé que ça aurait pu être Julia ? demande Rebecca.

J'ai ouvert des yeux ronds.

— Elle et Sainte-Croix ? Ça n'a pas de sens !

— C'est toi qui me disais qu'elle avait un amant.

— D'accord, mais pas lui... Et puis comment est-ce qu'ils auraient fait pour se cacher, avec Octave à proximité ? Et Katell qui passait sa vie aux Couërons ?

Soudain, j'ai repensé à Marie-Laurence et Pablo. Bien sûr qu'ils y seraient arrivés. Octave était souvent absent. Et il n'y a pas plus aveugle que celui qui ne veut pas voir. Cela dit, je demeurais dubitatif sur l'identité du prétendant. Imaginer la femme belle, pâle, élégante et sensible, amoureuse du don Juan de la Côte d'Émeraude, cet avocat hâbleur et trousseur de domestiques, ne paraissait pas très plausible. Sans parler d'autres éléments, plus factuels, ceux-là.

— D'après les lettres d'Octave, elle a du mal à supporter Ambroise. Elle l'évite autant qu'elle peut.

Rebecca rétorque :

— Elle a pu faire semblant, pour donner le change.

— Ne bouge pas...

Je monte dans le bureau et farfouille dans la pile de photos. Je retrouve celle que j'avais en tête, où l'on voit Julia poser à côté d'Ambroise tout en l'ignorant. Lorsque je rejoins Rebecca, la nuit achève de tomber et j'allume l'ampoule du balcon. Par réflexe, elle met sa main devant les yeux.

— Excuse-moi.

Sous la lumière électrique, Julia paraît encore plus blafarde, encore plus absente.

— Regarde-les. Tu trouves qu'ils ont l'air amoureux ?

— Non. Mais elle a peut-être changé d'avis à son sujet. Ce sont des choses qui arrivent. Regarde, moi avec toi par exemple...

Devant mon air interdit, elle se met à rire.

— Je plaisante, Yann.

Ah non. Cette fois, elle ne s'en tirera pas comme ça.

— Tiens donc, tu as changé d'avis à mon sujet ?

Elle se tenait près de moi. Trop. J'ai fait un pas dans sa direction. Dans la nuit qui se chargeait de senteurs d'iode et de varech, je pouvais sentir les effluves de lavande de son parfum. Voir la blancheur de son cou qui émergeait de l'échancrure de son chemisier de lin, si fin qu'il laissait voir la bretelle du soutien-gorge. Je luttais pour ne pas poser mes mains sur ses épaules.

Son regard a croisé le mien. Il n'était qu'une immense interrogation. Il y avait une beauté magnifique dans cet instant suspendu. Quand elle a posé sa main sur ma poitrine, j'ai cru qu'elle allait me repousser. Mais elle a laissé sa paume contre l'étoffe de ma chemise. Un paysage entier se dessinait dans ses yeux assombris par la nuit.

Aussi inexorable que la mer, le désir montait.

Enfin, elle a retiré sa main, secoué la tête.

— Ce n'est pas une bonne idée.

J'ai pensé qu'elle allait reculer, partir. N'avait-elle

pas rompu notre pacte, cette ligne de crête fragile sur laquelle nous dansions depuis des semaines ? C'est pourquoi je n'ai pas compris ce qui se passait quand elle m'a enlacé. Puis qu'elle a attiré mon visage vers le sien.

Elle m'a donné ce soir-là le baiser le plus fervent que j'aie jamais reçu. C'était le contraire d'une capitulation, le geste d'une femme vivante et désireuse de le faire savoir, à ses propres yeux autant qu'aux miens. Quand nos visages se sont séparés, elle s'est doucement détachée de moi, a poussé un soupir. Puis elle m'a serré dans ses bras une dernière fois et a quitté la maison sans un mot.

J'ai entendu la porte du bas se fermer et vu sa silhouette s'éloigner sur la digue. Si elle n'avait laissé son parfum sur ma peau, j'aurais pu croire que cet instant n'avait jamais existé.

138

Elle n'est pas revenue. Elle a dû penser que j'exigerais d'elle plus qu'elle ne voulait me donner.

Elle regrettait son geste, et son silence en était la preuve.

Depuis son départ, je passe par des montagnes russes : tantôt exalté, tantôt abattu. Je n'arrive pas à lui en vouloir d'avoir bouleversé les règles qu'elle avait elle-même édictées.

Mais ces quelques minutes sur le balcon tournaient en boucle dans ma tête. Ce n'était qu'un baiser, certes. Mais compte tenu de ce que je savais d'elle, et de moi, il nous avait *engagés*.

J'ai beaucoup marché, cette semaine-là, arpentant le chemin côtier, prenant mentalement les photos que je ferais quand les derniers touristes seraient partis. Beaucoup nagé aussi. Pensé à elle, à son hypothèse à propos d'Ambroise et de Julia, qui avait tout déclenché.

Et à ses implications.

J'avais déjà acquis la quasi-certitude que Juste n'était pas le fils d'Octave. Les signes s'accumulaient : cette haute taille, que nous traînons comme une tare chez les Kérambrun – or mon aïeul, les photos le révèlent, ne dépassait pas le mètre soixante-cinq –, nos cheveux châtains bouclés, quand l'armateur avait le poil sombre et lisse et Julia une chevelure noire comme l'ébène. Je me suis également rappelé un détail, un tout petit détail, rapporté par Rebecca, lorsque nous avions fait connaissance, au salon de thé. Sa tante Marthe était tombée amoureuse de son « cousin », et on l'avait éloignée pour cette raison.

Or si le cousin n'avait pas été son cousin, mais son demi-frère ? Octave n'aurait eu alors d'autre choix que de les séparer.

Le dernier indice qui avait fait pencher la balance était la comparaison des écritures. Difficile de se faire un avis à partir de trois mots griffonnés, mais la graphie des billets pliés est en tout point compatible avec celle de la lettre. En particulier celle du *T* de *Tibi*, large et gras, comme si on avait appuyé fort sur la plume.

Si Rebecca avait raison, cela faisait de moi, biologiquement parlant, le descendant du député.

Je ne suis pas un apôtre des liens du sang. Ils sont l'alibi de trop de drames. Et, arrière-petit-fils légitime ou pas, je m'étais pris d'affection pour l'armateur. Ce capitaine d'industrie qui se refusait à bâtir sa compagnie sur le malheur des uns et l'exploitation des autres. Cet homme dirigiste et épuisant, mais capable de bonté et d'une infinie tendresse pour les siens. Bien que connaissant la manière dont il avait traité son dernier fils, je comprenais mieux aujourd'hui de quelle blessure était née l'injustice. Et j'avais fini par me sentir fier de porter un nom qui avait apporté prospérité et dynamisme à cette ville dont j'étais tombé fou amoureux, moi aussi.

Le problème serait plutôt que je n'ai pas, mais alors pas du tout, envie de reconsidérer les causes de la mort d'Ambroise. Car cela m'oblige, inéluctablement, à interroger l'identité de son assassin.

Depuis le début, nous nous étions demandé quel était le mobile de ce meurtre, comme aurait dit Xavier. Nous en avions trouvé d'obscurs à Ambroise quand nous le pensions coupable. Puis de plus ou moins plausibles à Augustus Minchinton quand nos certitudes sur l'identité du mort s'étaient renversées. Mais il y en avait un autre, tellement plus évident, à supposer que Rebecca ait vu juste. Si Octave avait découvert la liaison ? La négligence d'un domestique aurait suffi ; ou alors, des soupçons et une fouille dans le boudoir de Julia, s'il avait des doutes.

Il trouve les billets doux, reconnaît l'écriture de son associé.

Il est furieux, blessé, ulcéré.

Il réclame des explications. Et c'est pour cette raison, non pour parler affaires, qu'il fixe un rendez-vous à Ambroise, chez lui, quelques heures avant le dîner programmé avec l'Anglais. Il veut vider la querelle. Dans son bureau, il a rangé le revolver qu'il a acheté l'année précédente, quand il recevait des lettres de menace.

Sainte-Croix vient aux Couërons, les deux hommes se disputent, le coup part par accident – je ne peux imaginer Octave assassinant un homme de sang-froid. À partir de là, la logique aurait voulu qu'il se dénonçât. Mon aïeul était à tu et à toi avec le préfet de police et il serait certainement parvenu à faire reconnaître le caractère accidentel de l'événement. Mais il en a été retenu. Peut-être par la crainte du scandale, du déshonneur pour sa famille, de la vertigineuse chute sociale qu'elle aurait impliquée. Ou à cause de l'amour qu'il avait pour ses deux fils et de sa peur de les laisser seuls avec une mère malade qui, elle, les regarde à peine et préfère les bains glacés dans la Manche à leur compagnie.

Alors l'armateur pense à Cézembre, Cézembre qui vient d'être désertée par la garnison et dont il connaît les moindres recoins. L'état de son dos ne lui permettant pas de transporter un cadavre, il fait appel à des complices : un de ses marins, Dubuisson ? Ceux-ci chargent le corps de nuit dans un doris à moteur, le transportent, l'enterrent. Mais Minchinton, qui arrive trop tôt, surprend la scène. Ou pire encore : il propose son aide. Après tout, cet homme qui trafiquait à tout-va n'a jamais eu l'air étouffé par les scrupules. L'événement sordide dont il est le témoin malencontreux lui offre sur un plateau des armes pour faire chanter l'armateur et lui extorquer enfin l'argent nécessaire à financer son fameux bateau polaire.

Ensuite, Octave détruit les livres de raison de 1914, les lettres d'Ambroise et celles de Minchinton, pour anéantir les preuves. Sous le coup de la colère, il brûle aussi celles de Julia, en oubliant quelques-unes, celles du temps des fiançailles, qu'il laisse dans la chemise où il conservait les siennes.

Si j'admets l'idée que Octave a tué Ambroise, je ne peux l'imaginer autrement que dévoré par le remords. *Tu ne tueras point*… Or quel pire péché que de prendre une vie ? Peu importent les raisons qui l'ont poussé à cacher son crime, avec le temps, la culpabilité creuse son sillon et le ronge comme un acide. Mais sa religion lui interdit le suicide.

Ne lui reste alors qu'à partir à la guerre, s'exposer à la mort en espérant qu'elle voudra bien de lui. Pourquoi, sinon, un officier de réserve, père de trois enfants aussi petits, qui se relève d'une grave opération chirurgicale, aurait-il à deux reprises insisté pour embarquer sur un navire de guerre, alors que d'autres faisaient des pieds et des mains pour y échapper ?

Les compétences d'Octave, jugées trop précieuses pour que l'armée française accepte de les sacrifier, l'avaient au bout du compte protégé contre lui-même.

Et Katell ? Comment a-t-il pu, lui qui l'aimait tant, affronter son regard, la première fois qu'il l'a revue après le meurtre ? Où a-t-il trouvé la force de lui mentir, de lui jouer cette abjecte comédie, feignant de rechercher son mari alors qu'il l'avait tué et qu'il pouvait contempler l'île qui lui servait de tombeau tous les jours depuis la fenêtre de son bureau ? Et la lettre ? Quel machiavélisme avait-il fallu pour la soustraire à Julia et la faire envoyer de si loin, sachant les ravages qu'elle allait causer ? L'armateur ne pouvait pas ignorer que l'incertitude et les faux espoirs seraient pour son amie un poison plus destructeur encore que le deuil.

Je découvre soudain un autre Octave, comme si tout homme, même le plus probe, hébergeait en lui une noirceur insoupçonnée. Dans ces conditions, son empressement à organiser la visite de l'avoué, les dispositions financières, son incroyable générosité, et enfin la tentative d'adoption des petites après la mort de leur mère, prennent un tout autre sens. Il essaye de se *racheter* comme il le peut, par tous les moyens, sans trahir son funeste secret.

La seule chose qu'il n'a pas su pardonner, c'est la naissance de Juste, le petit garçon, bouc émissaire de la tragédie. Octave aurait pourtant dû l'aimer, cet enfant. Le soigner et le protéger : ne serait-ce que pour expier la faute d'avoir tué son père.

139

À travers la constellation d'éclaboussures de sel qui plonge l'horizon dans le brouillard, il pense aux terre-neuvas, aux marins qui franchissent chaque année les rugissants et les hurlants. À ce fou qui ne rêve que de se jeter de son plein gré dans cet enfer. Aux survivants des équipées atlantiques, qui au retour, quand ils sortent ivres des tavernes près de la porte Saint-Vincent, beuglent en riant que la Manche est un lac.

Il pense aux hommes en mer, dont la vie dépend de la solidité des navires qu'il a conçus et armés. Il pense à ces trois bagnards évadés à la nage, à la peur que ces forçats avaient dû avoir, livrés aux courants et à l'étreinte glacée des vagues, au nombre de fois où ils ont dû penser mourir avant d'atteindre le rivage.

Il pense aux épaves aux noms oubliés, aux corps qui gisent par le fond, prisonniers des planches ou d'une caisse de bois lestée de plomb et de cailloux. Il pense aux morts de la Marie-Suzanne.

Que Dieu lui vienne en aide.

Certains jours, comme celui-ci, la mer a l'air tellement excédée de rencontrer la digue au terme de sa course, tellement décidée à l'outrepasser, qu'il se dit que le pacte millénaire passé entre la côte et ses habitants va se briser. Que la Manche se jettera, une fois pour toutes, trop fort, trop haut, atteindra des cimes dont aucune mémoire d'homme ne se souvient. Elle recouvrira la digue, le faîte des toits, les villas, elle noiera Paramé, Rocabey, Saint-Servan et la cité d'Alet. Elle submergera Cézembre, le souvenir de ses couvents, de ses bagnes, ses lapins et ses moutons, ses soldats et ses abbés.

La silhouette de l'île, cette double colline qui orne le flanc de chaque navire Kérambrun, le papier à en-tête de la compagnie et l'horizon sur le Sillon, disparaîtra pour toujours, ainsi que la flotte, le port, la digue. Ce sera la fin des Couërons, la fin des Kérambrun aussi, quand la main de la mer se refermera sur ce pan de la Côte d'Émeraude, la noiera au large, comme elle a fait sombrer la vieille forêt de Querckelonde. Ne restera qu'une Atlantide peuplant l'imaginaire des hommes du prochain millénaire, eux qui devront se contenter du beau et doux nom de Cézembre pour la rêver.

Ce jour-là, la mer ne fera pas de distinction entre les riches et les pauvres, les malfrats et les honnêtes gens, les enfants et les vieillards, les veuves des marins et les femmes des armateurs, les criminels et les gens de bien, les coupables et les innocents. Elle prendra ce qu'il y a à prendre. Et le raz-de-marée, monstre au dos velu couronné d'algues, effacera de sa vague la somme de ce qui a tissé leurs existences.

La mer prélèvera autant de vies qu'il lui plaira d'en emporter.

De ces vies qu'on donne et qu'on prend, auxquelles certains s'accrochent tandis que d'autres songent à les quitter.

De ces vies qu'on vole un soir de colère et de péché.
Octave regarde la mer, ce tombeau de ses espérances.
Que Dieu lui vienne en aide.

140

« *Cézembre, demain, ça te dirait ? Avec la navette et plein de touristes japonais ?* »

Trois bulles clignotent sur l'écran de mon téléphone.

« *D'accord.* »

Pour la première fois depuis une semaine, j'ai l'impression que l'air pénètre correctement dans mes poumons. J'ai vraiment eu peur qu'elle ne veuille plus me revoir.

À la cale de Dinan, je l'ai retrouvée, immobile et en avance, en train de fumer une cigarette. Son regard était masqué par ses lunettes noires, qu'elle n'a pas retirées quand elle s'est avancée vers moi. Je brûlais d'envie de la prendre dans mes bras. Nous sommes montés les derniers dans le bateau-taxi envahi par un groupe d'Allemands cacochymes. L'exiguïté du banc de bois obligeait ma compagne de voyage à se serrer contre moi : je pouvais sentir la chaleur de sa cuisse contre la mienne.

Trois tentatives d'accostage ont été nécessaires avant que le pilote parvienne à amarrer le bateau à la cale. Les remous secouaient la coque comme ils l'auraient fait d'un fétu de paille. Rebecca et moi avons aidé nos compagnons de traversée, dont l'équilibre vacillait à chaque mouvement du roulis, à se hisser sur le ponton. Je l'ai ensuite entraînée sur le sentier qui menait au flanc est. Devant les premiers restes de bunker, elle a désigné le groupe d'Allemands en contrebas.

— Ils viennent contempler leur propre architecture.

Je ne lui connaissais pas cet humour pince-sans-rire. Une fois que nous sommes arrivés en haut, près des encuvements qui hébergeaient les restes des canons, elle a regardé au large. Le silence s'installait, rempli par le vent qui sifflait à nos oreilles.

— Yann, je suis désolée pour l'autre soir... Tu dois vraiment me prendre pour une girouette...

J'ai passé ma main par-dessus son épaule.

— Ne t'inquiète pas.

Elle s'est dégagée avec douceur.

— Excuse-moi. Tout est trop... confus en ce moment.

Nous avons repris notre marche. Elle s'arrêtait tous les trois mètres pour détailler les espèces végétales et me demandait de lire pour elle les cartels à voix haute. De mon point de vue, ce n'était qu'un mélange de graminées ; mais elle connaissait chaque espèce par son nom.

— Tu vois cette plante, là ? Celle avec les feuilles dentelées et la fleur jaune ?

— C'est joli. Qu'est-ce que c'est ?

— De la jusquiame noire. Si cette île était vraiment le champ de ruines qu'on dit et que le napalm était passé par là, alors ce qu'on a sous les yeux est un miracle.

Nous étions arrivés en haut du promontoire,

non loin de l'entrée d'un des bunkers. Au loin, la mer écumait ses bleus et ses verts, ponctuée par le cri des mouettes, tandis qu'à nos pieds, l'île déroulait un tapis d'herbe moussue. Des lichens, dont Rebecca connaissait certainement le nom latin et la structure moléculaire, traçaient des coulées jaunes sur les rochers. L'odeur des tamaris flottait dans l'air. Difficile d'imaginer que soixante-quinze ans plus tôt, des combats avaient fait rage ici.

C'est à cet instant que j'ai compris que je ne pourrais pas cesser de l'aimer. Tout me séduisait en elle. Sa façon de communier avec moi, en silence, dans la paix de Cézembre. De ne jamais poser de question, de ne rien exiger ni rien attendre. Elle était arrivée dans ma vie au moment précis où j'en avais besoin. Les choses sont parfois d'une dangereuse simplicité.

En contrebas, les vieux Allemands cheminaient à pas comptés, brandissaient leur téléphone comme une boussole, obnubilés qu'ils étaient par l'idée de prendre des photos.

Arrivés devant le bunker où avait été trouvé le corps, j'ai dit :

— C'est ici...

Rebecca est restée silencieuse un moment.

— Dire que mon arrière-grand-mère est morte de chagrin, à penser qu'il menait la belle vie au Canada. Et lui était là, tout près d'elle.

Je lui ai exposé mes soupçons, à propos d'Octave.

— En somme, tu es en train de m'expliquer que ton arrière-grand-père aurait assassiné le mien.

— Octave aurait plutôt assassiné notre arrière-grand-père à tous les deux, si on suit le raisonnement jusqu'au bout.

— Tu le crois vraiment ?

— Si la lettre de Sainte-Croix était adressée à Julia et qu'il avait prévu de s'enfuir avec elle, oui. C'est le mari trompé qui avait le meilleur mobile.

— Ça a l'air de te peiner.

— Un peu. Octave a traité son dernier fils, Juste, comme un moins que rien. Sa famille s'est désagrégée, sa femme est morte un an après. Et Katell aussi, de chagrin, si ça se trouve. S'il n'avait pas tué Ambroise, ta grand-mère ne se serait pas retrouvée mariée à dix-huit ans avec un homme qu'elle n'aimait pas.

Rebecca a relevé ses lunettes sur son front. Son œil avait cicatrisé et elle avait remis ses lentilles de contact. Il y avait toujours dans ses iris la mer, mais ici, le pan de forêt présent dans son regard se chargeait des nuances de l'herbe et du sable, comme s'il avait bu les couleurs de l'île.

— Yann, tout ça, ce sont leurs drames, leurs passions. Et puis tu sais, à un mois de la Première Guerre mondiale, rien ne dit que leurs vies auraient été meilleures si ton arrière-grand-père n'avait pas tiré... Le malheur serait arrivé par une autre porte, voilà tout.

Je continuais à penser à Juste, à Charles, au père qu'il avait été. Je ne pouvais admettre que le temps absolve les crimes avec une telle facilité. Le passé nous suit, il nous modèle, nous torture ou nous exhausse ; mais jamais on ne peut en faire abstraction, un autre enseignement de mon métier. Rebecca m'a souri.

— Tu aimerais que tout ait un sens, une logique, n'est-ce pas ? Mais ça, ce sont les histoires qu'on se raconte à soi-même. La vérité, c'est qu'il n'y a pas de cohérence, pas de justice. Le monde vacille à chaque seconde sous nos pieds, et on essaye de garder l'équilibre. Ce n'est déjà pas si mal quand on y arrive.

141

Compte tenu du vent qui se levait, rentrer par la prochaine navette semblait le plus sage. En attendant, Rebecca et moi sommes remontés près du bunker et j'ai commenté pour elle les photographies des panneaux historiques. Je commençais à en connaître le contenu par cœur.

Observant les dates, j'ai songé que ma mère avait un an et demi quand le bombardement apocalyptique avait eu lieu. S'était-elle réveillée en hurlant à cause du bruit de tonnerre des avions américains survolant la plage ? Elle n'avait jamais eu l'occasion de voir l'île comme nous la voyons aujourd'hui. Ou alors y avait-elle fait, comme moi, des expéditions clandestines avec ses amis, en barque, le soir ? Rebecca, silencieuse depuis un moment, fixait l'horizon derrière ses lunettes de soleil.

— Tu as eu de la chance de grandir ici.
— C'est surtout ma mère qui a grandi ici. Sa famille habitait Dinard. Elle aurait adoré faire cette promenade.
— Ça fait longtemps qu'elle est morte ?
— Neuf ans, bientôt dix.

— Elle n'était pas si âgée, alors ?
— Soixante-neuf ans. Une leucémie.

Des images m'ont traversé. Celles que j'essaye de ne jamais convoquer, celles que j'ai tenues à distance tant bien que mal. Mais, à cet instant, elles étaient remontées comme une boule d'acide.

Avec les années, j'avais cru que j'arriverais à domestiquer le souvenir de ce que j'avais fait. En le cadenassant au fond de moi, en l'enfouissant sous des épaisseurs de silence. Pourtant, je n'ai rien oublié. Ni les supplications ardentes, ni ces yeux brûlants dans le visage émacié, après des semaines à nous demander la même chose, inlassablement. Ni l'expression de Catherine, ma tante, sa main qui, la dernière nuit, n'avait pas tremblé, le clic de son index contre la seringue, l'interminable caresse sur le bras de sa sœur dans le pli du coude où s'enfonçait l'aiguille de la perfusion, la poche transparente dans laquelle elle avait piqué. Les paroles qu'elle lui avait murmurées jusqu'au bout. La main de ma mère qui agrippait la mienne. Son souffle rauque, épuisé, qui envahissait la pièce.

L'odeur.

J'avais senti la vie la quitter au moment où elle avait cessé de serrer mes doigts.

Ma tante avait posé son stéthoscope contre la poitrine de sa sœur, à travers la chemise de nuit. Effleuré sa joue. C'était fini.

J'avais fermé les yeux de ma mère et nous avions embrassé son front, à tour de rôle. La crispation qui défigurait les muscles de son visage avait disparu.

Pas de larmes, juste du silence.

Quand nous étions sortis de l'immeuble, vers

onze heures du soir, la lumière des réverbères m'avait paru aveuglante. Les voitures, les gens aux terrasses des cafés, les fêtards, les bruits de la rue : tout me semblait irréel, violent.

Catherine et moi nous étions quittés sans un mot après nous être étreints. Elle avait pris le chemin de chez elle, et moi de mon domicile.

Avant de sortir de l'appartement, j'étais retourné une dernière fois dans la chambre. J'avais caressé les cheveux de ma mère. C'était notre dernier instant d'intimité : jamais plus nous ne serions seuls ensemble, elle et moi. Derrière la peau jaunâtre, tendue sur les os des pommettes, je l'avais revue telle qu'elle était avant la mort de Guillaume. Une femme élégante, minutieuse et tendre, qui ne s'était pas laissé confisquer sa joie de vivre par un mari atrabilaire. La part heureuse qu'il y avait en nous, Guillaume et moi la lui devions, à elle et à elle seule.

La voix de Rebecca, à nouveau :

— Ça va ?

Je me suis tourné vers elle. J'étais à deux doigts de rompre les digues, de tout lui raconter, alors que même à ma femme, à mon fils, à mon père, j'avais menti pendant toutes ces années. J'ai senti les larmes me monter aux yeux. Celles que je n'avais pas versées ce soir-là, quand j'étais rentré chez moi, et que j'avais dû signer le carnet de correspondance de Paul laissé en évidence par Marie-Laurence sur la table de la cuisine. Quand j'avais sombré, après deux somnifères, pour quelques heures dans un sommeil sans rêves, avant d'affronter le jour qui suivrait et tous les autres. Quand ma femme, quelques heures plus tard, m'avait demandé d'un air distrait comment s'était passée la nuit – « Pas trop mal, elle s'est endormie » –, que je m'étais assis pour boire le café qu'elle m'avait servi, que je l'avais entendue me raconter ses déboires sur un chantier à Marseille. Quand j'avais embrassé Paul et qu'il avait râlé parce qu'il ne restait plus de Chocapic.

Et il avait fallu continuer à faire semblant, au téléphone, d'apprendre par l'infirmière ce que je savais déjà. Continuer, matin après matin, jour après jour, année après année, à protéger ma femme et mon fils d'un aveu destructeur. Faire en sorte que mon père ne l'apprenne jamais. *Jamais*. Il ne m'aurait pas pardonné s'il l'avait su, il m'aurait haï tellement fort que nous ne nous serions jamais revus. Catherine, qui était médecin, et moi avions fait un choix qui nous avait, l'un comme l'autre, condamnés au silence. Nous devions, à jamais, en assumer les conséquences.

C'est à ce moment-là, en vérité, que ma vie avait basculé, que je m'étais absenté de l'intérieur, que j'étais devenu, jour après jour, un fantôme aux yeux des miens.

Le moteur du bateau-taxi vrombissait au loin. J'ai espéré, d'une manière irrationnelle, qu'une partie du chagrin allait, enfin, se fissurer, rester prisonnière à Cézembre, entre les pierres, le vent, le sable, qui l'useraient peu à peu.

Devant la mer agitée, les vieux Allemands qui avaient réembarqué avec nous poussaient des cris d'effroi. Je remerciais en pensée les vagues qui faisaient voler la bâche de plastique et nous éclaboussaient le visage, nous dispensant de toute conversation.

Arrivé sur la cale, j'ai voulu prendre congé. Mais Rebecca m'a retenu.

— Tu ne veux pas qu'on prenne un café, plutôt ?

Je n'en avais aucune envie. Mais à elle, je ne pouvais pas dire non. Nous sommes entrés dans le premier bistrot de la porte Saint-Vincent. Ma gorge était nouée par des spasmes secs. Je me suis excusé.

— Je suis désolé. Ça me rend toujours triste, de penser à ses dernières années.

J'ai passé ma main sur mes yeux. Ne pas craquer devant elle. Dans un curieux geste de sollicitude, Rebecca a ramené mes mains sur la table et les a prises entre les siennes.

— Yann, si on ne peut plus s'autoriser à pleurer la mort de ses parents, le monde va devenir invivable.

— Tu ne peux pas imaginer comme elle souffrait… C'était devenu tellement insupportable de la voir dans cet état, de nous supplier…

J'aurais pu m'arrêter là. Mais sans que je sache comment ni pourquoi, elle a *compris*.

— Alors tu l'as aidée ?

J'aurais pu mentir. Mais à quoi bon ? Elle savait déjà à quoi s'en tenir.

— Avec ma tante.

— Ta mère savait qu'elle était condamnée ?

— Elle ne se soignait plus. Depuis la mort de mon frère, elle avait perdu le goût de vivre.

Rebecca est restée silencieuse. Je lui en ai su profondément gré. Durant les secondes qui ont suivi, au milieu des bruits de percolateur et des tintements de cuillers, j'ai su qu'elle et moi étions plus proches que nous ne l'avions jamais été, même le soir où nous nous étions embrassés sur le balcon.

Sa voix s'est élevée par-dessus les rugissements d'un crooner italien à la radio.

— Tu sais pourquoi je ne retournerai jamais vivre avec mon mari ?

J'ai fait « non » de la tête.

— Parce qu'il n'a pas un gramme de courage. J'ai compris que si, un jour, j'en arrivais au point où en était ta mère, lui ne lèverait pas le petit doigt pour m'aider.

142

Je me revois débarquer aux Couërons il y a un an avec mes deux valises, ma lassitude, mon désarroi. Ce moment de ma vie où je ne savais plus quoi faire de moi.

On m'avait prédit l'ennui, l'isolement, la dépression. Tout le monde m'imaginait de retour à Paris avant la fin de l'hiver.

Je n'ai pas vu l'année passer.

Ici, je n'ai rien fait. Rien d'autre que regarder la mer, marcher, nager et lire de vieux cahiers. Et pourtant, j'ai vécu l'une des années les plus pleines de mon existence. Les archives d'Octave, ce cadeau inespéré, m'ont offert la possibilité de déchiffrer entre les lignes et les silences une partie de mon histoire, celle qui me manquait pour comprendre mon père ; j'en ai appris assez sur lui pour cesser de le considérer comme un bourreau. Prendre conscience de ce dont il a souffert ne rachètera ni les coups qu'il m'a donnés, ni ceux que je lui ai rendus. Mais, peu à peu, je renonce à le traduire devant mon tribunal intérieur.

Je pense chaque jour à Octave. À ce qu'a dû être sa vie après le meurtre d'Ambroise, si c'est bien lui qui l'a tué. Cézembre, la tête de pont de son royaume, devenue le tombeau de son associé et le rappel permanent de sa faute. Et sa femme adorée, morte avant qu'il ait pu lui pardonner. Une existence à expier son tourment d'homme et de chrétien, d'époux et de père. J'avais vérifié la date du certificat de décès de Julia, que j'avais retrouvé, plié en deux, dans une sorte de livret de famille : 6 juin 1915. Le docteur Montgenèvre avait écrit « noyade ». Mais se noie-t-on par accident quand on est une nageuse passionnée, escortée d'une armée de domestiques, et qu'on connaît la dure loi de la côte et des marées depuis sa naissance ?

Rien ne me permet d'en avoir la preuve, mais j'ai l'intime conviction que Julia, désespérée par la mort de son amant, s'est suicidée. Un an jour pour jour après la nuit tragique où Ambroise avait disparu, laissant derrière elle trois petits garçons, Ernest, Armand et Juste, auxquels elle n'avait su s'attacher assez fort pour se raccrocher à l'existence. Ou n'avait su s'attacher tout court.

Une seule chose continue à me dérouter : comment Octave a-t-il été capable de tirer sur Ambroise ? Lui qui faisait de la vie une valeur cardinale, qui était prêt à risquer la sienne pour aller repêcher des naufragés dans une eau glaciale au lendemain de la catastrophe de la *Marie-Suzanne* ? Gardait-il son arme dans sa chambre du rez-de-chaussée de peur de l'irruption d'un fou ? Avait-il pris son associé pour un intrus, un malveillant, un de ces déséquilibrés qui menaçaient sa famille ?

Ou alors, je devais admettre que pour une fois dans sa vie, une seule fois, le calme Octave, l'équanime, le pondéré, avait vu ses digues intérieures exploser, et qu'un immense amour, trahi quasiment sous ses yeux, l'avait fait basculer dans un instant de folie meurtrière qui ne souffrait pas de retour en arrière. Il ne s'était pas dénoncé pour préserver Julia et Katell, espérant peut-être que la guerre lui réglerait son compte. Malheureusement pour lui, il n'en avait rien été.

143

Rebecca est finalement revenue aux Couërons. Nos supputations sur le meurtre d'Ambroise n'avaient rien changé à nos relations. Pourquoi l'auraient-elles fait, d'ailleurs ? Je lui ai proposé de parler à ma cousine, d'envisager une compensation à titre posthume. Elle a refusé, préférant se concentrer sur sa procédure de divorce. Crois-moi, a-t-elle ajouté, si quelqu'un me doit quelque chose, c'est mon mari plutôt que toi.

Elle qui ne dit jamais un mot de ses activités littéraires a fait une entorse à ses secrets. Elle voudrait mettre en chantier un troisième roman. « Si j'y arrive », dit-elle – ses yeux, irrités par le traitement, sont à nouveau rouges et gonflés. J'admire le fait qu'elle trouve la force de faire des projets. Elle m'a demandé la permission de consulter les registres d'Octave, dont elle aimerait s'inspirer ; à elle, je l'ai volontiers accordée. Elle peut lire et écrire tout ce qu'elle veut pourvu qu'elle continue à venir ici chaque jour.

Je lui ai fait visiter la bibliothèque de Julia. « La rentrée littéraire de 1908 au grand complet », a-t-elle dit, avec son humour habituel. Malgré son handicap, elle écluse les volumes à une vitesse impressionnante. Je suppose que cette boulimie de lecture a à voir avec la peur de ce qui l'attend, et dont elle ne parle jamais. À la dérobée, plus souvent que je le voudrais, je l'observe : elle s'appuie au mur pour descendre les escaliers et, l'autre jour, elle a failli renverser une tasse en la posant trop près du bord de la table. J'évite d'allumer la lumière sans la prévenir et j'ai tiré les volets de l'ancien boudoir, où elle reste parfois pour lire une partie de l'après-midi.

Lorsque nos mains se frôlent, à table, au dîner, elle ne retire pas la sienne. Et quand nous allons nager, il m'arrive de la prendre dans mes bras pour la guider, la garder une seconde ou deux près de moi. Pas à pas, nous nous rapprochons.

Je saurai attendre. Parce que, au-delà du désir qu'elle m'inspire, j'ai envie de découvrir qui elle est. Qu'elle me raconte la salinité de la mer Morte, le visage de l'hiver au Danemark, qu'elle nomme pour moi chaque brin d'herbe de Cézembre. En contrepartie, je voudrais lui apprendre les joies de la nage en eau libre, lui raconter des histoires de pirates et de consuls romains, le soir sur la digue, ces temps où les hommes partaient à l'aventure sur une mer piégeuse pour faire et défaire les royaumes. *Il a protégé les deux mers d'Italie par ses nombreuses flottes et de fortes garnisons ; lui-même part de Brindes et, quarante-neuf jours après, toute la Cilicie est soumise, tout ce qu'il y avait de pirates sur l'étendue des mers est pris ou tué, ou s'est remis à sa discrétion.*

Et si un jour la lumière faiblit au fond de ses yeux, comme elle le redoute, j'aimerais être là, même un peu, pour l'aider à apprivoiser la pénombre. Notre chemin sera long, sans doute pas pavé de roses ; elle et moi sommes trop vieux, trop cabossés, trop orgueilleux aussi, pour nous livrer d'un seul tenant. Il y aura des faux départs, des ajustements, des sursauts et des repentirs.

Nous ne finirons pas à l'église ou en train de faire des barbecues chez les Draouen.

Qu'importe. Cela s'appelle vivre.

144

Il me restait une dernière chose à faire, avant d'abandonner Octave à ses secrets. Quelques mois avant de mourir, Guillaume avait interrogé Charles et de très vieux employés de la compagnie, aujourd'hui disparus. Il avait imprimé le plan de ce qu'il espérait voir devenir un livre. Il n'en était qu'au début, quand on cherche tous azimuts, sans vraiment savoir comment procéder.

J'ai compris pourquoi il ne m'avait rien dit : il ne voulait pas faire comme Charles, m'obliger à m'intéresser à ce que j'exécrais. Mais il aurait fini par lâcher le morceau. J'imaginais, trop tard, le plaisir qu'on aurait eu à en discuter, celui que j'aurais eu à lui enseigner deux ou trois rudiments de méthodologie. Peut-être même que j'aurais pu l'aider ?

Ma décision est prise. Ce n'est pas un traité sur l'histoire de la piraterie en Méditerranée que je vais écrire. À la place, je vais suivre le conseil que m'a donné, à sa façon, Barbara Lagresley : continuer l'œuvre entreprise par mon frère, son panorama de la navigation en Manche. Terminer ce qu'il avait commencé, pour lui, pour moi, pour ses deux fils. J'aimerais signer cette rétrospective de nos deux noms, offrir à Thomas, mais surtout à mon filleul Léo, une trace tangible de l'existence de leur père.

C'est dans cette optique que j'ai poursuivi la lecture des cahiers postérieurs à 1917. Contrairement à ceux qui précédaient le drame, ils sont revenus à leur laconisme comptable. Mon aïeul a été démobilisé après la mort de sa femme. L'ensemble de son activité, puisque la guerre a interrompu le fret et les croisières, a été dévolu à l'effort de guerre jusqu'en 1918 : extension des usines de La Brède, motorisation de destroyers. Octave a été décoré et félicité par le ministre de la Guerre en personne.

Après la guerre et la mort de Minchinton, il s'est concentré sur ses activités de motoriste tandis qu'il cédait à Alexandre Dubuisson, devenu son associé, la branche du fret et du tourisme. Alexandre, revenu du front en y ayant laissé deux doigts de la main gauche, a épousé Hélène Le Mélinaire après sa démobilisation. Le couple a eu deux enfants, Henri et Mona : Octave a noté les achats des cadeaux de baptême.

La vie semble avoir coulé ensuite dans une monotonie que n'émaillent que des messes, données à la mémoire de Julia et des morts. Plus de dîners chez le préfet et le général – mais tant d'hommes ont été avalés par la guerre –, plus de fêtes brillantes, plus d'articles dans *Ouest-Éclair* devenu *Ouest-France*, plus de voyages en Amérique, plus de traversées de la Manche en un temps record. À peine quelques dépenses pour des déplacements à Paris, afin de consulter le docteur Hovasse à la Pitié-Salpêtrière, quand les douleurs aux reins se font de nouveau sentir. Dans cette deuxième moitié de sa vie, en somme, Octave travaille, se terre et se tait.

Des enfants, il n'est dit que ce qu'ils coûtent. Juste est entré au pensionnat en 1923, les jumelles ont fait leur communion solennelle en 1925. Elles sont éduquées à domicile par une préceptrice, Mathilde Dagorn, appointée à l'année. Marthe a été mariée en 1932, Blandine en 1935. Ernest, l'aîné, a effectué son service militaire en 1928, à l'école des officiers de Saint-Maixent, et il est sorti major de son régiment. Il a ensuite rejoint son père à Saint-Malo et fait ses débuts à la Société malouine de transports nautiques, comme « chargé d'affaires ».

Entre les pages du livre de 1933, je trouve une lettre pliée en deux, signée Lefur, officier de police à Paris. Elle a été adressée à Octave par l'intermédiaire de Mathieu Tézé-Villan, devenu commandant des forces de police de la Seine. « Il appert que le sieur Armand de Kérambrun, connu sous le nom de Markad d'Embrun dans la société interlope d'artistes et de peintres dont il est familier, est décédé consécutivement à un empoisonnement. Selon le docteur Effren, médecin légiste à Paris (Seine), la mort pourrait résulter de l'ingestion volontaire d'une substance vénéneuse. L'intéressé était réputé faire un fort usage de l'opium et entretenir une consommation frénétique d'absinthe. »

Voilà comment a péri Armand, le deuxième fils : seul et drogué dans une chambre. Peut-être par accident, peut-être suicidé comme sa mère.

J'en serais resté à cette image de mon aïeul, un homme qu'un destin funeste a transformé en assassin un soir de grand malheur, si Rebecca n'avait décidé d'écluser la bibliothèque de Julia à l'arrière de la maison. Un après-midi, alors que je suis dans le bureau et elle dans l'ancien boudoir, je l'entends qui m'appelle :

— Viens voir.

Assise en tailleur sur le tapis, elle tient un fascicule beige entre les mains.

— Qu'est-ce que c'est ?

Elle ouvre le cahier devant moi. Il est manuscrit.

— Des poèmes. Je crois que c'est une femme qui les a écrits.

Je m'assieds par terre à côté d'elle. Encre violette, hampes hautes, qui s'enroulent comme des volutes : aucun doute sur la main qui a tracé ces vers. Celles de Rebecca et la mienne se frôlent quand elle me tend le cahier beige et nos épaules se touchent pendant que je lis les pages qu'elle me désigne. Nous parcourons ensemble le dernier poème.

Le soir a dévoré ce qui restait de jour,
Et les ombres cruelles ont hurlé leur douleur.
L'être qu'on adorait est parti pour toujours,
La flamme qui brûlait se brise en mille pleurs.

Funeste solitude ! Ô présence chérie,
Désormais enfouie au royaume des ombres,
La mort t'a condamné à la nuit la plus sombre
Ton sang s'est répandu, éclats de ma furie.

Le fruit qui aurait pu germer et consoler
Ne sera que stigmate de la flamme étouffée
Souillure indélébile de la faute ancienne.

*Que la mer sans pitié, avide d'engloutir
Accueille mon malheur et me fasse périr,
Celle qui a pris une vie devra rendre la sienne.*

— Qu'est-ce que tu penses de ça ?

Elle tapote un mot du doigt. *Celle* qui a pris une vie... *Celle* et non pas *celui*.

J'en pense que si Rebecca a raison, l'histoire n'est pas du tout celle que nous avions cru reconstituer.

Et qu'elle serait autrement plus conforme à ce que je crois savoir d'eux.

J'en pense que ma famille illustre comme aucune autre le fossé entre les apparences et la vérité ; qu'ils avaient, comme le dit l'expression usée jusqu'à la corde, « tout pour être heureux », mais ne pouvaient l'être dès lors qu'on enterrait vives les aspirations des femmes et qu'on les condamnait à faire bonne figure dans leur prison dorée. Précipitées dans le mariage et la maternité, certaines s'en arrangeaient, d'autres se déchiraient à ces écueils, comme les coques des navires contre les rochers les soirs de tempête. Julia avait été de celles-là, et son seul, son unique geste de rébellion avait entraîné tous ceux qui l'entouraient dans la catastrophe.

Étrange justice dans l'injustice, étrange redistribution du malheur, qui avait empoisonné quatre générations, comme une vengeance à retardement.

145

À sept ans, on n'est encore qu'un enfant.
On ne peut imaginer que les voix qu'on entend résonner dans la nuit sont celles du malheur qui forme son chœur dans la cage d'escalier de la grande maison.
Imaginer que Mère, toujours si belle, avec ses cheveux lisses et parfaits, a poussé la porte et s'est présentée aux yeux de Père et du grand Anglais dans un état si pitoyable qu'ils ont d'abord cru à un accident.
On n'a pas vu le sang qui maculait l'étoffe, les mains rougies, le bas de la robe trempé, les yeux de bête traquée, on n'a pas vu ce fantôme ensanglanté surgi de la nuit. Pas vu la chaise de Père tomber à la renverse, Père qui n'a pas eu la force de recueillir dans ses bras la forme qui s'affaissait. On n'a pas entendu, une fois qu'on a fait revenir à elle l'évanouie, les mots murmurés, qui parlaient de mort, de sang, d'accident, d'arme, réduits à une plainte répétée comme une litanie, « Je l'ai tué, je l'ai tué, je l'ai tué ».
On n'a pas vu un homme solide, pragmatique, rationnel, en proie soudain à la terreur la plus

fantastique de sa vie, celle qu'on éprouve quand on voit s'élever la vague scélérate qui va briser le navire en deux.

On n'a pas vu l'Anglais placer un doigt sur ses lèvres, soulever Julia comme s'il s'agissait d'un fétu de paille, et la déposer sur son lit, dans sa chambre.

Il a fallu une heure à son mari pour démêler le flot confus de ses paroles et de ses sanglots, admettre qu'elle n'était pas prise d'un accès de folie, et parvenir, enfin, à lui faire dire qui était mort, et où.

Le pourquoi sera pour plus tard. Elle racontera qu'elle a été séduite, que ce rendez-vous clandestin devait être le dernier. Que l'autre a voulu la forcer, qu'elle a tiré pour se défendre, éviter une étreinte qui lui répugnait et à laquelle elle n'aurait jamais succombé. Elle ne dira pas que la lettre reçue de son amant lui a crevé le cœur, que c'est elle qui a exigé de le revoir une dernière fois sur l'île, à l'abri des regards, pour lui demander raison de chaque mot, menaçant de tout révéler à Katell s'il n'obtempérait pas ; qu'après cette scène horrible, tous deux se sont aimés avec une ferveur si passionnée qu'elle a alors eu la certitude que rien ne pourrait les séparer, malgré les mots terribles qu'il lui avait écrits.

Elle ne dira pas l'impression de se briser net à l'instant où, alors qu'elle était encore nue dans ses bras, sur le sable doux, il l'a remerciée, lui a murmuré qu'il allait devenir père et qu'il était temps de « revenir à la raison ». Qu'il fallait se quitter après ce bel adieu et oublier cette « folie ». Elle avait alors compris qu'il avait déjà fait son deuil de leur amour – mais l'avait-il jamais aimée ?

Imaginer que, quelques instants plus tôt, il répandait sa semence en elle l'a soudain submergée de dégoût.

Elle taira cette déchirure aiguë, cette impression de souillure, celle de n'être qu'une parmi toutes celles qu'il avait séduites, à peine un défi plus relevé que les autres. Au bout du compte un simple corps intercalé entre celui de Katell – ne lui avait-il pas juré qu'il ne la touchait plus ? – et ceux de ses maîtresses, des bonnes et des filles de joie.

Elle ne dira pas qu'elle a compris qu'il n'était pas différent des autres ; que, pire encore, derrière les paroles enflammées et les beaux discours, seuls comptaient ses propres intérêts.

Quelque chose d'obscur, de furieux, un courant noir et implacable l'a traversée, comme un ressort trop longtemps comprimé qui jaillit avec une force aveugle.

Le revolver d'Octave, qu'elle avait pris dans le tiroir du bureau, cette arme que son mari lui avait appris à manier à la pointe de la Varde, au cas où le déséquilibré qui les menaçait s'en prendrait à elle, se trouvait dans la poche de sa redingote. Il lui avait été facile, en feignant de se rhabiller, de l'en extraire.

Au moment où elle l'y avait glissé, elle était déterminée à se brûler la cervelle devant l'homme qu'elle aimait s'il continuait à la vouloir quitter.

C'est finalement contre le traître qu'elle avait retourné l'arme.

À sept ans, on est trop petit pour deviner que la destinée est sans visage et sans justice, on ne sait rien du mélange de hasard et d'opportunités, de calcul et de préméditation, de loyautés et de mensonges qui fabrique le tissu d'une existence. On ignore les gouffres, les abîmes, ces instants où la vie s'affole et bascule sans espoir de retour. On ne sait pas que le sort des êtres tient à peu de chose et qu'on n'est maître de rien. Croire le contraire a été l'erreur fatale de son père.

Blotti dans le lit de son petit frère, on n'a pas vu que derrière la porte refermée, pendant que Père, malgré son dos brisé par ses douleurs aux reins, déshabillait et lavait de ses propres mains le corps maculé de sang, de terre, de sel – autant de gestes que la bonne aurait exécutés en un tour de main, mais pas question de la réveiller –, pendant qu'il fourrait dans des sacs les linges et les vêtements souillés qu'il brûlerait dès le lendemain, l'Anglais embarquait dans le doris au moteur encore chaud, gagnait le chenal du Grand Jardin et accostait sur l'île.

On dormait profondément quand le géant est rentré au petit matin et a assuré à Octave que le corps d'Ambroise de Sainte-Croix, vidé de son sang après avoir reçu deux balles de revolver dans la poitrine, non loin de l'oratoire de Saint-Brendan, était désormais hors de portée des regards et serait embarqué le lendemain sur le Villefromoy, *puis jeté au milieu de la Manche, lesté d'assez de pierre et de plomb pour ne jamais refaire surface.*

Octave n'a pas cillé devant la lettre récupérée sur le cadavre ; l'Anglais a compris qu'il était déjà au courant. Meurtri au plus profond, mais n'ayant eu que trop d'occasions de constater combien les femmes étaient des proies faciles entre les mains de Sainte-Croix.

Kérambrun aurait voulu détruire sur-le-champ la missive compromettante. Mais l'Anglais, d'un calme qui faisait froid dans le dos, a prestement escamoté le document. Il lui a expliqué qu'il serait leur meilleure assurance contre la justice et les poursuites.

À ce moment, il était encore temps, comme Octave en avait eu le projet, de réveiller Mathieu Tézé-Villan et de s'accuser à la place de Julia. Un mari jaloux a de bonnes raisons de tuer son rival. Mais qui eût cru à son histoire, lui qui pouvait pour l'heure à peine faire quinze pas sans l'aide d'une canne, et était incapable de monter dans une embarcation ?

Minchinton, avec un visage cynique qu'il ne lui connaissait pas, a enfoncé le clou, lui décrivant par le menu les conséquences si on apprenait la vérité : l'arrestation de Julia, la prison, l'opprobre, le procès, et au terme de celui-ci, la condamnation. La guillotine si la grâce était refusée. La compagnie s'effondrerait sous le poids du scandale. Et que deviendraient Ernest et Armand, privés de leur mère ?

Les images avaient défilé dans l'esprit d'Octave : la nuque fragile de Julia, statue d'albâtre habillée d'une chemise de toile brune, son cou délicat enserré entre les montants de bois rêches et glacés dans le petit matin, son cri au moment où le bourreau libère la corde et le bruit sourd des vertèbres tranchées. Y penser faisait naître en lui une terreur animale.

Du fond de sa peur panique, il était conscient qu'un seul avocat en France aurait eu assez de talent pour sauver Julia d'une condamnation à mort. Et c'était précisément l'homme qu'elle venait d'assassiner.

Alors il a dit oui à tout. Au corps jeté à la mer,

à la lettre envoyée de l'étranger, aux versements et au bateau polaire, puisque, Minchinton le lui a signifié, le silence aurait un prix. Il a acquiescé au crime et à sa dissimulation, nonobstant la douleur qu'il s'apprêtait à infliger à Katell, devenant à cette seconde aussi coupable, et plus encore peut-être, que celle qui avait tenu le revolver.

146

Elle est venue dîner la veille de son départ. Elle avait rendez-vous avec son chirurgien aux Quinze-Vingts le surlendemain. Chemise bleue, pantalon de toile, baskets blanches. Je ne sais pas comment elle faisait pour être si sereine, ou en tout cas pour le paraître.

Elle et moi étions conscients que ce n'était pas une soirée ordinaire ; presque une veillée d'armes. J'ai posé un baiser sur sa joue, un peu trop tendrement, elle m'a aidé à préparer la salade et à mettre la table. La savoir à mes côtés, dans ces gestes de la vie quotidienne, était aussi érotique que de l'avoir embrassée sur le balcon. J'avais l'impression qu'elle avait toujours été là.

Nous étions le 17 septembre et l'été tirait ses dernières salves. Après le dîner, nous sommes allés marcher sur la digue, au milieu des promeneurs qui photographiaient sans relâche un des plus beaux spectacles du monde : le disque rouge du soleil disparaissant à la verticale entre les deux collines de Cézembre. Il y avait de tout sur la digue, à cette heure paisible, des jeunes et des vieux, des solitaires et des couples, d'élégantes autochtones et des ados en claquettes-chaussettes ; tous semblablement saisis, fascinés, hypnotisés par cet écran géant que la nature tendait sous nos yeux sans rien nous demander en échange, sinon de la laisser tranquille avec nos guerres et notre ordure.

Nous avons regardé le cercle flamboyant décliner, embraser de pourpre et d'orange l'horizon, avant de se métamorphoser en un dégradé violine et rose qui s'élevait jusqu'à toucher la dernière bande d'azur du ciel. J'ai été presque étonné qu'une clameur n'accompagne pas sa disparition. Je pensais savoir à quoi songeait Rebecca, à ce moment précis ; et moi je voulais croire qu'un tel malheur n'arriverait jamais. J'ai glissé mon bras sous le sien au moment précis où le soleil jetait son dernier reflet sur les vitres rougeoyantes des villas. Elle m'a laissé faire.

Pour les touristes de passage, Cézembre n'était qu'une île parmi d'autres, posée au bord du rivage. La plupart ignoraient jusqu'au nom de ce rocher. Pour nous, elle était unique, à l'épicentre du pan d'histoire qui nous reliait. Sa silhouette avait séduit un très jeune homme, qui en avait fait l'emblème de son empire. Et sur cette bande de terre, ce confetti épargné par la montée des eaux, tant d'âmes avant lui avaient souffert, rêvé, désespéré... On y avait nagé, prié, trouvé refuge et tourmenté. On y avait aimé et tué.

Jusqu'à ce que la main humaine, parvenue croyait-elle, en ce milieu du XXe siècle, au faîte de sa puissance, tente de l'anéantir sous les bombes et le napalm.

Trois générations plus tard, la résilience de la nature et la patience des démineurs avaient pansé ses blessures, soustrait du sol son fer et son poison. L'île avait digéré les hideux édifices qui étaient venus l'encombrer, et qu'elle défaisait pierre à pierre, marée après marée, tempête après tempête.

Et bien après que le bruit s'était tu, quand les oiseaux, les pingouins torda et les lapins s'étaient enfin réapproprié les lieux, l'île chauve avait régurgité le corps d'un homme disparu depuis plus de cent ans. À l'époque, les rumeurs les plus folles avaient circulé autour de son départ, alors que pendant tout ce temps, il reposait tout près de la femme qui l'avait si fort attendu.

Et de celle qui l'avait tué.

Pour son malheur, Octave leur avait survécu, à tous : à Suzanne, à Armand, le fils poète mort trop tôt, à Ernest, soldat déshonoré, à Katell que la douleur et le mensonge avaient rongée aussi sûrement que le cancer. À Julia la meurtrière, qu'il avait tant, trop et si mal aimée.

Devant ce paysage de ruines, il avait tenté de sauver ce qui pouvait l'être, les enfants qui restaient, la compagnie. Mais il avait échoué à s'attacher au dernier fils, Juste, et fabriqué à travers lui une lignée d'hommes amers et durs. Où Charles, mon père, aurait-il trouvé le savoir d'un amour qui s'était perdu depuis deux générations ?

Sur le balcon des Couërons, Rebecca m'a demandé si je comptais parler à Paul. Non, je ne le ferai pas, pas plus que je ne lui révélerai jamais que j'ai aidé sa grand-mère à s'en aller : ces morts, cette douleur ne sont pas les siens. Rebecca ne dira rien, elle non plus, à sa fille : dans un monde qui s'effondre, nos enfants rêvent de réparer, soigner, faire le bien. À quoi bon leur attacher ce fer de la mémoire familiale aux pieds et encombrer leur histoire d'un meurtre et d'un suicide avec lesquels ils n'ont rien à voir ? La passion pour les secrets de famille n'est parfois rien d'autre qu'une névrose égoïste.

C'est Étienne qui a raison : le souci des vivants a plus de prix que les égarements des morts.

Vers minuit, au moment où Rebecca a voulu prendre congé, je lui ai dit :

— Tu ne veux pas rester ?

Elle m'a regardé. Perplexe, inquiète, émue.

Elle est restée.

Je l'ai accompagnée à la gare le lendemain. Juste avant qu'elle monte dans le train qui l'emmènerait vers Rennes, puis vers Paris, je l'ai brièvement serrée dans mes bras.

— Dis-moi quand tu rentres. Je viendrai te chercher.

Elle a levé ses yeux vers moi. Ses yeux si admirables, et qui pourtant étaient en train de la trahir. Pour une fois, ce n'est pas leur couleur saisissante qui m'est allée droit au cœur, mais ce qu'ils étaient en train de m'avouer. J'ai répété, mes mains toujours sur ses épaules :

— Quoi qu'il arrive là-bas, je viendrai te chercher, je te le promets. Tu t'en souviendras ?

— Je m'en souviendrai.

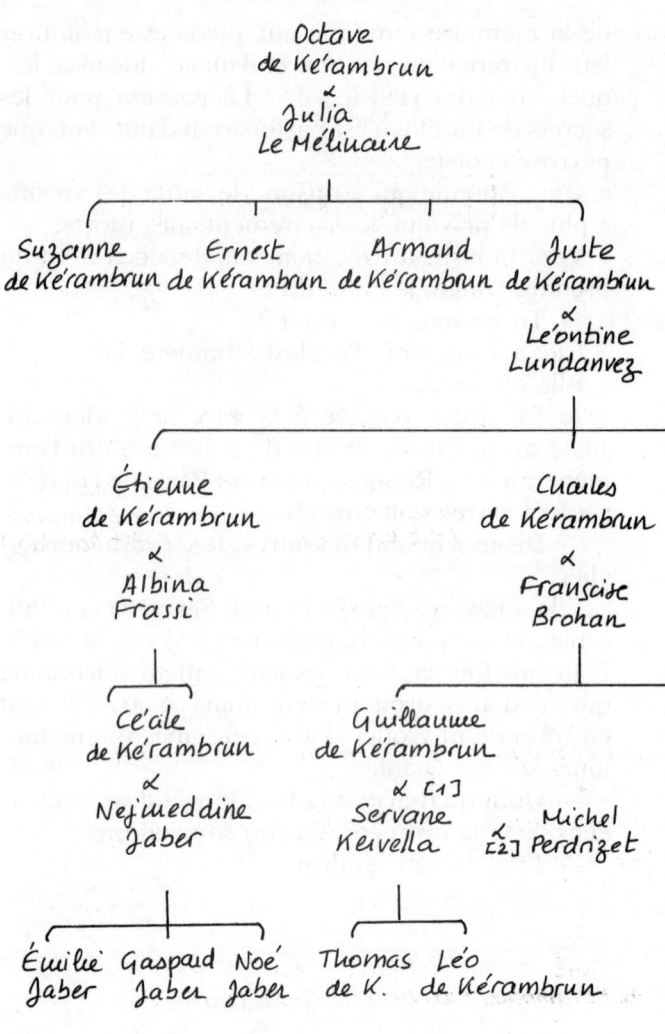

Famille KÉRAMBRUN

- **Robert de Kérambrun** (dit Roparz) ∝ **Marie Delorme**
- **Jacques de Kérambrun** (dit Jacquez)

Enfants de Robert et Marie :

- **Yann de Kérambrun** ∝ **M.-Laurence Subierville**
  - Paul de Kérambrun
- **Armelle de Kérambrun** (dite Belle) ∝ **Bertrand Guenneur**
  - Matthieu Guenneur
  - Anaïs Guenneur
- **Lénaïg de Kérambrun**

Famille SAINTE-CROIX

Ambroise de Sainte-Croix
&
Marie-Catherine Le Savouroux (dite Katell)

├── **Blandine de Sainte-Croix**
└── **Marthe de Sainte-Croix** & **Jules Pianta**
    ├── **Marien Pianta**
    │   ├── (1) **Isabelle Cohen**
    │   │   └── **Marc Pianta**
    │   └── (2) **Erika Lund**
    │   └── **Rebecca Lund-Pianta** & **Dominik Waltenberger**
    │   └── **Sonja Waltenberger**
    └── **Geneviève Pianta**

REMERCIEMENTS

Mes plus vifs remerciements à :

L'équipe des Thermes marins où ce livre fut en partie écrit (en particulier à Catherine, Myriam et Christophe, du bar La Passerelle, ainsi qu'à Laurence Le Mouëllic),

Mes collègues, pour leur solidarité dans un quotidien professionnel souvent difficile,

Alain B., pour l'assistance juridique et animalière,

Anne Bourguignon, pour l'amitié et la fidélité,

Marie Chaix-Mathews, pour le refuge, l'amitié et les heures de paix dans sa cuisine,

Cristina Diego Pacheco, pour son soutien indéfectible à marée haute comme à marée basse,

Catherine Forest pour la *room with a view*,

Anne-Marie Garat pour la nuit atlantique et l'île chauve. Tant d'autres choses restaient à partager,

Jean-Marc Hovasse pour Victor Hugo et les marées du Léman,

Juliette Joste et les éditions Grasset, pour leur accueil,

Caroline Lunoir, compagne de route et d'écriture,

Laurent Derrien, pour Cézembre vue du ciel,

Mimi, la plus douce, la plus énigmatique et la plus tendre des amies chats,

Yann Mortelette, pour Brest où il ne pleuvait pas,
Jean-Philippe Rameau, Scott Ross et *Le Rappel des oiseaux*,
Lucile Sonntag et son œil de lynx,
Françoise Tenant, pour les découvertes,
Brice Vauthier, qui m'a offert l'île par le ciel et par la mer,
Et Serge.

Une pensée particulière va vers Hélène Parmentier, ma tante et marraine (1934-2024).

BIBLIOGRAPHIE

Les citations en italique sont extraites de Cicéron, *De Imperio Cnei Pompei, Discours en faveur de la loi Manilia*, dans *Œuvres complètes*, traduit du latin par Charles Nisard, Paris, Dubochet, Le Chevalier et comp., 1848.

Les poèmes de Victor Hugo cités sont tirés des *Contemplations* [1856], Paris, Gallimard, coll. « Poésie », 1973.

Charles CROS, *Le Collier de griffes* [1908], Paris, Gallimard, coll. « Poésie », 1992.
Philippe DELACOTTE, *Les Secrets de l'île de Cézembre*, Saint-Malo, Cristel Éditions, 2019.
Gaëlle DELIGNON, *La Conquête du site balnéaire*, Dinard, Éditions Bow-Window, 2019.
François GARDE, *Marcher à Kerguelen*, photographies de Michael Charavin et Bertrand Lesort, Paris, Gallimard, 2019.
Christophe HUCHET et Isabelle LAIZE, *La Côte d'Émeraude*, Rennes, Éditions Ouest-France, 2019.
Victor HUGO, *Les Travailleurs de la mer* [1866], Paris, Gallimard, coll. « Folio », 1980.
Loïc JOSSE, *Terre-Neuvas*, Grenoble, Glénat, 2010.

Vera KORNICKER, *Cézembre, l'île interdite*, Cesson-Sévigné, La Découvrance, 1998.

Alain LAMOUR et Céline LAMOUR-CROCHET, *Catastrophes, accidents et faits divers en Bretagne (1880 à 1950)*, Spézet, Coop Breizh, 2013.

Alain et Claudine LAMOUR, *L'Histoire des stations balnéaires bretonnes (1860-1930)*, Éditions Micéa, 2019.

Albert LAOT, *Contrebande et surveillance des côtes bretonnes*, Spézet, Coop Breizh, 2009.

Yvan LEBRETON, *La Faune sauvage en Côte d'Émeraude*, Dinard, Éditions Bow-Window, 2018.

Dominique LEBRUN et Benoît COLNOT, *Les Grands Navigateurs de Saint-Malo*, Saint-Malo, Cristel Éditions, 2019.

Emmanuel LEPAGE, *Ar-Men. L'enfer des enfers*, Saint-Malo, Futuropolis, 2019.

Nelly LESQUEL, *Naufragés dans les 50e hurlants*, Skol Vreizh, n° 73, Morlaix, 2018.

Sabrina MARLIER, Michel L'HOUR, Alain CHARTRON et David DJAOUI, *Trésors du fond des mers. Un patrimoine archéologique en danger*, Arles, musée départemental Arles antique, 2022.

Roland MAZURIER DES GARENNES, *Voiles et voiliers à Saint-Malo*, Saint-Malo, Cristel Éditions, 2018.

Jack K. NEAL, *Goélettes bretonnes. Les belles heures du cabotage*, traduit de l'anglais par Jacqueline Gibson, Spézet, Coop Breizh, 2020.

Otto NORDENSKJÖLD, *Vingt-deux mois dans les glaces*, traduit du suédois par Charles Rabot, Paris, Paulsen, 2013, Pocket, 2021.

Roman PETROFF, *Jean-Baptiste Charcot, explorateur polaire*, Saint-Malo, Cristel Éditions, 2021.

Sophie POIRIER-HAUDEBERT, *Les Horizons polaires du « Pourquoi-pas ? »*, Bayeux, Orep Éditions, 2017.

Patricia PROST-OLIVE et Henri FERMIN, *Cézembre. Le réveil*, Éditions d'Art, 2018.

Alain ROMAN, *Un siècle d'histoire au pays de Saint-Malo*, Saint-Malo, Cristel Éditions, 2012.
Françoise SURCOUF, *Saint-Malo à travers la carte postale ancienne*, Paris, HC Éditions, 2016.

Une île est une construction de l'océan.
La matière est éternelle, et non l'aspect.
Tout sur la terre est perpétuellement pétri par
la mort, même les monuments extra-humains,
même le granit. Tout se déforme,
même l'informe. Les édifices de la mer
s'écroulent comme les autres.
La mer, qui les a élevés, les renverse. […]
La mer édifie et démolit ; et l'homme aide
la mer, non à bâtir, mais à détruire.

VICTOR HUGO
Les Travailleurs de la mer

DE LA MÊME AUTRICE

Aux Éditions Arléa

EUX SUR LA PHOTO, 2011. Prix René-Fallet 2012, prix « Coup de cœur des lycéens » de la Fondation Prince Pierre de Monaco, prix du Premier Roman de l'Université d'Artois 2012 et prix de l'Office central des bibliothèques 2012.

LA PART DU FEU, 2013. Prix littéraire des lycéens d'Île-de-France 2014.

PORTRAIT D'APRÈS BLESSURE, 2014. Prix Erckmann-Chatrian 2015, prix Culture et Bibliothèques pour tous 2015 et prix « L'Autre Prix » 2014.

L'ODEUR DE LA FORÊT, 2016. Prix Feuille d'or de la ville de Nancy 2016.

UN VERTIGE, suivi de LA SÉPARATION, 2017 (Folio n° 6736).

L'EAU QUI DORT, 2018.

ARMEN. L'EXIL ET L'ÉCRITURE, 2020. Prix Charles-Oulmont.

L'EAU QUI DORT, 2020.

555, 2022. Prix RTL - *Lire Magazine littéraire* 2022 et prix Relay des voyageurs lecteurs 2022 (Folio n° 7309).

Aux Éditions Grasset

CÉZEMBRE, 2024 (Folio n° 7500).

Aux Éditions du Mauconduit

FEMMES DANS LA GUERRE. TÉMOIGNAGES 1939-1945, textes réunis et présentés par l'auteur, 2022.

Aux Éditions Lightmotiv

LA MAISON SANS TOIT, avec Laure Samama, 2023.

*Tous les papiers utilisés pour les ouvrages
des collections Folio sont certifiés
et proviennent de forêts gérées durablement.*

*Composition Nord Compo
Impression Novoprint
à Barcelone, le 30 septembre 2025
Dépôt légal : septembre 2025
1er dépôt légal dans la collection : janvier 2025
magasin@gallimard.fr*

ISBN 978-2-07-308017-2 / Imprimé en Espagne

681306